Bücher von Dianne Duvall

DIE ALDEBARANISCHE ALLIANZ

DER LASARANER

„Voller Abenteuer, knisternder Leidenschaft, Romantik und, ja, knallharter Kämpfe. Dieses Buch ist einfach fesselnd!"
— *Book Dragon*

DER SEGONIER

„Eines der besten Audiobücher des Jahres 2021"
AudioFile Earphones Award for Exceptional Audio
—*Audiofile Magazine*

DER PURVELI

„Ich kann diesen Roman uneingeschränkt und mit Begeisterung allen Lesern von Science-Fiction-Liebesromanen empfehlen, die Action mögen, einen Helden und eine Heldin, die allen Widrigkeiten trotzen, und eine Geschichte, die einen in ihren Bann zieht."
—*Long and Short Reviews*

i

DER AKSELI

„Hat mich von Anfang an zum Lachen gebracht ... Ich habe jeden verdammten Moment genossen."
—*Caffeinated Reviewer*

IMMORTAL GUARDIANS

DÜSTERE ZEICHEN

Nominiert für den RT Reviewers' Choice Award
„Eine spannende und gruselige neue paranormale Serie. Fantastisch!"
—*RT Book Reviews*

DUNKLER ZORN

„Knistert vor Energie, Originalität und einer unvergesslichen Heldin, die nicht lange fackelt."
—*Publishers Weekly*

VERFLUCHTE SEELEN

„Duvall, der aufstrebende Star am Autorenhimmel, erweist sich schnell als wichtige Akteurin im Reich der paranormalen Liebesgeschichten!"
—*RT Book Reviews*

DER PURVELI

DIE ALDEBARIANISCHE ALLIANZ

DIANNE DUVALL

DER PURVELI

Übersetzung: Anna Drago
Lektorat (Deutsch): Katrin Dolle

E-Buch ISBN: 978-1-957006-15-4
Taschenbuch ISBN: 978-1-957006-16-1

Prolog

EINEN SEKUNDENBRUCHTEIL, BEVOR EINE Hand sie an die Schulter stieß, riss ein Bein Ava die Füße unter dem Körper weg. Ihr Rücken schlug gegen eine Matte, die weich genug war, um zu verhindern, dass sie sich eine Gehirnerschütterung zuzog, als ihr Kopf darauf prallte, aber nicht weich genug, um zu verhindern, dass der Aufprall ihr den Atem raubte. Im nächsten Moment kniete sich eine Gestalt über sie, hob einen Arm und rammte ein Messer in Richtung ihrer Brust.

Glücklicherweise hatte die Klinge stumpfe Kanten und stoppte, bevor es zum Kontakt kam.

Eliana grinste auf sie herab. „Erwischt! Du bist abgelenkt."

Ava verzog das Gesicht. „Ja."

Als ihre Freundin ihr die Hand entgegenstreckte, nahm Ava sie dankbar an und lachte, als Eliana sie mit so viel Kraft hochzog, dass Ava das Gefühl hatte, als wäre sie gerade von einem Trampolin abgeprallt. „Danke. Ich hätte meine Gedanken nicht abschweifen lassen sollen. Tut mir leid."

Eliana klopfte ihr freundschaftlich auf die Schulter. „Mach dir deswegen keine Sorgen. Ich bezweifle, dass dir das in einem echten Kampf passiert wäre." Sie lächelte schief. „Man neigt dazu, konzentriert zu bleiben, wenn jemand versucht, einen zu töten." Zweifellos sprach sie aus Erfahrung, da sie jahrhundertelang gegen wahnsinnige Vampire und – in jüngerer Zeit – Söldner gekämpft hatte.

„Das hoffe ich doch."

„Und du hast es bis jetzt gut gemacht."

1

„Wirklich?" Ava glaubte nicht, dass Eliana der Typ war, der leere Komplimente machte.

Sie lächelte. „Absolut."

„Danke." Ava steckte ihren Übungsdolch weg, nahm ein Handtuch von der Bank in der Nähe und wischte sich das schweißnasse Gesicht und den Hals ab. Obwohl sie fast eine Stunde lang trainiert hatten, war Eliana noch nicht einmal ins Schwitzen gekommen. „Also, was hat dich abgelenkt?", fragte sie neugierig.

Ava deutete auf die andere Aktivität, die im großen Trainingsraum stattfand. „Das."

Zum tausendsten Mal, seit sie an Bord der *Kandovar* gegangen war, erfüllte sie Ehrfurcht, als sie sich umsah. Sie konnte immer noch nicht fassen, dass dies ihre neue Realität war. Vor fünf Monaten hatte sie in North Carolina für ein Unternehmen gearbeitet, das keinen Namen trug und sich einfach als Netzwerk bezeichnete. Das aus Zehntausenden von Menschen und *Begabten* bestehende Netzwerk unterstützte mächtige unsterbliche Wächter, die ihre Nächte damit verbrachten, psychotische Vampire zu jagen und zu töten, von deren Existenz die meisten Menschen nicht einmal wussten.

Ava hatte auch nicht gewusst, dass es sie gab, bis das Netzwerk sie eingeladen hatte, sich für eine Stelle zu bewerben. Sie war mit telepathischen Fähigkeiten zur Welt gekommen und war erstaunt gewesen, als sie erfahren hatte, dass sie und ihre Mutter nicht die Einzigen waren, die *anders* waren.

Erstaunt und erleichtert und begeistert.

Als sie beim Netzwerk angefangen hatte, hatte sie endlich andere *Begabte* wie sie selbst kennengelernt, für mächtige unsterbliche Wesen gearbeitet, die noch anders waren als sie, und dann war ihr die Chance ihres Lebens geboten worden: eine von fünfzehn *Begabten* und Unsterblichen zu sein, die an Bord des außerirdischen Schlachtschiffs *Kandovar* gehen und nach Lasara reisen würden, einem technologisch fortschrittlichen Planeten auf der gegenüberliegenden Seite der Galaxie und Heimatwelt der Adoptivtochter des Anführers der Unsterblichen Wächter, Ami.

Dies war der vierte Monat einer Reise, die dreizehn Monate dauern sollte. Ava trainierte täglich mit einer unsterblichen Wächterin und war mit vier anderen befreundet. Auf der rechten Seite des Raumes trainierten Lasaraner – eine sehr langlebige außerirdische Spezies mit eigenen besonderen Gaben und erstaunlicher Regenerationsfähigkeit – genauso energisch wie Eliana und Ava. Links von Ava trainierten Angehörige einer Spezies namens Yona so, als versuchten sie mit stoischer Ruhe, einander zu töten.

Stoisch war das entscheidende Wort. Ihre gräuliche Haut war nicht das Einzige, das sie darauf hinwies, dass sie nicht von der Erde stammten. Yona-Krieger zeigten keine Emotionen. Niemals. Als Ava ihnen zum ersten Mal begegnet war, hatte sie geglaubt, die riesigen Männer seien eine Art fortschrittliche Roboter.

„Es ist verrückt, nicht wahr?"

Aus ihrer Träumerei gerissen, starrte sie Eliana an. „Was meinst du?"

Ihre Freundin nickte in Richtung der anderen im Trainingsraum. „Das. Auf einem außerirdischen Schiff zu sein, auf dem Weg zu einem fremden Planeten, umgeben von nicht nur einer, sondern zwei außerirdischen Spezies."

Ava lächelte. „Ja, das ist es wirklich."

„Denk nur daran, wie viel verrückter es für Lisa sein muss."

Sie lachte. „Ich weiß." Lisas Geschichte war eine der ungewöhnlichsten, die Ava je gehört hatte. Und sie hatte, seit sie sich dem Netzwerk angeschlossen hatte, viele ungewöhnliche Geschichten gehört.

Lisa war eine *Begabte* wie Ava und hatte Lasaras Prinz Taelon unter schrecklichen und bizarren Umständen auf der Erde kennengelernt. Jetzt waren die beiden Lebenspartner (das lasaranische Äquivalent einer Ehe), Lisa war eine echte Prinzessin, und die beiden hatten eine wunderschöne kleine Tochter, die bewiesen hatte, dass *Begabte* und Lasaraner reproduktiv kompatibel waren.

Ava konnte sich nicht vorstellen, wie es gewesen sein musste, von einer finanziell angeschlagenen Frau Mitte zwanzig, die praktisch allein auf der Welt war und sich mühsam ihren College-Abschluss erarbeitete, zum Mitglied einer außerirdischen Königsfamilie zu werden, vor dem sich die Besatzungsmitglieder regelmäßig verbeugten.

Als Elianas Blick zur offenen Tür wanderte, richtete sie sich auf. „Apropos Außerirdische, da ist Ganix."

„Wer ist Ganix?"

„Der Chefingenieur der *Kandovar*. Macht es dir was aus, wenn wir unser Training für heute beenden? Ich versuche, ihn zu überzeugen, mir dabei zu helfen, einen Piloten zu überreden, mir das Fliegen eines dieser eleganten schwarzen Jäger beizubringen. Entweder das, oder du hilfst mir, Ari'k zum Sparring mit mir zu überreden."

Ari'k war der erste Yona, den Ava kennengelernt hatte. Er war Mitglied der königlichen Garde, die Lisa, Prinz Taelon und ihre kleine Tochter beschützte. Ava und ihre Freunde von der Erde sahen ihn also oft.

„Du willst mit Ari'k trainieren?", fragte sie überrascht.

„Aber sowas von. Ich bin nicht davon überzeugt, dass er keine Emotionen empfindet, und ich will sehen, ob es eine Reaktion auslöst und ihn ärgert, wenn jemand ihm in den Arsch tritt."

Ava lachte. „Du bist unmöglich."

Eliana grinste. „Ich weiß."

„Geh nur. Ich wollte sowieso bald Schluss machen."

„Na dann. Danke, Ava." Sie eilte davon.

„Lass mich wissen, was passiert!", rief Ava ihr nach.

„Mach' ich!" Eliana verschwand durch die Tür.

Kopfschüttelnd nahm Ava eine Flasche Wasser und machte sich auf den Weg zu den Quartieren, die ihr und ihren Freundinnen von der Erde zugewiesen worden waren.

Lasaranische Besatzungsmitglieder lächelten, nickten ihr zu und grüßten sie freundlich, während sie einen langen Korridor entlangging und dann in einen anderen abbog. Es war nett. Offensichtlich wurde jeder Lasaraner mit ausgeprägten telepathischen Fähigkeiten geboren und lernte schon in jungen Jahren, mentale Barrieren zu errichten, die andere aussperrten, also wurde Ava nicht von ihren Gedanken überwältigt. Ihr Geist war *nie* so ruhig gewesen, wenn sie auf der Erde von anderen Menschen umgeben gewesen war. Es war wunderbar. Und befreiend. Denn zum ersten Mal in ihrem Leben fühlte sie sich normal.

Den Angehörigen des *Erdlingskontingents* waren Quartiere zugewiesen worden, die in einem Bereich dicht beieinander lagen und sie an ein Aparthotel erinnerten. Jedes Quartier verfügte über ein schmales Bett, einen kleinen Tisch und einen Stuhl, ein enges Badezimmer, das sie „Lav" nannten, und eine Küche, die eher eine Kochnische war.

Als Kommandant der *Kandovar* hatte sich Prinz Taelon für die spartanische Unterbringung entschuldigt. Sie hatten nicht gerade mit Gästen gerechnet. Doch Ava und den anderen machte es nichts aus. Die *Kandovar* war ein Kriegsschiff, kein Kreuzfahrtschiff.

Durch die offene Tür zu Mias Quartier sah Ava, wie Mia, Natalie und Michelle sich unterhielten, während sie an einem ihrer Meinung nach köstlichen Tee nippten, den die Lasaraner liebten.

Alle drei blickten auf, als sie vorbeikam.

„Hi, Ava!", rief Natalie lächelnd.

Sie winkte. „Hi."

„Lust auf einen Tee mit uns?", fragte Mia.

Ava schüttelte den Kopf und verzog das Gesicht. „Ich bin ganz verschwitzt vom Training mit Eliana und brauche eine Dusche. Vielleicht danach?"

„Sicher."

Das Badezimmer in ihrem Quartier war so klein, dass sie sich fragte, wie Taelon und die anderen Männer auf dem Schiff es schafften, sich beim Duschen nicht die Ellbogen zu stoßen. Die Männer hier draußen im Weltraum waren in der Regel ziemlich groß ... und breit gebaut, da die meisten muskulöse Krieger waren. Doch selbst Ava, die nur knapp über eins sechzig groß war, fühlte sich in der Dusche eingeengt.

Als sie sauber war, zog sie eine bequeme Jeans und ein langärmeliges T-Shirt an.

In der lasaranischen Kultur pflegten Männer und Frauen Kleidung zu tragen, die alles außer Kopf und Händen bedeckte. Ava hatte kein Problem damit, sich an diese Regel zu halten. Oder die Regel, die es Männern und Frauen im gebärfähigen Alter verbot, einander zu berühren, es sei denn, sie waren Lebenspartner. Sie hielt es für ein akzeptables Opfer im Austausch für ein neues Zuhause auf einem utopischen Planeten. Auf Lasara gab es weder Krieg noch bewaffnete Konflikte. Es gab keine Hungersnöte. Generell keinen Hunger. Keinen Hass. Daher würde niemand auf Lasara Ava oder ihre Freundinnen aufgrund ihrer Unterschiede ablehnen, ihnen misstrauen oder versuchen, ihnen zu schaden. Niemand würde versuchen, sie zu töten oder gefangen zu nehmen, um ihre Fähigkeiten zu seinem eigenen Vorteil auszunutzen, wie es in der Vergangenheit auf der Erde so oft geschehen war.

Auf Lasara würden Ava und ihre Freundinnen nur Frieden finden.

Kaum hatte sie diesen Gedanken zu Ende gedacht, fingen auch schon die Alarmglocken an zu schrillen.

Sie zuckte zusammen, erschrocken über das laute Geräusch. Was zum …?

„Alle Besatzungsmitglieder auf die Kampfstationen!", rief eine männliche Stimme über die schiffsweiten Lautsprecher. „Ich wiederhole – alle Besatzungsmitglieder auf die Kampfstationen! Wir werden angegriffen."

Oh Scheiße!

Ava eilte zu ihrer Tür und öffnete sie.

Ihre Freundinnen standen mit großen Augen in den offenen Türen der anderen Quartiere.

Das Schiff schwankte unter ihren Füßen, als sie eine gedämpfte Explosion hörte.

Ava packte den Türrahmen und hielt sich fest, als weitere Explosionen folgten.

Eine verschwommene Gestalt schoss im Korridor auf sie zu, dann blieb Eliana abrupt vor ihnen stehen.

„Was ist los?", platzte Ava heraus.

Eliana schüttelte den Kopf. „Nehmt eure Rucksäcke! Schnell!"

Panik breitete sich auf allen Gesichtern aus, auch in ihrem eigenen, wie Ava vermutete, als sie in ihr Quartier zurückkehrte und den Rucksack holte, den sie auf Elianas Empfehlung hin für den Notfall gepackt hatten.

Eliana wartete ungeduldig im Flur, als Ava zurückkam. „Das Schiff wird angegriffen", sagte sie mit grimmiger Miene.

Angegriffen? Von wem?

„Ich werde euch alle vorsichtshalber in die Rettungskapseln bringen."

Oh Scheiße!

Ohne weitere Vorwarnung bückte sich Eliana, warf Ava und Natalie über ihre Schultern und rannte – durch ihr Gewicht oder das ihrer Rucksäcke nicht gebremst – mit übernatürlicher Geschwindigkeit los.

Avas Kopf schwirrte, als die Welt um sie herum auf den Kopf gestellt wurde und unscharf an ihr vorbeizischte. Sie grunzte, als Eliana abrupt stehenblieb. „Steigt ein!", befahl sie, als sie sie abstellte. Dann rannte sie wieder davon. Desorientiert sah sich Ava um, bemerkte die Reihe von Rettungskapseln und starrte Natalie entsetzt an.

Dann ging jede zum Eingang einer Kapsel und kletterte hinein.

Ava hatte kaum Zeit, ihre Tasche abzustellen, als Eliana mit Mia und Michelle über ihren Schultern zurückkam.

Eine weitere unsterbliche Wächterin schoss vorbei und sauste dann wieder auf sie zu.

Simone erschien. Der französische Unsterbliche warf einen kurzen Blick auf Ava und die anderen und wandte sich Eliana zu. „Wo sind die anderen *Begabten*?"

Obwohl Taelon und seine Schwester Ami Seth – dem mächtigen Anführer der Unsterblichen Wächter – versichert hatten, dass die zehn *Begabten* von der Erde auf Lasara willkommen sein würden, hatte Seth dennoch fünf Unsterbliche Wächterinnen damit beauftragt, über sie zu wachen und sie zu beschützen.

„In ihren Quartieren", sagte Eliana. „Ich werde sie holen. Du kannst denen hier helfen, in die Kapseln einzusteigen." Sie verschwand so schnell, dass es schien, als würde sie sich in Luft auflösen.

Simone half Ava, ihren Rucksack zu sichern und sich auf dem Einzelsitz der Kapsel festzuschnallen.

Draußen im Flur erschien Eliana mit Sam und Emily und verschwand dann wieder.

„Alles bereit?", fragte Simone.

Ava nickte, unfähig zu sprechen. Sie hatte zu viel Angst.

Simone klopfte ihr auf die Schulter und ging dann, um den anderen zu helfen.

Avas Herz hämmerte in ihrer Brust, als der Alarm weiter schrillte und eine Explosion nach der anderen das Schiff erschütterte.

„Schildintegrität beeinträchtigt", verkündete der Schiffscomputer mit angenehmer Frauenstimme. „Schilde bei neunundsiebzig Prozent."

Der Geruch von Rauch stieg Ava in die Nase.

Das konnte nicht passieren. Wie zum Teufel konnte das passieren? Sie reisten durch ein verdammtes Wurmloch oder *qhov'rum* oder wie auch immer sie es nannten! Wie konnte jemand sie angreifen?

Dani, eine der anderen unsterblichen Wächterinnen, erschien mit Allison und Charlie auf ihren Schultern. Rachel folgte mit Liz und Madeline.

Michaela – die fünfte Unsterbliche – blieb neben ihnen stehen, zählte schnell und sauste dann wieder davon.

Weitere Explosionen erschütterten das Schiff, als Dani, Rachel und Simone alle anderen in Kapseln sicherten. Die Luken begannen, sich zu schließen.

„Ich werde Eliana und Michaela bei der Evakuierung der Lasaraner helfen", sagte Simone.

Rachel nickte. „Wir auch."

„Passt auf euch auf!", rief Dani, bevor sie davonrasten.

Die Luke der Kapsel wurde mit einem Zischen versiegelt.

Weitere Explosionen erschütterten das Schiff.

„Schilde bei vierundfünfzig Prozent", meldete der Computer ruhig.

Ava umklammerte die Armlehnen mit weißen Knöcheln.

Das kann nicht passieren. Das kann nicht passieren.

„Schilde bei zweiunddreißig Prozent."

Boom! Boom! Boom!

Das war ein Kriegsschiff einer fortschrittlichen außerirdischen Zivilisation! Es konnte *nicht* zerstört werden!

Oder doch?

„Schilde bei zwanzig Prozent."

Ihr Atem wich einem panischen Keuchen.

Boom! Boom! Boom! Boom!

„Schilde bei dreizehn Prozent."

Plötzlich hörte sie ein grollendes Geräusch. Abrupt wurde Ava in ihren Sitz gedrückt, während hinter dem Sichtfenster der Rettungskapsel das Licht flackerte.

Oh Scheiße. Sie feuerten die Kapseln ab!

Einen Herzschlag später war nur schwarzer Raum vor dem Fenster.

Ein kleines graues Raumfahrzeug schoss vorbei, dicht gefolgt von einem eleganten schwarzen Jäger.

Licht blitzte auf, als der schwarze Jäger seine Waffen abfeuerte.

Zwei weitere Jäger schossen vorbei.

Dann füllten die strahlenden Wände des *qhov'rum* das Fenster und verdeckten alles andere.

Avas Augen weiteten sich, als die Kapsel darauf zuflog.

Licht explodierte um sie herum. Ein kreischendes, knirschendes Geräusch dröhnte durch die Kapsel, so laut, dass es fast ohrenbetäubend war.

Sie schrie und hielt sich die Ohren zu.

Dann herrschte Stille, die nur durch ihr schnelles Atmen und das Hämmern ihres Pulses in ihren Ohren gestört wurde.

Mit großen Augen starrte Ava durch das Fenster in den ruhigen, schwarzen Raum.

„Evie?", sagte sie leise. Hatte sie nicht gehört, dass die Lasaraner den Computer auf der *Kandovar* so nannten? Sie hatten etwas davon erwähnt, dass sie ihn nach dem Ingenieur benannt haben, der ihn installiert hatte ... oder vielleicht entworfen hatte ..., aber sie konnte sich nicht erinnern, ob es der Name des Ingenieurs war oder die Initialen E.V.

„Ja?", antwortete die weibliche Stimme des Schiffscomputers – dieselbe Stimme wie auf der *Kandovar.*

„Was ist gerade passiert?"

„Die Rettungskapsel hat die Wände des *qhov'rum* durchbrochen."

Das hatte sie vermutet. „Was ist mit den anderen Rettungskapseln?"

„Unbekannt. Ich kann keine in Reichweite orten."

„Und der Jäger?" Sie hatte eine Menge Jäger gesehen, die sich einen surrealistischen Kampf geliefert hatten, der sie an Star Wars erinnerte, als die Kapsel auf die Wände des *qhov'rum* zugeflogen war. Wenn einer der Angreifer ihr gefolgt wäre ...

„Keine lasaranischen oder gathendischen Jäger in Reichweite."

Ihre Augen weiteten sich. „Die Grauen waren Gathendier?"

„Positiv."

Diese Arschlöcher! „Was ist mit dem Schiff? Wo ist die *Kandovar*?" Sie konnte sie nicht durch das Fenster sehen, und das Schiff war so gigantisch, dass man es nicht übersehen könnte.

„Unbekannt."

Ihre Angst wuchs exponentiell. „Was meinst du mit ‚unbekannt'?"

„Ich kann die *Kandovar* nicht orten, und sie reagiert auch nicht auf meine Rufe."

„Was bedeutet das?"

„Ich kann die *Kandovar* derzeit nicht finden."

„Du kannst das Schiff nicht finden?", platzte sie heraus, als Panik in ihr aufstieg.

„Korrekt."

„Weißt du, warum?"

„Nicht mit Sicherheit."

„Kannst du eine Vermutung anstellen?"

„Positiv. Ich bin in der Lage, mehrere Erklärungen zu erfinden, bin jedoch nicht in der Lage, die Richtigkeit jeder einzelnen abzuschätzen, ohne ..."

„Dann sag mir einfach deine beste Vermutung!", blaffte Ava nervös. Sie musste wissen, wo sie war und was vor sich ging.

„Aufgrund der schnellen Erschöpfung der Schilde der *Kandovar*, der verringerten Manövrierfähigkeit innerhalb des *qhov'rum*, dem Kampfgeschehen, durch das die Rettungskapsel geflogen ist, und der Energiespitze, die ich kurz bevor wir den Kontakt verloren haben, wahrgenommen habe, halte ich es für wahrscheinlich, dass die *Kandovar* zerstört wurde."

Ava keuchte. „Das ganze Schiff?"

„Positiv."

All diese Leute ...

Waren die Kapseln ihrer Freunde zur gleichen Zeit gestartet wie ihre? Hatten die Unsterblichen Wächterinnen es zu ihren eigenen Kapseln geschafft? Sie hatten den Lasaranern helfen wollen, als sie sie das letzte Mal gesehen hatte.

Und was war mit den Lasaranern? Den Yona?

Tränen stiegen ihr in die Augen. „Was ist deine zweitbeste Vermutung?" Bitte eine, in der die Zerstörung der *Kandovar* nicht vorkam.

„Möglicherweise können wir die *Kandovar* nicht rufen, weil die Kapsel zu weit außerhalb ihrer Reichweite ist."

„Wie ist das möglich? Wir haben sie gerade erst verlassen."

„Das *qhov'rum* treibt Schiffe mit Geschwindigkeiten an, die selbst die schnellsten Antriebe nicht erreichen können. Wenn das *qhov'rum* weiter funktionsfähig war, nachdem die Kapsel die Wände durchbrochen hat, hat es das Schiff und andere Raumfahrzeuge im Inneren bereits über eine Distanz transportiert, für deren Überquerung diese Kapsel mit ihrem schwächeren Antrieb viele Monate brauchen würde."

Ava starrte durch das Fenster in die Weite des Weltalls.

Als Prinz Taelon sie herumgeführt und ihnen die Rettungskapseln erklärt hatte, hatte er ihnen gesagt, dass jede dafür ausgerüstet war, zwei Monate lang darin zu überleben.

Nicht *viele* Monate. *Zwei* Monate.

„Gibt es Außenposten der Lasaraner oder der Yona in unserer Nähe?"

„Negativ."

„Sind Mitglieder der Aldebarianischen Allianz in unserer Nähe?"

„Negativ."

„Gibt es bewohnbare Planeten, die nah genug sind, dass wir sie innerhalb von zwei Monaten erreichen können?"

„Negativ."

Ava schluckte.

Was zum Teufel sollte sie tun?

Kapitel Eins

AVA LÄCHELTE, ALS DER Wind ihr Haar peitschte. Sie, Eliana, Natalie, Simone und Michaela hatten sich alle in ihr schnittiges schwarzes Muscle-Car aus den Siebzigern gequetscht und sangen gerade ein paar Oldies mit, während sie eine gerade, zweispurige Landstraße hinunterrasten.

Van Morrisons „Brown Eyed Girl" dröhnte aus den Lautsprechern, während alle mitjohlten. Ava und Natalie waren die einzigen Sterblichen. Die anderen drei waren mächtige unsterbliche Wächter. Alle fünf hatten braune Augen und dunkles Haar, das von Kastanienbraun bis Schwarz reichte, und ein strahlendes Lächeln.

Da keine Kurven oder Biegungen vor ihr lagen, trat Ava aufs Gas. Sie liebte dieses Auto. Ihr Vater hatte viele Wochenenden damit verbracht, es liebevoll zu restaurieren, während Ava ihm geholfen hatte und die beiden Oldies wie die summten, die sie gerade hörte. Sie war so begeistert gewesen, als er und ihre Mutter ihr das Auto zum Highschool-Abschluss geschenkt hatten. Der Motor war immer noch in ausgezeichnetem Zustand und schnurrte vor sich hin. Die moderne Stereoanlage rockte. Sie liebte den glänzenden schwarzen Lack und den höllisch schweren Rahmen, der jedes heutige Auto oder SUV pulverisieren und sie bei einem Unfall schützen würde, obwohl sie nicht vorhatte, einen zu haben.

Auf beiden Seiten der Straße zogen saftige Weiden und grüne Wälder vorbei. Die Sonne schien auf sie herab. Und trotz der drückenden Sommerhitze wehte ihnen eine kühle Brise entgegen.

Normalerweise führten Fahrten über Land sie über holprigen, schlecht geflickten Beton oder Asphalt. Diese Straße sah jedoch aus, als wäre sie erst kürzlich fertiggestellt worden. Der Beton war von einem so blassen Grau, dass er fast weiß *war, und hatte weder Schlaglöcher noch Risse, vielleicht weil es hier so wenig Verkehr gab. Sie hatten seit Beginn ihrer Fahrt kein einziges Auto gesehen. Ava blickte zu Eliana hinüber, die entspannt auf dem Beifahrersitz saß. Ihre Freundin zwinkerte, als sie den Text des Liedes sang. Ava lächelte. Von allen unsterblichen Wächtern, mit denen sie sich angefreundet hatte, mochte sie Eliana am liebsten. Eliana war ungefähr vierhundert Jahre alt und eins dreiundfünfzig groß, während Ava knapp eins sechzig war und langes schwarzes Haar hatte, das ihr der Wind, der um sie herum peitschte, ins Gesicht wehte. Außerdem war sie mutig, lebenslustig und konnte so ziemlich jedem in den Arsch treten.*

Ava dagegen war schon immer eher schüchtern gewesen und ihr bisheriges Leben sehr isoliert. Wie ihre Mutter war sie mit telepathischen Fähigkeiten geboren worden, die schwer zu kontrollieren waren. Die Gedanken anderer hatten sie unaufhörlich bombardiert. Und sie hatte erst als Teenager die Kontrolle darüber erlangt. Deshalb hatten ihre Eltern ein Haus auf dem Land ohne Nachbarn in der Nähe gekauft und sie zu Hause unterrichtet, bis sie alt genug gewesen war, um zu verstehen, wie gefährlich es war, auf die Gedanken anderer Kinder zu reagieren, als hätten sie sie ausgesprochen. Sogar mit ihr auf den Spielplatz zu gehen, hatte zu unangenehmen Zwischenfällen geführt, also hatten sie sie zu Hause behalten und ihr Bestes getan, um die Lücke der fehlenden Freundschaften selbst zu schließen.

Einigen Kindern hätte es wahrscheinlich nicht gefallen, vermutete sie. Bis heute stellten ihre Eltern die Maßnahmen in Frage, die sie ergriffen hatten, und die ihr eine „normale" Kindheit genommen hatten. Aber Ava liebte sie dafür. Ja, sie war manchmal einsam gewesen. Sie hatte Kinder in Filmen und Fernsehsendungen spielen gesehen und sich gewünscht, sie hätte Freunde in ihrem Alter. Aber in den seltenen Fällen, in denen ihre Mutter oder ihr Vater sie in die Öffentlichkeit mitgenommen hatten, hatte sie die Hässlichkeit in den Gedanken der Männer und Frauen – und sogar der Kinder –, denen sie begegnet waren, gehört und verstanden.

Trotzdem hatte sie ihre Eltern angefleht, sie auf die Highschool gehen zu lassen, wo sie Mädchen und Jungen in ihrem Alter kennenlernen konnte.

Sie hatte es noch nicht einmal ein Jahr durchgehalten, bevor sie wieder mit dem Unterricht zu Hause begonnen hatte. **In Filmen und Fernsehsendungen wurde oft gezeigt, welch abscheuliche Dinge Mädchen zueinander sagten und einander antaten, wie gemein sie zu neuen Kindern sein konnten und wie viel Spaß sie daran hatten, andere zu quälen und auszugrenzen.** *Aber das war nichts im Vergleich zu ihren Gedanken und den Dingen, die sie sagen und tun* wollten.

Einige der Jungen waren freundlich gewesen. Sie hatte sich sogar in einen verliebt. Aber seine lüsternen Gedanken für ein anderes Mädchen zu hören, hatte das zunichtegemacht.

Ava hatte in ihrem Leben also nicht wirklich viele Kontakte geknüpft, bis das Netzwerk, das die Unsterblichen Wächter unterstützte, ihr einen Job angeboten hatte. Der Zweck des Netzwerks bestand darin, den mächtigen Unsterblichen auf jede erdenkliche Weise zu helfen, die Bedrohung durch die Vampire in Schach zu halten. Das Netzwerk schützte auch andere Begabte *wie Ava, die unerklärlicherweise mit einer höherentwickelten DNA geboren wurden, die ihnen besondere Fähigkeiten verlieh, und intervenierte, wenn diese Fähigkeiten ans Licht kamen. Sie schätzte, dass etwa drei Viertel der Angestellten dort Menschen waren. Der Rest waren* Begabte, *also hatte sie endlich einen Ort gefunden, wo sie dazugehörte.*

Sie hatte Freunde gefunden. Sie hatte angefangen zu daten. Sie hatte sogar ein oder zwei Liebhaber gehabt.

Aber sie beneidete Eliana um ihren mutigen, kühnen Geist. Eliana konnte sich mit jedem anfreunden. Sie sprudelte vor Energie und war immer auf der Suche nach neuen Abenteuern. Und sie war tough. Sie war eine furchterregende Kriegerin, die keine Schwierigkeiten hatte, sich unter ihren unsterblichen männlichen Gegenstücken zu behaupten.

Es war also unnötig zu erwähnen, dass Ava begeistert gewesen war, als Eliana ihr angeboten hatte, ihr Selbstverteidigung beizubringen.

Während Ava sich wieder auf die Straße konzentrierte, zog eine Wolke über ihnen vorbei und verdunkelte die strahlende Sonne.

Im nächsten Moment waren das Auto, die Straße und die anderen Frauen verschwunden, und durch einen Wald ersetzt. Ava fand sich auf einem unbefestigten Weg wieder, den Tiere aus dem üppigen Laub geschnitzt hatten.

Oder vielleicht Dirtbikes. Möglicherweise war er sogar breit genug, um mit einem dieser ATV-Dinger darauf zu fahren. Doch als sie weiterging, wurden die Pflanzen am Wegesrand immer dichter und begannen schon bald, in den Pfad zu ragen.

Stirnrunzelnd hielt sie inne und sah sich um. „Eliana?", rief sie. „Natalie?" Keine Antwort.

Wo waren alle hin verschwunden? Wie waren sie getrennt worden?

Der Wald um sie herum wurde dunkler.

War die Sonne untergegangen? Wenn ja, würde sie sich beeilen müssen, wenn sie ...

Sie sah sich mit finsterer Miene um. Moment! Wohin waren sie unterwegs gewesen?

Mit wachsendem Unbehagen ging Ava schneller. Der unbefestigte Weg wurde immer schmaler, die glatte Oberfläche wurde narbig, gefurcht und mit Steinen übersät, die das Vorankommen erschwerten und sie zwangen, langsamer zu gehen. Das Letzte, was sie tun wollte, war, sich den Knöchel zu verdrehen.

Zweige und riesige Wedel von Pflanzen, die sie für tropisch hielt, aber nicht identifizieren konnte, breiteten sich über den Weg aus und schlugen ihr ins Gesicht und auf die Arme. Aber Ava schob sie beiseite und ging weiter, ohne auf die schmerzhaften Schnitte zu achten, die sie verursachten. Das Gelände wurde felsiger, der Hang steiler. Und bald wurde aus dem Spaziergang ein Aufstieg.

Ava atmete angestrengter, als sie den Berghang hinaufkletterte und sich an Steinen und Felsbrocken festhielt. Schnaufend stellte sie ihre Füße vorsichtig auf zwei Felsen, während sie sich gegen einen dritten lehnte. „Eliana!", rief sie.

Nur das Echo ihrer eigenen Stimme antwortete.

„Simone! Michaela!"

Wieder nur das Echo.

„Eliaaanaaaaaa!", schrie sie so laut sie konnte. Die Sinne der unsterblichen Wächter waren so scharf, dass sie aus fünf Meilen Entfernung jemanden in Zimmerlautstärke sprechen hören konnten. Wenn die drei Unsterblichen in der Nähe wären, würden sie sie hören.

Aber keine von ihnen antwortete. Auch das Laubwerk wiegte und bog sich nicht so, wie es der Fall wäre, wenn die unsterblichen Frauen auf sie zu rannten.

Mit wachsender Angst setzte Ava ihren Aufstieg fort. Die Muskeln in ihren Armen und Oberschenkeln begannen zu schmerzen. Mehrere Meilen am Tag auf einem Laufband zu laufen, hatte sie nicht darauf vorbereitet, auf einen verdammten Berg zu klettern. Der Pfad stieg jetzt so stark an, dass sie sich an den Stämmen junger Bäume festhalten musste, um sich hochzuziehen.

Keuchend griff sie nach einem weiteren dünnen Stamm, der sie an Bambus erinnerte. Wenn sie es einfach bis auf den Gipfel von was auch immer das war schaffen konnte, könnte sie sich vielleicht orientieren und herausfinden, wo sie war.

Doch sobald sie sich daran hochzog, rutschte der dünne Schössling abrupt aus der Erde. Erdklumpen und kleinere Steine regneten auf Ava herab, als sie rückwärts schwankte. Erst rutschte ein Fuß ab, dann der andere. Schreiend hielt sie sich verzweifelt an einem anderen Ast fest. Mit beiden Füßen suchte sie nach Halt, schaffte es jedoch nicht wegen der Lawine aus Erde und Steinen, die sie unbeabsichtigt ausgelöst hatte.

„Scheiße!" Entsetzen packte sie, als sie nach unten blickte.

Der Hang unter ihr sah jetzt noch steiler aus.

So steil, dass sie sich sicher war, dass sie sterben würde, wenn sie fiele.

Mit den Zehen eines Schuhs landete sie auf einem kahlen Felsen und fand Halt. Sie flüsterte ein Stoßgebet und schob ihren Fuß vorsichtig nach vorn, bis der gesamte Schuh auf solidem Felsen stand. Sie rutschte mit dem anderen Fuß hinüber und musste etwas lose Erde wegschieben, bevor sie Halt fand. Sobald beide stabilen Halt hatten, verlagerte sie ihr Gewicht vorsichtig, bis der größte Teil ihres Gewichts auf ihren Füßen lastete, und lehnte sich an den Felsen vor sich.

Sie zitterte am ganzen Körper und keuchte. „Elianaaaaaa!", schrie sie erneut, als Tränen in ihre Augen stiegen.

Wo waren sie?

Das Laub über ihr raschelte.

Eine große Hand legte sich um ihr Handgelenk.

Ava erschrak und zuckte so heftig zusammen, dass sie fast wieder den Halt verlor. Ihr Kopf schoss in die Höhe.

Silberne Augen glitzerten in einem hübschen Gesicht, das von langen schwarzen Haaren eingerahmt war.

„Bitte!", flehte sie. „Hilf mir!"

Etwas flackerte in diesen Augen, bevor sie zu dem Ast wanderten, an den sie sich klammerte. „Lass den Ast los."

Sie ließ den Ast los und umklammerte sein Handgelenk mit beiden Händen. Als würde sie kaum mehr als ein Kind wiegen, zog er sie nach oben. Die Muskeln in seinem Arm spannten sich an. Ava versuchte, wo immer sie konnte, Fuß zu fassen, um ihm zu helfen, während immer mehr dieser verdammten grünen Wedel ihr Gesicht streiften und ihr die Sicht auf ihn versperrten. Für einen langen Moment waren sie alles, was sie sehen konnte, doch sie wollte nicht einmal mit einer Hand loslassen, um sie beiseitezuschieben.

Der Fels unter ihren Füßen neigte sich und machte Gras und knorrigen Baumwurzeln Platz, bevor der Boden unter ihren Füßen so eben wurde, dass sie stehen konnte.

Avas Retter wandte sich ab und ging vor ihr her, ohne zu protestieren, dass sie seinen Arm immer noch umklammerte. Dann teilte sich das Laub, und sie traten auf eine Wiese von der Breite dreier Garagen.

Der Mann drehte sich zu ihr um.

Ava dachte nicht nach. Sie handelte einfach. Sie ließ seinen Arm los, stürzte vor, warf ihre Arme um seine Taille und umarmte ihn stürmisch. „Danke!", sagte sie zitternd. „Danke!"

Einen kurzen Moment später legten sich starke Arme um sie und hielten sie fest. Eine große Hand strich sanft über ihr Haar, während sie darauf wartete, dass das Zittern nachließ.

Einen Augenblick lang hatte sie geglaubt, sie würde sterben.

Als ihre Angst nachließ, begann sie, ein paar Dinge an diesem Mann zu bemerken, der sie festhielt.

Er war groß. Sein Kinn war weit über ihrem Kopf, also musste er um die zwei Meter groß sein. Die Arme, die sie hielten, waren muskulös. Auch die Brust, an die sie ihre Wange geschmiegt hatte, war stark.

Und kahl.

Ein Teil ihrer nervigen Schüchternheit kehrte zurück. Röte kroch ihren Hals bis zu ihren Wangen empor, als sie ihn losließ und einen Schritt zurückwich. Dann noch einen. Und ihn das erste Mal richtig sah.

Ihre Augen weiteten sich. Wow! Er war umwerfend. Und fast nackt. Und …

Sie starrte ihn an.

Nicht menschlich.

Seine Haut hatte einen silbrigen Ton mit einem kaum erkennbaren Muster, das ... Schuppen ähnelte?

Ja. Obwohl die Farbunterschiede so schwach waren, dass sie die Augen zusammenkneifen musste, um sie zu sehen, schienen das wirklich Schuppen zu sein. Aber seine Haut fühlte sich weich an. Sie hatte auch einen subtilen Schimmer, der Regenbogenstreifen bildete, wenn die untergehende Sonne darauf fiel, ähnlich wie Öl auf Wasser, obwohl sie sich trocken anfühlte.

Ihr Herz schlug schneller. Er war unglaublich fit, mit gut definierten Bizepsen, stark ausgeprägten Brustmuskeln, einem Sixpack und muskulösen Oberschenkeln, die unbedeckt waren, weil das einzige Kleidungsstück, das er trug, Shorts waren, die sie an enge Badehosen erinnerten.

Zumindest hoffte sie, dass es Badehosen waren. Sonst hätte sie ihn in Unterwäsche erwischt.

Langes schwarzes Haar streifte seine Schultern und fiel über seinen Rücken, während es sich im Wind bewegte.

Sprachlos wich Ava einen weiteren Schritt zurück.

Er streckte eine Hand nach ihr aus. „Vorsicht!"

Als er nach rechts nickte, folgte sie seinem Blick und keuchte.

Die schöne Wiese, auf der sie standen, endete nur drei oder vier Meter entfernt in einer Klippe, die hoch über dem Meer lag.

Fluchend ging sie schnell wieder auf ihn und den Wald zu.

Sie war kein Fan großer Höhen.

Er musterte sie neugierig. „Bist du eine Lasaranerin?" Sie mochte seine Stimme. Sie war ein sanftes, tiefes Grollen, das in ihr den Wunsch weckte, sie noch einmal zu hören.

Dann bemerkte sie, dass er eine Frage gestellt hatte.

Lasaranerin?

Sie blinzelte. Oh. Richtig. Sie waren auf dem Weg nach Lasara. „Nein. Ich bin ein Erdling.*" Es fühlte sich so seltsam an, das zu sagen, aber sowohl die Lasaraner als auch die Yona, die sie kennengelernt hatte, fanden es seltsam, dass ihr Volk sich nicht nach seinem Planeten nannte.*

War dieser Mann ein Yona-Krieger? Die Haut der Yona, die sie bisher gesehen hatte, hatte einen viel intensiveren Grauton. Und es fehlten die Schuppen. Also ... vielleicht doch nicht.

Er runzelte die Stirn. „Ich verstehe nicht."

„Ich komme von der Erde." Die Erde war so weit von den Grenzen der Aldebarianischen Allianz entfernt, dass ihr Raumsektor von niemandem außer den verdammten Gathendiern erkundet worden war, die offenbar darauf bedacht waren, jede Rasse außer ihrer eigenen auszurotten und deren Planeten zu übernehmen.

Er schüttelte den Kopf. „Ich kann deine Worte nicht verstehen."

„Oh." Dann war er definitiv kein Yona. Wenn das andere Aussehen seiner Haut sie hatte zweifeln lassen, dann bestätigte sein Stirnrunzeln es. Yona zeigten keine Emotionen. Nie. Aber vielleicht war dieser Mann ein Hybride und nur zur Hälfte Yona?

„Sprichst du Purveli?", fragte er.

Sie schüttelte den Kopf. Sie hatte noch nie von Purveli gehört. Aber die Lasaraner mussten mit ihnen zu tun haben, sonst würde der Übersetzerchip, den sie Ava in den Kopf implantiert hatten, es ihr nicht ermöglichen, ihn zu verstehen.

Schade, dass sie dadurch nicht auch in der Lage war, seine Sprache zu sprechen. Leider erforderte das ein neueres Modell des Übersetzerchips, und nach dem langen Aufenthalt im Weltraum hatten die Lasaraner keine mehr an Bord gehabt.

„Alliance Common?", fragte er. Anscheinend hatte ihr Retter entweder keinen Übersetzerchip oder sein Chip war noch nicht mit der Datenbank der irdischen Sprachen ausgerüstet, wie die der Lasaraner und Yona.

„Ja", sagte sie erleichtert. „Ein bisschen." Die Technologie auf der Erde war so wenig zuverlässig, dass sie sich nicht nur auf den Übersetzerchip hatte verlassen wollen und angefangen hatte, Alliance Common zu lernen, nur für den Fall, dass der Chip sie jemals im Stich ließ. „Danke, dass du mir geholfen hast!"

Seine Miene hellte sich auf, und er deutete eine Verbeugung an. „Das habe ich gern getan. Bist du Lasaranerin? Ist dein Übersetzerchip defekt?"

Es gab also Fehlfunktionen! „Nein. Ich bin nicht von Lasara. Ich komme von einem Planeten namens Erde."

Er neigte den Kopf. „Erde?"

„Ja. Sie ist …" Innerlich fluchte sie, dass sie nicht schneller gelernt hatte. Wie sollte sie ihm sagen, dass die Erde auf der anderen Seite der Galaxie war, ohne das Wort für Galaxie zu kennen? „Sie ist weit, weit weg", war das Beste, was ihr einfiel. „Weit weg. Meine Freundinnen und ich waren mit Prinz Taelon auf dem Weg nach Lasara, und …" Sie biss sich auf die Lippe und blickte in den Wald. „Ich weiß nicht, was passiert ist. Wir wurden getrennt und …" Sie zuckte hilflos mit den Schultern. „Ich weiß nicht. Ich weiß nicht einmal, wo ich bin oder wie ich hierhergekommen bin."

Seine hübschen Gesichtszüge wurden weicher. „Du bist auf Purvel."

Sie deutete auf das wunderschöne blaue Meer. „So heißt dieser Planet?"

Er nickte und lächelte sie an. „Ja, und ich bin ein Purveli." Er streckte seinen Arm aus. „Mein Name ist Jak'ri."

Lächelnd ergriff sie seine Hand und schüttelte sie. „Ich bin Ava. Schön, dich kennenzulernen, Jak'ri."

Er blickte überrascht auf ihre Hände.

„Oh." Sie errötete erneut. „Tut mir leid. Habe ich ganz vergessen. Mitglieder der Aldebarianischen Allianz geben einander nicht die Hand." Sie ließ ihn los und umfasste seinen Unterarm, der dick genug war, dass ihr Daumen und ihre Finger ihn nur zur Hälfte umspannen konnten. „Freut mich, dich kennenzulernen."

Seine Finger schlossen sich so weit um ihr Handgelenk, dass sie überlappten. „Freut mich, dich kennenzulernen, Ava." Er ließ sie los und lächelte sie freundlich an. „Ich muss dich allerdings korrigieren. Die Purveli sind nicht Mitglieder der Aldebarianischen Allianz."

Unbehagen durchströmte sie. „Seid ihr nicht?"

Die einzigen Nichtmitglieder der Allianz, von denen sie auf Prinz Taelons Schiff gehört hatte, waren die Akseli und die Gathendier. Die Akseli waren eine kriegerische Rasse, die sich als Söldner zu verdingen schien und ihre Dienste dem Meistbietenden zur Verfügung stellte. Und die Gathendier waren eine rücksichtslose Spezies, die biologische Kriegsführung einsetzte, um andere humanoide Rassen auszulöschen und deren Planeten zu übernehmen. Sie hatten diesen Mist sogar auf der Erde versucht, indem sie das Vampirvirus hergestellt und freigesetzt hatten. Aber sie hatten nicht damit gerechnet, dass das Virus in Begabten mutierte und sie zu Unsterblichen machte, anstatt sie wie Menschen in wahnsinnige Killer zu verwandeln.

Wenn Purvel nicht Teil der Allianz war ...

Er hob beide Hände, was auch hier eine beruhigende Geste zu sein schien. „Keine Angst! Ich werde dir nichts tun. Obwohl wir nicht Teil der Allianz sind, steht Purvel keinem ihrer Mitglieder feindlich gegenüber."

„Oh. Warum seid ihr dann nicht dabei?", fragte sie, denn sie hatte immer noch Zweifel.

Er senkte die Hände und schenkte ihr ein schiefes Lächeln. „Wir bleiben lieber unter uns."

Ihr Lächeln war seinem ähnlich. „Oh, das verstehe ich. So bin ich auch."

„Du bist lieber allein?", fragte er neugierig.

„Ja." Das musste sie sein. Nur so konnte sie sich entspannen, ohne von den Gedanken anderer Menschen bombardiert zu werden.

Ava erstarrte ... und konnte kaum verhindern, dass sich ihre Augen noch einmal weiteten, als sie zu ihm aufstarrte.

Sie konnte Jak'ris Gedanken nicht lesen. Sein Geist war für sie himmlisch still.

„Wenn du möchtest", sagte er, „helfe ich dir, deine Freunde zu finden. Aber du solltest dich erst ein bisschen ausruhen. Der Aufstieg hierher ist anstrengend."

Erschöpfung machte sich tatsächlich bemerkbar. „Danke." Sie setzte sich im Schneidersitz auf den Boden.

Jak'ri ließ sich neben ihr nieder und saß mit angewinkelten Beinen da, die Arme entspannt um die Knie geschlungen. „Ich hätte wissen müssen, dass du nicht von Lasara bist. Lasaranische Frauen entblößen ihre Arme nicht."

Sie senkte den Blick. Ihre Beine steckten in weichen Jeans. Ein buntes Top – inzwischen voller Schmutzflecken – schmiegte sich um ihre kleinen Brüste und ihre schmale Taille, die kurzen Ärmel bedeckten nur wenige Zentimeter ihrer Oberarme. Ava schmunzelte. „Nun." Dann zwinkerte sie, obwohl sie keine Ahnung hatte, woher dieser kleine Anflug von Kühnheit kam. „Vielleicht bin ich Lasaranerin und breche einfach gern die Regeln."

Er lachte. „Dann wärst du die Erste."

„Das glaube ich dir", sagte sie lachend. Die Lasaraner legten großen Wert darauf, Regeln zu befolgen.

Eine kühle Brise wehte über sie hinweg und strich ihnen die Haare aus dem Gesicht. „Die Aussicht hier ist wunderschön", bemerkte sie.

Sein Lächeln wurde weicher. „Ja. Manchmal komme ich hierher, um meine Sorgen zu vergessen."

Sie hob eine Braue. „Mit so wenig Kleidung wie möglich die Sorgen vergessen?"

Er lachte. „Ich beende meine Meditationen immer damit, dass ich schwimmen gehe." Er gestikulierte in Richtung Meer. „Ich mag es, von der Klippe zu springen."

Ihre Augenbrauen schossen in die Höhe. „Von dieser Klippe?"

Er nickte.

Sie schüttelte den Kopf. „Ich schwimme gern, aber ich würde auf keinen Fall von hier oben ins Wasser springen. Ist das nicht gefährlich?"

Er zuckte mit den Schultern. „Wir sind ein robustes Volk. Ein Sprung aus dieser Höhe ins Wasser schadet uns nicht."

Cool! Doch selbst wenn sie genauso robust wäre, bezweifelte sie, dass sie den Mut zu einem solchen Sprung aufbringen könnte.

Eine weitere Brise streichelte sie.

„Das ist schön", seufzte sie, als sich Frieden über sie legte und ihre Sorgen für einen Moment verbannte.

Wieder lächelte er. „Ganz deiner Meinung."

Ava spürte ein Flattern in ihrem Bauch, als sie seinem Blick begegnete. Es war ein harmloses Lächeln, ein freundliches Lächeln, das keinerlei Anzeichen von Flirt oder Lust erkennen ließ. Aber es war so bezaubernd und ansprechend, dass es unmöglich war, davon unberührt zu bleiben.

Obwohl ihr Herz schneller schlug, hatte sich ihre Atmung wieder normalisiert. „Ich denke, wir sollten anfangen, nach meinen Freundinnen zu suchen."

„Wie du willst." Er stand auf und bot ihr seine Hand an.

Ava nahm sie und ließ sich von ihm auf die Füße ziehen.

Sobald sie stand, ließ er sie los.

Sie blickte in Richtung Wald. Ihr Magen verknotete sich sofort vor Nervosität, als sie darüber nachdachte, den steilen Hang wieder hinabsteigen zu müssen. Der Aufstieg hatte ihr Angst gemacht. „Gibt es einen anderen Weg nach unten, den

wir versuchen könnten?", fragte sie. „Einen, der nicht so furchtbar ist?" Sie war sich
ziemlich sicher, dass das letzte Wort nicht richtig übersetzt werden würde, wollte
aber nicht furchteinflößend sagen.

Als er nicht antwortete, blickte sie zu ihm hinüber.

Er war nicht mehr da.

„Jak'ri?" Sie warf einen Blick hinter sich und drehte sich dann im Kreis.

Panik packte sie, als sie bemerkte, dass sie allein war.

„Jak'ri?", rief sie.

Was war passiert? Wo war er hin verschwunden? Wie war er verschwunden?
Sie hatte keine Schritte gehört.

Ihr Blick wanderte zum Meer.

Ihr Magen sackte in Richtung ihrer Kniekehlen.

War er von der Klippe gesprungen? Sie hatte nicht einmal gehört, wie er sich
bewegt hatte. Sie hatte weder das Rascheln des Grases unter seinen Füßen noch
das Eintauchen von jemandem ins Wasser gehört. Aber wohin zum Teufel hätte
er sonst gehen können?

Sie ging vorsichtig zum Rand und spähte darüber. Der Ozean musste
mindestens zwanzig bis fünfundzwanzig Meter unter ihr liegen. Das Wasser war
ruhig.

Sie wartete einen langen Moment. „Jak'ri?", rief sie erneut und wartete darauf,
dass er aus dem Wasser auftauchte, zu ihr hinauf grinste und winkte.

„Warnung", sagte eine Frauenstimme ruhig. „Annäherungsalarm."

Verwirrt blickte Ava sich um, sah aber niemanden. „Was?"

„Warnung. Annäherungsalarm", wiederholte die Frau, ihre Stimme ähnelte
sehr der des Computers auf der Kandovar. „Warnung. Annäherungsalarm."

Ein Alarm schrillte um Ava herum, als sich der Boden unter ihren Füßen
plötzlich bewegte. Ein großer Teil der Klippe brach ab, rutschte dann in Richtung
Meer und riss sie mit sich.

Ava schreckte mit einem Schrei aus dem Schlaf.

Über ihr blinkte ein rotes Licht, während der Alarm, den sie in ihrem Traum
gehört hatte, weiter schrillte. Sie zuckte zusammen, setzte sich auf und sah sich
in der Rettungskapsel um, die in den letzten zwei Wochen ihr Zuhause gewesen w
ar.

„Warnung. Annäherungsalarm."

Oh ja. „Alarm aus!", sagte sie laut.

Der Alarm verstummte.

„Was ist los, Evie?", fragte Ava, während sie auf den Knopf drückte, der ihr provisorisches Bett wieder in eine Art Sessel verwandeln würde.

„Ein Schiff hat den Annäherungsalarm der Rettungskapsel ausgelöst", antwortete der Computer.

Ihr Herz machte einen Sprung. „Ein Schiff?" Der Alarm hatte in der vergangenen Woche mindestens ein halbes Dutzend Annäherungsalarme ausgelöst. Doch es waren immer Asteroiden gewesen.

„Positiv."

„Welches Schiff? Ist es die *Kandovar*?"

Bitte, lass es die *Kandovar* sein, flehte sie stumm. Es war ihr nicht gelungen, mit ihr zu kommunizieren, daher hatte sie keine Ahnung, was passiert war, nachdem das lasaranische Schiff seine Rettungskapseln abgeschossen hatte. Hatten sie die Gathendier besiegt? Waren sie in Ordnung? Ging es ihren Freundinnen gut? Hatten Eliana und die anderen Unsterblichen es während des Massenexodus zu ihren eigenen Rettungskapseln geschafft? Denn als Ava sie das letzte Mal gesehen hatte, waren sie losgerannt, um der lasaranischen Crew zu helfen.

„Negativ."

„Ist es eine andere Rettungskapsel?"

„Negativ. Das Schiff ist zu groß, um als Rettungskapsel zu dienen."

„Weißt du, wessen Schiff es ist?"

„Negativ."

„Kannst du mir sagen, ob es Freund oder Feind ist?"

„Bitte Anfrage wiederholen."

Manchmal verstand der Computer Avas Fragen nur, wenn sie sehr genau formuliert waren. „Kannst du mir sagen, ob die Piloten des Schiffs Freund oder Feind sind?"

„Negativ."

„Kannst du *raten*, ob sie eher freundlich oder feindselig sind?"

„Dazu sind Spekulationen nötig, die auf einer Analyse des Schiffs selbst und nicht der Wesen darin basieren, daher ist meine Antwort möglicherweise ungenau."

„Das ist in Ordnung. Tu einfach, was du tun musst, um eine gute Vermutung anzustellen."

„Analysiere Konfiguration des Schiffs. Analyse abgeschlossen. Das Schiff ist gathendisch."

„Oh Scheiße." Ava schluckte.

„Obwohl ich nicht in der Lage bin, die Identität derer an Bord zu bestätigen", fuhr der Computer mit gleichmäßiger Stimme fort, die Avas wachsende Angst nicht beruhigen konnte, „ist die Wahrscheinlichkeit hoch, dass es sich um Gathendier handelt. Die Wahrscheinlichkeit, dass das Schiff von Piraten gekapert worden ist, ist deutlich geringer."

Es gab Weltraumpiraten? Im Ernst?

„So oder so", schlussfolgerte Evie, „die Tatsache, dass sie ihre Präsenz verborgen haben, bis sie so nah waren, und uns noch nicht gerufen haben, deutet darauf hin, dass sie feindselige Absichten haben."

„Wie nah sind sie?", platzte Ava erschrocken heraus.

„Nah genug, um die Kapsel an Bord zu holen."

„Was?", keuchte sie. „Können sie das?"

„Positiv. Eines ihrer Hangartore wird gerade geöffnet, das scheint also ihre Absicht zu sein."

„Können wir nicht irgendwas tun, um das zu verhindern?"

„Jeder Versuch, ihnen zu entkommen, wird wahrscheinlich scheitern. Aber wenn Sie es befehlen, werde ich versuchen, der Gefangennahme zu entgehen."

„Ja! Ja! Tu das! Bring uns verdammt nochmal hier raus!"

Eine unsichtbare Kraft warf sie plötzlich mit dem Rücken gegen den Stuhl.

„Versuche, Abstand herzustellen", verkündete Evie. „Bitte legen Sie Ihren Gurt an, um Verletzungen zu vermeiden."

Ava fummelte schon an den Gurten herum und ließ sie einrasten.

„Das gathendische Schiff hat die Verfolgung aufgenommen."

Ava grunzte, als sie nach links geschleudert wurde, als wäre die Kapsel eine scharfe Kurve geflogen. Gott sei Dank konnten diese Kapseln sich selbst steuern.

Sonst wäre sie schon vor Tagen bei einer Kollision mit Asteroiden gestorben. Ein weiteres Ausweichmanöver riss Ava nach rechts. „Was passiert?" Durch das Fenster konnte sie nur schwarzen Raum sehen.

„Ich versuche, dem Erfassungsstrahl des gathendischen Schiffs auszuweichen, während ich Kurs auf Asteroidengürtel 116749 nehme."

„Großartig!" Sicherlich wäre es für eine kleine Rettungskapsel einfacher, durch Asteroiden zu manövrieren, als für ein riesiges Kriegsschiff. „Lass uns sie zwischen den Asteroiden abschütteln!"

„Unwahrscheinlich", sagte Evie ruhig, als die Kapsel erneut einen Haken schlug. „Der Asteroidengürtel 116749 ist zu weit entfernt, als dass wir ihn ..."

„Versuch es einfach, verdammt!", fluchte Ava.

„Befehl bestätigt", antwortete der Computer ruhig.

Die Gurte gruben sich in Avas Schultern, als sie hin- und hergerissen wurde. Sie dachte darüber nach, Evie zu bitten, die künstliche Schwerkraft auszuschalten, wusste aber ehrlich gesagt nicht, ob das alles besser oder schlechter machen würde.

„Asteroidengürtel 116749 in Sichtweite."

„Ja!", triumphierte Ava. „Wir schaffen das!"

„Unwahrscheinlich", antwortete die stets unerschütterliche Evie. „Obwohl die Kapsel die Richtung schneller ändern kann als das gathendische Schiff und ich ihrem Erfassungsstrahl entgangen bin, verfolgt uns das Schiff immer noch und ..."

„Evie", knurrte Ava, „du bringst mich um."

„Negativ. Sie zu töten widerspricht meiner Programmierung."

„Das meine ich nicht wörtlich!", knurrte sie, als die Kapsel erneut die Richtung änderte. Gott sei Dank war sie nicht anfällig für Reisekrankheit. „Ich versuche, optimistisch zu sein!"

„Zum gegenwärtigen Zeitpunkt ist Optimismus nicht ratsam."

„Oh, verdammt nochmal!"

Das schien für den Computer keinen Sinn zu ergeben, denn Evie ignorierte es. „Annäherung an den Asteroidengürtel."

„Ja!"

„Ich plane einen Kurs durch das Asteroidenfeld."

„Danke!"

„Warnung. Annäherungsalarm."

„Scheiße!"

Ava flog plötzlich in ihrem Sitz nach vorn, als wäre die Kapsel abrupt angehalten worden. Alle Luft verließ ihre Lungen, als sie mit so viel Kraft in den Gurt fiel, dass sie überrascht war, sich keine Rippen gebrochen zu haben. Ja. Das würde definitiv blaue Flecken hinterlassen.

„Warnung. Erfassungsstrahl hat die Kapsel aufgenommen", sagte Evie, deren Stimme dabei langsamer und tiefer wurde, als ginge ihr der Saft aus.

Alle Lichter in der Kapsel gingen abrupt aus, und Ava blieb in völliger Dunkelheit zurück. Das leise Summen der Klimaanlage oder des Atmosphäregenerators oder was auch immer sie mit Luft versorgte, verstummte und hinterließ eine unheimliche Stille, die nur durch das Pochen ihres Herzens unterbrochen wurde.

Avas Körper wurde schwerelos. Ihr langes Haar schwebte um ihr Gesicht herum, als die künstliche Schwerkraft versagte.

Oh Scheiße! Die Gathendier hatten sie erwischt.

Kapitel Zwei

JAK'RI LIESS SICH NEBEN der Frau im weichen Gras nieder. Mit angewinkelten Beinen schlang er die Arme um die Knie und musterte sie verstohlen aus dem Augenwinkel.

Er hatte noch nie zuvor einen Erdling getroffen. Er hatte noch nie von ihrem Planeten gehört. Aber dass es ihr schwerfiel, Alliance Common zu sprechen, deutete darauf hin, dass sie – wie sie ihm gesagt hatte – von weit, weit herkam.

Wie war sie nach Purvel gekommen? Sie sagte, sie sei mit Prinz Taelon gereist. Aber er hatte nichts von einem bevorstehenden Besuch des lasaranischen Prinzen gehört. Tatsächlich war das Letzte, was er über Prinz Taelon gehört hatte, dass er vermisst war und für tot gehalten wurde. „Ich hätte wissen müssen, dass du keine Lasaranerin bist", bemerkte er. „Lasaranische Frauen entblößen ihre Arme nicht." Ihre waren schlank und zart mit kleinen braunen Sprenkeln, die darüber verstreut waren und ihn faszinierten.

Er senkte den Blick. Eine Hose aus einem abgewetzten blauen Stoff umhüllte schlanke Beine und schön gerundete Hüften. Ein buntes Hemd, das schmutzig und an einigen Stellen zerrissen war, umarmte Brüste, die größer waren als die einer Purveli, und eine schmale Taille.

Sie grinste und enthüllte gerade weiße Zähne. „Das ist wahr."

Er mochte ihr Lächeln. Es erhellte ein hübsches Gesicht, das weitere schwache braune Sprenkel auf Nase und Wangen und fast so viele Flecken wie auf ihrem Hemd aufwies, was von dem beschwerlichen Aufstieg zeugte, der sie zu ihm geführt hatte.

Dann zwinkerte sie. „Vielleicht bin ich Lasaranerin und breche einfach gerne die Regeln."

Er lachte. „Dann wärst du die Erste." Lasaraner hatten sehr strenge soziale Regeln, von denen eine verlangte, dass sowohl Männer als auch Frauen Kleidung trugen, die alles außer Kopf und Händen bedeckte.

„Das glaube ich dir", sagte sie mit einem eigenen Lachen.

Lasaranische Sitte verbot außerdem jeglichen körperlichen Kontakt zwischen unverheirateten Männern und Frauen im gebärfähigen Alter. Selbst wenn sie noch so verstört gewesen war, als er sie gefunden hatte, wäre es ihr nie eingefallen, ihn zu umarmen, wenn sie eine Lasaranerin wäre.

Jak'ri war froh, dass sie es nicht war. Ihre Anwesenheit und ihre Umarmung waren eine wunderbare Überraschung gewesen. Ihm gefiel, wie klein sie sich im Vergleich zu ihm anfühlte und welche Beschützerinstinkte sie geweckt hatte, als er ihr braunes Haar gestreichelt hatte, das so weich wie murwi-Fell war.

Eine kühle Brise wehte über sie und strich Ava die Haare aus dem Gesicht.

„Die Aussicht hier ist wunderschön", murmelte sie und ein wehmütiges Lächeln verwandelte sie von hübsch in umwerfend schön.

Frieden und Zufriedenheit breiteten sich aus und ersetzten die Anspannung, die ihn dazu getrieben hatte, seinen Lieblingsmeditationsplatz aufzusuchen. „Ja. Manchmal komme ich hierher, um meine Sorgen zu vergessen." Die Sorgen drehten sich – in diesem Fall – um die hitzige politische Debatte, die auf der ganzen Welt darüber tobte, ob Purvel der Aldebarianischen Allianz beitreten sollte oder nicht.

Sie hob eine Braue, als sie einen Blick auf ihn warf. „Mit so wenig Kleidung wie möglich die Sorgen vergessen?"

Er lachte. „Ich beende meine Meditationen immer damit, dass ich schwimmen gehe." Er nickte in Richtung Meer. „Ich mag es, von der Klippe zu springen."

Ihre Augenbrauen flogen nach oben. „Von dieser Klippe?"

Er nickte.

Sie schüttelte den Kopf. „Ich schwimme gern, aber ich würde niemals aus dieser Höhe ins Wasser springen. Ist das nicht gefährlich?"

Er zuckte mit den Schultern. „Wir sind ein robustes Volk. Ein Sprung aus dieser Höhe schadet uns nicht."

Sie sah nicht überzeugt aus. Vielleicht war ihre Rasse – trotz der Ähnlichkeiten im Aussehen – fragiler als die Lasaraner.

Sie hatte sich sicherlich zerbrechlich angefühlt, als er sie gehalten hatte. Die Frauen seiner Art – selbst diejenigen, die nicht so groß waren wie die Männer – waren alle robust. Jahrelanges, stundenlanges Schwimmen verlieh ihnen breite Schultern und muskulöse Arme und Brust.

Eine weitere Brise streichelte sie.

„Das ist schön", murmelte sie, und die Anspannung in ihrem Gesichtsausdruck ließ nach.

Er lächelte. „Ganz deiner Meinung. "

Sie sah ihn für einen langen Moment an, dann wandte sie den Blick ab und räusperte sich. „Ich denke, wir sollten anfangen, nach meinen Freundinnen zu suchen. "

Obwohl er lieber mehr Zeit damit verbringen würde, Ava kennenzulernen, konnte er die Sorge um ihre Freundinnen verstehen. Avas Unfähigkeit, sich daran zu erinnern, wie sie nach Purvel gekommen war, beunruhigte ihn. Hatte sie einen Unfall gehabt und eine Kopfverletzung erlitten? Er hatte keine Beulen gespürt, als er ihr übers Haar gestrichen hatte. Und seine Hand war nicht blutig gewesen. Aber er sollte sie überreden, einen Heiler aufzusuchen, nachdem sie ihre Freundinnen ausfindig gemacht hatten, um sicherzustellen, dass es ihr gut ging.

„Wie du willst. " Jak'ri stand auf und reichte ihr die Hand.

Sobald sie sie ergriff, zog er sie sanft auf die Füße. Da er die Bräuche ihres Volkes nicht kannte, ließ er sie los, sobald sie stand.

Ava blickte in Richtung Wald.

Wee-wonk! Wee-wonk!

Jak'ri schreckte auf, als ein schiffsweiter Alarm durch das Labor schrillte.

Schmerz überwältigte ihn und ließ ihn stöhnen.

Wee-wonk! Wee-wonk!

Was zum *drek*?

Benommen von dem Serum, das ihm die Gathendischen Wissenschaftler injiziert hatten, sah er sich mit schweren Lidern um.

Alles war unscharf. Sein Magen drehte sich um. Sein Kopf hämmerte.

Was hatten sie diesmal mit ihm gemacht?

Die Fesseln, die ihn am kalten Metalltisch festhielten, klirrten, als sie sich öffneten.

„Bringt ihn in seine Zelle zurück!", knurrte eine Männerstimme.

Grobe Hände packten ihn und zerrten ihn vom Tisch.

Sobald Jak'ris Füße den Boden berührten, gaben seine Knie nach. Hätten die Wachen ihn nicht fest an den Armen festgehalten, wäre er zusammengebrochen.

Jak'ri?

Er holte scharf Luft, als er eine Stimme in seinem Kopf hörte. Es war die der Frau, von der er geträumt hatte. Die Frau von –

Die gathendischen Wachen fluchten und zerrten ihn weiter.

Jak'ri fluchte in ihrer Sprache zurück und erntete dafür einen Schlag gegen seine Schläfe.

Erde! Sie hatte gesagt, sie war von der Erde.

Er fluchte leise und wünschte, der Alarm hätte ihn nicht geweckt. Er hatte keinen Moment Ruhe gehabt, seit die Gathendier ihn und Ziv'ri gefangen genommen hatten.

Jak'ri?

Er versteifte sich. Er zwang Kraft in seine Gliedmaßen, kam auf die Beine und sah sich schnell um.

Er hatte sie wieder gehört. Die Stimme des Erdlings. *Avas* Stimme. Halluzinierte er?

Einige der Tränke, die ihm diese *grunarks* in der Vergangenheit verabreicht hatten, hatten ihn Dinge sehen lassen, die nicht da gewesen waren. Einmal hatte er seinen Bruder sogar für ein Monster mit messerscharfen Zähnen gehalten und ihn beinahe angegriffen.

Blinzelnd versuchte er, klarer zu sehen, und warf einen Blick über die Schulter.

Saekro und Kunya, die gathendischen Wissenschaftler, die ihn routinemäßig folterten, trotteten aus dem Labor.

Zwei Wachen „eskortierten" Jak'ri zu seiner Zelle. Zwei weitere standen am Eingang des Labors.

Er blickte nach vorn. Die einzige andere anwesende Person war Ziv'ri. Und sein Bruder war nun schon seit zwei Tagen bewusstlos. Oder länger. Jak'ri war sich nie sicher, wie lange er bewusstlos gewesen war, wenn er aufwachte.

Nachdem sie die Tür zu seiner Zelle geöffnet hatten, stießen ihn die Wachen hinein.

Da seine Beine sein Gewicht nicht tragen konnten, stolperte Jak'ri und stürzte, wobei er sich Hände und Knie auf dem rauen Boden aufschürfte.

Fluchend drehte er sich um, ließ sich auf seinen Po nieder und zeigte den Wachen eine obszöne Geste, während er ihnen nachsah, als sie gingen.

Jak'ri?

Er schluckte, als Avas Stimme erneut in seinem Kopf widerhallte. Sein Herz schlug träge in seiner vernarbten Brust. War sie real?

Niemand hatte mehr telepathisch mit ihm gesprochen, seit ...

Er schüttelte den Kopf. Er wusste nicht, wie lange er und sein Bruder schon hier festgehalten wurden. Aber die Gathendier verabreichten ihnen *nahalae*, um ihre Fähigkeit zu blockieren, telepathisch miteinander zu kommunizieren.

Fing die Wirkung an, nachzulassen? Oder begann er vielleicht, eine Toleranz dafür zu entwickeln?

Ava?, dachte er und hielt dann den Atem an.

Minuten vergingen.

Ava?, dachte er lauter. Aber er bekam keine Antwort.

Vielleicht *hatte* er es sich eingebildet.

Vielleicht hatte er sich *Ava* eingebildet.

Traurigkeit erfüllte ihn, als er all seine Kräfte zusammenkratzte und zu den Gitterstäben kroch, die ihn von seinem Bruder trennten. „Ziv'ri", flüsterte er. Die Gitterstäbe waren weit genug voneinander entfernt, dass er seinen Arm hindurchschieben konnte, doch eng genug, um den Rest von ihm in seiner Zelle zu halten, trotz des Gewichts, das er verloren hatte, während er der Gnade der Gathendier ausgeliefert war. Sie konnten die Stäbe auch unter Strom setzen, was die Wachen gerne taten, wenn die Ärzte nicht da waren, um sich darüber zu beschweren, dass sie damit möglicherweise ihre Experimente beeinträchtigten.

Aber die Wachen schienen heute abgelenkt zu sein und schenkten ihm kaum Beachtung. Die *grunarks* ließen die Tür offen, drängten sich im Flur vor dem Labor zusammen und tuschelten über etwas, was sie über die Kommunikationsgeräte in ihren Ohren gehört hatten. Also riskierte Jak'ri es.

Er schob seinen Arm durch die Gitterstäbe, bis er seine Seite und sein Gesicht dagegen drückte, und schaffte es, das Handgelenk seines Bruders zu packen und daran zu ziehen. Schmerz schoss durch seinen Arm und seine Brust, als er Ziv'ri näher zu sich zog, bis er nur noch eine Handspanne entfernt lag.

Der jüngere Mann wachte jedoch nicht auf und gab auch keinen Laut von sich.

„Ziv'ri?", sagte Jak'ri leise. Er strich die langen Haare seines Bruders aus dessen Gesicht und legte eine Hand auf seine Stirn. Ziv'ris Haut war klamm. Von ihm ging eine besorgniserregende Hitze aus, Fieber, hervorgerufen durch das neue biotechnologisch hergestellte Virus, das die Gathendier getestet hatten. „Bruder?", rief er.

Nicht einmal sein Augenlid zuckte.

Ziv'ri?, dachte er.

Immer noch nichts.

Seine Verzweiflung wuchs.

Wie lange konnten die beiden das noch ertragen?

Er lehnte sich gegen die Gitterstäbe und legte eine Hand auf die Schulter seines Bruders.

Sie mussten einen Weg finden, dieses verfluchte Schiff zu verlassen. Das *nahalae* hatte sie daran gehindert, ihre telekinetischen Fähigkeiten einzusetzen, um sich zu befreien. Aber es musste andere Mittel geben, die sie einsetzen konnten.

Er schloss die Augen. Sie mussten fliehen, bevor es den Gathendiern gelang, Ziv'ri zu töten.

Ava?

Und bevor ihre experimentellen Drogen Jak'ri in den Wahnsinn trieben.

AVAS HERZ RASTE IN ihrer Brust. Panik beschleunigte ihren Atem. „Evie, sind Waffen an Bord?"

Stille.

Als sich ihre Augen an die Dunkelheit gewöhnt hatten, wurde ihr klar, dass es nicht ganz finster war. Das Zifferblatt ihrer Uhr leuchtete an ihrem Handgelenk. Gott sei Dank hatten die Lasaraner ihre Batterie durch eine hochwertigere ersetzt, die mindestens fünf Jahre lang weder aufgeladen noch ausgetauscht werden musste. Sie tippte auf die Oberfläche der Smartwatch, gab ihren Zugangscode ein und scrollte dann nach unten, um die Taschenlampe zu aktivieren.

Die ganze Kapsel zitterte. Ein Krachen ließ sie aufschreien, während sie sich an den Armlehnen ihres Sitzes festklammerte.

Die Haare, die um ihr Gesicht schwebten, fielen abrupt auf ihre Schultern, als ihr Gewicht sie plötzlich wieder in ihren Sitz drückte. Entweder war die künstliche Schwerkraft der Kapsel wiederhergestellt, oder das war die künstliche Schwerkraft des gathendischen Schiffs.

Scheiße. War sie auf dem gathendischen Schiff?

Diese Bastarde hatten versucht, die Erdbevölkerung mit dem Vampirvirus auszulöschen, und es wäre ihnen beinahe gelungen, dasselbe mit einem anderen Virus auf Lasara zu erreichen. Was sollte sie tun?

Sie löste den Gurt, rutschte aus dem Sitz und sah sich mit Hilfe der Taschenlampe ihrer Uhr um.

Evies Ausweichmanöver hatten alles, was nicht gesichert war, auf den Boden geworfen. Verpackungen der Nährstoffriegel und EPa-ähnlichen Mahlzeiten, von denen sie sich in den letzten zwei Wochen ernährt hatte, lagen jetzt in dem kleinen Raum verstreut. Das galt auch für das Top und die Jacke, die sie vor dem Schlafengehen ausgezogen hatte.

Ava fiel neben dem Rucksack auf die Knie, der an das winzige Lav geklemmt war, in dem sich die seltsame Weltraumtoilette befand. Sie durchsuchte den Rucksack und riss Kleidungsstücke heraus, während sie nach einer Waffe suchte. Eliana hatte ihr geholfen, den Rucksack mit Fotos und Andenken zu füllen, die sie nicht verlieren wollte, Ersatzkleidung, zusätzlichen Nahrungsriegeln und anderen lebenswichtigen Dingen. Ava und die anderen *Begabten* hatten nicht gedacht, dass sie sie brauchen würden. Schließlich reisten sie an Bord eines riesigen Kriegsschiffs nach Lasara, das ein komplettes Regiment lasaranischer Bodentruppen und Kampfpiloten sowie unzählige

Yona-Krieger an Bord hatte, die eher sterben würden, bevor sie aufgaben. Aber sie hatten getan, was die Unsterbliche verlangt hatte, und ...

Da! Sobald Ava Leder fühlte, schloss sie ihre Hand darum und riss es heraus. Sie besaß nichts aus Leder, also musste es eine Waffe sein, die Eliana hineingesteckt hatte.

Als sie sie sah, fluchte sie. Es war eine Klinge. Ein Dolch. Ein sehr scharfer, fachmännisch gefertigter Dolch. Aber Ava hatte auf einen dieser – was auch immer diese Dinger waren, die so viele der lasaranischen Krieger an ihren Hüften trugen. Troniumblaster! Das war es. Troniumblaster – gehofft.

Wie die Handfeuerwaffen zu Hause schienen auch die außerirdischen Waffen recht einfach zu bedienen zu sein. Einfach zielen und schießen. Anstatt Projektile abzufeuern, feuerten sie jedoch ...

Nun, sie war sich nicht sicher, was sie abfeuerten. Es sah aus wie Energiebälle, die Löcher in fast alles brennen konnten. Und da die Waffen über winzige, aber leistungsstarke Batterien verfügten, ging einem die Munition nicht aus. Wenn sie in der Kapsel blieb und sich hinter dem Sitz versteckte, könnte sie einen Gathendier nach dem anderen mit einem Blaster ausschalten, während sie versuchten, in die Kapsel einzudringen.

Sie glaubte natürlich nicht im Traum daran, dass sie alle Gathendier auf dem Schiff töten könnte. Aber sie könnte verdammt nochmal welche ausschalten, bevor sie selbst verletzt oder getötet wurde.

Sie betrachtete den Dolch in der Scheide. Was zum Teufel sollte sie mit einem Dolch anfangen?

Ava zog die schlanke Waffe aus der Scheide. Ein Dolch war für den Nahkampf gedacht. Man musste ganz nah dran sein, in diesem Fall an einem Außerirdischen, der weit über hundert Pfund schwerer war als sie selbst und zum Krieger ausgebildet war.

Eliana könnte mit diesem Dolch eine Menge anrichten. Sie hatte ihre übernatürliche Schnelligkeit und Kraft. Sie hatte die letzten vierhundert Jahre damit verbracht, Vampire mit Schwertern und Dolchen wie diesem zu töten. Klingen waren ihre bevorzugte Waffe.

Ava hatte jedoch erst vor vier Monaten angefangen, damit zu trainieren.

Sie schob die Klinge zurück in die Scheide. Die Wahrscheinlichkeit, dass es ihr gelang, auch nur einen der Reptilienkrieger zu besiegen, ging gegen null. Aber im schlimmsten Fall würde sie es auf jeden Fall versuchen.

Sie bückte sich, befestigte schnell die Scheide an ihrem Knöchel und zog ihr Hosenbein darüber. Ein weiterer lauter Knall ließ sie aufschrecken.

Sie richtete sich auf und sah zu, wie die runde Tür der Kapsel aufschwang. Grelles Licht blendete sie.

Sie hob eine Hand und blinzelte.

Draußen klirrte etwas. Dann füllte eine dunkle Gestalt den Eingang.

Sie ließ ihre Hand sinken und schluckte schwer.

Während jemand ihrer Größe problemlos durch den Eingang der Kapsel passte, musste sich das Wesen, dem sie jetzt gegenüberstand, ducken, um einzutreten.

Er tat es jedoch nicht. Zumindest nahm sie an, dass es ein Er war. Er war nur von der Hüfte aufwärts sichtbar. Wenn Ava nur seine Silhouette gesehen hätte, hätte sie ihn leicht für einen Menschen, Lasaraner oder Yona halten können. Er hatte einen Kopf, breite Schultern, zwei Arme und zwei Hände, die beide Blaster auf sie richteten.

Aber sie sah nicht nur seine Silhouette. Stattdessen beleuchtete das Licht des Hangars die goldene Reptilienhaut auf einer muskulösen Brust und definierten Bauchmuskeln. Die eigenartige Haut auf seinen Schultern verdunkelte sich zu Waldgrün und war so dick, dass sie der Haut eines Alligators ähnelte. Dicke dunkle Grate setzten sich über seine muskelbepackten Arme fort und verblassten an der Unterseite zu dem sanfteren Goldgelb seines Bauchs.

Der größte Teil seines kahlen Kopfes war grün und uneben wie die auf seinen Schultern und Armen. Anstelle von Ohren sah Ava nur kleine Löcher, von denen sie annahm, dass sie dieselbe Funktion hatten. Seine Haut wurde wieder glatt und hellgolden in seinem Gesicht, in dem sie zwei rötlichen Augen mit geschlitzten Pupillen, einer schmalen Nase und dünnen Lippen sah.

„Es ist weiblich." Wenn ihre Frauen keine Baritonstimmen hatten, war dieser Gathendier definitiv männlich.

Draußen ertönte ein Grunzen. „Lasaraner oder Erdling?"

Lispelten Sie den S-Laut oder war das nur ihre Einbildung?

„Unbekannt."

Vom Aussehen her sahen unterschieden Lasaraner und Menschen sich nicht. Es *gab* einige Unterschiede zwischen den Rassen, aber wenn man sie nur oberflächlich betrachtete, konnte man sie nicht identifizieren. Obwohl nicht einmal ein Prozent der Menschen auf der Erde mit besonderen Gaben geboren wurden, waren alle Lasaraner starke Telepathen. Darüber hinaus besaß jeder Lasaraner mindestens eine weitere Gabe und unglaubliche Regenerationsfähigkeiten ... so stark, dass ihm abgetrennte Finger und Zehen nachwachsen konnten. Selbst Eliana konnte das nicht. Und Unsterbliche Wächter lebten sehr lange und wurden manchmal sogar tausend Jahre alt.

Die schlangenartigen Augen des gathendischen Kriegers ließen Sie nicht los. „Lasaraner oder Erdling?"

Ava wusste nicht, welche Antwort ihr nützen oder schaden würde. Soweit sie wusste, hatten die Gathendier ihr Ziel, alle Lasaraner auszurotten, aufgegeben, als die königliche Familie von Lasara die Macht ihres Militärs auf sie losgelassen hatte und – mit Hilfe ihrer Verbündeten der Aldebarianischen Allianz – die Gathendier beinahe aus dem Universum getilgt hatten. Eine Lasaranerin würde ihnen also wahrscheinlich nicht viel nützen, was zu ihrem sofortigen Tod führen könnte.

Wenn sie andererseits zugab, dass sie von der Erde stammte, würden sie das wahrscheinlich als Gelegenheit sehen, herauszufinden, warum es ihnen nicht gelungen war, die Menschheit mit dem Virus, mit dem sie vor Tausenden von Jahren ausgewählte Menschen infiziert hatten, auszurotten.

Irgendwie glaubte sie nicht, dass es eine angenehme Erfahrung sein würde, eine Laborratte der Gathendier zu sein.

„Sprich", knurrte er.

Ava zuckte zusammen. Dann straffte sie die Schultern, presste die Lippen zusammen und hob trotzig das Kinn.

„Wenn sie dich nicht versteht", spekulierte die zweite Stimme, „muss sie ein Erdling sein."

„Ich verstehe dich", sagte sie in Alliance Common.

Die Augen des muskulösen Außerirdischen wurden schmal. „Raus!", befahl er.

„Ich bin ziemlich zufrieden hier, danke", antwortete sie ruhig und war überrascht, dass es ihr gelang, die Unsicherheit in ihrer Stimme zu unterdrücken. Sie war so verängstigt, dass sie wie Espenlaub zitterte.

Der Außerirdische kroch in die Kapsel.

Ava quietschte und versuchte, ihm auszuweichen, aber es war ein enger Raum, und er war schnell. Sie zog den Dolch, als er nach ihr griff. Sie duckte sich unter seinem Arm hindurch und rammte ihm die Klinge in den Rücken. Oder *versuchte* es zumindest. Seine Haut war so verdammt dick, dass die Klinge nur kaum mehr als vier Zentimeter tief eindrang und stecken blieb.

Brüllend wirbelte er herum und griff an. Ava versuchte, einige der Selbstverteidigungstechniken anzuwenden, die Eliana ihr beigebracht hatte, doch alles, was sie erreichte, war, sich an seiner rauen Haut die Knöchel aufzuschürfen.

Er packte sie am Hals und hob sie hoch, bis sie gefährlich auf den Zehenspitzen balancierte. „Bist du ein Erdling oder ein Lasaraner?", knurrte er ihr ins Gesicht.

Sie bekam kaum Luft und weigerte sich, zu antworten.

Er drehte sich um, ließ sie auf die Füße fallen und stieß sie zum Ausgang. Er ragte hoch über sie an der schrägen Wand auf. Prinz Taelon hatte ihnen erzählt, dass die Luke dort angebracht war, um zu verhindern, dass die Kapsel im Falle einer Wasserlandung geflutet werde.

Ava zögerte, die Leiter hinaufzusteigen. Sie wusste, dass sie das Unvermeidliche nur hinauszögerte, hatte aber Angst, die Sicherheit zu verlassen, die ihr die kleine Kapsel geboten hatte.

Der Gathendier packte sie am Nacken und rammte ihre Stirn gegen eine der Sprossen.

Schmerz schoss ihr durch den Kopf. „Ah!"

„Raus!", knurrte er.

Mit zitternden Händen erklomm Ava die Leiter und zog sich in die Öffnung hinauf. Draußen, an der Außenseite der Kapsel, stand ein Gestell, das sie an eine der fahrbaren Treppen erinnerte, die man auf einem Flughafen auf der Erde sehen konnte. Es wirkte so primitiv und fehl am Platz in dem

Hightech-Raumschiff, dass sie sich fragte, wie sehr diese Arschlöcher vom Glück verlassen waren.

Ihre Höhenangst verstärkte den Schrecken, als sie zitternd mit einem Fuß nach der obersten Stufe tastete und sich wünschte, das verdammte Ding hätte Handläufe.

Unten warteten Dutzende bewaffnete Gathendier. Jeder von ihnen hatte einen langen Schwanz, der stark genug aussah, um einen Bären von den Füßen zu fegen. Und die meisten dieser Schwänze waren mit Ringen voller Metallspitzen „verziert".

Ja. Selbst mit einem Troniumblaster hätte sie keine Chance, alle zu töten.

„Ist sie Lasaranerin oder ein Erdling?"

Ihr Blick richtete sich auf den Besitzer der zweiten Stimme – einen großen, dünnen Gathendier, gekleidet in etwas, das einem weißen Laborkittel ohne Taschen ähnelte.

„Sagt es nicht", sagte der muskulöse Bastard, als er hinter ihr herauskletterte. „Und ihre Kleidung könnte beides sein."

Gott sei Dank trug sie heute eine langärmelige Bluse.

„Ich muss es wissen!", blaffte die Laborechse.

Ava tastete vorsichtig mit ihren Zehen nach der nächsten Stufe und fragte sich, ob es möglich war, ihre Würde zu bewahren, wenn sie sich hinsetzte und sicher auf ihrem Po die steile Treppe hinunterrutschte.

Eine schwere Hand schlug ihr auf den Rücken und versetzte ihr einen harten Stoß.

Sie stürzte hinunter und schrie, als sie mit Armen und Rücken auf den harten Kanten der Stufen aufschlug, bis sie den Boden erreichte und liegenblieb. Schmerz schoss durch ihren Arm. „Auu! Scheiße!", zischte sie und drückte ihn mit ihrer freien Hand an sich. Als sie aufblickte, erstarrte sie.

Sie lag zu Füßen der Laborechse.

Triumph glänzte in den Knopfaugen des Gathendiers. „Dieses Wort ist nicht lasaranisch. Sie muss ein Erdling sein."

Ava unterdrückte ein Stöhnen. Verdammt sei ihr Hang zum Fluchen, wenn sie Schmerzen hatte oder angepisst war! Er musste fließend Lasaranisch sprechen, wenn er wusste, dass „Scheiße" nicht Teil ihrer Sprache war.

Sie drückte den Arm an ihre Brust und sah ihn böse an. „Ich habe diesen Begriff von einem Yona gelernt", sagte sie in Alliance Common.

Sein Lächeln geriet ins Wanken, als Unsicherheit in seinen rubinroten Blick trat.

Ha! Das Arschloch sprach kein Yona. Und Übersetzer übersetzten selten Schimpfwörter. Für ihn konnte sie also immer noch entweder Lasaranerin oder Erdling sein.

Mit noch schmaleren Lippen sah er den muskulösen Gathendier an, der sie gestoßen hatte, als der die Stufen hinunterstapfte und sich hinter sie stellte.

„Bringen Sie sie ins Tertiärlabor und sperren Sie sie in einer Zelle ein, während ich Commander Striornuk Bericht erstatte."

Der Muskulöse beugte sich vor und zog sie hoch.

Ava biss die Zähne zusammen, um nicht erneut zu fluchen. Ihr Rücken fühlte sich an, als hätte jemand sie mit einem Baseballschläger geschlagen. Sowohl ihre Stirn als auch ihr Arm pochten. Und sie war sich ziemlich sicher, dass diese Typen sich gerade erst aufwärmten.

Das große Tier hielt sie wie einen Welpen am Genick und zwang sie schnell vorwärts.

Der Hangar war nicht so groß wie die, die sie auf der *Kandovar* gesehen hatte, also durchquerten sie ihn schnell und gingen dann einen langweiligen Korridor entlang. Ein anderer Krieger schloss sich ihnen an und vereitelte alle Pläne, die sie vielleicht geschmiedet hatte, um ihrer Wache zu entkommen und sich zu verstecken.

Es gab jedoch eine Sache, die sie tun konnte.

Ava ließ ihren Kopf hängen, als wäre sie ausgepeitscht worden, und begann, schwer zu hinken. „Bitte", sagte sie in Alliance Common mit erbärmlich schwacher Stimme, „könnten wir langsamer machen? Ich glaube, ich habe mir beim Sturz das Bein verletzt."

Obwohl die Wache knurrte, ging er etwas langsamer.

Ava spähte durch den Vorhang ihrer Haare und versuchte, sich den Weg einzuprägen, den sie gingen, indem sie Schritte zählte, sich Abzweigungen einprägte und mögliche Stellen ausfindig machte, an denen sie sich verstecken könnte, wenn ihr die Flucht gelang.

Sie stolperte und täuschte ein Wimmern vor.

Die Hand an ihrem Hals drückte fester. „Erdlinge. Lasaraner", schnaubte er. „Beide sind wertlos."

Der andere grunzte. „Zu klein, um sie zu versklaven."

Ein Teil ihrer Angst machte Wut Platz. Wenn Eliana hier wäre, würde sie diese beiden Arschlöcher dazu bringen, das zurückzunehmen. Langsam und schmerzhaft.

Ava täuschte ein Schniefen vor und hob die Hand, als wischte sie sich die Tränen weg. „Bitte", bettelte sie klagend. „Tut mir nicht weh!"

„Das muss ich nicht", antwortete der Muskulöse. „Saekro und Kunya werden das tun."

Der andere Gathendier lachte.

Der Geruch eines Antiseptikums stieg ihr in die Nase, kurz bevor sie ein kleines, hochmodernes Labor betraten, gegen das der Rest des Schiffes wie Müll von einem Schrottplatz aussah. Hier war alles weiß und makellos sauber.

Alles außer der Zelle, die auf einer Seite daran angrenzte. Die sah aus wie etwas aus dem verdammten Mittelalter, nur ohne den Schmutz. Sie war grau, hatte einen rauen Boden und etwas, das aussah wie Eisengitter, das mit einer Tür versehen war. Sie enthielt keine Möbel, nur eine zerfledderte Decke und eine undurchsichtige Glasscheibe von der Größe einer Tür an der Rückwand.

Die Wache blieb vor der Tür stehen und wischte mit seinem Handgelenk über eine glänzende Stelle daran, die etwa die Größe einer Kreditkarte hatte.

Ein Piepton folgte, dann öffnete sich die Tür.

Okay. Definitiv nicht mittelalterlich. Anstelle von Schlüsseln brauchte man, was im Handgelenk der Wache steckte, um die Tür zu öffnen.

Als er ihr einen weiteren Stoß gab, tat Ava so, als würde sie stolpern, obwohl sie damit gerechnet hatte.

Die Tür fiel klirrend ins Schloss. Als das Schloss verriegelte, piepte es erneut.

„Was habt ihr mit mir vor?", fragte sie in Alliance Common. Dann nutzte sie ihre Telepathie und drang in die Gedanken der Wache ein.

Oder *versuchte* es. Zu ihrem großen Schock und ihrer Bestürzung konnte sie nichts sehen oder hören.

Er nickte zur anderen Seite der Zelle. „Stell dich an die gegenüberliegende Wand, und ich sage es dir."

Sie bezweifelte das, aber dass sie sie für naiv und hilflos hielten, könnte ihr helfen, also wich sie zurück, bis ihre Schulterblätter an den Gitterstäben gegenüber der Tür ruhten. „Was habt ihr mit mir vor?", wiederholte sie zitternd.

Grinsend holte er etwas aus seiner Tasche, das wie ein kurzer Zauberstab aussah, und berührte damit die Gitterstäbe.

Elektrizität knisterte in der Luft und schoss durch ihren Körper, wo sie die Gitterstäbe berührte. Ava verkrampfte sich und biss die Zähne aufeinander. Jeder Muskel kontrahierte, sodass sie sich nicht bewegen konnte, als etwas, das sich wie Flammen anfühlte, sie von innen versengte.

Lachend zog die Wache den Zauberstab zurück.

Ava sackte mit zuckenden Gliedmaßen zu Boden.

„Das und noch mehr", sagte er, als die beiden sich umdrehten, um zu gehen. „Das und noch viel mehr."

„Willkommen auf der *Cebaun*", sagte der andere mit einem heiseren Lachen, kurz bevor die Labortür hinter ihnen ins Schloss fiel.

Lange Minuten vergingen, während ihr Herz in ihrer Brust stolperte. Der Geruch von versengtem Haar stieg ihr in die Nase. Tränen liefen aus ihren Augenwinkeln, als sie dort lag, wo sie hingefallen war, und sich jeden Zentimeter ihrer Umgebung genau ansah.

Der Operationstisch im Labor machte ihr Angst. Aber der Schmerz, der ihren Körper quälte, beanspruchte die meiste Aufmerksamkeit. Sobald sie sich wieder bewegen konnte, rollte sie sich auf die Seite und zwang ihren schmerzenden Körper auf Hände und Knie. Dann kroch sie in die Ecke und rollte sich auf der Decke zusammen.

Obwohl sie alt und grob gewebt war, roch sie überraschend sauber und war glücklicherweise frei von Ungeziefer.

Sie starrte auf die Tür, durch die die Wachen verschwunden waren, legte den Arm an die Brust und wartete gespannt auf die Laborechse.

Kapitel Drei

EINE KÜHLE BRISE UMWEHTE Jak'ri, als er den Weg zur Klippe mit Blick auf die Runaka-See hinaufstieg. Die Müdigkeit zerrte an ihm, bremste seine Schritte und machte es schwieriger, Halt zu finden. Hitze peitschte auf ihn ein. Der Durst machte seinen Mund so trocken wie die Kameshi-Wüste.

Warum hatte er nicht ein bisschen Bolosi mitgenommen? Normalerweise tat er das, wenn er wanderte. Ein paar Schlucke des süßen Beerensafts konnten ihn stundenlang hydrieren. Und er wollte ein wenig Zeit damit verbringen, den Trost hier zwischen den Pflanzen und Bäumen zu genießen – während die Welt unter ihm lag –, bevor er ins Meer unter sich eintauchte.

Endlich begann das Gefälle, weniger steil zu werden. Er kletterte über die Kante, richtete sich zu seiner vollen Größe auf und ging weiter, wobei er große Wedel beiseiteschob. Andere würden sich vielleicht über die Pflanzen beschweren, die ihnen den Weg versperrten, aber ihm gefiel der Gedanke, dass sie die Hand ausstreckten, um ihn willkommen zu heißen.

Es war ein abstruser Gedanke. Aber er erlaubte sich die Fantasie.

Einige der Knoten in seinen Schultern begannen sich zu lösen, als der Geruch des Meeres seine Nase kitzelte. Die Anspannung ließ nach, und ein Lächeln umspielte seine Lippen, als er ins Freie trat und den Wald hinter sich ließ. Er vergaß sogar seinen Durst und den Hunger, als er tief einatmete und mit einem langen Seufzer wieder ausatmete.

Deshalb kam er hierher.

Dieser Frieden. Diese Stille. Der weite, offene Raum. Das Gefühl, ganz allein auf der Welt zu sein.

Links von ihm hörte er ein Rascheln.

Er blickte in diese Richtung und runzelte die Stirn.

Das sollte besser ein Tier sein. Er war nicht in der Stimmung für ein Gespräch mit –

Er riss die Augen auf, als sich das Blattwerk öffnete und Ava herausstolperte, wobei sich Ranken und Blätter an ihr festklammerten, als wollten sie sich nicht von ihr trennen. Sie drehte sich um und befreite sich vorsichtig aus ihrem grünen Griff.

„Nur weiter so", sagte sie amüsiert, „und ich denke, ihr mögt mich ein bisschen."

Sobald sie frei war, drehte sie sich zu Jak'ri und dem Rand der Klippe um.

Ihr hübsches Gesicht strahlte, als sie lächelte. „Jak'ri! Du bist hier!"

Es war unmöglich, nicht zurückzulächeln. „Ich bin hier."

Sie rieb ihre Hände und ging auf ihn zu. „Ich kann nicht glauben, dass ich diesen Ort wiedergefunden habe." Sie trug dieselbe Kleidung, in der er sie schon einmal gesehen hatte: blaue Hose und ein buntes Hemd, das sich beim Gehen an ihre schlanke Gestalt schmiegte.

Und die Art, wie sie ging ...

Feminin und verführerisch, ohne aggressiv sexuell zu sein, und er fand es sehr ansprechend.

„Ich auch nicht", antwortete er verspätet und versuchte, seinen Blick nicht zu lange auf ihren Brüsten und ihren schön gerundeten Hüften verweilen zu lassen.

Ihr Lächeln wurde zögernd. „Ist es ... okay, dass ich hier bin?"

Er legte den Kopf schief. „Was bedeutet okay?"

Sie verzog das Gesicht. „Entschuldige. Mein Alliance Common ist noch nicht so, wie ich es gern hätte. Ich habe gefragt, ob es in Ordnung ist, dass ich hier bin, oder ob du etwas gegen meine Anwesenheit hast." Sie deutete auf das Meer und die reiche Natur, die sie umgab. „Ich weiß, dass das hier dein Meditationsort ist. Zumindest glaube ich, dass du es so genannt hast."

„Das ist es", nickte er. „Und ich begrüße deine Gesellschaft, Ava. Es ist schön, dich wiederzusehen."

Ihr Lächeln wurde breiter. „Wirklich?"

„Wirklich. Möchtest du dich setzen?" Er fühlte sich seltsam müde, wollte es aber nicht zugeben.

„Ja. Gern."

Sie setzte sich mit gekreuzten Beinen mit Blick auf das Meer hin.

Jak'ri ließ sich neben ihr nieder. Er beugte die Knie, schlang die Arme darum und verschränkte die Hände. „Wie bist du hierhergekommen?"

Ihr Lächeln wurde wehmütig. „Ich weiß nicht. Ich glaube, ich konnte einfach nicht aufhören, an diesen Ort zu denken. Er ist so schön. So friedlich." Sie warf ihm einen Blick zu. „Ich fühle mich hier sicher."

Sicher? Gab jemand oder etwas ihr das Gefühl, nicht sicher zu sein?

Sie hatte sich verlaufen, als er sie das letzte Mal gesehen hatte, nicht wahr? Sie hatte nach ihren Freundinnen gesucht.

Er öffnete den Mund, um zu fragen, ob sie sie gefunden hatte, aber sie sprach zuerst.

„Ich habe auch gehofft, dass ich dich wiedersehen würde."

Was auch immer er fragen wollte, verschwand, als sich etwas Warmes in seiner Brust entfaltete. „Wirklich?"

„Ja. Du gibst mir auch das Gefühl, sicher zu sein." Sie schenkte ihm ein verschmitztes Lächeln. „Oder vielleicht hatte ich einfach nur gehofft, dass ich dich wieder ohne Hemd sehe."

Er lachte.

Eine zarte Röte kroch in ihre Wangen, als sie die Hände über ihr Gesicht rieb. „Ich kann nicht glauben, dass ich das gerade gesagt habe."

„Ich auch nicht." Lasaranerinnen waren nicht für ihre Kühnheit bekannt, und er vergaß immer wieder, dass sie keine war. „Aber ich bin froh, dass du es getan hast."

Lachend ließ sie ihre Hände sinken. „Da gehe ich jede Wette."

Jak'ri hob die Arme, ergriff die Rückseite seines Hemdes im Nacken und zog es über seinen Kopf. Er warf es beiseite und ließ seine Muskeln spielen. „Wie ist das?"

„Sehr schön", sagte sie mit einem Schmunzeln und starrte ihn dann mit einem komischen, fast ehrfürchtigen Blick an. „Oooooh! So viele Muskeln!"

Lachend schlang er wieder die Arme um seine angewinkelten Knie. Aber er bemerkte, dass ihr Blick von seinem Gesicht zu seinem Körper hinunterwanderte.

Sie neigte den Kopf. „Sind das Narben an deiner Seite? Oder sind das ... ähm ... es tut mir leid. Ich kenne das Alliance Common-Wort für Tätowierungen nicht."

„Was sind Tätowierungen?"

„Auf der Erde injizieren manche Menschen mit Nadeln Tinte unter ihre Haut, um dauerhafte Zeichen oder Bilder darauf zu hinterlassen." Sie deutete auf eine Stelle über seinem Brustkorb, wo drei Linien auf seiner Haut zu sehen waren. *„Deine sind erhaben, wie es bei unseren Narben oft der Fall ist, aber sie sind so perfekt ausgerichtet, dass ich dachte, eure Tätowierungen wären vielleicht dreidimensional."*

„Das sind keine Tätowierungen", sagte er ihr, testete das Wort und fragte sich, ob sie ihren eigenen Körper mit solchen Bildern verziert hatte.

„Oh. Dann sind es Narben?" Sie biss sich auf die Lippe. *„Tut mir leid. War es unhöflich, dich danach zu fragen?"*

„Nein. Es war nicht unhöflich. Und es sind auch keine Narben."

„Oh."

Er spürte, dass sie fragen wollte, aber fürchtete, ihn zu beleidigen. *„Das sind Kiemen."*

Sie starrte ihn lange an, ohne zu blinzeln. *„Tut mir leid. Ich glaube, mein Übersetzer hat das nicht richtig verstanden. Das sind was?"*

„Kiemen."

„Wie die, die Fische haben?"

„Ja." Aus ihrem fassungslosen Gesichtsausdruck schloss er, dass ihre Leute keine hatten.

Ihre Augen wurden immer größer. *„Kiemen, die dich unter Wasser atmen lassen?"*

„Ja."

Ihre braunen Augen begannen zu funkeln. *„Du kannst also unbegrenzt unter Wasser bleiben?"*

„Ja."

Mit einem breiten Grinsen streckte sie die Hand aus und gab ihm einen freundschaftlichen Knuff gegen die Schulter. *„Hammer!"*

Er lachte und schaffte es, nicht umzukippen. *„Ich weiß nicht, was das bedeutet."*

„Das heißt, ich kann es nicht glauben! Ich bin so neidisch!", rief sie, ihr Gesicht strahlend vor Freude.

„Ich vermute, du hast keine Kiemen?"

„Nein. Kann ich sie anfassen?" Mit großen Augen schlug sie sich die Hand vor den Mund. *„Das habe ich gerade nicht einfach so gesagt. Das tut mir so leid. Ich bin nur neu in der ganzen Sache mit den Begegnungen mit Außerirdischen, und meine Begeisterung und Neugier bringen mich manchmal dazu, Sachen rauszuplatzen, die ich normalerweise nicht sagen würde."*

Er sah verwirrt aus. *„Normalerweise fragt man Männer also nicht, ob man sie anfassen darf?"*

Lachend gab sie ihm einen weiteren Knuff. *„Ach, sei still. Du weißt, was ich meine."*

Er schmunzelte. *„Ja. Und ja, du darfst sie anfassen."* Er ließ seine Arme um seine angewinkelten Beine geschlungen, sodass seine Kiemen sichtbar waren.

Ava ging auf die Knie, rutschte näher heran und streckte die Hand aus.

Jak'ri hielt in Erwartung ihrer Berührung den Atem an.

Ihre Finger berührten seine Haut so sanft, dass es fast kitzelte.

„Du musst nicht zögern", sagte er ihr.

Ein Ausdruck der Verwunderung breitete sich auf ihrem hübschen Gesicht aus, als sie den Druck verstärkte, ihre Finger über seine Haut gleiten ließ und jede Kieme nachzeichnete. *„Sie fühlen sich an wie Narben."*

Seine Haut prickelte, als sie ihn streichelte. *„Hast du Narben?"*, fragte er und gab seiner eigenen Neugier nach.

Sie nickte, setzte sich auf ihren wohlgeformten Po, zog die Knie an die Brust und griff nach ihrem Hosenbein, um es hochzuziehen. Ein Netz aus weißen Narben spannte sich über einen Knöchel.

Jak'ri streckte die Hand aus und berührte sie. Wie sie gesagt hatte, waren sie erhaben, die Haut zwischen und um sie herum war weich unter seinen Fingern. *„Wie hast du sie dir zugezogen?"*

„Ich bin zu nahe an einem Riff geschwommen, und eine Welle ist über mir gebrochen und hat mich dagegen geschleudert. Mein Fuß blieb hängen, und als ich ihn herausgezogen habe, habe ich mir dabei den Knöchel aufgeschnitten."

Mit Schnitten, die tief genug waren, um Narben wie diese zu hinterlassen, musste sie geblutet haben, was in den Ozeanen von Purvel gefährliche Raubtiere angelockt hätte. War es genauso, wo auch immer das passiert war? *„Du schwimmst?"*

„Oh ja. Ich schwimme gern. Deshalb beneide ich dich wirklich um deine Fähigkeit, unter Wasser zu atmen." Sie richtete ihre Aufmerksamkeit wieder auf seine Kiemen, streckte die Hand aus und berührte sie erneut. „Sie sehen aus und fühlen sich an, als wären sie versiegelt. Tun sie das, wenn du nicht im Wasser bist?"

„Ja." Er fragte sich, ob sie bemerkte, dass seine Hand immer noch um ihren Knöchel lag. Er sollte sie wahrscheinlich loslassen. Aber ihre Haut war so weich. Und der Kontakt berührte ihn auf überraschende Weise. Auch ihre Berührung an seiner Seite weckte Gefühle der Anziehung, die so lange unterdrückt gewesen waren, dass sie fremdartig wirkten.

Fremdartig, aber gut.

So gut, dass seine Schwimmshorts seine Erregung nicht würden verbergen können, wenn er nicht etwas tat, um seinen Körper abzukühlen.

„Du hast gesagt, du schwimmst." Er nickte in Richtung Meer. „Möchtest du sehen, wie meine Kiemen im Wasser aussehen?"

„Ja!", rief sie und schien dann sofort ihre Meinung zu ändern. „Warte!" Sie warf einen Blick auf den Rand der Klippe. „Du willst von hier aus ins Wasser springen?"

„Oder tauchen. Egal."

„Ähmmmmm."

„Würde es dir schaden, aus dieser Höhe zu springen?"

„Ich denke, das könnte es. Wir sind hier ziemlich weit oben." Sie sah sich um. „Gibt es vielleicht eine Stelle weiter unten, von der wir springen könnten?"

„Die gibt es. Aber der Weg dorthin ist tückischer als hierher."

„Wie tückisch?"

Einige Minuten später standen er und Ava da und starrten auf die andere Stelle. Sie war ziemlich groß. Fast so groß wie die Wiese, die er und Ava gerade verlassen hatten. Und der einzige Weg, dorthin zu gelangen, bestand darin, sich an Felsvorsprüngen und gelegentlichen Simsen, auf die man seine Füße stützen konnte, die senkrechte Felswand entlangzuhangeln.

„Das ist ziemlich tückisch", sagte sie.

„Aber die Stelle ist näher am Meer als mein Meditationsplatz, also ist der Sprung –"

„– oder der Sturz –"

„ – nicht so schlimm."

Sie verzog das Gesicht und deutete auf die Stelle. „Wie sollen wir da hinkommen?"

„Es gibt genug Felsvorsprünge, an denen man sich festhalten kann, um uns dorthin zu bringen."

„Ich denke, was du damit sagen willst, ist, dass es Felsvorsprünge gibt, an denen du dich festhalten kannst", sagte sie. „Ich bin kein erfahrener Kletterer." Sie blickte auf das Meer hinunter, wo es gegen das Land unter ihnen traf.

Jak'ri musste nicht hinsehen, um zu wissen, dass hier unter ihnen – anders als unter der Stelle, die er empfohlen hatte – ein Strand lag, der mit Felsen und Felsbrocken übersät war.

„Nun, von hier aus zu springen geht definitiv nicht."

Er lächelte. „Ich kann dich zu der anderen Stelle bringen." Er hatte den Weg viele Male zurückgelegt, manchmal mit einem Rucksack voller Ausrüstung auf dem Rücken.

Zweifel zeichneten sich auf ihren Zügen ab. „Wie? Ich gebe es nicht gern zu, aber ich habe Höhenangst. Wenn du also glaubst, dass meine Hände ruhig genug sind, um mich dorthin zu bringen – "

„Ich kann dich auf meinem Rücken tragen."

Ava schwieg einen Moment. „Ich weiß das Angebot zu schätzen", sagte sie langsam, als fürchtete sie, sie könnte ihn beleidigen, „aber ich muss Nein sagen." Sie warf erneut einen Blick auf die Stelle und dann auf die Felsen im Sand unter ihnen. „Ja. Das ist definitiv ein Nein."

Im nächsten Moment hangelte sich Jak'ri mit Ava auf seinem nackten Rücken die Felswand entlang. Ihre schlanken Arme um seinen Hals, die Beine um seine Taille geschlungen, schaffte sie es, sich festzuhalten, ohne ihn zu würgen.

„Wie zum Teufel habe ich mich von dir dazu überreden lassen?", schnaubte sie, ein ängstliches Zittern in ihrer Stimme.

Er streckte die Hand aus und schob seine Finger in eine kleine Spalte im Felsen. „Ich kenne das Wort nicht."

„Welches Wort? Teufel?"

„Ja."

„Oh. Das ist sowas wie srul. *Wie zum* srul *habe ich mich von dir dazu überreden lassen?", wiederholte sie, diesmal mit einem in der Allianz weit verbreiteten Schimpfwort.*

Er lachte.

Es tat gut, wieder zu lachen. Aus irgendeinem Grund schien es, als hätte er das schon sehr lange nicht mehr getan.

„Und wo zum srul ist der Rest meiner Kleidung?", platzte sie heraus. „Ich habe nur meinen BH und mein Höschen an!"

Er lachte wieder. „Du hattest Angst, dass deine Kleider dich im Wasser beschweren würden. Du kannst dich nicht erinnern, sie ausgezogen zu haben?" Die um ihn geschlungenen Beine waren wunderbar nackt. Der flache Bauch, der an seinem Rücken klebte, auch.

„Nein. Ich fürchte, dass du mich über die Felsen da unten baumeln lässt, hat irgendwas in meinem Gehirn kurzgeschlossen."

Tatsächlich waren sie inzwischen so weit gekommen, dass unter ihnen keine Felsen mehr waren, sondern nur tiefes Wasser. Aber sie war wahrscheinlich zu nervös, um nach unten zu blicken. „Vielleicht habe ich dich nur dazu überredet, sie auszuziehen, weil ich dich ohne Hemd sehen wollte." Er lächelte sie über seine Schulter schief an.

„Schau nicht mich *an! Schau, wo du hinkletterst!", hätte sie fast geschrien. Aber sie lächelte.*

Lachend gehorchte er.

Minuten später betrat er den breiten Felsvorsprung. Er drehte sich zum Meer um und legte einen Arm um sie. „Es ist okay*", sagte er und hoffte, dass er das Erdwort richtig benutzte. „Du kannst jetzt loslassen."*

Sie löste ihre Knöchel und ließ langsam ihre Beine sinken. Ihre Arme schlossen sich fester um seinen Hals.

„Ohne mich zu würgen, wenn möglich", krächzte er.

Sie entspannte ihren Griff. „Entschuldigung. Du bist so groß, dass ich mit meinen Zehen den Boden nicht berühren kann."

Er tätschelte sie erneut. „Es ist okay*. Ich habe dich."*

Sie ließ los.

Jak'ri hielt sie fest, bis ihre Zehen den Boden berührten.

Ava schlang ihre Arme um seine Taille und klammerte sich an ihn.

Obwohl sie ihn festhielt, gelang es Jak'ri, sie so zu drehen, dass er sie ansehen konnte.

Er bemühte sich sehr, die Spitze nicht zu bemerken, die über ihren Brüsten spannte und einen verlockenden Blick auf ihre rosafarbenen Brustwarzen erlaubte. Als sein Körper auf ihren Druck reagierte, vergrößerte er diskret den Abstand zwischen ihren Hüften.

Sie lehnte sich ein wenig zur Seite und spähte auf das Meer weit unter ihnen, dann vergrub sie ihr Gesicht an seiner Brust. „Im Ernst, wie hast du mich dazu überredet?"

Er streichelte ihr weiches Haar. „Du hast dich dazu überredet. Du wolltest meine Kiemen sehen, erinnerst du dich?"

„Verdammte Neugier", brummte sie.

Grinsend drehte Jak'ri sie so, dass sie aufs Meer blickten. „Schau."

Sie drehte den Kopf, blickte auf das Meer und atmete mehrmals tief durch, was ihre Ängste etwas zu lindern schien. „Wie sicher ist dieser Vorsprung?"

„Mein Vater sagt, es gibt ihn schon seit vielen Generationen hier."

Das Zwitschern der Vögel erregte ihre Aufmerksamkeit. Jak'ri folgte ihrem Blick, als sie aufblickte.

Leuchtend blaue und gelbe Iswani sangen, als sie von den Nestern herabspähten, die sie in die Klippenwand gebaut hatten.

Avas Arme entspannten sich. Dann lächelte sie zu ihm auf. „Ich bin überrascht, dass das nicht dein Meditationsplatz ist. Hier ist es genauso schön. Und noch einsamer."

Als eine Brise eine Haarsträhne über ihre Augen zog, strich er sie weg und hinter ihr Ohr. „In den regnerischen Monaten ist der Zugang schwieriger."

Sie grinste. „Das kann ich mir vorstellen." Sie holte tief Luft und atmete langsam wieder aus. „Okay. Ich kann das." Sie trat vorsichtig einen Schritt von ihm weg.

Als Jak'ri sie widerwillig losließ, umklammerte sie seine Hand mit ihrer.

„Lass nicht los", sagte sie schnell.

„Das habe ich nicht vor."

Sie straffte ihre Schultern und stellte sich neben ihn. Ein seltsames Gefühl von Stolz erfasste ihn, als er zusah, wie sie ihre Angst besiegte. „Du hast doch gesagt, dass unter uns keine Steine sind, oder?"

„Ja."

„Solange der Wind uns also nicht in die Felswand weht, sollten wir von hier aus gut springen können."

Er nickte. „Der Wind ist heute nicht sehr stark. Aber normalerweise springe ich sowieso mit Anlauf."

„Mit Anlauf. Gut zu wissen."

Er drückte ihre Hand. „Ich hätte dich nicht dazu ermutigt, wenn ich glauben würde, dass dir etwas passieren könnte, Ava."

Ein Teil der Anspannung verschwand aus ihren Zügen, als sie ihn anlächelte. „Ich weiß. Ich vertraue dir."

Diese Worte trafen ihn mitten in der Brust und ließen sein Herz schneller schlagen. „Falls du deine Meinung geändert hast –"

„Auf keinen Fall. Lass uns das machen." Sie lächelte. „Bevor ich die Nerven verliere."

„Wie du willst."

„Warte. Können wir das zusammen machen?"

„Ja."

Sie schloss ihre Finger fester um seine Hand. „Darf ich deine Hand weiter halten?"

Er nickte. „Ich mag es, wenn du meine Hand hältst."

Sie lächelte. „Könnten wir einfach springen, ich meine, nicht kopfüber?"

„Ja."

„Okay." Sie blickte erneut auf den Ozean. „Dann lass es uns machen."

„Ich zähle bis drei", sagte er. „Eins."

„Ich kann nicht glauben, dass ich das mache."

„Zwei."

Sie grinste. „Das ist verrückt!"

„Drei!"

Die beiden schossen nach vorn, liefen die paar Schritte bis zum Rand und sprangen.

Ava schrie, als sie in die Tiefe stürzten.

Jak'ri lächelte und drückte ihre Hand, während der Wind, der durch ihren Fall entstanden war, ihre Haare hochwehte.

Dann trafen sie auf die Meeresoberfläche.

Das Wasser schloss sich über ihren Köpfen. Blasen umgaben sie und kitzelten seine Haut, als er und Ava langsamer wurden. Dann trat er mit den Füßen und brachte sie beide an die Oberfläche.

Avas Kopf tauchte neben seinem auf. Sie ließ seine Hand los, wischte sich das Wasser aus den Augen und strich ihr Haar zurück. „Das war wunderbar!", schrie sie fast.

Jak'ri lachte, während er sie sorgfältig beobachtete, um einzuschätzen, wie gut sie als Schwimmerin war. Erleichtert bemerkte er, dass sie keine Schwierigkeiten hatte, den Kopf über Wasser zu halten. „Es macht Spaß, nicht wahr?"

„Ja. Ich wünschte, wir könnten ..." Ihre Augen weiteten sich, als sie ihn anstarrte. Ihr Mund blieb offenstehen.

„Ava?" Er runzelte die Stirn. „Was ist?"

„Dein Haar. Gerade war es schwarz. Aber jetzt ist es Silber."

„Ah." Er strich seine dicken Haare zurück. „Das Wasser verändert die Farbe."

Es kam ihr seltsam vor, dass sie auf Purvel war und dennoch so wenig über sein Volk wusste.

Sie streckte die Hand aus, fing einige der langen silbernen Strähnen auf, die an der Oberfläche um seine Schultern schwammen, und rieb sie zwischen ihren Fingern. Dann starrte sie ihn erneut an.

Als sie nichts mehr sagte, flackerte Unbehagen in ihm auf. „Findest du es ... unattraktiv?"

Ihre Augenbrauen schossen nach oben. „Was? Nein, natürlich nicht." Ihr Blick wanderte weiter über ihn. „Überhaupt nicht. Ich verstehe jetzt, warum eine der Frauen, mit denen ich früher zusammengearbeitet habe, sich immer zu Silberfüchsen hingezogen gefühlt hat."

Er runzelte die Stirn. „Was ist ein Fuchs?"

„Es ist ein kleines Säugetier auf der Erde."

Das verwirrte ihn nur noch mehr. „Deine Freundin hat sich zu Tieren hingezogen gefühlt?"

Sie lachte. „Nein. Silberfuchs *ist ein Begriff, den Frauen manchmal verwenden, um ältere Männer mit grauem Haar zu beschreiben."*

„Ich bin nicht alt", beeilte er sich zu betonen, unsicher, warum es so wichtig war, dass sie ihn nicht als älter wahrnahm. „Genau das passiert mit unseren Haaren, wenn sie nass sind."

„Sie werden silbern?"

Er nickte. „Es wird angenommen, dass es ein Abwehrmechanismus ist, der in unseren Genen verankert ist. Wenn wir schwimmen, haben Raubtiere größere Schwierigkeiten, uns zu erkennen, wenn sie ins Sonnenlicht blicken."

„Oh. Richtig. Auf meinem Planeten ist es normal, dass Haie und andere Meerestiere an ihrem Bauch heller sind als auf ihrem Rücken." Lächelnd berührte sie erneut sein Haar und strich dann mit ihren Fingern über eine seiner Augenbrauen, die ebenfalls silbern waren. „Es gefällt mir."

Gut. „Es gibt noch einen weiteren Unterschied zwischen unseren Spezies, den du vielleicht nicht bemerkt hast."

„Ach so?" Sie beobachtete ihn neugierig, als er eine Hand zwischen sie hob und seine Finger spreizte, wodurch Schwimmhäute zwischen ihnen sichtbar wurden, die fast bis zu den ersten Fingerknöcheln reichten. Sie riss die Augen auf. „Unglaublich! Du hast Schwimmhäute an den Fingern?"

„Und Zehen."

Wieder dieses bezaubernde Grinsen auf ihrem Gesicht. „Das ist so verdammt cool!" Sie nahm seine Hand und trieb näher, um sie zu betrachten, wobei ihre schlanken Beine gelegentlich seine berührten.

Jak'ri lächelte. „Ich weiß nicht, was verdammt *bedeutet."*

Ohne ihren Blick von seinen Fingern abzuwenden, sagte sie: „So was wie drekking, *nur sauberer."*

Er lachte.

„Und cool bedeutet in diesem Fall unglaublich interessant."

Er grinste. „Ich bin froh, dass sie dir gefallen."

Sie ließ ihn los und bewegte ihre Arme und Beine, um sich über Wasser zu halten. „Ich wette, damit kannst du schnell schwimmen."

„Sehr schnell", bestätigte er. Dann zog er eine Braue hoch. „Möchtest du es sehen?"

„Ja!"

Er wandte sich von ihr ab. „Halt dich an meinen Schultern fest."

Ihre kleinen Hände legten sich auf seine Schultern.

Er tätschelte eine. „Festhalten. Und wenn du Luft holen musst, lass einfach los."

„Okay."

„Bereit?"

Sie holte tief Luft. „Mm-hmm."

Jak'ri tauchte unter die Oberfläche und begann zu schwimmen. Da er nicht wollte, dass sie den Halt verlor, fing er in gemächlichem Tempo an und schwamm dann schneller, bis er wie eine morilium-*Rakete durch das Wasser schoss.*

Ava beeindruckte ihn. Sie konnte den Atem wesentlich länger anhalten als viele andere Wesen ohne Kiemen. Er war schon im Kreis geschwommen, zurück in Richtung Klippe, als ihre Hände ihn verließen. Jak'ri hielt sofort inne und drehte sich um, um zu beobachten, wie sie sich auf das Sonnenlicht zubewegte.

Einen Moment später tauchte er neben ihr auf.

Strahlend holte sie tief Luft und wischte sich das Wasser aus dem Gesicht. „Das war unglaublich!"

Erneut bemerkte er, dass er lächelte, was er in ihrer Nähe oft tat. „Freut mich, dass es dir gefallen hat."

„Du bist so schnell!"

Er nickte. „Du solltest die Purveli mit Schwänzen sehen. Die sind noch schneller."

Ihr Mund klappte auf. „Einige von euch haben Schwänze?"

Er grinste. „Nein. Ich wollte nur deine Reaktion sehen."

Lachend schob sie eine Welle in seine Richtung.

Jak'ri lachte.

„Es ist seltsam", sagte sie immer noch lächelnd. „Das Wasser brennt nicht in meinen Augen. Normalerweise muss ich beim Schwimmen im Meer eine Schutzbrille tragen, damit das Salz nicht brennt. Ist das Süßwasser?"

„Nein. Unsere Ozeane sind Salzwasser."

„Hmm." Sie schien verwirrt. Dann leuchtete ihr Gesicht auf. „Oh. Kann ich deine Kiemen sehen?"

Er nickte. „Ich muss untertauchen. Ich kann nicht gleichzeitig Luft und Wasser atmen."

„Okay."

Er sank unter die Wasseroberfläche und zeigte ihr seine Kiemen.

Als sie auftauchten, lächelte sie. „Ich bin so neidisch. Ich würde gern stundenlang schwimmen können, ohne Luft holen oder ein Atemgerät tragen zu müssen. Meine Freundin Eliana kann unglaublich lange den Atem anhalten. Darum beneide ich sie."

Plötzlich runzelte sie die Stirn. Ihr Lächeln verschwand, als sie sich umsah.

„Ava? Geht es dir gut?"

„Nein, ich ..." Sie drehte sich langsam, ihre braunen Augen zusammengekniffen, während sie die Klippe und den Strand in der Ferne absuchte. „Ich habe gerade an Eliana gedacht und ... "

„Und was?" Sie wirkte plötzlich düster.

„Ich weiß nicht, wo sie ist", murmelte sie fast geistesabwesend.

„Du hast sie nicht gefunden?"

Sie drehte sich wieder zu ihm um. „Kommt dir irgendetwas ... komisch vor?"

„Ich bin mir nicht sicher, ob ich verstehe, was du meinst."

Sorge schlich sich in ihre Gesichtszüge und löschte die Freude aus, die sie wenige Augenblicke zuvor erhellt hatte. „Kommt dir irgendetwas an alldem nicht richtig vor?"

Er runzelte die Stirn. „Nein."

Sie warf einen Blick auf das Wasser. „Warum brennt das Wasser nicht in meinen Augen?"

„Ich weiß nicht."

„Als wir unter Wasser waren und du so schnell geschwommen bist, waren meine Augen weit geöffnet, aber es hat sich nicht angefühlt, als ob Wasser in sie eindringen würde."

Jak'ri wusste nicht, was er darauf antworten sollte.

Er warf einen Blick auf das Wasser, konnte aber keine Erklärung finden. Als er wieder aufsah, stockte ihm der Atem. Ein großer Bluterguss, so dick wie sein Daumen, zog sich plötzlich über die gesamte Breite ihrer Stirn. „Ava? Was ist mit deiner Stirn passiert?"

„Was meinst du?"

„Sie ist verletzt."

„Was?"

„Ja. Ist dir beim Schwimmen irgendwas aufgefallen?" Er hatte sich schnell bewegt, um sie zu beeindrucken, aber nicht so schnell, dass ihm Hindernisse in ihrem Weg entgangen wären. „Oder vielleicht, als wir von der Klippe gesprungen sind?" Er hatte kein Holz oder irgendetwas anderes unter ihnen schwimmen sehen, bevor sie eingetaucht waren.

„Nein." Sie zuckte plötzlich zusammen und sah sich erschrocken um. „Was war das?"

„Was meinst du?"

„Hast du das nicht gehört?"

Er lauschte aufmerksam. „Die Vögel?"

Sie schüttelte den Kopf, als Angst sich in ihr Gesicht schlich. „Es war ein klirrendes Geräusch."

Er runzelte die Stirn. „Nein. Ich habe nichts gehört. Ava, was ist mit deiner Stirn passiert?"

Ihre verletzte Stirn runzelte sich, als sie den Horizont absuchte, nach ... er wusste nicht, was. „Er hat meinen Kopf gegen die Leitersprosse gestoßen", sagte sie geistesabwesend.

Wut stieg in ihm auf. „Wer? Jemand hier auf Purvel?"

Wieder schüttelte sie den Kopf und sah ihn an. Feuchtigkeit stieg in ihre hübschen braunen Augen, als sie näherkam und ihre Hände auf seine Schultern legte. „Jak'ri ... ich glaube nicht, dass ich auf Purvel bin."

Verwirrt sah er sich um. Im Süden erstreckte sich die Runaka-See so weit das Auge reichte. Im Norden lag die Klippe, von der sie gesprungen waren. Und hinter dem Sandstrand im Westen lag ein üppiger Wald.

Er begegnete ihrem Blick und legte eine Hand an ihre Wange. „Das ist Purvel, Ava. Das ist meine Heimatwelt. Da bin ich mir sicher."

Sie biss sich auf die Lippe. „Ich wünsche mir, dass es wahr ist. Das tue ich wirklich."

„Es ist wahr", beharrte er. „Jetzt sag mir, wer dir wehgetan hat."

Sie hob eine Hand und berührte mit zitternden Fingern den blauen Fleck an ihrer Stirn.

Jak'ris Sorge wuchs, als er einen noch dunkleren blauen Fleck auf der blassen, gesprenkelten Haut ihres Unterarms bemerkte.

Er ergriff sanft ihre Hand und zog sie von ihrer Stirn weg. „Was ist da passiert?"

Sie zuckte zusammen, als er ihren Arm ein wenig drehte, damit er den dunkelvioletten Fleck untersuchen konnte, der ihn verunstaltete. „Er hat mich die Treppe hinuntergestoßen."

Was zum drek? „Wer?"

„Der Gathendier."

Jak'ri starrte sie an. „Auf Purvel gibt es keine Gathendier, Ava." Die Lasaraner und ihre Verbündeten der Aldebarianischen Allianz hatten vor langer Zeit die gathendische Flotte fast ausgelöscht, und alles, was noch übrig war, in die äußersten Bereiche der Galaxis vertrieben.

Sein Herz zog sich zusammen, als eine Träne über ihre Wimpern quoll und eine Wange hinunterlief.

Sie schluckte. „Deshalb glaube ich nicht, dass ich auf Purvel bin."

Jak'ri starrte sie nur verständnislos an.

Sie deutete auf das weite blaue Meer hinter der Klippe. „Ich glaube nicht, dass das real ist." Eine weitere Träne lief ihr über die Wange. „Und ich möchte wirklich, dass das real ist, Jak'ri." Sie legte ihre Arme um ihn, drückte ihr Gesicht an seinen Hals und drückte ihn fest an sich. „Ich wünschte, das wäre echt", sagte sie verzweifelt. „Ich wünschte, du wärst echt."

Er legte einen Arm um sie und hielt sie fest an sich, während er sie über Wasser hielt. „Ich bin echt, Ava. Ich bin hier und halte dich." Er drückte ihr einen Kuss aufs Haar. „Alles wird gut. Ich werde nicht zulassen, dass dir noch einmal jemand wehtut."

Sie drückte ihn fester und flüsterte: „Ich wünschte, das wäre real."

Und die Verzweiflung in ihrer süßen Stimme ließ ihn auch weinen.

AVA WEINTE FAST, ALS eine große Hand ihren Arm packte und sie aus dem Schlaf riss.

Sie war wieder bei Jak'ri gewesen, mit ihm in einem glitzernden Meer geschwommen, wunderbar frei von den Gittern, die sie jetzt einschlossen.

Als sie aus ihrem kleinen Deckennest gerissen wurde, stolperte sie ein paar Schritte, bevor sie ihr Gleichgewicht wiederfand und sich aufrichtete.

Einer der Gathendier war in ihre Zelle eingedrungen und zerrte sie nun zur offenen Tür.

Ava blieb stehen und war sich plötzlich sicher, dass sie ihre spartanische Zelle dem, was draußen auf sie wartete, vorziehen würde. Aber der Echsentyp musste mindestens zwei Meter groß sein und locker zweihundertfünfzig Pfund wiegen. Vielleicht dreihundert. Diese dicke, alligatorartige Haut war wahrscheinlich schwer.

Leider schaffte sie es nur, ihn zu verärgern.

Er knurrte über seine Schulter, schwang seinen schweren Schwanz auf sie zu und riss sie von den Füßen.

Ava schlug auf dem harten Boden auf, einen Arm noch immer im Griff der Eidechse. Sie keuchte, als der Boden über die Haut ihres verletzten Arms kratzte. Im Ernst, hätten sie den Boden nicht noch ein bisschen rauer machen können? Es war, als hätten sie ihn absichtlich wie Sandpapier aufgeraut, um die Zelleninsassen noch unglücklicher zu machen und jedes Mal, wenn die Bastarde Leute hineinstießen, noch mehr Schmerzen zu verursachen.

„Mach noch nichts kaputt, Mocna", murmelte eine abgelenkte Stimme irgendwo hinter dem Giganten. „Das kannst du später machen, wenn sie nicht kooperiert."

Nun, wenn das ihr nicht das Blut in den Adern gefrieren ließ, was dann?

Ava rappelte sich auf, dankbar für die Jeans, die sie davor bewahrte, sich die Knie aufzukratzen.

Mocna – auch bekannt als der Gigant – zerrte sie aus der Zelle und setzte sie vor einem großen, mageren Gathendier in einem Laborkittel ab. Derselbe, der bemerkt hatte, dass sie von der Erde kam. Etwas, das einem Operationstisch mit Handschellen ähnelte, stand zwischen ihnen.

„Zieh dich aus!", befahl der Magere leidenschaftslos, während er auf die Oberfläche von etwas tippte, das wie ein iPad aussah.

„Äh. Nein, danke", sagte sie mit neutraler Stimme. Sie blickte zu ihm auf und versuchte, in seine Gedanken einzudringen. Wenn sie herausfinden könnte, was er vorhatte, könnte sie es eventuell vereiteln und gleichzeitig einen Weg finden, etwaige Schwächen auszunutzen, die sie vielleicht entdecken könnte.

Aber sein Geist war verschlossen.

Sie kämpfte gegen ein Stirnrunzeln an und versuchte es noch einmal.

Nein. Nichts.

„Zieh dich aus!", wiederholte er.

Sie versuchte, Mocnas Gedanken zu lesen.

Auch sein Geist war ihr gegenüber verschlossen. *Scheiße!* Hatten Gathendier eine Art natürliche Abwehr gegen Telepathie?

Das würde erklären, warum ihnen gelungen war, die Lasaraner davon zu überzeugen, dass sie Verbündete sein wollten.

„Das möchte ich lieber nicht", antwortete sie schließlich. „Es ist ein bisschen kühl hier drin."

„Dein Komfort ist mir egal. Wenn du deine Kleidung nicht ausziehst, lasse ich Mocna das für dich erledigen."

„Warum wollen Sie, dass ich meine Kleider ausziehe?"

Der Wissenschaftler hielt einen Finger hoch.

Hinter ihr waren Schritte zu hören.

Bevor Ava sich umdrehen konnte, packte eine große Hand die Rückseite ihrer Bluse und zerrte daran.

Knöpfe rissen ab und fielen prasselnd zu Boden, als die Bluse vorn aufplatzte und ihr vom Leib gerissen wurde.

Als Mocna versuchte, seine Finger hinten in ihren Hosenbund zu schieben, schrie sie: „Okay! Okay! Ich mach's schon selbst!"

Der dürre Finger senkte sich.

Mocna zog seine Hand zurück.

Ava biss die Zähne zusammen, knöpfte ihre Jeans auf und schob sie ihre Hüften hinunter.

„Die Schuhe auch", sagte der Wissenschaftler.

Während ihre Gedanken wie wild rasten, schlüpfte sie aus ihren Sneakers und zog Hose und Socken aus.

Mocna hob sie auf und stapfte davon.

Der Wissenschaftler legte sein Tablet ab.

Ava stand in BH und Höschen vor ihm und fühlte sich schrecklich verletzlich. Sie versuchte, so viel wie möglich von ihrer nackten Haut zu bedecken, während sie nach einer Möglichkeit suchte, sie davon abzuhalten, das zu tun, was sie ihr antun wollten.

„Auf den Tisch."

Sie schüttelte den Kopf. „Wenn Sie den Lasaranern sagen, dass Sie mich gefunden habe, werden sie Ihnen eine großzügige Belohnung geben." Sie hatte keine Ahnung, ob dem so wäre. Während ihres kurzen Aufenthalts auf der *Kandovar* hatte sie nicht viel über die Politik ihres neuen Planeten gelernt. Sie wusste nicht, ob sie eine „Wir verhandeln nicht mit Terroristen"-Politik vertraten. Einen Versuch war es jedoch wert. Dieses Labor und all die nicht identifizierbaren Hightech-Geräte darin mochten auf dem neuesten Stand der Technik sein, aber der Rest des Schiffs– zumindest die Teile, die sie gesehen hatte – sahen im Vergleich zur *Kandovar* heruntergekommen und veraltet aus, als hätten sie seit Jahren kein Geld mehr in den Unterhalt gesteckt.

Auf der Erde ließen sich verdammt viele Menschen für den richtigen Preis kaufen. Wenn diese Typen genauso waren ...

„Ich strebe nicht nach finanzieller Belohnung", schnaubte er Sekunden, bevor seine Hand hervorschoss und sie an der Kehle packte.

Ava hatte kaum Zeit zu keuchen, als er sie hochhob, als wöge sie nicht mehr als eine Feder, und sie mit dem Rücken voran auf den Operationstisch warf.

Verdammt, er war stark! Stärker als ein Mensch, das war klar, trotz seiner dürren Statur.

Innerhalb von Sekunden schlossen sich die Fesseln am Tisch um ihre Arme und Knöchel. Ava zerrte daran, ihr Herz hämmerte in ihrer Brust. „Was wollen Sie?"

„Ich möchte wissen, warum ihr schwächlichen Erdlinge noch am Leben seid." Er nahm sein Tablet und tippte mehrmals darauf.

Ein mechanischer Arm über ihr summte, als er sich von der Decke senkte. Aus einem Ende ragte eine lange Nadel heraus.

Oh Scheiße!

„Meine Vorfahren haben geholfen, das Virus zu entwickeln, das wir es auf eurem Planeten freigesetzt haben", erklärte er. „Eure Rasse sollte längst ausgestorben sein."

Ava zerrte mehr an den Fesseln, konnte sich aber trotz ihrer dünnen Handgelenke und kleinen Hände nicht befreien.

Ein kalter, nasser Nebel traf ihren Arm. Dann stach die Nadel hinein.

Sie zuckte und sah zu, wie ihr Blut durch einen Schlauch in den Apparat an der Decke floss.

„Du wirst mir helfen, das Versagen meiner Blutlinie wiedergutzumachen", erklärte der Wissenschaftler ruhig.

Nein, das würde sie nicht tun. Sie konnte es nicht. Wenn er herausfand, was sie falsch gemacht hatten, als sie das Vampirvirus erschaffen hatten, warum es die *meisten* damit infizierten Erdlinge in den Wahnsinn trieb aber nicht alle ... wenn er ein Virus finden würde, das sowohl bei Menschen als auch bei *Begabten* wirken würde ...

Könnte er die menschliche Bevölkerung auf der ganzen Erde auslöschen.

Und in dem Blut, das er ihr gerade abnahm, war der Schlüssel dazu.

Wie lange würde er brauchen, um ihre DNA zu sequenzieren und festzustellen, dass sie weitaus komplexer war als die DNA anderer Erdbewohner? Wie lange würde er brauchen, um zu verstehen, dass das von ihnen geschaffenen Virus bei Kontakt mutierte und etwas Positives bewirkte? Wie lange, bis er einen Weg fand, dem entgegenzuwirken? Oder etwas noch Abscheulicheres zu erschaffen, das dort erfolgreich sein würde, wo ihre vorherigen Bemühungen gescheitert waren?

Das wird einige Zeit dauern, nicht wahr?, dachte sie verzweifelt.

Hoffentlich lange. Aber würde es lange dauern, bis sie einen Weg fand, dieses Schiff zu verlassen oder ... jemandem in der Nähe eine Nachricht zukommen zu lassen?

War jemand in der Nähe?

Ihre körperlichen Einschränkungen und ihre Unerfahrenheit im Kampf frustrierten sie. Wenn Eliana hier wäre, könnte sie alle Gathendier auf diesem Schiff im Alleingang töten.

Eliana!, rief sie.

Wie weit reichten telepathische Rufe hier im Weltraum? War es anders als auf der Erde?

Simone!

Ihre Rettungskapsel war nicht die Einzige gewesen, die die *Kandovar* ins Unbekannte geschossen hatte.

Michaela!

Unsterbliche verfügten tendenziell über viel stärkere telepathische Fähigkeiten. Je älter der Unsterbliche war, desto weiter konnten sie entfernt sein und immer noch kommunizieren. Seth und David konnten sich auf entgegengesetzten Seiten des Planeten befinden und trotzdem ihre telepathische Verbindung aufrechterhalten.

Dani!

Wenn auch nur eine Unsterbliche Wächterin sie hören könnte, würde sie Himmel und Erde in Bewegung setzen, um Ava zu finden und den Arschlöchern, die sie entführt hatten, in den Arsch treten.

Rachel!

Und falls irgendjemand aus Lasara sie hören sollte ...

Nun, sie wusste nicht, was sie für sie tun könnten, wenn sie wie sie in einer Rettungskapsel festsaßen. Aber vielleicht würde der- oder diejenige Lasara oder seinen Verbündeten eine Nachricht zukommen lassen und ihr Hilfe schicken.

Ava hatte in der Kapsel niemanden erreichen können. Selbst nach vier Monaten an Bord der *Kandovar* war sie mit der Nutzung ihrer Computer nicht vertraut. Die Aktivierung der Sprachbefehle in der Rettungskapsel hatte geholfen. Aber niemand hatte auf eine der Nachrichten geantwortet, die sie ausgesandt hatte.

Sie hielt inne. Oder doch?

Waren es diese Nachrichten, die die Gathendier zu ihr geführt hatten?

Würden ähnliche Botschaften sie zu den anderen führen?

Würden sie – wie Ava befürchtete – alle Lasaraner töten, denen sie begegneten, weil sie keine Verwendung für sie hatten?

Der Gedanke brachte sie zum Weinen. Die Lasaraner waren so freundlich zu ihr gewesen. Weitaus freundlicher als ihr eigenes Volk auf der Erde. Den Lasaranern war egal, dass sie anders war, denn auch sie waren anders.

Die Nadel zog sich zurück, der Arm hob sich und verschwand wieder in der Decke.

„Während der Computer dein Blut analysiert", sagte der Wissenschaftler, „werde ich ein paar Proben zur Untersuchung entnehmen."

Mit diesen Worten nahm er ein Laserskalpell.

Ava schluckte schwer. *Elianaaaa!*

Wenn sie nur die Gedanken ihrer Freundin berühren könnte ...

Kapitel Vier

EINE HAND LEGTE SICH auf Jak'ris Schulter.

Er schreckte hoch. Der abrupte Wechsel vom Schwimmen im hellen Sonnenlicht mit Ava zur düsteren Realität, in einer Zelle auf dem gathendischen Schiff eingesperrt zu sein, verwirrte ihn.

Er senkte den Blick und stellte seltsam beunruhigt fest, dass Ava nicht mehr in seinen Armen und verschwunden war. Er war im Sitzen eingeschlafen, mit dem Rücken zu den Gitterstäben, die seine Zelle von Ziv'ris trennten. Die Hand auf seiner Schulter drückte sie beruhigend.

„Ganz ruhig", sagte sein Bruder leise.

Jak'ri drehte sich zu ihm um.

Ziv'ri saß auf der anderen Seite der Gitterstäbe, sein Gesicht war blass und hager, seine silbernen Augen glänzten vor Fieber.

Jak'ri warf einen kurzen Blick in Richtung des angrenzenden Labors. Die gathendischen Wissenschaftler waren noch nicht zurückgekehrt, und die Wachen drängten sich immer noch im Korridor.

Jak'ri schob einen Arm durch die Gitterstäbe und legte eine Hand an Ziv'ris Wange. „Bruder", murmelte er. Erleichterung erfüllte ihn, als er ihn näher zog, bis sie ihre Stirnen zwischen den Gitterstäben aneinanderpressen konnten. „Du hast so lange geschlafen, dass ich befürchtet habe, dass sie es diesmal geschafft haben."

Ziv'ri zwang sich zu einem Lächeln, als er ihm auf die Schulter klopfte. „Wir sind zäher, als sie denken."

Obwohl Jak'ris Volk nicht die erstaunlichen Regenerationsfähigkeiten der Lasaraner besaß, hatten Purveli ein unglaublich robustes Immunsystem.

Obwohl er die Ozeane, Flüsse und Seen auf seinem Planeten liebte, wimmelte es darin von natürlich vorkommenden Bakterien, Viren und anderen Mikroorganismen. Und jedes Mal, wenn er von der Verwendung von Mund und Nase, um Luft in seine Lungen zu führen, zur Verwendung seiner Kiemen überging, um Wasser durch seine Kiemen zu leiten, damit er unter Wasser atmen konnte, war er diesen Mikroorganismen ausgesetzt.

Dennoch machten sie weder ihn noch irgendjemand anderen auf Purvel krank.

Ziv'ri ließ ihn los und lehnte sich mit der Seite gegen die Gitterstäbe. „Aber sie kommen näher."

Obwohl die Gathendier primitiv und barbarisch in ihren Ansichten über andere Rassen waren und entschlossen, zu erobern, anstatt guten Willen zu fördern, waren sie brillante Wissenschaftler. Und die *grunarks* waren gefährlich nahe daran, ein Virus zu entdecken, das die Rasse der Purveli auslöschen könnte.

„Wie nah?", fragte Jak'ri besorgt. Die Schultern seines Bruders sackten vor Erschöpfung herunter. Er fröstelte, während Schweißperlen auf seine Stirn traten und seine Schläfen hinunterliefen.

Ziv'ri seufzte. „Mein Fieber ist so hoch, dass es mir schwerfällt, mich zu konzentrieren. Wäre etwas in meinem Magen gewesen, hätte ich mich übergeben. Doch mein Körper kämpft gegen alles an, was sie mir gegeben haben."

Jak'ri griff nach der Flasche mit der Flüssigkeit, die die Gathendier regelmäßig in seine Zelle brachten, und schob sie durch die Gitterstäbe. „Trink!"

Wenn es nach den Wachen ginge, würden Jak'ri und Ziv'ri entweder verhungern oder an Dehydrierung sterben. Aber die Wissenschaftler wussten, dass – wenn sie alle Purveli ausrotten und ihren Planeten übernehmen wollten, ohne seine Ressourcen und Infrastruktur durch Krieg zu zerstören – das Virus gesunde Purveli töten musste, die Zugang zu nahrhaften Mahlzeiten, Flüssigkeit und erstklassiger medizinischer Versorgung hatten.

Was nicht heißen sollte, dass die *grunarks* ihnen nicht gelegentlich Essen und Trinken vorenthielten. Wenn einer der Brüder nicht kooperierte, ließen sie den anderen hungern und gaben ihm gerade genug zu trinken, um ihn am Leben zu halten. Und wenn sie das nicht zur Kooperation trieb, folterten die Gathendier einen und zwangen den anderen, zuzusehen.

Ziv'ri nahm die Flasche.

Jak'ris Sorge wuchs, als die Hand seines Bruders vor Anstrengung zitterte, den kleinen Behälter an seine Lippen zu führen. Obwohl Ziv'ri jünger als Jak'ri war, war er normalerweise kräftiger und muskulöser. Der Hunger, dem sie ausgesetzt waren, hatte dazu geführt, dass beide deutlich dünner geworden waren, aber ...

Als er sah, dass sein Bruder durch die Krankheit so geschwächt war, bildete sich ein Kloß in Jak'ris Hals. Er sollte seinen kleinen Bruder beschützen. Er sollte dafür sorgen, dass er sicher war. Doch was war passiert?

Keiner konnte sich erinnern, wie sie hierhergekommen waren. Als sie aufgewacht waren, hatte Jak'ri geglaubt, sie könnten sich befreien. Purveli konnte ihre Telepathie wie eine Waffe einsetzen. Wenn sie ihre Feinde nur betäuben wollten, könnten sie in den Köpfen feindlicher Soldaten ein Geräusch erzeugen, das sie vorübergehend taub machte und sie vor Schmerzen in die Knie zwingen konnte. Und wenn das nicht funktionierte, konnten Purveli einen *senshi* ausstoßen, der den Druck im Schädel eines Angreifers so stark erhöhte, dass Augen, Ohren und Nase bluteten und er das Bewusstsein verlor. Wenn ein Purveli sich entschloss, weiterzumachen, war er mit *senshi* in der Lage, seinen Angreifer zu töten.

Als er und sein Bruder das Bewusstsein wiedererlangt hatten, hatten die Wachen zuerst Ziv'ris Zellentür geöffnet. In dem Moment, als sich die Sperre gelöst hatte, hatte Jak'ri einen *senshi* ausgesandt. Ziv'ri hatte dasselbe getan. Ein Triumphgefühl hatte sie erfüllt, als die Wachen zu Boden gegangen waren.

Aber Saekro und Kunya, die Wissenschaftler, die im Labor dahinter gewartet hatten, waren nur zusammengezuckt. Sie waren nicht zu Boden gegangen. Stattdessen hatten sie mit einem Elektroschocker auf seinen Bruder geschossen, der Ziv'ri sofort zu Boden gestreckt hatte. Während Jak'ri weiter seinen *senshi* aussandte, in der Hoffnung, jeden Gathendier an Bord zu töten, hatte Saekro seinen Bruder schnell gepackt und ihm ein Laserskalpell an die Kehle gehalten.

„Hör auf, oder er stirbt", hatte er gesagt, unerklärlicherweise immun gegen *senshi*.

Es war etwas, das keiner der beiden Brüder zuvor erlebt hatte.

Als Jak'ri zögerte und die Hoffnung, dass er sie besiegen könnte, nicht aufgeben wollte, hatte Saekro Ziv'ri tief genug geschnitten, dass dieser selbst in seinem halb bewusstlosen Zustand vor Schmerz gestöhnt hatte.

Jak'ri hatte einen noch stärkeren Impuls ausgesandt.

Und die *grunarks* hatten seinen Bruder erneut verletzt.

Aus Angst, dass sie ihn töten würden, hatte Jak'ri aufgehört. Der kleinere Wissenschaftler – Kunya – hatte dann Jak'ri mit etwas gestochen, das wie ein Dorn aussah. Bevor er es herausziehen konnte, verschmolz dieser Dorn mit seiner Haut. Innerhalb von Sekunden hatte er die Fähigkeit verloren, telepathisch zu kommunizieren. Und er hatte entsetzt zugesehen, wie sie seinen Bruder gefoltert, seine Knochen gebrochen und ihn geschnitten hatten, um Proben zu entnehmen, während Ziv'ri vor Schmerz geschrien hatte.

Wenn Jak'ri kooperierte, betäubten sie seinen Bruder und verzichteten darauf, seine Knochen zu brechen. Wenn Jak'ri nicht kooperierte oder versuchte, auf irgendeine Weise zu rebellieren …

Sein Magen drehte sich um, als er die vielen Narben betrachtete, die sein Bruder nun trug.

Jak'ri hatte fast genauso viele. Aber er war der ältere Bruder. Er war für Ziv'ris Sicherheit verantwortlich und hatte kläglich versagt.

Ziv'ri seufzte, als er die Flasche zurückgab. „Wo sind unsere Folterer?"

Er zuckte mit den Schultern. „Es gab einen schiffsweiten Alarm. Seitdem sind sie nicht mehr zurückgekehrt."

„Wie lange ist das her?"

„Ich weiß nicht. Stunden, glaube ich, aber ich bin mir nicht sicher." Er nickte zum Operationstisch im Labor. „Ich war bewusstlos, als der Alarm anfing. Und das Beruhigungsmittel hat mich so benommen gemacht, dass ich kurz, nachdem sie mich hier reingeworfen hatten, eingeschlafen bin."

Sein Bruder runzelte die Stirn. „Wie geht's dir?"

„Ich bin noch nicht krank. Ich weiß nicht, ob sie mir irgendwas injiziert oder einfach nur weitere Proben genommen haben." Wie gern sie ihre kostbaren Proben entnahmen. Haut. Muskeln. Organe. Jak'ri war sich nicht sicher, ob sie aus den vielen Proben, die sie nahmen, tatsächlich etwas lernten oder einfach nur Spaß daran hatten, ihnen Schmerzen zuzufügen.

Ziv'ri seufzte. „Ich denke, wir werden es früh genug erfahren."

Mit einem Nicken lehnte sich Jak'ri an die Gitterstäbe. „Während ich geschlafen habe, habe ich davon geträumt, wieder auf Purvel zu sein."

Ein trauriges Lächeln huschte über das Gesicht seines Bruders. „Wo warst du?"

Er nickte. „Ich bin zu meinem Lieblingsort geklettert."

„Zu der Klippe, die auf der Nordseite die Rakuna-See überblickt?"

„Ja." Jak'ri fühlte sich genauso durstig wie im Traum und trank von der Nährflüssigkeit. „Ich habe mich so frei gefühlt. Keine Gitter, die mich einschließen. Nur die Sonne über mir, das Meer vor mir und eine kühle Brise auf meiner Haut."

Ziv'ri seufzte erneut, und sein Blick wurde wehmütig. „Ich habe vergessen, wie sich das anfühlt."

„Die Brise oder die Freiheit?"

„Beides."

Jak'ri nickte.

Ein langer Moment verging.

„Da war eine Frau", fügte er leise hinzu.

Ziv'ri zog eine Augenbraue hoch. „Wo? An deinem Meditationsplatz?"

„Ja."

Ein Anflug von Belustigung trat in die silbernen Augen seines Bruders. „War es Shek'ra? Sie hat mich endlos genervt und versucht, mich dazu zu bringen, ihr zu verraten, wo dein geheimer Ort ist."

Jak'ri lachte. „Nein. Und ich danke dir noch einmal, dass du es ihr nicht gesagt hast." Shek'ra hatte Jak'ri unermüdlich verfolgt. Und er hatte sich genug zu ihr hingezogen gefühlt, dass er ihrem gemeinsamen Verlangen nachgegeben hatte. Aber er hatte es schnell bereut. Shek'ra hatte mehr geredet als jede andere, der er jemals begegnet war. Und als sie erst einmal intim geworden waren, war das Gespräch zu Geschwafel übergegangen, bei dem es normalerweise darum ging, sie selbst zu loben und bösen Klatsch über andere zu verbreiten.

Jak'ri war ein ruhiger Mann. Er genoss den Frieden. Und ihre Präsenz in seinem Leben hatte ihm das schnell genommen. Er verabscheute auch die Verbreitung negativer, unbegründeter Gerüchte, die dazu geführt hatten, dass ein Jugendfreund so sehr ausgegrenzt worden war, dass seine Familie in eine andere Provinz gezogen war. Bis Jak'ri Shek'ra schließlich klarmachen konnte, dass er ihre kurze Beziehung beenden wollte, war er häufig zu seinem Meditationsplatz geflohen.

„War es Ray'ku?", fragte Ziv'ri neugierig.

Er schüttelte den Kopf, als er eine andere ehemalige Geliebte erwähnte, die weitaus freundlicher gewesen war als Shek'ra. „Sie war nicht Purveli."

Jetzt hoben sich beide Augenbrauen seines Bruders. „Was war sie dann?"

„Sie sah lasaranisch aus."

Ziv'ri lächelte. „Ah. Die Verlockung des Verbotenen."

Jak'ri lachte leise. „Ich habe gesagt, sie sah lasaranisch aus. Aber sie sagte, sie sei ein Erdling."

Ziv'ris Brauen zogen sich verwirrt zusammen. „Ein Erdling?"

„Ja. Sie sagte, sie stamme von einem Planeten namens Erde."

„Ich glaube nicht, dass ich davon gehört habe."

„Ich auch nicht."

„Bist du sicher, dass du dir nicht nur eingeredet hast, dass sie keine Lasaranerin ist, damit du sie berühren kannst?"

Jak'ri lächelte. „Ich bin sicher."

„Aber du *hast* sie berührt."

Er lachte. „Nicht so, wie du denkst. Ich habe sie vor einem Sturz bewahrt, und sie hat mich danach umarmt."

„Ich denke immer noch, dass sie lasaranisch war."

„Das kann nicht sein. Sie hat eine Sprache gesprochen, die mein Übersetzer nicht erkannt hat."

„Im Ernst?"

Er nickte.

„Wie habt ihr dann kommuniziert?"

„Allianz Common. Aber die Sprache war noch neu für sie."

„Wie seltsam."

„Ja."

Sogar Gathendier, Akseli und andere außerirdische Rassen, die nicht Teil der Aldebarianischen Allianz waren, sprachen Alliance Common, damit sie mit Angehörigen Geschäfte machen konnten, die keine Übersetzerimplantate verwendeten.

Jak'ri sah sich in seiner Zelle um. „Es hat sich so real angefühlt", murmelte er. Noch während er es sagte, hörte er Ava mit herzzerreißender Inbrunst sagen: „Ich wünschte, das wäre real."

„Sie hat gesagt, sie und ihre Freundinnen von der Erde seien mit Prinz Taelon nach Lasara gereist und getrennt worden. Sie konnte sich nicht erinnern, wie sie nach Purvel gekommen war, und hatte Angst. Und ..."

„Und was?", drängte Ziv'ri.

Er sah seinem Bruder in die Augen. „Nachdem mich der Schiffsalarm geweckt hatte, habe ich gehört, wie sie meinen Namen gerufen hat."

Ziv'ris fiebriger Blick wurde schärfer. „Nachdem du aufgewacht bist?"

„Ja. Und es war nicht nur einmal. Ich habe sie dreimal meinen Namen rufen gehört."

Das Gesicht seines Bruders wurde ernst. „Hattest du wieder Halluzinationen?"

„Keine visuellen. Nur ..."

„Ihre Stimme in deinem Kopf?"

„Ja."

Ein Moment verging. „Hast du das gehört?"

Jak'ri lauschte aufmerksam. „Nein. Was meinst du?"

„Ich habe versucht, telepathisch mit dir zu sprechen."

Jak'ri schüttelte den Kopf. „Das *nahalae* blockiert immer noch unsere Telepathie."

„Dann ist das beunruhigend."

„Dass ich akustische Halluzinationen hatte? Auf jeden Fall."

Ziv'ri griff durch die Gitterstäbe und legte eine Hand auf seinen Arm, seine Sorge war spürbar.

„Ich habe wieder von ihr geträumt, als du mich geweckt hast", gab Jak'ri leise zu.

„Wirklich?"

Er nickte. „Sie war verletzt." Er deutete auf seine Stirn. „Ein dunkler Bluterguss über die ganze Stirn. Und als ich sie gefragt habe, was passiert ist, hat sie gesagt, ein Gathendier habe ihr den Kopf gegen eine Leitersprosse geschlagen."

„Was zum *drek*?"

„Sie hatte auch eine böse Prellung an einem Arm und sagte, er habe sie eine Treppe hinuntergestoßen."

Ziv'ri starrte ihn einen langen Moment an. „Also sind die Gathendier selbst in Träumen *grunarks*."

Jak'ri zwang sich zu einem Lächeln. „Scheint so."

Schweigen hüllte sie ein und wurde nur durch die unregelmäßigen Atemzüge seines Bruders unterbrochen, der trotz Fiebers zitterte.

„Wie war ihr Name?", fragte Ziv'ri nach einer ganzen Weile.

„Ava."

Eine der Wachen kam lange genug ins Labor, um zwei Nahrungspakete aus einem Schrank zu nehmen und sie in die Zellen der Brüder zu werfen. Sie gaben ihren leeren Flaschen einen Stoß, sodass sie über den rauen Boden und unter der Tür hindurch schlitterten. Die Wache hob sie auf und warf sie in den Dekontaminationsbehälter, dann nahm er zwei neue Flaschen aus einem Schrank und warf sie auf die Gefangenen.

Jak'ri fing seine problemlos auf.

Ziv'ris Bewegungen waren so träge, dass seine Flasche ihn an der Brust traf, bevor er seine Hände heben konnte, um zu versuchen, sie aufzufangen.

Die Wache lachte, dimmte das Licht, ging und verschloss die Tür hinter sich.

Jak'ris Sorge wuchs, als er zusah, wie sein Bruder unbeholfen versuchte, den Deckel seiner Flasche zu öffnen. Er schien schwächer zu werden. „Hier." Jak'ri brach das Siegel seiner eigenen Flasche und reichte sie ihm durch die Gitterstäbe.

Doch Ziv'ri schüttelte den Kopf. „Ich schaffe das schon." Und das tat er, doch die geringe Anstrengung raubte ihm fast die wenigen Kräfte, die er hatte. Mit zitternden Händen hob er die Flasche an seine Lippen, trank ein paar Schlucke und ließ sie dann wieder sinken. Ein müder Seufzer entfleuchte seinen Lippen, als er gegen die Gitterstäbe sank und die Augen schloss.

„Du solltest etwas essen", sagte Jak'ri leise.

„Ich habe keinen Hunger."

„Du brauchst die Energie."

Ziv'ri sagte nichts.

Jak'ri trank aus seiner eigenen Flasche und riss dann das Nahrungspaket auf. Die kleinen Würfel darin waren schwer zu kauen, wie einige der Leckereien, die er auf Purvel liebte. Aber ihnen mangelte es an Geschmack. Wie immer verzog er das Gesicht, während er sie aß. Die fast durchsichtigen Würfel hatten überhaupt keinen Geschmack. Es war also ein bisschen, als würde man an Schuhverschlüssen kauen. Die Grünen schmeckten so, wie er sich den Stiefel eines Kriegers nach zwei Jahren harter Ausbildung ohne Dekontamination vorstellte. Er konnte sich nicht entscheiden, ob die Gathendier die Nahrungswürfel absichtlich ungenießbar machten oder ob sie einfach nur den Geschmack von Schimmel und Schweiß mochten.

Eliana!

Jak'ri keuchte erschrocken und hätte sich beinahe an dem Würfel verschluckt, den er gerade hinunter gezwungen hatte.

Auf der anderen Seite der Gitterstäbe grunzte Ziv'ri und riss seine Augen auf.

Simone!

Jak'ri starrte seinen Bruder an, als die weibliche Stimme erneut in seinem Kopf schrie. „Hast du das gehört?", flüsterte er.

Ziv'ri nickte mit großen Augen.

Michaela!

„Das ist sie", sagte Jak'ri.

„Die Frau aus deinen Träumen?"

Dani!

Er nickte. „Ja, Ava." Und sie war in Not.

Rachel!

Ziv'ri schluckte. „Halluzinieren wir beide?"

Er schüttelte den Kopf. „Das glaube ich nicht."

„Wie können wir sie dann hören?"

Elianaaaa!

Ihm fiel nur ein Grund ein. „Sie muss auf dem Schiff sein."

Eine Menge Worte, die er nicht verstand, schossen ihm durch den Kopf.

Ziv'ri starrte ihn an. „Welche Sprache ist das?"

„Ich weiß nicht. Unsere Übersetzer scheinen keine Erdsprachen im Programm zu haben."

Eine Handvoll Alliance Common-Schimpfworte verstand er jedoch.

Ziv'ris Mundwinkel zuckten. „Ich sehe, dass sie die wichtigeren Wörter in Alliance Common beherrscht."

Jak'ri lächelte fast. „Scheint so."

Aber ihre Belustigung, so schwach sie auch war, verschwand, Bilder folgten den telepathischen Rufen. Bilder eines bekannten Gesichts, das sich über sie beugte.

„Saekro", knurrte Ziv'ri.

Es folgten Szenen von zarten Handgelenken, die an einen Tisch gefesselt waren. Von Laserskalpellen, Blut- und Probenentnahmen.

Ava!, rief er und wünschte sich, er könnte ihr helfen.

Das Fluchen ging unvermindert weiter.

„Versuch', sie zu erreichen", sagte er zu seinem Bruder.

Ziv'ri schwieg einen langen Moment, dann schnaubte er frustriert.

Die Verbindung wurde schwächer. Die Bilder, die sie projizierte, wurden unscharf.

Dann war alles still.

Die Brüder sahen einander grimmig an.

Ava hatte recht gehabt. Ihr gemeinsamer Traum war nicht real gewesen.

Aber *er* schon.

Und er würde einen Weg finden, ihr zu helfen, jetzt, da er wusste, dass sie sich auf diesem Schiff befand.

Er würde sie nicht der Gnade der Gathendier überlassen.

AVA FRÖSTELTE. DIE BRISE, die sie zuvor als so angenehm empfunden hatte, war jetzt kalt und trieb sie dazu, die Arme um sich zu schlingen und sich aufzuwärmen.

Sie taumelte, unsicher, ob der Wind ihr Gleichgewicht störte oder das Schwindelgefühl, das die Welt um sie herum sich erst in die eine und dann in die andere Richtung neigen ließ. Wieder stand sie auf der Klippe, die Jak'ri so sehr liebte, an derselben Stelle, an der sie gelacht und sich unterhalten hatten. Wütende Wolken ballten sich über ihr zusammen. Obwohl keine Blitze zuckten, hörte sie jede Menge Donner. Alles andere – das tiefblaue Meer und der leuchtend grüne Wald – war in trüben Nebel gehüllt, der die Farben dämpfte.

„Jak'ri", flüsterte sie, „wo bist du?"

Blätter raschelten hinter ihr.

Ava wirbelte herum, um sich dem Wald zuzuwenden, Hoffnung wetteiferte mit Angst.

Die großen Wedel teilten sich, und Jak'ri kam heraus.

Sobald er sie sah, blieb er stehen. Kein Begrüßungslächeln erhellte sein Gesicht. Er sah ungefähr so grimmig aus, wie sie sich fühlte.

Einen Moment lang starrten sie einander nur an. Dann bewegten sich beide gleichzeitig und rannten aufeinander zu.

Jak'ri breitete seine Arme aus.

Ava trat dankbar hinein und umarmte ihn.

Er legte eine seiner großen Hände an ihren Hinterkopf, während er sie an sich drückte. Die andere strich über ihren Rücken, und er drückte ihr einen Kuss aufs Haar.

Mehrere Minuten schwiegen sie. Sie standen einfach da und hielten einander fest.

Ein Kloß bildete sich in ihrem Hals. „Ich bin nicht auf Purvel", flüsterte sie niedergeschlagen.

„Nein", antwortete er, seine tiefe Stimme voller Bedauern. „Das bist du nicht."

Feuchtigkeit stieg ihr in die Augen. „Ich bin auf einem gathendischen Schiff."

„Ja. Es tut mir leid, Ava."

Sie schüttelte den Kopf. Es war nicht seine Schuld.

Sie bemühte sich, nicht zusammenzubrechen und zu weinen, und zog sich so weit zurück, dass sie zu ihm aufblicken konnte. Seine hübschen Gesichtszüge waren düsterer, als sie sie jemals gesehen hatte, und seine silbernen Augen waren voller Sorge. „Bist du nur eine Erfindung meiner Fantasie?" Doch wenn dem so war, woher kam er dann? Sie hatte noch nie von Purveli gehört, bevor sie ihn in dieser Traumwelt gefunden hatte, und hätte ihre Fantasie nicht für so lebhaft gehalten.

„Nein." Ein trauriges Lächeln umspielte seine Mundwinkel. „Ich bin echt, Ava. Ich bin auch auf dem gathendischen Schiff."

Sie starrte zu ihm auf. „Was?"

„Mein Bruder und ich sind Gefangene der Gathendier seit ..." Mit schmalen Lippen sah er sich um, als suche er nach einer Antwort, dann schüttelte er müde den Kopf. „Ich weiß nicht, wie lange." Er zeigte auf seine nackte Brust. „Lange genug, dass ich nicht mehr so aussehe."

Mit gerunzelter Stirn löste sie sich aus seiner Umarmung und trat einen Schritt zurück. „Wie meinst du das? Wie siehst du jetzt aus?"

Er breitete die Arme aus und starrte auf sich selbst hinab.

Während Ava zusah, veränderte sich sein Körperbau von muskulös zu gertenschlank. Er war nicht spindeldürr. Doch seine Muskeln waren viel schlanker, die Rippen unter seinen Kiemen deutlicher ausgeprägt. Und seine silberfarbene Haut war an vielen Stellen von Narben und frischen Schnitten übersät.

Probeentnahmen?

Sie bemerkte, dass er jetzt auch Shorts trug, die etwas weiter waren als die Badehosen, in denen sie ihn zuvor gesehen hatte.

Ava warf einen Blick auf sich selbst. Auch ihre Kleidung hatte sich verändert. Anstelle von Jeans und einem bunten Top trug sie jetzt ein lockeres Wickelhemd, das an den Seiten gebunden war, und Shorts wie er. Ihre Smartwatch war verschwunden. Und an ihren sommersprossigen Armen entdeckte sie frische Wunden, wo die Gathendier ihre verdammten Proben entnommen hatten.

Sie starrte ihn an. „Wir werden beide auf ihrem Schiff gefangen gehalten?"

„Ja. Mein Bruder Ziv'ri auch."

Als sie sich umsah, dämmerte ihr das Verständnis. „Deshalb sind wir hier. Auf Purvel."Sie begegnete seinem Blick. „Weil ich in deine Träume hineingezogen wurde."

Sein Blick wurde unsicher. „Ehrlich gesagt bin ich mir nicht sicher, wie wir beide hierhergekommen sind. Ziv'ri und ich sind beide Telepathen, aber die Gathendier haben uns nahalae verabreicht."

„Ich weiß nicht, was das ist."

„Es ist eine Pflanze. Wenn sie in bestimmten Dosen verabreicht wird, nimmt sie uns die Fähigkeit, telepathisch zu kommunizieren oder die Gedanken anderer zu lesen." Er zeigte auf den Wald hinter und das Meer vor ihnen. „Ich bin mir also nicht sicher, wie ich das gemacht habe oder wie ich dich in meine Träume gezogen habe. Das sollte nicht möglich sein."

„Es liegt wahrscheinlich daran, dass ich auch eine Telepathin bin", erklärte sie. „Wenn ihr wie die Lasaraner seid, habt ihr wahrscheinlich eine viel ausgeprägtere Kontrolle über eure Fähigkeiten als ich. Die Gedanken anderer zu hören ist für mich nicht freiwillig. Gedanken bombardieren mich ständig, es sei denn, ich blende sie bewusst aus, und das erfordert in der Regel viel Konzentration."

Das war nicht der Fall gewesen, als sie bei den Lasaranern gewesen war. Als deutlich stärkere Telepathen wurde den Lasaranern schon in jungen Jahren beigebracht, wie man mentale Barrieren errichtet, um andere Telepathen auszusperren. Daher musste sie nur die Gedanken ihrer Freundinnen von der Erde abwehren.

„Wenn ich schlafe, verliere ich diese Fähigkeit", fuhr sie fort. „Wenn ich also in der Nähe anderer bin, lande ich oft in ihren Träumen, ohne bewusst in sie einzudringen." Sie zupfte nervös an ihrem Hemd. „Es tut mir leid, wenn du das ... aufdringlich findest. Es ist nichts, was ich leicht kontrollieren kann und ..."

Er legte einen Finger an ihre Lippen. „Ich bin froh, dass du in meine Träume gekommen bist, Ava. Was ich mit dir erlebt habe, hat mir das einzige Glück gebracht, das ich auf diesem Schiff gefunden habe."

Und er war schon lange ein Gefangener der Gathendier.

Sie schüttelte den Kopf. „Gibt es dann keine Hoffnung auf Rettung? Keine Hoffnung auf Flucht?"

Er seufzte. „All unsere Versuche, uns zu befreien, sind gescheitert."

Sie biss sich auf die Lippe. „Suchen eure Leute euch nicht?"

Er nahm ihre Hand, führte sie zu einem weichen Grasfleck und setzte sich.

Ava ließ sich neben ihm nieder und erhob keine Einwände, als er einen Arm um sie legte, um sie zu halten. Vielleicht spürte er ihr Bedürfnis nach Trost.

„Ich weiß nicht", sagte er schließlich. „Ich bin sicher, sie haben bemerkt, dass wir verschwunden sind. Aber sie wissen vielleicht nicht, wo sie nach uns suchen sollen. Sie denken vielleicht, wir sind immer noch auf Purvel." Er fuhr sich mit der freien Hand durchs Haar, Frustration färbte seine Züge. „Ich weiß nicht einmal, wie die Gathendier uns gefangen genommen haben. Eben waren mein Bruder und ich beim Klettern unweit von Runaka Point. Dann sind wir auf dem Schiff aufgewacht, ohne eine Erinnerung daran, wie wir dorthin gekommen waren."

Er schüttelte den Kopf. „Ein gathendisches Schiff hätte nicht in die Atmosphäre von Purvel eindringen können, ohne Alarm auszulösen." Er runzelte die Stirn. „Unsere Verteidigungseinrichtungen hätten auf sie aufmerksam werden müssen, sobald sie in unser Sonnensystem eingedrungen sind. Oder sogar, sobald sie sich unserem Sonnensystem genähert haben. Wenn wir sie aus irgendeinem Grund nicht bemerkt hätten – etwas, wofür ein kolossales Versagen unsererseits nötig wäre –, hätte uns die Aldebarianische Allianz sicher gewarnt."

„Ich dachte, Purvel wäre nicht Teil der Allianz."

„Ist es auch nicht. Aber wir betreiben Handel mit mehreren Angehörigen der Allianz und pflegen gute Beziehungen zu ihnen."

„Oh."

Er starrte auf das Meer hinaus. „Ich komme einfach nicht darauf, wie sie es gemacht haben. Mein Bruder auch nicht."

Vielleicht waren einige dieser Entführungsgeschichten durch Außerirdische, über die sich die Menschen auf der Erde lustig machten, tatsächlich wahr. Sie schienen oft mit fehlender Zeit und fehlender Erinnerung daran zu tun zu haben, wie die Menschen auf das außerirdische Schiff gekommen waren oder wohin die Außerirdischen sie gebracht hatten.

Er drehte den Kopf und begegnete ihrem Blick. „Wie haben sie dich gefangen genommen?"

„Meine Freunde und ich sind auf dem Schiff von Prinz Taelon gereist."

„Das Letzte, was ich gehört habe, war, dass Prinz Taelon vermisst ist und für tot gehalten wird."

Ein Lächeln hob ihre Mundwinkel. „Nein. Er ist sehr lebendig und hat einen Erdling zur Lebenspartnerin genommen."

Seine Miene hellte sich auf. „Eine deiner Freundinnen von der Erde?"

Sie nickte. „Mehrere von uns waren an Bord der Kandovar auf dem Weg nach Lasara. Wir sind in einem qhov'rum *gereist und waren gerade in das zweite geflogen, als ein Alarm losging. Meine Freundin Eliana hat mich in eine Rettungskapsel gebracht. Das Schiff ist unter schweren Beschuss geraten –"*

„Das Schiff wurde in einem qhov'rum *angegriffen?", platzte er heraus und starrte sie mit offenem Mund an.*

Ava wusste immer noch nicht genau, was ein qhov'rum *war. Es erinnerte sie an ein Wurmloch, faltete jedoch nicht den Raum oder was auch immer ein Wurmloch tat. Stattdessen handelte es sich um etwas, das von einer extrem fortschrittlichen außerirdischen Rasse konstruiert wurde und Schiffen einen sicheren Flug ermöglichte und sie mit Geschwindigkeiten vorwärtstrieb, die selbst die technologisch fortschrittlichsten Schiffe nicht erreichen konnten. „Ja."*

„Das habe ich noch nie gehört."

„Ich glaube auch nicht, dass die Lasaraner so etwas schon erlebt hatten. Es ist plötzlich passiert und schien alle zu überraschen."

„Ich bin erstaunt, dass es überhaupt genug Platz für einen Kampf gab."

„Das gab es nicht wirklich. Die Schilde der Kandovar haben versagt. Meine Rettungskapsel wurde abgefeuert. Sie hat die Wände des qhov'rum *durchbrochen und …" Sie schluckte schwer und dachte an all die Lasaraner, die sie an Bord getroffen hatte. „Evie – der Computer in der Kapsel – glaubt, das Schiff sei explodiert."*

Er starrte sie mit etwas an, das sie nur als völligen Unglauben deuten konnte.

„Die Kandovar *wurde zerstört?"*

„Ich denke schon. Oder besser gesagt, Evie dachte es. Sie hat den Kontakt zum Schiff verloren, sobald wir die Wände des qhov'rum *passiert hatten. Und all ihre Versuche seitdem, es zu rufen, sind gescheitert."*

Er sah ungefähr so verblüfft aus, wie sie aussehen würde, wenn ihr jemand erzählt hätte, dass ein gewaltiger Asteroid die Erde getroffen und alles Leben darauf ausgelöscht hätte. „Weißt du, wer euch angegriffen hat?"

Wut brodelte in ihr. „Gathendier."

Eine Reihe von Schimpfworten sprudelten aus ihm heraus. „Warum zum drek *sollten Gathendier ein lasaranisches Kriegsschiff angreifen? Warum sollten sie das Schiff von Prinz Taelon angreifen? Es sollte eines der am schwersten bewaffneten Schiffe der Flotte sein!"*

„Ich weiß nicht." Sie hatte geglaubt, dass die Gathendier vielleicht Vergeltung dafür suchten, dass die Lasaraner ihnen vor langer Zeit so in den Arsch getreten hatten. Aber seit ihrer Gefangennahme beschäftigte sie diese Frage – das Warum hinter dem Angriff – wirklich. „Ich fange an, mich zu fragen, ob ..." Sie schloss die Augen und schüttelte den Kopf, da sie es nicht sagen wollte. Er würde sie für eine Narzisstin halten, wenn sie das täte.

„Was?", fragte er. Er berührte ihr Kinn und drehte ihr Gesicht zu sich. „Was fragst du dich?"

Sie öffnete ihre Augen. „Ich frage mich langsam, ob sie die Kandovar *angegriffen haben, weil sie wussten, dass meine Freundinnen und ich an Bord waren."*

Er runzelte die Stirn. „Glaubst du, ihr wart ihr wahres Ziel?"

Es hörte sich lächerlich an, dass sie und vierzehn andere Frauen von der Erde wertvoller waren als ein außerirdischer Prinz und eine Schiffsladung Lasaraner und Yona-Krieger. Und doch kehrten ihre Gedanken immer wieder dorthin zurück. „Das Erste, was mich die Gathendier gefragt haben, als sie meine Rettungskapsel an Bord geholt hatten, war, ob ich Lasaranerin oder ein Erdling bin."

Er runzelte die Stirn. „Dann müssen sie gewusst haben, dass ihr an Bord der Kandovar *wart, als sie zugeschlagen haben."*

„Das habe ich auch gedacht. Ich habe nicht geantwortet, als sie gefragt haben, weil ich nicht sicher war, wer mich mehr ficken würde."

„Das wurde nicht übersetzt."

„Ich wusste nicht, was schlechter für mich wäre."

„Ah." Gott sei Dank störte ihn ihre Neigung zum Fluchen nicht.

„Aber sie haben herausgefunden, dass ich von der Erde komme. Und da wirkten sie zufrieden, als hätten sie darauf gehofft."

Er drückte sie fester an sich. „Wie viele von euch waren da?"

„Erdlinge? Fünfzehn." Sechzehn, wenn man Lisa mitzählte. Aber die meisten auf der Kandovar *betrachteten sie als Lasaranerin, seit sie Prinz Taelon geheiratet hatte.*

Wieder traten ihr Tränen in die Augen, als sie an ihre Freunde dachte und sich fragte, wo sie waren, ob sie überlebt hatten, ob sie irgendwo wie sie Gefangene waren.

Jak'ri blickte scheinbar gedankenverloren auf das Meer. „Sie haben ein lasaranisches Kriegsschiff zerstört und unzählige Lasaraner und Yona getötet, alles, um fünfzehn Erdlinge zu fangen."

„Ich weiß. Es klingt verrückt."

„Hat dein Volk in der Vergangenheit mit den Gathendiern zu tun gehabt?"

„Nein. Aber wir haben kürzlich erfahren, dass die Gathendier vor Tausenden von Jahren ein Virus auf unserem Planeten freigesetzt haben, von dem sie erwartet haben, dass es uns alle töten würde." Ihre Wut wuchs. „Ich glaube, deshalb haben sie mich gefangen genommen. Ich denke, sie wollen herausfinden, warum das von ihnen geschaffene Virus nicht funktioniert hat. Und wenn sie das tun ..."

„Werden sie ihren Fehler korrigieren und alle Erdlinge ausrotten."

Sie nickte kläglich.

„Sie haben dasselbe mit den Purveli vor. Sie haben meinen Bruder mit dem neuesten Virus infiziert, um es an ihm zu testen."

„Wir müssen sie aufhalten."

„Ja."

„Aber wie?"

„Ich weiß es nicht", seufzte er, sein Blick ins Nichts gerichtet. „Kannst du mich außerhalb der Träume finden?"

Sie schüttelte den Kopf. „Sie haben mich in einer Zelle eingesperrt."

„Ich meine nicht körperlich. Kannst du mich telepathisch finden? Wegen des nahalae *kann ich dich nicht mit meinen Gedanken suchen. Aber wenn du deinen Weg in meine Gedanken findest, mir deine Gedanken schicken und auf meine*

lauschen könntest, könnten wir im Wachzustand kommunizieren und vielleicht einen Plan ausarbeiten."

„Das sollte ich schaffen." Sie runzelte die Stirn. „Warte. Warum kann ich die Gedanken der Gathendier nicht lesen? Ich habe es immer wieder versucht, und da ist nichts."

„Sie haben sich nahalae *verabreicht, um doppelt sicherzustellen, dass wir sie nicht lesen können."*

„Oh." Es folgten mehrere Augenblicke nachdenklicher Stille. „Schon irgendwelche Ideen?"

„Nein." Er sah sie aus dem Augenwinkel an. „Aber beim Schwimmen kann ich am besten denken."

Sie schmunzelte, und es verdrängte etwas von der Angst und dem Stress. „Ach so?"

„Definitiv."

Sie gestikulierte in Richtung Wasser. „Nun, da drüben ist zufällig ein großer Ozean."

„Das stimmt", sagte er mit einem weisen Nicken, bevor sich sein Gesichtsausdruck aufhellte. „Willst du mitkommen?"

Ava wollte gerade „Ja" sagen, dann erinnerte sie sich daran, wie hoch die Klippe war. „Äh ..."

Jak'ri stand auf, und ihr fiel noch einmal auf, wie viel dünner er geworden war. Er ergriff ihre Hand und zog sie neben sich hoch. „Sag' Ja."

Ein Teil von ihr wollte es tatsächlich, aber ... „Ein Sprung aus dieser Höhe könnte mich verletzen", gab sie zu und bereute trotz Höhenangst fast, ablehnen zu müssen.

„Nicht im Traum."

„Oh." Wirklich?

Ava mochte es, seine Hand zu halten, das Gefühl seiner langen Finger zwischen ihren zu spüren, und wie er geistesabwesend mit dem Daumen ihre Haut streichelte. „Bist du dir da sicher? Denn in vielen Filmen zu Hause wird davon ausgegangen, dass der Körper eine Verletzung in Träumen registriert, als wäre sie real, und dass man mit der Verletzung aufwacht, die man sich im

Traum zugezogen hat. Wenn du also in einem Traum stirbst, stirbst du auch im wirklichen Leben."

„Was sind Filme?"

„Sowas wie holovids.*"*

„Ah. Aber diese Filme *waren falsch."*

„Da scheinst du dir ziemlich sicher zu sein."

„Das bin ich." Er warf ihr ein verschmitztes Grinsen zu. „Ziv'ri und ich haben in gemeinsamen Träumen die dümmsten Dinge angestellt. Dinge, die wir im Wachzustand nie auch nur in Erwägung ziehen würden. Und wenn wir aufgewacht sind, waren wir immer unverletzt."

Sie konnte sich ein Lächeln nicht verkneifen. „Von wie dumm reden wir?"

Er schüttelte kichernd den Kopf. „Sehr dumm. Vielleicht kannst du mich dazu überreden, dir ein paar davon zu erzählen."

„Wird es mich zum Lachen bringen?"

„Definitiv."

„Dann muss ich dich dazu überreden, mir mehr als nur ein paar zu erzählen", sagte sie grinsend.

Er nickte zum Rand der Klippe. „Wollen wir?"

„Nicht, wenn du mir Zeit gibst, darüber nachzudenken."

Er ließ seine Zähne während eines jungenhaften Grinsens aufblitzen. „Eins-zwei-drei, spring!", rief er, rannte los und zog sie hinter sich her.

Ava riss die Augen auf, und das Herz hämmerte in ihrer Brust, als sie neben ihm herlief.

Ihre Füße berührten gleichzeitig die Kante, und gemeinsam sprangen sie ab. Jak'ri johlte, als sie auf das Meer zu stürzten. Das zu hören war so wunderbar unbeschwert und attraktiv, dass Ava strahlte, obwohl sie kreischte und seine Hand quetschte.

Er landete einen Sekundenbruchteil vor ihr im Wasser. Kühle Flüssigkeit schlug über ihren Köpfen zusammen. Blasen umgaben sie, als wären sie gerade in ein Fass Limonade gesprungen. Dann legte er einen Arm um ihre Taille und brachte sie beide an die Oberfläche.

„Das war verrückt!", prustete sie und konnte nicht aufhören zu lächeln, während sie sich das Wasser aus dem Gesicht wischte.

„Verrückt, aber lustig?", lachte er, seine Augen funkelten vor Freude. Und wieder wurde sein schwarzes Haar silbern.

„Vielleicht", meinte sie. „Aber nicht so lustig wie das." Sie katapultierte ihren Oberkörper aus dem Wasser, legte ihre Hände auf seinen Kopf und tauchte ihn unter. Sobald sie ihn losgelassen hatte, begann sie, gemächlich auf dem Rücken zu schwimmen.

Jak'ri tauchte prustend und lachend auf. Als seine silbernen Augen sie ein paar Meter entfernt entdeckten, bekamen sie einen teuflischen Glanz. „Oh, das wirst du bereuen, kleiner Erdling."

Ava schrie, als er sich auf sie stürzte. Sie drehte sich auf den Bauch, machte sich auf den Weg und schwamm los, so schnell sie konnte. Aber diese Schwimmhäute an seinen Fingern und Zehen ließen ihn unglaublich schnell vorankommen.

Jak'ris Finger schlossen sich um einen ihrer Knöchel. „Hab' dich!" Sie schwamm schneller, kam jedoch nicht weiter und begann zu kichern, als er mit der Stimme eines Filmbösewichts schreckliche Drohungen ausstieß.

Wann hatte sie das letzte Mal so gekichert?

Sie schrie, als er an ihrem Knöchel zog.

Dann lag sie in seinen Armen, und er grinste sie diabolisch an.

„Denkst du wirklich, du könntest mir entkommen?" Er schnaubte. Dann schob er seine Hände unter ihre Arme und katapultierte sie in die Höhe.

Ava lachte, als er sie aus dem Wasser warf. Sie flog durch die Luft und landete mehrere Meter entfernt. Das Wasser schloss sich wieder über ihrem Kopf. Als sie auftauchte, senkte sie schnell den Kopf, um ihr Lächeln zu verbergen, und rieb sich die Augen. „Einen Moment bitte", sagte sie.

Jak'ri hörte sofort auf zu lachen und schwamm auf sie zu. „Tut mir leid. Hast du was ins Auge bekommen?"

„Nein." Sie grinste ihn an. „Ich musste dich nur näher locken." Dann ließ sie ihren Arm durch das Wasser vor ihm gleiten und spritzte eine Welle über seinen Kopf.

Prustend hechtete Jak'ri auf sie zu.

Sie lachten, während sie spielten, und umso mehr, als er anfing, Geschichten über die Dummheiten, die er mit seinem Bruder angestellt hatte, zu erzählen.

Plonk!

Ava schreckte auf. Schmerz flutete ihre Empfindungen. Verdammt! Sie hasste es wirklich, aufzuwachen. Sie und Jak'ri hatten herumgetollt und gespielt wie Kinder. Es war scheiße, in die Realität dieser Zelle und der Monster zurückkehren zu müssen, die sie hier eingesperrt hatten.

„Benutz' das Lav", grunzte die Wache. „Sie wollen noch eine Probe."

„Kranke Bastarde", knurrte sie. Anscheinend war die Hightech-Toilette im winzigen Lav voller Sensoren und weiß Gott, was sonst noch. Wenn sie zu Hause Kontrolluntersuchungen und ärztliche Untersuchungen hatte, musste sie gelegentlich in einen Becher pinkeln. Aber irgendetwas an diesen Kerlen, die alles sammelten und analysierten, was aus ihrem Körper kam, widerte sie einfach an. „Ich muss aber nicht", sagte sie lauter.

„Benutz' das Lav, oder ich zwinge dich."

Leider hatte sie auf die harte Tour lernen müssen, dass er es ernst meinte, wenn er diese Drohung aussprach.

Sie unterdrückte eine Antwort, die damit enden würde, dass er sie mit dem Schockstab, oder wie auch immer sie dieses Ding nannten, quälte, und ging auf das Lav in ihrer Zelle zu. Die undurchsichtige Tür glitt nach oben und ließ sie ein. Als sie sich nicht senkte, starrte sie die Wache böse an. „Mach die verdammte Tür zu, sonst bekommt Doc Frankenstein seine verdammte Probe nicht." Sie hatten vorläufig zugestimmt – und diese Vereinbarung bestand hauptsächlich darin, dass sie darauf *bestanden* hatte –, dass sie ihnen nur dann bereitwillig Proben geben würde, wenn sie es tun könnte, ohne dass die Wache sie wie ein Freak mit einem Fetisch beobachtete.

Seine roten Augen wurden schmal. Dann glitt die Tür zu.

Ja. Sie würde das bereuen.

Nachdem sie in die desinfizierte Toilette gepinkelt hatte, kehrte sie in ihre Zelle zurück und fand dort die beiden Wissenschaftler vor, die auf sie warteten.

Der Glanz in den gruseligen Augen der großen, dürren Frau ließ sie bis auf die Knochen schaudern. „Wir haben einige Anomalien in deinem Blut gefunden."

Der Kleine lächelte. „Wir brauchen mehr Proben."

Und sie wusste, dass sie für diese Proben nicht in einen Becher pinkeln würde. Hier ging es um Laserskalpelle und mehr Schmerzen.

Dreckskerle!

Kapitel Fünf

Jak'ri erwachte langsam. Seine Augen brannten, Fieber quälte ihn. Sein Magen rebellierte. Seine Gedanken wanderten träge in seinem Kopf umher, während Schwindelgefühle die Zelle um ihn herum kreisen ließen, obwohl er sich nicht bewegte.

„Jak'ri?", rief sein Bruder leise.

Er setzte sich auf und musste sich mit einer Hand auf dem Boden abstützen, um nicht umzukippen. „Wie lange habe ich geschlafen?"

„Ein paar Stunden."

Stöhnend kroch er zu den Gitterstäben, die sie trennten, und setzte sich neben seinen Bruder.

„Wie geht's dir?", fragte Ziv'ri, seine silbernen Augen voller Sorge.

Jak'ri schüttelte den Kopf. „Ich glaube, sie haben mir das gegeben, was sie dir gegeben haben."

„Weil sie glauben, dass sie erfolgreich waren." Er senkte seine Stimme zu einem kaum hörbaren Flüstern. „Ich habe Krankheit vorgetäuscht, aber tatsächlich geht es mir fast wieder gut."

„Ich bin mir nicht sicher, ob es ihnen nicht wirklich gelungen ist. Ich habe das Gefühl, dass der Tod nur noch einen Tag entfernt ist."

Ziv'ri streckte seine Hand durch die Gitterstäbe und tätschelte seinen Arm. „Es wird vorübergehen, Bruder. Lass sie das einfach nicht sehen."

„Deine Proben werden es ihnen sagen."

„Sie sehen sich jetzt nur noch unseren Urin an. Wir können sie ein bisschen länger hinhalten, wenn du mir mit deiner Flasche eine Probe gibst. Je länger wir krank zu sein scheinen, desto mehr werden sie glauben, die Antwort gefunden zu haben."

Das erschien sinnvoll. Wenn sie sich auf ihre derzeitigen Ergebnisse konzentrierten, kleine Änderungen vornahmen und dann auf Ergebnisse warteten, würden sie davon abgehalten, etwas zu erfinden, das tatsächlich das bewirken könnte, was dieses nicht erreichen würde.

„Dann sollte ich das wohl austrinken." Jak'ri griff nach seiner Flasche und leerte den Inhalt. Obwohl die Flüssigkeit nicht kalt war, jagte sie dennoch Schauer durch ihn, als sie auf einen Körper traf, der vor Fieber brannte.

Die Brüder saßen mehrere Minuten lang schweigend da.

Jak'ris Lippen zuckten. „Erinnerst du dich an die Zeit, als ich dich davon überzeugt habe, dass wir, wenn wir die Rückenflosse eines *makura* fangen würden, uns auf seinen Rücken schwingen und ihn wie ein Hovercycle fahren könnten?"

„Und mich dann überredet hast, es in unserem gemeinsamen Traum auszuprobieren? Ja."

Jak'ri lächelte. „Dieser Traum hat nicht gut für uns geendet."

Ziv'ri lachte. „Mutter war so wütend. Vater auch, obwohl ich ihnen nie erzählt habe, was wirklich passiert ist."

Jak'ri schnaubte. „Das musstest du nicht. Du bist schreiend aufgewacht, und ich habe verzweifelt versucht, dich zu beruhigen, als sie in unser Zimmer gerannt kamen. Das war alles, was sie wissen mussten."

Ihre Eltern hatten ihn einen ganzen Maatira-Mondzyklus lang jeden Abend vor dem Schlafengehen einen warnenden Blick zugeworfen. Und Jak'ri hatte sich genauso lang so schuldig gefühlt, dass er alle seine Süßigkeiten aufgehoben und Ziv'ri gegeben hatte.

Ziv'ri schüttelte lächelnd den Kopf. „Was hat die Erinnerung geweckt?"

Es war passiert, als sie Jungen waren, die noch nicht an der Schwelle zum Mannesalter standen.

Jak'ri blickte in Richtung Labor und stellte erleichtert fest, dass es leer war. Die *grunarks* ließen sie oft ein paar Tage lang allein, während sie warteten, ob ihre neueste Erfindung ihre gefangenen Laborobjekte töten würde. Trotzdem senkte er seine Stimme. „Ich habe Ava davon erzählt."

Ziv'ris Augenbrauen schossen in die Höhe. „Du hast sie wieder im Traum gesehen?"

Er nickte.

„Wie ist das möglich?"

„Sie ist Telepathin. Aber ihre Leute haben weniger Kontrolle über die Fähigkeit. Sie sagte, wenn sie in der Nähe anderer schläft, wird sie oft in deren Träume hineingezogen.

„Nicht freiwillig?"

Wieder nickte er.

Ziv'ri runzelte die Stirn. „Das ist ..."

„Genau."

Sein Bruder verzog das Gesicht. „Kannst du dir vorstellen einzuschlafen und in den erotischen Träumen unserer Eltern aufzuwachen?"

„Ugh! Ich will mir nicht einmal vorstellen, *dass* sie erotische Träume haben."

Ziv'ri lachte. „Wenn dieser Ehrling –"

„Erdling."

„Wenn dieser Erdling in deine Träume eindringen kann, scheinen die Gathendier ihr keine Dosis verabreicht zu haben."

„Anscheinend wissen sie nicht, dass sie ein Telepath ist."

„Kann sie *senshi* aussenden?"

„Nein. Ich bin mir sicher, dass sie es inzwischen versucht hätte. Aber sie *hat* versucht, die Gedanken der Gathendier zu lesen, doch es ist ihr nicht gelungen."

„Das bestätigt unsere Überzeugung, dass sie selbst *nahalae* nehmen."

„Ja."

Sie saßen schweigend da, jeder in seine eigenen Gedanken vertieft.

„Wie bist du dazu gekommen, ihr die *makura*-Geschichte zu erzählen?", fragte Ziv'ri neugierig.

„Einige ihrer Leute glauben, dass, wenn sie eine Verletzung erleiden oder in Träumen sterben, dasselbe mit ihrem physischen Körper passiert."

„Wirklich?"

Er nickte. „Ich habe ihr die *makura*-Geschichte erzählt, um sie vom Gegenteil zu überzeugen."

Ziv'ri hob eine Braue. „Warum war das überhaupt nötig?"

Jak'ri warf ihm ein verlegenes Lächeln zu. „Ich habe versucht, sie davon zu überzeugen, mit mir vom Runaka Point zu springen."

Ziv'ri blinzelte. Nach einem Moment öffnete er den Mund, um zu antworten.

Jak'riiii!

Beide Brüder zuckten zusammen, als ihnen der telepathische Schrei durch den Kopf schoss.

Ziv'ri starrte ihn mit großen Augen an. „War das ...?"

Ava?, dachte Jak'ri.

Ja. Ein langes Stöhnen erfüllte seinen Kopf und wurde dann zu einem Knurren. Es folgte eine Reihe von Worten, die er nicht verstand.

Ava? Geht's dir gut? Was ist los?

Sie haben mich an einen Tisch gefesselt und ... Es folgte ein weiteres Stöhnen, begleitet von unverständlichen Worten der Erde. *Sie nehmen Proben.*

Er warf seinem Bruder einen besorgten Blick zu. „Kannst du sie hören?", flüsterte er.

Ziv'ri nickte. *Wenn du kooperierst, geben Sie dir ein Anästhetikum.*

Wer war das?, fragte sie.

Mein Bruder Ziv'ri, erklärte er ihr.

Nun, Ziv'ri, ich habe aufgehört zu kooperieren, als sie versucht haben, mir ein Sedativum zu geben, sagte sie.

Sein Bruder runzelte die Stirn. *Wenn du sediert bist, erspart es dir große Schmerzen.*

Das weiß ich, blaffte sie. Dann fuhr sie mit ruhigerer Stimme fort: *Tut mir leid. Ich wollte dich nicht ankeifen. Der Scheiß tut einfach höllisch weh.*

Ziv'ri begegnete seinem Blick. *Einiges davon habe ich nicht verstanden.*

„Dieser *bura* tut *srullig* weh", übersetzte er, bevor er zu Ava sprach. *Sie haben angeboten, dir ein Sedativum zu geben?* Sie mussten sie lange genug bei guter Gesundheit halten wollen, um einen Weg zu finden, ihr Volk zu töten, besonders wenn sie die einzige ihrer Art war, die sie gefangen nehmen konnten.

Ja, aber ich habe abgelehnt, sagte sie. *Auf keinen Fall werde ich mit einem Echsenbaby im Bauch aufwachen.*

Jak'ri starrte seinen Bruder an. *Was glaubst du, was für Experimente sie durchführen, Ava?* Es klang, als ob sie befürchtete, sie wollen sie einer Art Zuchtexperiment unterziehen. Aber die Produktion von Hybriden interessierte Gathendier nicht. Ihr Ziel war immer, Zivilisationen auszulöschen, damit sie den Planeten, seine Ressourcen und die Technologie, die die von ihnen zerstörte intelligente Rasse hinterlassen hatte, für sich beanspruchen konnten.

Ich weiß nicht, sagte sie. *Aber verdammt viele Geschichten von Entführungen durch Außerirdische, die auf der Erde erzählt werden, scheinen sich darum zu drehen, dass Außerirdische unsere Frauen schwängern und Männer rektal untersuchen.*

Ziv'ri starrte ihn an. *Welche Außerirdischen haben deinen Planeten besucht?*, fragte er entsetzt.

Jak'ri nickte.

Klirrendes Lachen brachte beide zum Lächeln, wurde aber schnell von einem Stöhnen abgelöst.

Die Brüder tauschten einen düsteren Blick aus.

Dann sprach Ziv'ri. *Jak'ri sagt, er hat dir von damals erzählt, als er mich im Traum überredet hat, zu versuchen, einen* makura *zu reiten.*

Ja.

Hat er dir auch davon erzählt, dass er mich überredet hat, einen riesigen tsuberi *zu jagen, um eine Frau zu beeindrucken, deren Zuneigung ich mir gewünscht habe?*

In einem Traum?

Ich wünschte, *es wäre ein Traum gewesen*, sagte er mit einem schiefen Lächeln, begann dann, die Geschichte zu erzählen und füllte sie mit wilden Übertreibungen. Jak'ri widersprach schnell und entlockte ihr damit ein weiteres Kichern.

Aber ihr schmerzliches Stöhnen und Knurren dazwischen ließen seinen Magen brennen.

Sobald Ziv'ri zu Ende erzählt hatte, begann Jak'ri seine eigene Geschichte und verbarg sorgfältig die Wut, die angesichts seiner Unfähigkeit, ihr den Schmerz zu ersparen, in ihm wuchs.

Oh Scheiße, sagte Ava und unterbrach ihn mitten im Satz. *Ich glaube ... ich glaube, ich werde ohnmächtig.*

Dann war alles still.

Ava?, rief er.

Sein Herz hämmerte in seiner Brust, als keine Antwort kam. Leise kochte er und ballte die Hände zu Fäusten. Diese *grunarks* hatten ihr genauso wehgetan, wie sie ihm wehgetan hatten. Und sie würden es weiter tun, bis sie fanden, was sie suchten. „Wir müssen was unternehmen", knurrte er.

Er sah die gleiche Wut in den Gesichtszügen seines Bruders. „Das denke ich auch."

„Sie sind abgelenkt." Damit beschäftigt, ihr neues Opfer zu quälen. „Das können wir zu unserem Vorteil nutzen."

Ziv'ri nickte. „Wenn wir scheitern, könnten die Auswirkungen diesmal tödlich sein." Die Strafe beim letzten Mal war fast unerträglich gewesen.

„Sie werden uns nicht töten. Sie brauchen uns, um ihre Forschung fortzusetzen."

Sein Bruder schüttelte den Kopf. „Dafür brauchen sie nur einen von uns."

Jak'ri schluckte schwer. „Forschung, deren Abschluss wir ihnen nicht zugestehen können." Denn das würde die Zerstörung ihrer Rasse bedeuten.

„Du hast recht." Ziv'ri legte erneut eine Hand auf seinen Arm. „Ich habe keine Lust, mein Leben aufzugeben. Ich will dich auch nicht verlieren, Bruder. Aber wenn einer von uns sterben muss, um sie aufzuhalten ..."

„Und um Ava zu retten ..."

„Das Opfer ist es wert."

AVA KAUERTE AUF IHRER Decke. Noch nie in ihrem Leben hatte sie solche Schmerzen gelitten wie jetzt.

Anscheinend war dies das erste Mal, dass die Gathendier einen Erdling mit Sommersprossen gesehen hatten. Und sie waren entschlossen, die Ursache dafür herauszufinden, wahrscheinlich in der Hoffnung, einen genetischen Defekt zu finden, den sie ausnutzen konnten.

Sie senkte den Blick. An ihren Armen und Beinen waren jetzt mehrere wunde, rote Stellen zu sehen, aus denen die Bastarde Proben herausgeschnitten hatten, um sie zu untersuchen. Große Sommersprossen. Kleine Sommersprossen. Dunkle Sommersprossen. Helle Sommersprossen. Cluster von Sommersprossen. Einzelne Sommersprossen.

Sie hatten sogar ihr Muttermal auf einer Hüfte herausgeschnitten, das wie eine kleine Sommersprosse in der Farbe ihrer Lieblingsmilchschokolade aussah. Jede Wunde war mit etwas bedeckt, das wie durchsichtiger Klebstoff aussah und sich auch so anfühlte.

Das hatte sie zunächst überrascht, ihr Bestreben, die Krater, die sie geschaffen hatten, vor einer Infektion zu schützen. Sie vermutete jedoch, dass es irgendwie einen Sinn ergab. Sie mussten sie lange genug am Leben halten, um herauszufinden, was sie töten könnte, nicht wahr?

Die Krater taten weh. Aber sie waren nicht das, was sie beunruhigte.

Sie warf einen Blick über die Schulter. Die beiden gathendischen Forscher – ihre Namen waren, wie sie erfahren hatte, Saekro und Kunya – standen mit dem Rücken zu ihr im Labor beisammen, während sie arbeiteten.

Zufrieden, dass sie ausreichend abgelenkt waren, wandte sie sich wieder der Wand zu und zog heimlich den Saum ihres Wickelhemds hoch. Fünf Schnittwunden verunstalteten ihren blassen Bauch. Jede war nur so breit wie ein Nickel, die Haut darum herum war geschwollen und verfärbt. Auch sie waren mit der seltsamen, klaren, gummiartigen Substanz verschlossen. Aber im Gegensatz zu den anderen sahen diese aus, als stammten sie von einer laparoskopischen Operation.

Was hatten diese Arschlöcher mit ihr gemacht, während sie bewusstlos gewesen war? Hatten sie ihr ein Organ entnommen? Menschliche Ärzte konnten das jetzt mit winzigen Einschnitten wie diesen tun, also nahm sie an, dass es für eine außerirdische Rasse, die eindeutig über fortschrittlichere medizinische Technologie verfügt, ein Kinderspiel wäre, dasselbe zu tun.

Oder hatten sie – wie sie befürchtet hatte – ein Echsenbaby in ihren Bauch implantiert?

Jak'ri und Ziv'ri schienen sich sicher zu sein, dass das nicht das Ziel der Gathendier war. Sie wollten sich nicht mit Menschen fortpflanzen. Sie wollten sie töten. Aber sie konnte die Angst nicht ganz loswerden.

Sie zog ihr Hemd wieder herunter und biss die Zähne zusammen, als der Schmerz sie fast überwältigte.

Jede Bewegung, ob groß oder klein, tat höllisch weh.

Sie legte ihren Kopf auf ihren angewinkelten Arm, schloss die Augen und versuchte, sich auf etwas anderes zu konzentrieren. Wie zum Beispiel, wie sie verdammt nochmal hier rauskommen könnte.

Ich werde nicht in meine Flasche urinieren. Ich muss daraus trinken.

Sie lächelte, als sie Jak'ris genervte Stimme hörte. Sie war zu müde, um die Gedanken anderer auszublenden. Und die Gathendier nahmen alle irgendwas, um ihre Gedanken zu schützen. Jak'ris und Ziv'ris Gedanken waren also die, in die sie versehentlich versunken war.

Ausnahmsweise einmal machte es ihr nichts aus.

Ich weiß nicht, warum dich das stören sollte, antwortete sein Bruder trocken. *Nachdem du den Alkohol auf Promeii 7 getrunken hast, dürfte Urin meiner Meinung nach eine enorme Verbesserung sein.*

Obwohl sie sich verbal unterhielten, spiegelten ihre Gedanken ihre Worte wider und erlaubten ihr, zuzuhören.

Jak'ri lachte. *Wahrscheinlich. Dieser* bura *war widerlich.*

Trotzdem hast du das Zeug getrunken.

Und die Wette gewonnen.

Ziv'ri gab einen mürrischen Laut von sich. *Ich hätte mein Hovercycle nie verwetten sollen.*

Das beste Hovercycle, das ich je besessen habe, schwärmte Jak'ri.

Wenn sie nicht solche Schmerzen gehabt hätte, hätte Ava gelacht.

Hast du Ava davon erzählt?

Sie zog die Augenbrauen hoch und war überrascht, dass Ziv'ri sie erwähnte.

Nein. Ich denke, das werde ich ihr ersparen.

Warum? Willst du dein männliches Image nicht dadurch trüben, dass du die Woche danach beschreibst, in der du deinen Kopf in das Lav gesteckt und alles wieder ausgespuckt hast, was du gegessen hast?

Jak'ri lachte. *Ich habe mein Image schon damit verdorben, dass ich ihr gezeigt habe, wie ich jetzt aussehe.*

Kein kluger Schachzug. Nicht einmal Shek'ra würde dich wollen, wenn sie dich jetzt sehen könnte. Du bist viel zu dürr, um eine Frau anzulocken.

Drek dich.

Leises männliches Lachen begleitete das Geplänkel der Brüder.

Wie sieht sie aus?, fragte Ziv'ri.

Ava?

Ja. Du hast mir nur gesagt, dass sie lasaranisch aussieht.

Ein Moment verging, und Ava hielt den Atem an, während sie auf seine Antwort wartete.

Sie ist wunderschön, sagte Jak'ri, und etwas wie Zuneigung klang in seiner Stimme.

Wärme erfüllte sie und linderte den Schmerz ein wenig.

Klein und zart wie die lasaranische Prinzessin.

Sie war tatsächlich acht Zentimeter größer als Ami, die kaum über eins fünfzig groß war. Aber Jak'ri war mindestens einen Kopf größer als sie gewesen, also nahm sie an, dass jeder, der einen Kopf kleiner war, für ihn klein und zierlich wirken musste.

Sie ist nicht so gebaut wie unsere Frauen, fuhr er fort. *Ihre Schultern sind nicht so breit. Und ihre Brust und ihr Rücken sind nicht so muskulös.*

Was ist mit ihren Brüsten?

Du musst nichts über ihre Brüste wissen, tadelte Jak'ri ihn. *Sie sind perfekt, prall und rund.*

Sie glaubte nicht, dass er den letzten Teil laut ausgesprochen hatte.

Ava warf einen Blick auf ihre bescheidenen Brüste. Sie hatte sie nach menschlichen Maßstäben immer für klein gehalten. Sicherlich nichts, was den Verkehr anhalten würde. Aber es schien, als wären sie tatsächlich größer als die der meisten Purveli-Frauen.

Und Jak'ri mochte sie, der Art und Weise nach zu urteilen, wie seine Gedanken zu Erinnerungen an ihren Spitzen-BH wanderten, der ihre Brüste hielt, während sie geschwommen waren und zusammen im Meer gespielt hatten, und wie sich ihre rosa Spitzen aufrichteten, wenn die kühle Luft sie traf.

Du denkst jetzt an ihre Brüste, nicht wahr?, fragte Ziv'ri.

Sie schmunzelte. *Ja, das tut er*, antwortete sie telepathisch.

Jak'ri keuchte.

Oha! Ziv'ri lachte lauthals. *Du hast meinen Bruder zum Erröten gebracht, Ava. Ich habe sein Gesicht nicht mehr so rot gesehen, seit Mutter ihn dabei erwischt hat, wie er…*

Beende diesen Satz nicht!, befahl Jak'ri.

Ava lachte und wünschte dann, sie hätte es nicht getan, als Schmerz durch ihren Bauch schoss. Sie blinzelte die Tränen zurück und hielt den Atem an, bis der Schmerz nachließ.

Tut mir leid, Ava, sagte Jak'ri, seine Stimme voller Kummer. *Ich wusste nicht, dass du meine Gedanken mitgehört hast. Ich wollte nicht respektlos sein und hoffe, ich habe dir kein Unbehagen bereitet.*

Das hast du nicht. Ich hätte nicht zuhören sollen, ohne es dir zu sagen. Tut mir leid. Ich habe nur eine Ablenkung gebraucht und hatte keine Lust zu reden.

Wie geht es dir?, fragte er besorgt.

Nicht großartig, gab sie zu. *Ich bin mit Schnitten am Bauch aufgewacht, die wie chirurgische Einschnitte aussehen, und ich flippe aus und frage mich, was sie mir angetan haben.*

War das das erste Mal, dass sie das getan haben?

Ja.

Sind die Schmerzen schlimm?

Ja.

Sie haben Proben von einigen deiner Organe genommen. Dasselbe haben sie auch mit uns gemacht, als sie uns hierher gebracht haben.

Wie kannst du dir sicher sein? Warst du nicht bewusstlos, als sie es getan haben? Sie war vor Schmerzen ohnmächtig geworden.

Doch. Aber Ziv'ri hat alles von seiner Zelle aus beobachtet.

Das habe ich, bestätigte Ziv'ri düster. *Ich musste sicherstellen, dass sie ihn nicht rektal untersuchen.*

Wieder lachte Ava und stöhnte dann. *Bring mich nicht zum Lachen.*

Ja. Bring sie nicht zum Lachen, minkon, blaffte Jak'ri. *Du weißt selbst, wie viel Schmerz diese Operationen verursachen.*

Autsch! Du kannst mich nicht schlagen, protestierte sein Bruder mit gespielter Beleidigung. *Ich sterbe!*

Wenn du sterben würdest, sagte Jak'ri, *würden die Gathendier sich nicht über deine letzten Blutuntersuchungen beklagen.*

Sie schienen tatsächlich ein bisschen wütend zu sein, gab sein Bruder zu und seufzte dann. *Nun ja, srul. Ich war so nah dran, ihn dazu zu bringen, seinen eigenen Urin zu trinken, Ava.*

Sie lachte trotz der Schmerzen. *Ich bin mir ziemlich sicher, dass das nie passieren würde.*

Ha! Siehst du? Sie kennt mich besser als du, sagte Jak'ri.

Wenn sie dich besser kennen würde als ich, würde sie mich in meinen Träumen besuchen, anstatt dich in deinen. Ich bin viel interessanter als mein Bruder, erklärte Ziv'ri. Und sie konnte fast sehen, wie er das Kinn hob und Jak'ri herablassend ansah.

Sie lächelte. *Ich weiß nicht. Jak'ri scheint mir ziemlich interessant zu sein.*

Ugh, schnaubte Ziv'ri. *Wie kann man sich in die Brust werfen, wenn man auf dem Boden einer Zelle sitzt?*

Das tue ich nicht, erwiderte Jak'ri.

Doch, das tut er. Er putzt sich förmlich, Ava. Mach ihm bitte keine weiteren Komplimente.

Sie schüttelte den Kopf. Diese Jungs waren definitiv Brüder. *Was ist ein minkon?*

Das, was Jak'ri ist, antwortete Ziv'ri prompt.

Zu lustig, antwortete Jak'ri ausdruckslos. *minkon ist ein abfälliger Begriff für jemanden, der nicht sehr intelligent ist.*

Sie dachte einen Moment nach und suchte nach den richtigen Worten in Alliance Common, um die Bedeutung auf der Erde wiederzugeben. *Es ist also das Äquivalent von ... Dumpfbacke?*

Beide Männer lachten. *Ja!*

Lächelnd schloss sie die Augen, als Müdigkeit sie überwältigte.

Die beiden Männer neckten einander weiter und schienen fast darum zu wetteifern, wer die ungeheuerlichsten Anschuldigungen vorbringen oder die lächerlichsten Geschichten erzählen konnte.

Tränen traten ihr in die Augen, als ihr klar wurde, was sie taten.

Sie versuchten, sie von den Schmerzen abzulenken.

Sie versuchten zu verhindern, dass Angst und Verzweiflung sie überwältigen, indem sie sie zum Lachen brachten.

Dafür sorgten, dass sie sich weniger allein fühlte.

Und es funktionierte, dachte sie kurz, bevor die Dunkelheit sie einhüllte.

EINE BRISE WEHTE ÜBER sie, kitzelte ihr Gesicht mit ihren Haaren und trug den Duft des Ozeans zu ihr herüber.

Ava hob die Lider ein wenig. Mondlicht beleuchtete das riesige Meer vor ihr. Auf der dunklen Wasseroberfläche tanzten nicht nur die Spiegelungen eines, sondern gleich dreier Monde.

Weiches Gras bildete ein Polster zwischen ihrem Körper und dem harten Boden, wärmte sie aber kaum. Fröstelnd rollte sie sich zu einer Kugel zusammen und biss die Zähne aufeinander angesichts der Schmerzen in ihrem Bauch und dem Brennen der Schnitte an Armen und Beinen.

Schritte knirschten hinter ihr, aber sich umzudrehen, um zu sehen, wer es war, wäre zu schmerzhaft gewesen.

Jemand kniete nur Zentimeter von ihrem Rücken entfernt nieder. Eine große Hand berührte sanft ihren Kopf und streichelte ihr Haar. „Ava?", flüsterte Jak'ri.

Sie hob die Hand und ergriff seine, zog sie nach vorn und drückte sie an ihre Brust.

Seine Lippen berührten ihre Schläfe. Dann legte er sich hinter sie und schmiegte seinen großen Körper um ihren. „Heb kurz deinen Kopf", sagte er leise.

Als sie es tat, schob er seinen Arm darunter, damit sie seinen Bizeps als Kissen benutzen konnte.

„Besser?", fragte er.

Sie nickte, unfähig, über den Kloß in ihrem Hals hinweg zu sprechen.

Wärme durchströmte sie, als er sie hielt und darauf achtete, ihren Bauch nicht zu berühren.

Tränen stiegen ihr in die Augen und liefen über ihr Gesicht, um seine Haut und das Gras zu benetzen.

„Wenn du aufwachst, trink aus der Flasche, die sie dir geben. Sie enthält ein Medikament, das hilft, deine Wunden schneller zu heilen."

„Ich habe Angst, dass sie mir irgendwas verabreichen", brachte sie mit tränenüberströmter Stimme hervor.

Er drückte beruhigend ihre Hand. „Dafür ist es noch zu früh. Sie brauchen Zeit, um zu untersuchen, was sie dir entnommen haben, bevor sie mit der Herstellung ihrer Biowaffen anfangen können."

Sie schniefte. „Warum sollte es sie überhaupt interessieren, ob meine Wunden heilen oder ob ich weiter Schmerzen hatte?"

„Welche Krankheit auch immer sie erfinden, sie muss aggressiv genug sein, um einen gesunden Körper zu töten. Sie können sich nicht sicher sein, wenn sie zulassen, dass du zu sehr geschwächt wirst."

Sie wollten also, dass sie gesund war, wenn sie sie töteten.

Großartig. Einfach toll.

„Wir werden einen Ausweg finden, Ava. Ich schwöre es."

Sie versuchte, optimistisch zu sein und an der Hoffnung festzuhalten, während sie da lagen und sich gegenseitig Trost spendeten. Aber so elend, wie sie sich fühlte, befürchtete sie, dass ihr einziger Ausweg der Tod sein würde.

Tage vergingen. Jak'ri und Ziv'ri erholten sich von der Krankheit, mit der die Gathendier sie infiziert hatten. Beide mussten sich außerdem weiteren Operationen unterziehen, die sie schwächten und – wie sie später erfuhren – Ava in Angst und Schrecken versetzten.

Erst im Nachhinein wurde ihnen klar, dass sie die Operationen durch ihre Gedanken miterlebt hatte, im Grunde mitangesehen hatte, wie die Gathendier in Jak'ri herumgeschnitten hatten, während Ziv'ri zusah und fluchte und verzweifelte, und Jak'ri dann das Gleiche tat, wenn Ziv'ri an der Reihe war.

Jak'ri hatte nicht gewollt, dass sie es sah. Aber er konnte nicht einfach seine Augen schließen, um sie davon abzuhalten, es mitanzusehen. Er musste wissen, was diese *grunarks* mit ihnen machten. Und obwohl er die Angst, die es ihr einflößte, hasste, glaubte er, dass sie ein Recht darauf hatte zu wissen, was auf sie zukam.

Zum Glück hatten die Gathendier keine weiteren Operationen an ihr durchgeführt. Sie hatten auch keine weiteren Proben genommen. Sie hatten sie weitgehend in Ruhe gelassen, während sie ihre Proben untersuchten und die daraus gewonnenen Informationen verarbeiteten.

Jak'ri schwor sich, dass er, falls er hier lebend herauskam, einen Mediziner auf Purvel fragen würde, was zum *srul* dieses ganze Piksen und Herumschneiden eigentlich enthüllen könnte. Denn ein Teil von ihm fragte sich, ob diese Wissenschaftler nicht einfach nur Sadisten waren.

Obwohl seine Tage als Gefangener der Gathendier elend waren, erlaubten seine Nächte eine glückselige Flucht. Jedes Mal, wenn er jetzt einschlief, traf er Ava an seinem Lieblingsort – der Klippe mit Blick auf die Rakuna-See. Die ersten paar Male folgte ihr der Schmerz ihres physischen Körpers bis in den Schlaf. Also lagen sie entweder zusammen oder saßen dicht beieinander, seinen Arm um sie gelegt, und blickten auf das Wasser hinaus.

Die Tränen, die auf ihren Wangen glitzerten, während sie gegen Schmerz und Verzweiflung ankämpfte, schmerzten ihn genauso tief wie die Laserskalpelle der Gathendier. Seine Unfähigkeit, ihr das zu ersparen, nagte an ihm. Aber er zeigte es ihr nicht und lenkte sie stattdessen ab, indem er ihr weitere Geschichten über die unerhörten Abenteuer erzählte, die er mit seinem Bruder erlebt hatte, oder indem er ihr einige der heldenhaften und fantastischen Geschichten aus der Purveli-Mythologie erzählte, die ihn in seiner Jugend fasziniert hatten.

Sie vertraute ihm, befolgte seinen Rat und trank aus der Flasche, die die Gathendier bereitstellten. Ihre Wunden begannen zu heilen, und zwar so schnell, dass sie immer wieder ihr Erstaunen darüber zum Ausdruck brachte. Ihr Volk dürfte also noch keine chemischen *silna* entwickelt haben, die die Heilung beschleunigten.

Der Schmerz ließ nach, als ihre Wunden heilten. Und in ihren gemeinsamen Träumen gaben sie Geschichten über die Abenteuer anderer auf und suchten nach eigenen. Sie sprangen von der Klippe. Sie lachten und neckten und schwammen und spielten im Wasser mit der Begeisterung von Kindern. Er fing sogar an, ihr das Klettern beizubringen, indem er ihren Körper zwischen sich und die Wand von Runaka Point nahm und ihre kleinen Hände und Füße zu sicheren Haltepunkten führte.

Er fühlte sich ihr so nahe. Fast so nah wie seinem Bruder.

Wie war das möglich? Wie konnte es so schnell passieren?

Er hatte noch nie zuvor eine so starke Freundschaft mit einer Frau aufgebaut.

Vielleicht hätte er das getan, wenn er zugestimmt hätte, mit einer seinen früheren Geliebten zusammenzuleben. Aber er hatte nie mit den Frauen zusammengelebt, mit denen er eine Beziehung hatte, weil sie sein gelegentliches Bedürfnis nach Ruhe nie verstanden hatten. Nach Einsamkeit. Stattdessen waren sie beleidigt darüber gewesen und hatten ihm vorgeworfen, er wolle eine Auszeit von ihnen.

Und rückblickend vermutete er, dass sie recht hatten.

Seltsamerweise verspürte er kein Bedürfnis nach Einsamkeit, wenn er in seinen Träumen mit Ava zusammen war. Selbst wenn er wach war, begann er, sich in seinem Geist nach ihrer Anwesenheit zu sehnen. Zu seinem Leidwesen hatte es sogar einen Moment der Eifersucht gegeben, als sein Bruder mit ihm gewetteifert hatte, wer sie am meisten zum Lachen bringen konnte, bis ihm klar wurde, dass Ziv'ris Interesse an ihr anders war als seines.

Und seines war groß. Es fiel Jak'ri immer schwerer, ihre schönen Brüste und das Gleiten ihrer schlanken Kurven an seinen zu ignorieren, wenn sie im Wasser schwammen und sich tummelten. Sein Körper hatte sogar begonnen, auf eine Weise zu reagieren, die das kalte Meer nur schwer dämpfen konnte, etwas, das ihm peinlich war. Sie waren Gefangene der Gathendier. Sie hatte dieselben Ängste und Schmerzen wie er und Ziv'ri. Das Letzte, was sie brauchte, war, sich Sorgen zu machen, dass er sie dazu drängte, sein Verlangen zu stillen.

Er sollte nicht einmal Verlangen empfinden.

„Ich denke, es ist Zeit", flüsterte Ziv'ri.

Blinzelnd kehrte Jak'ri in die Gegenwart zurück und folgte dem Blick seines Bruders.

Die gathendischen Wissenschaftler stritten sich über etwas.

Ziv'ri sah ihn an. „Hört Ava unsere Gedanken?"

Ava? Bist du bei uns?, rief Jak'ri. Als keine Antwort kam, schüttelte er den Kopf. „Das glaube ich nicht. Ich glaube, sie schläft noch."

„Gut." Er nickte in Richtung der Wissenschaftler. „Etwas stimmt nicht. Saekro und Kunya haben Anomalien in Avas Blut- und Gewebeproben gefunden. Erhebliche Anomalien, mit denen sie nicht gerechnet hatten. Saekro glaubt, dass Kunya die Tests vermasselt hat. Kunya beharrt darauf, dass dem nicht der Fall war, und besteht weiter darauf, dass es in ihrer Rasse einen bizarren Evolutionssprung gegeben haben muss, seit ihre Vorfahren das Virus auf der Erde freigesetzt haben. Saekro glaubt, dass Kunya voller *bura* ist und nur versucht, Ausflüchte zu machen. Wie auch immer, es hört sich so an, als würden sie weitere Probenentnahmen für sie planen."

„*Drek*", zischte Jak'ri wütend. „Ich will nicht, dass sie ihr das nochmal antun."

„Ich auch nicht."

„Dann sollten wir handeln."

Ziv'ri nickte. „Wir sind beide stärker, seit wir das Virus überwunden haben."

„Und sie sind abgelenkt. Sie werden also nicht damit rechnen. Wie bringen wir Saekro oder Kunya dazu, unsere Tür zu öffnen?"

„Bevor sie angefangen haben, über Ava zu streiten, habe ich sie sagen hören, dass sie morgen was Neues an uns ausprobieren wollen."

Und wann immer sie etwas Neues ausprobierten, begannen sie mit Ziv'ri. Die Brüder hatten schnell das Muster erkannt. Nachdem sie Ziv'ri aus seiner Zelle geholt hatten, schnallten sie ihn an den Operationstisch, injizierten ihm ihr Serum und warteten dann ab, ob er eine Reaktion zeigen würde, die ein Eingreifen und eine Wiederbelebung erforderlich machen würde. Ein von ihnen hergestelltes Virus, das den Infizierten sofort tötete, würde ihnen schließlich keinen Nutzen bringen. Ihr Opfer musste lange genug leben, um es verbreiten zu können.

Jak'ri senkte seine Stimme zu einem leisen Flüstern und sagte: „Wir sollten heute Nacht fasten."

Ziv'ri nickte. „Lass uns so tun, als essen wir, und versteck die Würfel."

101

„Und trink nicht." Beide glaubten, dass die *nahalae*, die ihnen die Gathendier verabreichten, in den Vitamininjektionen enthalten waren, die sie jeden zweiten Tag bekamen. Sie hatten ihren ersten Fluchtversuch gewagt, als die Gathendier drei Tage damit gewartet hatten, ihnen die Vitamine zu verabreichen. Jak'ri und Ziv'ri hatten dadurch beide einen Teil ihrer telepathischen Fähigkeiten zurückerlangt und sie mit einem *senshi* geschlagen, der mehrere Wachen ausgeschaltet hatte und die Brüder fast befreit hätte. Daher jetzt die Injektion alle zwei Tage.

Aber manchmal fragten sie sich, ob in den Nährstoffwürfeln oder Getränken, die die Gathendier ihnen gaben, auch *nahalae* enthalten war. Die *grunarks* schlugen sie brutal, wenn sie nicht aßen oder tranken. Die Brüder waren sich nicht sicher, ob sie so reagierten, weil sie gesunde Probanden wollten oder weil sie das *nahalae* zu sich nehmen sollten.

„Wenn wir die Flasche nicht austrinken, wird es schwerer zu verbergen sein", sagte Ziv'ri. „Du weißt, dass sie unsere Flüssigkeitsaufnahme überwachen."

„Finde einen Weg, deine Flasche mit ins Lav zu schmuggeln und dort auszuschütten."

Er nickte. „Bis das Lav ihnen eine Analyse unserer neuesten Ausscheidungen schickt, sind sie hoffentlich tot und wir auf dem Heimweg." Er warf einen Blick auf das Labor. „Sobald sie mir sagen, dass ich mich auf den Tisch setzen soll, versuchen wir beide, einen *senshi* auszustoßen, der sie so weit schwächt, dass ich entweder ein Skalpell packen oder die Wache entwaffnen kann."

„Guter Plan." Jak'ri griff durch die Gitterstäbe, legte eine Hand auf Ziv'ris Nacken und zog ihn nah genug an sich, um ihre Stirne zwischen den Gitterstäben aneinander zu drücken. „Wenn wir scheitern, vergiss nicht, dass ich dich liebe, Bruder."

Mit ernstem Gesicht schob Ziv'ri seine Hand durch die Gitterstäbe und tat dasselbe. „Ich liebe dich auch."

„Finde einen Weg, Ava zu retten."

„Das werde ich." Seine Lippen zuckten. „Wenn wir Erfolg haben ... will ich mein Hovercycle zurück."

Lachend blinzelte Jak'ri die Tränen zurück und ließ ihn los.

Das musste funktionieren.

Es *musste.*

Kapitel Sechs

AM NÄCHSTEN TAG BESCHLEUNIGTE sich Jak'ris Herzschlag, als Saekro die Wachen zu sich winkte.

Das war's.

Er warf einen Blick auf Ziv'ri und sah das gleiche Wissen im ernsten Blick seines Bruders.

Als sich zwei Wachen der Tür zu Ziv'ris Zelle näherten, verkrampfte sich Jak'ris Magen, doch er ließ sich seine Sorge nicht anmerken. Wieder einmal wünschte er sich, dass die *grunarks* ihr abscheuliches Gebräu zuerst an ihm anstatt an Ziv'ri testen würden. Er war der ältere Bruder. Er sollte derjenige sein, der sein Leben riskierte, um die anderen zu befreien. Er ... konnte den Gedanken nicht ertragen, seinen Bruder zu verlieren.

Die Wache wedelte mit dem Handgelenk über dem Sensor und schloss die Tür auf.

Als Panik aufzusteigen drohte, wandelte Jak'ri sie in Wut und pure Entschlossenheit um. Das musste funktionieren. Nicht nur um ihrer beider Willen, sondern auch für Ava.

Die Wache packte Ziv'ri am Arm und zog ihn grob mit sich.

Saekro würdigte ihn kaum eines Blickes, da er zu sehr damit beschäftigt war, seine Lieblingsfolterwerkzeuge auf dem Schwebetablett für die chirurgischen Instrumente bereitzulegen.

Kunya stand neben ihm, den Blick auf das Datentablet gerichtet, das er in der Hand hielt. Ein paar Klicks aktivierten den medizinischen Apparat an der Decke.

„Auf den Tisch!", befahl die Wache schroff.

Jak'ri konzentrierte sofort seine telepathische Energie und strahlte das stärkste *senshi* aus, das er unter Einfluss der Drogen erzeugen konnte, in der Hoffnung, dass es ausreichen würde. Er spürte, wie ein identischer Impuls von seinem Bruder ausging.

Die Wache keuchte. Der Mann ließ Ziv'ri los, beugte sich vornüber und packte seinen Kopf. Die Wache, die in der offenen Tür geblieben war, verzog das Gesicht und ging auf die Knie.

Ja!

Die beiden Wissenschaftler erschraken und sahen Ziv'ri mit zusammengekniffenen Augen an.

Saekro nahm ein Laserskalpell vom Tablett und schlug nach ihm.

Ziv'ri riss seine Hände in die Höhe, um die Schläge abzuwehren, die in schneller Folge kamen.

Als Kunya nach der Schockstange griff, die sie immer griffbereit hatten, fluchte Ziv'ri und schnappte sich das Schwebetablett. Die Instrumente flogen, als er ausholte und es heftig schwang.

Das Metall traf Saekros Gesicht, sodass er rückwärts gegen Kunya stolperte und beide zu Boden riss.

Ziv'ri stürzte sich auf den Schockstab.

Schweiß begann auf Jak'ris Stirn zu perlen, während er sich bemühte, weiter *senshi* auszustoßen.

Im Flur ertönte ein Schrei.

Die Wachen richteten sich auf, während sie gegen sein *senshi* ankämpften.

Ziv'ri traf denjenigen, der ihm am nächsten stand, mit dem Schockstab.

Die Wache zuckte und brach dann zusammen. Ziv'ri beugte sich über ihn, riss seine Waffe aus dem Holster, zielte auf die Tür und traf die andere Wache mit einem Energiestoß. Die zweite Wache erstarrte, ließ sich zu Boden fallen und lag dann wie der andere zuckend da.

Die Waffe musste auf Betäubung eingestellt sein.

Jak'ris Kopf begann vor Anstrengung zu schmerzen.

Ziv'ris Gesichtszüge verhärteten sich vor Anspannung, als er einen Schuss auf die Wissenschaftler abfeuerte, die gerade dabei waren, sich voneinander zu lösen und wieder auf die Beine zu kommen.

Saekro und Kunya duckten sich hinter den Operationstisch.

Schwer atmend packte Ziv'ri den Arm des Wachmanns am Boden und begann, ihn zu Jak'ris Zelle zu zerren.

Jak'ris Herz schlug gegen seinen Brustkorb. Nur noch ein kleines Stück weiter, und er wäre frei. Sie beide.

Ziv'ri blieb auf der anderen Seite der Gitter stehen und riss den Arm der Wache in Richtung des Sensors der Tür.

Eine elektrische Explosion traf ihn.

Jak'ri schrie auf, als er sah, wie sein Bruder erstarrte und grunzte. Ziv'ris *senshi* stoppte abrupt.

Zwei weitere Wachen stiegen über den Mann hinweg, der zuckend in der Tür lag, und betraten das Labor, ein Betäubungsstrahl hielt Ziv'ri fest.

Jak'ri versuchte, seinen eigenen *senshi* zu verstärken, um sie zu bekämpfen, doch die Droge vereitelte seine Bemühungen.

„Aufhören!", brüllte Saekro, als er auf der gegenüberliegenden Seite des Labors aufstand. „Oder ich befehle ihnen, ihn zu töten!"

Seine Hoffnung starb, als weitere Wachen den Flur betraten.

Jak'ri beendete sein *senshi*.

Die Wache hörte auf, den Betäubungsstrahl auf Ziv'ri zu richten.

Ziv'ri brach zusammen und lag regungslos am Boden.

Schwäche packte Jak'ri, als er ihn beobachtete, gepaart mit Verzweiflung.

Sie hatten versagt.

Und jetzt würde sein Bruder den Preis dafür zahlen.

Die beiden neuen Wachen stapften vorwärts und zogen Ziv'ri hoch.

Jak'ri biss die Zähne zusammen, als sie Ziv'ri auf den Tisch zogen und die Fesseln um Handgelenke und Knöcheln schlossen. Bevor er sich abwandte, hielt einer von ihnen Ziv'ris Kopf fest, während der andere eine fünfte, breitere Fessel um die Stirn legte.

Die letzte benutzten sie nur dann, wenn sie wollten, dass er für einen Scan vollkommen still lag, oder wenn sie ihm Elektroschocks verabreichten.

Jak'ri glaubte nicht, dass sie vorhatten, seinen Bruder zu scannen.

Unter Ziv'ris Händen sammelte sich Blut auf dem Tisch. Auch in seiner Brust klaffte eine hässliche Wunde.

Ziv'ri warf Jak'ri aus dem Augenwinkel einen Blick zu. „Das war alles Teil des Plans, nicht wahr?", witzelte er atemlos. „Du wusstest, dass sie mich zuerst holen würden. Du wusstest, dass es mir nicht gelingen würde, ihnen in den Arsch zu treten. Und du wusstest, dass sie mich genauso bestrafen würden. Das war deine Art, dich dafür zu rächen, dass ich dir diese *yeorxoki*-Schlange ins Bett gelegt habe, als ich zehn Jahre alt war. Hab' ich recht?"

Obwohl ihm das Herz für seinen Bruder brach, zwang sich Jak'ri zu einem Lachen. „*Srul,* ja. Vielleicht kann ich dir danach endlich verzeihen."

Ziv'ri lächelte. „*Drek* dich."

Als die Wache mit dem Schockstab auf ihn zukam, hob Saekro eine Hand, um ihn aufzuhalten. „Warte." Er starrte die beiden Purveli einen Moment lang an. Dann trat ein Glanz in seine Augen, der Jak'ri das Blut in den Adern gefrieren ließ.

Der Moment schien ewig zu dauern.

Jak'ri packte die Gitterstäbe, schluckte schwer und sah seinem Bruder in die Augen. Wollten sie ihn töten? Müsste er wirklich machtlos hier stehen und zusehen, wie diese *drekker* Ziv'ri töteten?

Angst packte ihn. Würde es wenigstens schnell gehen? Oder würden sie Ziv'ri stundenlang foltern, bis sein Körper schließlich den Qualen erlag? Die beiden hatten gewusst, dass das passieren könnte, dass das die Strafe sein könnte, wenn ihr Fluchtversuch scheiterte. Aber jetzt, da der Moment gekommen war ...

Er wollte seinen Bruder nicht verlieren. Seinen besten Freund.

Er konnte nicht.

Saekro winkte die Wache näher heran und murmelte ihr etwas ins Ohr.

Grunzend löste die Wache Ziv'ris Fesseln, zog ihn vom Tisch und stieß ihn zur offenen Tür seiner Zelle.

Ziv'ri stolperte, schaffte es aber, sich auf den Beinen zu halten, als die Tür ins Schloss fiel und verriegelt wurde.

Die Wache ging. Die Brüder starrten einander an.

Was bedeutete das?

Saekro blieb, wo er stand, und beobachtete die Brüder teilnahmslos. Doch der Glanz in seinen Augen blieb.

Kunya stand in der Nähe und trat nervös von einem Fuß auf den anderen, sein Schwanz zuckte. Offenbar wusste auch er nicht, was es bedeutete.

Jak'ri?, rief Ava.

Ja.

Was ist los?

Ziv'ri und ich haben versucht zu fliehen.

Was?

Er berichtete ihr kurz, was passiert war.

Ziv'ri, sagte sie, *geht's dir gut? Haben sie dir wehgetan?*

Nur ein paar Schnitte. Ich habe eine schnelle und harte Strafe erwartet, wie sie es schon mehrmals gemacht haben, aber sie haben mich in meine Zelle zurückgebracht.

Vielleicht haben sie Angst, dass deine Verletzungen ihre Experimente beeinträchtigen könnten?

Vielleicht, sagte Ziv'ri mit zweifelnder Stimme.

Hast du irgendwas gespürt, als wir den senshi ausgesandt haben?, fragte Jak'ri. Sie hatten all ihre Bemühungen auf die Wissenschaftler und die Wachen konzentriert, aber er hatte sich Sorgen gemacht, dass sie es auch gespürt haben könnte.

Nein, ich habe nichts gespürt. Das hätte sie sicher, wenn er bei voller Kraft gewesen wäre. *Ich habe geschlafen, bis die Wachen mich geweckt haben. Zuerst dachte ich, sie wollten mich zwingen, noch mehr von diesen widerlichen Nährstoffwürfeln zu essen. Aber sie scheinen was anderes* – Ava betrat das Labor, zwei Wachen im Rücken – *vorzuhaben.*

Ihre Augen weiteten sich, als sie seinem Blick begegneten, und wanderten dann zu Ziv'ri hinüber.

Er sah genauso geschockt aus.

Oh Mist! Jak'ri warf seinem Bruder einen Blick zu und sah in Ziv'ris Gesicht das gleiche Entsetzen, das er empfand. *Nein, nein, nein, nein, nein!*

„Auf den Tisch!", befahl Saekro.

Mit blassem Gesicht blieb Ava stehen und wandte sich den Wissenschaftlern zu. „Was ist los?" Sie gab den Brüdern ein Zeichen. „Wer sind *die*? Warum bin ich hier?"

Eine der Wachen gab ihr einen harten Stoß.

Sie stolperte vorwärts, runzelte die Stirn und blieb stehen. Sie ballte die Hände zu Fäusten, drehte sich abrupt um und schlug dem Wachmann gegen die Kehle.

Überrascht schossen die Hände des Mannes an seinen Hals, und er rang nach Luft.

Ava wirbelte herum und versetzte ihm einen heftigen Tritt in den Bauch, wodurch sie ihn tatsächlich einen Schritt zurückdrängte. Aber der Gathendier erholte sich schnell und versetzte ihr einen Schlag mit dem flachen Handrücken, der sie zu Boden warf.

Bevor sie mehr tun konnte, als sich auf Hände und Knie aufzurappeln, packte der *grunark* sie an der Taille, zog sie hoch, drehte sich um und warf sie auf den Operationstisch.

Ava schrie auf und verzog vor Schmerz das Gesicht.

Jak'ri hatte Mühe, ein wütendes Brüllen zu unterdrücken. Sie hatte immer noch Schmerzen von der verdammten Operation. Das musste schrecklich wehgetan haben.

Ava presste ihre rosa Lippen zusammen und wehrte sich, doch sie war den Gathendiern nicht gewachsen, die ihre Arme und Beine in Position zwangen und die Fesseln schlossen.

„*Die*", sagte Saekro, „sind zwei Testsubjekte, die bereit sind, einander zu opfern, um unsere Bemühungen zu vereiteln." Seine dünnen Lippen verzogen sich zu einem schmierigen Lächeln. „Lass uns sehen, ob sie genauso bereit sind, dich zu opfern."

Avas Augen wurden so groß, als sie seinen begegneten, dass er das Weiße rund um ihre braunen Iriden sehen konnte. *Was machen sie?*

Ava. Sein Körper begann, vor Angst und Reue zu zittern. *Es tut mir so leid. Ich wusste nicht, dass sie das tun würden. Ich schwöre dir, ich wusste es nicht.*

Ziv'ri sprach, seine Hände jetzt fest um die Gitterstäbe seiner Zelle geschlungen wie die von Jak'ri. *Es ist uns nie in den Sinn gekommen, dass sie dich für unseren Ausbruchversuch bestrafen könnten.*

Obwohl sie wusste, dass es zwecklos war, kämpfte sie gegen die Fesseln an. *Was werden sie tun?*

Saekro nahm den Schockstab und hielt ihn über sie. Blaues Licht knisterte um die Spitze.

Oh Scheiße. Ist das ein –?

Saekro drückte den Stab an ihre Schulter.

Ava bäumte sich auf. Jeder Muskel verkrampfte sich, als Elektrizität durch ihren kleinen Körper floss.

Jak'ri wollte den *drekker* verfluchen und ihn zum Aufhören auffordern, befürchtete aber, dass ihn das nur ermutigen würde.

Saekro hob den Stab.

Ava sank zurück auf den Tisch, ihr Atem kam in kurzen Stößen, ihre Muskeln zuckten.

Dann drückte Saekro den Stab auf ihren Oberschenkel.

Wieder verkrampften sich ihre Muskeln.

Es tut mir so leid!, rief Jak'ri immer wieder. *Es tut mir so leid, Ava. Es tut mir so leid. Ich werde sie dafür töten. Ich werde sie alle töten.*

Saekro hob den Stab.

Ava keuchte, und ihre Muskeln zuckten noch stärker. *Nicht, wenn ich sie zuerst töte.*

Saekro berührte mit dem Stab ihren Bauch, der immer noch von der Operation empfindlich war.

Ava schrie, der qualvolle Ton zerriss Jak'ri innerlich.

„Genug!", brüllte er. Er konnte sich nicht zurückhalten. „Es reicht!"

Saekro zog den Stab zurück.

Ava wimmerte, während ihre Bauchmuskeln weiter zuckten. Tränen liefen ihr über die Schläfen und benetzten ihr Haar.

Saekro starrte ihn an, dann Ziv'ri und zog eine Braue hoch. „Tut es das?"

„Ja", knurrte Ziv'ri.

Der Gesichtsausdruck des Wissenschaftlers verdunkelte sich mit einer Mischung aus Ärger und Zufriedenheit. „Versucht noch einmal zu fliehen, oder weigert euch, in irgendeiner Weise zu kooperieren, und *sie* wird an eurer Stelle bestraft. Jedes Mal, wenn ihr nicht gehorcht, wird die Strafe härter ausfallen als die vorherige." Wieder senkte er den Stab auf ihren Bauch.

Blaues Licht flackerte. Ava schrie erneut, als sich ihre Muskeln verkrampften.

Diesmal quälte der *grunark* sie sogar noch länger.

„Ich habe gesagt, es reicht!", brüllte Jak'ri.

Saekro hob den Stab und lächelte triumphierend. „Wir werden sehen." Er wandte sich der Wache zu. „Wirf sie in die Zelle des Älteren. Lass sie eine Zeit lang mit dem leben, was sie ihr angetan haben."

Die Wache löste die Fesseln und zog Ava hoch. Als er sie vom Tisch zerrte, gaben ihre Knie nach. Fluchend legte der große Gathendier einen Arm um ihre Taille und schleppte sie zu Jak'ris Zelle hinüber. „Weg von der Tür!", befahl er.

Jak'ri zog sich sofort in die Mitte seiner Zelle zurück und wollte dem *grunark* keinen Grund geben, Ava noch mehr Schmerzen zuzufügen.

Nachdem die Wache das Schloss deaktiviert hatte, öffnete der Mann die Tür und warf Ava hinein wie einen Haufen schmutziger Wäsche.

Jak'ri machte einen Satz nach vorn und fiel auf die Knie. Er schaffte es gerade so, sie aufzufangen, bevor sie auf dem Boden aufschlug. Die raue Beschaffenheit des Bodens schürfte seine Knie auf. Aber es war ihm egal. Er drückte sie fest an sich und sah zu, wie die Wache die Tür zuschob und das Schloss wieder aktivierte.

Anschließend half der Gathendier seinem Kollegen auf die Beine und half ihm, zu seinem Posten vor der Tür zurückzukehren.

Saekro wandte sich Kunya zu. „Wir werden ihr heute keine weiteren Proben entnehmen können. Lass uns die, die wir haben, noch einmal analysieren und sehen, wo du den Fehler gemacht hast."

Kunyas schmale Lippen verzogen sich gereizt.

Dann gingen die beiden, und die Tür schloss sich hinter ihnen.

Jak'ri erhob sich auf seine blutenden Knie und rutschte näher an die Zelle seines Bruders heran. Er setzte sich mit gekreuzten Beinen auf seine Liege, legte Ava so behutsam wie möglich auf seinen Schoß und hielt sie fest, während ihre Muskeln weiter zuckten und Tränen über ihre Wangen strömten.

Ziv'ri saß neben ihnen in seiner Zelle und musste mehrmals schlucken. Seine silbernen Augen funkelten vor Mitgefühl und Reue. Er streckte seinen Arm durch die Gitterstäbe und ergriff eine ihrer Hände.

Jak'ri strich ihr das feuchte Haar aus dem Gesicht und drückte ihr dann einen Kuss auf die Stirn. „Es tut mir so leid, Ava."

Sie schüttelte den Kopf und starrte zu ihm auf. „Es tut *mir* leid, dass ich nicht stärker war."

Die geflüsterten Worte schmerzten ihn so sehr, dass sie ihm genauso gut ein Messer in die Brust hätte stechen können. Das war seine Schuld. Seine und Ziv'ris. Und dennoch entschuldigte sie sich, weil sie es nicht geschafft hatte, einen Gathendier zu überwältigen, der dreimal so schwer war wie sie? „Du warst stark genug, um diesem *grunark* die Luft zu nehmen, was mehr ist, als mein Bruder geschafft hat."

„Hey", schnaubte Ziv'ri mit gespielter Empörung, „ich kann nichts dafür, dass ich meine Wache nicht so sehr verletzen konnte wie Ava ihre. Ich bin empfindlich."

Jak'ri schnaubte. „Empfindlich! Am Arsch!"

„Wenn ich daran denke, wie oft ich dich da reingetreten habe, würde ich sagen, dass dein Hintern empfindlich ist", sagte sein Bruder.

Auch wenn keinem von ihnen nach Scherzen zumute war, erfüllte das Geplänkel seinen Zweck.

Ava lächelte, als sie ihre Augen schloss.

Ziv'ri drückte ihre Hand. „Hat Jak'ri dir davon erzählt, wie er uns in einen Kampf verwickelt hat, bei dem wir beide gegen acht Akseli-Söldner angetreten sind?"

Jak'ri stöhnte angesichts der Erinnerung.

Avas Lächeln wurde breiter. „Nein."

„Nun, es ist auf Promeii 7 passiert."

„Was passiert auf Promeii 7 nicht?", gab Jak'ri zurück.

Ziv'ri lachte. „Stimmt."

Als sein Bruder mit seiner Geschichte begann, streichelte Jak'ri Avas Haar und spendete ihr so viel Trost, wie er konnte. Ihre Tränen trockneten. Aber ihr Gesicht blieb schmerzverzerrt, selbst als sie über ihre Eskapaden lächelte.

Jak'ri begegnete Ziv'ris Blick.

Obwohl die Stimme seines Bruders unbeschwert blieb und er beim Erzählen lachte, brannten seine Augen vor Wut.

Die drei mussten verdammt nochmal hier raus, bevor diese *grunarks* sie töteten.

Doch alle bisherigen Fluchtversuche waren gescheitert.

Wie könnten sie einen weiteren Versuch unternehmen, ohne Ava noch mehr zu gefährden?

AVA FAND JAK'RI NICHT auf Purvel, als sie schlief. Stattdessen drängten schreckliche Kreaturen in ihre Träume und versuchten, sie zu töten. Jedes Mal, wenn sie eine Waffe fand, mit der sie sie abwehren konnte, scheiterte sie. Wenn sie einen Stock ergriff, brach er, sobald sie ihn schwang. Wenn sie ein Messer fand, zerbrach die Klinge an der Haut der Kreatur. Wenn sie eine halbautomatische Pistole fand, blockierte sie.

Der Schmerz begann, sie zu überwältigen, als er in ihr Bewusstsein eindrang und die Alpträume noch schlimmer machte. So viel Schmerz, dass sie tatsächlich dachte, sie würde lieber weiter gegen die Monster in ihren Träumen kämpfen, wenn das die Qual in Schach hielt.

Leider konnte sie es nicht.

Sie stöhnte und drehte ihr Gesicht in die warmen Decken.

Nein. Keine warmen Decken. Eine warme Brust. Jemand hielt sie.

Eine männliche Stimme sprach beruhigende Worte, während eine Hand ihr übers Haar strich.

Jak'ri.

Seufzend entspannte sie sich gegen ihn. Dann riss sie die Augen auf.

Moment. Jak'ri hielt sie. Nicht im Traum, sondern in der Realität. Sie blinzelte und fluchte dann, als sie sich an die Ereignisse des Vortages – oder das, was sie für den Vortag hielt – erinnerte. Diese erbärmlichen Mistsäcke hatten sie immer wieder geschockt, während Jak'ri und Ziv'ri zugesehen hatten. Jedes Mal hatten sich ihre Bauchmuskeln verkrampft, und es hatte sich angefühlt, als würde jemand Messer in die teilweise verheilten Schnittstellen treiben. Diese Bastarde hatten sie gefoltert!

Und damit Jak'ri und Ziv'ri gefoltert.

Die Gedanken der Purveli-Brüder waren voller Schuldgefühle und Reue.

Ava hatte ihnen nicht wie befürchtet die Schuld für die Folter gegeben. Sie machte ihnen keinen Vorwurf daraus. Sie hatte so sehr versucht, den Schmerz stoisch zu ertragen und zu verhindern, dass es ihnen noch schlimmer ging. Aber es war einfach zu viel gewesen. Sie war die Folter nicht gewohnt.

Konnte man sich daran gewöhnen? Konnte sich irgendjemand wirklich daran gewöhnen, solche Schmerzen zu erleiden?

Ihre Gedanken wanderten zu Eliana.

Unsterbliche Wächter taten es. Eliana hatte vierhundert Jahre lang psychotische Vampire gejagt und bekämpft und sich dabei so viele schwere Verletzungen zugezogen, dass der Mist, dem diese Gathendier Ava ausgesetzt hatten, sie wahrscheinlich nicht einmal beunruhigt hätte.

Ich wünschte, ich wäre so stark wie sie, dachte Ava.

„Du bist stark", sagte Jak'ri leise, während er sanft ihr Haar streichelte.

Seufzend öffnete sie die Augen und bemerkte, dass er mit ernstem, hübschem Gesicht auf sie herabstarrte.

Er saß mit dem Rücken zum Gitter seiner Zelle und hatte die Beine übereinandergeschlagen, um Ava einen Platz zum Schlafen zu bieten.

Ziv'ri spähte über seine Schulter durch die Gitterstäbe hinter ihm. „Stark wie wer?"

„Eliana." Jeder Muskel in Avas Körper schmerzte, als hätte sie das Gewicht, das sie hob, verdreifacht und gestern fünf Stunden anstatt wie üblich eine trainiert. Trotzdem hob sie eine Hand, legte sie an Jak'ris Wange und strich mit dem Daumen über sein stoppeliges Kinn. Sie vermutete, dass er sie die ganze Nacht im Arm gehalten und noch nicht die Gelegenheit gehabt hatte, das zu tun, was man hier als Duschen oder Rasieren bezeichnete.

Sie musterte ihn, berührte sein mitternachtsschwarzes Haar, legte ihre Hand an seinen Hals, wo er in seine starke Schulter überging, und strich mit ihren Fingern über seine kaum sichtbaren, silbrigen Schuppen. „Seltsam."

Unsicherheit huschte über sein Gesicht. „Meine Schuppen?"

„Nein." Sie streichelte seine Schulter. „Dass du dich in Träumen für mich genauso real anfühlst wie jetzt."

Er nickte und streichelte immer noch ihr Haar. „Wie fühlst du dich?"

Sie suchte nach dem Alliance Common Wort für „Schmerzen", aber es fiel ihr nicht ein. Außerdem wollte sie nicht darüber jammern, wie groß ihre Schmerzen waren, wo die beiden schon länger hier waren und viel mehr gelitten hatten. „Wütend."

Seine Hand auf ihrem Haar erstarrte. „Auf uns?"

„Nein." Sie deutete mit dem Daumen auf das leere Labor und schauderte. „Auf diese Bastarde." Sie biss die Zähne zusammen, atmete tief ein, hielt den Atem an und zwang sich, sich aufzusetzen.

Und da kam der Schmerz. Sie hoffte, dass Elektroschocks in den Bauch nicht die Organe geschädigt hatten, die noch immer von den Probenentnahmen heilten.

Jak'ri legte eine Hand auf ihren Rücken und runzelte besorgt die Stirn.

Sie zwang sich zu einem Lächeln. „Mir geht's gut." Dann richtete sie ihren Blick auf Ziv'ri. Er sah Jak'ri bemerkenswert ähnlich, mit geringen Unterschieden in Nase und Kinnpartie. Wenn Jak'ri ihr nicht gesagt hätte, dass Ziv'ri jünger war, hätte sie sie vielleicht für zweieiige Zwillinge gehalten.

Ava streckte ihre Hand durch die Gitterstäbe „Hi, Ziv'ri. Es ist schön, dich persönlich kennenzulernen."

Er umfasste ihren Unterarm, was, wie sie inzwischen gelernt hatte, hier draußen im Weltraum eine gängige Begrüßung war. „Ich wünschte, wir hätten uns unter angenehmeren Umständen treffen können."

Sie betrachtete die Narben und die vielen heilenden Wunden, die seinen Körper verunstalteten. „Ich auch."

Das dringende Bedürfnis, sich zu erleichtern, machte sich bemerkbar, und Ava war dankbar, dass sie sich während der Folter nicht in die Hose gemacht hatte. Es war dumm, sich darüber Sorgen zu machen, dachte sie. Aber diese kleine Demütigung zusätzlich zum Schmerz wäre einfach zu viel gewesen.

Sie ließ Ziv'ri los, ergriff mit einer Hand einen der Gitterstäbe und mit der anderen Jak'ris Schulter und stand auf.

Ja. Das fühlte sich ungefähr so schrecklich an, wie sie befürchtet hatte.

Beide Männer standen auf und streckten ihre Hände aus, um ihr Unterstützung anzubieten.

„Mir geht's gut", versicherte sie ihnen mit einem knappen Lächeln. Hitze strömte in ihre Wangen. „Ich muss nur, äh ... das Lav benutzen."

Sie nickten und zeigten nichts von der Verlegenheit, die sie empfand. Jak'ri nahm ihren Ellbogen. „Willst du, dass ich dir helfe?"

„Nein, danke. Mir geht's gut. Wirklich."

Nicht wirklich. Seit sie auf diesem Schiff gelandet war, ging es ihr nicht gut. Aber sie straffte ihre Schultern, ging steif durch die Zelle und schloss sich im Badezimmer ein. Es war sogar noch kleiner als das in ihrem ersten Haus. Eine klaustrophobisch enge Dusche nahm die Hälfte davon ein. Wenn man bedachte, wie sehr ihre Augen brannten, wann immer sie die Dusche in ihrer Zelle benutzte, nahm sie an, dass es eine Art Dekontaminationsdusche war. Diesen Wissenschaftlern war es ernst damit, ihre Testsubjekte für ihre Experimente sauber und einigermaßen gesund zu halten. Die Zellen, in denen sie untergebracht waren, boten zwar keinerlei Komfort, aber sie waren makellos sauber.

Auf der anderen Seite des Lav – nahe genug, dass Jak'ri sich hier wahrscheinlich häufig die Ellbogen anstieß – war eine Hightech-Toilette, die anscheinend alles analysierte, was hinuntergespült wurde, und auf dem Regal darüber stand eine Flasche *wosuur*-Flüssigkeit. Obwohl die Flasche wie Glas aussah, war sie unzerbrechlich. Sie hatte ihr Exemplar zweimal im Badezimmer ihrer Zelle fallen lassen und vielleicht auch ein- oder zweimal vor Wut durch die Zelle geschleudert. Sie machte nur ziemlichen Lärm, wenn sie vom Boden abprallte.

Die Lasaraner hatten auf der *Kandovar wosuur* verwendet. Die Flüssigkeit löste alle Speisereste im Mund auf, ohne Zähne oder Zahnfleisch zu beschädigen, und war so wirksam, dass sie Zähneputzen, Zahnseide und Mundwasser ersetzte.

Ava benutzte die Toilette, wusch sich die Hände im Waschbecken und nutzte die *wosuur*-Flüssigkeit.

Sie blickte an sich hinunter, zog den Saum ihres Hemds hoch und untersuchte ihren Bauch.

Sie hatte abgenommen, seit sie hier war. Sie war schon vorher schlank gewesen. Das Netzwerk, das sie angestellt und ihr die Weltraumreise ermöglicht

DER PURVELI

hatte, legte großen Wert darauf, den Mitarbeitern zu einer guten Gesundheit zu verhelfen. Sie hatte von anderen Unternehmen gehört, die ihren Mitarbeitern ein Fitnessstudio zur Verfügung stellten, um die Versicherungskosten und Krankheitstage niedrig zu halten. Aber das Netzwerk, das die Unsterblichen Wächter unterstützte, schien sich stattdessen wirklich um seine Mitarbeiter zu kümmern und wollte, dass sie so gesund, glücklich und sicher wie möglich waren.

Als sie für sie gearbeitet hatte, hatte Ava alles genutzt, was sie ihnen boten. Kostenlose Gesundheitsvorsorge. Ein Fitnessstudio mit Trainern rund um die Uhr. Selbstverteidigungsunterricht, der zunächst optional war, dann aber zur Pflicht wurde, nachdem Söldner das Gebäude gestürmt hatten und die Zahl der Vampire – die alle schnell dem Wahnsinn verfielen –, die mehrere Stockwerke unter ihnen lebten, wuchs. (Wenn das und das Training, das sie von Eliana erhalten hatte, es ihr gestern nur ermöglicht hätte, den verdammten Gathendier zu überwältigen!) Und drei kostenlose Mahlzeiten am Tag.

Beim Gedanken an diese köstlichen Mahlzeiten lief Ava das Wasser im Mund zusammen.

Dank des Netzwerks war sie in Topform gewesen, als sie die Erde verlassen hatte.

Jetzt jedoch waren ihre Rippen beunruhigend sichtbar.

Sie war ein wenig erleichtert, dass die Einschnitte an ihrem Bauch nicht aufgerissen waren. Sie hatte befürchtet, dass all diese Schocks zu Blutungen oder Blutergüssen oder so etwas geführt haben könnten. Aber was auch immer die Gathendier in ihre Trinkflasche mischten, war bemerkenswert in seiner Fähigkeit, die Heilung zu beschleunigen. Zwei Stellen an ihrem Bauch sahen aus wie Verbrennungen. Zweifellos waren das die Spuren des Stabs, den der Bastard benutzt hatte, um sie zu foltern.

Sie berührte vorsichtig eine.

Seltsam. Es sah aus wie eine Verbrennung, war aber nicht so empfindlich, wie eine frische Verbrennung.

Seufzend ließ sie ihr Hemd fallen. Auf dem Regal neben der *wosuur*-Flüssigkeit lag ein Kamm. Da kein Spiegel an der Wand hing, hatte sie keine Ahnung, wie ihre Haare aussahen. Aber wahrscheinlich war es zerzaust.

Ava nahm den Kamm und verließ das Lav.

Beide Purveli-Männer standen dort, wo sie sie zurückgelassen hatte.

Er hat nicht übertrieben. Ziv'ris Gedanken wehten zu ihr herüber. *Sie ist klein.*

Ava lächelte müde, als sie sich ihnen näherte. „Ich bin nicht klein. Ihr zwei seid groß."

Jak'ri warf seinem Bruder einen Blick zu.

Ziv'ri musterte sie überrascht. „Auf deinem Planeten betrachten sie dich nicht als klein?"

Sie zuckte mit den Schultern. „Ich bin eins sechzig groß. Ich habe irgendwo gelesen, dass die durchschnittliche Körpergröße von Frauen auf meinem Planeten eins zweiundsechzig beträgt. Ich würde also sagen, dass ich im Durchschnitt liege."

Jak'ri neigte den Kopf. „Wie groß sind eure Männer?"

„Ich glaube, ihre durchschnittliche Größe ist eins achtundsiebzig. Die meisten Typen sind also kleiner als ihr."

Ziv'ri neigte seinen Kopf genau im gleichen Winkel wie Jak'ri, wodurch ihre Ähnlichkeit noch größer wurde. „Was sind Typen?"

„Entschuldigung. Am Ende bin ich von Alliance Common ins Englische gerutscht, nicht wahr? ‚Typen' ist nur ein umgangssprachlicher Begriff für Männer oder Jungen."

„Ah."

Sie lächelte Jak'ri an. „Und ihr seid *groß.* Seid ihr beide überdurchschnittlich groß, oder ist das normal für Purveli?" Sie musste ihren Kopf in den Nacken legen, um zu ihnen aufzublicken, und schätzte, dass sie beide an die zwei Meter groß waren.

Jak'ri grinste. „Das ist normal für Männer."

Sie schüttelte amüsiert den Kopf. „Bei den Yona ist mir das auch aufgefallen. Warum sind so viele außerirdische Männer so groß?"

Jak'ri zuckte mit den Schultern. „Ich kann nicht für andere Rassen sprechen, aber jugendliche Purveli – sowohl männliche als auch weibliche – neigen dazu, genauso viel Zeit im Wasser zu verbringen wie außerhalb. Manchmal mehr. Unsere Mediziner glauben, dass Schwimmen über längere Zeit die Belastung verringert, die Purvels Schwerkraft auf den Körper ausübt, da wir uns oft in einer horizontalen anstatt einer vertikalen Position befinden, sodass unsere Knochen länger werden, als wenn wir ausschließlich Landbewohner wären."

„Das klingt sinnvoll. Einige Wissenschaftler auf meinem Planeten spekulieren, dass ein Kind, das in einer Umgebung ohne oder mit nur geringer Schwerkraft aufwächst, größer wäre und schwächere Knochen hätte."

„Wir haben keine schwächeren Knochen", sagte Jak'ri.

Ziv'ri nickte ernst. „Außerdem sind wir außerordentlich attraktiv."

Sie lachte, verzog dann das Gesicht und drückte eine Hand auf ihren schmerzenden Bauch. „Und unglaublich bescheiden."

Sorge blitzte in Jak'ris Gesichtszügen auf, als er ihren Arm berührte. „Ava?"

„Ich bin okay. Aber ich denke, ich sollte mich vielleicht besser noch eine Weile hinsetzen."

„Natürlich." Er führte sie zu seinem Schlaflager an den Gitterstäben.

Ava ließ sich im Schneidersitz darauf nieder.

Jak'ri setzte sich neben sie, sein Knie berührte ihres.

Ziv'ri setzte sich auf ein identisches Lager auf der anderen Seite der Gitterstäbe.

„Oh." Sie hielt den Kamm hoch. „Ist es in Ordnung, wenn ich mir den ausleihe? Ich bin mir ziemlich sicher, dass meine Haare eine Katastrophe sind."

„Dein Haar ist wunderschön", beharrte Jak'ri.

Sie schüttelte den Kopf. „Deine Haare sind schön. Meine ändern die Farbe nicht, wenn sie nass werden."

„Doch, tun sie." Er streckte die Hand aus, ergriff eine Locke ihres Haares und wickelte sie um seinen Finger. „Sie werden von Braun zu Schwarz."

Ava starrte ihn sprachlos an. Ihr Herz pochte schneller, und Schmetterlinge flatterten in ihrem schmerzenden Bauch. „Oh."

Er streckte seine andere Hand aus. „Gib mir den Kamm."

Sie zögerte nicht.

Jak'ri fing an, den Kamm durch ihr Haar zu ziehen, begann an den Spitzen und arbeitete sich vorsichtig durch die verfilzten Stellen.

„Warum habt ihr überhaupt einen Kamm bekommen? Ich hätte nicht gedacht, dass sie das für eine Notwendigkeit halten würden."

„Sie waren Ziv'ris ständige Beschwerden über seine verfilzten Haare leid."

Ziv'ri täuschte einen bösen Blick vor.

Ava grinste. „Oder vielleicht ist einer der Wachen in dich verknallt."

Jak'ri hielt inne. „Was ist verknallt?"

Es fiel ihr schwer, einen vergleichbaren Begriff für Alliance Common zu finden. „Eine Verliebtheit?"

Ziv'ri lachte herzlich über die Vorstellung, dass eine der abscheulichen Reptilienwachen seinen Bruder begehren könnte, während Jak'ri ihn verfluchte. Er grinste immer noch, als er sagte: „Erzähl uns, wie du auf die *Kandovar* gekommen bist."

Sie zögerte.

Jak'ri legte eine Hand auf ihre Schulter. „Ich weiß, dass du dir Sorgen um deine Freunde machst. Wenn es dich zu sehr beunruhigt, darüber zu sprechen ..."

„Nein. Das ist es nicht." Sie seufzte. „Es wird einfach kein positives Licht auf meine Leute werfen."

Die Brüder starrten sie an.

„Ich weiß nicht, was das bedeutet", sagte Jak'ri.

„Das wird dazu führen, dass ihr schlecht über mein Volk denkt. Und ich mache mir Sorgen, dass es die Art und Weise verändern könnte, wie ihr mich seht."

Jak'ri runzelte die Stirn. „Wir werden dich nicht nach den Taten deiner Leute beurteilen."

Ziv'ri nickte. „Wir beurteilen dich nur danach, wie brillant du uns findest."

Jak'ri verdrehte die Augen und fuhr fort, ihr Haar zu entwirren.

Ava lachte. „Nun ... ich denke, ich sollte am Anfang beginnen. Wusstet ihr, dass Prinz Taelons Schwester Amiriska verschwunden war?"

Beide nickten.

„Sie hat unseren Planeten mehrmals besucht", sagte Jak'ri, „um zu versuchen, Purvel zum Beitritt in die Aldebarianische Allianz zu überreden."

Ziv'ri nickte. „Und um Handelsabkommen auszuhandeln. Sie hat bei unserem Volk hohes Ansehen genossen."

Jak'ri arbeitete an einem besonders hartnäckigen Haarknoten. „Ihre Brüder haben unermüdlich nach ihr gesucht, als sie verschwunden ist, konnten aber weder sie noch ihr Schiff finden. Ihre Verbündeten auch nicht. Die meisten gingen letztendlich davon aus, dass ihr Schiff auf einem unbewohnten Planeten abgestürzt ist und alle an Bord gestorben sind."

Ava biss sich auf die Lippe. „Nun, die Sache ist die. Ihr Schiff ist nicht abgestürzt. Sie ist zur Erde geflogen."

Beide starrten sie mit identischen, überraschten Blicken an.

„Ach so?", fragte Jak'ri.

Ava nickte.

„Warum hat sie den Kontakt zu ihrer Familie abgebrochen? Sie haben um sie getrauert."

Sie verzog das Gesicht. „Das ist die andere Sache. Sie ist gegen den Willen ihrer Familie zur Erde geflogen. Sie wollte die Erde warnen, dass die Gathendier kommen würden. Und sie hoffte, dass die Erde im Austausch für technologische Fortschritte, die unsere Abhängigkeit von fossilen Brennstoffen beseitigen, alle Hungersnöte und Dürren auf unserem Planeten beenden und es uns ermöglichen würden, unseren Mond zu terraformieren, um das Überbevölkerungsproblem zu lindern, einigen unserer Frauen die Reise nach Lasara erlauben würde, um ihnen bei ihren Fortpflanzungsproblemen zu helfen." Die verdammten Gathendier hatten sich den Lasaranern als wohlwollende Verbündete genähert und dann einen Virus freigesetzt, der fast alle Lasaranerinnen unfruchtbar gemacht hatte.

Diejenigen, die noch schwanger werden konnten, hatten große Schwierigkeiten, ihre Kinder auszutragen.

Jak'ri war mit dem Entwirren einer Strähne fertig und hielt inne, um sie anzustarren. „Erdlinge sind mit Lasaranern reproduktiv kompatibel?"

„Ja."

„Warum sollte die Familie von Prinzessin Amiriska dann Einwände gegen ein solches Bündnis haben?"

Sie verzog das Gesicht. „Als die Secta ihnen ihre Forschung über Erdlinge zur Verfügung gestellt hatten, dachten die Lasaraner, wir seien als Rasse zu barbarisch, gewalttätig und rückständig. Sie dachten, dass jeder Versuch, den sie wagen würden, mit Gewalt beantwortet werden würde."

Die Brüder tauschten einen Blick aus.

Ziv'ri sprach langsam. „Was ist passiert, als Amiriska auf deinem Planeten angekommen ist?"

Ava ließ die Schultern hängen. „Sie wurde mit Gewalt begrüßt. Anstatt ihre Hilfe dankbar anzunehmen, haben die Machthaber ihr Vertrauen missbraucht, sie gefangengenommen, ihr Schiff zerstört und die nächsten sechs Monate damit verbracht, ihr das anzutun, was die Gathendier uns antun."

Beide Männer sahen entsetzt aus.

„Nein, das stimmt nicht, was sie ihr angetan haben, während sie sie untersucht haben, war tatsächlich viel schlimmer. Lasaraner besitzen unglaubliche Regenerationsfähigkeiten. Die Wissenschaftler auf der Erde konnten sie also im Grunde vivisezieren, ohne sie zu töten. Und das haben sie getan. Immer und immer wieder – während sie wach war, ohne den Schmerz zu lindern –, bis Seth und David sie sechs Monate später gefunden und gerettet haben."

Es folgte eine lange Stille.

„Wer sind Seth und David?", fragte Jak'ri.

Sie lächelte. „Sie sind die Guten. Sie führen die Unsterblichen Wächter an."

Während Jak'ri ihr weiter die Haare kämmte, erklärte sie, dass es tatsächlich zwei Arten von Menschen auf der Erde gab: normalsterbliche Menschen und *Begabte. Begabte* wurden mit einer höherentwickelten DNA geboren, weshalb sie mit Lasaranern kompatibel waren. Sie wurden von den Normalsterblichen wegen ihrer Unterschiede gehasst, gefürchtet und schlecht behandelt, wann immer diese Unterschiede ans Licht kamen.

„Warum sollten Erdlinge diese Unterschiede nicht feiern?", fragte Jak'ri.

„Leider neigen die Menschen auf der Erde eher dazu, denjenigen mit besonderen Gaben zu misstrauen, ihnen schaden oder sie sogar töten zu wollen, weil sie entweder die Macht, die diese Gaben ihnen verleihen, fürchten oder sie beneiden und sich darüber ärgern, dass sie selbst diese Gaben nicht haben. In der Vergangenheit haben einige sogar *Begabte* eingesperrt und versucht, ihre Gaben mit Gewalt zu nutzen, um damit Reichtum und Ruhm zu erlangen. Heute würden die Machthaber *Begabte* gefangen nehmen, sobald sie entdeckt werden, und die *Begabten* derselben Behandlung unterziehen wie Ami, um einen Weg zu finden, selbst diese Fähigkeiten zu bekommen." Als eine Söldnergruppe von dem Vampirvirus erfahren hatte, hatten sie sogar versucht, damit eine unbesiegbare Armee aufzubauen, die sie an den Meistbietenden vermieten wollten. Aber die Unsterblichen Wächter hatten sie aufgehalten.

Sie zuckte mit den Schultern. „Und manche Menschen auf der Erde hassen einfach jeden, der anders ist als sie. Deshalb mussten *Begabte* wie ich unsere Gaben seit Tausenden von Jahren sicherheitshalber verbergen."

Jak'ris Stirn runzelte. „Die Aldebarianische Allianz würde ein solches Volk niemals willkommen heißen."

Ziv'ri nickte. „Die Allianz besteht aus vielen verschiedenen außerirdischen Arten. Warum ein Volk willkommen heißen, das andere Allianzmitglieder wegen ihrer Unterschiede geringer schätzen würde?"

„Ich weiß. Die Erde als Ganzes wird niemals Teil der Allianz sein. Aber ein Teil der Erdbevölkerung – *Begabte* und Unsterbliche Wächter unter der Führung von Seth – pflegt gute Beziehungen zur lasaranischen Königsfamilie. Amiriska hat sich schließlich in einen unsterblichen Wächter verliebt. Und ihr Bruder Taelon hat sich in eine *Begabte* verliert, als er auf der Suche nach Ami war. Beide Lasaraner sind jetzt mit Erdlingen verbunden", erklärte sie und benutzte das Alliance Common Wort für „Ehe".

Den Brüdern blieb der Mund offenstehen.

Ava schmunzelte. „Genau so hat Ami den Gesichtsausdruck ihrer Familie beschrieben, als sie es ihnen erzählt hat." Dann zuckte sie mit den Schultern. „Also hat Seth zugestimmt, zehn *Begabte* und fünf Unsterbliche Wächter an Bord der *Kandovar* nach Lasara reisen zu lassen, als eine Art Test, um zu sehen, wie gut ein Bündnis mit den Lasaranern funktionieren würde."

„Das war deine erste Reise ins All?", fragte Ziv'ri.

„Ja."

Jak'ri schüttelte den Kopf. „Und dann kamen die Gathendier."

„Ja." Sie dachte an all die wunderbaren Leute, die sie auf ihrer Reise getroffen hatte. „Ich wünschte, ich wüsste, was mit den anderen passiert ist", sagte Ava leise. „Was denkt ihr, wie viele Rettungskapseln es auf der *Kandovar* gab?"

Jak'ri klopfte ihr tröstend auf die Schulter. „Genug, um alle an Bord zu evakuieren."

„Aber die Yona- und die lasaranischen Krieger hätten wahrscheinlich einfach bis zum Ende gekämpft, nicht wahr? Der Computer in meiner Rettungskapsel ging davon aus, dass die *Kandovar* zerstört wurde." Tränen stiegen ihr in die Augen. „Lisa und Taelon haben ein kleines Mädchen. Sie ist erst fünf Monate alt." Hatten sie überlebt? „Taelon ist der Kommandant des Schiffes. Weigern sich Kommandeure nicht normalerweise, ihren Posten aufzugeben? Wäre er nicht geblieben, bis ...?"

Jak'ri war mit dem Kämmen ihrer Haare fertig und setzte sich dicht neben sie. „Ich glaube, die Chancen stehen sehr gut, dass Prinz Taelon, seine Partnerin und ihr Kind überlebt haben."

Ava lehnte sich an ihn und fühlte sich getröstet.

Ziv'ri nickte. „Die erste Priorität der Yona-Krieger besteht darin, die Sicherheit der königlichen Familie zu gewährleisten. Wenn sie eine Gefahr gesehen haben, haben sie nicht zugelassen, dass der erste Nachkomme der königlichen Familie seit fünfzig Jahren stirbt."

Dadurch fühlte sie sich etwas besser. Aber was war mit den anderen? Hatte irgendjemand überlebt?

Waren diejenigen in Rettungskapseln gerettet worden? Oder saßen sie wie sie in einer gathendischen Zelle fest?

In diesem Moment war Ava sich nicht sicher, ob sie es jemals herausfinden würde.

Kapitel Sieben

AM NÄCHSTEN TAG UNTERHIELTEN sich Jak'ri und Ziv'ri leise, während Ava schlief.

Als sich plötzlich die Tür zum Labor öffnete, traten drei Wachen ein und machten sich auf den Weg zu Ziv'ris Zelle.

Jak'ri legte eine Hand auf Avas Schulter und schüttelte sie sanft.

Ihre Augen flogen auf und begegneten seinem Blick.

Irgendwas passiert. Er schob einen Arm unter ihre Schultern und half ihr, sich aufzusetzen, damit sie ihre Bauchmuskeln nicht benutzen musste.

Eine Wache schloss die Tür zu Ziv'ris Zelle auf und bedeutete ihm, nach vorn zu kommen. „Saekro hat befohlen, dich zu verlegen."

Ziv'ri hob eine Braue und blieb, wo er saß. „Was, wenn ich nicht verlegt werden will?" Er deutete auf die leere Zelle. „Ich habe meine jetzige, großzügige Unterkunft zu schätzen gelernt und bin nicht bereit, mich mit weniger zufriedenzugeben."

Die Wache blickte finster drein. „Beweg dich, oder wir bewegen dich."

„Ich denke, ich bleibe lieber."

Der stämmige Gathendier betrat die Zelle, die anderen folgten ihm.

Ziv'ri stand auf und sah ihn an, die Hände zu Fäusten geballt.

Auch Jak'ri erhob sich. Was ging hier vor? Warum wollten sie Ziv'ri verlegen? Wohin würden sie ihn bringen? War das eine weitere Strafe für ihren Fluchtversuch?

Ava stand neben ihm auf.

Als die Wache Ziv'ri packte, riss Ziv'ri sich los und schlug ihm ins Gesicht. Die anderen beiden Wachen näherten sich ihm. Es kam zu einem kurzen

Kampf, während Jak'ri sich an die Gitterstäbe drückte und sich bemühte, einen Gathendier zu packen und seinem Bruder zu helfen.

Er packte die Rüstung einer Wache und riss daran. Der Gathendier stolperte und wäre fast gestürzt, schaffte es aber, sich aus Jak'ris Griff zu befreien. Die Wache knurrte vor Wut, zückte seinen Schockstab und berührte damit die Gitterstäbe.

Jak'ri erstarrte, als elektrischer Strom durch seinen Körper schoss. Der Schmerz überwältigte ihn.

Neben ihm schrie Ava die Wachen an.

Die anderen beiden Wachen rangen weiter mit Ziv'ri.

Die Wache mit dem Stab zog ihn von den Gitterstäben weg.

Sobald er es tat, brach Jak'ri zusammen.

Ava ging auf die Knie und schob ihre Hände unter seinen Kopf, bevor er am Boden aufschlagen konnte.

Mit zuckenden Muskeln gelang es Jak'ri, seinen Kopf gerade so weit zu drehen, dass er in die andere Zelle sehen konnte.

Die beiden Wachen, die Ziv'ri festhielten, sprangen plötzlich zurück. Die dritte Wache schlug Ziv'ri mit dem Schockstab.

Wut brannte in Jak'ris Bauch. Die Wache hielt den Stab viel länger an Ziv'ri, als er glaubte, dass ein Körper aushalten könnte. Als er den Stab zurückzog, brach Ziv'ri zusammen. Sein Kopf schlug hart auf den Boden. Seine Augen schlossen sich. Und er wurde schlaff, obwohl seine Muskeln weiter zuckten.

Ziv'ri?, rief Ava.

Es kam keine Antwort.

Ziv'ri?, rief sie noch einmal mit größerer Dringlichkeit.

Die Wachen packten Ziv'ri an den Armen und zerrten ihn aus der Zelle.

Diesmal brachten sie ihn nicht zum Operationstisch. Stattdessen schleiften sie ihn hinaus auf den Flur und schlossen die Tür.

Jak'ri fluchte und zwang sich, sich aufzusetzen. Er winkte Ava ab, als sie sich vorbeugte, um ihm zu helfen. „Nicht, du hast genug Schmerzen. Ich schaff' das schon."

Sie nickte, biss sich auf die Lippe und setzte sich dicht neben ihn.

Jak'ri seufzte. „Hat Ziv'ri dir gesagt, wohin sie ihn bringen?"

Ihr Gesicht verzog sich vor Sorge, und sie schüttelte den Kopf. „Er antwortet nicht, wenn ich ihn rufe. Ich glaube, er ist bewusstlos."

Wo Ziv'ris Kopf am Boden aufgeschlagen war, war ein Blutfleck zu sehen. Jak'ri hoffte, dass er nicht ernsthaft verletzt worden war.

Die Tür zum Labor öffnete sich erneut. Eine der Wachen kam zurück und näherte sich ihrer Zelle. Seine Knopfaugen richteten sich auf Ava. „Du bist dran", grunzte er.

Ava schob sich näher an Jak'ri heran, ihre Angst war spürbar.

Jak'ri rappelte sich auf und bereitete sich auf den Kampf gegen den starken *grunark* vor.

Nein, sagte Ava ihm telepathisch. *Kämpf nicht gegen ihn. Ich gehe mit.*

Wir wissen nicht, was sie vorhaben, protestierte er.

Du weißt, dass wir gegen ihn nicht gewinnen können. Wenn ich freiwillig gehe, kann ich dir wenigstens sagen, wohin er mich bringt und ob Ziv'ri dort ist.

„Komm!", befahl die Wache.

Als Ava aufstand, zuckte sie zusammen und legte eine Hand auf ihren Bauch. Jak'ri packte sie am Arm, um sie am Gehen zu hindern. „Sie bleibt bei mir."

Der Gathendier schwang den Schockstab. „Nein, das tut sie nicht."

Als Jak'ri nicht nachgab, sah Ava zu ihm auf. „Bitte", flüsterte sie. „Ich will nicht, dass dir was passiert."

Sie löste sich aus seinem Griff und ging auf die Wache zu.

Der *grunark* packte sie am Arm, zerrte sie aus der Zelle und sicherte die Tür. Dann schob er sie in die offene Tür von Ziv'ris Zelle.

Avas Augen weiteten sich, als er sie hineinstieß.

Jak'ri war erleichtert. Er hatte nicht vor, sie mitzunehmen. Er hatte sie nur in die Nebenzelle sperren wollen.

Die Tür schloss sich hinter ihr.

Ein Summen ertönte.

Ava wirbelte herum. Durchsichtige Glaslamellen erhoben sich zwischen den Gitterstäben aus dem Boden und schlossen sie in einer durchsichtigen Box ein. „Was ist das?"

Jak'ri holte scharf Luft. „*Drek*. Geh ins Lav! Sofort!", schrie er.

Mit großen Augen rannte sie auf die Tür zu, ihr hübsches Gesicht verzerrt vor Schmerz. Kurz bevor sie die Tür zur erreichte, begann Flüssigkeit von der Decke zu regnen.

Jak'ris Herz raste. Wenn diese Flüssigkeit sie berührte ...

Ava schrie. Die Toilettentür glitt nach oben. Der Regen fiel unerbittlich.

Sobald sie im Lav war, glitt die Tür zu und verbarg sie vor seinen Blicken.

Ava?, rief er.

Nichts.

Ava?

Er drehte sich um und starrte die Wache finster an. „Du verdammter *grunark*!"

Die dünnen Lippen der Wache verzogen sich zu einem selbstgefälligen Lächeln.

Mit pochendem Herzen und zitternden Gliedmaßen kauerte sich Ava in die Dusche.

Jede Stelle ihrer Haut, die die Flüssigkeit berührt hatte, brannte und stach, als ob sie in Säure gebadet hätte.

Mit zusammengebissenen Zähnen aktivierte sie die Dusche und ließ das Wasser über ihren Körper laufen.

Sofort ging es ihr besser.

Ein paar Minuten später zog sie ihr Hemd und ihre Shorts aus und ließ sie auf den Boden fallen, wo sie mit einem Platsch landeten. Die Dusche war so eng, dass sie sich nicht waschen konnte, wenn sie nicht das Wasser abstellte, also drehte sie es ab und drückte den Knopf für die Schaumseife.

Ungefähr eine Minute lang regnete noch mehr dieser widerlichen Flüssigkeit in den Rest des Badezimmers, jedoch nicht in die Dusche. Die Toilette summte.

Was zum Teufel war los?

Der Regen hörte auf.

Ava war mit dem Einseifen fertig und spülte sich ab.

Sie drückte einen weiteren Knopf, und Luft strömte aus drei Richtungen auf sie ein und trocknete sie innerhalb von Sekunden.

Sie strich sich die Haare aus dem Gesicht und blickte vorsichtig auf den Boden vor der Dusche.

Würde die Haut an ihren Fußsohlen brennen, wenn sie hinaustrat?

Seltsamerweise sah der Boden trocken aus, obwohl der Wind aus der Dusche ihn nicht berührt hatte.

Ava streckte vorsichtig einen Fuß heraus und berührte den Boden mit dem großen Zeh.

Kein Brennen oder Stechen.

Stirnrunzelnd verließ sie die Dusche.

Immer noch kein Brennen. Allerdings lag ein seltsamer Geruch in der Luft. Ein starker, chemischer Geruch, der ein unangenehmes Kribbeln in ihrer Nase verursachte.

Ihre Kleidung war nass. Ava hob sie auf, warf sie in das Desinfektionsgerät an der Wand und aktivierte es. Während es summte, untersuchte sie ihre Wunden. Obwohl sie schmerzten, blutete keine, und es hatten sich keine neuen Blutergüsse gebildet. Nur diese Brandflecken von dem verdammten Schockstab.

Das Desinfektionsgerät machte ein Geräusch, was darauf hindeutete, dass ihre Kleidung sauber und trocken war.

Ava zog sie kurzerhand an und starrte auf die Tür. *Jak'ri!*, rief sie.

Ava, geht's dir gut?, antwortete er sofort.

Ja. Ist es sicher, rauszukommen?

Ja.

Sie öffnete die Tür.

Die durchsichtigen Barrieren, die zwischen den Gitterstäben emporgefahren waren, senkten sich gerade wieder.

Jak'ri stand direkt auf der anderen Seite, sein Gesicht war dunkel vor Wut.

Was ist gerade passiert?, fragte sie.

Ein Muskel zuckte in seinem Kiefer. *Saekro muss der Wache gesagt haben, dass er die Zelle dekontaminieren soll. Er hätte es entweder tun sollen, bevor er dich hineinbringt, oder warten, bis du in der Dusche bist, damit die Dekontaminationsflüssigkeit deine Haut nicht verbrennt.*

Sie betrat die Zelle.

Sie sah sauber und trocken aus.

Aus dem Labor warf ihr die Wache ein fieses Grinsen zu, als er eine Decke, eine Flasche und eine Nährstoffpackung durch die Gitterstäbe warf.

Sie starrte ihn böse an. „Arschloch."

Grinsend ging er und schloss die Tür hinter sich.

Ava hob die Decke auf und die Essensration und machte sich auf den Weg zu Jak'ri. Sie brauchte nur einen Moment, um die Decke zu falten und direkt auf der anderen Seite der Gitterstäbe ein Lager zu schaffen.

Da sie sich vom Tag zuvor noch immer schwach fühlte, ließ sie sich darauf nieder und setzte sich im Schneidersitz hin.

Jak'ri saß ihr gegenüber. Und sie trauerte, dass sie wieder getrennt waren.

Zumindest konnte sie ihn noch sehen. Und berühren.

Er schob seine Hand durch die Gitterstäbe. „Hat es dich verbrannt? Lass mich sehen."

Sie legte ihre Hände in seine und saß ruhig da, während er ihre Arme untersuchte. Ihre Haut hatte rosa Flecken an den Stellen, an denen die Flüssigkeit sie getroffen hatte, aber sie taten nicht weh. „Ich glaube, ich habe es rechtzeitig unter die Dusche geschafft. Ich habe nur ein oder zwei Sekunden gebraucht, um es abzuspülen." Sie drückte seine Hände. „Danke, dass du mich gewarnt hast."

Kopfschüttelnd begegnete er ihrem Blick. „Ich wünschte, ich könnte dich hier rausholen. Es tut mir leid, dass unser Fluchtversuch gescheitert ist."

Sie zwang sich zu einem Lächeln. „Mach dir keine Sorgen. Unser nächster Versuch wird klappen."

Drek, ja, das wird er, brummte eine Stimme.

Ihre Augen weiteten sich. *Ziv'ri?*, rief sie.

Ja.

Du hast uns gehört? Kehrt deine Telepathie zurück?

Nein, du hast deine Gedanken gesendet.

Oh. Sie sah Jak'ri an. *Es ist Ziv'ri. Wo bist du?,* fragte sie und teilte das telepathische Gespräch mit Jak'ri.

In einer Zelle neben dem Tertiärlabor.

Jak'ris Hände schlossen sich fester um ihre, als Erleichterung über seine hübschen Gesichtszüge huschte.

Was ist passiert, nachdem ich das Bewusstsein verloren habe?, fragte Ziv'ri.

Jak'ri zwinkerte. *Ava und ich sind mit deinem Hovercycle entkommen, während Saekro dich rektal untersucht hat. Wir sind jetzt auf dem Weg nach Promeii 7.*

Drek dich, antwortete Ziv'ri mit einem Lachen.

Ava lachte mit und war froh, die Brüder wieder scherzen zu hören. *Sie haben mich in deine Zelle gebracht, Ziv'ri.*

Jak'ri runzelte die Stirn. *Und die Dekontamination eingeleitet, ohne sie vorher zu warnen.*

Ziv'ri gab eine Reihe von Worten von sich, die ihr Übersetzerchip nicht übersetzen konnte.

Ava lächelte. *Eines Tages werdet ihr mir sagen müssen, was einige davon bedeuten. Mein Übersetzer ist offenbar zu schockiert oder beleidigt, um das zu tun.*

Die Brüder lachten.

Und ihre Nerven beruhigten sich. Zumindest im Moment ging es den dreien noch gut.

Ein Gedanke, den sie bald in Frage stellen würde.

AM NÄCHSTEN TAG ERWACHTE Ava zu Ziv'ris Schweigen. Sie dachte zuerst, er würde einfach nur schlafen. Als sie jedoch nach seinem Geist suchte, stieß sie auf keine Träume.

Sie stieß auf nichts.

„Vielleicht führen sie eine ihrer Operationen an ihm durch und haben ihn anästhesiert", schlug Jak'ri mit hochgezogener Braue vor.

Doch am nächsten Tag erlebte sie die gleiche Stille. Und am nächsten. Und am nächsten, bis eine Woche vergangen war.

Saekro und Kunya zeigten sich nicht. Die einzigen Gathendier, die Ava und Jak'ri sahen, waren die Arschlöcher, die die Flaschen und Nährstoffwürfel nach ihnen warfen.

Was war passiert? Wo waren sie? Im Tertiärlabor mit Ziv'ri?

Was hatten sie ihm angetan?

Einen Moment lang fragte sie sich, ob die Gathendier vermutet hatten, dass auch sie ein Telepath war, und ihr *nahalae* verabreichten, damit sie nicht mehr mit den Brüdern kommunizieren konnte, aber Jak'ris Gedanken waren ihr dennoch klar vor Augen. Was auch immer passiert war, es musste auf Ziv'ris Seite stattgefunden haben.

Die Möglichkeiten machten ihr Angst.

Kannst du mich noch hören?, fragte Jak'ri. Er hatte das mehrmals am Tag getan, seit Ziv'ri verstummt war.

Ja.

Er nickte mit grimmiger Miene, als er seinen Blick zu Boden senkte. Kannst du es bitte nochmal versuchen?

Herzzerreißend rief sie: *Ziv'ri? Kannst du mich hören?*

Stille antwortete.

Ziv'ri?, versuchte sie noch einmal. *Bitte antworte. Wenn du das tust, verspreche ich, dass ich Jak'ri dazu bringen werde, dir dein Hovercycle zurückzugeben.*

Jak'ri nickte grimmig. *Das werde ich. Wenn du antwortest, bekommst du dein geliebtes Hovercycle zurück, und ich kaufe dir ein neues Hoverboard. Lass uns einfach wissen, dass du noch lebst, Bruder.*

Nichts.

Ava kämpfte mit den Tränen. *Bitte, Ziv'ri. Es ist Tage her, seit wir das letzte Mal von dir gehört haben. Wir sorgen uns um dich. Geht's dir gut?*

Die Minuten vergingen.

Seufzend rieb sich Jak'ri die Augen. *Ich weiß nicht, was ich tun soll. Er würde uns antworten, wenn er könnte.*

Ava nickte hilflos. Sie streckte ihren Arm durch die Gitterstäbe, ergriff Jak'ris Hand und hielt sie fest, während er ihre Zellen mit wachsender Wut und Frustration betrachtete.

Die Tür zum Labor fuhr auf.

Saekro und Kunya traten ein.

Mocna, die Wache des Tertiärlabors, folgte mit zwei anderen, die sie nicht kannte.

Ava zog schnell ihre Hand zurück, denn sie hielt es für das Beste, ihnen die Zuneigung, die sie und Jak'ri teilten, nicht zu zeigen.

Saekro blickte kaum von dem Datenpad auf, das er in der Hand hielt, und gestikulierte in Avas Richtung. „Bring mir die Frau."

Jak'ri versteifte sich und wollte aufstehen, aber Ava hielt seinen Blick fest und schüttelte den Kopf.

Kämpfen würde ihm nichts als Schmerz bringen.

Zumindest im Moment.

Nervös stand Ava auf und sah Mocna misstrauisch an, während er sein Handgelenk über den Sensor bewegte, um die Tür zu öffnen.

Obwohl sie glaubte, der Anschein von Kooperation könnte ihr Schmerzen ersparen, weigerten sich ihre Füße dennoch, sie vorwärts zu tragen. Sie hatte zu große Angst vor dem, was sie mit ihr machen wollten.

Würden sie sie verschwinden lassen, so wie sie es mit Ziv'ri getan hatten?

Jak'ri sprang auf, Beunruhigung huschte über sein hübsches Gesicht.

Und sie fluchte innerlich. Sie musste ihre Gedanken versehentlich gesendet haben.

Mocna betrat die Zelle, packte sie am Arm und zog sie heraus.

„Auf den Tisch!", befahl Saekro.

Kunya griff nach dem Schockstab und hielt ihn hoch, die Drohung war offensichtlich.

Und dennoch zögerte sie immer noch. „Was habt ihr mit mir vor?"

Saekro legte das Tablet beiseite und zog ein schwebendes Tablett voller chirurgischer Instrumente heran. „Wir brauchen mehr Proben."

Ihr Magen zog sich zusammen.

Saekro hob eine haarlose Reptilienbraue. „Kooperiere, und du wirst anästhesiert, damit du keine Schmerzen hast."

Bis sie aufwachte.

Tu es, drängte Jak'ri sie. *Nimm das Angebot an.*

Sie erinnerte sich an die Schmerzen, die sie bei der Entnahme der anderen Proben ertragen hatte – so schlimm, dass sie das Bewusstsein verloren hatte –, nickte und kletterte auf den Tisch. Kalte Fesseln wurden sofort um ihre Handgelenke und Knöchel gelegt.

Aus dem Augenwinkel warf sie einen Blick auf Jak'ri. *Würdest du zusehen und mich wissen lassen, was sie ...*

Saekro drückte ihr einen Autoinjektor an den Hals.

Ava zuckte zusammen, als sie den Nadelstich spürte.

Dann hüllte Dunkelheit sie ein.

JAK'RI KONNTE NICHT SCHLAFEN. Er hatte Ziv'ri seit über einer Woche nicht gesehen. Und was immer die Gathendier Ava gegeben hatten, hatte sie einen ganzen Tag lang bewusstlos gemacht.

Zumindest hoffte er, dass es das Beruhigungsmittel war. Er hatte die Operation sorgfältig beobachtet, jede entnommene Probe registriert und sich die Organnamen eingeprägt, die sie auf die Etiketten geschrieben hatten. Es klang, als hätten Erdlinge abgesehen von den Kiemen die gleichen Organe wie Purveli. So konnte er erraten, von welchen die Gathendier hofften, dass sie versagen würden, wenn sie an dem von ihnen hergestellten Virus erkrankte.

Diesmal injizierten sie ihr anschließend etwas, das wie *silna* aussah. Sie mussten wollen, dass sie schneller heilte, damit sie anfangen konnten, ihre sorgfältig konstruierten Viren zu testen.

Er blickte durch die Gitterstäbe.

Ava lag regungslos da, wo sie sie zurückgelassen hatten, in der Mitte von Ziv'ris Zelle. Die Spuren, die durch die Entfernung dessen, was sie

Sommersprossen nannte, entstanden waren, schienen schnell zu heilen. Aber was, wenn dem *silna* noch etwas anderes beigemischt gewesen war?

Sie bewegte sich plötzlich und stöhnte dann. Sie verzog das Gesicht, öffnete die Augen und blickte an die Decke.

„Ava?"

Sie drehte den Kopf und sah zu ihm herüber. „Sind wir allein?"

„Ja."

„Ich schwöre, ich werde diese Bastarde töten."

Er nickte und hasste die Distanz und die Gitter, die sie trennten.

Ihre Bewegungen waren träge, sie rollte auf die Seite. Die Anstrengung, die sie aufwenden musste, um aufzustehen und zu ihm zu schlurfen, machte ihm schreckliche Angst.

Jak'ri stand da und wartete ungeduldig darauf, dass sie zu ihm herüber kam. Als sie es tat, streckte er seine Arme durch die Gitterstäbe und half ihr, sich auf das Lager auf ihrer Seite zu setzen.

Seufzend zog sie die Beine an, bis ihre Knie fast ihre Brust berührten, und sank gegen die Gitterstäbe.

Jak'ri setzte sich dicht neben sie und legte einen Arm um sie. „Wie sind die Schmerzen?"

„Nicht so schlimm wie beim letzten Mal."

„Sie schienen dir silna gegeben zu haben, um die Heilung zu beschleunigen und die Schmerzen zu lindern."

Bitterkeit erfüllte ihre hübschen Gesichtszüge. „Wow, wie rücksichtsvoll von ihnen."

Jak'ri fiel keine Antwort darauf ein.

Sie musterte ihn aus müden, braunen Augen. „Irgendwas von Ziv'ri?"

„Nichts." Und er hielt es jetzt für ein schlechtes Zeichen, dass die Gathendier seine Zelle dekontaminiert und Ava hineingebracht hatten.

Ziv'ri?, rief sie.

Schweigen.

Ziv'ri? Bitte antworte, wenn du kannst, und lass uns wissen, ob du okay bist.

„Irgendetwas?", fragte Jak'ri.

Sie schüttelte den Kopf.

Es vergingen mehrere Minuten.

„Ich glaube, sie testen vielleicht etwas an mir", murmelte sie.

Sein Magen zog sich zusammen, als er sie ansah. „Warum? Fühlst du dich krank?" Hatte der Injektor, den er gesehen hatte, eine ihrer Biowaffen anstatt *silna* enthalten? Normalerweise gaben die Gathendier ihm oder Ziv'ri etwas Zeit, um sich von ihren Operationen zu erholen, bevor sie etwas Neues an ihnen testeten.

„Mein Kopf dröhnt." Sie sprach leise, als würde jedes Geräusch ihren Kopf noch mehr schmerzen lassen. „Und mein Magen ist flau."

„Flau wurde nicht übersetzt."

„Mir ist schlecht. Mein Magen rebelliert. Übelkeit?"

„Ah." Er runzelte die Stirn. „Du hast mindestens einen ganzen Tag geschlafen. Vielleicht liegt es daran, dass du in dieser Zeit nichts gegessen oder getrunken hast."

„Vielleicht." Sie warf einen Blick auf die Flasche und die Rationen, die in der Mitte ihrer Zelle lagen.

Kannst du mich hören?, dachte er.

Ja.

Sie injizieren Ziv'ri und mir alle zwei Tage nahalae. Aber wir vermuten, dass es auch in unseren Getränken ist, deshalb lasse ich dich nur ungern aus meiner Flasche trinken. Ich möchte unsere Fähigkeit, auf diese Weise zu kommunizieren, nicht verlieren.

Sie lächelte müde. *Oder unsere Fähigkeit, in Träumen zusammen zu sein?*

Ja.

Sie schüttelte den Kopf. *Ich bin okay.*

Aber sie sah nicht so aus. Seine Beunruhigung wuchs, als sie – anstatt aufzustehen und zu ihrer Flasche zu gehen – sich auf Hände und Knie aufrappelte und darauf zukroch.

Was zum Teufel hatten sie ihr angetan?

Mit der Flasche in der einen und den Nahrungsrationen in der anderen Hand kroch sie zurück zu den Gitterstäben und lehnte sich dagegen. Ihr langes Haar hing ihr in dünnen Strähnen ins Gesicht.

Jak'ri strich es sanft zurück.

„Danke", flüsterte sie.

Als sie Schwierigkeiten hatte, die Flasche zu öffnen, half er ihr. Er öffnete auch eine Ration für sie.

Allein die Flasche und den Würfel an die Lippen zu führen, schien sie zu erschöpfen. Aber sie trank viel und aß kleine Bissen. „Der Würfel hilft nicht gegen meine Übelkeit", beklagte sie sich mit einer Grimasse. „Das Zeug schmeckt nach Schweißfüßen. Oder besser gesagt, es schmeckt, wie Schweißfüße riechen."

„Eine treffende Beschreibung." Seine schmeckten genauso.

Sie hörte nach nur einem Würfel auf zu essen. Sie lehnte ihren Kopf an die Schulter, die er gegen die Gitterstäbe gedrückt hatte, und schloss die Augen.

„Sprich mit mir", flehte sie leise.

„Worüber?"

Sie zuckte halbherzig mit den Schultern. „Erzähl mir eine deiner Geschichten über den Unfug, den du mit Ziv'ri getrieben hast."

Er dachte einen Moment nach. „Habe ich dir davon erzählt, als Ziv'ri mich überzeugt hat, dass ich mir ihre Biolumineszenz aneignen könnte, wenn ich genug *tantovianische Fische* fange und esse?"

Ihre Lippen verzogen sich zu einem schwachen Lächeln. „Nein."

„Ich sollte zunächst erwähnen, dass *tantovianische Fische* ziemlich klein sind. Ein Ausgewachsener ist ungefähr so groß wie meine Handfläche. Aber sie sind schwer zu fangen und noch schwieriger zu töten, weil sie einem einen Schock versetzen, wenn man sie berührt."

„Wie stark ist der Schock, von dem wir reden?"

„Weniger als der Schockstab von Saekro und Kunya, aber mehr als angenehm ist. Die meisten Meeresräuber meiden sie."

„Und Ziv'ri sagte, wie viele müsstest du essen?"

„Er sagte, er habe zwölf gegessen, aber ich könnte wahrscheinlich mit zehn auskommen."

„Und du hast ihm geglaubt?"

„Absolut. Seine Haut hat zu diesem Zeitpunkt in einem wunderschönen Blau geleuchtet. Und ich war jung und leichtgläubig genug zu glauben, dass er aus dem Grund geleuchtet hat, und nicht, weil er *kimensu*-Beeren in die Hände bekommen und sich mit ihrem Saft eingerieben hatte."

„Ihr habt Beeren mit leuchtendem Saft in eurer Heimatwelt?"

„Ja."

„Purvel ist so ein großartiger Planet. Ich hoffe, dass ich ihn eines Tages besuchen kann."

„Ich werde dir dann alle seine Wunder zeigen", versprach er.

„Angefangen bei Runaka Point?"

Er lächelte. „Angefangen bei Runaka Point."

„Ich kann es kaum erwarten. Jetzt sag mir, wie viele Fische du gefangen hast."

Jak'ri schaffte es nur durch die Hälfte der Geschichte, bis sie sich plötzlich aufsetzte und die Augen öffnete. „Ava?"

Sie biss die Zähne aufeinander und schluckte schwer. Dann noch einmal. Fluchend sprang sie auf und taumelte ungeschickt hinüber zur Toilette. Die Tür glitt auf. Sie eilte hinein und sank auf die Knie. Die Tür glitt zu. Dann drangen Würgegeräusche herüber.

Jak'ri umklammerte die Stangen.

Das bestätigte es. Das war kein *silna* gewesen, das sie ihr gegeben hatten. Sie testeten eine neue Krankheit, die sie erfunden hatten.

Als sie aus dem Badezimmer kam, wirkte sie ausgemergelter als vorher. Sie schlurfte auf ihn zu. Und diesmal legte sie sich auf das Lager und schloss die Augen, anstatt sich hinzusetzen.

Jak'ri griff durch die Gitterstäbe und legte eine Hand auf ihre Stirn. „Du hast Fieber."

Sie nickte. „Wenigstens geht es meinem Magen besser."

Leider nicht lange. Kurze Zeit später stolperte sie erneut in das Lav und würgte.

Ihr Fieber stieg.

Jak'ri griff wieder durch die Gitterstäbe und nahm sich ihre Flasche. „Versuch, etwas zu trinken."

Sie schüttelte den Kopf. „Es wird einfach wieder rauskommen."

„Wenn du nichts trinkst, wirst du dehydrieren." Zumindest befürchtete er, dass das passieren würde. Es gab immer noch eine Menge, die er über ihr Volk nicht wusste.

Ava musste ihm zugestimmt haben, denn sie trank mehrere Schlucke und versuchte sogar, einen weiteren Würfel zu essen.

Da begann sie zu frösteln.

Jak'ri nahm die Decke, auf der er schlief, und schob sie durch die Gitterstäbe, um sie zuzudecken.

Saekro und Kunya kehrten ins Labor zurück und spähten durch die Gitterstäbe auf sie. Sie tauschten einen Blick aus.

Saekro winkte die Wache vor.

Mocna, eine Wache, die Jak'ri aus dem Tertiärlabor kannte, schloss die Tür zu Avas Zelle auf und ging zu ihr.

Als Mocna sich über sie beugte, streckte Jak'ri den Arm durch die Gitterstäbe und stieß ihn weg.

„Halt dich von ihr fern!"

Mocna nahm einen Schockstab von seinem Gürtel und berührte damit die Gitterstäbe, bevor Jak'ri sich zurückziehen konnte.

Elektrizität schoss durch ihn hindurch, ließ seine Muskeln krampfen und brannte durch ihn, bis er fürchtete, sein Herz würde aufhören zu schlagen.

Als Mocna den Stab zurückzog, sank Jak'ri auf die Knie. Mit immer noch zuckenden Muskeln sah er hilflos zu, wie Mocna Ava hochhob und zum Operationstisch brachte.

Da sie sich weder bewegte noch bei Bewusstsein zu sein schien, machten sie sich diesmal nicht die Mühe, sie zu fesseln.

„W-was habt ihr ihr angetan?", knirschte Jak'ri heraus.

Die Gathendier ignorierten ihn.

Saekro tippte auf seinem Tablet herum. Der mechanische Arm über dem Tisch, an dessen Ende eine Nadel befestigt war, fuhr herunter. Anscheinend wollten sie eine weitere Blutprobe von ihr, aber Ava war so dehydriert, dass sie Schwierigkeiten hatten, überhaupt Blut für den Test zu entnehmen, den sie durchführen wollten.

Saekro brummte etwas vor sich hin und befahl Kunya, ihr intravenös Flüssigkeiten zu verabreichen. Dann versuchte er es noch einmal.

Diesmal floss Blut durch einen Schlauch hinauf in die Decke.

Ava wachte auf, als die Nadel zurückgezogen wurde. Mit unkonzentriertem Blick starrte sie einen langen Moment zu Saekro auf, dann rollte sie sich auf die Seite und übergab sich auf ihn.

Saekro machte einen Satz nach hinten, seine Gesichtszüge verzogen sich vor Abscheu, während Kunya in sichere Entfernung davonhuschte.

Jak'ri hätte gelacht, wenn er nicht befürchtet hätte, dass sie sich rächen würden.

Als Ava fertig war, rollte sie sich wieder auf den Rücken und schien erneut das Bewusstsein zu verlieren.

Saekro zog seinen Laborkittel aus, warf Ava einen bösen Blick zu und wandte sich dann an die Wache. „Bring sie in die Zelle des Purveli. Er soll sie saubermachen."

Jak'ri versuchte, sich seine Erleichterung nicht anmerken zu lassen. Ava war zu schwach, um für sich selbst zu sorgen. Ihre beste Chance, den *srul* zu überleben, den sie ihr verabreicht hatten, bestand darin, in seiner Zelle zu sein, wo er ihr helfen konnte.

Wie beim letzten Mal legte Mocna einen Arm um Avas Taille und trug sie wie einen nassen Sack. „Weg von der Tür!", befahl er.

Jak'ri wich gehorsam zurück. Als Mocna Ava in die Zelle hievte, ohne auf ihre Verletzungen Rücksicht zu nehmen, hechtete Jak'ri auf sie zu und fing sie auf, bevor sie auf den Boden aufschlagen konnte.

Saekro verließ mit Kunya das Labor. Mocna aktivierte einen Desinfektionsbot, zog sich auf seinen Posten im Flur zurück und schloss die Tür.

Jak'ri saß mit aufgeschürften und blutenden Knien in der Hocke da und starrte auf Ava herab, während der kleine Bot um den Operationstisch herumrollte und das Erbrochene beseitigte. „Sie sind weg", sagte er leise.

Ihre Augen öffneten sich und leuchteten vor Fieber und – zu seiner großen Überraschung – Belustigung. Ihre rissigen Lippen verzogen sich zu einem schwachen Lächeln. „Ich habe ihn gut erwischt, nicht wahr?"

Er lachte. „Ja, das hast du. Ich habe keinen Zweifel, dass er jetzt dringend eine Dekontaminationsdusche will. Und ich glaube, ich habe Kunya sich noch nie so schnell bewegen gesehen."

Ein Lachen grollte in ihrer Brust. „Wollte schnell aus der Schusslinie. Danke, dass du mir zu essen und zu trinken gegeben hast, bevor sie mich aus der Zelle geholt haben."

„Ich gebe zu, *das* war nicht meine Absicht."

„Aber es hat so gut geklappt." Sie versuchte, sich aufzusetzen. „Würdest du mir ins Lav helfen? Ich möchte meinen Mund ausspülen."

„Natürlich."

Anstatt ihr beim Aufstehen zu helfen, trug er sie hinein. Es war eng im Lav, aber sie schafften es. Jak'ri stellte ihre nackten Füße auf den Boden und stützte sie, während sie ihren Mund mit *wosuur* ausspülte und sich kühles Wasser ins Gesicht spritzte. Sie bestand darauf, auf eigenen Beinen hinauszugehen und hielt sich an den Gitterstäben fest, die ihre Zellen trennten, während Jak'ri die Decken aus ihrer Zelle in seine zog und ein dickeres Lager daraus baute.

Er nahm ihre Hand und half ihr, sich auf die Decken zu knien. Dann setzte er sich und forderte sie auf, sich hinzulegen, und bettete ihren Kopf auf seinen Schoß.

Als sie sich niederließ, seufzte sie und schloss die Augen. Eine ihrer kleinen Hände tastete nach seiner und klammerte sich daran fest.

Er murmelte beruhigend vor sich hin, legte eine Hand auf ihren warmen Kopf und streichelte ihr Haar, bis sie einschlief.

Kapitel Acht

JAK'RI KÄMPFTE GEGEN DIE Verzweiflung an. Ava war jetzt seit drei Tagen krank und zeigte keine Anzeichen der Besserung. Vielmehr schien sich ihr Zustand von Stunde zu Stunde zu verschlechtern. Den ersten Tag hatte er für den Schlimmsten gehalten. Sie hatte alles erbrochen, was sie zu sich genommen hatte, und war schnell so schwach geworden, dass er sie in die Toilette tragen und stützen musste, während sie die geringe Menge an Nährstoffen, die sie zu sich genommen hatte, ausspie.

Selbst als nichts mehr übrig war, hatte ihr Magen heftig rebelliert, bis sie geklagt hatte, dass ihre Bauchmuskeln schmerzten.

Der Flüssigkeitsverlust bereitete ihm am meisten Sorgen. Sie hatte hohes Fieber, ihr Gesicht war gerötet, und das Leuchten in ihren Augen wurde schwächer. Er wusste nicht, ob Dehydrierung einen Menschen genauso schnell töten konnte wie seine Leute, aber er fürchtete die Antwort, als ihr Fieber weiter anstieg.

Wie viel Fieber konnte diese gebrechliche kleine Menschenfrau ertragen?

Ava hatte ihm am ersten Tag gesagt, er solle sich keine Sorgen machen. Aber im nächsten Moment war sie kaum noch bei Bewusstsein gewesen und immer wieder davongedriftet.

Jak'ri griff nach ihrer Flasche und nahm den Deckel ab. Er schob einen Arm unter ihre Schultern, hob ihren Kopf und ihre Brust und setzte sich hinter sie, damit sie sich an ihn lehnen konnte. „Ava?", rief er leise.

Sie drehte ihren Kopf an seine Brust. Ihre Hand bewegte sich, als wollte sie einen Arm um ihn legen, war aber zu erschöpft, um es zu tun.

Er drückte eine Hand auf ihre Stirn und stellte fest, dass sie so warm war wie ein Stein in der Wüste, der einen ganzen Tag damit verbracht hatte, die Hitze der Sonne aufzusaugen. „Ava." Er berührte ihren Mund mit der Flasche. „Du musst was trinken." Er träufelte etwas Flüssigkeit auf ihre trockenen, rissigen Lippen.

Sie runzelte die Stirn. „Hmm?"

„Versuch, was zu trinken, *sakara*", sagte er sanft.

Ihre Wimpern flatterten, dann hoben sie sich. Sie starrte ihn lange an, ihre braunen Augen unfokussiert. „Jak'ri?"

„Ja." Er zwang sich zu einem Lächeln und drückte die Flasche erneut an ihre Lippen. „Trink für mich, *sakara*."

Sie öffnete ihre Lippen einen Spaltbreit. Jak'ri tröpfelte Flüssigkeit hinein, ganz langsam, für den Fall, dass sie Schwierigkeiten beim Schlucken hatte. Am Vortag hatte sie Halsschmerzen gehabt.

Sie schluckte. Einmal. Zweimal. Und seine Hoffnung wuchs, dass es ihr vielleicht besser gehen würde.

Ein paar Schlucke später hustete sie jedoch und spritzte das Getränk auf ihn.

Jak'ri stellte die Flasche schnell beiseite und half ihr, sich aufrechter hinzusetzen, damit sie besser Luft bekam. Einen Moment lang befürchtete er, sie könne sich erneut übergeben und die wenige Flüssigkeit verlieren, die sie zu sich genommen hatte, doch es gelang ihr, den Husten unter Kontrolle zu bringen, und sie sank mit einem müden Seufzer gegen ihn.

„Das ist scheiße", murmelte sie.

Er hatte genug von ihrer irdischen Umgangssprache gelernt, um zu verstehen, was sie meinte. „Ja, das ist es."

„Wie lange bin ich schon krank?"

„Drei Tage."

Er goss etwas von der Flüssigkeit aus seiner Flasche auf einen gefalteten Stoffstreifen, den er von ihrer Palette gerissen hatte. Dann zog er den feuchten Stoff über ihr Gesicht und über ihren Hals und ihre Arme, um sie abzukühlen. Er wünschte, er könnte mehr tun, und kämpfte gegen die Angst an, dass sie sterben könnte.

„Hast du überhaupt geschlafen?", fragte sie.

Tränen brannten in seinen Augen. So elend es ihr auch ging, sie dachte an sein Wohlergehen. „So viel, dass Ziv'ri mir vorwerfen würde, dass ich faul bin, wenn er hier wäre."

Ava brachte ein schwaches Lächeln zustande. „Lügner."

„Vielleicht", gab zu und drückte sie fester an sich. Er hatte schon seinen Bruder verloren. Wie könnte er es ertragen, auch Ava zu verlieren?

„Ich sterbe, nicht wahr?", fragte sie leise.

Er schüttelte hartnäckig den Kopf. „Nein. Du wirst dich davon erholen."

„Ich fühle mich so schwach", hauchte sie. „Es fällt mir schwer, klar zu denken."

Er nahm einen der Nährstoffwürfel, auf die er keinen Appetit hatte. „Du solltest versuchen, was zu essen. Es wird dir helfen, wieder zu Kräften zu kommen." Er packte ihn mit einer Hand aus und legte ihn an ihre Lippen.

Ava verzog das Gesicht und wandte sich ab. „Ich kann nicht."

„Bitte, *sakara*. Für mich."

Sie starrte zu ihm auf. Und sie verharrte so lange, ohne zu blinzeln, dass ihn nacktes Entsetzen packte.

„Ava?"

Sie blinzelte.

Und die Erleichterung, die ihn überkam, ließ ihn innerlich schaudern.

„Was bedeutet *sakara*?", fragte sie.

„Es ist ein Kosename in meiner Sprache", gestand er.

Ein Mundwinkel hob sich ein wenig. „Es gefällt mir."

Er zwang sich zu einem Lächeln. „Ich hatte Angst, dass du etwas dagegen haben oder mich für anmaßend halten könntest."

Ihre Lippen verzogen sich noch mehr. „Oh. Ein Kosename *dieser* Art. Die ernste Sorte."

„Tut mir leid."

Sie hob ihre zitternde Hand und streichelte seine Wange. „*Sakara*. Es gefällt mir." Ihre Hand fiel herunter, als ihr die Kraft ausging. Jak'ri ließ den Würfel fallen und ergriff ihre Hand, um sie an Ort und Stelle zu halten.

„Du kannst mich *sakara* nennen", sagte sie leise, dann wurde ihre Miene ernst. „Aber du darfst dich nicht in mich verlieben."

Er drückte einen Kuss auf ihre Handfläche. „Tut mir leid, aber dafür ist es zu spät. Ich glaube, ich habe mich in dich verliebt, als du das erste Mal mit mir von Runaka Point aus ins Wasser gesprungen bist."

Sie schüttelte den Kopf. „Du trauerst schon um deinen Bruder." Tränen stiegen ihr in die Augen, trotz des Fiebers und der Dehydrierung. „Ich will nicht, dass du auch noch um mich trauern musst."

Jak'ri blinzelte seine Tränen weg. „Das wird nicht passieren. Denn du wirst essen und trinken und wieder gesund werden. Du *wirst* wieder gesund werden, Ava."

Sie *musste*.

Er ließ ihre Hand sinken, nahm den Nährstoffwürfel und hielt ihn erneut an ihre Lippen.

Nach kurzem Zögern biss sie einen kleinen Bissen ab und dann einen weiteren, bis sie den ganzen Würfel aufgegessen hatte. Und sie trank, als er die Flasche an ihre Lippen drückte, und ihr Blick heftete sich an seinen.

Aber es schien nur wenige Minuten zu dauern, bis sie eine Hand auf ihren Bauch drückte und „Lav" knirschte.

Jak'ri trug sie schnell hinein und stützte sie, während sie sich vorbeugte und den kleinen Bissen, den sie gerade verzehrt hatte, erbrach.

Er half ihr, ihren Mund mit *wosuur* auszuspülen, dann trug er sie zum Deckenlager und ließ sich mit Ava auf seinem Schoß darauf nieder.

„Die verdammten Gathendier müssen sich freuen", knurrte sie.

Jak'ri knirschte mit den Zähnen und entschied sich, es nicht zu kommentieren.

„Was sagen sie?"

Er streichelte ihr Haar. „Sie streiten viel. Sie wissen nicht, was zum *srul* sie tun."

„Wenn sie nicht wüssten, was sie tun, wäre ich nicht so krank."

„Nein. Sie wissen wirklich nicht, was sie tun. Sie verstehen nicht, was mit dir passiert, streiten sich dauernd und beschuldigen sich gegenseitig."

Sie runzelte die Stirn. „Warum?"

Er zögerte, wollte ihr die Wahrheit sagen, befürchtete aber, dass sie dadurch aufhören könnte zu kämpfen.

„Jak'ri?", drängte sie leise. „Sag es mir."

Er seufzte lange. „Das Virus, das sie dir injiziert haben ... Sie glauben, dass es funktioniert. Und sie streiten, weil sie nicht damit gerechnet haben."

„Ich verstehe nicht."

„Es ist dasselbe Virus, das sie vor Tausenden von Jahren auf eurem Planeten freigesetzt haben. Das, das es nicht geschafft hat, deine Leute auszurotten." Er schluckte schwer, als sich ein Kloß in seinem Hals bildete. „Aber sie sagen, dass es genau das tut, was es soll. Es zerstört dein Immunsystem. Sie denken, innerhalb von ein paar Tagen ..." Wäre sie tot, gestorben an einer einfachen bakteriellen oder viralen Infektion, die ihr Körper normalerweise besiegen könnte, gegen die sie aber keine Abwehr mehr haben würde.

Ava starrte zu ihm auf, ein fassungsloser Ausdruck auf ihrem Gesicht.

„Es tut mir leid", flüsterte er mit heiserer Stimme. So lange er konnte, hatte er gegen die Wahrheit gekämpft, sie nicht zugeben wollen, weil er sie nicht verlieren wollte, aber es ihr zu sagen ... es laut auszusprechen ... machte es nur realer. Und er dachte, sie hätte es verdient, es zu erfahren.

Doch Ava weinte nicht. Sie wetterte nicht gegen die Ungerechtigkeit des Ganzen, verfluchte die Gathendier nicht und äußerte auch keine Angst vor ihrem – den Wissenschaftlern zufolge – bevorstehenden Tod.

Stattdessen verzogen sich ihre rissigen Lippen zu einem Lächeln. „Es muss dir nicht leidtun." Obwohl ihre Stimme schwach war, fehlte ihr jetzt die Verzweiflung, und sie klang fast ... schadenfroh. „Diese dummen Bastarde haben keine Ahnung, was sie getan haben."

Jak'ri starrte verständnislos auf sie herab.

Ihre braunen Augen bekamen plötzlich einen seltsamen bernsteinfarbenen Schimmer.

Er holte tief Luft. „Ava?"

Sie senkte die Lider, lange Wimpern strichen über ihre Wangen.

Dann wurde ihr Körper schlaff, als sie wieder das Bewusstsein verlor.

AVA KLETTERTE EILIG DEN Pfad zum Runaka Point hinauf. Heute schien es klarer zu sein, der Hang nicht so steil. Sogar die Vegetation schien spärlicher, als ob die Pflanzen ihr nicht im Weg stehen oder sie bremsen wollten, weil sie wussten, wie eilig sie es hatte, nach oben zu kommen.

Und sie wollte unbedingt den Gipfel erreichen.

Endlich wurde der Boden eben, und Ava stürmte ins Freie.

Eine große, schlanke Gestalt stand am Rand der Klippe und starrte auf das turbulente Meer hinaus.

Sie lächelte. „Jak'ri!"

Keuchend wirbelte er herum. Seine Stirn glättete sich, als er auf sie zu stürmte und sie in seine Arme nahm. Er vergrub sein Gesicht in ihrem Haar und drückte sie an sich. „Ich dachte, ich würde dich hier nicht wiedersehen", sagte er mit vor Emotionen heiserer Stimme.

Ava erwiderte die Umarmung, ihre Füße baumelten mehrere Zentimeter über dem Boden. „Wie kommst du darauf? Ich liebe diesen Ort."

Er schüttelte den Kopf. Und für einen Moment schien er zu überwältigt von Emotionen, um zu sprechen.

Sie sah ihn besorgt an. „Jak'ri?"

Mit spürbarem Widerwillen ließ er sie herunter, bis ihre nackten Füße das weiche Gras berührten, und starrte dann auf sie herab.

Ihr Herz zog sich zusammen angesichts der Trauer, die seine Augen verdunkelte.

„Es sind fünf Tage vergangen", flüsterte er.

Überrascht starrte sie zu ihm auf. „Fünf Tage seit was? Seit ich in deine Träume gekommen bin?" Sie hatte keine Ahnung, dass sie so lange krank gewesen war.

Er nickte, sein Adamsapfel zuckte. „Ich dachte ..."

„Sprich weiter", forderte sie ihn leise auf, als er nicht weiterreden wollte.

„Ich dachte, wir könnten nicht mehr so zusammen sein." Als ihm Tränen in die Augen stiegen, blinzelte er sie zurück.

„Du dachtest, ich sterbe."

Er antwortete nicht.

„Du denkst immer noch, ich sterbe."

Noch mehr Schweigen, voller Verzweiflung.

Ava streckte die Hand aus, legte sie an sein kräftiges Kinn und strich mit ihrem Daumen über seine Wange. „Nein, sakara. Ich sterbe nicht. Ich werde dich nicht verlassen." Sie stellte sich auf ihre Zehenspitzen und drückte ihm einen Kuss auf die Lippen. „Ich werde dich niemals verlassen."

Er senkte den Kopf und drückte seine Lippen auf ihre für einen langen, hungrigen Kuss mit einem Hauch von Verzweiflung, der sie gleichzeitig erregte und ihr das Herz brach. Dann vergrub er sein Gesicht wieder in ihrem Haar und hielt sie fest, als könnte er sie bei sich behalten, solange er nur nicht losließ. „Bitte verlass mich nicht, Ava", flüsterte er. „Ich weiß, es ist egoistisch zu wollen, dass du bleibst, aber ich glaube nicht, dass ich es ertragen kann, dich auch noch zu verlieren."

„Du wirst mich nicht verlieren", versprach sie erneut. „Und wir werden diese Arschlöcher für alles bezahlen lassen, was sie Ziv'ri angetan haben. Aber zuerst brauche ich deine Hilfe bei etwas."

„Alles", antwortete er leidenschaftlich.

Sie zog sich zurück und starrte zu ihm auf. „Du musst mir die Waffen der Gathendier erklären. Alles, was du weißt. Jede Waffe, die die Wachen tragen. Wie sie funktionieren. Ob sie benutzt werden können, ohne ein Loch in die Außenhülle des Schiffs zu sprengen und uns alle zu töten. Oder ob ich die Einstellungen anpassen muss. Welche leise sind. Welche laut. Welche töten und welche nur betäuben."

„Ava."

„Und Rettungskapseln. Ich glaube, ich könnte vielleicht den Weg zurück zu meiner lasaranischen Rettungskapsel finden, in der sie mich an Bord geholt haben, aber wenn nicht ... weißt du, wo sich die Rettungskapseln auf diesem Schiff befinden? Ich bin mir sicher, dass sie welche haben müssen."

„Ava", sagte er noch einmal und starrte düster auf sie hinab. „Ich glaube nicht, dass dir klar ist, wie krank du bist. Du musst dich darauf konzentrieren, das Virus zu bekämpfen, mit dem sie dich infiziert haben. Sobald es dir besser geht, können wir –"

Sie streckte die Hand aus und drückte zwei Finger auf seine Lippen. „Du musst mir vertrauen, Jak'ri. Oder spiel zumindest mit." Nachdem er tagelang beobachtet hatte, wie sie sich die Eingeweide aus dem Leib gekotzt hatte, dachte er wahrscheinlich, sie sei im Delirium.

„Ich vertraue dir, Ava."

„Dann tu das für mich", sagte sie und belohnte ihn mit einem Lächeln. „Erlaub mir die Fantasie, dass wir entkommen werden."

Er zögerte.

„Was ist?", fragte sie sanft. „Es kann doch sicher nicht schaden."

Sein Gesichtsausdruck ließ etwas anderes vermuten. „Ich habe mich an den Glauben deiner Leute an Träume erinnert und ..." Er schüttelte den Kopf. „Plötzlich fürchtete ich mich davor, dass, wenn du die Möglichkeit bekommst, hier in die Traumwelt zu entkommen ..."

Sie starrte zu ihm auf. Glaubte er, dass das irgendwie dazu führen würde, dass sie dem sterblichen Körper entkam, den er im wirklichen Leben immer schwächer werden sah?

Sie stellte sich auf die Zehenspitzen und drückte ihm einen weiteren Kuss auf die Lippen. „Du wirst mich nicht verlieren, Jak'ri. Ohne dich gehe ich nirgendwo hin, weder hier in der Traumwelt noch in der Realität." Sie tätschelte seine Wange. „Jetzt sag mir, was ich wissen muss."

Entschlossenheit breitete sich auf seinem hübschen Gesicht aus. „Wo willst du anfangen?"

Ava lächelte. „Lass uns mit den Waffen anfangen."

Es war gut, dass endloses Reden einen im Traum nicht heiser werden ließ, denn sie überhäufte Jak'ri gefühlte Stunden lang mit Fragen. Als sie endlich alles besprochen hatten, was ihr eingefallen war, nickte sie in Richtung Meer. „Lust, mit mir schwimmen zu gehen?"

Er nickte und drückte einen Kuss auf die Hand, die er hielt. „Lass uns einfach springen."

Ihr Herz schwoll an. Jak'ri hatte die ganze Zeit, in der sie geredet hatten, ihre Hand gehalten oder einen Arm um sie gelegt, als fürchtete er, sie könnte verschwinden, wenn er sie losließ.

Und Ava wusste, dass sie genauso große Angst hätte, wenn ihre Rollen vertauscht wären und Jak'ri derjenige wäre, der an der Schwelle des Todes zu stehen schien.

Wie konnte er ihr so schnell so sehr ans Herz wachsen?

„Bei drei?", fragte sie.

Er nickte. „Eins. Zwei. Drei."

Zusammen rannten sie los, die Lippen zu einem Grinsen verzogen, dann johlten sie, als sie von der Klippe sprangen und ins Meer stürzten.

AVA ERWACHTE VOLLER ENERGIE und höllisch durstig.

Der Boden unter dem Lager, auf dem sie lag, war immer noch unangenehm hart und kalt. Aber Jak'ris großer, warmer Körper lag hinter ihr. Und wie in dem Traum, in dem sie gerade geschwommen waren und gespielt hatten, hielt er sie fest, als hoffte er, dass der ständige Kontakt sie irgendwie am Leben und bei ihm halten könnte.

Sie lächelte.

Er war so ein Schatz. Selbst im Schlaf achtete er darauf, ihren Bauch nicht zu berühren. Aber diese Wunden schmerzten nicht mehr.

Jetzt tat nichts mehr weh. Abgesehen von ihren Zähnen.

Ava strich vorsichtig mit der Zunge über die Kanten ihrer oberen Zähne.

Ihr Herz pochte schneller, als die Fangzähne über ihren Eckzähnen herabfuhren.

Ja!

Sie holte tief Luft und hielt den Atem an.

Eine Fülle von Düften bombardierte sie. Viel, viel mehr als zuvor. Und am verlockendsten war der Mann, der sie hielt.

Sie spähte hinüber zum Labor. Saekro und Kunya standen mit dem Rücken zu ihr beisammen. Obwohl sie leise miteinander redeten, konnte Ava problemlos jedes Wort hören, das die Bastarde sprachen. Jak'ri hatte recht. Sie dachten, das Virus würde sie töten, und rätselten, warum es ihnen nicht gelungen war, den Rest der Menschheit zu töten. Hatten einige Erdlinge eine natürliche Immunität dagegen? Oder war das Virus – nachdem es auf dem

Planeten freigesetzt worden war – zu etwas mutiert, das die Körper der Erdlinge leichter bekämpfen konnten?

Sicherlich hatten die Erdlinge, so unwissend und den Gathendiern so weit unterlegen, kein Medikament entwickelt, das sie behandeln könnte. Wie würde der gathendische Kaiser reagieren, wenn sie ihm sagten, dass sie das einzige Forschungssubjekt von der Erde getötet hatten, das sie durch ihren Angriff auf die *Kandovar* erbeuten konnten? Alles, was sie seit ihrer Gefangennahme gelernt hatten, war, dass das Virus, das ihre Vorfahren geschaffen hatten, funktionierte. Es zerstörte das Immunsystem der damit infizierten Opfer. Schwächere Erdlinge wie Ava (sie schnaubte leise über diese Bemerkung) starben. Wer auch immer übrig blieb, sollte – wie alte Testsubjekte bestätigt hatten – schnell den Verstand verlieren und andere in seinem Blutdurst töten, aber das konnten sie nicht bestätigen, da Ava im Sterben lag.

Mit anderen Worten: Sie hatten es vermasselt und absolut nichts Neues herausgefunden.

Und sie würden sie überhaupt nicht kommen sehen.

Jak'ri, rief sie telepathisch.

Er rührte sich, schmiegte sich näher an ihn und seufzte.

Jak'ri.

Er spannte sich an.

Beweg dich nicht und antworte nicht laut, warnte sie ihn.

Ava? Geht's dir gut? Wie fühlst du dich?

Mir geht's gut. Sie tätschelte die große Hand, die sie im Schlaf an ihre Brust gedrückt hatte. *Erinnerst du dich an alles, worüber wir letzte Nacht in unserem Traum gesprochen haben?*

Ja.

Ich bin im Begriff, es einzusetzen.

Ava ...

Alles wird gut. Aber du musst wissen, dass das, was ich vorhabe, nur Theater ist, okay?

Was hast du vor?, fragte er, und in seiner tiefen Stimme schwang Furcht mit.

Ich werde dir sagen, dass du deine schmutzigen Hände von mir nehmen sollst.

Meine Hände sind nicht schmutzig.

Ich weiß. Und ich mag es, wenn deine Hände mich berühren.

Er drückte sie fester an sich, und sie spürte, wie er an ihrem Po hart wurde.

Jak'ri fluchte. *Ich wünschte, wir hätten im Traum darüber anstatt über Waffen gesprochen.*

Innerlich lachte sie, obwohl ihre Miene ausdruckslos blieb. *Mach dir keine Sorgen. Darüber werden wir noch viel reden, wenn wir dieses verdammte Schiff verlassen haben. Bist du jetzt wach?*

Sehr.

Gut. Auf geht's.

„Was soll die Scheiße?", platzte sie heraus und gab sich große Mühe, benommen zu klingen.

Beide gathendischen Wissenschaftler wirbelten herum.

Wütend stieß Ava Jak'ris Arm von sich, rollte sich weg und sprang auf. Sie stolperte ein oder zwei Schritte und hob eine Hand an ihren Kopf, um so zu tun, als wäre ihr schwindelig.

Jak'ri setzte sich auf und starrte sie an. Seine Erregung war durch die Shorts, die er trug, deutlich sichtbar.

„Soll das ein verdammter Witz sein?", schimpfte sie wie betrunken und stolperte einen weiteren Schritt. „Ich sterbe an der Scheiße, die sie mir injiziert haben, und du denkst, es ist in Ordnung, mich zu befummeln?"

Er stand mit gerunzelter Stirn auf. „Ich dachte, du magst mich."

Ava hoffte, dass er ein fantastischer Schauspieler war, denn er klang wirklich verletzt. „Nicht *so*! Es hat mir einfach leidgetan, dass du deinen Bruder verloren hast. Und ich brauchte jemanden, der sich um mich kümmert." Sie drehte sich zu den Wissenschaftlern um und schwankte so sehr, dass sie fast umfiel. „Holen Sie mich hier raus! Ich will zurück in meine Zelle." Sie blickte finster über ihre Schulter. „Wo ich schlafen kann, ohne dass jemand meine Brüste begrabscht und mir seine Latte gegen den Hintern drückt."

Jak'ri versteifte sich und ballte die Hände zu Fäusten. Sein Gesichtsausdruck verdunkelte sich vor Wut. „Ich habe mich um dich gekümmert, während du krank warst."

„Ach, und jetzt denkst du, dass ich dir was schuldig bin?" Sie stolperte zur Tür und ergriff eine Stange, als wollte sie sich festhalten. „Sie haben *mich* gefoltert, weil *ihr* versucht habt, zu fliehen!" Ava richtete ihren Blick auf ihr fasziniertes Publikum. „Also? Auf was zur Hölle warten Sie? Holen Sie mich hier raus! Ich kann auf mich selbst aufpassen."

Saekro gab einer der Wachen, die in der Tür erschienen, ein Zeichen. Beide Wissenschaftler wirkten erleichtert, dass ihr Testobjekt noch nicht verstorben war.

Mocna näherte sich der Tür.

Ava sah Jak'ri absichtlich nicht an.

„Weg von der Tür!", knurrte die Wache.

Sie trat gehorsam zur Seite, schwankte und streckte schnell die Hand aus, um einen weiteren Gitterstab zu packen und sich abzustützen.

Hinter ihr gab Jak'ri ein spöttisches Geräusch von sich. „Du kannst kaum stehen und denkst, du kannst auf dich selbst aufpassen?"

„Wenn die Alternative darin besteht, dass du mich begrapschst, dann auf jeden Fall", fauchte sie.

Mocna entriegelte das Schloss und öffnete die Tür. „Komm raus!", befahl er und starrte dann über ihren Kopf hinweg Jak'ri an. „Du bleibst, wo du bist, Purveli."

Ava taumelte langsam aus der Zelle.

Genau wie sie gehofft hatte, hielt die Wache ihren Blick auf Jak'ri gerichtet.

Oh, aber Jak'ri war hier nicht die Bedrohung.

Blitzschnell setzte sie sich in Bewegung. Ava bewegte sich so schnell, dass sie verschwamm, riss der Wache den Blaster aus dem Holster, stieß ihn unter den Panzer, der seinen weichen Bauch schützte, und feuerte. Licht und Energie flackerten auf, als die Riemen, die den Panzer festhielten, rissen, die Teile herunterfielen und in seinem gelben Bauch ein verbranntes Loch von der Größe eines Baseballs entstand.

Während er schrie und zu Boden ging, wirbelte sie herum und schoss der zweiten Wache in die Kehle.

Scheiße! Der Treffer hätte ihm fast den Kopf abgetrennt!

Er war tot, bevor er den Boden berührte.

Avas Körper wurde von Adrenalin überflutet, und sie schoss erneut auf die erste Wache, dieses Mal in die Kehle, um sicherzugehen, dass er nicht um

Hilfe rufen konnte. Und das alles so erstaunlich schnell, dass die gathendischen Wissenschaftler nur nach Luft schnappen konnten, bevor sie ihren Zorn auf sie richtete.

Ein Unsterblicher Wächter zu sein war großartig!

Ava durchquerte das Labor mit einem einzigen Sprung und stürzte sich auf die Wissenschaftler. Obwohl beide wahrscheinlich mehr als doppelt so schwer waren wie sie, hatte die durch das Virus hervorgerufene Transformation ihr weitaus größere Kräfte verliehen.

Stärke wie *Thor* und *Superman* in Personalunion.

Während Saekro und Kunya am Boden zappelten, richtet sie sich über ihnen auf und schoss beiden in den Bauch.

Im Gegensatz zu den Wachen trugen sie keine Panzer und heulten vor Schmerz.

In einer weiteren Bewegungsunschärfe nahm sie ihnen alle ihre Geräte ab und deaktivierte – den Anweisungen folgend, die Jak'ri ihr in ihrem gemeinsamen Traum gegeben hatte – die Sprachbefehle auf dem Computer.

Sie rauschte durch den Raum zur Tür, zerrte die Wache so leicht wie ein Kissen hinein und schloss die Tür wieder.

Ava blieb stehen. Es war kaum eine Minute vergangen, seit sie die Zelle verlassen hatte.

Ein Hochgefühl erfüllte sie, als sie die riesigen Aliens betrachtete, die sie besiegt hatte. Sie atmete tief durch und grinste zufrieden.

„Ava?"

Sie drehte sich zur Zelle um.

Alles war so schnell passiert, dass Jak'ri immer noch dort stand, wo sie ihn zurückgelassen hatte, mit großen Augen und offenem Mund.

Sie stieg über die Wache hinweg und ging auf ihn zu. „Tut mir leid. Du weißt, dass das nur eine Scharade war, als ich gesagt habe, dass ich nicht von dir berührt werden wollte, oder?"

„Ja." Er ging auf sie zu, sein Gesichtsausdruck verwirrt. „Wenn ich nicht solche Angst davor gehabt hätte, dass du irgendwas tun würdest, das dazu führen könnte, dass du nochmal gefoltert wirst, hätte ich einen Witz über rektale Untersuchungen gemacht."

Lachend umarmte Ava ihn, den Blaster immer noch in einer Hand.

„Wie zum Teufel hast du das gemacht?"

Sie war sich der Wissenschaftler bewusst und antwortete ihm telepathisch. *Das Virus, das sie mir injiziert haben, hat bei einigen Erdlingen unbeabsichtigte Nebenwirkungen.* Sie ließ ihn los und trat zurück.

Unbeabsichtigte Nebenwirkungen? Er blickte auf die vier Gathendier, die am Boden lagen, zwei waren tot, die anderen beiden stöhnten. *Um eine deiner Erdphrasen zu verwenden, kein Scheiß.*

Sie grinste. *Ich muss wirklich besser auf meine Ausdrucksweise achten.*

Wusstest du, dass deine Augen leuchten?

Ja. Das liegt daran, dass diese Dummköpfe mich unwissentlich von einer Begabten *in einen Unsterblichen Wächter verwandelt haben. Ich werde dir das alles später erklären.*

Okay. „Dann lass uns zum Srul hier verschwinden", sagte er laut und ging zu Saekro und Kunya. „Wo ist mein Bruder?"

Saekro spuckte eine Menge Schimpfwörter aus, von denen Ava vermutete, dass es gathendische Schimpfwörter waren, da nur ein oder zwei übersetzt wurden.

Sie sah sich um. „Hier." Sie reichte Jak'ri den Blaster und nahm den Schockstab, den die Bastarde wiederholt gegen sie eingesetzt hatten. Gemäß Jak'ris Anweisungen im Traum strich sie mit ihrem Daumen über den Kreis am Griff und aktivierte ihn.

Plötzlich schnellte Saekros Schwanz vor und riss Jak'ris Füße unter ihm weg.

Scheiße! Sie hatte ihre Schwänze vergessen.

Sobald Jak'ri sich befreit hatte und aufsprang, berührte Ava mit dem Stab die Wunde an Saekros Bauch.

Blaue Energie knisterte, als der Bastard sich verkrampfte und sein Gesicht sich vor Schmerz verzerrte.

Sobald Ava den Stab hob, trat Jak'ri Saekro dorthin, wo bei einem menschlichen Mann die Hoden wären.

Saekro schrie.

Kunya ...

Ava fluchte. Kunya war entweder tot oder bewusstlos. Seine Augen waren geschlossen, und er regte sich nicht.

Ava richtete ihre Aufmerksamkeit wieder auf Saekro und schwang den Stab. „Wo ist der andere Purveli?"

Er spuckte in ihre Richtung, aber ihre neue Geschwindigkeit erlaubte ihr, ihm problemlos auszuweichen.

Ava berührte erneut seinen Bauch mit dem Stab.

Der Gathendier versteifte sich und gab einen verzweifelten Schmerzenslaut von sich.

Sie hielt den Stab fest, beugte sich über ihn und starrte ihn an. „Es macht nicht so viel Spaß, wenn du auf der Empfängerseite bist, nicht wahr, Arschloch?" Sie richtete sich auf und hob den Stab. „Wo ist Ziv'ri?"

„Tot", knurrte der Wissenschaftler, als er wieder zu Atem kam. „Er ist tot." Und der Bastard schaffte es sogar zu grinsen, als er Jak'ri ansah. „Dachtet ihr, dass euer Fluchtversuch ungestraft bleiben würde?"

Jak'ris Gesicht wurde dunkel vor Wut. „Er ist nicht ungestraft geblieben! Ihr habt *sie* bestraft!" Er gestikulierte in Avas Richtung.

Rotes Blut färbte Saekros Zähne, während sich seine Lippen zu einem schmierigen Grinsen verzogen. „Das war keine Strafe. Das war Unterhaltung."

Brüllend riss Jak'ri den Stab aus Avas Hand und drückte ihn an Saekros Brust, direkt über seinem Herzen. Oder dort, wo sie glaubte, dass sein Herz sein sollte.

Saekro verkrampfte sich einen Moment lang, dann wurde er schlaff und schloss die Augen.

Als Jak'ri den Stab zurückzog, stand er mit angespannten Muskeln über dem Bastard.

Ava streckte die Hand aus und berührte seinen Arm. „Wir werden nach Ziv'ri suchen, bevor wir gehen, für den Fall, dass Saekro gelogen hat. Vielleicht ist er in einem der anderen Labore einfach bewusstlos oder liegt im Koma."

Jak'ri schüttelte den Kopf. „Wir sind hier zahlenmäßig weit unterlegen, Ava. Weißt du, wie viele gathendische Soldaten auf diesem Schiff sind?"

„Es spielt keine Rolle. Wir können das schaffen. Vertrau mir." Sie deutete auf die Hightech-Utensilien um sie herum. „Ich weiß, die Zeit ist knapp, aber gibt es eine Möglichkeit, die Forschungsergebnisse zu löschen oder zu zerstören? Ich weiß, dass sie sie wahrscheinlich schon an den Rest der Gathendier weitergegeben haben, aber ..."

„Ich glaube nicht, dass sie das getan haben. Saekro und Kunya wissen, dass die Entdeckung, wie sie sowohl die Erdlinge als auch die Purveli eliminieren können, ihnen große Gunst beim Kaiser verschaffen wird. Wenn sie ihr Wissen mit anderen Forschern geteilt hätten, bestünde das Risiko, dass diese Wissenschaftler vielleicht zuerst die Antworten gefunden hätten."

„Und ihnen den Ruhm und die Gunst des Kaisers abgejagt hätten?"

„Ja."

„Perfekt! Ihre Gier nach Macht und Ruhm dürfte sich dann zu unseren Gunsten auswirken. Wie zerstören wir ihre Forschungsergebnisse?"

„Ich kann gathendische Schrift nicht lesen, also ist das Einzige, was ich tun kann, alles zu vernichten, was sie für ihre Arbeit benutzt haben." Er hielt den Blaster hoch.

„Dann lass es uns tun."

Wieder schüttelte er den Kopf und gestikulierte in Richtung der Wissenschaftler. „Auf *sie* zu schießen löst vielleicht keinen Alarm aus, aber auf alles andere zu schießen und die Computersysteme zu beschädigen, tut das sicher."

Angst versuchte sich einzuschleichen und die Tapferkeit, die ihr die Unsterblichkeit verliehen hatte, zu verdrängen. Ava hatte vielleicht im Hauptquartier des Netzwerks auf der Erde Selbstverteidigung gelernt. Und sie hatte vielleicht auch mit Eliana und ihren anderen Freunden auf der *Kandovar* trainiert. Aber die Summe ihrer tatsächlichen Kampferfahrungen bestand darin, dass sie die beiden gathendischen Wachen und die Wissenschaftler ausgeschaltet hatte.

Klar, sie war jetzt superstark und schnell. Aber dieses Schiff war groß.

Groß genug, dass sie glaubte, es nicht mit allen Wachen und Soldaten an Bord aufnehmen zu können.

Wenn sie und Jak'ri die Forschungsergebnisse nicht zerstörten, hätten sie eine viel größere Chance zu entkommen.

Wenn sie sie zerstörten ...

Sie sah zu ihm hinüber.

Mit ernster Miene sagte Jak'ri: „Ziv'ri dachte, sie wären kurz davor, einen Virus zu finden, das mein Volk töten würde. Ich will nicht, dass andere Gathendier diese Informationen in die Hände bekommen."

„Und ich möchte nicht, dass andere Gathendier die Gewebeproben, die diese Arschlöcher mir entnommen haben, in die Hände bekommen und herausfinden, wie sie meine Leute töten können." Ihre Augen weiteten sich, als ihr ein neuer Gedanke dämmerte. „Warte. Weißt du, wo sie sie aufbewahren? Die Gewebeproben? Oder wo sie das Blut lagern, das sie mir abgenommen ha ben?"

Er nickte und ging zu einem Hängeschrank. Er sah aus wie alle anderen und unterschied sich kaum von schlichten Küchenschränken auf der Erde.

Jak'ri wedelte mit der Hand darüber. In der unteren linken Ecke erschien ein Display. Obwohl Ava den außerirdischen Text darauf nicht lesen konnte, schienen die blinkenden Linien und Symbole darunter ziemlich selbsterklärend zu sein.

Es wurde nach einem Code gefragt.

Ohne zu zögern, tippte Jak'ri auf mehrere Symbole.

Ein Zischen ertönte, als sich der Schrank einen Spaltbreit öffnete. Kalte Luft wehte wie Nebel aus dem Spalt herab.

„Wie hast du das gemacht?", fragte sie.

Er warf einen Blick über die Schulter. „Ziv'ri und ich haben ihre Routine auswendig gelernt."

„Sie haben nicht versucht, die Codes vor euch zu verbergen?"

Ein bitteres Lächeln breitete sich auf seinen Lippen aus. „Warum sie vor jemandem verstecken, der nicht entkommen kann und sowieso bald sterben wird?"

Ava knurrte leise mehrere treffende Beschreibungen der Wissenschaftler, während Jak'ri seine Finger in die Öffnung schob und zog.

Die Schranktür öffnete sich nicht mit Scharnieren. Stattdessen ließ sie sich herausziehen wie die Schublade eines Aktenschranks. Reihenweise durchsichtige Behälter standen vor einer leuchtend weißen Wand. Jeder enthielt Proben, die die Bastarde ihnen entnommen hatten.

Avas Augen wanderten sofort zu roten Blutbeuteln, die denen in Krankenhäusern auf der Erde sehr ähnelten. „Ist das dein Blut oder meines?"

„Ich weiß nicht. Mein Blut ist rot wie deines. Aber ich glaube, das ist von mir und Ziv'ri."

Ava dachte angestrengt nach. Unsterbliche Wächter brauchten regelmäßige Blutinfusionen, um ihre außergewöhnliche Geschwindigkeit, Stärke und Regenerationsfähigkeit aufrechtzuerhalten. Wenn sie zu lange darauf verzichteten, heilten ihre Wunden nicht mehr, und sie wurden schwächer. Aber sie wusste nicht, ob die Verwendung von Purveli-Blut sicher war. Auf der *Kandovar* hatte Eliana ihr gesagt, dass lasaranisches Blut nicht funktionierte. Sie konnte menschliches, segonisches oder Yona-Blut verwenden, aber nicht lasaranisches.

Ava wünschte, sie könnte sich daran erinnern, warum lasaranisches Blut tabu war. Gab es den Unsterblichen Wächtern einfach nicht das, was sie brauchten? Oder schadete es ihnen irgendwie?

Offensichtlich war es weder für Menschen noch für *Begabte* giftig, denn Prinz Taelon und Lisa hatten zusammen ein Baby. Und Prinzessin Amiriska hatte einen Unsterblichen Wächter geheiratet und ihm ein Kind geboren. Dennoch hatte Eliana ziemlich nachdrücklich darauf hingewiesen, dass man ihr kein lasaranisches Blut geben sollte, falls ihr etwas zustieß. Auf gar keinen Fall.

War Purveli-Blut genauso gefährlich?

„Hast du gesehen, wie sie mein Blut in einen anderen Schrank gebracht haben?", fragte sie.

„Nein. Aber ich halte es für wahrscheinlich, dass deine Blut- und Gewebeproben im Tertiärlabor gelagert wurden, wo sie ursprünglich gesammelt wurden. Als sie hier deine zweite Operation durchgeführt haben, haben sie die Proben verpackt und sie aus dem Labor gebracht."

Sie löste ihren Blick vom Schrank und sah ihm in die Augen. „Ich brauche dieses Blut, Jak'ri."

„Erinnerst du dich, wie du zum anderen Labor zurückkommst?"

„Ja."

„Wie schnell bist du jetzt?"

Sie wirbelte herum und stand im Bruchteil einer Sekunde hinter ihm. „So schnell."

Jak'ri erschrak und drehte sich zu ihr um. Seine silbernen Augen weiteten sich. Dann nickte er. „Okay. Erinnerst du dich an den Weg zur Rettungskapsel, in der du angekommen bist?"

„Da bin ich mir nicht so sicher."

„Sie ist wahrscheinlich entweder im Hangar oder im Laderaum."

„Dort, wo ich aus der Kapsel gestiegen bin, waren viele kleine Schiffe. Zum Beispiel Jäger oder kleine Transporter."

„Das ist der Hangar. Da bekommst du die Kapsel nicht raus. Er wird zu stark bewacht. Hast du auf dem Weg zu einem der Labore gathendische Rettungskapseln gesehen?"

„Ich glaube nicht."

Er schloss die Augen. „Zeig mir, woran du dich erinnerst."

Ava projizierte Bilder in seinen Kopf und zeigte ihm den Hangar, in dem ihre Rettungskapsel stand, den Weg, den sie ihrer Meinung nach zum Tertiärlabor genommen hatten, und dann den Weg, der zum Primärlabor führte, in dem sie jetzt standen.

Jak'ri öffnete die Augen, nahm mehrere Werkzeuge, die in der Wand zwischen der Arbeitsplatte und den Oberschränken versteckt waren, und begann dann schnell damit, sie auf dem Operationstisch anzuordnen. „Wenn das das Schiff ist ..." Er zeichnete mit dem Finger ein Oval um die Werkzeuge. „Dann ist das der Hangar mit deiner Kapsel. Das ist das Primärlabor, in dem wir gerade sind. Das ist das Tertiärlabor, das an die erste Zelle angrenzt, in der sie dich festgehalten haben. Und das ist das Sekundärlabor, in das sie mich einmal gebracht haben. Hier und hier sollte es Rettungskapseln geben." Er zeigte auf die Seiten des Schiffes etwa in der Mitte.

„Okay."

„Wenn du im Tertiärlabor ankommst, durchsuche die Schränke. Der, der sich nicht einfach so öffnen lässt, ist der, in dem deine Proben lagern. Wenn du dich nicht an den Code erinnern –"

„Ich bin wahrscheinlich stark genug, ihn zu öffnen."

Seine Lippen verzogen sich zu einem schiefen Schmunzeln. „Ja, das bist du."

Er ging zu einer Tafel an einer kahlen Wand mit einem Symbol und unleserlicher Schrift darauf und wedelte mit der Hand darüber. Eine Schublade glitt aus der Wand. „Das ist eine Verbrennungsanlage." Er fing an, die Proben aus dem Schrank zu nehmen und sie in die Schublade zu werfen. Ava tat dasselbe.

Dann warf er alle kleinen Tablet-ähnlichen Geräte hinein, die die Wissenschaftler verwendet hatten. „Sobald man sie schließt, zerfällt alles darin zu Asche und wird irgendwohin geschickt, wo es gesammelt wird. Behalte also, was du brauchst, und zerstöre den Rest. Nimm Mocnas Waffe, denn du musst den Computer im Lav auch zerstören." Er musste von dem in der Toilette Eingebetteten sprechen, der alles analysiert hatte. „Soweit Ziv'ri und ich erkennen konnten, speichert es die gesammelten Daten einen ganzen Tag lang und lädt sie dann jede Nacht auf den Computer des Primärlabors hoch. Wenn er so funktioniert wie die, die in den Kliniken auf Purvel verwendet werden, überschreiben die Daten jedes Tages die des Vortages, was bedeutet, dass einige deiner Daten vielleicht noch im Lav in deiner Zelle gespeichert sind."

„Dann zerstören wir es. Was ist mit den Computerpanels im Labor selbst?"

„Über die brauchst du dir keine Sorgen zu machen. Sie sind nur Eingabestellen für Informationen. Alle medizinischen Forschungsdaten werden hier in den Computerbanken des Primärlabors gespeichert. Schieß einfach nur auf den im Lav."

„Okay."

„Das könnte eine Störungsmeldung auslösen, die das Wartungspersonal benachrichtigen könnte. Sobald du es getan hast, geh sofort zu den Rettungskapseln. Du wirst sie erkennen, wenn du sie siehst, denn sie sind alle in einer Reihe aufgereiht."

Sie runzelte die Stirn. „Du sagst immer du, nicht wir."

Er hatte die Verbrennungsanlage geschlossen, und ein Rauschen folgte. „Ich komme nicht mit."

Sie starrte zu ihm auf. „Was?"

„Ich bleibe hier. Halte mich unterwegs telepathisch über alles auf dem Laufenden. Wenn du in Schwierigkeiten gerätst, werde ich anfangen, das Labor in die Luft zu sprengen, dann renne ich los und ziehe ihr Feuer auf mich."

„Oh, verdammt, nein!", platzte es aus ihr heraus. „Wir gehen zusammen, oder wir gehen gar nicht."

„Ava, deine Chance zu entkommen ist viel größer, wenn ich sie lange genug ablenke, bis du –"

Sie ging zu ihm, stellte sich auf die Zehenspitzen, legte ihre freie Hand um seinen Nacken und drückte ihm einen innigen Kuss auf die Lippen.

Erschrocken verstummte er und starrte auf sie herab.

„Ich gehe nicht ohne dich, Jak'ri."

„Ohne mich kommst du schneller voran. Viel schneller."

„Das ist mir egal. Ich werde nicht zulassen, dass du dich für mich opferst. Entweder fliehen wir gemeinsam, oder wir sterben gemeinsam. Du hast die Wahl. Die Zeit läuft. Was willst du tun?"

Es vergingen mehrere Sekunden. Dann legte er einen Arm um ihre Taille, zog sie an sich und küsste sie, als gäbe es kein Morgen.

Ihr Herz machte einen Sprung. Ihr Puls schlug schneller.

Als er schließlich den hitzigen Kontakt abbrach, drückte er seine Stirn an ihre. „Wir fliehen gemeinsam. Stirb einfach nicht, Ava. Bitte. Und lass nicht zu, dass sie dich noch einmal gefangen nehmen, was auch immer nötig ist, um das zu verhindern." Mit anderen Worten: Lass mich zurück, wenn du das tun musst, um deine Freiheit zu erlangen.

Sie verliebte sich so sehr in ihn. „Das werde ich nicht tun."

Er bückte sich und holte eine Tasche unter einem der Schränke hervor.

„Was ist das?", fragte sie.

„Eine Sanitätstasche. Ich habe gesehen, wie sie es einmal geholt haben, um ein paar Soldaten zu versorgen, die sich in einem Kampf gegenseitig verletzt haben." Er öffnete einen weiteren Schrank, nahm eine Handvoll Nährstoffwürfel und steckte sie in die Tasche. Dasselbe tat er mit größeren Packungen, die sie an die Saftpackungen erinnerten, die Kinder auf der Erde gern tranken.

„Was ist da drin?", fragte sie und half ihm, mehr einzupacken.

„Die Nährflüssigkeit, die sie in unsere Flaschen füllen." Er zeigte auf einen anderen Schrank. „Ich glaube, sie bewahren unsere Kleidung dort auf. Schnapp dir ein paar!"

Ava öffnete den Schrank, auf den er zeigte, und nahm sich ein Bündel gefalteten Stoffs, von dem sie hoffte, dass es ihnen beiden als Wechselkleidung dienen würde.

Jak'ri drückte die Tasche zu. „Geh und warte an der Tür!"

Ava hob den weggeworfenen Schockstab auf und ging durch den Raum. Sie blies sich eine Haarsträhne aus dem Gesicht und runzelte dann die Stirn. Wenn sie in den Kampf ziehen würden, wäre das Letzte, was sie brauchte, dass ihre Haare ihr die Sicht nahmen.

Jak'ri betrat seine Zelle und ging ins Lav.

Ava bückte sich, riss einen Stoffstreifen von der Hose der toten Wache zu ihren Füßen und band damit ihr Haar zusammen. Dann nahm sie einen Blaster in die Hand und hob den Schockstab wieder auf.

Jak'ri feuerte seinen Blaster ab. Durch die Tür sah sie, wie die Platte über der Toilette explodierte. Dasselbe machte er auch mit der Toilette in der anderen Zelle. Er sah sie ernst an, als er ins Labor zurückkehrte. „Das sollte die Wartungsmannschaft nur darauf aufmerksam machen, dass das Lav nicht richtig funktioniert. Aber sobald ich die Computer hier zerstöre, geht auf der Brücke ein Alarm los."

Und die Hölle würde losbrechen. „Okay."

„Bereit?", fragte er.

Ava nickte nervös, das Adrenalin schoss durch ihre Adern. „Bereit."

Kapitel Neun

JAK'RI FEUERTE DEN BLASTER mehrmals ab und zielte dabei auf jedes Panel, von dem er gesehen hatte, dass die Wissenschaftler darüber Daten eingegeben oder Informationen abgerufen hatten. Er feuerte mehrere weitere Schüsse auf den unteren Schrank, in dem sich der primäre Datenspeicher befand, und richtete dann den Blaster auf den mechanischen Apparat an der Decke über dem Operationstisch und zerstörte ihn.

Die Lichter begannen zu flackern.

Er eilte mit der Medizintasche durch den Raum und traf Ava in der Nähe des Eingangs. „Lass uns gehen. Lies meine Gedanken und sprich bei Bedarf telepathisch mit mir."

Okay.

Als sie sich dem Ausgang des Labors näherten, glitt die Tür auf. Jak'ri spannte sich an und hob seine Waffe, unsicher, ob sie die Tür geöffnet hatten oder jemand anderes, der kurz davor war, hereinzukommen.

Er steckte seinen Kopf hinaus, spähte den Flur hinauf und hinunter und stellte fest, dass er leer war. *Die Luft ist rein*, dachte er. Ava eilte an ihm vorbei und ging ihm voraus zum Tertiärlabor.

Sie sah so zerbrechlich aus, nur mit Shorts und dem Wickelhemd bekleidet, das den Wissenschaftlern schnellen Zugang zu ihrem Oberkörper ermöglichte. Irgendwann hatte sie ihr zerzaustes Haar im Nacken zusammengebunden, wodurch ein schlanker Hals und schmale Schultern zum Vorschein kamen. Ihre Arme und Beine waren dünner als in ihren gemeinsamen Träumen. Der Blaster der Wache sah in ihrer winzigen Hand riesig aus, ebenso wie der Schockstab, den sie in ihrer anderen Hand hielt. Und ihre kleinen Füße waren nackt.

Alles in ihm verlangte, dass er die Führung übernahm, damit die Gathendier, denen sie begegnen würden, ihn zuerst angriffen. Aber im Labor ...

Er verstand nicht ganz, was mit ihr passiert war. Er wusste nur, dass sie verändert war. Sehr verändert. Dieser verführerische, zierliche kleine Körper konnte sich jetzt so schnell bewegen, dass er sie kaum noch mit den Augen verfolgen konnte. In nur einem Herzschlag hatte sie vier Gathendier ausgeschaltet. Und ihre Stärke ...

Er wusste, dass die zweite Wache dreimal so schwer gewesen sein musste wie sie, und doch hatte sie ihn so mühelos über den Boden geschleift wie eine Decke.

Als sie sich einer Kreuzung mit einem anderen Flur näherten, blieb sie plötzlich stehen. *Jemand kommt. Und sie bewegen sich schnell.*

Zweifellos waren Soldaten geschickt worden, um nachzusehen, was den Alarm ausgelöst hatte.

Jak'ri sah sich um und entdeckte keine Nische, in der sie sich verstecken könnten. Keine der Türen, an denen sie vorbeigekommen waren, hatte sich geöffnet; es waren wahrscheinlich keine Gemeinschaftsräume, und es waren Zugangscodes nötig.

Da sie keine andere Möglichkeit hatten, drückten sich die beiden an die Wand.

Wie viele?, fragte er.

Vier, glaube ich.

Jak'ri konnte jetzt das Geräusch der sich nähernden Stiefel hören und hob seinen Blaster, bereit zum Feuern.

Seine Augen weiteten sich, als Ava abrupt auf die Kreuzung der zwei Flure trat und sich zu dem umdrehte, der im anderen Flur auf sie zu gerannt kam.

„Hi", sagte sie mit einem Lächeln und einem Winken. „Wie geht's?"

Die Stiefel blieben abrupt stehen.

Dann blitzten ihre Augen hellbernsteinfarben auf. Sie hob ihren Blaster und feuerte. Aus dem Flur ertönten Schreie, begleitet von Energieblitzen. Ihre Gestalt verschwamm, als sie dem Feuer auswich und dann außer Sichtweite verschwand.

Drek! Grunzen und Schmerzensschreie waren zu hören, als Jak'ri zur Kreuzung rannte. Er blieb stehen, zielte mit seiner Waffe ... und keuchte.

Drei Gathendier lagen regungslos am Boden, um sie herum sammelte sich Blut, ihre Panzer und Körper rauchten vom Blasterfeuer. Ein vierter Gathendier ohne Waffen stolperte zurück, während Ava auf seinen Schultern saß und ihre Beine um ihn geschlungen hatte.

Während Jak'ri erstaunt zusah, packte sie seinen schuppigen Kopf und riss ihn schnell und hart herum.

Knochen brachen. Der Gathendier sank zu Boden.

Ava sprang von ihm, bevor er am Boden aufschlug.

Jak'ri starrte. Alle Gathendier in diesem Flur waren tot.

Und Ava hatte nicht einmal einen Kratzer davongetragen.

„Wie zum *drek* hast du das gemacht?"

Sogar sie sah ein wenig überrascht aus, als sie die Leichen betrachtete. Der Blick ihrer großen Augen begegnete seinem. „Meine Hände zittern."

Jak'ri hob eines der *osdulium*-Gewehre des gefallenen Wachmanns und hängte es sich über die Schulter. „Lass uns weitermachen." Das Blasterfeuer hätte jeden in der Nähe auf Probleme aufmerksam gemacht.

Ava nahm ein zweites O-Gewehr und hob ihren Blaster auf.

Noch einmal machten sie sich auf den Weg zum Tertiärlabor, rannten los und konnten sich auf nackten Füßen leise bewegen, während sie einen Korridor hinauf- und den nächsten hinunterhuschten.

Obwohl in der Ferne hinter ihnen Rufe zu hören waren, gelang es ihnen, das Labor zu erreichen, ohne jemandem zu begegnen.

Sie eilten hinein und verriegelten die Tür.

Jak'ris Blick wanderte direkt zu den angrenzenden Zellen.

Beide waren leer. Seine Brust zog sich zusammen. *Ziv'ri.*

„Wir werden das Sekundärlabor überprüfen", versprach Ava, während sie durch den Raum eilte und begann, den Inhalt der Oberschränke zu überprüfen. „Hoffentlich ist er da."

Oder vielleicht hatte Saekro die Wahrheit gesagt und Ziv'ri war tot.

Jak'ri ging in die Zelle und zerstörte den Computer im Lav. Dann kehrte er ins Labor zurück und half Ava bei der Suche nach den Proben, die sie ihr entnommen hatten.

Sie atmete erleichtert auf, als sie sie fanden. Sie nahm zwei gekühlte Päckchen Blut und gab sie ihm. „Pack die in die Sanitätstasche und lass nicht zu, dass ihnen was passiert."

Überrascht, dass sie sie nicht zerstören wollte, gehorchte Jak'ri, bevor er seine Aufmerksamkeit den unteren Schränken zuwandte. Dieses Labor war fast genau wie das Primärlabor eingerichtet. Es war nur kleiner. Die Verbrennungsanlage sollte also ... Er berührte mit der Hand einen der unteren Schränke, und er sprang auf. „Hier."

Ava wurde zu einer Bewegungsunschärfe – im wahrsten Sinne des Wortes – als sie die restlichen Proben zusammen mit allen Geräten, die sie finden konnte, schnell in den Verbrennungsofen warf.

Jak'ri schloss ihn. Ein rauschendes Geräusch folgte.

Sie deutete auf die Wände. „Bist du sicher, dass hier drin nichts Informationen speichern kann, oder hast du nur versucht, mich zu schützen und mich davon abzuhalten, sie in die Luft zu jagen?"

Er zögerte. „Beides?"

Sie kniff die Augen zusammen.

„Ich bin mir weitgehend sicher, aber ich stütze mich dabei auf die Art und Weise, wie die meisten Purveli-Schiffe konstruiert sind."

„Die meisten – das ist nicht gut genug. Schieß auf alles, was sie zur Eingabe oder Speicherung von Informationen verwenden könnten."

Jak'ri schoss auf jedes Panel und jeden Eingabeport. „Sie werden jetzt wissen, dass wir zum Sekundärlabor unterwegs sind."

„Ich weiß." Sie ging zur Tür. „Aber das ist der einzige andere Ort, an dem sie Ziv'ri festhalten könnten, und wir werden nicht ohne ihn gehen." *Wenn er noch lebt* blieb unausgesprochen.

Jak'ri nickte.

Sobald sie die Tür öffneten, traf Blasterfeuer den Rahmen.

Beide duckten sich wieder in den Raum.

Ava betrachtete ihn kurz an, als suchte sie nach Wunden, dann verschwand sie blitzschnell.

Kampfgeräusche drangen von draußen herein.

Fluchend ließ Jak'ri die Sanitätstasche und den Blaster fallen, hob das präzisere O-Gewehr und verschwand in den Flur. Zwei Gathendier waren bereits am Boden. Sechs weitere feuerten blind, als eine kleine Gestalt scheinbar in Lichtgeschwindigkeit zwischen ihnen hindurchraste, sie umriss und ihren Blaster abfeuerte. Der Kopf eines Gathendiers schnellte zurück, obwohl Jak'ri nicht gesehen hatte, was ihn getroffen hatte, und der *grunark* schoss auf seinen eigenen Mann, sodass der rückwärts von den Füßen geweht wurde.

Jak'ri schoss auf ihn, bevor er auf dem Boden aufschlug, und schaltete dann einen weiteren aus, in der Hoffnung, dass er nicht versehentlich Ava treffen würde.

Der letzte Mann fiel. Ava blieb in der Mitte des Haufens stehen und atmete schwer. Kleine Blutspritzer waren auf einer Seite ihres Gesichts zu sehen, und der Rest ihres Körpers war davon übersät. „Danke", sagte sie.

Jak'ri nickte. „Ich hatte Angst, ich könnte dich treffen."

„Anscheinend bin ich schnell genug, um Energieblitzen oder was auch immer diese Waffen abfeuern, auszuweichen."

Jak'ri war sich nicht so sicher. Einer ihrer Arme war mit einer Menge Blut verschmiert. Eines ihrer Beine auch. „Ist das Blut deins oder ihres?", fragte er, als er auf sie zuging.

Sie winkte ab, als würde sie seine Sorge nicht ernst nehmen. „Mir geht's gut. Lass uns weitermachen."

Mit kreisenden Gedanken und rasendem Herzen steckte Jak'ri seinen weggeworfenen Blaster in die Außentasche der Sanitätstasche und schlang die Tasche über eine Schulter. Er hängte das Gewehr über die andere Schulter, schnappte sich ein zweites und machte es schussbereit.

Ava nahm einem der Gathendier einen langen Dolch ab. Als sie auf ihn zukam, den Dolch in der einen und den Blaster in der anderen, hinkte sie.

Er öffnete den Mund, um danach zu fragen, doch der Schiffsalarm begann zu schrillen.

Wee-wonk! Wee-wonk!

Mit großen Augen machten sich die beiden auf den Weg zum Sekundärlabor. Sie gaben vorsichtiges Vorgehen zugunsten von Geschwindigkeit auf und rannten so schnell sie konnten.

Oder besser gesagt, so schnell er konnte. Jak'ri beklagte die Tatsache, dass er sie aufhielt. Ava war jetzt so schnell, dass sie trotz ihres Hinkens schon in einer Rettungskapsel hätte sitzen und in die Freiheit fliegen können, wenn sie nicht auf ihn Rücksicht nehmen müsste.

Du vergisst, dass ich keine Ahnung habe, wie man eine gathendische Rettungskapsel bedient, sagte sie in seinem Kopf.

Drek. Das hatte er vergessen.

Als sie um die Ecke bogen, die dem Sekundärlabor am nächsten lag, riss er die Augen auf.

„Oh Scheiße!", keuchte Ava.

Jak'ri hatte kaum Zeit zu bemerken, dass zehn oder zwölf gathendische Soldaten auf sie warteten, als sie ihn zurückstieß. Gewaltig.

Er flog von den Füßen, fiel auf den Po und rutschte den Flur entlang zurück. Der Korridor, der zum Sekundärlabor führte, wurde von Energieblitzen erleuchtet.

Sein Herz stolperte. Ava war nirgends zu sehen. Hatten sie sie erschossen?

Eine Menge irdische Flüche drangen in sein Bewusstsein.

Jak'ri lächelte. *Drek,* nein, das hatten sie nicht. Das würden sie auch nicht tun.

Er sprang auf und rannte auf das Kampfgeschehen zu. Der Rest des gathendisches Schiffes war nicht so sauber wie das Labor, und der Boden war gerade mit so viel Staub bedeckt, dass er leicht darüber rutschen konnte. Energieblitze peitschten über seinen Kopf hinweg, als er anhielt und den Körper flach auf den Boden drückte.

Wieder einmal löste eine kleine verschwommene Gestalt Chaos in der Mitte der Gruppe aus, also richtete Jak'ri sein O-Gewehr auf die *grunarks* an den Rändern und feuerte in schnellen Intervallen. *Ich ziele auf die äußeren Wachen,* dachte er und hoffte, dass sie ihn hören würde.

Da ihre Aufmerksamkeit zwischen der tödlichen Frau hinter ihnen und dem Purveli vor ihnen hin- und hergerissen war, fielen etliche Gathendier seinem Feuer zum Opfer. Ava beschäftigte sie so sehr, dass sie sich keine Zeit zum Zielen nehmen konnten, sodass ihre Energieblitze die Wände, die Decke und den Boden trafen und nicht ihn.

Weitere Wachen fielen, bis nur noch Ava und ein einsamer Gathendier übrigblieben, verwickelt in einen offensichtlich einseitigen Kampf.

Stiefel polterten.

Weitere Soldaten näherten sich.

Jak'ri warf einen Blick über die Schulter und stolperte zum Labor.

Der letzte Gathendier fiel.

„Es kommen noch mehr", warnte er Ava.

Als sie sich näherten, öffnete sich die Labortür. Er hob sein Gewehr. Ava hob ihren Blaster.

Aber es warteten keine Wachen auf sie.

Ava stürzte hinein.

Jak'ri blickte lange genug hinein, um festzustellen, dass Ziv'ri in keiner der Zellen war.

Er biss die Zähne aufeinander, stellte sich in die Tür und beobachtete beide Enden des Flurs. *Ich werde Wache halten.*

Ziv'ri ist nicht hier, sagte sie verzweifelt.

Ich weiß.

Blasterfeuer erklang im Labor, als Ava alles zerstörte, was möglicherweise Daten speichern könnte, dann kehrte sie an seine Seite zurück.

Das O-Gewehr im Anschlag ging Jak'ri in den Korridor und eilte – das hoffte er zumindest – voran zu den gathendischen Rettungskapseln.

Sie trafen auf weitere Soldaten. Doch jedes Mal gewannen Avas überlegene Geschwindigkeit und Stärke die Oberhand, und die beiden gingen als Sieger hervor.

Jak'ri atmete erleichtert auf, als sie endlich fanden, was sie gesucht hatten.

Das sind die Rettungskapseln.

Während Ava ihm den Rücken freihielt, wählte er die nächstgelegene Zugangsklappe und wedelte mit der Hand darüber, um sie zu aktivieren.

Ziv'riiiiii!, schrie sie telepathisch.

Jak'ri schluckte schwer und bemühte sich, eine Antwort zu hören.

Ziv'ri, antworte mir! Bitte! Wir sind frei! Wir fliehen! Sag uns, wo du bist, damit du mit uns kommen kannst!

Der Eingang zur Rettungskapsel öffnete sich.

Jak'ri packte Avas Arm und versuchte, sie hineinzuziehen, aber sie wehrte sich.

Ziv'riiiiii!, rief sie verzweifelt, Tränen funkelten in ihren leuchtenden bernsteinfarbenen Augen. *Bitte!*

Jak'ris Augen brannten, als er der Wahrheit ins Auge sah. Er schluckte den Kloß der Trauer hinunter, der sich in seiner Kehle bildete, und zwang sie, ihn anzusehen. „Ava. Er ist weg", sagte er ihr heiser. „Ziv'ri ist weg." Allein das Aussprechen dieser Worte brachte ihn fast in die Knie.

Ihr stockte der Atem, dann schluchzte sie und biss sich auf die Lippe.

Jak'ri wollte es auch nicht glauben, aber wenn sie blieben, würden sie wahrscheinlich ebenfalls sterben, also zwang er sich, sich in den kleinen, engen Durchgang zu ducken und zog sie hinter sich her. Nachdem er die Tür verschlossen hatte, führte er sie in die offene Luke der Rettungskapsel.

Ava stand leise da, während er hineinkroch und die Luke sich hinter ihnen schloss.

Die Kapsel ähnelte denen, die oft auf Akseli-Schiffen zu finden waren, war jedoch größer, um Gathendiern Raum zum Manövrieren ihrer dicken Hinterteile und Schwänze zu geben, und bot Platz für bis zu vier Passagiere.

Jak'ri sah sich aufmerksam um. Alle Männer und Frauen in der westlichen Provinz von Purvel mussten mindestens drei Jahre lang Militärdienst leisten. Obwohl ein gewählter Herrscher ihre intergalaktischen Angelegenheiten regelte, war Purvel nicht frei von Krieg und Konflikten wie Lasara. Obwohl Jak'ri wünschte, es wäre anders, kam es gelegentlich zu Kämpfen unter seinen Leuten. Und die Provinz, in der er lebte, wollte auf alles vorbereitet sein.

Er dankte nun dieser militärischen Ausbildung dafür, dass sie das Studium der Akseli-Söldnerschiffe beinhaltete – wie man sie fliegt, wie man sie zerstört und wie man ihnen entkommt –, denn diese Kapsel war im Design sehr ähnlich. Er stellte die Sanitätstasche und die Gewehre ab, setzte sich auf den Pilotensitz und ließ seinen Blick über das Bedienfeld schweifen.

Da. Ein Triumphgefühl machte sich breit. In einer Ecke war der Name eines Akseli-Herstellers eingraviert. Diese Akseli-*grunarks* waren bereit, jedem alles zum richtigen Preis zu verkaufen, und es war ihnen egal, wer die Konsequenzen tragen könnte. Aber heute wirkte es sich zu seinen Gunsten aus. Jak'ri konnte vielleicht nicht Gathendisch lesen, aber als er das Bedienfeld aktivierte, leuchtete alles im gleichen Muster auf wie die Akseli-Kapsel, die er studiert hatte.

Ava stellte sich hinter ihn und legte ihm zitternd die Hand auf die Schulter.

„Kannst du das lesen?"

„Nein. Aber es handelt sich um ein Akseli-Design, und in meiner militärischen Ausbildung habe ich gelernt, sowohl Akseli-Jäger als auch Akseli-Rettungskapseln zu fliegen." Er tippte in der Reihenfolge auf die unbekannten Symbole, an die er sich aus dem Unterricht erinnerte.

„Sind die Akseli eure Feinde?"

„Sie waren über viele Generationen Freunde und Verbündete. Dann hat sich ihr Planet in Richtung Tyrannei entwickelt, und die einzige Sorge ihres Herrschers war, seinen eigenen Reichtum und seine eigene Macht auf Kosten anderer zu vermehren. Unter seiner Herrschaft verkaufen die Akseli ihre Hilfe nun denjenigen, die in Kriegen am meisten zahlen, und haben einigen sogar bei versuchten Völkermorden geholfen. Als die Provinz, in der ich aufgewachsen bin, mit einer anderen Provinz auf Purvel, die unsere Wasserrechte stehlen wollte, in den Krieg gezogen ist, nahm die andere Provinz die Hilfe von Akseli-Söldnern in Anspruch und eskalierte den Konflikt. Danach hat Purvels Herrscher Akseli jegliche Besuchsrechte auf Purvel entzogen und unserer militärischen Ausbildung Anti-Akseli-Taktiken hinzugefügt, um zu verhindern, dass sich die *grunarks* noch einmal in unsere Konflikte einmischen."

Der Antrieb summte, als er hochfuhr. Er klopfte auf den Sitz neben sich. „Setz dich."

Sobald sie saß, half Jak'ri ihr dabei, ihren Gurt anzulegen und einzustellen, und schnallte sich dann selbst an.

In der winzigen Kammer hinter der Luke war Blasterfeuer zu sehen.

Jak'ri fluchte und gab den hoffentlich richtigen Befehl ein.

„Startsequenz eingeleitet", verkündete eine männliche Stimme auf Gathendisch.

Die Kapsel begann, sich zu drehen, bis das kleine Fenster aus unzerbrechlichem Kristall eine kurze Röhre vor ihnen zeigte.

„Auf geht's", sagte er zu Ava.

Sie nahm seine Hand und hielt sie fest.

„Start", sagte der Computer, „in zehn, neun, acht, sieben, sechs, fünf, vier, drei, zwei, eins."

AVA HIELT DEN ATEM an, als die Kapsel durch den Tunnel schoss und sie tiefer in ihren Sitz drückte. Sie sah nichts am Ende des Tunnels und hoffte nur …

Im letzten Moment öffnete sich ein Tor am Ende der Röhre. Dann umgab sie die Dunkelheit des Weltraums.

Das Herz hämmerte in ihrer Brust. „Haben wir es geschafft? Sind wir raus aus dem Schiff?"

„Ja."

„Verfolgen sie uns?"

Jak'ri betrachtete das Bedienfeld. „Noch nicht. Aber sie werden es tun. Computer, Sprachbefehle aktivieren."

Es wurde still.

„Funktioniert es?", fragte sie. Angst meldete sich und ließ ihre Hände zittern.

Er runzelte die Stirn. „Nein. Aber ich habe es auf Purveli gesagt. Vielleicht muss der erste Befehl auf Gathendisch erteilt werden."

„Sprichst du Gathendisch?"

„Nein. Purveli-Übersetzerchips ermöglichen uns nur das Verstehen gesprochener Sprachen. Sie befähigen uns nicht, sie zu sprechen oder zu lesen. Aber Akseli hat diese Kapsel entworfen und gebaut, also akzeptiert der Computer vielleicht den Befehl in ihrer Sprache."

„Du sprichst Akseli?"

Er verzog das Gesicht. „Nicht gut." Er starrte auf die Konsole. „Mathematiker können Befehle aussprechen."

Ava biss sich auf die Lippe. „Ich glaube nicht, dass du das richtig formuliert hast. Laut meines Übersetzers hast du gesagt, dass Mathematiker Befehle aussprechen können." Sie kannte das Alliance Common-Wort für Mathematiker nicht, also benutzte sie einfach das englische dafür und hoffte, dass er das Wesentliche verstehen würde.

Er fluchte. „Kalkulator, Sprachbefehle aktivieren."

„Das war dichter dran. Das war *Kalkulator Sprachbefehle aktivieren*."

Er versuchte es noch einmal. „Computer, Sprachbefehle aktivieren."

„Sprachbefehle aktiviert", sagte der Computer mit seiner männlichen Stimme.

Ava lächelte und hätte Jak'ri ein High-Five gegeben, wenn er mit dieser Geste vertraut gewesen wäre.

Erleichterung zeichnete sich auf seinen Zügen ab. „Alle in Purveli und Alliance Common ausgegebenen Sprachbefehle und Anfragen akzeptieren und entsprechend beantworten." Er warf ihr einen Blick zu. „Ich möchte, dass du mit dem Computer kommunizieren kannst, falls es nötig sein sollte."

Der einzige Grund, warum sie mit dem Computer kommunizieren müsste, wäre, wenn ihm etwas passieren würde.

„Alle derartigen Befehle und Anfragen werden akzeptiert", antwortete der Computer.

„Derzeitige Flugbahn anzeigen!", befahl Jak'ri.

„Derzeitige Flugbahn wird angezeigt."

Ava sah zu ihm auf. „Warum sollte eine von Akseli gebaute gathendische Rettungskapsel Purveli verstehen?"

„Die meisten Schiffscomputer sind mit der Fähigkeit ausgestattet, alle aufgezeichneten Sprachen zu verstehen, sodass die Kommandanten oder Piloten mit jedem, dem sie begegnen, kommunizieren können."

„Oh."

Auf einer Seite des Bedienfelds erschien eine Sternenkarte.

Ava zwang ihren Körper, mit dem Zittern aufzuhören, und versuchte, das Pochen in ihrem Arm, Oberschenkel und Fuß zu ignorieren, das Angst und Adrenalin kurzzeitig unterdrückt hatten.

Jak'ris Augen weiteten sich, als er die Karte studierte.

„Was ist?", fragte sie. Er sah fassungslos aus.

„Ich kann nicht glauben, wie weit wir von Purvel entfernt sind. Wir wussten, dass die Gathendier nicht in unserem Sonnensystem bleiben würden, nachdem sie uns entführt hatten. Obwohl wir uns am Rande des von der Aldebarianischen Allianz beanspruchten Raums befinden und keine

Mitglieder der Allianz sind, sind wir nahe genug, um mit vielen ihrer Mitglieder Geschäfte zu machen, und haben eine *Menge* Import- und Exportverkehr."

Er schüttelte den Kopf. „Die Gathendier hätten von keinem dieser Schiffe Aufmerksamkeit erregen wollen. Aber das … wir sind so weit von der Allianz entfernt, dass wir ohne das *qhov'rum*, von dem du gesagt hast, dass es im Kampf mit den *Kandovar* beschädigt wurde, fünfeinhalb Purveli-Monate brauchen würden, um Mila 9 zu erreichen."

„Was ist Mila 9?"

„Ein Planet in einem der entlegensten Winkel des erforschten Weltraums. Die Segonier haben dort einen Außenposten."

„Oh." Obwohl Ava noch nie einen Segonier getroffen hatte, wusste sie, dass sie Mitglieder der Aldebarianischen Allianz waren. Und ihr Blut war für die Unsterblichen Wächter sicher. Auf der *Kandovar* hatte es einen Vorrat gegeben, von dem die Lasaraner sagten, er sei von den halbjährlichen Manövern der Aldebarianischen Allianz übriggeblieben, bei denen sich Krieger und Schiffe aller Verbündeten versammelten und den gemeinsamen Kampf übten, für den Fall, dass sie gemeinsame Feinde besiegen mussten. Eliana hatte sich dieses Blut mehrmals infundiert, um zu bestätigen, dass es für die anderen sicher wäre, sobald sie den Blutvorrat von der Erde aufgebraucht hätten.

„Kann uns diese Kapsel fünfeinhalb Monate lang versorgen?" Ava gefiel die Vorstellung einer so langen Reise auf so engem Raum nicht, aber es war ihr immer noch lieber als der Tod.

„Zweifelhaft", sagte Jak'ri. „Üblich sind zwei Monate. Da diese Kapsel jedoch für die Unterbringung von vier Reisenden ausgelegt ist, können wir wahrscheinlich vier Monate durchhalten. Fünf, wenn wir rationieren. Das sollte uns nahe genug bringen, um Mila 9 zu rufen, selbst mit dem unterdurchschnittlichen Kommunikationssystem dieser Kapsel. Aber ich halte es für höchst unwahrscheinlich, dass wir den Gathendiern so lange entgehen können."

Im Grunde war sie also wieder dort, wo sie gewesen war, bevor die Gathendier sie gefangen genommen hatten: Sie saß in einer Rettungskapsel fest, hatte nur begrenzte Vorräte und keinen Ort, an den sie gehen konnte.

Und dieselben Bastarde, die sie das letzte Mal gefangen genommen hatten, würden alles tun, um sie noch einmal zu fangen.

„Computer", sagte Jak'ri, den Blick immer noch auf die Karte gerichtet, „gibt es Stationen oder Außenposten mit Mitgliedern der Aldebarianischen Allianz, die uns näher sind als Mila 9?"

„Negativ", antwortete der Computer.

„Gibt es in der Nähe Schiffe, die nicht gathendisch oder akseli sind?"

„Negativ."

„Lege Kurs auf Mila 9 an, Höchstgeschwindigkeit."

„Kurs auf Mila 9 angelegt, Höchstgeschwindigkeit."

„Bedienfeld in Alliance Common darstellen."

„Bedienfeld wird in Alliance Common dargestellt."

Während Ava zusah, veränderten sich die Symbole auf dem Display von etwas, das wie das wilde Gekritzel aussah, das sie auf dem gathendischen Schiff gesehen hatte, zu Alliance Common, das sie nur einigermaßen verstehen konnte, auch wenn sie Alliance Common viel besser *sprechen* als lesen konnte.

Jak'ri tippte schnell auf einer Art Tastatur, die auf dem Bildschirm erschien. „Ich sende eine Nachricht an Purvel und die gleiche an den segonischen Außenposten auf Mila 9. Aber das Kommunikationssystem dieser Kapsel ist bei Weitem nicht so komplex oder leistungsstark wie die auf einem Schiff und hat eine begrenzte Reichweite. Computer, Annäherungsalarm aktivieren."

„Annäherungsalarm aktiviert. Gathendisches Kriegsschiff entdeckt."

„Ist es auf Verfolgungskurs?"

„Negativ. Warnung. Das gathendische Kriegsschiff hat Waffensysteme aktiviert."

„*Drek.*"

„Waffenfeuer registriert."

Sekunden später bebte die Kapsel.

Ava klammerte sich an ihr Geschirr. „Versuchen sie, uns zu zerstören?", platzte sie heraus.

Er schüttelte den Kopf. „Wenn es nur ich an Bord wäre, würde ich vielleicht Ja sagen. Aber sie haben ein lasaranisches Schlachtschiff mit drei Mitgliedern der königlichen Familie an Bord zerstört, um dich und deine

Freundinnen gefangen zu nehmen. Wenn sie beabsichtigen, deinen Planeten zu beanspruchen, brauchen sie dich, um ihre Forschung fortzusetzen. Sie versuchen nur, uns Angst zu machen."

„Nun, das hat wohl funktioniert!"

Wieder bebte die Kapsel.

„Computer, Notortungssystem deaktivieren!", befahl Jak'ri.

„Diese Rettungskapsel ist nicht mit einem Ortungssender ausgestattet", informierte ihn der Computer.

„Ist diese Rettungskapsel mit einer Tarnvorrichtung ausgestattet?"

„Positiv."

„Aktivieren!"

„Tarnung aktiviert."

Ava runzelte die Stirn. „Diese Kapsel hat eine Tarnvorrichtung?" Die lasaranische Kapsel hatte keine gehabt.

Er nickte. „Akseli neigen dazu, genauso skrupellos zu sein wie Gathendier. Alle von ihnen entworfenen und hergestellten Kapseln sind deutlich schneller als andere, damit sie vor den Feinden fliehen können, die sie sich machen. Es überrascht mich überhaupt nicht, dass sie auch so konzipiert sind, dass sie sich der Entdeckung durch sie entziehen. Computer, suche nach bewohnbaren Planeten, die wir erreichen können, bevor das Lebenserhaltungssystem ausfällt!"

„Suche wird durchgeführt. Suche abgeschlossen. Ein Planet hat die nötigen Parameter. K-54973 besitzt eine Atmosphäre und einen Temperaturbereich, die für Gathendier geeignet sind."

„Ist er auch für Akseli geeignet?"

„Positiv."

Jak'ri sah sie an. „Dann sollten wir beide dort überleben können."

Sie nickte. „Na dann, lass uns dahin gehen."

„Computer, Kurs auf K-54973 anlegen! Höchstgeschwindigkeit!"

„Kurs geändert. Die voraussichtliche Ankunftszeit beträgt zwei Tage, sieben Stunden und sechzehn Minuten."

Ava sah zu, wie Jak'ri weitere Befehle eingab. „Glaubst du, dass wir mit der höheren Geschwindigkeit und der Tarnung den Gathendiern entkommen können, die nach uns suchen?"

„Das ist meine Hoffnung, insbesondere, da wir in eine andere Richtung unterwegs waren, bevor wir die Tarnvorrichtung aktiviert haben. Computer, alle externen Versuche, meine Befehle außer Kraft zu setzen, abweisen!"

„Alle externen Versuche zur Kontrollübernahme werden abgewiesen."

Er starrte auf den Teil der Konsole, der sie an ein Radarbild erinnerte.

Ava versuchte, es zu verstehen. „Was ist?"

Er zeigte es ihr. „Das ist das gathendische Schiff." Es war ziemlich schwer zu übersehen. „Und das sind wir."

Im Vergleich dazu sah ihre Kapsel wie ein Staubkorn aus.

„Was ist das?", fragte sie, als ein paarmal kleine Lichter aufleuchteten.

„Sie schießen immer noch auf unsere bisherige Flugbahn. Die Flugbahn in Richtung Mila 9, bevor wir die Tarnvorrichtung aktiviert haben, hat uns vielleicht ein bisschen Zeit verschafft. Computer, scanne nach anderen Flugkörpern und benachrichtige uns, wenn welche in Reichweite kommen!"

„Befehl bestätigt."

Jak'ri ließ sich in seinen Sitz zurücksinken und drehte sich zu ihr um.

Ava starrte ihn an und umklammerte die Gurte ihres Geschirrs mit festem Griff, von dem sie hoffte, dass er ihr Zittern verbergen würde. Sie war sich nicht sicher, was er in ihrem Gesicht sah. Vielleicht die Tatsache, dass sie nur eine Haaresbreite von einem Zusammenbruch entfernt war, als die Reaktion einsetzte? Doch er runzelte besorgt die Stirn.

Jak'ri öffnete schnell sein Geschirr, löste dann ihre Finger und öffnete ihres. „Es ist okay", sagte er leise, als er sie auf seinen Schoß zog.

Ava schlang ihre Arme um ihn und vergrub ihr Gesicht an seinem Hals, als alles auf einmal über ihr zusammenzubrechen schien. Die Folter, die sie beide ertragen hatten. Die Kämpfe auf dem Weg zur Rettungskapsel. Das Töten. Die Tatsache, dass sie nur knapp selbst dem Tod entgangen waren. Dass sie Ziv'ri verloren hatten.

Der letzte Gedanke löste Tränen aus.

Jak'ri umarmte sie fest und wiegte sie sanft. „Alles wird gut." Er küsste sie auf den Kopf. „Alles wird gut. Wir haben es geschafft, das Schiff zu verlassen. Wir sind jetzt frei."

Und er würde hoffentlich lange genug frei bleiben, damit seine Nachrichten eine Such- und Rettungsaktion bei seinem Volk und jedem verdammten Mitglied der Aldebarianischen Allianz auslösen würden, wenn sie nicht schon auf der Suche waren.

„Ich kann nicht aufhören zu zittern", flüsterte sie und wünschte, sie wäre stärker. Wie hatte Eliana das Hunderte von Jahren jede Nacht geschafft? Wie konnte sie ihr Leben riskieren, indem sie sich immer wieder auf den Kampf mit Vampiren einließ?

„Meine Hände sind auch nicht gerade ruhig", gab Jak'ri zu.

Sie drückte ihn fester. „Du sagst das nur, damit ich mich besser fühle."

„Nicht wirklich." Er senkte sein Kinn auf ihr zerzaustes Haar und seufzte. „Als du ständig voraus in Gefahr gestürmt bist ..." Jetzt drückte er sie fester. „Nun, um einen deiner irdischen Ausdrücke auszuleihen: Ich habe mir vor Angst fast in die Hose gemacht."

Ein müdes Lachen entfuhr ihr. „Ich muss wirklich auf meine Ausdrucksweise achten."

„Ich mag deine Ausdrucksweise." Er hörte auf, sie zu wiegen, und gab ein nachdenkliches Geräusch von sich. „Hmm." Sein Kinn verließ ihr Haar. „Computer", sagte er und klang weniger müde und wacher, „gehört Erdenglisch zu deinem Sprachspektrum?"

„Positiv."

„Kannst du ein Sprachupdate auf meinen Übersetzer übertragen, das Erdenglisch enthält?"

„Positiv."

„Update starten. Secta Hanan Übersetzer-Modell eins fünf drei drei fünf, persönlicher Zugangscode sechs sieben sieben Strich eins Strich acht neun drei Strich vier vier neun sechs acht."

„Update wird übertragen."

Ava sah zu ihm auf.

„Update abgeschlossen."

Er hob eine Braue. „Sag was auf Erdenglisch."

Sie entspannte ihren Griff und richtete sich auf seinem Schoß auf. „Du bist nervig attraktiv und siehst überhaupt nicht mitgenommen aus, wenn man bedenkt, was wir gerade durchgemacht haben." Sie hingegen sah wahrscheinlich aus wie jemand, der gerade aus dem Wald gestolpert war, nachdem er von Wölfen großgezogen worden war.

Er grinste. „Das habe ich verstanden."

„Werden wir verfolgt?"

Er warf einen Blick auf die Konsole. „Noch nicht."

„Aber du denkst, sie werden nach uns suchen."

Sein Lächeln wurde schwächer, er nickte. „Ihre Jäger dürften gerade ausschwärmen. Sie werden zunächst dem Kurs folgen, der nach Mila 9 führt. Aber irgendwann werden sie andere Optionen in Betracht ziehen und das tun, was wir getan haben: nach Planeten mit für uns geeigneter Atmosphäre scannen und dann dort suchen."

Ava hoffte inständig, dass sie dafür lange brauchen würden.

„Vergiss nicht", sagte er, nachdem er höchstwahrscheinlich ihren niedergeschlagenen Gesichtsausdruck bemerkt hatte, „diese Kapsel wurde von den Akseli hergestellt und war eher für eine schnelle Flucht als für die Bereitstellung von Schutz für den Fall konzipiert, dass das Schiff einen katastrophalen Antriebsschaden oder Ähnliches erleidet."

„Hat die Kapsel Waffen?"

„Ja", antwortete der Computer.

Ihre Hoffnung, diese Flucht zu überleben, wuchs. „Ich wünschte, die lasaranische Rettungskapsel hätte Waffen gehabt." Obwohl sie bezweifelte, dass die begrenzte Bewaffnung einer Kapsel ein gathendisches Kriegsschiff hätte abwehren können. Wenn überhaupt, hätte es sie vielleicht nur wütend gemacht und dazu gebracht, sie ins Jenseits zu schießen. „Andererseits", fügte sie hinzu, „hätte ich dich vielleicht nie kennengelernt, wenn sie bewaffnet gewesen wäre."

Obwohl sie die meiste Zeit mit Jak'ri in Träumen verbracht und viele ihrer Gespräche telepathisch geführt hatte, begann sie zu glauben, dass sich der Schmerz und das Grauen, das sie durch die Hände der Gathendier hatte ertragen müssen, gelohnt hatten, weil es sie zusammengebracht hatte.

Sein Gesichtsausdruck veränderte sich, als Zärtlichkeit in seine silbernen Augen trat.

Er hatte durch die Gathendier weit mehr verloren als sie. Half es, dass sie hier bei ihm war? Fand er bei ihr Trost, so wie sie Trost bei ihm fand?

Ihr Herz schlug schneller, als er seine Hände auf ihre Schultern legte. Er drückte sie beruhigend und ließ dann seine großen Hände sanft über ihre Arme gleiten.

Ava zuckte zusammen und holte scharf Luft, als der Schmerz in ihren Armen exponentiell stärker wurde.

Er erstarrte. Schreck ersetzte die Zärtlichkeit in seinem Blick. „Ava? Was ist? Bist du verletzt?"

„Es ist nichts", sagte sie und versuchte, stoisch und tough zu sein wie die Helden aus Actionfilmen, die nur mit den Schultern zuckten oder es einfach klaglos hinnahmen, wenn sie angeschossen wurden oder sich ein Knie in die Familienjuwelen einfingen. Aber sie war zusammengezuckt, verdammt. Und jetzt musterte er sie von oben bis unten, als fürchtete er, sie könne im nächsten Augenblick tot umfallen.

„Warum zum *srul* hast du es mir nicht gesagt? Da es dich zu behindern schien … abgesehen von deinem Hinken … dachte ich, dass das Blut das der Gathendier war."

Sie blickte nach unten und verzog das Gesicht. Sie war überall blutverschmiert. Und einiges davon *war* gathendisch.

Widerlich.

„Wo bist du verletzt? Lass mich sehen."

Sie deutete auf ihren Oberarm, wo eine ekelerregend tiefe Schnittwunde klaffte. „Ich habe immer wieder die Schwänze der Gathendier vergessen und einige hatten scharfe Metallstacheln daran befestigt."

„Wo sonst?", fragte er. Aber er hatte schon die Wunde an ihrem Oberschenkel und die Brandstelle an ihrem anderen Arm entdeckt, wo ein Gathendier sie mit einer der Energiewaffen getroffen hatte.

Sie folgte seinem Blick und verzog das Gesicht. „Ja, ich habe vielleicht etwas übertrieben, als ich gesagt habe, ich sei schnell genug, um den Blastern auszuweichen."

„Du hast auch gehumpelt."

„Ich bin auf einen ihrer verdammten Schwanzstacheln getreten. Was ist mit dir? Bist du verletzt?"

„Nein", antwortete er geistesabwesend und zog die Brauen zusammen. „Lass uns die Wunden reinigen und versorgen."

Kapitel Zehn

Auf Jak'ris Drängen hin stand Ava auf und wich zurück, um ihm Raum zum Aufstehen zu geben.

Diese Kapsel war definitiv geräumiger als die andere, in der sie gewesen war.

„Warum schweben wir nicht?", fragte sie, als er die Tasche holte und öffnete. Die lasaranische Kapsel hatte künstliche Schwerkraft gehabt, aber sie hatte angenommen, dass das ein Luxus war.

Gathendier schienen ihr nicht wie Leute, die sich einen solchen Luxus gönnten. Sie sahen auch nicht so aus, als könnten sie es sich leisten.

„Die meisten Rettungskapseln sind mit künstlicher Schwerkraft ausgestattet", erklärte Jak'ri abwesend, während er den Inhalt der großen Tasche durchsuchte. „Selbst kleine schwebende Objekte können furchteinflößende Fehlfunktionen auslösen, sodass das, was in der Raumfahrt anfangs als Luxus galt, bald eine Notwendigkeit wurde." Er holte einen Behälter heraus, der sie an das WD-40-Spray erinnerte, das sie zu Hause immer zur Hand hatte. „Damit reinigen wir die Wunden, dann lege ich dir Verbände an."

Ava warf einen Blick auf sich selbst und unterdrückte ein Schaudern. Ihr Hemd und ihre Shorts sahen fast aus wie gebatikt, so fleckig waren sie. „Diese Kapsel hat nicht zufällig eine Dusche, oder?", fragte sie hoffnungsvoll. „Oder eine Reinigungseinheit?" Wie auch immer sie es nennen wollten. Sie wollte nur den gathendischen Dreck abwaschen.

„Nein."

Als sie ihre Schultern hängen ließ, schmerzte selbst diese kleine Bewegung.

„Aber du kannst das nutzen, um dich sauberzumachen." Er hielt den Behälter hoch. „Und wir haben Klamotten aus dem Labor in der Sanitätstasche

183

verstaut. Die kannst du anziehen, während die Kapsel die Kleidung desinfiziert, die du trägst."

Sie warf einen Blick auf das Lav der Kapsel. Obwohl es für größere Krieger mit großen, dicken Schwänzen konzipiert war, dachte sie immer noch, dass es eine Herausforderung sein würde, sich dort zu waschen, ohne sich anzustoßen.

Und obwohl sie in ihrem letzten gemeinsamen Traum beinahe nahe daran gewesen wäre, sich vor Jak'ri nackt auszuziehen, ließ die Vorstellung, sich jetzt vor ihm auszuziehen, ihren Magen in Richtung Kniekehlen sacken. Und das nicht unbedingt im positiven Sinne. Sie war dünner als in ihren Träumen. Manche würden sagen, dürrer. Und sie war übersät mit Spuren und Narben von den Skalpellen der Gathendier. Sie konnte also nicht anders, als sich unsicher zu fühlen. Jak'ri war auch dünner als in ihren Träumen und auch von Narben übersät, aber er war immer noch muskulös und verdammt heiß.

Sie sah einfach erbärmlich aus.

Er deutete über seine Schulter. „Ich kann dir den Rücken zudrehen oder ins Lav gehen und die Tür schließen, um dir Privatsphäre zu geben."

Ihr Herz schmolz. Heiß und süß. Was für eine tolle Kombination. „Tut mir leid", sagte sie kläglich. „Ich ... ich bin einfach unsicher." Sie wünschte, sie könnte mutig und furchtlos sein wie Eliana oder Simone. Sie wünschte auch, sie wäre schön. „Ich weiß, dass du mich in unseren Träumen in Unterwäsche gesehen hast, aber jetzt sehe ich nicht mehr so aus." Und auf der Erde hatte sie nur zwei Liebhaber gehabt, vor denen sie jedoch nicht nackt herumgelaufen war. Sie waren immer nur beim Sex nackt miteinander gewesen.

Sie hatte sich anfangs sogar unsicher gefühlt, weil sie vor Jak'ri und Ziv'ri keinen BH unter ihrem Hemd getragen hatte.

Jak'ri stieg über die Tasche und die Aktion brachte ihn in Reichweite.

Ava legte den Kopf in den Nacken und sah zu ihm auf.

„Ich sehe auch nicht mehr so aus wie in unseren Träumen." Er verzog seine Lippen zu einem schiefen Lächeln. „Außer dem Traum, in dem ich dir die Folgen meines Aufenthalts in der Zelle der Gathendier gezeigt habe." Er streckte die Hand aus und strich ihr mehrere Haarsträhnen aus dem Gesicht. „Wir sind die Produkte von Folter und allem anderen, was die Gathendier uns angetan haben, Ava. Wenn alles gut geht, werden wir sicher nach K-54973 kommen, unsere Wunden werden heilen, und wir werden unsere Gesundheit und Kraft zurückerlangen, während wir auf Rettung warten." Seine silbernen Augen leuchteten amüsiert auf. „Obwohl ich glaube, dass ich der bin, der stärker werden muss. Du scheinst jetzt stark genug für uns beide zu sein."

Ihre Nervosität beruhigte sich, als sie sein Lächeln erwiderte.

Er drehte sich um und ging zum Lav.

Gewährte er ihr die Privatsphäre, die sie gleichzeitig wollte und nicht wollte?

Er betrat die Toilette, drückte etwas hoch oben an der Wand und holte ein weißes Handtuch heraus.

Nein.

Er stellte sich wieder vor sie und hielt einen Behälter hoch. „Hast du das schon mal benutzt?"

„Nein."

„Ich zeige dir wie, dann wende ich mich ab." Bevor sie ihm sagen konnte, dass er nicht wegsehen musste, legte er sich das Handtuch über die Schulter und deutete auf ihre Arme. „Welcher tut weniger weh?"

Sie streckte den Arm mit der Schnittwunde hin. Der Schmerz fühlte sich an, als würde noch etwas darin verbrennen.

Jak'ri richtete die Düse des Behälters auf ihren Unterarm, wo sie unverletzt war, und sprühte. Kühle, klare Flüssigkeit befeuchtete einen kleinen Bereich ihrer Haut. Während Ava zusah, wurde die Flüssigkeit weiß und quoll zu einem Schaum auf, der fast so dicht war wie Rasierschaum.

Jak'ri legte den Behälter beiseite, nahm ihre Hand und hielt ihren Arm still, während er mit der anderen Hand den Schaum verteilte, bis er sie vom Ellenbogen bis zum Handgelenk bedeckte. Der Schaum zischte, wurde rosa, wo das Blut ihre Haut befleckte, und erinnerte sie an die Art und Weise, wie Limonade in ihrem Mund zischte, wenn sie sie trank. Einen Moment später schien es zu schmelzen und wieder durchsichtig zu werden, sodass ihr Arm feucht, aber sauber zurückblieb. An der Stelle, an der der Schaum sie berührt hatte, war das Blut verschwunden.

Ava starrte lange auf ihren Arm, dann bewegte sie ihn an ihre Nase heran und schnupperte vorsichtig daran.

Sie roch sogar sauber! „Das ist erstaunlich. In der lasaranischen Kapsel gab es nur verpackte Reinigungstücher." Sie hatten zwar nicht viel anders ausgesehen als die Reinigungstücher, die man auf der Erde kaufen konnte, waren aber weitaus effizienter gewesen.

„Diese Kapsel hat sie auch." Jak'ri nahm das Handtuch von seiner Schulter und strich es über ihren Arm, um ihn abzutrocknen. Er nickte in Richtung des Behälters. „Normalerweise nutzen wir das *retsa* nur für Erste-Hilfe-Zwecke, nicht zum Waschen. Aber da das meiste Blut, das dich bedeckt, das der Gathendier ist und wir nicht wissen, ob du für eine ihrer Krankheiten anfällig bist, finde ich es besser, das Desinfektionsmittel zu verwenden."

Mist. Daran hatte sie nicht gedacht. Durch ihre Verwandlung war sie gegenüber jeder auf der Erde vorkommenden Krankheit immun geworden. Aber Eliana schien zu glauben, dass im Blut der Lasaraner etwas war, das Unsterblichen schaden könnte. Wer könnte mit Sicherheit sagen, dass es im gathendischen Blut nicht etwas Ähnliches gab?

Sobald ihr Arm trocken war, legte Jak'ri das Handtuch über die Rückenlehne des Sitzes, neben dem sie standen, und bückte sich, um in der Medizintasche zu stöbern. „Hier sind ein Hemd und Shorts. Sieht so aus, als wären beide eher für jemanden meiner Größe. Tut mir leid. Ich habe nicht daran gedacht, im anderen Labor nach was zu suchen, das deiner Größe näher kommt."

„Schon okay. Ich werde dafür sorgen, dass es funktioniert."

Er legte die Kleidung neben das Handtuch, dann bückte er sich und holte noch etwas aus der Tasche. „Da ist auch eine lange Hose", sagte er und hielt sie zur Inspektion hoch.

Auch sie war für jemanden von Jak'ris Größe gemacht und würden ihr viel zu lang sein. Außerdem sah sie so aus, als ob sie lockerer sitzen sollte als die Shorts, sodass es ihr wahrscheinlich schwerfallen würde, sie am Herunterfallen zu hindern.

„Ich bleibe bei den Shorts."

Er nickte und steckte die Hose zurück in die Tasche. Dann lächelte er sie an, trat zurück und drehte ihr den Rücken zu.

Er war so ein guter Kerl.

Ava machte sich an die Arbeit und zog das blutverschmierte Hemd und die Shorts aus. Dabei verzog sie angewidert die Lippen. Widerlich.

Ohne sich umzusehen, streckte Jak'ri seine Hand aus. „Gib sie mir. Ich werde sie in die Dekontaminationseinheit für Kleidung stecken." So nannten die Außerirdischen ihre magische Waschmaschine. Auch in der lasaranischen Kapsel hatte es eine gegeben.

Ava ließ den fleckigen Stoff in seine Hand fallen.

„Ein kleiner Schaumklecks kann eine große Fläche reinigen", sagte er, als er in das Lav ging, um sich ihrer Kleidung zu entledigen. „Mach es so wie ich, sprüh einen kleinen Klecks auf und verteil ihn dann."

„Okay. Danke."

Er wich rückwärts aus dem Lav zurück und achtete darauf, ihr nicht ins Gesicht zu sehen. „Es brennt, wenn es deine Wunden berührt, aber wir müssen es benutzen, um sie zu desinfizieren."

Er hatte nicht übertrieben. Der Schaum brannte wie Reinigungsalkohol, als sie ihn über ihre Schnittwunden und Verbrennungen verteilte. „Ja", keuchte sie. „Das tut schon verdammt weh." Aber sie ließ es länger einwirken und sprühte sogar noch etwas mehr auf. Der Schaum verpuffte, wurde rosa und löste sich dann zu etwas auf, das wie Wasser aussah, sodass die Wunden schön sauber waren.

Sie biss die Zähne zusammen, während sie weiter brannten, und setzte den Rest ihres seltsamen Schaumbads fort. Der Schaum hinterließ sie so sauber, dass sie, als sie sich mit dem Handtuch abtrocknete, keine Blutflecken darauf hinterließ. „Kann ich meine Haare damit waschen?" Ein kurzer Blick verriet ihr, dass es den Blutspritzern nicht entgangen war. Und der Gestank der Gathendier nach Brackwasser stieg ihr bei jeder Bewegung in die Nase.

„Ja."

Sie brauchte nicht viel. Ein kleiner Spritzer in ihrer Handfläche sorgte für genügend Schaum, um ihren Kopf zu bedecken und den Schaum durch ihr langes Haar zu verteilen, sobald sie den Pferdeschwanz gelöst hatte. Das Zeug leistete wirklich ganze Arbeit. Als sie fertig war, fühlte sich die Dose immer noch voll an.

Als sie sauber und trocken war, zog sie die Shorts an. Sie erinnerten sie an Boxershorts mit elastischem Bund, wie manche Männer zu Hause sie trugen. Bei Jak'ri sahen sie großartig aus und schmiegten sich an seinen muskulösen Po und seine Oberschenkel, wann immer er sich bewegte. Bei ihr hingen sie herunter und rutschten tief auf ihre Hüften. Das Hemd ähnelte stark dem, das die Gathendier ihr gegeben hatten, nur größer. Ava steckte ihre Arme durch die kurzen Ärmel und zog es an.

Es verschluckte sie förmlich. Anstatt es vorn zu kreuzen und an den Seiten zu binden, konnte sie dieses so weit um sich wickeln, dass sie es am Ende vorn zuknoten konnte. Und es war so lang, dass es die Shorts fast verdeckte.

„Ich bin angezogen", verkündete sie, während sie die Ärmel hochkrempelte.

Jak'ri drehte sich um und warf ihr einen kurzen Blick zu. „Besser?"

„Definitiv."

„Gut. Lasst uns deine Wunden versorgen." Er zeigte auf die Sitze.

Ava setzte sich und sah zu, wie er Erste-Hilfe-Utensilien aus der Tasche holte. „Ich habe alle schon zweimal besprüht, nur um sicherzugehen."

Er nickte, kniete sich neben sie und untersuchte die Wunde an ihrem Arm. „Ich bin überrascht, dass die Blutung so schnell aufgehört hat."

Ava gab einen unverbindlichen Laut von sich. Irgendwann würde sie erklären müssen, was mit ihr passiert war, und ihm erzählen, wie das Virus der Gathendier sie verändert hatte. Aber im Moment hatte sie einfach nicht die Nerven dazu.

Er besprühte seine Hände mit dem magischen Schaum und wischte sie an ihrem Handtuch ab. Dann nahm er einen viel kleineren Behälter – etwa so groß wie ein Lippenstift – und richtete ihn auf die Schnittwunde.

„Was ist das?"

„*Imaashu*. Es ist ein Schmerzmittel, das auch alle Bakterien abtötet, die in die Wunde gelangen könnten." Er sprühte es auf.

Ihre Augen weiteten sich. Das Pochen hörte fast sofort auf. „Das ist unglaublich."

Lächelnd legte er ein weißes Rechteck aus etwas, das Verbandmull ähnelte, auf den Schnitt, das gerade lang und breit genug war, um die Wunde zu bedecken. Dann nahm er einen dritten Behälter und sprühte. Eine durchsichtige Substanz bedeckte den weißen Stoff und ragte etwa zwei Zentimeter über seine Ränder hinaus. Unter Avas erstauntem Blick passte sich der Verbandmull an ihre Wunde an, als wäre er festgesaugt worden, und blieb dort, ohne dass Jak'ri ihn festkleben oder eine Binde um ihren Arm wickeln musste, um ihn an Ort und Stelle zu halten.

„Das ist so cool."

Jak'ri wandte sich der Wunde in ihrem Bein zu.

Ava verzog das Gesicht. Sie war so tief, dass sie sie nicht genauer betrachten wollte, aus Angst, Knochen zu sehen. Die Stacheln, die die Gathendier an ihren Schwänzen trugen, waren so scharf wie verdammte Rasierklingen. Aber wie die andere Wunde blutete auch diese nicht mehr.

Jak'ri sagte nichts, während er sich darum kümmerte. Die Verbrennung an ihrem anderen Arm wurde genauso sorgfältig behandelt. „Jetzt dein Fuß." Er ging wieder in die Hocke, nahm ihren Fuß auf seinen Schoß und betrachtete ihn. „Die Wunde blutet immer noch."

Damit zu rennen hatte wahrscheinlich nicht geholfen.

Er runzelte die Stirn. „Sie sieht schlimmer aus als die anderen."

Schlimmer als ihr Oberschenkel?

Das war nicht gut.

Er besprühte sie mit dem Schmerzmittel und linderte den Schmerz damit sofort.

„Beste Erfindung aller Zeiten", murmelte sie.

Er blickte auf. „Was meinst du?"

„Dieses Spray."

„Das gibt es auf der Erde nicht?"

Etwas, das man auf eine tiefe Wunde sprühen und sofort alle Schmerzen beseitigen konnte? „Nein."

Er verband die Wunde sorgfältig, wie er es auch bei den anderen getan hatte. „Danke."

Er tätschelte ihren Knöchel. „Wie sind die Schmerzen?"

„Weg." Oder größtenteils weg. Ihr Bauch tat immer noch weh. Aber sie glaubte nicht, dass das Aufsprühen des Schmerzmittels auf die Oberfläche den

Schmerz im Inneren lindern würde, wo sie weiß Gott was mit ihren Organen angestellt hatten.

„Gut. Ich werde dir ein *silna* geben, um die Heilung zu beschleunigen." Er steckte die Behälter zurück in die Sanitätstasche und holte etwas heraus, das wie eine kleine Pistole aussah.

Ava betrachtete es neugierig, während er nach etwas anderem suchte. „Sag mir noch einmal: Was ist dieses *silna?*"

„Es stärkt dein Immunsystem und verbessert die Fähigkeit deines Körpers, sich selbst zu reparieren." Er fand ein Fläschchen, gefüllt mit einer klaren Flüssigkeit.

Sie hielt ihn auf, bevor er das Fläschchen in das Autoinjektor-Ding stecken konnte. „Darauf verzichte ich, danke."

Er sah sie überrascht an. „Du willst es nicht?"

„Nein."

„Bist du sicher? Es wurde an mehreren Rassen getestet und hat bei jeder die erwartete Funktion erfüllt."

„Ich *bin* sicher. Das Virus, mit dem mich die Gathendier infiziert haben, hat mein Immunsystem schon verändert. Ich habe Angst, noch mehr daran zu ändern."

Er ließ das Fläschchen sinken und starrte sie an. „Glaubst du, das *silna* könnte dir schaden?"

„Ja."

„Wenn das gathendischen Virus dein Immunsystem schwächt, kann es die Heilung deiner Wunden verlangsamen und dich anfällig für Infektionen machen."

Das gathendische Virus hatte ihr Immunsystem nicht geschwächt. Es hatte es vollständig ausgelöscht und sich wie ein symbiotischer Organismus an seine Stelle gesetzt.

„Glaub mir. Ich komme gut ohne das *silna* zurecht."

Schließlich nickte er. „Wie du willst. Ich möchte nur, dass es dir gut geht, Ava."

„Ich weiß. Und das tut es. Meine Wunden fühlen sich viel besser an. Danke, dass du dich darum gekümmert hast."

Er nickte und steckte alles bis auf den Behälter mit dem Schaum zurück in die Tasche. „Ist es in Ordnung, wenn ich mich ein bisschen saubermache?"

„Natürlich." Bis dahin war ihr nicht aufgefallen, dass auch seine Brust und seine Shorts blutig und verschmutzt waren. Sie runzelte die Stirn. „Bist du verletzt?" Warum zum Teufel hatte sie so lange gebraucht, um das zu fragen? Er blickte an seinem Körper hinab. „Nein. Ich glaube, das meiste davon hat von dir auf mich abgefärbt, als ich dich in den Armen gehalten habe. Ich könnte es mit einem Hygienetuch abwischen, möchte aber vor allem meinen Aufenthalt auf dem Schiff wegwaschen."

„Das verstehe ich vollkommen." Sie fühlte sich jetzt viel besser, da sie den Gestank der Gathendier nicht mehr ertragen musste.

Ohne abzuwarten, ob er sie darum bitten würde, wandte Ava ihm den Rücken zu.

„Ich nehme es dir nicht übel, dass du wegschaust", kommentierte er ironisch.

„Ich würde mich auch nicht nackt sehen wollen."

Entsetzt darüber, dass er das denken könnte, wirbelte sie herum. „Nein! Das ist nicht der Grund, warum ich mich abgewandt habe. Du bist –"

Er grinste sie an.

Lachend schlug sie ihm auf den Arm. „Scherzkeks."

Er zuckte mit den Schultern. „Ich wollte dich nur lächeln sehen."

Sie wandte sich wieder ab.

„Mir gefällt, dass ich dich jetzt besser verstehen kann", sagte er.

Sie verzog das Gesicht. Sie sprach Englisch, seit er das Update auf seinen Übersetzer geladen hatte. „Mein Alliance Common ist nicht so toll, oder?"

„Nicht großartig", bestätigte er, ohne jegliche Verurteilung in seinem Ton, während seine Kleidung raschelte. „Aber auch nicht schlecht. Wie lange lernst du schon?"

„Dreieinhalb Monate, bevor mich die Gathendier erwischt haben." Sie hörte, wie er die schäumende Flüssigkeit versprühte und versuchte, sich nicht vorzustellen, wie er es über seinem ganzen Körper verrieb. „Eigentlich war ich vier Monate auf der *Kandovar*, habe aber die ersten paar Wochen damit verbracht, mich über die fortschrittliche Technologie zu freuen und mich mit dem Gedanken anzufreunden, dass ich durch den Weltraum reise."

„Ist die lasaranische Technologie fortschrittlicher als die auf der Erde?"

„Sie ist viel fortschrittlicher. Das Gleiche gilt für die gathendische Technologie." Sie sah sich in der Kapsel um. „Die der Akseli auch."

Jak'ri bewegte sich hinter ihr und kam dann in ihr Sichtfeld, als er sich auf den Weg zum Lav machte.

Mit weit aufgerissenen Augen warf Ava einen langen Blick auf seinen nackten, muskulösen Po und schloss sie dann schnell. Hitze sickerte in ihre Wangen.

„Entschuldigung", sagte er, als er wieder vorbeiging. Und sie wünschte fast, sie hätte die Augen offengelassen, um ihn *ganz* zu sehen. „Ich habe vergessen, dass ich ein Handtuch brauche."

„Keine Sorge", murmelte sie.

Bald war er sauber und trug eine lange Hose, die locker saß wie eine Jogginghose, nur dünner.

Als Ava zusah, wie er seine schmutzige Kleidung in das Desinfektionsgerät für Kleidung warf und ihre Handtücher in die Toilette hängte, traf sie die Müdigkeit wie ein Vorschlaghammer. Sie war es nicht gewohnt, zu kämpfen, sich mit dieser Geschwindigkeit zu bewegen oder übermenschliche Kräfte zu benutzen. Diese widerlichen Nährstoffwürfel versorgten sie wahrscheinlich nicht mit genug Kohlenhydraten oder was auch immer die Unsterblichen Wächter brauchten, denn ihre Beine fühlten sich plötzlich wie Gummi an.

Sie ließ sich auf einen Sitz fallen.

Jak'ri kam zurück und setzte sich neben sie, um die Konsole zu überprüfen.

„Irgendwas Neues?", fragte sie.

„Noch keine eingehenden Nachrichten, und wir werden nicht verfolgt. Vielleicht denken die Gathendier immer noch, dass wir nach Mila 9 unterwegs sind."

„Ich hoffe es."

Er sackte auf seinem Sitz zusammen, warf ihr ein müdes Lächeln zu, nahm ihre Hand und verflocht seine Finger mit ihren. „Ich habe dir noch nicht gedankt."

„Wofür?"

„Dafür, dass du mein Leben gerettet hast." Er schüttelte den Kopf. „Ohne dich hätte ich es nie von diesem Schiff geschafft."

„Dito."

„Das wurde nicht übersetzt."

„Das bedeutet, dass ich es ohne dich auch nicht von diesem Schiff geschafft hätte."

Er drückte ihre Hand. „Da bin ich mir nicht so sicher."

Sie wollte noch etwas sagen, ihm sagen, wie leid es ihr tat, dass Ziv'ri nicht bei ihnen war, dass sie ihn nicht retten konnten, aber sie befürchtete, dass das die Trauer, die er ohnehin schon empfand, nur noch schlimmer machen würde. Bis sie die anderen Arrestzellen durchsucht hatten, hatten sie gehofft, dass Ziv'ri noch am Leben war und im Koma oder in einem anderen Zustand war, der sie daran hinderte, mit ihm zu kommunizieren.

Jetzt war die Hoffnung verpufft.

Jak'ri warf noch einmal einen Blick auf die Konsole. „Wir sollten uns wahrscheinlich ausruhen, solange wir können. Ich denke, dass sie nicht bis nach Mila 9 fliegen werden. Irgendwann wird ihnen klar, dass wir es nie so weit schaffen würden, und sie werden mit der Suche nach bewohnbaren Planeten in der Nähe anfangen."

Sie nickte.

Jak'ri drückte einen Knopf an der Seite der Sitzbank.

Die Rückenlehnen aller vier senkten sich langsam, während die Fußstützen am gegenüberliegenden Ende angehoben wurden, und boten ihnen ein schön großes Bett, da sie nur zu zweit waren.

Jak'ri breitete sich darauf aus und streckte einen Arm über den leeren Platz neben sich aus, damit sie ihn wie ein Kissen benutzen konnte.

Ava legte sich neben ihn, rollte sich an seine Seite und legte eine Hand auf seinen nackten Bauch, wobei sie darauf achtete, keine der heilenden Schnittstellen zu berühren, die vielleicht noch empfindlich waren.

Sein Arm legte sich um sie und drückte sie fest an ihn, während er tief seufzte. „Wir werden das überleben, Ava."

Sie nickte und versuchte, ein bisschen Optimismus zusammenzukratzen.

„Wenn wir das tun", fuhr er fort, „werde ich dich nach Purvel bringen. Und an einem sonnigen Tag klettern wir zu meinem Lieblingsmeditationsplatz, springen von der Klippe und schwimmen in der Rakuna-See, wie du es bisher nur in unseren Träumen gesehen hast."

Wie sehr sie hoffte, dass das passieren würde. „Ich kann es kaum erwarten."

Er legte einen Finger unter ihr Kinn und hob ihr Gesicht. Seine silbernen Augen begegneten ihren für einen langen Moment. „Ich auch nicht." Dann neigte er seinen Kopf und drückte seine Lippen auf ihre.

Ihr Herz machte einen Sprung. Ihr Puls begann zu rasen. Und die einfache Berührung strahlte so viel Zärtlichkeit aus, dass noch einmal Tränen in ihre Augen zu steigen drohten.

Er beendete den Kuss, lächelte und drückte seine Lippen auf ihre Stirn. „Ruh dich aus", flüsterte er.

Sie nickte. „Du auch."

Er lehnte sich entspannt auf dem provisorischen Bett zurück und schloss die Augen.

Obwohl sie müde war, blieb Ava wach und ihre Gedanken rasten.

Jak'ri schlief innerhalb weniger Minuten ein. Vielleicht lag es an seiner militärischen Ausbildung, von der sie bis heute nicht einmal gewusst hatte. Oder vielleicht einfach nur an der Erschöpfung, die daher rührte, dass er wochen- oder monatelang der Gnade der Gathendier ausgeliefert war.

Als sie sicher war, dass er fest schlief, setzte Ava sich auf und starrte auf ihn hinab.

Er runzelte die Stirn, als hätte all sein Leid ihn in seine Träume verfolgt.

Erneut drohten Tränen, als sie den Drang unterdrückte, ihm mit den Fingern durchs Haar zu fahren und ihn zu beruhigen. Sie kannte Ziv'ri erst seit kurzer Zeit und hätte sich am liebsten über seinen Tod die Augen ausgeheult. Wie viel mehr Schmerz musste Jak'ri ertragen, weil er seinen Bruder und besten Freund verloren hatte? Denn Ziv'ri war eindeutig sein bester Freund gewesen.

Sie blinzelte die Tränen zurück, rutschte von den Sitzen und schlich zur Medizintasche. Ava versuchte, sich so lautlos wie möglich zu bewegen, als sie sich hinkniete und im Inhalt nach dem suchte, was sie brauchte.

Da. Zwei Beutel Blut.

Die Gathendier hatten ihr Blut abgenommen, bevor sie versehentlich ihre Verwandlung ausgelöst hatten.

Sie nahm sie heraus und hielt in jeder Hand einen. Sie waren immer noch kalt. Seltsam. Die Verpackung ähnelte den auf der Erde verwendeten Plastikbeuteln. Dennoch behielt sie die richtige Lagertemperatur bei, obwohl sie mindestens eine Stunde zuvor aus dem Kühlfach genommen worden war.

Ava starrte sie an. Wenn diese Dinger kalt bleiben konnten, sollte sie vielleicht nur einen Beutel verwenden und den anderen für später aufbewahren. Mehr hatte sie schließlich nicht.

„Vielleicht nur einen", flüsterte sie und warf einen Blick auf Jak'ri, um sich zu versichern, dass er noch schlief. Sie wollte nicht, dass er aufwachte und sie mit einem Beutel ihres eigenen Bluts vor dem Gesicht fand und dachte, sie wollte es trinken.

Und vielleicht zögert sie auch ein wenig.

Oder eine Menge. Das war alles neu für sie.

Mach es einfach. Sie hatte Eliana mehr als einmal dabei beobachtet, wie sie getrunken hatte. Sie könnte es auch.

Sie holte tief Luft und hob den Beutel näher an ihr Gesicht. Reißzähne glitten über ihre Eckzähne. Und wow, es fühlte sich seltsam an. Das war definitiv gewöhnungsbedürftig.

Ava berührte vorsichtig mit einem Finger die Spitze eines Fangzahns und stellte fest, dass sie scharf genug waren, um sich in die Haut zu stechen. Mit einem Brummen führte sie einen Beutel an ihren Mund und biss die Zähne hinein. Innerhalb von Sekunden begannen ihre Reißzähne, das Blut aufzusaugen und es direkt in ihre Adern zu transportieren.

Sie fröstelte, als das kalte Blut sie durchströmte. Dann schien sich ihr Körper irgendwie anzupassen, und sie fühlte sich plötzlich wieder wohl.

Toll! Sie hatte gehört, dass Unsterbliche Wächter ihre Körpertemperatur regulieren konnten, aber ihr war nicht klar gewesen, dass das automatisch geschah.

Im Handumdrehen hatten ihre Reißzähne den ersten Beutel geleert.

Ava legte ihn beiseite und wartete einen Moment.

Sollte es ihr nicht besser gehen? Sie hatte angenommen, dass es eine schnelle Sache sein würde. Sie würde es trinken und *Bam!*, ihre Verletzungen würden sofort zu heilen beginnen.

Sie warf einen Blick auf ihre Arme.

Aber keine der Narben, die die Entfernung der Sommersprossen hinterlassen hatte, schien kleiner zu werden.

Vielleicht hatte ihr die Verwandlung selbst so viel abverlangt, dass sie mehr Blut brauchte.

„Okay", flüsterte sie. „Dann eben beide."

Sie versenkte ihre Reißzähne in den zweiten Beutel und ließ das Blut direkt in ihre Adern fließen. Und plötzlich fühlte sie sich nicht mehr so erschöpft. Der Schmerz in ihrem Unterleib, der sie ständig geplagt hatte, seit die Gathendier ihre verdammten Operationen durchgeführt hatten, ließ nach. Fast ganz.

Als sie auf ihre Arme blickte, weiteten sich ihre Augen. Die Stellen, an denen Sommersprossen entfernt worden waren, schrumpften, während sie zusah, und verwandelten sich in blassrosa Narben. Hätte sie nicht einen Blutbeutel zwischen den Zähnen gehalten, wäre ihr der Mund offen stehen geblieben.

Sie warf einen Blick auf ihre nackten Beine und sah dasselbe dort. Jede sichtbare Wunde schloss sich, schrumpfte und hinterließ blasse Narben.

Der zweite Beutel war leer.

Ava legte ihn ab, griff dann nach dem Saum ihres Hemdes und zog ihn hoch, damit sie ihren Bauch untersuchen konnte.

Sie holte tief Luft. Mit einer Hand hielt sie ihr Hemd hoch und strich mit der anderen über den Bauch. Alles war verheilt. Keine roten, entzündeten Flecken. Keine Narben. Nur glatte, blasse, makellose Haut.

Waren auch die Organe verheilt, die sie nicht sehen konnte? Weil sie aufgehört hatten, zu schmerzen.

Unglaublich. Kein Wunder, dass Eliana es so sehr mochte, eine Unsterbliche zu sein.

Jak'ri gab im Schlaf einen Laut von sich. Sie sprang auf und sah zu ihm hinüber.

Sein Atem wurde tiefer, als seine Augen hinter geschlossenen Lidern hin und her zu wandern begannen.

Ava stand auf, sammelte die leeren Blutbeutel ein und sah sich um.

Als sie nicht fand, wonach sie suchte, flüsterte sie: „Computer, wo ist der Mülleimer?"

An der Wand neben dem Lav blinkte ein Knopf. Als Ava darauf drückte, öffnete sich ein Fach, das dem ähnelte, das sie in der lasaranischen Kapsel verwendet hatte.

Ava warf die leeren Beutel hinein und schloss sie. Ein Zischen ertönte, als die Verbrennungsanlage sie in Asche verwandelte, die nur wenig Platz einnahm.

Da sie sich besser fühlte, kehrte sie zu dem provisorischen Bett zurück und legte sich neben Jak'ri.

Er rollte sich im Schlaf auf sie zu und legte einen Arm um sie.

Lächelnd kuschelte sich Ava an ihn, ließ die Welt und ihre Sorgen hinter sich und begrüßte schließlich das süße Vergessen des Schlafs.

JAK'RI STARRTE AUF DIE Rakuna-See hinaus. Das Wasser tobte wütend, während sich über ihm Wolken zusammenzogen.

Er saß im Gras und hatte die Arme um die gebeugten Knie geschlungen. Er versuchte, die Quelle der Unruhe in sich zu finden, scheiterte jedoch. Der Wald hinter ihm hatte heute etwas Dunkles, Bedrohliches. Und das Gefühl der Gefahr prickelte ständig in ihm.

Warum?

Blätter raschelten hinter ihm.

Jak'ri sprang auf und drehte sich zu den Bäumen um. Sein Herz raste, als er seine Hände zu Fäusten ballte.

Das Laub teilte sich, und Ava kam heraus. Sie trug dieselbe blaue Hose und dasselbe bunte Top, in dem er sie zuvor gesehen hatte.

Sie lächelte. „Hi Fremder. Lustig, dich hier zu treffen."

Er entspannte sich, als das nachdenkliche Gefühl, das ihn geplagt hatte, nachließ. „Ich habe nur etwa die Hälfte davon verstanden."

Lachend ging sie zu ihm. „Das sagen Erdlinge, wenn sie unerwartet jemandem begegnen."

Lächelnd schüttelte er den Kopf und zog sie in eine Umarmung. „Das ist mein Meditationsplatz. Hier findest du mich immer."

„Ich weiß. Ich wollte nur nicht, dass du einen großen Kopf bekommst, weil ich dir so oft hierher folge."

Das Laub hinter ihr raschelte erneut. „Zu spät", sagte ein Mann, kurz bevor Ziv'ri in Sicht kam. Er lächelte und zwinkerte Ava zu. „Sein Kopf ist seit seiner Geburt übermäßig groß."

Sie lachte. „Soweit ich das beurteilen kann, ist alles an ihm groß."

Jak'ri grinste und wackelte mit den Augenbrauen. „Und damit meint sie alles."

Ziv'ri antwortete mit einer seltsamen Grimasse, während Ava in einem ansprechenden Rosaton errötete.

„Was machst du hier?", fragte sie seinen Bruder mit einem Lächeln.

Ziv'ri zuckte mit den Schultern. „Ich habe Jak'ri hier oben brüten sehen, wusste, dass du dich ihm wahrscheinlich anschließen würdest, und dachte, ich komme auch und zeige dir an seiner Stelle ein hervorragendes Beispiel eines Purveli-Mannes, das du bewundern kannst." Mit diesen Worten nahm er mehrere Posen ein und ließ seine Muskeln spielen, die meisten davon waren gut sichtbar, da er nur Badeshorts trug.

Jak'ri schüttelte gereizt den Kopf.

Ava lachte und sah ihn dann nachdenklich an. „Hmm. Ich weiß nicht. Jak'ri hier hat eine verdammt gute Figur. Ich glaube nicht, dass irgendjemand das schlagen kann."

Grinsend stolzierte Jak'ri zu seinem Bruder, streckte seine Brust heraus und begann dann selbst, zu posieren.

Ziv'ri verdrehte die Augen und gab ihm einen Stoß.

Avas hübsches Gesicht strahlte amüsiert, als sie zusah, wie sie scheinbar um ihre Gunst wetteiferten.

„Okay", sagte Ziv'ri, „lasst uns einfach zu dem Schluss kommen, dass wir vom Aussehen her gleichwertig sind. Und jetzt wollen wir herausfinden, wer von uns der bessere Springer ist."

Jak'ri warf einen Blick auf das Meer und freute sich, dass es jetzt ruhig war. Sogar die Wolken über ihnen hatten sich aufgelöst und ließen Sonnenstrahlen durch. „Da ich eindeutig der bessere Springer bin", verkündete er mit gespielter Arroganz, „werde ich diese Herausforderung annehmen."

Lächelnd trat Ava zur Seite. „Okay, Jungs. Dann zeigt mir eure besten Sprünge."

Ziv'ri wollte als Erster springen und ging rückwärts zu den Bäumen. Nachdem er einen dramatischen Moment innegehalten hatte, rannte er auf die Klippe zu. Er stieß mit beiden Füßen auf die Kante, stieß sich ab, flog vorwärts, vollführte eine Reihe von Drehungen und Überschlägen und landete dann fast ohne Spritzer im Wasser.

Ava klatschte, als er auftauchte. „Sehr schön!", rief sie. Dann wandte sie sich Jak'ri zu, zwinkerte und flüsterte: „Aber ich denke, du kannst es besser machen."

Grinsend ging er rückwärts zu den Bäumen. „Srul, ja, das kann ich." Dann rannte er auf die Klippe zu, schlug mit beiden Füßen auf die Kante, stieß sich ab, vollführte auf dem Weg nach unten eine Reihe von Überschlägen und Drehungen, die sogar noch komplizierter waren als die seines Bruders, und tauchte mit Spritzern, von denen er sicher war, dass sie viel kleiner waren, ins Wasser ein.

Er tauchte auf und schwamm zu Ziv'ri hinüber.

Oben auf der Klippe winkte Ava und jubelte. „Das war schön!"

Beide grinsten.

„Jetzt bin ich dran!", rief sie und verschwand.

Ziv'ri warf ihm einen Blick zu. „Ist sie schonmal von dieser Klippe gesprungen?"

Jak'ri nickte. „Ein paarmal."

Plötzlich kam Ava in Sicht – nur mit BH und Höschen bekleidet – und sprang vom Rand der Klippe.

Ihre Münder blieben offenstehen, als sie mit ausgestreckten Beinen, die Zehen zusammengedrückt, über sie hinweg segelte, ihr schlanker Körper ein elegantes T formte, während sie ihre Arme wie die Flügel eines Vogels ausstreckte und weit, weit, weit an ihnen beiden vorbeiflog. Dann zog sie beide Arme über ihren Kopf und tauchte in das Wasser ein, ohne überhaupt zu spritzen.

Beide starrten sie mit großen Augen an.

Als sie auftauchte, winkte sie aus der Ferne und grinste breit. „Damit ist das geklärt!", rief sie. „Ich bin die beste Springerin."

Jak'ri jubelte und schwamm auf sie zu. Er hatte sie noch nie so springen sehen. „Du warst großartig!", bemerkte er, sobald er sie erreichte.

Grinsend schlang sie ihre Arme um seinen Hals und gab ihm einen überschwänglichen Kuss. „Danke. Das hat so viel Spaß gemacht! Hast du gesehen, wie weit ich dieses Mal geflogen bin?"

„Ja."

Ziv'ri schwamm heran. „Wie zum Teufel hast du das gemacht? Das war unglaublich!"

Sie zuckte grinsend mit den Schultern und war zufrieden damit, in Jak'ris Armen zu bleiben und sich von ihm über Wasser halten zu lassen. „Ich habe keine Ahnung. Aber ich will es gleich nochmal machen."

Jak'ri lachte. „Das glaube ich gern."

Ziv'ri fing seinen Blick auf und sein Gesichtsausdruck wurde besorgt. „Das ist nicht gut, Bruder. Sie ist eindeutig besser als wir im Springen. Und ich denke, wir sind uns beide einig, dass sie auch attraktiver ist."

Jak'ri nickte düster. „Viel attraktiver."

Ziv'ri schüttelte den Kopf. „Wir müssen was finden, worin wir besser sind. Wir wollen doch nicht, dass sie denkt, purvelische Männer sind minderwertig."

„Das wollen wir ganz bestimmt nicht."

Ava grinste. „Wettschwimmen?"

„Srul, ja", stimmten sie gleichzeitig zu.

Und als der Wettbewerb begann, füllte sich der ehemals dunkle Tag mit Licht und Lachen.

JAK'RI ERWACHTE MIT EINEM Lächeln und erinnerte sich amüsiert daran, wie Ava ihn und Ziv'ri in jeder Herausforderung besiegt hatte, und an die daraus resultierende Heiterkeit.

Dann öffnete er die Augen, starrte an die Decke der Rettungskapsel, und die Realität traf ihn mit der Wucht eines Blastertreffers.

Das Lachen, das in seiner Kehle aufgestiegen war, als er sich an die Sperenzchen seines Bruders erinnerte, wich einem Schluchzen.

Er setzte sich auf, stützte die Ellenbogen auf die Knie und vergrub sein Gesicht in den Händen.

Ziv'ri war weg. Die verdammten Gathendier hatten ihn getötet. Und Jak'ri würde ihn nie wieder sehen, ärgern oder mit ihm schwimmen.

Er fuhr sich mit den Fingern durchs Haar und versuchte, unter Schmerzen zu atmen.

Ziv'ri. Bruder. Er schüttelte den Kopf und wollte es nicht glauben. *Vergib mir.*

Eine kleine Hand berührte seinen Rücken und streichelte ihn auf und ab. „Jak'ri?", sagte Ava leise.

Er schluckte den Kloß in seinem Hals hinunter. „Diesmal war Ziv'ri bei uns", flüsterte er verzweifelt.

„Ja." Sie klang, als wäre ihr genauso zum Weinen zumute wie ihm.

Tränen ließen seine Sicht verschwimmen, doch er warf einen Blick über die Schulter und stellte fest, dass sie ganz nah bei ihm saß. „Wie?"

Sie blinzelte. Tränen liefen ihr über die Wangen, als sie den Kopf schüttelte. „Als wir eingeschlafen sind, haben wir beide an ihn gedacht." Sie schluckte. „Oder vielleicht ..."

Vielleicht hat er sich verabschiedet, beendete er den Satz für sie, unfähig, es laut auszusprechen.

Sie nickte, und noch mehr Tränen traten in ihre braunen Augen, dann breitete sie ihre Arme aus.

Mit einem heftigen Schluchzen zog Jak'ri sie an sich, vergrub sein Gesicht in ihrem Haar und gab der Trauer nach, die ihn verzehrte.

Kapitel Elf

ZWEI TAGE SPÄTER ERREICHTEN sie K-54973.

Aus dem Weltraum erinnerte es Ava sehr an die Erde. Blaues Meer bedeckte etwa achtzig Prozent seiner Oberfläche. Der Rest waren Landmassen, die von sattem Grün bis Weiß reichten und vermutlich entweder Wüsten oder schneebedeckte Regionen waren. Blasse, bauschige Wolken bedeckten den Himmel und versperrten einen Teil der Sicht, als sich die Kapsel dem Planeten näherte.

Ihr Blick wanderte zu einem Wolkenhaufen, der dicker und dunkler war als die anderen. Hin und wieder wurden Teile heller, wenn ein Blitz zuckte, genau wie auf der Erde.

„Langstreckensensoren haben drei Schiffe geortet", verkündete der Computer plötzlich.

Ava und Jak'ri sahen einander grimmig an.

„Kannst du sie identifizieren?", fragte Jak'ri.

„Gathendische Jäger."

„Sind sie auf dem Weg zu uns?"

„Lässt sich nicht mit Sicherheit bestimmen. Ihre derzeitige Flugbahn deutet darauf hin, dass sie in diese Richtung fliegen, aber sie kreuzt nicht direkt die der Kapsel."

Ava warf ihm einen Blick zu. „Also sind sie vielleicht immer noch nicht in der Lage, uns zu sehen oder zu orten?"

Er nickte. „Da sie uns auf dem Weg nach Mila 9 nicht gefunden haben, ist das der erstbeste Ort, um nach uns zu suchen. Computer, berechne, wie schnell sie K-54973 mit ihrer aktuellen Geschwindigkeit erreichen werden."

„Berechne. Das Schiff wird in sechsunddreißig Stunden und vierzehn Minuten eintreffen."

Guter Gott. Das waren nur anderthalb Tage. Sie sah Jak'ri an. „Wie viele Soldaten kann ein gathendischer Jäger transportieren?"

„Die Kleineren nur zwei. Die Größeren acht, vielleicht zehn. Aber mit zehn wäre es eng."

„Wie leicht ist es für sie, uns zu finden, wenn wir landen?"

„Das hängt davon ab, was auf dem Planeten passiert. Computer, scanne die Oberfläche von K-54973 nach Anzeichen von Zivilisation."

„Scanne derzeit einsehbaren Bereich."

Es folgte eine lange Pause, während Jak'ri auf den Konsolenbildschirm starrte.

Bilder, die sie an die Satellitenansichten von Online-Karten erinnerten, begannen in so schneller Folge darüber zu flimmern, dass Ava beim Versuch, sie alle zu verstehen, trotz ihrer verbesserten Sinne Kopfschmerzen bekam.

„Wonach sucht der Computer?", fragte sie.

„Behausungen an Land oder im Meer, die nicht von Tieren gebaut sein können. Strom, der durch Technologie erzeugt wird, die von fortgeschrittenen Zivilisationen entwickelt wurde. Rauchwolken oder Feuerstellen können auf die Anwesenheit von Zivilisationen hinweisen, die weniger entwickelt sind oder denen die Ressourcen zur Entwicklung höherer Technologien fehlen."

Eine halbe Stunde später hörten die Bilder auf zu flackern.

„Keine Anzeichen einer Zivilisation entdeckt", verkündete der Computer.

Jak'ri nickte. „Führe einen Lebensform-Scan auf K-54973 durch."

„Scan wird durchgeführt. Lebensform-Scan abgeschlossen."

Ava zog die Augenbrauen hoch. „Das war schnell."

Jak'ri lächelte. „Es ist eine weniger intensive Suche. Der Computer sucht lediglich nach Wärmesignaturen auf der Oberfläche, die auf Leben hinweisen."

Der Computer sprach, bevor Ava etwas sagen konnte. „Auf K-54973 existieren vielfältige Land- und Wasserökosysteme voller Leben."

„Ist eine der Lebensformen unserer Größe ähnlich genug, um auch eine ähnliche Wärmesignatur auszusenden?"

„Positiv. Ich orte Millionen von Säugetieren, Reptilien und Meeresbewohnern, die ungefähr so groß sind wie Purveli und ähnliche Wärmesignaturen besitzen."

Er lächelte Ava an. „Das wird es für die Gathendier viel schwieriger machen, uns zu finden."

Wohl wahr. Aber wenn sie an die Schwarzbären und andere große Raubtiere auf der Erde dachte, musste sie sich fragen, wie groß die Gefahren sein würden, wenn sie erst einmal gelandet waren.

„Computer", befahl Jak'ri, „bestimme die Rotationsgeschwindigkeit von K-54973 und bestimme den Bereich des Planeten, der dem vom gathendischen Schiff am nächsten sein wird, wenn es ihn erreicht."

„Berechne." Auf der Konsole erschien ein Bild des Planeten. Ein Kontinent leuchtete auf. „Wenn die gathendischen Schiffe ihren derzeitigen Kurs und ihre Geschwindigkeit beibehalten, werden sie über dieser Landmasse eintreffen."

Er nickte. „Lege einen Kurs auf den Planeten an und bestimme, welche Landmasse am weitesten von der derzeit markierten entfernt ist."

„Kurs wird berechnet."

„Das ist clever", kommentierte Ava.

Er lächelte. „Wenn sie ankommen, werden die Gathendier wahrscheinlich die gleichen Scans durchführen, die wir gerade durchgeführt haben. Sobald sie feststellen, dass es keine Zivilisationen gibt, bei denen wir untergekommen sein können, und erkennen, dass sie uns nicht anhand der Wärmesignatur verfolgen können, werden sie damit anfangen, die Kontinente einen nach dem anderen abzusuchen, und nach Spuren eines Absturzes oder einer gelandeten Kapsel suchen." Er nickte, als er durch das Fenster blickte. „Das ist ein großer Planet. Eine solche Suche kann lange dauern."

Sie hoffte, dass seine Nachrichten schnell genug ihr Ziel erreichen würden, um Hilfe zu rufen.

Auf der Karte wurde eine gepunktete Linie sichtbar. „Kurs gesetzt", verkündete der Computer.

Ava hatte ihre Smartwatch nie gefunden, dachte aber, dass nur eine Stunde vergangen war, bis sie die andere Seite des Planeten erreicht hatten und der Computer den besten Landeplatz für sie ermittelte. Der Kontinent war etwas größer als die meisten anderen, an denen sie vorbeigekommen waren, und es gab so viele Bäume, dass er aus dem Weltraum aussah wie ein flauschiger Teppich. Vielleicht war es die Version eines Regenwaldes auf diesem Planeten. Sie sah keine Wiesen oder weiten Felder. Nur ein paar kleine kahle Stellen entlang einiger hoher Klippen.

„Aktiviere manuelle Steuerung", sagte Jak'ri.

„Manuelle Steuerung aktiviert", antwortete der Computer.

Eine Tafel vor ihm glitt zurück und gab den Blick auf etwas frei, das entfernt an einen Joystick erinnerte.

Er drehte sich zu Ava um, als er ihn ergriff. „Schnall dich an. Mit einer Rettungskapsel in die Atmosphäre eines Planeten einzudringen, kann ziemlich holprig sein."

Als sie hastig ihr Geschirr anlegte, bekam sie es plötzlich mit der Angst zu tun. „Wir werden doch nicht verbrennen, oder?"

„Nein. Ich kann uns sicher durchbringen. Der schwierige Teil wird darin bestehen, einen Landeplatz zu finden."

Zumindest hatte er gesagt, dass er landen wollte, anstatt abzustürzen oder ins Wasser zu klatschen. Sie glaubte nicht, dass es irdische Technologie gab, die zu einer derartigen Landung fähig war. Stattdessen schienen Astronauten immer im Meer zu landen.

Ihre Angst wuchs, als der Planet vor ihnen größer wurde.

Ava vertraute Jak'ri. Das tat sie wirklich. Wenn er sagte, er könne sie sicher durch die Atmosphäre bringen, glaubte sie ihm. Aber sie hatte so viele Filme gesehen, in denen Shuttles auseinanderbrachen und als Feuerbälle auf die Erde niederprasselten, weil sie mit der falschen Geschwindigkeit oder im falschen Winkel in die Atmosphäre eindrangen, dass ihr Herz trotzdem zu pochen begann, als die ersten Vibrationen einsetzten.

Mit einer Hand klammerte sie sich an ihr Geschirr, mit der anderen an Jak'ris Oberschenkel und hielt sich mit angespannten Muskeln daran fest. Die Sicht aus dem Fenster verschwamm. Die Vibration wurde stärker. Die Tasche und ihr Inhalt klapperten, während sie darauf wartete, dass der Alarm zu schrillen begann.

Dann war alles ruhig.

Sie blinzelte.

Wattewolken zogen vor dem Fenster vorbei.

„Sind wir durch?", fragte sie.

Jak'ri löste sanft ihre Hand von seinem Oberschenkel und führte sie zu einem Kuss an seine Lippen. „Wir sind durch."

Sie entspannte sich. „Tut mir leid. Ich hoffe, ich habe dich nicht zu sehr gequetscht. Raumfahrt ist noch sehr neu für mich."

„Kein Ding", sagte er mit einem Lächeln und entlehnte sich einen ihrer irdischen Ausdrücke. Er legte ihre Hand wieder auf seinen Oberschenkel, tätschelte sie und konzentrierte sich dann darauf, die Kapsel in Richtung Land zu steuern.

Auf dieser Seite des Planeten war es Nacht geworden. Aber das von drei Monden reflektierte Licht war genug, um sehen zu können.

„Wie viele Monde hat dieser Planet?", fragte sie und blickte neugierig auf die Welt unter ihnen.

Er warf einen Blick auf die Konsole. „Sieben." Er tippte auf den Bildschirm und vergrößerte den Kontinent, auf dem er landen wollte. „Computer, topografische Darstellung der Landmasse unter uns."

„Anzeige wird berechnet."

Das Bild veränderte sich von üppigen Bäumen zu hügeligem Land ohne Laub.

„Überlagern."

Die Deckkraft der topografischen Karte wurde so weit verringert, dass sie die Bäume wieder sehen konnten.

Jak'ri zeigte auf einen Bereich, der auf einer Karte auf der Erde im Süden gewesen wäre. „Vielleicht gibt es in diesen Hügeln oder Felsformationen Höhlen, in denen wir einen Unterschlupf finden können."

Sie beugte sich vor und zeigte auf die Karte. „Das sieht so aus, als wäre da ein kleiner Fluss oder Bach. So hätten wir Zugang zu frischem Wasser."

„Ich werde hier landen." Er zeigte auf eine Stelle in einiger Entfernung im Norden. „Ich werde versuchen, die Kapsel zwischen den Bäumen abzusetzen und sie als Deckung zu nutzen, damit sie sie nicht so leicht finden können. Dann können wir zum ..." Er hielt inne, sah sie an und fluchte dann.

„Was?"

„Ich habe vergessen, dass dein Fuß verletzt ist. Als wir das Schiff verlassen haben, haben wir keine Schuhe mitgenommen."

„Nun", sagte sie mit einem Lächeln, „wir waren ein bisschen beschäftigt."

Aber er schien sich wirklich zu ärgern, weil er ihr keine Schuhe besorgt hatte.

„Auf diesem Schiff gab es nichts, was gepasst hätte, Jak'ri. Ich habe selbst für irdische Verhältnisse kleine Füße." Aus diesem Grund hasste sie das Einkaufen von Schuhen und lebte praktisch in Sneakers. Sie konnte nie etwas anderes in ihrer Größe finden, das ihr gefiel.

„Dann werde ich näher an den Hügeln landen und –"

„Nein. Je weiter wir vom Landeplatz entfernt sind, desto weiter müssen wir laufen und klettern, um Schutz zu finden, was bedeutet, dass die Natur mehr Zeit hat, unsere Spuren zu verwischen. Diese Gegend sieht aus wie die Regenwälder zu Hause, also haben wir vielleicht Glück, und es regnet. Wenn nicht, werden vielleicht die Millionen von Säugetieren und Reptilien, die der Computer geortet hat – und die hoffentlich alle Veganer sind – nach Futter suchen und alle Spuren verwischen, die wir hinterlassen, bevor die Gathendier hier ankommen."

„Was bedeutet Veganer?"

„Pflanzenfresser."

„Oh. Dann hoffe ich auch, dass sie auch alle Veganer sind. Aber so weit zu laufen wird schmerzhaft für dich und ..."

„Mir geht's gut, Jak'ri." Sie fing seinen Blick auf und hielt ihn fest. „Ich kann das." Vor allem, weil die Wunde zwischenzeitlich zumindest teilweise verheilt war, nachdem sie Blut zu sich genommen hatte, während er geschlafen hatte.

Er legte die langen Finger einer Hand an ihren Hals direkt unter ihrem Ohr und streichelte mit seinem Daumen ihre Wange. Er zog sie näher an sich heran und drückte dann seine weichen Lippen für einen süßen Kuss auf ihre, der dennoch ihr Herz schneller schlagen ließ. „Wirst du dich wenigstens von mir tragen lassen, wenn dein Fuß doch schmerzt?"

„Nein, oder darf ich dich tragen, wenn deine Wunden noch mehr schmerzen?" Schließlich hatte er immer noch Wunden und Narben von den Operationen der Gathendier.

Er lächelte. „Nein, Ziv'ri würde sich über mich lustig machen, wenn ich …"
Er presste die Lippen aufeinander. Das Funkeln in seinen Augen verschwand,
als sich seine Miene vor Trauer verdunkelte. Er schloss die Augen, seufzte und
drückte seine Stirn an ihre.

Ihr Herz schmerzte für ihn, als Ava eine Hand um seinen Nacken legte und
ihn mit ihrem Daumen streichelte.

„Tut mir leid", murmelte er. „Ich kann scheinbar nicht …"

„Schon okay", flüsterte sie und bot ihm so viel Trost, wie sie konnte. „Es
ist okay." Sie hatten letzte Nacht wieder von Ziv'ri geträumt. Es war so real
gewesen, dass beide am Boden zerstört waren, als sie erwachten und sich wieder
bewusst wurden, dass er weg war.

Jak'ri hatte dem Computer sogar befohlen, nach anderen Schiffen zu suchen,
die nahe genug sein könnten, um die Gedanken des Piloten zu erfassen. Aber
diese schwache Hoffnung war verpufft, als der Computer keine gefunden hatte.

Etwas Ähnliches war passiert, nachdem Avas Großvater gestorben war, als
sie fünf Jahre alt gewesen war. Ava hatte so viel über Grandpa Vic nachgedacht,
dass er wochenlang in ihren Träumen weiterlebte, was es für ihre Eltern umso
schwieriger machte, ihr klarzumachen, dass er weg war.

Jak'ri öffnete die Augen, zog sich zurück und richtete seine Aufmerksamkeit
wieder auf die Konsole.

Ava blinzelte die Tränen zurück und folgte seinem Blick. „Was ist also unser
Plan B?"

Er steuerte die Kapsel zum vorgesehenen Landeplatz. „Plan B?"

Sie nickte. „Wenn die Gathendier das Unerwartete tun und anfangen, hier
nach uns zu suchen, oder wenn das verdammte Mutterschiff folgt und sie ganze
Staffeln auf die Suche nach uns schicken, was sollen wir dann tun? Ich bin jetzt
schneller und stärker, aber ich nehme an, dass es immer noch Grenzen gibt, mit
wie vielen Kriegern ich es gleichzeitig aufnehmen kann. Und ich bezweifle, dass
deine Gewehre unbegrenzte Feuerkraft haben."

Mit angespannter Miene studierte er die Karte. „Wenn zu viele Gathendier
auf einmal in das Gebiet eindringen …" Er wollte weiterreden, schloss dann aber
den Mund.

„Was dann?"

„Nichts."

„Die einzige Möglichkeit, wie wir das überleben können, ist, über unsere Ideen zu sprechen, Jak'ri."

Er musste zugestimmt haben, denn er zeigte auf die Westküste des Kontinents, über dem sie schwebten.

Und wie cool war es, dass diese Kapsel ohne Flügel oder Rotoren fliegen und schweben konnte? Sie würde Jak'ri fragen müssen, wie das funktionierte, sobald sie gelandet waren.

„Hier ist die Region, in der wir Zuflucht suchen wollen", sagte er. „Der größte Teil dieser Küste hier besteht aus Klippen. Computer, wie hoch sind diese Klippen?"

Der Computer antwortete mit einer Höhenangabe, die sie nicht verstand.

„Wie tief ist das Wasser hier?" Er tippte auf den Bildschirm.

Wieder antwortete der Computer mit Daten, die sie nicht verstand.

„Und hier?"

Mehr Daten, die ihr nichts sagten.

Sie warf Jak'ri einen Blick zu. „Wenn es nicht in Zoll und Yards oder Zentimetern und Metern angegeben ist, habe ich keine Ahnung, wie hoch oder tief das ist."

„Diese Klippen sind fast so hoch wie Runaka Point." Und sie bildeten eine durchgehende Wand, die auf dieser Seite etwa drei Viertel der Küste einnahm.

„Okay. Wie hilft uns das, abgesehen davon, dass wir einen schönen Platz hoch oben haben, von dem wir Gathendier runterwerfen können?"

Er lachte.

Und es war so schön, ihn wieder lachen zu sehen.

„Ich dachte, wir könnten es vielleicht bis zu dieser Insel da drüben schaffen." Er zeigte darauf.

Ava studierte die Karte. Es war eine hübsche kleine Insel mit hügeligem – wenn nicht bergigem – Gelände, das weitaus weniger Verstecke bot als das Festland. „Ich bezweifle, dass die Gathendier erwarten würden, dass wir dorthin gehen", sagte sie, während ihre Gedanken wie wild arbeiteten.

„Vor allem, weil das Wasser am Fuß der Klippen so seicht ist, dass jeder von ihnen, der hineinspringt, mit Sicherheit nicht überleben würde. Bis hier wird es nicht tief genug, um sicher hineinzuspringen. Und ..." Er warf ihr einen entschuldigenden Blick zu. „Es ist eine lange Strecke, Ava. Selbst wenn wir – allen Widrigkeiten zum Trotz – den Sprung überleben würden, würden wir jedes Mal, wenn wir Luft holen müssen, das Risiko eingehen, entdeckt zu w erden."

„Oh." Und Jak'ri musste überhaupt nicht hochkommen, um Luft zu holen.

Sie könnte ihren Atem jetzt wahrscheinlich viel länger anhalten. Aber sie musste trotzdem regelmäßig auftauchen. „Dann legen wir das hier lieber auf Eis und hoffen, dass es nicht so weit kommt."

Er musterte sie mit gerunzelter Stirn. „Was?"

„Wir hoffen, dass Plan A funktioniert, und behalten die Insel als Plan B in der Hinterhand."

Er öffnete den Mund, um zu protestieren, aber Ava legte einen Finger auf seine Lippen.

„Wenn es dazu kommt, werden wir dafür sorgen, dass es funktioniert. Ich kann jetzt schneller schwimmen und den Atem länger anhalten. Und vielleicht werden die Gathendier so lange brauchen, um nach uns zu suchen, dass wir einen Plan C entwickeln können." Denn selbst wenn sie den Atem anhalten könnte, bis sie die Hälfte der Strecke zu dieser verdammten Insel zurückgelegt hatten, war sie sich nicht sicher, ob Jak'ri weit genug von den Klippen wegspringen konnte, um über die Felsen am Fuß der Klippen hinaus zu kommen.

Er nickte.

Sie starrte auf die Konsole. „Ich glaube nicht, dass wir diese schönen, hilfreichen Karten mitnehmen können, wenn wir gehen, oder?"

„Nur, wenn wir etwas finden, auf das wir sie laden können. Wenn wir die Kapsel und alle Geräte in der Sanitätstasche nicht ausschalten, könnten die Gathendier sie orten und uns schneller finden."

„Das ist in etwa das, was ich mir gedacht habe."

Jak'ri reduzierte die Geschwindigkeit der Kapsel, sodass sie über den Wald kroch.

Die Bäume unter ihnen waren wunderschön, viele so hoch, dass sie die Wolkenkratzer einer Stadt in den Schatten stellen würden. Obwohl die Nacht sie dunkel färbte, konnte sie dank der strahlenden Monde – und ihrer neuen, verbesserten Sehkraft – feststellen, dass die meisten grün waren. Ein paar, an denen sie vorbeikamen, hatten ihrer Meinung nach violettes oder schwarzes Laub.

In der Ferne erhoben sich Berge, deren Stein eine gedämpft-violettgraue Farbe hatte.

Ava wünschte, das Kristallfenster in der Kapsel wäre größer, um mehr von dem sehen zu können, was vor ihnen lag. Die Konsole konnte besser darstellen, was sich unter ihnen befand, dank der Kameras an der Unterseite der Kapsel.

Wieder einmal fragte sie sich, wie dieses Ding fliegen konnte. Helikopter zu Hause hätten dafür gesorgt, dass das Laubwerk unter ihnen hin und her schwankte. Aber die Bäume, an denen sie vorbeikamen, bewegten sich nur im natürlichen Wind, der zwischen ihnen hindurch wehte. Und die Kapsel konnte auch nicht so laut sein wie ein Flugzeug oder ein Helikopter, da keine Vögel beim Überfliegen aus dem Wald aufgescheucht wurden.

Sie blickte auf die Bäume hinunter. Die Blätter waren riesig. Einige ähnelten denen der Kaladien, die ihr Vater in ihrem Garten gezüchtet hatte, als sie noch klein war, aber diese hier mussten drei Meter lang und zwei Meter breit sein.

„Wie wäre es mit hier?", fragte Jak'ri.

Die Kapsel blieb stehen und schwebte über einer kleinen Lücke im Blattwerk.

Ava warf ihm einen Blick zu und war überrascht, dass er sie um ihre Meinung gefragt hatte, da sie absolut nichts darüber wusste, wie man eines dieser Dinger landete. „Passt die Kapsel da durch?"

„Ich habe beobachtet, wie sich die Blätter im Wind bewegen. Sie neigen dazu, ein ganzes Stück über die Äste hinauszuragen, sodass es vielleicht eine Lücke gibt, die groß genug ist, dass wir hindurchpassen."

„Und wenn nicht?"

„Die Kapsel ist stabil genug, um auf dem Weg nach unten ein paar Äste abzubrechen, aber dadurch würde ein größeres Loch entstehen."

Sie nickte. „Dann lass uns hoffen, dass diese Dinger wie Bambus wachsen und die Lücke schnell füllen." Als er begann, die Kapsel nach unten zu steuern, berührte sie seinen Arm. „Warte."

Die Kapsel verharrte in ihrer Position.

„Computer", sagte sie, „führe einen Lebensform-Scan unter uns durch."

„Lebensform-Scan wird durchgeführt", sagte der Computer. „Lebensform-Scan abgeschlossen."

In den Bildern des Waldes unter ihnen leuchteten rote Punkte auf.

Ava starrte darauf. „Wow. Das sind viele Lebensformen."

Jak'ri nickte. „Wonach suchst du?"

„Alles, was groß genug wäre, um uns zu töten. Es wäre wirklich scheiße, wenn wir sicher landen würden und dann von Dinosauriern zerquetscht oder gefressen würden."

Er sah sie ausdruckslos an.

„Dinosaurier erkläre ich später", versprach sie. „Computer, zeig nur Lebensformen, die groß genug sind, um eine Gefahr für uns darzustellen."

Das Display veränderte sich nicht. „Selbst Lebensformen von der Größe winziger Insekten können möglicherweise eine ..."

„Zeig uns einfach die großen Viecher", blaffte sie.

Jak'ri nickte und offenbar genauso genervt wie sie.

Die meisten roten Flecken verschwanden.

„Höhe anzeigen", murmelte Jak'ri und betrachtete den Bildschirm, während er sich erneut veränderte.

Ava zeigte darauf. „Die meisten davon in den Bäumen sehen aus wie Affen. Primaten?" Sie hoffte, dass mindestens eines dieser Worte für ihn einen Sinn ergeben würde.

Er nickte und lenkte ihre Aufmerksamkeit auf den Rand des Bildes. „Ich denke, das sind die, vor denen wir uns in Acht nehmen müssen."

Ava starrte. Die Punkte überschnitten sich, aber es musste etwa ein halbes Dutzend Kreaturen sein, die sich auf vier Beinen bewegten. Große Kreaturen, die rund genug waren, um sie glauben zu lassen, dass sie selten eine Mahlzeit verpassten. Aber das war auch schon alles. „Ich hoffe wirklich, dass das Elefanten sind."

„Sind Elefanten Veganer?"

„Ja."

„Dann hoffe ich es auch. Sollen wir landen?"

Sie nickte. „Wenn es zum Schlimmsten kommt und wir ihnen nicht ausweichen können, können wir sie vielleicht mit Nährstoffwürfeln bestechen und sie auf die Gathendier loslassen, wenn sie ankommen."

Er lächelte. „Klingt, als hätten wir schon einen Plan C."

Sie lachte.

Jak'ri steuerte die Kapsel gekonnt durch die Öffnung im Blätterdach nach unten.

Für einen Moment versperrten ihnen diese riesigen Blätter die Sicht. Kratzen und Quietschen drang ins Innere, als Äste an den Seiten der Kapsel kratzten. Sie schauderte ein wenig, da es sich zum Teil wie Geräusche von Fingernägeln auf einer Tafel anhörte.

Obwohl die Wände der Kapsel dick waren, nahm ihr übernatürlich scharfes Gehör das Knacken einiger brechender Äste wahr. Nun, das ließ sich nicht vermeiden. Das Blätterdach war dicht. Und sie konnten schlecht am Strand oder auf einer schönen Wiese mit Wildblumen parken. Sie versuchten, hier unterzutauchen, um nicht gefunden zu werden.

Unter dem Blätterdach herrschte absolute Dunkelheit.

„Nachtsicht aktivieren", sagte Jak'ri.

Das Bild auf der Konsole leuchtete in Grautönen mit roten Punkten auf, von denen sie annahm, dass sie Tiere waren.

Mehrere rote Punkte sprangen von Ast zu Ast und schwangen sich an Ranken, während sie sich direkt auf die Kapsel zu bewegten. Je näher sie kamen, desto deutlicher wurden sie erkennbar.

Ava starrte fasziniert auf das Display. Sie sahen Lemuren ähnlich, hatten aber pelzigere Köpfe.

„Neugierige kleine Kreaturen", bemerkte Jak'ri, während er die Kapsel an großen Ästen und hängenden Ranken vorbei manövrierte, die dicker als sein Bizeps waren.

Ava nickte.

Die kleinen Kerle folgten ihnen, sprangen auf die tiefer gelegenen Äste und spähten durch das Fenster auf sie.

Avas Blick wanderte zu den größeren Tieren, die weiter entfernt blieben.

Sie sahen nicht wie Elefanten aus. Jetzt, wo sie etwas näher waren, sahen die Tiere eher wie verdammte Riesenpanther aus. Scheiße. Sie hoffte wirklich, dass sie nicht so neugierig auf die Kapsel waren wie die Lemuren.

Endlich näherte sich die Kapsel dem Boden.

„Computer", befahl Jak'ri, „zeig mir, was über uns ist!"

Auf der Konsole erschien ein weiteres Bild, das eine Ansicht des Blätterdachs über ihnen zeigte.

„Ausschnitt vergrößern", sagte er.

„Wonach suchst du?", fragte sie leise.

„Ich versuche herauszufinden, welche Bäume uns am besten schützen würden, wenn wir landen."

„Ah." Sie hatten das Loch im Blätterdach etwas vergrößert, aber sie war beeindruckt, wie wenige Äste sie abgebrochen hatten. Jak'ri war ein guter Pilot.

Sie spähte aus dem Fenster. Einige der Baumstämme in Bodennähe waren so breit wie die Kapsel. Wenn er sie in die Nähe eines Stammes bringen könnte, glaubte sie nicht, dass man sie von oben sehen würde.

Ava richtete ihre Aufmerksamkeit wieder auf das Display, das das Blätterdach anzeigte. Als plötzlich mehrere kleine Gesichter mit großen Augen den Bildschirm füllten und sie ansahen, lachte sie. „Ich glaube, sie haben die Kamera gefunden."

Jak'ri lächelte. „Sieht so aus. Zum Glück habe ich genug gesehen, bevor sie sie gefunden haben."

Die Kapsel ruckte. Dann ließ er den Joystick los. „Okay. Wir sind gelandet."

Ava lächelte ihn an. „Das war viel reibungsloser, als ich erwartet hatte."

„Während meiner militärischen Ausbildung musste ich lernen, Akseli-Kapseln zu steuern und zu landen." Er grinste. „Zum Glück haben sie mich mit Simulatoren anfangen lassen, denn ich bin oft abgestürzt, bevor ich es endlich begriffen habe."

Sie verzog das Gesicht. „Ich bin froh, dass ich nicht versuchen musste, die lasaranische Rettungskapsel zu landen. Ich bin mir ziemlich sicher, dass sie in Flammen aufgegangen wäre, bevor ich überhaupt in die Atmosphäre eingetreten wäre."

Er schnallte sein Geschirr ab und schüttelte den Kopf. „Die meisten Kapseln sind mit Autopiloten ausgestattet, die dich sicher durch die Atmosphäre gebracht hätten."

„Und mich dann wie einen Ball in den Boden geschleudert hätten?"

Er hielt inne. „Mmm, vielleicht?"

Ava lachte. „Was machen wir jetzt?"

„Computer, wie viel Zeit haben wir, bis die Sonne aufgeht?"

„Sonnenaufgang ist in vier Stunden und zwölf Minuten."

Jak'ri hob die Brauen. „Möchtest du dich noch ein bisschen ausruhen, bevor wir auf Erkundungstour gehen?"

Sie nickte. „Ich würde den großen Katzen lieber nicht begegnen. Wenn sie nachtaktive Raubtiere sind, sind sie vielleicht verschwunden, wenn wir aufwachen."

„Hoffentlich. Dann lass uns schlafen."

DREI STUNDEN SPÄTER SEUFZTE Jak'ri. Trotz seiner Müdigkeit konnte er nicht schlafen. Seine Gedanken rasten, während er ruhig dalag, Ava an seine Seite gekuschelt, tief im Schlaf versunken.

Wie lange würde es dauern, bis seine Nachricht Mila 9 erreichte?

Würden die Segonier eine Rettungsmannschaft schicken oder die Nachricht lediglich an Purvel weiterleiten?

Er hatte Ava als Passagierin des lasaranischen Schiffes *Kandovar* bezeichnet. Da die Segonier Mitglieder der Aldebarianischen Allianz waren, hatte er angenommen, dass das zu einer schnelleren Reaktion führen könnte.

Wenn die *Kandovar* – wie Ava glaubte – zerstört worden war, hatten die Mitglieder der Allianz zweifellos schon eine massive Such- und Rettungsmission eingeleitet. Könnten sich einige von ihnen so weit vorgewagt haben, um ihnen schnell zu Hilfe kommen zu können?

Wenn man bedachte, wie weit er und Ava vom Gebiet der Allianz entfernt waren und dass das *qhov'rum* wahrscheinlich unbrauchbar war, hielt er das für unwahrscheinlich, hoffte aber, dass er sich geirrt hatte.

Jak'ri kämpfte gegen das Bedürfnis an, sie fester zu halten, da er sie nicht wecken wollte.

Die Landung hier hatte ihnen bestenfalls etwas Zeit verschafft. Die Frage war: wie viel? Er hatte getan, was er konnte, um es den Gathendiern schwerer zu machen, sie aufzuspüren, fürchtete aber, dass die *grunarks* sie trotzdem finden würden.

Was würden er und Ava dann tun? Von Kontinent zu Kontinent, von Insel zu Insel schwimmen und hoffen, ihnen zu entgehen? Jak'ri könnte auf unbestimmte Zeit im Meer leben und kalte Temperaturen ertragen. Aber Ava ...

Sie mochte wie eine Lasaranerin aussehen, aber sie besaß weder deren Widerstandsfähigkeit noch ihre unglaublichen Regenerationsfähigkeiten. Auf dem Schiff waren die Wunden, die die Operationen der Gathendier hinterlassen hatten, bei ihr genauso langsam geheilt wie bei ihm. Und er hatte sie bei Temperaturen, die er als angenehm empfand, zittern sehen.

Was, wenn das Meerwasser rund um diesen Kontinent zu kalt war, als dass ihr Körper es ertragen konnte?

Selbst, wenn dem nicht so wäre und die beiden es auf die Insel schaffen würden, die sie Plan B nannte, was dann? Was, wenn die Gathendier ihnen dorthin folgten? Würden er und Ava einfach zu einer anderen Insel oder einem anderen Kontinent aufbrechen, um der Gefangennahme zu entgehen? Die nächste Landmasse war laut Karte sogar mit Purveli-Geschwindigkeit Tage von Plan B entfernt.

Konnte Avas Körper es ertragen, so lange im Wasser zu sein?

Damals, als Purveli und Akseli Freunde und Verbündete waren, hatten einige Purveli Akseli-Lebenspartner gefunden. Da sie es gewohnt waren, lange Zeit unter Wasser zu leben, dachten die ersten Purveli, die Bindungen mit Akseli eingegangen hatten, dass künstliche Kiemen es ihren Lebenspartnern ermöglichen würden, mit ihnen unter Wasser zu leben. Aber sie hatten zum Nachteil ihrer Partner gelernt, dass der ständige Druck des Wassers die

Durchblutung der Extremitäten von Akseli beeinträchtigte und ihre Körper so stark schwächte, dass sie selbst nach nur wenigen Tagen im Wasser oft wochenlang nicht laufen konnten. Auch die Haut von Akseli begann nach einigen Tagen unter Wasser zu degenerieren, was offene Wunden und bakterielle Infektionen nach sich zog.

Würde Ava dasselbe passieren, wenn sie Tage brauchten, um zur nächsten Insel zu schwimmen?

Welche andere Möglichkeit hatten sie? Bleiben und kämpfen?

Wenn die drei Jets, die hinter ihnen her waren, jeweils zwei Soldaten an Bord hatten, war Jak'ri zuversichtlich, dass er und Ava die *grunarks* besiegen könnten. Aber wenn jeder zehn an Bord hatte, schätzte er ihre Chancen auf einen Sieg weitaus geringer ein. Und wie er Ava darauf hingewiesen hatte, hatten die Gathendier die *Kandovar* mit drei Mitgliedern der königlichen Familie an Bord zerstört, um sie gefangen zu nehmen. Er hatte keinen Zweifel daran, dass das gathendische Kriegsschiff, von dem sie gerade geflohen waren, bald auftauchen würde.

Wenn die beiden – bewaffnet mit drei *osdulium*-Gewehren, zwei Troniumblastern und ein paar Dolchen – gegen ein Kriegsschiff voller Gathendier mit Dutzenden, wenn nicht Hunderten von O-Gewehren, Blastern, E-Granaten und Betäubungsgranaten kämpfen müssten ...

Die Aussichten wären düster.

Nachdem er gesehen hatte, wie viel schneller und stärker Ava geworden war, was er immer noch nicht verstand, war sich Jak'ri sicher, dass er in einem solchen Kampf der Erste sein würde, der verletzt werden würde. Wenn das geschah, befürchtete er, dass Ava alles tun würde, was sie von ihr verlangten, um sie davon abzuhalten, ihn zu foltern oder zu töten. Und das konnte er nicht zulassen. Er konnte nicht zulassen, dass sie sie wieder gefangen nahmen.

Aber soweit er das beurteilen konnte, bestand die einzige Möglichkeit, das zu vermeiden, darin, entweder der Aufmerksamkeit der Gathendier ganz zu entgehen oder dass er starb, damit sie ihn nicht benutzen konnten, um Ava zum Gehorsam zu zwingen.

„Annäherungsalarm", sagte der Computer mit lauter Stimme in der Stille der Kapsel.

Jak'ri blickte auf Ava herab.

Sie seufzte nicht einmal. Sie schlief tiefer, seit die Gathendier ihr das Virus injiziert hatten, und schien die Meldung nicht gehört zu haben.

Etwas streifte die Seite der Kapsel. Ein langes, leises Geräusch folgte, als der Körper sich weiter daran vorbeibewegte und sich an der Außenseite rieb.

Ein sehr großer Körper.

Sein Herz schlug schneller. War es eine der Lebensformen, von denen Ava gehofft hatte, sie seien Elefanten, die jedoch eher etwas ähnelten, das sie Großkatzen nannte?

Es wurde still.

Das lange, leise Geräusch begann von Neuem.

Streifte dasselbe Tier ein zweites Mal an ihnen vorbei oder gab es mehr?

„Computer", flüsterte er, „wie viele Lebensformen außerhalb der Kapsel?"

Das leise Geräusch verstummte.

Hatte die Kreatur ihn gehört? Wenn ja, besaß es unglaublich scharfe Sinne, weil die Wände der Kapsel so dick waren, dass er nichts gehört hätte, was sich außerhalb der Kapsel abspielte, wenn sie nicht daran gerieben hätten.

„Sechs Lebensformen verweilen in unmittelbarer Nähe", antwortete der Computer.

Und verdammt, der Computer flüsterte nicht.

Ein Grollen erklang, so laut, dass er es durch die dicken Wände der Kapsel hören konnte.

Ein Schauer lief ihm über den Rücken, und Jak'ri hoffte inständig, dass das kein Knurren war.

Von oben hörte er einen dumpfen Schlag.

Er warf einen Blick zur Decke.

War eine dieser Kreaturen gerade auf die Kapsel gesprungen?

Er hätte den Computer gebeten, ihm anzuzeigen, was dort oben war, aber er konnte die Konsole von den Sitzen aus nicht sehen. Er konnte jedoch das Fenster sehen. „Aktiviere Nachtsichtmodus am Fenster und reduziere die Lautstärke deiner Antworten auf drei", flüsterte er.

„Nachtsichtmodus aktiviert", antwortete der Computer, diesmal viel leiser.

Und wieder verstummten alle Geräusche.

Die Welt vor dem Fenster erhellte sich in Grautönen, und außer Wald war nichts zu sehen.

Dann schlich eine pelzige Gestalt vorbei, so groß, dass sie die Sicht nach draußen versperrte. Dann sahen ihn zwei leuchtende Augen an.

Jak'ri starrte geschockt hinein. Der Kopf der Kreatur war so groß, dass er nur die Augen, die Nase und Schnurrhaare sehen konnte. Die großen Nasenflügel blähten sich, und das Fenster beschlug, während es schnupperte.

Der Kopf verschwand, dann drückte sich eine riesige Pfote gegen das Fenster und nahm die Hälfte des Sichtfelds ein.

Als das Fenster nicht nachgab, spähte die Kreatur erneut zu ihnen hinein.

Jak'ri lag vollkommen still, mit klopfendem Herzen, sicher, dass ein O-Gewehr etwas so Großes nur reizen würde.

Die Pfote kehrte zurück und kratzte dieses Mal mit Krallen am Fenster, die so lang aussahen wie sein Unterarm.

Das Kristallfenster war jedoch praktisch unzerbrechlich.

Ein weiterer Laut kam von oben, als die Kapsel ein wenig zitterte, dann ein dritter. Und er stellte sich vor, wie eine dieser Kreaturen auf der Kapsel hüpfte, um zu sehen, ob die Hülle nachgeben würde.

Ava rührte sich nicht.

Nachdem sie die Kapsel noch ein paar Minuten lang untersucht hatte, schien die Kreatur am Fenster das Interesse zu verlieren und ging. Die Kreatur auf der Kapsel verschwand genauso. Vier weitere große, pelzige Körper schlichen vorbei.

Dann wurde es still.

Jak'ri stieß einen langen Seufzer der Erleichterung aus, als ihm erst klar wurde, dass jeder Muskel in seinem Körper angespannt gewesen war.

Minuten vergingen. Und mit jeder entspannte er sich ein wenig mehr.

„Wenn das Ding das Fenster zerbrochen hätte, hätte ich mir wahrscheinlich in die Hose gepinkelt", sagte Ava.

Jak'ri zuckte zusammen und lachte dann. „Ich dachte, du schläfst."

Sie legte den Kopf in den Nacken und sah zu ihm auf. „Das habe ich, bis mich die Stimme des Computers geweckt hat, als sie sagte, dass es da draußen sechs dieser Dinger gäbe. Meine Güte! Begreift das Ding nicht, dass es leise antworten sollte, wenn *du* flüsterst?"

Er lächelte. „Der Computer ist keine KI, und offenbar ist er darauf nicht programmiert."

Sie grunzte genervt und setzte sich auf. Dann sah sie ihn voller Ehrfurcht in ihren braunen Augen an. „Hast du gesehen, wie riesig das Ding war? Ich hatte Angst, dass es anfangen würde, uns wie ein Spielzeug herumzuschlagen!"

„Wenn es seine Krallen in die Kapsel bekommen hätte, hätte es das wahrscheinlich getan."

„Das ist so seltsam", sagte sie. „Ich freue mich riesig, so ein cooles Wesen zu sehen. Aber gleichzeitig habe ich jetzt Angst, dass wir einem begegnen, wenn wir die Kapsel verlassen. Das Ding sah katzenartig aus, und Katzen auf der Erde sind notorisch gute Jäger. Und Fleischfresser. Und neigen dazu, mit ihrem Essen zu spielen, bevor sie es vertilgen."

Jak'ri teilte ihre Sorge. „Es scheinen nachtaktive Jäger zu sein, also können wir sie vielleicht vermeiden, indem wir nur tagsüber wandern."

Sie runzelte die Stirn. „Das hoffe ich. Denn selbst Hauskatzen sind hervorragende Kletterer. Wir müssten ziemlich weit klettern, um Äste zu erreichen, die sie nicht tragen würden. Computer, wie lange bis zum Sonnenaufgang?"

„Die Sonne wird in dreiundfünfzig Minuten über den Horizont steigen", antwortete der Computer mit immer noch leise.

„Dreiundfünfzig Minuten, was?" Sie streckte ihre Hand aus und strich mit den Fingern durch Jak'ris Haare.

Er grollte zufrieden. Er liebte ihre Berührungen und wie oft sie ihre Zuneigung zu ihm zum Ausdruck brachte, jetzt, wo sie nicht beobachtet wurden. Sein Körper reagierte auch, wenn auch auf eine Weise, die er angesichts ihrer Verletzungen und ihrer Situation für unangemessen hielt.

„Hast du überhaupt geschlafen?", fragte sie leise.

Er schüttelte den Kopf.

Sie schenkte ihm ein trauriges, mitfühlendes Lächeln, während sie ihm weiter mit den Fingern durch die Haare strich. „Zu viel im Kopf?"

„Ja", stimmte er zu und setzte sich seufzend auf. „Wir sollten alles zusammensuchen, was wir mitnehmen wollen."

„Okay."

Die Sanitätstasche war schon mit den Vorräten gefüllt, die sie vom Schiff mitgebracht hatten. Bei einer gründlichen Durchsuchung der Kapsel fanden sie eine weitere Tasche, die sie mit Reinigungstuchpäckchen, *wosuur* und so vielen Nährstoffwürfeln aus dem Vorrat der Kapsel füllten, wie hineinpassten.

„Ich muss zugeben", sagte Ava, während sie eine weitere Handvoll nahm und sie einpackte, „ich hoffe, dass es hier ein paar süße Früchte gibt, die wir essen können, denn diese Würfel sind furchtbar. Die Notrationen in der lasaranischen Kapsel waren viel besser. Sie waren eher wie EPas."

Jak'ri fügte ein paar Flaschen hinzu. „Was sind EPas?"

„Einmannpackungen. Das sind Notrationen unserer Armee, Fertiggerichte, die oft dehydriert und mehrere Jahre haltbar sind, ohne zu verderben. Du musst sie nur aufmachen, Wasser dazugeben und sie erhitzen. Die in der lasaranischen Kapsel waren kompakter als die EPas auf der Erde. Aber überraschend lecker."

Sie fanden noch ein paar Waffen – Dolche und Blaster, genug für vier Passagiere. Kein Wunder, wenn man bedachte, wie viele Völker sich die Gathendier zum Feind gemacht hatten.

Er warf einen Blick auf ihren Arm. „Bevor wir gehen, möchte ich deine Verletzungen untersuchen, sie wenn nötig behandeln und frische Verbände anlegen. Ich möchte nicht, dass Bakterien, die es auf diesem Planeten gibt, eindringen."

Sie zögerte. „Okay. Was ist mit dir? Wie sind deine Verletzungen?"

Er hielt inne und zog das Hemd hoch, das er aus dem Labor mitgenommen hatte. Er senkte den Kopf und untersuchte die Spuren, die die Operationen und Experimente der Gathendier hinterlassen hatten. Auf allen hatte er noch diese klare Schicht, die sie vor äußeren Einflüssen schützen sollte. „Gut." Er legte die prall gefüllte Tasche beiseite und winkte sie zu sich. „Was ist mit dir?" Jetzt, wo es wieder sauber war, trug sie das kleinere Hemd, das ihr besser passte.

Während er darauf wartete, dass sie den Verschluss öffnete, öffnete er die Notfalltasche und begann, verschiedene Behälter herauszuholen. Er runzelte die Stirn.

„Was ist?", fragte sie.

„Das Blut ist weg." Sie hatten zwei Beutel mit ihrem Blut mitgebracht, doch er konnte suchen, so viel er wollte, er würde sie nicht finden.

„Ich weiß." Etwas in ihrer Stimme ließ ihn innehalten und sie ansehen.

Ein Zögern trat in ihren Gesichtsausdruck, das einen Moment zuvor nicht da gewesen war.

„Was ist damit passiert? Ich bin sicher, dass es in der Tasche war, als wir das Schiff verlassen haben." Es war ihr wichtig gewesen, es mitzunehmen.

„Ich ... habe es benutzt."

Er starrte sie verständnislos an. „Hast du dir eine Transfusion gegeben?"

„Sowas in der Art."

„Wann?"

„Während du in der ersten Nacht in der Kapsel geschlafen hast."

Und er starrte immer noch. „Mir war nicht bewusst, dass du weißt, wie man das macht."

„Ich habe es herausgefunden", sagte sie mit einer Grimasse.

Er streckte die Hand aus und ergriff eine ihrer Hände. „Wenn du das Gefühl hattest, eine Transfusion zu brauchen, warum hast du dir dann nicht von mir helfen lassen?"

„Aus demselben Grund, aus dem ich Angst davor habe, dass du meine Wunden untersuchst."

Er runzelte die Stirn, sicher, dass ihm etwas entgangen war. Er war sich nur nicht sicher, was. „Ich verstehe nicht."

Sie zog ihre Hand zurück und begann, ihr Hemd aufzubinden. „Ich bin jetzt anders."

„Wegen des Virus?" Sie hatte gesagt, es hätte sie verändert.

„Ja."

„Ich weiß. Du bist stärker und schneller. Und manchmal leuchten deine Augen." Er sah sie fragend an. „Oder warst du schon vorher so, und ich wusste es nur nicht?" Sie hatte diese Fähigkeiten in ihren gemeinsamen Träumen nicht gezeigt.

Sie schüttelte den Kopf. „Ich war eine *Begabte*, so wie ich es in den Träumen war, bevor sie mich infiziert haben."

„Und jetzt?"

„Jetzt bin ich ein Unsterblicher Wächter."

Er schüttelte den Kopf. „Ich weiß nicht, was das bedeutet."

Sie öffnete ihr Hemd.

Jak'ris Blick wanderte sofort zu ihren wunderschönen Brüsten, blass und prall und köstlich nackt.

Ihre Augen weiteten sich, als sie ihr Hemd wieder zuzog. Ihr Gesicht wurde rot. „Mist! Ich habe vergessen, dass ich keinen BH habe."

Und verflucht sei er, doch sein Körper reagierte schon auf den kurzen Blick, den sie ihm gewährt hatte. Das war nicht der richtige Zeitpunkt dafür. „Tut mir leid", sagte er schnell. „Ich wollte nicht starren." *Sie ist einfach so verdammt perfekt*, dachte er.

Sie entspannte sich ein wenig. „Denkst du das wirklich?", fragte sie leise.

Er fluchte. „Das hättest du nicht hören sollen."

„Ich weiß. Aber ich habe weniger Kontrolle darüber, was ich telepathisch höre, als du." Ein Ausdruck der Überraschung huschte über ihr Gesicht. „Hey. Kehrt deine Telepathie zurück, nachdem die Gathendier dir dieses Zeug nicht mehr verabreichen?"

Er starrte sie an. „Meine Telepathie war so lange unterdrückt, dass ich nicht einmal daran gedacht habe, es auszuprobieren." Vor allem, da sie seine Gedanken hören konnte, ohne dass er sie aktiv an sie aussandte.

„Versuch, die Gedanken zu lesen, die ich dir nicht sende."

Er konzentrierte sich auf ihr Gesicht und versuchte, in ihre Gedanken einzudringen. Bilder und Gedanken fluteten ihn, so viele, dass es ihm schwerfiel, alle zu sortieren. In ihrem Geist gab es keine der Barrieren, die Purveli und Lasaraner schon in jungen Jahren zu errichten lernten. Er konnte alles sehen. Ihre Erinnerungen an die Erde. Die Freunde, mit denen sie die Reise nach Lasara angetreten hatte. Prinz Taelon, sein Partnerin und ihre kleine Tochter. Ihre Zeit bei den Gathendiern. Ihre Zeit mit *ihm*.

Sein Herz schwoll an. Sie empfand dasselbe für ihn, das er auch für sie empfand. Und ein Teil seines Unbehagens verschwand, als ihm klar wurde, dass er nicht der Einzige war, der diese wachsende Liebe körperlich erkunden wollte.

Dann stieß er auf neue Ängste, die sie hegte.

Ängste, die alles andere in den Schatten stellten.

Die Ängste schienen sich auf die Art und Weise zu konzentrieren, wie das gentechnisch veränderte Virus der Gathendier sie verändert hatte.

Und was sie mit den Blutbeuteln getan hatte.

„Du hast Reißzähne?"

Kapitel Zwölf

AVA ZUCKTE ZUSAMMEN. „JA. Verdammt, wie viel hast du gesehen?"

„Mehr als ich beabsichtigt hatte. Es gibt keine natürlichen Barrieren." Jak'ri kniff die Augen zusammen und blinzelte, während er auf ihre Lippen starrte, als hoffte er, einen Blick auf ihre Zähne zu erhaschen. „In unseren Träumen hattest du keine Reißzähne."

„Ich weiß. Ich habe sie erst, seit mich das Virus verändert hat." Und sie musste immer noch begreifen, wie sehr sie sich verändert hatte.

„Ich sehe sie nicht, wenn du sprichst."

„Weil ich sie noch nicht wirklich kontrollieren kann, also sind sie erst nach unten gerutscht, als ich das Blut ..."

„Du hast das Blut nicht getrunken?"

Sie verzog das Gesicht. „Nein. Das ist widerlich."

Er nickte nachdenklich und zeigte nicht den Ekel, den sie bei dem Gedanken empfand, es zu trinken. Vielleicht gab es da draußen Außerirdische, die so etwas regelmäßig taten. „Ich bezweifle, dass es wirkungsvoll wäre, es zu trinken, wenn man eine Transfusion braucht."

Das brachte ihr tatsächlich ein Lächeln auf die Lippen. „Meine neuen Reißzähne sind wie Nadeln und saugen es direkt in meine Adern."

„Sehr effizient."

Sie starrte ihn an, unsicher, was sie von seiner Antwort halten sollte.

„Warum leuchten deine Augen?", fragte er.

„Weil ich nervös bin", gab sie zu. „Andersartigkeit kommt auf der Erde nicht gut an."

Lächelnd ergriff er ihre Hände. „Ava, das ist nicht die Erde. Hier draußen ist alles anders. Purvel ist zwar nicht Teil der Aldebarianischen Allianz, aber wir betreiben Handel und interagieren häufig mit Mitgliedern der Allianz. Wir würden das nicht tun, wenn wir eine Abneigung gegen Leute hätten, die nicht Purveli sind. Und es gäbe keine Aldebarianische Allianz, wenn ihre Mitglieder andere Rassen aktiv ablehnen würden, weil wir alle so unterschiedlich sind. Je länger du hier draußen bist, desto mehr wirst du verstehen, dass die meisten Unterschiede eher Neugier als Feindseligkeit wecken."

„Außer bei den Gathendiern."

Er nickte. „Gathendier glauben fest daran, dass ihnen alle anderen Rassen unterlegen sind und es nicht wert sind ..."

„Zu existieren?", schlug sie vor.

Er lächelte schief. „Ja. Aber die Entschlossenheit der Gathendier, die Galaxie zu erobern und ihre Reichtümer und Ressourcen für sich zu beanspruchen, hat ihr Reich auf einen Bruchteil seiner einstigen Größe reduziert, da sie die Fähigkeiten der Feinde, die sie sich machen, unterschätzen. Ich denke, deshalb seid du und deine Freundinnen für sie so wichtig. Euer Sektor ist weitgehend unerforscht und, wenn du mir das zu sagen erlaubst, weniger fortgeschritten als unserer. Jetzt, da die Aldebarianische Allianz das gathendische Militär so sehr geschwächt hat, wäre es für sie leichter, deine Welt zu erobern, als eine, die fortschrittlicher ist."

„Gathendier sind Arschgeigen."

Er lachte. „Eine treffende Beschreibung." Er drückte ihre Hände. „Erzähl mir jetzt mehr über dieses Virus. Ich dachte, du hättest dich davon erholt. Aber deine Gedanken lassen mich glauben, dass du ihn immer noch hast."

„Ärzte auf der Erde versuchen immer noch, es zu verstehen. Aber die Tatsache, dass es anders als alle anderen Viren auf unserem Planeten ist, hilft nicht."

„Gathendier sind extrem kreativ, was diese Viren angeht. Selbst die Lasaraner mit all ihrer fortschrittlichen Technologie haben den Schaden, den das Virus angerichtet hat, das die Gathendier auf sie losgelassen haben, nicht ganz verstanden."

„Nun, das Virus, mit dem die Gathendier die Erdlinge infiziert haben, ist eher wie ein symbiotischer Organismus. Zuerst greift es unser Immunsystem an und zerstört es, weshalb manche die Transformation nicht überleben."

Seine Augen weiteten sich besorgt.

„Dann tritt das Virus an seine Stelle."

„An wessen Stelle?"

„Im Grunde fungiert es als unser Immunsystem, das uns eine Resistenz gegen alle anderen Viren und Krankheiten auf der Erde verleiht, unsere Wunden viel schneller heilen lässt und uns sogar immun gegen alle bekannten Drogen und Gifte auf der Erde macht. Und weil es sich – wie bereits erwähnt – wie ein symbiotischer Organismus verhält, macht es uns stärker, schneller und unsere Sinne empfindlicher." Sie zuckte mit den Schultern. „Wenn wir sterben, stirbt es, also hat es ein Interesse daran, dass wir nicht getötet werden."

Er runzelte die Stirn. „Ich verstehe das nicht. Wenn die Gathendier alle Erdlinge vernichten wollen, warum sollten sie sie dann stärker machen?"

„Dazu haben wir einige Ideen. Die Gathendier haben das Virus offenbar vor Tausenden von Jahren geschaffen."

Er nickte. „Das überrascht mich nicht. Sie sind eine der ältesten Rassen, denen wir begegnet sind, ähnlich wie die Secta und die Lasaraner. Das ist einer der Gründe, warum die Gathendier glauben, dass sie überlegen sind."

„War ihre Forschung vor langer Zeit genauso weit entwickelt wie heute?"

Er dachte einen Moment darüber nach. „Ihre Technik war fortschrittlicher als die, die ihr auf der Erde habt, aber ich denke, ihre Experimente mit der Gentechnik dürften damals noch in den Kinderschuhen gesteckt haben."

„Das ist so ziemlich das, was ich gedacht habe. Dieses Virus macht die Infizierten erst so krank, dass einige sterben, bevor sie die Transformation abgeschlossen haben." Lächelnd drückte sie seine Hand. „Danke, dass du dich um mich gekümmert und mich am Leben gehalten hast, als ich so krank war."

Er hob eine ihrer Hände an seine Lippen und küsste ihre Handfläche. „Ich wollte dich nicht verlieren."

In ihrem Bauch begannen Schmetterlinge zu flattern.

Er küsste die Handfläche ihrer anderen Hand. „Das tue ich immer noch nicht."

Verdammt. Jak'ri konnte sie mit nur wenigen Worten und ein paar unschuldigen Küssen zum Schmelzen bringen.

Doch nach allem, was sie gemeinsam durchgemacht hatten, verspürte Ava plötzlich das deutliche Bedürfnis nach mehr. Sie ließ seine Hände los, erhob sich auf die Knie, fuhr mit ihren Fingern durch sein Haar und zog ihn für einen Kuss an sich.

Jak'ri holte scharf Luft und summte dann zufrieden. Er schob die Medizintasche beiseite, ging ebenfalls auf die Knie und legte einen Arm um ihre Taille. Das Verlangen wuchs – schnell und unerwartet –, als er ihren Körper gegen seine schlanke, harte Gestalt drückte. Er spreizte seine Knie, damit er nicht so weit über ihr aufragte.

Feuer brannte in ihr, als er eine Hand über ihren Rücken gleiten ließ, auf ihrem Po innehielt und sie näher zog. Jetzt, da sie unsterblich war, waren alle ihre Sinne geschärft. Und er roch so gut. Fühlte sich so gut an. Als er die Härte seiner Erregung gegen sie drückte, stöhnte sie und drückte ihn fester an sich.

Mit der anderen Hand streichelte er ihre Brust, drückte sie und jagte eine Welle der Lust durch sie hindurch. „Ich liebe deine Brüste", flüsterte er.

Da sie einmal mit einem Mann ausgegangen war, der dabei gefragt hatte, ob sie jemals über eine Brustvergrößerung nachgedacht hatte, erregte sie das nur noch mehr.

Als er mit dem Daumen über die harte Brustwarze strich, keuchte sie.

„Die Sonne von K-54973 ist soeben aufgegangen", verkündete der Computer.

Ava und Jak'ri brachen den Kuss ab und knurrten angesichts der Unterbrechung, dann sahen sie einander an und lachten.

Er senkte den Kopf und drückte seine Stirn an ihre. „Ich will dich", gab er leise zu.

Sie lächelte. „Ich dich auch."

„Aber jetzt ist nicht der richtige Zeitpunkt."

Sie stieß einen bedauernden Seufzer aus. „Ich weiß. Ein paar Eidechsen-Arschlöcher werden morgen hier ankommen, und wir müssen vorher ein Versteck finden."

Lächelnd und mit offensichtlichem Widerwillen ließ er sie los und setzte sich wieder auf die Fersen. „Ich habe deine Wunden immer noch nicht untersucht." Er bedeutete ihr, sich zurückzulehnen, und zog die Medizintasche noch einmal an sich heran. „Während ich das tue, erklär mir, warum Gathendier geglaubt haben, dass ein Virus, das dich stärker macht, deine Spezies auslöschen würde." Ava lehnte sich zurück und sah zu, wie er die nötigen Utensilien aus der Tasche nahm. „Nun, ich dachte, dass es den Gathendiern damals vielleicht nicht so wichtig war, ihre Testsubjekete gesund zu halten, während sie mit ihnen experimentiert haben."

„Eine logische Annahme."

„Wahrscheinlich sind einige der Erdlinge, an denen sie das Virus getestet haben, innerhalb weniger Tage nach der Infektion gestorben."

„Und die anderen?" Er deutete auf ihren Bauch.

Ava verfluchte sich selbst, weil sie wieder rot geworden war, und öffnete das Hemd.

Sein Blick wanderte zu ihren Brüsten.

Sie musste nicht nachsehen, um zu wissen, dass ihre Brustwarzen von dem Verlangen, das sich noch nicht wieder beruhigt hatte, erigiert waren.

Sein Blick begegnete ihrem. „Perfekt", bemerkte er leise mit heiserer Stimme. Dann untersuchte er ihren Bauch, und seine Augenbrauen schossen in die Höhe. „Die Einschnitte ... sie sind weg!" Er streckte die Hand aus und strich ihr über den Bauch. Und verdammt noch mal, ihre verbesserten Sinne nährten nur die Erregung, die sie zu unterdrücken versuchte. „Du hast nicht einmal Narben", staunte er.

Sie nickte. „Das Virus hat sie geheilt." Nachdem sie die Konserven infundiert hatte.

Er senkte seinen Blick auf ihren Oberschenkel. „Und die Verletzung hier?"

„Tut immer noch ein bisschen weh, also dürfte sie noch da sein." Sie schloss ihr Hemd und band es zu, während er vorsichtig den Gummiverband abzog.

„Ja, immer noch da", bestätigte er, als er es untersuchte. „Aber deutlich kleiner."

Wie zuvor sprühte er das schäumende Reinigungsmittel auf die Wunde, trug das Analgetikum auf, das den Schmerz linderte und eine Entzündung verhinderte, und legte dann einen frischen Verband an. Danach untersuchte er die vormals klaffende Wunde an ihrem Arm. Wie die andere war sie nicht verschwunden, aber kleiner. „Warum sind die neueren Wunden nicht verheilt?"

„Ich glaube, ich bin immer noch geschwächt von der Verwandlung."

Er warf ihr einen erstaunten Blick zu. „Das ist geschwächt?"

Sie schmunzelte. Es fühlte sich gut an, dass er sie als jemanden sah, der stark war.

„Was ist mit den Testsubjekten, die die Transformation, die dieses Virus auslöst, überlebt haben?", fragte er, als er begann, den Verband an der Unterseite ihres Fußes zu entfernen.

„Erinnerst du dich, dass ich dir gesagt habe, dass es zwei Arten von Menschen auf der Erde gibt, normale Menschen und *Begabte*?" Die meisten waren sich dessen glücklicherweise nicht bewusst.

„Ja."

„Vor Tausenden von Jahren gab es tatsächlich nur sehr wenige *Begabte*. Ich vermute also, dass alle Erdlinge, die die Gathendier für ihre Experimente entführt haben, normale Menschen waren."

„Wie hat das die Ergebnisse verzerrt?"

„Das Virus verursacht bei normalen Menschen fortschreitende Hirnschäden, die sie schnell in den Wahnsinn treiben. Wenn die neu verwandelten Menschen – oder Vampire, wie sie auf der Erde genannt werden – Folter oder harten Lebensbedingungen ausgesetzt werden, beschleunigt das den Wahnsinn. Die Testsubjekte, die die Experimente der Gathendier überlebt haben, sind wahrscheinlich verrückt geworden und haben einander innerhalb kürzester Zeit gegenseitig auseinandergerissen."

Er unterbrach seine Arbeit und starrte sie an. „Wird dich das Virus in den Wahnsinn treiben, Ava?"

„Nein. Die höherentwickelte DNA, mit der *Begabte* geboren werden, schützt uns vor den ätzenderen Aspekten des Virus, sodass wir die Stärke, Geschwindigkeit und Selbstheilungskräfte bekommen, aber nicht den Wahnsinn."

„Etwas, das die Gathendier nicht wussten, als sie das Virus freigesetzt haben?"

„Genau."

Er löste den Verband von ihrem Fuß und runzelte die Stirn. „Deine größeren Selbstheilungskräfte reichen nicht bis zu deinem Fuß. Das sieht immer noch schmerzhaft und ziemlich wütend aus."

„Soweit Eliana mir erzählt hat, heilt es zuerst das, was das größte Risiko darstellt. In diesem Fall hatte die Heilung dessen, was die Gathendier meinen Organen angetan haben, Vorrang." Sie drehte sich, sodass sie ihre Fußsohle sehen konnte. „Sieht schon ein bisschen besser aus."

„Aber tut es immer noch weh?"

Sie verzog das Gesicht. „Ja. Ich habe nur versucht, kein Weichei zu sein."

„Weichei wurde nicht übersetzt." Er besprühte die Wunde mit dem schäumendem Desinfektionsmittel.

Sie wollte „Warmduscher" sagen, dachte aber, das würde ihn nur noch mehr verwirren. „Ich wollte nicht schwach oder weinerlich wirken."

Er schnaubte. „Wenn du glaubst, dass irgendetwas, was du sagst oder tust, mich dich für schwach halten lassen würde, dann muss dich dieses Virus doch in den Wahnsinn getrieben haben."

Sie grinste.

Er tupfte die Wunde mit einem Handtuch trocken. „Es erforderte viel Mut, sich so in den Kampf zu stürzen, wie du es auf dem Schiff mit den Gathendier getan hast. Und große körperliche Stärke, um sie im Nahkampf zu besiegen. Du hast einem sogar das Genick gebrochen. Das ist nicht leicht."

Ihr Lächeln geriet ins Wanken. „Ich habe nie zuvor jemanden getötet." Sie hatte wahrscheinlich mindestens die Hälfte der gathendischen Soldaten getötet, gegen die sie auf dem Schiff gekämpft hatte. Vielleicht auch Kunya. Er und Saekro hatten beide ziemlich tot ausgesehen, als sie sie zurückgelassen hatten. „Es scheint, als ob ich Reue darüber empfinden sollte, aber das tue ich nicht."

„Natürlich nicht", antwortete Jak'ri ohne jegliches Urteil in seinem Ton. „Sie haben dich mit der Absicht gefoltert, Völkermord an deinen Leuten zu begehen, und das nicht zum ersten, sondern zum zweiten Mal. Auf Lasara wäre es ihnen beinahe gelungen. Und sie haben Ziv'ri und mich benutzt, um ein Virus zu finden, das auch unsere Spezies ausrotten würde. Ich bereue es nicht, jemanden getötet zu haben, der keine Ehrfurcht vor anderen Leben außer seinem eigenen hat.”

Und sie hatten seinen geliebten Bruder getötet.

Jak'ri betrachtete ihren Fuß. Mit gerunzelter Stirn begegnete er ihrem Blick. „Obwohl ich es möchte, denke ich nicht, dass ich das mit dem *imaashu* besprühen sollte. Schmerzen können manchmal gut sein und uns warnen, wenn wir uns nach einer Verletzung zu sehr anstrengen. Ich befürchte, dass du, wenn du keine Schmerzen hast, vergessen könntest, vorsichtig zu sein, und die Wunde könnte wieder schlimmer werden, oder du könntest den Verband zerreißen und Bakterien könnten eindringen.”

„Du hast recht.” Ohne Schmerzen würde sie wahrscheinlich normal gehen und den Fuß zu schnell voll belasten.

Er hielt den Behälter mit dem Schmerzmittel hoch und sah sie an. „Vielleicht eine kleinere Dosis?”

„Nein, das geht schon so. Wir können es immer noch heute Abend benutzen, sobald wir einen Unterschlupf gefunden und uns eingerichtet haben.”

Er stimmte zu und steckte das *imaashu* zurück in die Tasche.

Ava sah zu, wie er ein Handtuch auf seinem Schoß ausbreitete und ihren Fuß darauflegte. Er war so ein guter Mann, der ihre Wunden so behutsam pflegte. Dadurch fühlte sie sich innerlich ganz warm.

„Ich werde damit die gesamte Unterseite deines Fußes einsprühen.” Er nahm den Behälter mit dem *kesaadi*, mit dem er ihre Verbände beschichtet und sie ohne Klebeband befestigt hatte. „Ich hoffe, dass es dir ein bisschen Schutz bietet, da du keine Schuhe hast.”

„Okay.”

„Spreiz deine Zehen.”

Als sie es tat, lächelte er.

„Was?”

„Deine Füße sind so klein. Sie sind ... was ist das Erdwort? Niedlich.”

Sie lachte und wackelte mit den Zehen.

Seine silbernen Augen funkelten amüsiert, als Jak'ri erst einen Fuß von den Zehen bis zur Ferse besprühte und dann den anderen.

Es fühlte sich seltsam an, als hätte er dicke Aufkleber unter ihre Fußsohlen geklebt. Und ihre Zehen fühlten sich voluminöser an. Sie hoffte jedoch, dass es dadurch weniger unangenehm wäre, barfuß durch den Wald zu laufen. Sie wollte vorschlagen, ihre Füße zu bandagieren, befürchtete jedoch, dass sie die Bandagen später brauchen könnten, falls die Gathendier sie einholen würden.

„Du solltest auch deine Füße einsprühen", sagte sie zu ihm und grinste dann. „Deine unglaublich großen Alien-Füße."

Lachend besprühte er sie. „Und doch sind meine Füße eher klein im Vergleich zu der Pfote, mit der dieses Tier vorhin am Fenster gekratzt hat."

„Ich weiß! Das Ding war riesig! Wir müssen auf jeden Fall dafür sorgen, dass wir vor Einbruch der Dunkelheit an einem sicheren Ort sind."

„Auf jeden Fall. Je früher wir aufbrechen, desto schneller werden wir Schutz finden. Bist du bereit?"

Ava entschied sich ein letztes Mal dafür, das Lav zu benutzen, und wünschte, die verdammten Gathendier würden sie nicht verfolgen, damit sie einfach in der Kapsel bleiben könnten. Sie freute sich nicht darauf, in den Büschen zu pinkeln, und würde diese seltsame kleine Toilette vermissen.

Jak'ri deaktivierte den Computer der Kapsel und sorgte dafür, dass nichts, was sie mitnahmen, irgendein Signal aussenden konnte.

Beide Taschen hatten verschiedene Griffe. Die kleineren dienten zum Tragen per Hand. Mit den anderen Griffen konnten sie die Taschen wie Rucksäcke tragen. Jak'ri bestand darauf, die schwerere Tasche zu nehmen, die voller Flaschen, Rationen und dergleichen war, während Ava sich die Sanitätstasche nahm, deren Inhalt so konzipiert war, dass sie leicht war und sie den Träger selbst im Kampf nicht behinderte.

Als Jak'ri die Luke öffnete, drangen die Geräusche des Waldes herein. Das Gezwitscher der Vögel, das Zirpen von Insekten. Das Rascheln kleiner Kreaturen im Unterholz.

Jak'ri kletterte als Erster hinaus und stellte sich auf den Rand der offenen Luke. „Sieht gut aus." Er reichte ihr eine Hand.

Ava nahm sie und kletterte neben ihn.

Das Blätterdach über ihnen war so dicht, dass alles darunter im Schatten lag und ziemlich dunkel war, obwohl laut Computer die Sonne aufgegangen war.

Jak'ri sprang von der Kapsel und hob dann die Arme.

Sie lächelte. „Ich bin jetzt stärker, erinnerst du dich? Du musst mich nicht auffangen."

Er lächelte zu ihr auf. „Vielleicht suche ich nur nach einem Vorwand, dich festzuhalten."

„Oh. Na dann." Ava sprang.

Jak'ri fing sie auf, stellte sie sanft auf die Füße und ließ sie an der Vorderseite seines Körpers hinuntergleiten.

„Ist das ein Troniumblaster in deiner Tasche", fragte sie schelmisch, „oder freust du dich so, mich zu sehen?"

Er lachte. „Beides."

Über ihnen brandete lautes Gejohle auf.

Ava und Jak'ri sprangen auseinander, rissen die über ihre Schultern hängenden O-Gewehre hoch und richteten sie auf …

Sie starrte in den Wald.

Die kleinen Säugetiere, die sie letzte Nacht bei ihrer Ankunft kurz gesehen hatten, sprangen von Ast zu Ast, während sie die Bäume hinunterkletterten, um die Neuankömmlinge genauer zu betrachten.

„Oh, wie süß die sind!", sagte sie.

Sie waren etwa so groß wie eine große Hauskatze und ähnelten einer Kreuzung aus einem Lemur und einem Känguru. Große braune Augen dominierten die spitzen Gesichter, umgeben von dicken, pelzigen schwarzen Mähnen. Ihre Arme, Hände und Schwänze ähnelten denen von Lemuren. Ihre Hinterbeine waren größer und kräftiger, so wie die eines Kängurus. Obwohl ihre braune Grundfarbe von einem zum anderen variierte, hatten alle lange schwarze und weiße Streifen, die auf dem Kopf begannen und bis zu den Schwanzspitzen reichten.

Und wow, sie waren laut und schrien hin und her, als sie näherkamen.

Als die Gruppe eher Neugier als Feindseligkeit zeigte, lächelte Jak'ri und senkte seine Waffe. „Neugierige kleine Kerle, nicht wahr?"

„Ja." Auch sie senkte ihre Waffe. „Ich wünschte, ich könnte welche als Haustiere behalten." Das waren die ersten Tiere, die Ava seit sie von der Erde aufgebrochen war, gesehen hatte. Sie hatte nicht bemerkt, wie sehr sie sie vermisste.

„Vielleicht begleiten sie uns auf unserer Wanderung und zeigen uns, welche Pflanzen, Früchte und Nüsse man sicher verzehren kann."

„Das wäre toll. Ich vermisse echtes Essen." Allerdings befürchtete sie, dass das Probieren fremder Früchte oder Beeren Jak'ri krank machen könnte. Ava war gegen ziemlich alle Gifte auf der Erde immun. Hoffentlich würde diese Immunität hier funktionieren, da das Ökosystem ähnlich zu sein schien. Aber Jak'ri …

„Schau." Er zeigte auf den Boden neben ihnen.

Als sie seinem Blick bis zum Umriss eines Pfotenabdrucks folgte, riss sie die Augen weit auf. „Heilige Scheiße! Da passen beide Füße rein!"

„Ich glaube, was auch immer die hinterlassen hat, war ein Baby", murmelte er und zeigte auf einen anderen Abdruck. „Sieh dir den an."

Der andere Abdruck ließ den ersten klein aussehen.

„Ja", sagte sie staunend. „Wir müssen auf jeden Fall dafür sorgen, dass wir vor Einbruch der Dunkelheit an einem sicheren Ort sind."

Er nickte, nahm ihre Hand und verschränkte seine Finger mit ihren. „Bereit, in unser Abenteuer aufzubrechen?"

Sie lächelte. „Ich bin bereit."

Während ihre neuen pelzigen Freunde über ihnen hüpften, schwangen und johlten, machten sie sich auf den Weg von der Kapsel weg.

DIE NEUGIERIGEN, JOHLENDEN SÄUGETIERE blieben bei ihnen, als sie durch den Wald zu den Hügeln wanderten, in denen Jak'ri Schutz zu finden hoffte. Er bereute schnell, dass er Avas Fuß nicht mit dem Schmerzmittel behandelt hatte. Ihr Hinken wurde immer ausgeprägter, und sie zuckte häufiger zusammen, während sie versuchte, den Fuß nicht zu stark zu belasten.

Er schalt sich und half ihr, so gut er konnte.

Oder so sehr sie es zuließ. Ava war eine stolze Frau, die keine Schwäche zeigen wollte. Aber Jak'ri hielt sie nicht für schwach. Schon vor ihrer verblüffenden Verwandlung hatte er sie nicht für schwach gehalten.

Hatte er sie beschützen wollen?

Natürlich. Dieser Impuls war jedoch keineswegs aus dem Glauben entstanden, dass sie nicht stark war. Er hatte bewundert, wie sie mit der Gefangenschaft umgegangen war, wie sie ihre Ängste immer wieder überwunden hatte, den Sinn für Humor, den sie bei aller Verzweiflung nicht aufgegeben hatte. Er war dankbar für die Ablenkung, die sie ihm von seiner eigenen Gefangenschaft in gemeinsamen Träumen gewährt hatte, und schätzte die Momente der Freiheit, die sie am Runaka Point genossen hatten. Und er respektierte die Intelligenz, die sie sowohl auf dem Schiff als auch hier in dieser fremden Welt wiederholt demonstriert hatte.

Er musterte sie aus dem Augenwinkel. Sie hatte ihr langes Haar wieder zu dem zurückgebunden, was sie einen Pferdeschwanz nannte, der über den oberen Rand ihrer Tasche hin und her glitt. Kleine Strähnen waren herausgerutscht und tanzten um ihr hübsches Gesicht, während ein Feuchtigkeitsschimmer auf ihrer Stirn glitzerte.

Jak'ris Herz hämmerte in seiner Brust. Seitdem er erwachsen war, hatte er sich immer wieder gefragt, wie es sein würde, eine Lebenspartnerin zu haben, und ob es ihn irgendwie verändern würde, diese Tiefe der Emotionen zu erleben.

Die Beziehung seiner Eltern war liebevoll, voller Lachen, Zuneigung und Neckereien. Sein ganzes Leben lang hatten seine Mutter und sein Vater eine enge Verbundenheit gehabt, die ihn dazu veranlasst hatte, sich zu fragen, ob er das jemals für sich finden würde, da frühere Geliebte es nicht geschafft hatten, diese Gefühle in ihm zu wecken.

Aber jetzt wusste er es. Jetzt verstand er.

Weil er für Ava das empfand, was Purveli für ihre Lebenspartner empfanden.

Ava blieb stehen.

Jak'ri hielt ebenfalls an, seinen Arm unter ihrem, um ihr Halt zu geben.

Sie drehte sich zu ihm um und starrte zu ihm auf.

Er runzelte die Stirn, als die Sorge zunahm. „Geht's dir gut? Musst du dich ausruhen?" Wenn ihr Fuß zu große Schmerzen verursachte, könnte er sie vielleicht davon überzeugen, ihn beide Taschen tragen zu lassen, während er sie auf seinem Rücken reiten ließ.

Ihre schlanke Kehle bewegte sich, als sie schluckte. „So möchte ich dich nicht reiten", flüsterte sie, und ihre braunen Augen bekamen diesen faszinierenden bernsteinfarbenen Glanz.

Als ihm die Bedeutung ihrer Worte klar wurde, durchströmte ihn ein Verlangen, das ihn augenblicklich hart und sehnsüchtig machte. „Was?", fragte er mit heiserer Stimme.

„Hast du das ernst gemeint?" Sie musterte ihn aufmerksam. „Fühlst du wirklich für mich, was deine Leute für ihre Lebenspartner empfinden?"

Als er begriff, was passiert war, fluchte er. „Du hast meine Gedanken gelesen."

„Ja. Tut mir leid. Es war keine Absicht. Wenn ich müde oder gestresst bin, fällt es mir schwerer, die Gedanken anderer Leute auszublenden und ..." Sie hob ihre Hände und legte sie an seine Wangen. „Ich gebe zu, mir hat gefallen, was ich gehört habe." Sie lehnte ihren geschmeidigen Körper an seinen. „Weil ich mich in dich verliebe, Jak'ri. Das geht jetzt schon eine Weile so. Vielleicht sogar schon seit unserem ersten gemeinsamen Traum."

Er hatte es schon vorher vermutet, als er ihre Gedanken gelesen hatte, doch zu hören, wie sie es bestätigte und laut aussprach ...

Er legte beide Arme um sie und schob sie zwischen ihren Rucksack und ihren Rücken. „Du solltest nach Lasara gehen", murmelte er. Und doch wollte er sie unbedingt mit nach Purvel nehmen.

Ihr langsames Nicken ließ seine Hoffnung schwinden. „Ich weiß. Aber die Lasaraner haben versprochen, uns zu beschützen. Sie haben Seth gesagt, sie würden für unsere Sicherheit sorgen. Und ich denke – oder ich hoffe –, dass ihr Versäumnis, das zu tun, sie zugänglicher dafür machen könnte, wenn ich ... mich entscheide, woanders zu leben."

„Das würdest du in Betracht ziehen?", fragte er, und die Hoffnung wuchs.

Ihr Lächeln wurde schief. „Auch wenn ich kein Fan von Camping bin, würde ich sogar darüber nachdenken, hier auf K-54973 mit dir zu leben, wenn das die einzige Möglichkeit für uns wäre, zusammen zu sein."

Mit pochendem Herzen senkte Jak'ri den Kopf und drückte seine Lippen für einen innigen Kuss auf ihre, von dem er hoffte, dass er alles zum Ausdruck bringen würde, was er für sie empfand.

Ava schlang ihre Arme um seinen Hals, stellte sich auf die Zehenspitzen und erwiderte den Kuss mit einer Leidenschaft, die ihm den Atem raubte.

„Liebe ist das, was Erdlinge für ihre Lebenspartner empfinden?", fragte er. Sie hatte das Wort schon einmal auf die gleiche Art und Weise verwendet, wie Purveli es taten, aber er wollte sicher sein, dass er es nicht falsch verstand, während er Küsse über ihre Wange und die weiche Haut ihres Halses direkt unter ihrem Ohr verteilte.

„Ja", hauchte sie, strich mit ihren Fingern durch sein Haar und ließ ihn erschauern.

Jak'ri drückte seine Lippen wieder auf ihre.

Küssen Purveli mit Zunge?, fragte sie telepathisch, vielleicht genauso unwillig wie er, den Kontakt abzubrechen.

Er hielt inne und zog sich zurück, um sie anzustarren. „Mit Zunge?"

Sie nickte.

„Nein."

„Okay." Sie beugte sich vor, um ihn erneut zu küssen.

„Machen Erdlinge das?", fragte er.

„Einige ja. Manche nicht", sagte sie mit einem Schulterzucken und versuchte dann erneut, ihn zu küssen.

Aber er blieb außer Reichweite.

Mit gerunzelter Stirn stieß sie ein genervtes Schnauben aus, das ihn zum Lächeln brachte.

„Küsst du mit Zunge?", fragte er.

Sie ließ ihre Fersen auf den Boden sinken und starrte zu ihm auf. „Manchmal."

„Ist es etwas, das dir Spaß macht?"

Sie zögerte. „Mit dem richtigen Mann."

„Ist es etwas, von dem du denkst, dass es dir mit mir Spaß machen würde?"
Das bernsteinfarbene Leuchten in ihren Augen wurde heller, und sie
antwortete ihm, bevor sie die Worte überhaupt ausgesprochen hatte. „Ja. Ich
glaube, ich würde es mit dir sehr genießen." Und der heisere Ton ihrer Stimme
traf ihn genauso intensiv wie eine Berührung ihrer Hand.

„Dann zeig es mir", flüsterte er.

Sie stellte sich wieder auf die Zehenspitzen und nahm sein Gesicht in ihre
Hände. „Folge einfach meinem Beispiel", sagte sie so leise, dass es fast ein
Flüstern war.

Er nickte und senkte dann den Kopf. Ihre Lippen waren sanft auf seinen und
lösten erneut ein Verlangen aus, das jedoch im Vergleich zu dem, was er beim
ersten Kontakt ihrer Zunge mit seinen Lippen spürte, verblasste. Jak'ri holte tief
Luft, fassungslos über den Schock des Verlangens, das eine so simple Berührung
hervorrufen konnte.

Ava nutzte schnell seine geöffneten Lippen und ließ ihre Zunge in seinen
Mund gleiten.

Feuer schoss durch ihn hindurch, als ihre Zunge seine streichelte, erhitzte
sein Blut und machte ihn steinhart. Stöhnend folgte er zögernd ihrem Beispiel.
Mehr Hitze. Mehr Feuer. Warum zum *srul* hatte er das noch nie zuvor versucht?

Stöhnend schlang Ava ihre Arme um ihn und drückte ihn mit
überraschender Kraft an sich. *Du schmeckst so gut*, sagte sie telepathisch.

Selbst das – ihre sinnliche Stimme in seinem Kopf, während ihre Zunge mit
seiner tanzte und ihr Körper sich an ihm rieb – ließ ihn brennen.

Mehr, knurrte er.

Ein schweres Gewicht landete auf seinem Rucksack.

Erschrocken brach Jak'ri den Kuss ab und taumelte zurück. Was zum *drek*?

Ava blickte über seine Schulter und starrte mit offenem Mund.

Oh, *drek*. Was war das?

Seine Hand wanderte zu seinem Blaster.

Ihr Gesicht – immer noch vor Verlangen gerötet – wurde von einem breiten
Lächeln erhellt, als sie zu lachen begann.

Kleine Hände streichelten seinen Kopf und spielten mit seinen Haaren.

„Es ist eines der Lemurendinger", sagte sie. „Einer der Springer."

Ein Zweiter landete auf ihrem Rucksack.

Als Ava einen Schritt zurückstolperte, streckte Jak'ri schnell die Hand aus, um sie zu stützen.

„Wow", sagte sie. „Diese Kerle sind viel schwerer, als sie aussehen."

Das gestreifte Wesen schnupperte an ihrem Kopf und begann dann, ihren Pferdeschwanz zu untersuchen, teilte Strähnen ab und steckte sogar eine in seinen Mund.

Sie lächelte. „Vielleicht sind sie keine Fans von Zungenküssen, und das ist ihre Art, uns zu sagen, dass wir weitergehen sollen."

„Oder vielleicht haben sie gehört, dass du erwähnt hast, mich reiten zu wollen, und beschlossen, dass sie auch reiten wollen."

Sie lachte.

Obwohl er die kleinen Kreaturen unbedingt verscheuchen und sehen wollte, welche anderen leidenschaftlichen Entdeckungen er mit Ava machen könnte, unterdrückte Jak'ri sein Verlangen und nahm ihre Hand. „Sollen wir weitermachen?"

Sie presste nachdenklich die verlockenden Lippen aufeinander, als ein neckendes Glitzern in ihre bernsteinfarbenen Augen trat. „Weiter küssen?"

Er schmunzelte. „Das wäre meine erste Wahl. Aber ich denke, wir sollten weitergehen."

Sie verzog enttäuscht das Gesicht.

„Wäre es angenehmer, wenn ich versprechen würde, dass es am Ende mehr Küsse geben wird?"

„*Srul,* ja", antwortete sie sofort.

Lachend stahl sich Jak'ri einen weiteren Kuss und ging dann weiter. „Das Gelände steigt jetzt an. Ich denke, wir werden diese Felsformationen bald erreichen."

Sie warf einen Blick auf das pelzige Wesen, das auf seinem Rucksack saß. „Vielleicht bekommen wir Gesellschaft, wenn wir das Glück haben, eine Höhle zu finden, in der wir die Nacht verbringen können."

Jak'ri hoffte nicht. Wenn Ava am Ende des Tages nicht zu müde wäre, würde er wirklich gern noch einmal ihre schönen Lippen schmecken und herausfinden, wie sie ihn reiten wollte ... etwas, wovon er glaubte, dass es viel mehr Spaß machen könnte, wenn diese Kreaturen sie nicht dabei beobachteten und an ihren Haaren zupften.

Die zunehmende Steigung des Landes näherte sich bald einer Erhebung. Ihre pelzigen Freunde mussten entschieden haben, dass es besser sei, auf ihren Rucksäcken zu faulenzen und sich tragen zu lassen, als sich zu schwingen oder durch die Äste über ihnen zu hüpfen, weil sie kein Interesse daran zeigten, ihre Sitzplätze zu verlassen.

Jak'ri behielt Ava im Auge, weil er befürchtete, dass das zusätzliche Gewicht eine zu große Belastung für sie sein könnte. Durch die Zeit bei den Gathendiern war keiner von ihnen in idealer Verfassung für eine lange Wanderung, aber ihr schien es trotz ihres verletzten Fußes einigermaßen gutzugehen.

Ein Teil der Erde unter ihren Füßen machte Felsen und Felsbrocken Platz, zwischen denen schattenliebende Pflanzen sprossen. Mehrere ihrer pelzigen Freunde hüpften durch die Bäume über ihnen und schrien hin und her, als führten sie ein Gespräch. Vögel zwitscherten. Einige kreischten.

Ava verzog das Gesicht. „Das ist ein unheimliches Geräusch."

Nickend stimmte er zu. Es klang fast wie der Schrei eines Kindes. Aber die Kreaturen auf ihren Rucksäcken sahen nicht aus, als hätten sie Angst, also ging er davon aus, dass der Vogel oder welche Kreatur auch immer es war, die den Schrei ausstieß, keine Bedrohung darstellte.

Hin und wieder erhaschte er einen Blick auf kleine flauschige Nagetiere.

„Sie erinnern mich irgendwie an Streifenhörnchen", kommentierte Ava und schickte ihm ein telepathisches Bild des kleinen Erdsäugetiers.

Ein solches Nagetier rannte vor sie und sprang von einem Felsbrocken. Es spreizte seine Beine weit und legte auf beiden Seiten Hautlappen frei, die den Wind einfingen und es ihm erlaubten, vor ihnen herzufliegen und auf dem dicken Baumstamm zu landen.

„Oder auch nicht", fügte sie hinzu.

Die Felsen, an denen sie vorbeikamen, hatten jetzt Flecken von orangefarbenem und grünem Moos. Der Bewuchs am Boden wurde dichter.

Ava neigte plötzlich den Kopf. „Ich höre fließendes Wasser." Sie schnupperte in der Luft. „Ich kann es auch riechen."

Jak'ri konnte es nicht, sosehr er es auch versuchte.

Minuten vergingen.

Ihre Passagiere stießen plötzlich Schreie aus und sprangen von ihren Schultern.

Ava zuckte zusammen. „Verdammt, das war laut."

Jak'ri packte sie am Ellbogen und zwang sie, stehenzubleiben, während die flauschigen Säugetiere ihnen vorauskrochen und schnell aus dem Blickfeld verschwanden. Er konnte das Wasser jetzt auch hören. Leise. Es ähnelte eher dem fröhlichen Plätschern eines Baches als dem Rauschen eines Flusses. „Wasser lockt Wildtiere an. Wir sollten vorsichtig sein."

Sie starrte den Säugetieren nach. „Du hast recht." Sie legte den Kopf in den Nacken, atmete tief ein und hielt den Atem an.

Er studierte sie. „Was machst du?"

„Ich rieche keine der großen Katzen."

Seine Augenbrauen schossen in die Höhe. „Hast du sie gerochen, als wir die Kapsel verlassen haben?"

Sie nickte. „Meine Sinne sind jetzt schärfer."

Er warf einen Blick auf das Unterholz, in dem die Säugetiere verschwunden waren. „Riechst du sonst noch was?"

Wieder atmete sie tief ein. „Nichts Großes. Nur die Springer und ein paar andere Gerüche, die mich denken lassen, dass sie entweder viel kleineren Tieren gehören oder die verblassten Spuren von Lebewesen sind, die vor uns hier waren und schon lange weg sind."

Jak'ri nickte, ging weiter und spähte durch das Unterholz. Eine Gruppe kreischender Säugetiere versammelte sich neben einem breiten Bach, der über ein felsiges Bett floss. Nicht weit entfernt badeten zwei bunte Vögel am Ufer, während einige der Nagetiere, die er zuvor entdeckt hatte, tranken.

Ava ging neben ihm in die Hocke. „Alles klar?"

Er nickte und nahm an, dass das ihre Art war, zu fragen, ob es sicher sei, weiterzugehen.

Sobald er und Ava ins Freie traten, kreischten die Vögel und flatterten davon. Auch die Nagetiere flüchteten.

Die Springer, wie Ava sie nannte, schöpften weiter Wasser in ihre Münder, während sie die beiden neugierig beobachteten.

Ava ließ ihren Rucksack auf den Boden sinken und kniete sich vor ihnen nieder. Sie tauchte ihre Hände in die klare Flüssigkeit und lächelte. „Es ist kalt, wie frisch geschmolzener Schnee." Zuerst befürchtete er, dass sie es trinken wollte, entspannte sich aber, als sie nur ihr Gesicht und ihren Hals damit wusch, um ihre erhitzte Haut abzukühlen.

Jak'ri schloss sich ihr an und folgte ihrem Beispiel.

„Fühlt sich gut an, nicht wahr?", fragte sie mit einem Lächeln.

„Sehr gut."

Sie ließ noch mehr Flüssigkeit über ihre Arme laufen. „Glaubst du, dass es trinkbar ist?"

Er schüttelte den Kopf. „Nicht direkt aus dem Bach. Wir wissen zu wenig über diesen Planeten und die Bakterien und Mikroorganismen hier. Aber in deiner Tasche ist ein Dekontaminationsmittel, das es mit nur wenigen Tropfen trinkbar macht."

„Gut. Dann brauchen wir jetzt nur noch eine Nahrungsquelle."

Er nickte in Richtung der Springer. Die beiden Kleinsten waren zu einem Busch voller kleiner, länglicher Beeren gegangen. Während er und Ava zusahen, pflückten die Kleinen mehrere der dicken Beeren und aßen sie, wobei der Saft ihre Pfoten blau färbte. „Die sehen vielversprechend aus."

Ein neckendes Glitzern trat in ihre Augen. „Ich hoffe, du sprichst von den Beeren."

Er lachte. „Ja. Auf Purvel ernähren wir uns hauptsächlich von Pflanzen und kleinen Meeresorganismen. Wir konsumieren keine Landtiere."

Ihre Gesichtszüge leuchteten vor Neugier. „Gibt es viel Land auf deinem Planeten? Ich sehe in deinen Träumen immer nur Runaka Point."

„Nein, mein Planet ist diesem sehr ähnlich, mit weit mehr Wasser als Land."

Sie zwinkerte. „Gut, dass ihr so gute Schwimmer seid."

Er lächelte. „Ja." Eine kleine Stimme in ihm freute sich, dass Ava auch eine starke Schwimmerin war, was sich als nützlich erweisen würde, wenn sie ihn nach Purvel begleiten würde.

„Wie scharf ist der Geruchssinn der Gathendier?", fragte sie plötzlich. „Sind sie gute Fährtenleser?"

„Nein. Sie neigen dazu, sich bei der Verfolgung ihrer Beute auf *sedapas* zu verlassen."

„Was sind *sedapas*?"

„Stachelechsen, die ungefähr so groß sind wie du. Sie können mit ihrer Zunge Dinge aus der Ferne riechen und sind ausgezeichnete Fährtenleser."

Sie runzelte die Stirn. „Sind sie gefährlich?"

„Oh ja. Sie haben mehrere Zahnreihen im Maul, mit denen sie ihre Beute brutal zerreißen."

„Scheiße. Hast du welche davon auf dem Schiff gesehen?"

„Nein. Die Gathendier hatten keinen Grund, sie ins Labor zu bringen. Aber man findet sie häufig in der Gesellschaft der Gathendier."

„Wie schön."

Er gab sich die Schuld daran, dass ihr Lächeln verschwunden war und berührte ihren Arm. „*Sedapas* werden oft kaum gezähmt. Ich kann mir nicht vorstellen, dass gathendische Soldaten begeistert wären, sich mit einem in einen Jäger zu quetschen, für einen Flug, der Tage dauern kann. Ich glaube also nicht, dass wir welche sehen werden, es sei denn, ein Shuttle oder das Schiff folgt."

„Okay. Aber nur für den Fall, lass uns ein Stück durch das Wasser laufen und hoffen, dass sie dadurch unsere Spur verlieren."

Eine gute Strategie.

Jak'ri holte eine Flasche aus seinem Rucksack und hielt sie Ava entgegen.

„Danke."

Nachdem sie ihren Durst gestillt hatten, füllte er die Flasche mit kaltem Wasser aus dem Bach, träufelte ein paar Tropfen Dekontaminationsmittel hinein und packte sie wieder in den Rucksack. „Wie geht's deinen Füßen?"

Sie wackelte mit den Zehen. „Gut. Dieses gummiartige *kesaadi*-Zeug funktioniert perfekt und verhindert, dass Äste und Steine meine Haut aufreißen."

Das hatte er gehofft. Es schützte auch seine Füße gut. Aber seine Fußsohlen waren auch nicht verletzt.

Nachdem sie ihre Rucksäcke wieder aufgesetzt hatten, wateten sie ins Wasser und machten sich auf den Weg stromaufwärts.

Die Strömung war recht sanft, sodass sie sich weder anstrengen mussten, um dagegen anzukommen, noch Angst haben mussten, von den Füßen gerissen zu werden.

Er holte tief Luft und seufzte zufrieden. Die sterile Luft auf Schiffen und in Kapseln war einfach nicht vergleichbar mit der frischen Luft eines Waldes.

Als Ava ihre Hand in seine legte, führte Jak'ri sie zu seinen Lippen, um sie zu küssen.

„Ich weiß, dass unsere Situation beschissen ist", sagte sie und lächelte zu ihm auf, „aber das hier ist schön."

„Ja, das ist es." Es erinnerte ihn an die unbeschwerten Stunden, die sie zusammen in seinen Träumen verbracht hatten.

Als sie weitergingen, wurde Avas Hinken weniger ausgeprägt.

Vielleicht linderte das kalte Wasser den Schmerz.

„Falls wir es mit *sedapas* zu tun bekommen, wie schwer sind sie zu töten?", fragte sie.

Er dachte einen Moment darüber nach. „Ihre Haut ist dick, aber man kann sie trotzdem mit einem Troniumblaster oder O-Gewehrfeuer beschädigen."

„Und mit einem Dolch?"

„Ja. Aber ihn in die Haut zu rammen, würde mehr Kraft kosten." Und man müsste den bösartigen Reptilien gefährlich nahekommen.

„Also hart zuschlagen."

„Ja."

Als sie den Bach verließen und auf der anderen Seite in den Wald gingen, hoffte Jak'ri inständig, dass es nicht dazu kommen würde.

Kapitel Dreizehn

AVA BETRACHTETE EINEN SPALT in einem Felsen im Berghang, den sie zu erklimmen begonnen hatten. „Der sieht tief aus", kommentierte sie, unsicher, ob Jak'ris Augen genauso gut darin waren, in die Dunkelheit zu sehen wie ihre. „Aber ich kann nicht sehen, wie tief der Spalt ist, weil es aussieht, als wäre da eine Kurve."

Er nickte. „Glaubst du, da ist eine Höhle am Ende?"

„Vielleicht. Allerdings ist es ziemlich eng." Sie musterte ihn von oben bis unten. „Glaubst du, dass du da durchpasst?" Seine Gefangenschaft bei den Gathendiern hatte ihm definitiv einen Teil der Muskelmasse geraubt, die sie in ihren Träumen gesehen hatte. Trotzdem war sie sich nicht sicher, ob er sich zwischen den rauen Steinwänden hindurchzwängen konnte.

„Ich denke schon." Er ließ den Rucksack von seinen Schultern rutschen.

Ava folgte seinem Beispiel und stellte ihre Sanitätstasche auf den Boden.

Während sie ihr O-Gewehr darauflegte und ihre schmerzenden Schultern rollte, nahm er sein Gewehr ab, nahm einen Troniumblaster in die Hand und holte eine kleine Röhre aus seiner Tasche mit Vorräten.

„Sei vorsichtig", riet er und winkte dann in Richtung ihrer pelzigen Gefährten. „Die Springer sollten dich warnen, falls sich während meiner Abwesenheit irgendetwas Gefährliches nähert."

Ava packte seinen Arm, als er gehen wollte. „Warte. Lass mich das machen." Als er protestieren wollte, unterbrach sie ihn. „Ich bin kleiner, schneller und sehe in der Dunkelheit besser als du. Wenn irgendetwas da drin schläft und wütend aufwacht, habe ich eine bessere Chance, es zu töten, bevor es mich töten k ann."

Er starrte sie lange an. Und sie konnte den Kampf sehen, der in ihm tobte. Nicht, weil er nicht zugeben wollte, dass sie jetzt sowohl schneller als auch stärker war als er. Doch weil sein Wunsch, sie vor allem zu beschützen, was ihr möglicherweise schaden könnte, genauso heftig war wie ihr Drang, ihn zu beschützen.

Schließlich nickte er. „Nimm einen Blaster. Und halte Ausschau nach Schlangen."

Verdammt, wenn das ihre Gefühle für ihn nicht noch tiefer werden ließ.

Sie stellte sich auf die Zehenspitzen, schlang ihre Arme um seinen Hals und drückte ihre Lippen auf seine, in einem Kuss, der von all der Liebe und Leidenschaft durchdrungen war, die er in ihr weckte.

Jak'ri drückte sie an sich und küsste sie leidenschaftlich. Wow, er lernte schnell. Seine Zunge streichelte und neckte ihre, bis sie wie an einer Stripteasestange an ihm emporklettern wollte.

Beide waren atemlos, als sie den Kuss beendeten.

„Ich hoffe wirklich, dass diese Höhle leer ist", sagte er mit vor Verlangen heiserer Stimme.

„*Srul*, ja", stimmte sie zu, und ein Schauer der Erregung schoss durch ihren Körper hindurch.

Er trat zurück. „Beeinträchtigt das Leuchten deiner Augen deine Sehkraft?"

Ihre Augen leuchteten? „Nein." Sie wünschte, sie hätte einen Spiegel, damit sie es sehen könnte. Und ihre Reißzähne, die sich zum Glück nicht gesenkt hatten, während sie sich geküsst hatten.

„Stell deinen Blaster auf Betäubung."

Sie blinzelte. „Was?"

„Mir ist der Gedanke gekommen, dass das Abfeuern eines O-Gewehrs oder eines Troniumblasters in der Höhle die Struktur destabilisieren könnte."

„Oh. Richtig. Ich würde gern vermeiden, dass mir Steine auf den Kopf fallen. Wie mache ich das nochmal?"

Er zeigte ihr, wie man den Blaster so einstellte, dass er einen Gegner betäubte, anstatt diese coolen Energiebälle abzufeuern, die in der Lage waren, ein Loch durch fast alles zu brennen.

Sie betrachtete den schmalen Durchgang. „Da drin sollte nichts sein, das größer ist als ich. Aber falls ich mich da irre, wird der Blaster dann trotzdem alles aufhalten, was mir begegnen könnte?"

„Ja." Er verlagerte sein Gewicht, sein hübsches Gesicht war nachdenklich. „Vielleicht sollten wir zusammen gehen."

Sie schüttelte den Kopf. „Wenn ich auf etwas stoße, von dem ich denke, dass ich es nicht bewältigen kann, ziehe ich ganz schnell hierher zurück, und du kannst es erschießen. Halt einfach das Gewehr bereit."

Er nickte und reichte ihr das Röhrchen, das er zuvor aus seiner Tasche geholt hatte.

„Was ist das?", fragte sie und betrachtete es.

„Ein Licht." Er nahm ihre Hand und bewegte sie, bis sie die Röhre über ihren Blaster hielt. Die Röhre glitt ihr aus den Fingern und verankerte sich mit einem Klicken an der Oberseite der Waffe. „Wenn du es brauchst, streich mit dem Daumen im Kreis über das Ende, um es zu aktivieren."

„Werden die Gathendier es orten können?" Er hatte alles in der Kapsel abgeschaltet, um zu verhindern, dass die Gathendier elektronische Signale orten und ihren Standort bestimmen konnten.

„Das glaube ich nicht. Nicht, wenn du es nur in der Höhle verwendest, sofern es eine gibt. Die Batterie ist winzig. Und das Signal, das sie im Betrieb aussendet, ist sehr schwach. Dicke Felsschichten sollten verhindern, dass es geortet wird."

„Okay." Obwohl sie ziemlich sicher war, dass sie dank ihrer neu geschärften Sicht auch ohne Licht in der Höhle genug sehen könnte, könnte das Licht alles blenden, was unerwartet auf sie zustürmte.

Wie Ava gehofft hatte, war sie klein genug, um zwischen den Felswänden hindurchzuschlüpfen. Ein paar Meter weiter bog der durch die beiden Felsen geschaffene Durchgang zu einer Seite ab. Sie hielt inne und warf einen Blick zurück.

Jak'ri spähte ihr nach, das O-Gewehr in der Hand, die Stirn gerunzelt, als eines der kleinen Lemurendinger näher an die Tasche zu seinen Füßen kroch.

Ava zwang sich zu einem Lächeln, bevor sie dem Gang folgte und aus seinem Blickfeld verschwand.

Sie hob den Blaster und richtete ihn in die Dunkelheit, die sie einhüllte, während sie weiterging. Der Durchgang wurde bald so eng, dass sie seitwärts weitergehen musste. Ihr Herz schlug schneller. Enge Räume waren für sie nie ein Problem gewesen. Doch jetzt nagte die Angst an ihren Nerven, als fremde Gerüche sie bombardierten. Einige waren muffig, wie feuchte Erde. Ein anderer war ein bestialischer Gestank, von dem sie hoffte, dass er von Bewohnern hinterlassen worden war, die diese Nische schon lange verlassen hatten.

Die Felswände, die sie umgaben, weiteten sich plötzlich. Ava umklammerte den Blaster fester, als sie eine Höhle betrat.

Eine *leere* Höhle, stellte sie erleichtert fest, die doppelt so groß war wie die Arrestzelle, in der sie auf dem gathendischen Schiff festgehalten worden war.

„Cool", flüsterte sie.

Es gab dunklere Flecken am hinteren Ende, die ihren scharfen Blick anzogen. Um sicherzugehen, aktivierte sie das an ihrem Blaster befestigte Licht, als sie sie erkundete. Eine der Stellen war offensichtlich von einem Tier als Toilette genutzt worden, das sich scheinbar nicht draußen hatte erleichtern wollen. Sie rümpfte die Nase. Die andere dunkle Stelle war eine Nische, die nirgendwohin führte.

Ava?, rief Jak'ri telepathisch.

Ich bin hier, sagte sie, als sie in den Hauptraum zurückkehrte. *Es gibt eine Höhle. Sie ist leer. Und ich glaube nicht, dass hier in letzter Zeit irgendwas gelebt hat.* Sie blickte auf. *Außer Spinnen. Ich sehe eine Menge Spinnennetze, habe aber noch nicht entdeckt, was sie gesponnen hat.*

Sie schaltete die Taschenlampe aus.

Ihre Augen weiteten sich. *Cool!*

Was?

In den Wänden ist was – ein blauer Stein oder vielleicht Erz – das im Dunkeln leuchtet. Streifen davon erhellten die Höhle jetzt wie Lichterketten.

Hat es vorher geleuchtet?

Nein. Ich denke, es könnte auf Licht reagieren.

Sie wandte den Blick ab und ging durch den engen Gang zurück. Der Wald, der zuvor dunkel gewirkt hatte, wirkte jetzt im Vergleich zur Höhle hell.

Jak'ri wartete mit seinem O-Gewehr im Anschlag am Eingang und sah wild und kampfbereit aus.

Ava schüttelte den Kopf, als sie aus der Felsspalte trat. „Wie machst du das?"

Er runzelte die Stirn. „Was meinst du?"

Sie gestikulierte auf und ab. „Monatelange Folter überstehen und immer noch verdammt heiß aussehen."

Es dauerte einen Moment, bis ihre Worte übersetzt wurden. Oder weitgehend übersetzt, vermutete sie. Dann grinste er. Er ließ seine Waffe sinken, streckte die Hand aus und berührte ihre Schulter.

Ava senkte den Blick. Sie hatte Spinnweben an sich. Sie warf einen Blick auf die andere Schulter und entdeckte eine ziemlich große, gelb-weiße Spinne, die sie anstarrte. Sie jaulte, wischte es hastig ab und begann, sich durch ihr Haar zu streichen. „Sind da noch mehr?" Sie hatte im Allgemeinen keine Angst vor Insekten. Aber sie hatte keine Ahnung, ob das grellbunte Spinnentier giftig war, und wollte lieber nicht die Grenzen ihrer neu erworbenen Regenerationsfähigkeiten austesten.

Jak'ri wischte weiter über ihre Schulter und ihren Rücken. „Nur die eine. Der Rest sind nur Spinnweben."

Einer der Springer huschte herbei, packte die Spinne, die sie und Jak'ri vertrieben hatten, und stopfte sie sich ins Maul.

Ava beobachtete, wie seine Wangen beim Kauen praller wurden. „Ich hoffe, das bedeutet, dass die Spinnen nicht giftig sind."

Jak'ri schnaubte, seine Aufmerksamkeit jetzt auf ihr Haar gerichtet.

Sie lächelte und schloss die Augen, als er das Band von ihrem Pferdeschwanz löste und seine Finger durch die Haare strich. Mit Spinnweben übersät zu sein war die Mühe auf jeden Fall wert, wenn er ihr dafür mit den Fingern durch die Haare kämmte. „Habe ich viele Netze aufgesammelt?"

„Nein."

Sie öffnete die Augen und blickte zu ihm auf.

Seine Lippen verzogen sich zu einem Lächeln. „Ich mag einfach deine Haare. Es ist so schön und weich. Und mir ist in der Kapsel aufgefallen, dass es bei hellerem Licht einen Hauch Rot hat."

Sie freute sich über seine Worte. „Es ist aber noch alles da, oder? Ich bin mir ziemlich sicher, dass der kleine Kerl, der auf meinem Rucksack gesessen hat, daran gekaut hat."

„Es ist noch alles da", lachte er und warf einen Blick in den dunklen Spalt. „Sollen wir sehen, ob ich durchpasse?"

Ava nickte. „Wenn nicht, müssen wir uns nach einem anderen umsehen." Und sie wollte wirklich vor Einbruch der Dunkelheit eine Unterkunft gefunden haben.

Obwohl Jak'ri sich anscheinend für zu dünn hielt, musste er sich zur Seite drehen, um durch den Gang zu passen. Und die Steine hinterließen Schmutzspuren auf seiner Brust und seinem Rücken.

Ava folgte ihm und sah zu, wie er die Höhle erkundete.

„Du hast recht", erklärte er. „Nichts scheint diese Höhle zu nutzen. Ich denke, sie ist ein guter Unterschlupf für uns."

Ava stimmte zu. Es war ziemlich nervig, die Rucksäcke in die Höhle zu bringen. Beide waren etwas sperrig und Jak'ri passte auch ohne kaum durch den Gang. Also zog er sie hinter sich her, während Ava sie von hinten schob.

Überraschenderweise folgten ihnen ihre kleinen pelzigen Freunde nicht hinein.

Vielleicht konnten sie die Kreaturen riechen, die die Höhle in der Vergangenheit genutzt hatten, und waren misstrauisch.

Das Erz, das die Wände der Höhle durchzog, leuchtete weiter und sorgte für ein sanftes Licht, während sie und Jak'ri mit Händen und Füßen einige der von früheren Bewohnern zurückgelassenen Holzstücke beiseite fegten, damit sie einen einigermaßen glatten Platz zum Schlafen hatten.

Als er fertig war, starrte Jak'ri auf den felsigen Boden, den sie gesäubert hatten, die Hände in die Hüften gestemmt.

„Was denkst du?", fragte sie.

„Ich habe gerade an die Blätter der Bäume draußen gedacht."

Sie glaubte zu wissen, welche er meinte: die riesigen Wedel, die wie Kaladien aussahen und etwa drei Meter hoch und zwei Meter breit waren. „Was ist mit denen?"

Er blickte zu ihr herüber. „Ich denke, wir könnten ein bequemeres Bett daraus machen."

Sie schluckte, als die Glut der Erregung in ihrem Bauch zum Leben erwachte. Offensichtlich war Schlaf nicht alles, woran er dachte.

Ava war vollkommen einverstanden damit. „Ich werde auf den Baum klettern und welche für uns abschneiden." Sie konzentrierte sich darauf, wie sie das Laubbett nutzen könnten, verließ die Höhle und ging auf einen der Bäume zu.

„Warte." Jak'ri holte sie gerade ein, als sie den Stamm erreichte, der so dick war, dass man darin ein verdammtes Haus unterbringen konnte. „Ich klettere. Du fängst."

Sie hielt inne und lächelte ihn an. „Dich oder das Blatt?"

Er grinste. „Hoffentlich Letzteres."

Wie sehr sie es liebte, ihn lächeln zu sehen. „Ich kann hochklettern, Jak'ri. Ich bin jetzt stärker und schneller. Oder hast du das schon vergessen?"

Aber er schüttelte den Kopf. „Die Rinde ist rau. Und du musst dich mit deinen Füßen festhalten. Ich möchte nicht, dass du deine Wunde wieder aufreißt."

Oh. Er hatte recht. Ihr Fuß hatte ununterbrochen geschmerzt, seitdem die Linderung durch die Kälte des Baches nachgelassen hatte, und sie fürchtete sich davor, nachzusehen. „Okay." Er hatte auf Purvel so viel Zeit mit Klettern verbracht, dass er wahrscheinlich sowieso viel geschickter darin war, den Baum zu erklimmen.

Sie legte den Kopf in den Nacken und starrte hinauf zum Blätterdach. „Es ist ein langer Weg nach oben", bemerkte sie besorgt und verfluchte den winzigen Teil von sich selbst, der erleichtert war, dass sie nicht selbst dort hinaufklettern musste.

Er zuckte mit den Schultern. „Die Höhe macht mir nichts aus."

Sie lächelte. „Dir macht nichts etwas aus, Jak'ri. Du bist ein Badass."

Er musterte sie unsicher. „Ist ein Badass eine gute Sache? Mein Übersetzer weiß nicht, was das bedeutet."

Ava lächelte. „Oh, es ist eine sehr gute Sache."

Er grinste.

Dennoch konnte sie nicht anders, als sich Sorgen zu machen. Die untersten Blätter waren weit, weit über ihnen. Ein Sturz aus dieser Höhe würde ihn mit großer Wahrscheinlichkeit töten.

Jak'ri berührte ihren Ellbogen und beugte sich zu einem schnellen Kuss vor. „Ich bin bald wieder zurück. Sicher und in einem Stück."

Sie nickte. „Wie willst du die Blätter abschneiden?"

Er tätschelte einen kleinen Beutel, den er an der Gewehrschlinge befestigt hatte. „Ich habe ein Laserskalpell aus der Sanitätstasche dabei." Er ging auf den Baum zu, betrachtete einen Moment lang die dicke, raue Rinde und begann dann zu klettern. „Ich weiß nicht, wie schwer die Blätter sein werden, also versuch nicht, sie aufzufangen, wenn sie fallen."

„Okay", antwortete sie geistesabwesend, zu sehr damit beschäftigt, seinen schnellen Aufstieg zu beobachten.

Verdammt, er war gut. Und sein Selbstvertrauen – die Sicherheit, mit der seine Füße Halt fanden und er die Rinde mit seinen Fingern umklammerte – gepaart mit dem Spiel seiner Muskeln, die sich unter seinem Hemd und seiner Hose abzeichneten, wenn der Stoff sich spannte, machten ihn nur noch attraktiver.

Mehrere der kleinen Springer kletterten hinter ihm her, johlten und tollten herum, als wäre es ein Rennen oder ein Spiel, das er mit ihnen spielte.

Der Rest blieb am Boden in der Nähe von Ava.

Nach erstaunlich kurzer Zeit näherte sich Jak'ri dem untersten Ast, kletterte darauf und rutschte auf die riesigen Blätter zu.

Er war jetzt so weit oben, dass sie nicht einmal abschätzen konnte, wie viele Stockwerke er über dem Boden war.

Eines der großen Blätter klappte zusammen, fiel dann auf sie zu und schwebte wie ein abgetrennter Fallschirm herab.

Die Springer im Baum johlten lauter und nahmen die Verfolgung auf.

Ava trat zurück, als es den Boden erreichte. Dann bückte sie sich, strich mit der Hand über die Oberfläche und lächelte. Es fühlte sich sogar wie eine Kaladie an, nur dicker.

Jak'ri kletterte zu einem anderen Ast und schnitt ein zweites Blatt ab.

Ava vermutete, dass er nicht alle Blätter von einem Ast abschneiden wollte, damit es den Gathendiern nicht auffiel. Er wollte auch nicht so viel weghacken, um eine Öffnung im Blätterdach, das sie verbarg, freizulegen.

Als er sich wieder auf den Weg machte, den Baum hinunterzuklettern, lag ein halbes Dutzend Blätter am Boden um sie herum. Einer der Springer, der ihr Gesellschaft geleistet hatte, kam herüber und legte sich auf eines.

„Mach es dir nicht zu bequem", warnte sie. „Das ist unser Bett, nicht deins."

Plötzlich wuchs ihre Anspannung, als sie sich wieder umdrehte, um Jak'ris Abstieg zu beobachten. Der Abstieg sah für sie immer gefährlicher aus als der Aufstieg.

Als er nahe genug am Boden war, sprang er hinunter und landete breit grinsend vor ihr.

Ava warf ihre Arme um ihn und war froh, ihn wieder sicher bei sich am Boden zu haben.

Er lachte und drückte sie an sich. „Mir geht's gut, Ava", murmelte er beruhigend. „Aber als ich da oben war, konnte ich sehen, dass die Sonne bald untergehen wird. Wir sollten uns beeilen und uns einrichten, bevor die nachtaktiven Jäger erwachen."

Als sie an die riesigen Pfotenabdrücke dachte, schauderte sie. „Du hast recht. Beeilen wir uns."

WENN JAK'RI DER MEINUNG war, dass es schwierig war, die Rucksäcke in die Höhle zu bringen, war das nichts im Vergleich dazu, die großen Blätter zusammenzurollen und durch den engen Gang zu schieben. Dennoch gelang es ihnen.

Jak'ri lächelte. Er und Ava arbeiteten gut zusammen, lachten und neckten einander, anstatt gereizt zu werden, als die Arbeit sie zu frustrieren begann.

Als das ohnehin schon trübe Licht weiter verblasste, gingen sie ein Stück von der Höhle weg, verrichteten abwechselnd ihre Notdurft und wuschen sich dann am Bach. Er behielt Ava im Auge, während sie ins Wasser watete. Wenn die

Barriere, mit der er ihre Füße umhüllt hatte, gerissen wäre, würde die klaffende Wunde an ihrem Fuß bei Kontakt mit dem Wasser höllisch wehtun.

Die Barriere musste jedoch intakt sein, denn sie seufzte nur und sagte, die Kälte fühle sich gut an.

Jak'ri wünschte, sie könnten bleiben und ihre müden Körper einweichen. Aber sie trauten sich nicht. Die Pfotenabdrücke vor der Kapsel waren furchteinflößend gewesen.

Die freundlichen kleinen Springer zogen sich in die Bäume zurück, als er und Ava in die Höhle verschwanden, um die Nacht dort zu verbringen.

Die Blätter, die die beiden als Bett arrangiert hatten, verströmten einen Duft, den Ava mit frisch gemähtem Gras verglich, und trugen wesentlich dazu bei, den muffigen Gestank der Höhle zu vertreiben. Jak'ri setzte sich darauf und klopfte auf die Fläche neben sich.

Lächelnd ließ Ava sich dicht neben ihm nieder, als er begann, in dem Rucksack zu stöbern, den er getragen hatte. Wenig später zog er ein *hesku* hervor.

„Was ist das?" Sie beugte sich vor und betrachtete es neugierig. „Es sieht aus wie ein in Sackleinen gewickelter Pfannkuchen. Ich liebe Pfannkuchen. Du hast mir doch nichts vorenthalten, oder?"

Er lachte. „Nein." Laut seinem Übersetzer war ein Pfannkuchen eine Art flaches Gebäck. „Schau." Jak'ri legte den flachen runden Gegenstand auf seine Handfläche, dann ballte er langsam seine Faust darum und zerdrückte ihn zu einer Kugel.

Plötzlich wurde es hell in der Höhle.

Ava keuchte und hob eine Hand, um ihre Augen abzuschirmen. „*Was?*"

Grinsend drückte er es wieder flach und legte es vor ihnen auf den Boden.

„Es ist so hell!", rief sie, als sie ihre Hand senkte. „Was ist das?"

„Ein *hesku*." Jak'ri war erleichtert gewesen, mehrere davon in den Vorräten der Rettungskapsel zu finden. Wenn es keine bewohnbaren Planeten in der Nähe gegeben hätte, hätten er und Ava die Energie der Kapsel sparen können, indem sie die Innenbeleuchtung ausgeschaltet und stattdessen einen oder mehrere *hesku* verwendet hätten.

Hier auf dem Planeten konnten die formbaren Scheiben ihnen mehr Licht spenden als ein Lagerfeuer, ohne Rauch oder den Geruch von brennendem Holz zu verströmen, die ihr Versteck verraten könnten.

Ava beugte sich darüber, um es zu untersuchen. „Ist es elektronisch?"

„Nein. Es enthält zwei Chemikalien, die Licht erzeugen, wenn sie miteinander reagieren. Sie sind durch eine steife, aber dünne Barriere im Inneren des Päckchens getrennt, die bei ausreichendem Druck zerbricht und es ihnen erlaubt, sich zu vermischen."

„Wie lange hält das Licht?"

„Stunden. Zumindest bis zum Morgen. Und wir können es verlängern, indem wir es schütteln und mehr Druck ausüben."

„Ist es heiß?"

„Nein."

Ava berührte es vorsichtig mit ihren Fingerspitzen. „Es ist überhaupt nicht warm!"

Er nickte. „Wenn die Temperatur hier in der Nacht zu stark sinkt, können wir es nass machen. Dann findet eine zweite Reaktion statt, und das *hesku* erzeugt Wärme. Danach ist es jedoch nicht mehr sicher, es anzufassen, bis es wieder trocken ist." Er klopfte auf seinen Oberschenkel. „Lass mich deinen Fuß ansehen."

Ava drehte sich, um ihren Fuß auf seinen Schoß legen zu können.

Jak'ri betrachtete ihn eingehend. „Die *kesaadi*-Schicht ist intakt. Nichts scheint sie durchbohrt zu haben."

„Das war eine wirklich gute Idee", sagte sie lächelnd. „Meine Füße wären in einem ziemlich schlimmen Zustand, wenn du nicht daran gedacht hättest."

Von ihrem Lob erwärmt, zog Jak'ri die Medizintasche näher heran und holte ein kleines Handtuch heraus, das er unter ihrem Fuß ausbreitete. Dann besprühte er die Sohle mit *retsa*. Als das Reinigungsmittel zu einem dicken Schaum anschwoll, verteilte er es auf ihrem Fuß und wartete, bis es wie Wasser schmolz.

Avas Augen weiteten sich. „Der Schaum entfernt auch das gummiartige Zeug?"

Obwohl der Verbandmull noch vorhanden war, hatte sich das durchsichtige *kesaadi*, mit dem er die Unterseite ihres Fußes beschichtet hatte, um ihn zu schützen und den Verband an Ort und Stelle zu halten, aufgelöst. „Ja."

Sie fing an, die Zehen zu spreizen, zuckte aber und hörte schnell auf.

Jak'ri löste vorsichtig den Verband. Die Wunde, die das Fußgewölbe und einen Teil ihrer Ferse gespalten hatte, hatte sich geschlossen und schien gut zu verheilen. „Sieht besser aus. Es heilt."

„Gut."

„Aber es tut immer noch weh?" Für ihn sah es ziemlich schmerzhaft aus.

„Ja", gab sie mit einem verlegenen Lächeln zu.

Er besprühte ihren Fuß erneut und tupfte ihn sanft mit einem sterilen Tuch trocken. Nachdem er ihn zu seiner Zufriedenheit gereinigt hatte, besprühte er ihn mit dem schmerzstillenden *imaashu*.

Ava seufzte, und ihre Gesichtszüge entspannten sich vor Erleichterung. „Das Zeug ist großartig."

Er fühlte sich schuldig. „Es tut mir leid, dass ich es nicht angewendet habe, bevor wir die Rettungskapsel verlassen haben."

„Das muss es nicht", antwortete sie, ohne jegliches Urteil in ihrem Ton. „Wenn du es getan hättest, hätte ich den Fuß voll belastet, und es wäre wahrscheinlich eher schlimmer als besser geworden."

Jak'ri legte eine Hand auf ihren schlanken Knöchel, und seine Finger streichelten ihre weiche Haut. „Du hast genug Schmerz durch die Hände der Gathendier erlebt, Ava. Ich möchte nicht für noch mehr verantwortlich sein."

Aber sie lächelte nur. „Das bist du nicht. Du ersparst mir Schmerzen, indem du mich davon abhältst, noch mehr Schaden anzurichten, der die Heilung verzögern würde."

Er nickte und griff in die Sanitätstasche.

Er ist so ein netter Kerl.

Jak'ri hielt inne. Hatte Ava diesen Gedanken absichtlich gesendet?

Nachdem er aus der Tasche geholt hatte, was er brauchte, legte er eine neue Kompresse auf ihre Wunde und bestrich ihren Fuß mit dem *kesaadi*, um sie an Ort und Stelle zu halten.

Ehrenhaft und zuvorkommend.

Nein. Sie kommunizierte wieder unbeabsichtigt, erkannte er, als er ihren anderen Fuß auf seinen Schoß nahm. Das *kesaadi* hatte auch hier gute Arbeit geleistet und verhinderte, dass die Steine und Stöcke, auf die sie getreten waren, ihre Haut verletzt hatten.

Und in der Lage, Gathendiern in den Arsch zu treten, hörte er weiter ihre Gedanken. *Und klettert auf gigantische Bäume, damit wir ein Bett haben.*

Er besprühte ihren Fuß mit dem *retsa* und wischte ihn mit einem Tuch ab.

Ein überraschend bequemes Bett.

Aus dem Augenwinkel sah er, wie ihr Blick mit gemächlicher Bewunderung über ihn schweifte.

Sein Puls pochte schneller.

Ich kann kaum erwarten, es zu benutzen, weil er so verdammt heiß ist. Und leidenschaftlich. Ich habe noch nie in meinem Leben einen Mann getroffen, der mich mit nur einem Blick so antörnen konnte. Und diese Muskeln ...

Obwohl ihm heiß wurde, zwang er sich, sich noch einmal darauf zu konzentrieren, ihren Fuß mit dem *kesaadi* zu bestreichen.

Verdammt, ich will ihn.

Als er mit dem Auftragen fertig war, begegnete er ihrem Blick. Das Herz pochte in seiner Brust, als er eine Hand an ihrem Schienbein entlang gleiten ließ, seine Finger um ihre Wade legte und sie wieder hinuntergleiten ließ, in einer Liebkosung, die er ihr sooooo viel lieber höher angedeihen lassen wollte.

Ihr stockte der Atem. Dann verschwand ihr Lächeln, als sie sich aufrichtete. „Warte. Du hast nicht gehört, was ich gerade gedacht habe, oder?"

„Doch."

„Verdammt."

Er lächelte, und Belustigung machte sich breit und nahm dem wachsenden Verlangen, das ihn dazu drängte, sie auf die Blattmatratze zu schieben und sie nackt auszuziehen, die Schärfe. „Ich könnte dich genauso beschreiben." Ehrenhaft, dachte er, als er seine Hand wieder über ihr schönes Bein gleiten ließ. *Aufmerksam.* Diesmal strich er über ihr Knie hinaus weiter. *Kann Gathendiern in den Arsch treten.* Er spreizte seine Finger auf ihrem weichen Oberschenkel und zog seine Hand dann wieder nach unten. *Heiß. Leidenschaftlich. Und in der Lage, mich mit nur einem Blick zu erregen.*

Ein bernsteinfarbener Glanz trat in ihre braunen Augen, als sich ihre Lippen öffneten.

Sein Blick fiel auf diese Lippen. Die Erregung, die er gerade erwähnt hatte, wuchs, als er sich daran erinnerte, wie es sich angefühlt hatte, als ihre Zunge seine gestreichelt hatte.

Avas Magen knurrte, laut genug, um seine Gedanken zu übertönen.

Jak'ri lachte. „Nicht die Reaktion, auf die ich gehofft hatte."

Sie lächelte und verzog gleichzeitig das Gesicht. „Tut mir leid. Ich glaube, ich verbrenne jetzt mehr Kalorien, und seit dem Frühstück haben wir nichts mehr gegessen."

Mit Bedauern im Blick schüttelte er den Kopf. „Das war mein Fehler. Tut mir leid. Ich hätte darauf bestehen sollen, dass wir früher etwas essen." Er unterdrückte sein Verlangen und räumte die Behälter wieder in die Sanitätstasche zurück.

Aber Ava winkte die Entschuldigung ab. „Ehrlich gesagt ist mir gar nicht aufgefallen, dass wir das Mittagessen verpasst haben. Ich war zu abgelenkt." Sie deutete auf den dunkler werdenden Gang, der aus der Höhle führte. „Das ist das erste Mal, dass ich einen Fuß auf einen fremden Planeten setze. Und obwohl er im Großen und Ganzen der Erde ähnlich ist, gibt es genug Unterschiede, dass ich endlos weiterlaufen möchte." Sie machte große Augen, öffnete den Mund zu einem großen O, und starrte mit gespieltem, übertriebenem Erstaunen auf die Wände um sie herum.

Jak'ri lachte.

„Ich meine es ernst", beharrte sie lachend. „Ich habe heute einen Schmetterling gesehen, der die Größe einer Ente hatte!"

Immer noch lächelnd zog er die andere Tasche näher heran und kramte darin nach den Nährstoffwürfeln und Flaschen. „Ich weiß nicht, was ein Schmetterling ist. Oder eine Ente. Mein Übersetzer sagt mir nur, dass es sich bei dem einen um ein Insekt handelt, das oft bunte Flügel hat, und bei dem anderen um eine Art Wasservogel."

Ava nahm ihre Füße von seinem Schoß, setzte sich mit gekreuzten Beinen ihm gegenüber und projizierte eine detailliertere Definition und ein paar telepathische Bilder in seinen Kopf.

Jak'ri nickte. „Wir haben ähnliche Tiere auf Purvel." Er stellte zwei Flaschen und zwei Rationspackungen zwischen sie. „Obwohl unsere Insekten eher klein sind."

Sie nickte. „Als ich diesen Schmetterling gesehen habe, hatte ich zugegebenermaßen ein bisschen Angst, dass wir auf dem Boden auch derart große Insekten finden könnten. Normalerweise habe ich keine Angst vor Insekten, aber wenn ich einer Spinne in der Größe dieses Schmetterlings begegnen würde, würde ich wahrscheinlich ausrasten."

Er lachte. „Ich auch."

Sie rissen die Packungen auf und aßen jeweils einen Nährstoffwürfel.

Ava verzog das Gesicht. „Es wäre schön, wenn diese Dinge in Freiheit ein bisschen besser schmecken würden."

Jak'ri nickte. „Vielleicht versuche ich morgen ein paar dieser Beeren. Unsere Rationen werden nicht ewig reichen. Wir müssen alternative Nahrungsquellen finden, bevor sie ausgehen." Er zwang sich, einen weiteren Bissen hinunterzuschlucken. „Und frisches Obst wird uns mehr Energie liefern, was dir meiner Meinung nach jetzt, wo du mehr Kalorien verbrennst, nur guttun würde. Als ich oben im Baum Blätter abgeschnitten habe, habe ich einige Früchte gesehen, die vielversprechend aussahen. Morgen klettere ich nochmal hoch und schneide welche ab, damit wir sehen können, was unsere neugierigen Begleiter davon halten."

„Ist es nicht gefährlich, Früchte zu essen, die man auf einem fremden Planeten findet?"

Er zuckte mit den Schultern. „Es birgt ein gewisses Risiko. Aber ich werde vorsichtig sein, wenn ich sie teste, und würde mir mehr Sorgen um die Beeren machen, wenn ich nicht gesehen hätte, dass die Springer, wie du sie nennst, große Mengen davon verzehren, ohne dass etwas passiert. Wildtiere neigen dazu, schnell zu lernen, Früchte und Nüsse, die man sicher essen kann, von solchen zu unterscheiden, die giftig sind und sie krank machen können."

„Oder vielleicht haben sie einfach eine hohe Toleranz gegenüber Giftstoffen."

„Vielleicht. Aber eines haben uns die Weltraumforschung und unser Umgang mit Mitgliedern der Aldebarianischen Allianz gelehrt: Planeten mit nahezu identischer Atmosphäre beherbergen in der Regel Leben, das aus denselben sechs essentiellen elementaren Teilen besteht, die in allen Organismen auf Purvel zu finden sind. Sie mögen anders aussehen –" er hob eine Hand und spreizte die Finger, um die Schwimmhäute zwischen ihnen zu zeigen – „aber ihre Ähnlichkeiten – die Art und Weise, wie ihre Körper funktionieren und sogar ihr Verhalten – sind erstaunlich ähnlich. Auf Purvel gibt es viele Säugetiere, die den Springern und baumbewohnenden Primaten auf der Erde, die du beschrieben hast, ähneln, und sogar ihr Verhalten ist ähnlich. Und die auf Purvel reagieren – wie viele in der Allianz – auf dieselben Gifte, die uns sc haden."

„Und haben rotes Blut?", fragte sie. „Mir ist aufgefallen, dass einer der Kleinen eine Schnittwunde an der Hüfte hatte."

Er nickte. „Ich habe noch nie von Wirbeltieren auf Planeten mit einer Atmosphäre wie Purvel gehört, deren Blut eine andere Farbe hätte."

Sie schien darüber nachzudenken, als sie den Nährstoffwürfel aufgegessen hatte. „Ich habe ein paar Nüsse gesehen, die wir probieren könnten."

Er hatte auch welche gesehen und das Desinteresse der Springer an ihnen bemerkt. „Wir sollten alle Nüsse, die wir finden, kochen, bevor wir sie probieren. Viele Nüsse auf Purvel sind bitter und können krank machen, wenn man sie nicht vor dem Verzehr kocht."

„Okay." Sie schien jedoch immer noch besorgt zu sein.

Er nahm ihre Hände in seine. „Was beunruhigt dich, Ava?"

Sie seufzte. „Ich mache mir nur Sorgen, dass dich irgendwas, das wir versuchen, krank machen könnte."

„Nur mich?", fragte er.

Sie zuckte mit den Schultern. „Das Virus, mit dem mich die Gathendier infiziert haben, macht mich immun gegen so ziemlich alle Krankheiten und Gifte."

„Auf der Erde", betonte er.

Sie runzelte die Stirn, als sie auf ihre verbundenen Hände hinunterstarrte. „Ja."

Als die Gathendier sie in seine Zelle gesteckt hatten, hatte er befürchtet, dass die Viren, denen die *grunarks* ihn ausgesetzt hatten, sie infizieren würden, aber dem war nicht so gewesen. „Wir werden vorsichtig sein."

Sie nickte. Sie hob ihren Blick, um seinem zu begegnen, und drückte seine Hand. „Ich will dich einfach nicht verlieren."

Die Worte trafen ihn mitten in der Brust und berührten ihn genauso intensiv wie ihre Küsse.

Ein Herzschlag verging, während sie einander anstarrten. Dann schob Jak'ri die Flaschen beiseite, ging auf die Knie und zog sie an sich.

Ava hatte dasselbe gedacht, kam ihm entgegen und hob ihr Gesicht, als er seine Arme um sie legte und sie an sich zog.

Sie summte vor Vergnügen, als er ihre Lippen beanspruchte, ihre Zunge schoss aus ihrem Mund, um seine zu streicheln und zu necken, während sie ihre Finger durch sein Haar fuhr.

Die Hitze verbrannte ihn. „Ich mag diese Zungenküsse", seufzte er.

„Ich auch", sagte sie atemlos, bevor er seinen Mund wieder auf ihre vollen Lippen drückte. Sie bewegte sich und rieb ihre Brüste an ihm. So anders als die Brüste der Purveli-Frauen. So unglaublich weich und verführerisch. Ihre Hüften suchten seine. „Hebe mich hoch", flüsterte sie und unterbrach den Kuss kaum.

„*Srul*, ja." Er ließ seine Hände über ihren schmalen Rücken gleiten, schob sie unter ihren Po, und hob sie hoch, bis ihre Brüste an seiner Brust und nicht an seinem Oberbauch rieben. Dann setzte er sich wieder auf die Fersen.

Ava spreizte ihre Beine, ihre Knie glitten zu beiden Seiten seiner Hüften, während sie vorwärts rutschte, bis ihre Mitte seinen harten Schaft berührte.

„Ja", seufzten beide.

Kapitel Vierzehn

AVA ZOG AN JAK'RIS Hemd. „Zieh es aus."

Er zog es schnell über seinen Kopf und warf es beiseite.

All diese Muskeln, dachte sie, als sie ihn anstarrte. Fest. Bei jeder Bewegung tanzten sie. Nirgendwo überschüssiges Fett. Und diese Haut ...

„Ich liebe deine Haut", flüsterte sie und ließ ihre Hände über seine breiten Schultern und seinen starken Bizeps gleiten. „Oder Schuppen. Sind es Schuppen?" Bei näherer Betrachtung sah es aus wie Schuppen. Aber es fühlte sich an wie Haut. Weich. Mit einem silbrigen Farbton, der das Gleiche bewirkte wie Öl in Wasser: bei bestimmten Lichtverhältnissen oder aus einem bestimmten Winkel war es wie ein Regenbogen.

„Schuppen", murmelte er abgelenkt, während er die Bindebänder an ihrem Hemd suchte und sie öffnete.

Ava verspürte einen Moment der Unsicherheit, als er den Stoff auseinanderzog, ihn von ihren Schultern streifte und sie von der Taille aufwärts nackt war. Sie hatte keineswegs das, was man als große Brüste bezeichnen könnte, und hatte einige ihrer Freundinnen oft um die volleren Figuren beneidet. Hinzu kamen das Gewicht, das sie verloren hatte, als sie während ihrer Verwandlung zu krank gewesen war, um etwas zu essen, ihr sichtbares Brustbein und ...

Ja. Als Dessous-Model würde sie nie einen Job bekommen.

Aber Jak'ri sah nicht enttäuscht aus. Stattdessen wirkte er fasziniert, als er ihre blasse Haut betrachtete.

Erregung breitete sich in ihr aus, als er seine großen Hände auf ihre Schultern legte.

263

„Du bist anders gebaut als unsere Frauen", sagte er leise. In seinen Worten lag jedoch kein Urteil. Stattdessen wirkte er ... fasziniert.

„Inwiefern bin ich anders?", fragte sie leise.

„Deine Schultern sind nicht so breit. Es gibt dir einen Hauch von Zerbrechlichkeit, der, wie ich weiß, verlockend trügerisch ist."

Für jemanden, der Eliana um ihre Stärke beneidet und sich gewünscht hatte, genauso gesehen zu werden, übertraf dieses Kompliment alle, die sie in ihrem Leben erhalten hatte.

Er ließ seine Finger über ihre Schlüsselbeine gleiten und näherte sich ihren Brüsten. „Die Muskeln hier bei unseren Frauen sind oft genauso ausgeprägt wie bei uns." Dem erhitzten Blick in seinen Augen nach zu urteilen, störte es ihn überhaupt nicht, dass sie Brüste anstatt definierter Brustmuskeln hatte. „Und hier ..."

Ihr Puls wurde schneller, als er seine Hände auf ihre Brüste legte.

„Hier bist du runder. Weicher. Voller." Er drückte sie sanft und strich mit seinen Daumen über die harten, empfindlichen Spitzen.

Ava holte tief Luft, als das Gefühl durch ihren Körper schoss. „Mach das nochmal."

Er strich erneut mit seinen Daumen über die harten Knospen, spielte mit ihnen und zwickte vorsichtig hinein.

Ava zuckte und bog sich gegen ihn.

„Du bist empfindlich da", bemerkte er.

„Ja."

Seine Lippen eroberten ihre ein weiteres Mal, schmeckten und verführten, während er ihre Brüste erkundete und ihr Verlangen wuchs. Sie und Jak'ri waren in ihren Träumen unzählige Male fast nackt miteinander umgegangen, während sie in der Rakuna-See geschwommen waren und herumgetollt hatten. Aber sie waren im Freien gewesen. Und die Träume hatten sich so real angefühlt, dass sie aus Angst, entdeckt zu werden, nie daran gedacht hätte, dort ihrer Lust nachzugehen.

Jetzt waren sie jedoch allein. Sie waren frei. Und die Höhle, in der sie waren, hätte genauso gut eine Hochzeitssuite in einem abgelegenen Resort sein können. Es gab also keinen Grund für sie, sich zurückzuhalten.

Sie stöhnte.

Jak'ri hielt sich bestimmt nicht zurück. Die Frauen von Purvel hatten vielleicht keine Brüste wie sie, aber er wusste verdammt noch mal sehr gut, was er mit ihnen anfangen wollte, da er sie neckte und zwickte und massierte, bis sie sich an ihm wand und ihr Atem schneller wurde.

„Jak'ri", flüsterte sie und fuhr mit den Fingern einer Hand durch sein dichtes Haar, während sie die andere seinen Rücken hinuntergleiten ließ und sich gegen die dicke, harte Ausbuchtung in seiner Hose rieb. „Ich will dich."

Er nickte und verteilte hitzige Küsse über ihren Hals. „Ich will dich auch." Eine seiner großen Hände verließ ihre Brust, wanderte zu ihrem Po und drückte sie an sich. „Bist du bereit, deine Eier freizusetzen?"

Ein seltsames Gefühl schoss durch sie hindurch. „Hmm?"

„Bist du bereit, deine Eier freizusetzen, damit ich sie befruchten kann?", fragte er und drückte sie fester an sich.

Ihre Augen flogen auf. „Warte! Was?"

Er lehnte sich zurück. „Ich dachte, dass ihr euch auf dieselbe Weise fortpflanzt wie Purveli", sagte er und ließ seinen Blick von ihren Brüsten zu ihrem Gesicht wandern, um ihrem Blick zu begegnen. „Du setzt deine Eier frei. Dann befruchte ich sie."

Sie starrte ihn fassungslos an. Ihre Eier freisetzen? Meinte er wie ein ... wie ein Fisch?

Ihr Blick schoss zu den kaum wahrnehmbaren Schuppen auf seiner breiten Brust und in seinem hübschen Gesicht. Hatten Purveli nicht Sex wie Menschen und Lasaraner?

Seine Lippen zuckten, während seine Augen amüsiert tanzten.

Erleichtert prustete sie los. „Oh Gott!" Lachend schlug Ava gegen eine seiner Schultern. „Du bist unmöglich!"

Er lachte. „Tut mir leid. Ich konnte nicht widerstehen. Meine Schuppen scheinen dich zu faszinieren."

„Das tun sie. Genauso wie die Schwimmhäute zwischen deinen Fingern und Zehen." Sie strich mit einer Hand über seine Brust, hielt inne, um mit einer Brustwarze zu spielen, und strich dann über seine Bauchmuskeln, bis sie seinen Hosenbund erreichte.

Er holte tief Luft, als das unbeschwerte Geplänkel erneut der Lust Platz machte.

Ermutigt durch seine Reaktion rutschte sie ein wenig zurück, damit sie ihre Hand in seine Hose gleiten lassen konnte, um seine harte Länge zu berühren. „Gibt es hier Überraschungen, von denen ich wissen sollte?"

Er schüttelte den Kopf. „Nicht, wenn eure Männer wie Lasaraner gebaut sind."

Gut zu wissen. Ava erhob sich auf die Knie und wich von ihm zurück. „Zieh sie aus", befahl sie und deutete auf seine Hose.

Jak'ri zögerte nicht.

Ava starrte ihn an, als er vollkommen nackt vor ihr kniete. Und wie versprochen gab es keine bösen Überraschungen. Kurzes Haar, so schwarz wie das auf seinem Kopf, wuchs auf seiner Scham. *Ein* Penis. Zwei Hoden. Ersterer war hart und ragte ihr entgegen, die Kuppe runder als die pilzförmigen Eicheln ihrer früheren Liebhaber. Und obwohl er sicherlich groß war, war er nicht gigantisch.

Ava seufzte erleichtert. Sie hatte ein paar Science-Fiction-Liebesromane gelesen, in denen es um Helden ging, die seltsame Fortpflanzungsorgane hatten, denen sie im wirklichen Leben nie begegnen wollte.

Jak'ri dagegen war perfekt.

Er lächelte. „Du auch."

„Sende ich wieder?"

„Ja."

Überraschenderweise störte es sie nicht. Sie hatten ihre Gedanken so oft ausgetauscht, seit die Gathendier sie entführt hatten, dass es völlig natürlich war, als wäre er ein Teil von ihr.

Und außerdem war sie abgelenkt, weil ihr die Rillen an seiner harten Länge aufgefallen waren, und sie fragte sich, wie unglaublich fantastisch sie sich anfühlen würden, wenn er in ihr war.

Jak'ri fluchte leise. „Zieh die Shorts aus."

Ava lachte. Er musste diesen Gedanken auch gehört haben. Cool. So, wie es gerade lief, musste sie ihm nicht sagen, was sie wollte. Er würde es wissen, sobald sie es dachte.

Nachdem sie die Shorts ausgezogen hatte, wartete sie geduldig, während Jak'ris erhitzter Blick über ihren nackten Körper schweifte. „Irgendwelche Überraschungen?" Sie konnte die Frage nicht unterdrücken.

Er schüttelte langsam den Kopf. „Du bist wunderschön. Das wusste ich schon, als ich dich zum ersten Mal in unserem gemeinsamen Traum getroffen habe." Er kam näher. So nah, dass seine Erektion ihren Bauch berührte. Seine großen Hände legten sich um ihre Hüften. „Ist dein primäres Lustzentrum innen oder außen?"

Sie starrte zu ihm auf und sah das Spiegelbild ihrer leuchtenden bernsteinfarbenen Augen in seinen. „Außen", flüsterte sie, zu erregt, um darüber nachzudenken, ob das anders war als das, was er gewohnt war.

Ohne den Blick von ihren leuchtenden Augen abzuwenden, legte er eine Hand auf ihren Bauch und ließ sie dann daran hinunter wandern. Seine langen, geschmeidigen Finger glitten in die kurzen Locken darunter.

Ava holte tief Luft, als sie ihre Klitoris fanden. Ihr Herz pochte, als die Lust durch sie tanzte. Sie schlang ihre Hände um seinen Bizeps und hielt sich daran fest, als er sie erneut streichelte.

„Hier?", fragte er.

Sie konnte nur nicken und sich seiner Berührung hingeben. Es fühlte sich so gut an. Und er bewies einmal mehr, dass er schnell lernte. Oder vielleicht lauschte er einfach nur ihren Gedanken und ließ sich von ihnen leiten, denn es dauerte nicht lange, bis sie kurz davor stand, zu kommen. Aber sie wollte nicht. Noch nicht. Erst, wenn er in ihr war.

Kaum hatte sie es gedacht, zog er seine Hand zurück.

Ava wollte protestieren, keuchte jedoch stattdessen, als er sie hochhob und sanft auf das provisorische Bett legte. Er streckte sich über sie, nahm das Blatt, das sie als Kissen zusammengerollt hatten, und schob es unter ihren Kopf. Und obwohl ihr Körper in Flammen stand und der Gedanke, mit ihm Liebe zu machen, sie verzehrte, schmolz ihr Herz noch ein wenig mehr angesichts der Tatsache, dass er sich die Zeit nahm, dafür zu sorgen, dass sie bequem lag, obwohl er wahrscheinlich genauso begierig auf mehr war wie sie.

Dann fanden seine Lippen wieder ihre, gierig und heiß. Als er sein Becken zwischen ihren Schenkeln in Position brachte, verflüchtigten sich alle

Gedanken. Nichts anderes war wichtig. Seine Zunge neckte ihre, während er ihre Brust liebkoste und die straffen Spitzen streichelte.

Sie stöhnte. „Ja. Mehr. Ich will dich, Jak'ri. Alles von dir."

Er schob eine Hand zwischen sie und positionierte seinen harten Schwanz an ihrem Eingang.

Ava legte ihre Arme um ihn und spreizte ihre Finger auf seinem Rücken. Sie genoss seine Wärme und das Gefühl, wie sich seine Muskeln unter ihren Fingern anspannten. „Tu es. Nimm mich."

Er drang in sie ein, seine harte Länge dehnte sie und raubte ihr den Atem. Diese Grate taten genau das, was sie gehofft hatte, und ließen sie stöhnen. Jak'ri hielt inne, zog sich fast bis zur Kuppe zurück, stieß dann noch einmal hinein, dann noch einmal, wobei er jedes Mal tiefer eindrang und ihrem Körper Zeit gab, sich anzupassen.

Es war lange her, und er *war* groß. Aber als er schließlich ganz in ihr war, krallte sie ihre Finger in seinen Rücken und bog sich ihm entgegen.

Und er wusste genau, was sie wollte.

Ava glaubte nicht, dass sie jemals beim Sex so viel gestöhnt, gekeucht oder geschrien hatte. Das Gefühl, wie er tief eindrang und seine Hüften so anwinkelte, dass er mit jedem harten Stoß gegen ihre Klitoris rieb, steigerte das Vergnügen immer weiter. Bald war sie so erregt, dass sie keuchte. Ihre Hände glitten über seinen Rücken, um seinen Po zu packen und ihn anzutreiben, während sie sich an ihn drängte und der Druck immer stärker wurde, bis schließlich die Ekstase in ihr explodierte.

Ava zuckte unter ihm, ihre inneren Muskeln spannten sich um ihn und drückten ihn fest, während das Vergnügen immer weiterging, bis Jak'ri über ihr erstarrte und ihren Namen stöhnte, um selbst Erlösung zu finden.

Alle Kraft verließ sie, und Ava war schlaff wie eine Nudel, während sie sich bemühte, zu Atem zu kommen.

Jak'ri stützte seine Ellbogen auf beiden Seiten ihres Körpers ab, um den größten Teil seines Gewichts von ihr zu nehmen. Er schob seine Hände unter ihren Rücken und hielt sie fest. Dann legte er seinen Kopf neben ihren auf das Blattkissen.

Sie lächelte und liebte seinen Duft und das Gefühl seines Atems, der ihren Hals kitzelte.

Er atmete genauso schwer wie sie.

Ava drehte den Kopf und drückte einen Kuss auf seinen starken Kiefer. „Ich habe vergessen, meine Eier freizusetzen", flüsterte sie.

Er lachte, sein Schwanz zuckte in ihr und ließ sie erneut stöhnen.

Noch mehr davon, und sie wäre bereit, weiterzumachen.

„Das werde ich auch", sagte er, seine tiefe Stimme amüsiert, als er sie auf die Seite rollte, ihre Körper noch immer verbunden.

Ava schob ein Bein über seine Hüfte und lächelte ihn an. Er war so verdammt attraktiv.

Und er bedeutete ihr so viel.

Jak'ri drückte einen Kuss auf ihre Lippen, einen so zärtlichen und gefühlvollen Kuss, dass ihr Tränen in die Augen stiegen.

Friede breitete sich über sie aus, als sie dort lagen und kein Bedürfnis nach Worten verspürten, während die Nachtluft, die in die Höhle wehte, ihre feuchte Haut kühlte. Keiner von beiden war bereit, Schlaf zu suchen. Vielmehr sehnten sie sich nach der Berührung des anderen. Also schmiegten sie sich enger aneinander und tauschten träge Liebkosungen aus, bis Jak'ri wieder in ihr hart wurde. Seine Lippen suchten ihre in leidenschaftlichen Küssen, die erneut das Verlangen in ihm auflodern ließen.

Stöhnend drängte Ava ihn auf den Rücken und setzte sich rittlings auf ihn.

Sein hungriger Blick richtete sich auf ihre Brüste, während seine Hände auf ihre Hüften wanderten. Die Muskeln in ihren Schenkeln spannten sich an, als sie sich erhob, an ihm entlang emporglitt und dann wieder hinuntersank und ihn tief in sich aufnahm.

Jetzt stöhnte er, und sein Griff wurde fast schmerzhaft fester. „Mehr!"

Eifrig darauf bedacht, der Aufforderung Folge zu leisten, ritt Ava ihn. Und die Art, wie er sie ansah ...

Allein die Art, wie er sie ansah, hätte sie zum Kommen bringen können.

Er hob seine Hände, legte sie um ihre Brüste, streichelte sie, neckte die empfindlichen Spitzen und kniff sie.

Vergnügen durchfuhr sie und schoss direkt in ihre Mitte. Sie legte ihre Hände auf seine Brust und bewegte sich schneller. Jak'ris Bauchmuskeln spannten sich an, als er in sie eindrang. Sie rollte ihre Hüften und rieb sich gegen ihn.

Die Sehnen an seinem Hals traten hervor. „Ava", stöhnte er und ließ dann eine Hand über ihren Bauch gleiten. Er fand ihre Klitoris und begann, sie zu streicheln.

Sie stöhnte und kam erneut. Ihre inneren Wände schlossen sich in rhythmischen Impulsen um seinen harten Schwanz, bis er ihr folgte. Seine Finger liebkosten sie und trieben das Vergnügen weiter, bis sie schließlich erschöpft und befriedigt auf seine Brust sank.

Schwer atmend legte Jak'ri seine Arme um sie und drückte sie fest an sich.

Dank ihrer geschärften Sinne konnte Ava hören, wie sein Herz mit der gleichen Geschwindigkeit und Kraft wie ihr eigenes gegen seinen Brustkorb schlug.

Sie schmiegte sich an ihn und wünschte sich, sie hätte genug Atem, um die Gefühle auszudrücken, die sie empfand. Sie wünschte, sie hätte die Worte, um ihm zu sagen, dass sie sich noch nie in ihrem Leben jemandem so nahe gefühlt hatte wie ihm.

Er vergrub seine Nase in ihrem Haar und flüsterte: „Ich liebe dich, Ava."

Sie lächelte und schloss die Augen. „Ich liebe dich auch."

Jak'ri lächelte Ava an.

Saft lief ihr übers Kinn, während sie genüsslich die süße Baumfrucht aß.

Mehrere Tage waren vergangen. Tage, die er als idyllisch bezeichnet hätte, wenn die gathendische Bedrohung nicht immer noch über ihnen schwebte.

Er biss noch ein Stück von seiner Hälfte der Frucht ab.

Nein. Sogar mit der Bedrohung fand er ihre gemeinsame Zeit hier idyllisch. Sie verbrachten jede Nacht damit, Liebe zu machen, wie Ava es nannte – ein Begriff, der ihm sehr gefiel – und einfach die Gesellschaft des anderen zu genießen. Ihre Tage verbrachten sie an der frischen Luft und genossen ihre wiedergewonnene Freiheit.

Bisher hatte sich dieser Planet für sie als sicherer Zufluchtsort erwiesen. Mit ihrem außergewöhnlich scharfen Gehör hörte Ava alles, was sich ihrem kleinen felsigen Zuhause näherte. Die großen Säugetiere, die in der Nacht ihrer Landung einen Blick in die Rettungskapsel geworfen hatten, steckten in ihrer dritten Nacht hier ihre Nasen in den Gang und schnupperten hinein. Doch seitdem waren die nächtlichen Jäger nicht zurückgekehrt.

Er und Ava hatten Spinnen und andere Krabbeltiere getötet, die sich in die Höhle gewagt hatten, und eine Schlange, die so groß war, dass Ava geschaudert hatte, nachdem sie sie enthauptet hatten. Beide waren nötig gewesen, um die riesige Schlange durch den Gang ins Freie zu ziehen und sie in sicherer Entfernung von der Höhle liegenzulassen.

Er vermutete, dass das die Aufmerksamkeit der Großkatzen erregt haben könnte, denn am nächsten Tag hatten sie dort, wo sie die Schlange zurückgelassen hatten, nichts als rote Flecken gesehen, umgeben von den riesigen Pfotenabdrücken.

Die kleinen Springer wagten sich nie in die Höhle. Sie blieben jedoch in der Nähe. Ava vermutete, dass es ihnen gefiel, neue Nachbarn zu haben.

Jak'ri dachte, dass sie sich einfach über die Früchte freuten, die er ihnen zuwarf.

Die Beeren, die die kleinen Kreaturen in großen Mengen verzehrten, waren süß gewesen, als er sie vorsichtig probiert hatte. Sie hatten ihn auch nicht krank gemacht, also hatten er und Ava sie genossen. Jak'ri war wieder auf die Bäume geklettert und hatte einige der Früchte geerntet, die sie gerade aßen. Ava sagte, sie hätten die Größe von Kokosnüssen auf der Erde, aber mit der Schale und dem Geschmack einer Frucht, die sie Orange nannte.

Für Jak'ri schmeckten die seltsamen Melonen sehr nach der *magani*-Frucht, die er auf Purvel so sehr liebte. Da sich die Haut jedoch schwerer abziehen ließ, musste er einen der Dolche verwenden, die Ava aus dem Waffenlager der Rettungskapsel mitgenommen hatte. Die Springer hatten lauter gejohlt als je zuvor und drängten sich um ihn, sobald er eine geöffnet hatte. Also war er noch einmal hinaufgeklettert und hatte ein paar zusätzliche Früchte geholt.

Obwohl er seine Ausflüge mit Ava genoss, löste das so häufige Verlassen der Höhle doch einige Bedenken aus. „Wenn wir jeden Tag dorthin gehen, befürchte ich, dass wir eine starke Geruchsspur hinterlassen werden, der die Gathendier folgen könnten", sagte er, bevor er ein weiteres Stück der köstlichen Frucht verzehrte.

Ava schluckte und schüttelte den Kopf. „Solange unsere kleinen pelzigen Freunde hier weiter mit uns rumhängen, wird uns nichts passieren." Sie lächelte auf einen Springer hinab, der sich an sie lehnte und eifrig einen weiteren süßen Bissen verschlang. „Diese kleinen Kerle mögen süß sein, aber sie stinken. Selbst mir fällt es schwer, unseren Geruch wahrzunehmen, wenn sie in der Nähe sind."

Er lachte, als einer der Kleinen zögernd auf ihn zukam. Sie hatten ein ziemlich scharfes Aroma. „Die Babys scheinen noch stärker zu riechen als die Erwachsenen." Als er ihm ein Stück der Frucht anbot, kroch es vorwärts, riss es ihm aus den Fingern und huschte zurück zu seiner Mutter.

Ava lachte. „Ich weiß. So seltsam." Sie aß noch ein Stück. „Vielleicht riecht man auf diesem Planeten desto mehr, je kleiner man ist, denn die Großen, die wir vor ein paar Tagen gesehen haben – die wie Gorillas mit Gepardenfell aussahen – hatten fast überhaupt keinen Geruch." Und sie hatten zu ihrer großen Erleichterung Abstand gehalten.

Zärtlichkeit erfüllte ihn, als er sie anlächelte. Sie sah gut aus. Ihre Wunden waren nur noch Narben und schmerzten nicht mehr. Er fand es bemerkenswert, dass solche Verletzungen ohne die Hilfe von *silna* so schnell heilten.

Es ist das Virus, erinnerte sie ihn telepathisch.

Sie schlüpften oft in die Gedanken des anderen hinein und wieder heraus, manchmal vollkommen unbeabsichtigt. Wäre eine andere Frau so weit in seine Gedanken eingedrungen, wäre Jak'ri sowohl beunruhigt als auch wütend gewesen.

Aber er liebte die Verbindung zu Ava.

Sie zwinkerte ihm zu, während sie einen weiteren Bissen Obst aß. *Ich auch.*

Jeden Nachmittag, wenn sich der Wald zu verdunkeln begann – ein Zeichen dafür, dass die Sonne dem Horizont entgegen sank – machten sie sich auf den Weg zum Bach, füllten ihre Flaschen, wuschen ihre Kleidung, so gut sie konnten und badeten. Als Ava zum ersten Mal am Ufer ihre Kleidung auszog, hatte sich ihr Gesicht hübsch rot gefärbt. „Ich kann nicht anders!", hatte sie lachend gesagt. „Ich war noch nie nackt im Freien." Aber er war der Einzige, der sie sah, und er hatte die Aussicht sehr genossen.

Das Licht unter dem Blätterdach war so schwach, dass die Dämmerung sie in fast völlige Dunkelheit tauchte, sodass sie das Baden ziemlich früh erledigten.

Am Bach begegneten sie meist mehr Wildtieren. Zum Glück nichts, was sie als Beute betrachtete. Ein vierbeiniges Säugetier mit Hufen, buschigem dunkelbraunem Fell und majestätischem schwarzem Geweih hatte am Vortag, während er und Ava gebadet hatten, eine kleine Gruppe ähnlicher Säugetiere zum Bach geführt. Die schönen Kreaturen hatten still dagestanden und sie mit dunklen, wachsamen Augen und zuckenden Ohren beobachtet. Nach einem kurzen Moment, in dem er und Ava sich leise darüber unterhalten hatten, wie schön sie seien, hatten die Tiere offenbar beschlossen, dass sie keine Bedrohung waren, hatten vom Bach betrunken und waren dann davon geschlendert.

Nach den langen Monaten der Gefangenschaft genoss Jak'ri diese Zeit. Die frische Luft. Das köstliche Obst. Und – vor allem – Avas Gesellschaft.

Sie wuchs ihm jeden Tag mehr ans Herz. Und das nicht nur, weil sie jede Nacht damit verbrachten, die Körper des anderen zu erkunden und sich in dem größten Vergnügen zu verlieren, das er je erlebt hatte.

Sie schmunzelte. „Das sagst du nur, weil ich dir letzte Nacht einen runtergeholt habe."

Er wurde hart, wenn er nur daran dachte, wie sich ihre weichen Lippen um seine Länge geschlossen hatten und sie ihn tief eingesaugt hatte. Anstatt sich jedoch auf sie zu stürzen, wie er es gern getan hätte, hob er eine Augenbraue. „Und als ich mich revanchiert habe, glaube ich, dass es dir auch recht gut gefallen hat."

Ihr Gesicht wurde rot, während ihre Augen zu leuchten begannen. „Verdammt, ja, das hat es. Wenn ich noch lauter gestöhnt oder geschrien hätte, wären diese riesigen Katzenviecher wahrscheinlich angerannt gekommen und hätten mich für einen dieser struppigen Hirsche gehalten, der im Sterben liegt."

Er grinste. Ihre starke telepathische Verbindung hatte den zusätzlichen Vorteil, dass sie ihm sehr deutlich zeigte, was sie sexuell erregte, einschließlich der Dinge, die sie zu schüchtern war, in Worte zu fassen.

Letztere gefielen ihm am besten.

Ava lachte. „Oh, das glaube ich dir gern."

Das schwache Licht des Waldes begann, weiter zu schwinden. „Wir sollten uns bald waschen und in die Höhle zurückgehen."

Sie nickte, tätschelte ihren pelzigen Freund ein letztes Mal und stand auf.

Die Springer lernten bereits ihren Tagesablauf, schnappten sich die Fruchtstücke, die er und Ava noch nicht aufgegessen hatten, und huschten damit davon.

Jak'ri lächelte, als er ihre Hand nahm.

Sie erwiderte sein Lächeln und schmiegte sich an seine Seite, als er seinen Arm um sie legte.

Sie hatten bisher weder ein gathendisches Schiff gesehen noch gehört.

Es waren auch keine Schiffe der Purveli, Lasaraner oder Segonier eingetroffen.

Das überraschte ihn nicht, wenn man bedachte, wie weit er und Ava vom Raum der Aldebarianischen Allianz entfernt waren und da er nicht sicher war, ob das *qhov'rum* überhaupt nutzbar war.

Aber die Gathendier machten ihm Sorgen. Er wusste wenig über die Jäger der Gathendier. Diejenigen, die ihm der Computer der Rettungskapsel gezeigt hatte, hatten vom Design her nicht an die der Akseli erinnert. Er hatte also keine Ahnung, wie laut oder leise sie waren. Lasaranische Schiffe waren vollkommen lautlos. Sowohl purvelische als auch akselische Antriebe waren leise, erzeugten aber immer noch ein gedämpftes Summen, von dem er glaubte, dass Ava es mit ihrem scharfen Gehör wahrnehmen könnte.

Aber wie leise waren die Jäger der Gathendier? Er hatte keine Erinnerung an das Schiff, mit dem die *grunarks* ihn und Ziv'ri gefangen genommen haben mussten. Wäre es jedoch laut genug gewesen, um sie zu warnen, hätten er und sein Bruder ihnen entgehen können.

Wie immer schossen ihm die Gedanken an Ziv'ri ins Herz. Aber die Trauer konnte seine derzeitigen Sorgen nicht beseitigen.

Jak'ri wusste auch nicht, wie viele Soldaten ein Jäger transportieren konnte. Er hatte als Teil einer purvelischen Delegation, die Prinzessin Amiriska von Lasara kurz vor ihrem Verschwinden eingeladen hatte, an den alle zwei Jahre stattfindenden Kriegsspielen der Aldebarianischen Allianz teilgenommen. Ausgewählte Militärangehörige aus jeder der sechs Provinzen Purvels waren gekommen und hatten aufmerksam beobachtet und zugehört, als sie sorgfältig die vielen Vorteile erläuterte, die ein Beitritt zur Allianz mit sich bringen würde.

„Wie lange warst du beim Militär?", fragte Ava, ihr Gesicht leuchtete vor Neugier.

„Drei Jahre. Das Gesetz schreibt vor, dass jeder auf Purvel Geborene nach Erreichen seiner Volljährigkeit mindestens drei Jahre Militärdienst leisten muss, es sei denn, er absolviert eine höhere Ausbildung. Dann wird die militärische Ausbildung auf die Zeit nach Abschluss des Studiums verschoben. Meine dreijährige Zeit wurde verschoben, sodass ich meinen Dienst erst kurz nach dem Verschwinden von Prinzessin Amiriska beendet habe."

„Sind auch Frauen zum Militärdienst verpflichtet?"

„Ja. Die Anführer der sechs Provinzen auf meinem Planeten mögen sich in vielen Fragen nicht einig sein, aber alle glauben, dass Purvel stark genug sein kann, um Feinde ohne Verbündete abzuwehren, solange wir uns darauf vorbereiten."

Offensichtlich hatten sie sich jedoch geirrt, dachte er mit finsterer Miene. Ihre Verteidigungsmaßnahmen waren so mangelhaft, dass sie Gathendier nicht einmal davon hatten abhalten können, zwei der ihren direkt vor ihrer Nase zu entführen. Wären er und Ziv'ri auf Promeii 7 entführt worden, wäre Jak'ri weniger überrascht gewesen. Auf diesem kleinen Planeten passierten viele verrückte Dinge. Aber auf Purvel, wo das Eindringen fremder Spezies sorgfältig überwacht werden sollte?

Nein. Er hatte vor, ein Treffen mit dem Herrscher von Purvel und der Planetary Defense Administration zu vereinbaren, sobald er wieder zu Hause war.

Falls er es nach Hause schaffte.

Seine Gedanken kehrten zu den Kriegsspielen zurück. Er hatte dort Schiffe und Jäger fast jeder Größe gesehen. Er wusste also, dass Jäger je nach Herkunftsplanet und Bauart zwischen einem und zehn Soldaten aufnehmen konnten.

Ava pfiff.

Die Springer wirbelten herum und starrten sie mit großen Augen an.

Aber sie schenkte ihnen wenig Aufmerksamkeit. „Also, wenn die Gathendier kommen, könnten wir es mit drei bis dreißig Soldaten zu tun bekommen?"

„Ja."

„Ich bin mir ziemlich sicher, dass wir drei Gathendiern in den Arsch treten können", sagte sie mit nachdenklicher Miene. „Oder sechs. Neun. Vielleicht auch zwölf, wenn wir ein paar davon mit Gewehren ausschalten können, bevor sie uns sehen. Und wenn ich mich von meiner Selbstüberschätzung beeinflussen lasse, fünfzehn. Aber dreißig?"

Trotz ihrer neuen, phänomenalen Geschwindigkeit und Stärke glaubte er nicht, dass sie dreißig besiegen könnten.

„Denk erst gar nicht daran", sagte sie stirnrunzelnd, bevor er die nächste Frage stellen konnte, die ihm in den Sinn kam. „Ich verlasse dich nicht. Entweder wir kämpfen gemeinsam, oder wir fliehen gemeinsam. Alles andere ist vom Tisch."

Drek, er hasste die Vorstellung, sie zu bremsen und dadurch in Gefahr zu bringen. Er hätte den Computer in der Kapsel fragen sollen, wie viele Soldaten sich an Bord der Schiffe befanden, die ihnen folgten. Der Computer hätte ihm wahrscheinlich nur die Kapazität mitteilen können. Doch selbst das hätte geholfen, ihnen eine grobe Vorstellung davon zu geben, was sie erwartete. Und er verfluchte sich selbst dafür, dass er nicht daran gedacht hatte.

„Ich habe auch nicht daran gedacht", bemerkte Ava.

Er wünschte, er hätte ein mit der Kapsel verbundenes Datenpad mitbringen können, damit die Kapsel sie über den Standort dieser Jäger auf dem Laufenden halten könnte. Aber auf diesem Planeten wäre selbst dieses winzige Gerät wie ein Leuchtfeuer und würde den Gathendiern verraten, wo sie sich befanden.

Waren die drei Schiffe die einzigen gewesen, die ihnen hinterhergeschickt worden waren?

Was, wenn diesen ersten Schiffen Transporte mit mehr Soldaten oder sogar das Kriegsschiff selbst folgen würde? Er hatte keine Ahnung, wie leise diese Schiffe waren. Wenn weder er noch Ava es hörten, würde es keine Warnung geben, dass der Feind in der Nähe war.

„Wenn ihre Schiffe irgendwelche Geräusche machen, werde ich sie hören", sagte Ava. „Wenn nicht ..." Sie zuckte mit den Schultern. „Sobald sie am Boden sind, werde ich die gathendischen Soldaten kommen hören, bevor wir ihnen begegnen. Und ich werde sie lange vorher riechen. Diese Bastarde riechen schlimmer als die Babyspringer." Sie betrachtete die pelzigen kleinen Kreaturen, die vor ihnen zum Bach huschten. „Ich denke, dass diese kleinen Kerle, für den Fall, dass wir schlafen, wenn die Gathendier landen, uns warnen werden. Sie schreien ziemlich laut, wenn sie aufgeregt oder nervös sind."

Er nickte, doch er fürchtete sich vor der unvermeidlichen Konfrontation. Er würde gern glauben, dass die Gathendier frustriert wären und die Suche aufgeben würden, wenn sie zuerst auf der anderen Seite des Planeten suchten und sie nicht finden würden ...

„Aber sie wollen wirklich einen Erdling in die Hände bekommen", beendete Ava seinen Gedanken.

„Ja."

„Und einen Purveli."

Er lächelte. „Ich glaube, dass du von uns beiden die bist, die sie dringender wollen."

Als sie den Bach erreichten, knieten sie nieder und holten die Flaschen aus der Tasche, die er trug.

„Vielleicht haben wir Glück", sagte sie. „Vielleicht haben die Guten deine Nachricht schon bekommen und werden uns zuerst finden."

Er hoffte es. Obwohl er zugeben musste, dass ihm selbst *das* Angst machte. Sie öffnete eine Flasche und begann, sie zu füllen.

Jak'ri zögerte einen langen Moment. „Das lasaranische Königshaus erwartet von dir, dass du nach unserer Rettung nach Lasara reist."

Ava starrte auf die Flasche, die sie direkt unter die Wasseroberfläche hielt. „Ich weiß", sagte sie leise und begegnete dann seinem Blick. „Aber ich bin mehr daran interessiert, nach Purvel zu reisen."

Etwas, das er sich sehr wünschte. Dennoch zwang er sich, seine Ängste in Worte zu fassen. „Vielleicht änderst du deine Meinung, sobald du wieder unter deinen Leuten bist." Sie könnte entscheiden, dass sie nicht an das Leid, das sie erlebt hatte, erinnert werden wollte. Und Jak'ri würde eine ständige Erinnerung an die Gefangenschaft und Folter sein, die sie erlitten hatte.

Was, wenn sie entschied, dass es ihr ohne ihn besser gehen würde? Dass sie darüber hinwegkommen und vergessen musste, was passiert war?

„Das werde ich nicht", sagte Ava. Und in ihren Worten lag nicht einmal eine Spur von Unsicherheit. „Dadurch weiß ich, dass ich mich in dich verliebe und mich nicht nur wegen unserer Situation an dir festklammere, wie ein Ertrinkender an einer Boje."

„Ich habe nicht alles davon verstanden."

Sie schüttelte den Kopf. „Letzte Nacht habe ich zum ersten Mal tatsächlich einen Funken Angst verspürt, als ich mir vorgestellt habe, dass wir gerettet würden."

Er runzelte die Stirn.

Mit ernsten, hübschen Gesichtszügen legte sie ihre kleine, nasse Hand an seine Wange und streichelte mit ihrem Daumen darüber. „Ich weiß, es klingt verrückt, aber ich habe mir Sorgen gemacht, dass du, sobald wir gerettet sind, nach Purvel zurückkehrst und ich nach Lasara gebracht werde und ... das wär's. Dass ich dich nie wieder sehen werde."

Alles in ihm sträubte sich gegen diesen Gedanken. Und er konnte nicht anders, als einen Arm um sie zu legen, als könnte er sie dadurch davon abhalten zu gehen.

„Das will ich nicht", erklärte sie leise. „Weil ich mir nicht vorstellen kann, auch nur einen Tag nicht bei dir zu sein, Jak'ri. Ich kann mir nicht vorstellen, dass du nicht der Erste bist, den ich nach dem Aufwachen sehe, oder der Letzte, den ich sehe, bevor ich abends einschlafe." Sie stellte die Flasche ab, beugte sich vor und drückte ihm einen zärtlichen Kuss auf die Lippen. „Du warst in den letzten Tagen oft genug in meinem Kopf. Weißt du nicht, was ich für dich empfinde?" Sie küsste ihn erneut. „Ich liebe dich, wie eine Frau von der Erde ihren Ehemann liebt. So wie ein Lasaraner oder ein Purveli seine Lebenspartnerin liebt."

Und genau das wollte er sein: ihr Lebenspartner. Aber wie –

„Wir werden es schaffen", versprach sie leise.

„Zusammen."

Der Wind frischte auf und wehte mehrere Haarsträhnen über ihr Gesicht. Ein zärtliches Lächeln umspielte ihre Lippen, als sie nickte. „Gemeinsam können wir alles schaffen."

Er hob eine Braue. „Einschließlich der Gründung einer eigenen Kolonie hier auf diesem Planeten?"

Sie schmunzelte. „Wenn das nötig ist? Absolut."

Die kleinen Springer sahen sich plötzlich um und verschwanden dann in den Bäumen.

Donner grollte durch den Wald.

Gemeinsam blickten er und Ava auf. Das Blätterdach über ihnen war so dicht, dass sie den Himmel nicht sehen konnten. Aber Jak'ri glaubte, dass sich der Wald schneller verdunkelte als sonst.

„Wir sollten uns beeilen", sagte er. „Wir wissen nicht, wie heftig ein Gewitter hier sein kann."

„Du hast recht."

Nachdem sie ihre Flaschen gefüllt hatten, wuschen sie schnell zuerst sich und dann ihre Kleidung. Trotz der Eile begannen große Tropfen, auf sie niederzuprasseln, als sie zur Höhle rannten. Innerhalb weniger Minuten klebte die frische Kleidung, die sie angezogen hatten, an ihrer Haut. Die Erde unter ihren Füßen verwandelte sich in Schlamm. Und am Boden bildeten sich Rinnsale, die das Wasser, das von den Felsen herabspülte, zum Bach hinter ihnen t rugen.

Sobald sie den Eingang der Höhle erreicht hatten, ging Ava hinein und verschwand außer Sichtweite.

Jak'ri folgte ihr und fluchte, als der Stein seinen Arm streifte. Jetzt, wo er mehr aß und bei besserer Gesundheit war, war der Spalt, der ihnen den Zugang zur Höhle erlaubte, enger geworden.

Auch bei Ava bemerkte er es. Sie hatte schon einen Teil des Gewichts, das sie verloren hatte, zugenommen. Als sie schließlich in der Höhle ankamen, war auf ihrem nassen Hemd ein Schmutzstreifen auf Höhe ihrer schönen Brüste zu sehen. Ein ähnlicher Streifen auf Höhe ihres hübsch gerundeten Pos.

Als er ankam, drehte sie sich mit einem schiefen Lächeln zu ihm um. „Wenn wir weiter so essen wie bisher, musst du mich bald mit dem Fuß auf meinem Hinterteil da durchschieben."

Er lachte über die Vorstellung. „Und du musst mich mit einem Stock raushebeln."

Sie schmunzelte. Dann verschwand ihr Lächeln, und ihre Augen blitzten bernsteinfarben.

Sie drehte sich um, zog die Klinge, die sie immer an ihrem Oberschenkel trug, und ging in die Hocke.

Jak'ri ließ die Tasche fallen und zog seinen Blaster. *Was ist?*, fragte er sie telepathisch.

Ich habe ein Geräusch gehört.

Sein Herz hämmerte in seiner Brust, während er aufmerksam lauschte.

Da.

Er folgte ihrem Blick in die Ecke der Höhle. Das *hesku*, das er in der vergangenen Nacht aktiviert hatte, spendete immer noch Licht, genug, um die Erzstreifen in der Wand schwach leuchten zu lassen.

Dennoch waren hier und da ein paar dunkle Schatten.

Ava entspannte sich neben ihm. „Schon gut. Es sind drei der Springer."

Er konnte sie jetzt sehen, als sie näherkamen. Ein Männchen, ein Weibchen und ihr Junges. „Vielleicht wird das ein schlimmer Sturm."

Lächelnd kniete sie nieder und tätschelte dem Baby den Kopf. „Oder vielleicht sind sie gieriger als die anderen und wollen mehr Essen."

Zwei weitere Springer spähten in die Höhle und kamen dann vorsichtig mit triefendem Fell herein.

Ava lachte. „Nein. Es ist der Sturm." Sie schenkte ihm ein schiefes Lächeln. „Sieht so aus, als würden wir heute Abend Gesellschaft haben."

Sie hatte kaum Zeit, den Satz zu beenden, als der Rest des pelzigen Clans hereingehuscht kam.

Kapitel Fünfzehn

DER STURM WÜTETE DIE ganze Nacht und brachte helle Blitze mit sich, die den Durchgang erhellten, und Donnerschläge, die ihr das Gefühl gaben, als würden der Berg selbst darunter erzittern. Obwohl draußen sintflutartiger Regen fiel, blieb die Höhle, die ihr Zuhause geworden war, trocken.

Ava verbrachte viele Stunden damit, die kleinen Springer, die sich elend zusammendrängten, zu beruhigen und zu singen. Jak'ri tat es auch.

Sie lächelte, als sie zusah, wie er einem der Babys ein Stück Obst fütterte. Er war so ein Schatz.

Er blickte auf, erwiderte ihr Lächeln und zwinkerte.

Jetzt war alles ruhig. Oder so ruhig wie sonst auch. Mit ihrem verbesserten Gehör konnte sie *viel* hören. Und was sie jetzt hörte, verriet ihr, dass der Sturm endlich vorüber war.

Die Springer mussten zum gleichen Schluss gekommen sein, denn sie machten sich auf den Weg zum Ausgang und verabschiedeten sich.

Anscheinend waren sie keine großen Fans der Höhle. Ava war sich nicht sicher, ob die anderen Tiere, die sie hier riechen konnten, sie nervös machten oder ob sie einfach nur die Freiheit auf den Bäumen bevorzugten.

Sie warf Jak'ri einen abschätzenden Blick zu.

Er hob eine Braue. „Hast du was auf dem Herzen, meine Schöne?"

Sie liebte es, dass er Erdsprüche von ihr aufschnappte. „Vielleicht." Sie rutschte näher an ihn heran, beugte sich vor und schmiegte sich an seinen Hals. „Jetzt, wo die Kinder weg sind ..."

Lächelnd drehte Jak'ri seinen Kopf und drückte seine Lippen auf ihre.

Lust durchströmte sie, als er den Kuss vertiefte und seine Zunge ihre streichelte und neckte. Er drehte sich zu ihr um und berührte eine ihrer Brüste.

Ja. Ava schob ein Bein über seine Schenkel und setzte sich rittlings auf ihn.

Jak'ri streichelte weiter ihre Brust, während er seinen anderen Arm um sie legte und ihre Hüften an seine drückte, sodass sie seine Erregung spüren konnte.

In diesem Moment hörte sie ein Geräusch.

Stirnrunzelnd zog sie sich zurück.

Jak'ri verteilte heiße Küsse über ihren Hals und suchte dann wieder nach ihren Lippen.

Aber Ava wandte ihr Gesicht ab und lauschte aufmerksam.

„Was ist?", fragte er mit ernster Miene.

Angst sickerte in ihre Stimme. „Ich höre ein Schiff."

Mit großen Augen sprang Jak'ri auf und zog Ava hoch.

Als sie ihre Füße auf den Boden setzte, verstummte das Geräusch.

„Schwebt es oder ist es vorbeigeflogen?", fragte er.

„Es ist vorbeigeflogen."

„In welche Richtung?"

„Norden."

Sie starrten einander einen Moment lang an. Und sie konnte sein Herz genauso heftig schlagen hören wie ihr eigenes.

„Wir müssen sehen, wer es ist", sagte er. „Retter oder Gathendier."

Sie nickte. „Dann entscheiden wir, was zu tun ist."

Wenn das Schiff Retter an Bord hatte, wäre die Entscheidung einfach: Ganz schnell hier verschwinden und die Retter bitten, sie nach Purvel zu bringen. Doch wenn die Gathendier sie stattdessen schneller gefunden hätten als erwartet, müssten sie und Jak'ri sich zwischen zwei Möglichkeiten entscheiden: „Bleiben und kämpfen", seufzte sie, „oder Plan B."

Sie mussten sich noch auf einen Plan C einigen. Es schien nur eine Option zu geben. Wenn sie durch Plan B – Schwimmen zu der kleinen Insel, die diesem Kontinent am nächsten lag – den Gathendiern nicht entkommen konnten, sah sie keinen anderen Ausweg, als zu versuchen, zur nächsten zu schwimmen.

Jak'ri war strikt dagegen und glaubte, ein solches Unterfangen würde sie töten.

Da er ihr erzählt hatte, was mit den Akseli passiert war, die in der Vergangenheit als Lebenspartner nach Purvel gekommen waren, war Ava auch nicht gerade begeistert davon. Aber welche andere Lösung gab es, wenn sie zahlenmäßig hoffnungslos unterlegen wären?

Ava warf Jak'ri einen Blick zu und verschloss ihre Gedanken vor ihm, in der Hoffnung, dass er es nicht bemerken würde, während er sich hinkniete, um die Waffen und Munition einzusammeln, die sie mitnehmen würden. Sie wollte nicht, dass er ihre Sorgen hörte, und es gelang ihr nicht, sie zum Schweigen zu bringen, da ihr Ängste und Fragen im Kopf kreisten.

Obwohl sie es ihm gegenüber nicht erwähnt hatte, begann die fantastische Kraft, die sie während ihrer Verwandlung gewonnen hatte, zu schwinden. Und sie war sich ziemlich sicher, dass sie von den Kämpfen mit den Gathendiern auf dem Schiff keine Narben hätte davontragen sollen. Elianas Verletzungen heilten normalerweise innerhalb weniger Stunden vollständig und hinterließen keine einzige Spur. Doch Ava hatte Narben. Sie nahm den Blaster und das Holster, das Jak'ri ihr reichte, schnallte es um und wickelte den Gürtel zweimal um ihre Taille, damit er passte.

Wenn die beiden auf dreißig Gathendier trafen, würde sie jedes Quäntchen übernatürlicher Geschwindigkeit und Kraft brauchen, das sie aufbringen konnte, um sie zu besiegen ... oder um zu der Insel zu schwimmen, die sie Plan B genannt hatte, falls sich die erste Option als unmöglich erweisen sollte. Unsterbliche Wächter brauchten regelmäßige Infusionen, um ihre Geschwindigkeit, Kraft und Regenerationsfähigkeit aufrechtzuerhalten. Aber sie hatte keine Blutquelle. Und ohne befürchtete sie, dass es ihr nicht gut gehen würde, wenn sie irgendwann Plan C in die Tat umsetzen und zu einer anderen Insel oder einem Kontinent schwimmen mussten, der noch weiter entfernt wäre als die Insel.

Sie befürchtete, dass sie es nicht überleben würde, wenn sie so weit schwimmen müssten.

Während sie jetzt, da sie unsterblich war, gerne glauben wollte, dass ihr Körper es viel länger im Wasser aushalten konnte als der eines normalen Menschen oder einer *Begabten*, schien ihre Stärke und Widerstandsfähigkeit zu der einer normalen Sterblichen zurückzukehren.

Sie warf einen Blick auf den Puls, der unter den glatten, kaum sichtbaren Schuppen von Jak'ris Hals pochte.

Er hat Blut, flüsterte eine leise Stimme. *Genug für eine schnelle Infusion.*

Die Spitzen ihrer Fangzähne senkten sich.

Mit großen Augen zwang Ava sie schnell zurück.

Sie konnte sich nicht mit Jak'ris Blut transfundieren. Es war zu riskant. Was, wenn Purveli-Blut für Unsterbliche Wächter genauso schädlich war wie lasaranisches Blut?

War das ein Wagnis, das sie eingehen konnte?

Jak'ri blickte zu ihr herüber. „Ich weiß, dass du Blaster und Dolche bevorzugst, aber ich möchte, dass du auch ein O-Gewehr trägst."

„Okay." Ava nahm die lange Waffe, die er ihr entgegenhielt. „Lass uns einfach hoffen, dass das die Guten waren, die eben vorbeigeflogen sind", sagte sie mit gespielter Unbeschwertheit.

Wenn es stattdessen Gathendier waren und es ihr und Jak'ri nicht gelang, ihnen in den Arsch zu treten, würde ihnen Plan B nicht genug Zeit verschaffen, bis Hilfe eintraf, und am Ende würden sie sich für Plan C entscheiden müssen ...

Vielleicht würde sie bald gezwungen sein, herauszufinden, ob Purveli-Blut sie töten würde.

EINE STUNDE SPÄTER BEGANN Ava zu vermuten, dass sie nicht lange genug leben würde, um herauszufinden, ob Purveli-Blut sie töten würde oder nicht.

Nein. Ein Sturz würde sie vorher töten.

Ein sehr *langer* Sturz.

Gegen ihren Willen blickte sie nach unten und wünschte dann, sie hätte es nicht getan. Jak'ri wollte dem Schiff, das im Norden gelandet sein musste, keine Duftspur am Boden hinterlassen, der sie folgen konnten. Also hatte er sie überredet, hoch in die Bäume zu klettern, wo sie nun von dem riesigen Ast eines Baumes zum nächsten und zum nächsten krochen und so weiter. Klar, einige der Äste waren so dick, dass man mit einem Rasentraktor darauf fahren könnte. Aber Ava mochte Höhen wirklich nicht.

In den Träumen mit Jak'ri hatte sie ihre Angst genug überwunden, um sich an das Klippenspringen zu gewöhnen, denn am Fuße von Runaka Point war ein großes, wunderschönes Meer, das darauf wartete, sie aufzufangen und sicher in seine kühle Umarmung zu nehmen.

Hier war nur Erde. Und Schlamm in den tiefer gelegenen Bereichen.

Irgendwie glaubte sie, dass der Schlamm nicht weich wäre, um ihren Sturz abzufangen, ohne sich dabei die Knochen zu brechen.

„Du machst das sehr gut", sagte Jak'ri lächelnd.

Sie warf ihm einen angespannten Blick zu. *Du bist überhaupt nicht nervös, oder?*

Nein. Er spreizte die Finger, um die Schwimmhaut zwischen ihnen freizulegen, und deutete dann auf seine Seite. *Ich habe diese Haut an meinen Seiten auch, auch, wenn die schwerer zu erkennen ist. Wenn ich falle, muss ich nur mein Hemd ausziehen und die Arme weit ausbreiten, und die Haut dehnt sich wie ein Fallschirm aus, so wie es bei den gestreiften Nagetieren war, die wir an unserem ersten Tag hier gesehen haben. Dadurch wird mein Fall so weit verlangsamt, dass ich unverletzt auf den Füßen landen kann. Deshalb mag ich Klippenspringen so.*

Ava starrte ihn an.

Seine Lippen zuckten.

Sie lachte leise und hätte ihm gern einen Stoß versetzt, wenn sie nicht auf einem verdammten Ast gewesen wären. *Du bist unmöglich! Du hättest mich fast wieder dazu gebracht, diesen Unsinn zu glauben!* Dann hob sie eine Braue. *Aber ich habe deinen schönen Körper oft genug nackt gesehen, um zu wissen, dass das Blödsinn ist.*

Er grinste reuelos. *Hat es dich abgelenkt?*

Nicht so sehr, wie wenn ich deinen großen, schönen Körper nackt sehen würde, aber ja.

Gut.

Sie deutete nach vorn. *Sie sind definitiv irgendwo da vorn. Und so ungern ich es auch sage, aber es sind Gathendier.*

Er runzelte die Stirn. *Bist du sicher?*

Ja. Sie verzog das Gesicht. *Vielleicht können sie uns hier oben nicht riechen. Aber ich kann sie verdammt gut da unten riechen, und ihr Gestank ist widerlich.*

Sie sind da? Er deutete nach vorn.

Ja.

Dann bleib du hier. Ich gehe ein bisschen näher ran und sehe nach, wie viele es sind.

Zwei Dutzend, sagte sie. *Vielleicht mehr.* Sie lernte immer noch, ihre neu geschärften Sinne zu nutzen, und hatte es noch nicht geschafft, genau zu schätzen, wie viele Springer auf sie zustürmten, wenn sie versuchte, es zu erraten, ohne hinzusehen.

Als Jak'ri weiterging, machte sie einen Schritt hinter ihm her.

Er drehte sich sofort um und hob eine Hand. *Bleib hier. Ich bin bald zurück.*

Ich komme mit dir. Obwohl Jak'ri nicht glaubte, dass die Gathendier ihn riechen könnten, wollte sie für alle Fälle da sein, um ihn zu verteidigen.

Er hingegen hatte andere Ideen. *Ich bin darin geschickter als du, Ava.* Er deutete auf seine nackten Füße, die ausgezeichneten Halt auf dem Ast hatten.

Sie hätte nicht gedacht, dass Schwimmhäute an den Zehen dabei einen großen Unterschied machen würden, doch er war so sicher wie ein Eichhörnchen, und seine Beine bebten nicht wie ihre, die in dieser Höhen ständig zitterte.

Ich werde sie nicht angreifen, versicherte Jak'ri ihr. Ich werde nur einen kleinen Erkundungsgang machen.

Sie öffnete erneut den Mund, um zu protestieren, und fühlte sich unwohl, ihn aus den Augen zu lassen.

Mach dir keine Sorgen. Der Wind weht in unsere Richtung. Und ich bin hier oben sicherer als du, sagte er, bevor sie etwas erwidern konnte. *Ich kann mich schneller durch die Bäume bewegen.*

Mit anderen Worten: Sie würde ihn aufhalten. Ihre schreckliche Höhenangst machte sie ziemlich zittrig, wenn sie an den Ästen entlang kroch. Sich hier oben mit übernatürlicher Geschwindigkeit zu bewegen, schien einfach unklug. *Okay.*

Lächelnd drückte er ihr einen Kuss auf die Stirn. *Pass auf dich auf.*

Du auch.

Als er sich umdrehte, um zu gehen, ergriff sie seine Hand. *Ich meine es ernst, Jak'ri.* Sie hielt seinen Blick fest. *Komm zu mir zurück.*

Er führte ihre Hand an seine Lippen. *Ich werde immer zu dir zurückkommen,* sakara.

Ava schluckte weitere Proteste herunter, während sie zusah, wie er ging und sich mit einer Sicherheit, die sie nur bewundern konnte, von Baum zu Baum bewegte. *Ich würde mir keine Sorgen machen, wenn du nicht so verdammt gut riechen würdest,* bemerkte sie.

Sein Lachen erfüllte ihren Kopf und brachte sie zum Lächeln. *Ich kann unmöglich besser riechen als du,* antwortete er, und seine Stimme wurde fast zu einem Knurren. *Ich liebe deinen Duft. Besonders, wenn du dich in meinen Armen windest. Und mir fehlen deine verbesserten Sinne.*

Sie lächelte. *Vielleicht fehlen dir meine verbesserten Sinne. Aber du hast die unglaubliche Fähigkeit, mich mit nur wenigen Worten anzutörnen.*

Er belohnte sie mit einem weiteren Lachen.

Es vergingen lange Minuten in tiefer Stille, die ihre Angst nährte.

Den Springern wurde es mit der Zeit langweilig, und sie turnten davon.

Als Ava sich auf seine Gedanken einstellte, bemerkte sie, dass Jak'ri sich darauf konzentrierte, sich schneller und lautlos durch die Bäume zu bewegen.

Ich glaube nicht, dass du mir erzählt hast, was du auf Purvel machst, jetzt, wo du nicht mehr beim Militär bist, sagte sie, als sie die Stille nicht länger ertragen konnte.

Ich bin ein sahstin jin.

Was ist das?

Ich glaube nicht, dass es auf deinem Planeten ein Äquivalent gibt. Ich bin ... ein Atmosphärenforscher. Oder besser gesagt, ich bin auf die Erzeugung von Atmosphäre in unbewohnbaren Umgebungen spezialisiert. Mein Volk möchte unsere Monde so terraformieren, wie die Lasaraner ihre Monde. Deshalb arbeite ich mit anderen Wissenschaftlern zusammen, um das zu erreichen.

Verdammt. Er war das komplette Paket: heiß, amüsant, mutig, ehrenhaft, liebevoll und unglaublich klug. *Wow. Wie läuft das?*

Nicht so schnell, wie wir gehofft hatten, antwortete er ironisch. *Der größte Teil des Sauerstoffs auf meinem Planeten wird von* tantiorcea *produziert.*

Das wurde nicht übersetzt.

Schwimmende Pflanzen in unseren Ozeanen.

Oh. Ich verstehe. Ich denke, dass es auf der Erde so ähnlich ist. Ich erinnere mich, dass ich gelesen habe, dass Phytoplankton bis zu achtzig Prozent des Sauerstoffs der Erde produziert.

Das Gleiche gilt für Purvel. Unsere frühen Versuche, das Eis auf der Oberfläche unseres größten Mondes auf eine Temperatur zu bringen, die das Gedeihen der tantiorcea ermöglichen würde, sind gescheitert. Aber wir haben seitdem einige Fortschritte gemacht.

Anschließend beschrieb er ihre Erfolge und Misserfolge, die Vegetation, die sie dazu gebracht hatten, auf der Mondoberfläche Wurzeln zu schlagen, und die Algenkolonien, die sie wachsen ließen. Es faszinierte Ava. Und es machte sie traurig, weil sein Bruder denselben Beruf ausgeübt hatte und immer an Jak'ris Seite gewesen war. Und sie konnte sehen, wie schmerzhaft der Gedanke für ihn war, ohne Ziv'ri weiterzumachen.

Jak'ri drückte auch seine Frustration über die Regierungen von Purvel aus. Er, Ziv'ri und andere in ihrem Bereich hatten sich wiederholt an Purvels Herrscher gewandt und versucht, ihn dazu zu überreden, Lasaras großzügiges Angebot anzunehmen, ihnen bei ihren Terraforming-Bemühungen zu helfen, falls sie sich dazu entschließen sollten, der Aldebarianischen Allianz beizutreten. Er weigerte sich jedoch, das zu tun, solange nicht die Regierungen aller sechs Provinzen zustimmten. Und einige der Machthaber waren weiter entschlossen, ihren eigenen Weg zu gehen, und bestanden darauf, dass sie den Lasaranern verpflichtet wären, wenn sie Hilfe annahmen, obwohl Prinzessin Amiriska deutlich gemacht hatte, dass jede angebotene Hilfe eine Geste des guten Willens Lasaras als Verbündeter sei, der einem anderen hilft.

Verzeih mir, sagte er, nachdem er einen Moment lang verstummt war. *Ich hatte nicht vor, meiner Frustration Luft zu machen. Habe ich dich sehr gelangweilt?*

Nein. Ich bin fasziniert davon. Und ich gebe zu, ich bin ... ich weiß nicht ... verblüfft oder vielleicht auch beschämt darüber, wie weit die Erde technologisch hinter euch allen hier draußen hinterherhinkt. Unbehagen machte sich breit, wenn sie darüber nachdachte.

Sag es mir, ermutigte er sie, als er ihre Unruhe spürte.

Ava seufzte. *Ich weiß einfach nicht, welchen Platz ich in deiner Welt einnehmen würde. Ich meine, auf welche Weise könnte ich zu deiner Gesellschaft beitragen? Ich vermute, dass mein College-Abschluss, der auf der Erde eine höhere Ausbildung darstellt, auf Purvel nichts Besonderes ist. Für welchen Job könnte ich also möglicherweise qualifiziert sein?*

Er verstummte für einen Moment. *Würde es dich überraschen, wenn ich dir sage, dass ich die gleichen Befürchtungen habe, was die Vorstellung anginge, meinen Platz in deiner Gesellschaft zu finden, wenn ich zur Erde reisen würde?*

Jak'ri auf der Erde? Oh. *Nein. Du willst nicht zur Erde reisen*, sagte sie ihm mit Nachdruck. *Der Silberton deiner Haut und die Schuppen, die man bei genauem Hinsehen sehen kann, lassen dich weniger menschlich erscheinen als Lasaraner. Und wenn dich irgendjemand anderer als die Unsterblichen Wächter sehen würde, würden die Dummköpfe an der Macht davon erfahren und dir das Gleiche antun, was sie Ami angetan haben. Ich meine, Prinzessin Amiriska. Sie würden dich foltern und Experimente an dir durchführen, wie es die Gathendier getan haben.*

Und nach Möglichkeiten suchen, mein Volk zu zerstören?

Ja. Sie würden es unter dem Deckmantel der nationalen Sicherheit tun und behaupten, einen Weg finden zu müssen, dein Volk zu besiegen, falls ihr euch jemals dazu entschließen solltet, die Erde besetzen zu wollen.

Purveli besetzen andere Planeten nicht.

Ich weiß. Aber das wäre die Rechtfertigung, die die Machthaber der Erde dafür anführen würden, dich gefangen zu nehmen und zu foltern.

Er schwieg einen langen Moment.

Tut mir leid, sagte sie. *Die Erde ist ziemlich scheiße.*

Nun, du musst dir keine Sorgen machen, einen Platz auf Purvel zu finden. Mein Volk wird dich willkommen heißen und – drek!

Ihre Augen weiteten sich. *Was ist?*

Die Gathendier. Sie haben die Rettungskapsel gefunden.

Bestürzt dachte sie: *Sie sind schon so nah? Wie viele sind es?*

Er verstummte für einen Moment. *Dreißig. Und sie haben* sedapas *mitgebracht.*

Diese Eidechsendinger mit Stacheln, die sie zum Jagen benutzen?

Ja. Die grunarks *teilen sich gerade in Gruppen auf, um nach uns zu suchen. Und der Boden ist trocken. Der Sturm war nicht so weit im Norden, denn es sieht so aus, als ob hier kein Regen gefallen wäre, sodass es für sie einfacher sein wird, unsere Spuren zu finden.*

Ava dachte angestrengt nach. *Kannst du sie mit einem* senshi *erledigen?*

Nein. Wenn ich einen senshi *aussende, der stark genug ist, um ein so großes Kontingent außer Gefecht zu setzen oder zu töten, insbesondere jetzt, wo sie verstreut sind, wäre er auch stark genug, um dich zu erreichen.*

Den ganzen Weg hierher zurück?

Ja.

Verdammt. Das war mächtig.

Wenn sie im Vollbesitz ihrer Kräfte gewesen wäre ...

Nein. Selbst wenn dem so wäre, wäre Ava nicht sicher, ob sie einen *senshi* ertragen könnte. Ein paar Unsterbliche Wächter hatten ein Hirntrauma erlitten, das Gerüchten zufolge die ihnen vom Virus verliehenen Regenerationsfähigkeiten überstiegen hatte. Sogar Seth, der überaus mächtige Anführer der Unsterblichen Wächter mit seiner unglaublichen Heilbegabung, hatte befürchtet, er könne den Schaden nicht vollständig reparieren, weil er sagte, Hirnverletzungen seien für ihn schwieriger zu heilen.

Wenn Jak'ris *senshi* sie außer Gefecht setzte, waren keine unsterblichen Heiler in der Nähe, die ihr zu Hilfe kommen konnten. Und sie wusste, dass er sie auf keinen Fall zurücklassen würde.

„Geh zur Höhle!", drängte er sie.

Ava zögerte nicht. Sie drehte sich um und ging den Weg zurück, den sie gekommen war. Jak'ri bewegte sich so viel schneller durch die Bäume, dass er sie leicht einholen würde, bevor sie dort ankam.

Während sie vorsichtig über die breiten Äste balancierte, rasten ihre Gedanken.

Wie könnten sie dreißig Gathendier und deren Jagdechsen besiegen, wenn sie Jak'ris *senshi* nicht nutzen konnten?

Das können wir nicht, sagte er. *Wir könnten, wenn wir ein paar Z-12 hätten.*

Was ist das?

E-Granaten. Aber wir haben keine. Wir haben nur die O-Gewehre und Troniumblaster.

Sind die sedapas *schlank genug, um in die Höhle zu gelangen?*

Ja. Und wenn die Gathendier genug Zeit haben, können sie sich einen Weg bahnen.

Dann lass uns zu Plan B übergehen.

Ich sehe keine andere Wahl.

Ava erreichte den Baum, auf den sie geklettert waren, und begann langsam, ihn hinunterzusteigen.

Sie zitterte am ganzen Leib, als sie mit ihren Füßen nach Halt tastete. Wann immer sie und Jak'ri die Klippen von Runaka Point erklommen hatten, hatte er sie zwischen seinen Körper und die Felswand genommen und ihr die Sicherheit gegeben, dass er sie auffangen würde, sollte sie abrutschen.

Jetzt gab es außer dem Boden nichts, was sie auffangen würde, wenn sie fiel.

Du schaffst das, Ava, sagte er zu ihr, und nichts als Zuversicht erfüllte seine tiefe Stimme.

Ich schaffe das, wiederholte sie.

Jak'ri verstummte erneut. Sie wusste nicht, ob er es tat, damit sie sich konzentrieren konnte, oder weil er die Ruhe brauchte, um sich zu konzentrieren.

Einige der Springer kehrten zurück und kletterten um sie herum den Baumstamm hinunter.

Avas Fingerspitzen waren bald wund, weil sie sie in die Rillen steckte und sich an der raue Rinde festhielt. Die gummiartige Substanz, mit der Jak'ri ihre Füße bestrichen hatte, begann, sich abzunutzen. Und als der Boden näherkam, schwitzte sie.

Als ihre Füße endlich den Boden berührten, lehnte sie sich schwach vor Erleichterung an den Baum. *Ich hab's geschafft.*

Ich wusste, dass du es schaffen würdest, sagte Jak'ri angespannt. *Schnapp dir deine Tasche und mach dich auf den Weg zur Westküste.*

Sie richtete sich auf. *Was?*

Hier wächst das Moos auf der Ostseite der Bäume. Geh also einfach in die entgegengesetzte Richtung. Mach so schnell wie möglich und –

Ich gehe nicht ohne dich. Ava rannte zur Höhle. Sobald sie hineingekrochen war, nahm sie beide Rucksäcke und begann mit dem mühsamen Prozess, die verdammten Dinger durch den schmalen Gang ins Freie zu bringen.

„Ich werde dich einholen", sagte er.

Ava schaffte es aus der Höhle und stellte die Taschen zu ihren Füßen ab. *Nein. Beweg deinen Arsch einfach hierher. Ich werde auf dich warten.*

Er murmelte mehrere Worte, die ihr Übersetzer nicht übersetzen konnte. Aber es gelang ihr, das Wort „stur" zu verstehen.

Sie lächelte über seinen genervten Ton. *Ja, aber du liebst mich immer noch, oder?*

Ja, brummte er.

Lachend blickte sie in Richtung Rettungskapsel und machte ihre Waffen bereit.

Es vergingen lange Minuten.

Eine Brise wehte durch den Wald, raschelte durch das spärliche Unterholz und kitzelte ihr Haar.

Als es geschah, stieg ihr ein unangenehm vertrauter Geruch in die Nase: der Gestank von abgestandenem Wasser.

Eis schoss durch Avas Adern, als sie die Quelle erkannte.

Gathendier.

Sie kamen näher.

JAK'RI KEHRTE SO SCHNELL er konnte zu Ava zurück, ohne einen tödlichen Sturz zu riskieren. Er wollte wütend auf sie sein, weil sie nicht ohne ihn losgegangen war, aber ... *vuan.* An ihrer Stelle hätte er dasselbe getan und darauf bestanden, auf sie zu warten.

Als er den Baum erreichte, den sie vorhin hinaufgeklettert waren, sah er keine Spur von ihr.

Es dauerte ein paar Minuten, bis er sicher wieder am Boden war. Sobald seine Füße den Boden berührten, rannte Jak'ri auf die Höhle zu.

Ava stand davor, das O-Gewehr im Anschlag, und blickte finster in Richtung der Kapsel.

Sie drehte sich um, als er sich näherte, und ihr Gesichtsausdruck hellte sich auf, als sie ihn sah. „Endlich." Sie ließ das Gewehr am Riemen baumeln, eilte auf ihn zu und umarmte ihn. „Der Gestank der Gathendier ist jetzt so stark, dass ich fast würgen muss."

Er sah sie alarmiert an. „Sie sind so nah?"

„Ich weiß nicht. Ich lerne immer noch, zu deuten, was meine neuen geschärften Sinne mir sagen, aber ... ja. Ich denke, sie sind nicht sehr weit weg."

Er hob seinen Rucksack auf und schob seine Arme durch die Riemen.

Ava tat dasselbe mit ihrem.

Dann rannten sie zur Küste.

„Wenn die Rucksäcke uns bremsen, müssen wir sie zurücklassen", sagte er.

„Nicht die Sanitätstasche", sagte sie.

Ein Blick in ihre Gedanken offenbarte ihre Angst, dass sie sie vielleicht brauchen würden, um Wunden zu heilen, die er sich zugezogen haben könnte. Doch als er sich daran erinnerte, wie sie sich auf dem gathendischen Schiff in den Kampf gestürzt hatte, befürchtete er, dass sie diejenige sein würde, die ihn brauchte. *Opfere dich nicht für mich, Ava*, sagte er telepathisch zu ihr. Wenn die Gathendier so nah waren, wie sie vermutete, sollten sie nicht laut sprechen und den *sedapas* eine Gelegenheit geben, sie aufzuspüren.

Dito, antwortete sie.

Einen Moment später blieb sie stehen.

Jak'ri blieb neben ihr. *Was ist?*

Sie blickte besorgt in seine braunen Augen. *Ich habe ihren Geruch verloren.*

Jak'ri bereitete sein O-Gewehr vor und sah sich um.

Eine Brise erfasste ein paar Strähnen ihres dunklen Haars und wehte sie in ihr Gesicht.

Ihre Augen weiteten sich. *Oh Scheiße. Der Wind hat gedreht.*

Und würde nun ihren Duft direkt zu den *sedapas* tragen.

Gemeinsam setzten sie sich in Bewegung und rannten in Richtung Küste, die sie immer noch nicht sehen konnten.

Von Bäumen in einiger Entfernung ertönten Schreie.

Ihre Blicke trafen sich.

Die Springer hatten die neuen Eindringlinge bemerkt. Und Drek, sie klangen, als wären sie verdammt nah.

Lass die Tasche fallen!, rief er in ihrem Kopf.

Sie wurden langsamer und lösten die Riemen.

Als Jak'ris Rucksack auf dem Boden aufschlug, brach zu ihrer Rechten ein *sedapa* mit weit aufgerissenem Maul aus dem Unterholz und entblößte drei Reihen gezackter Zähne und eine gespaltene Zunge.

Sie blieben abrupt stehen.

Die Zwillingsschwänze des *sedapa* zuckten, als er zischte und auf sie zu huschte.

Jak'ri hob sein Gewehr.

Ava bewegte sich so schnell, dass sie verschwamm. In dem kurzen Moment, den ihr weggeworfener Rucksack brauchte, um am Boden aufzuschlagen, tauchte sie hinter dem Biest auf. Sie zückte ihren Dolch und rammte ihn tief in den Nacken des *sedapa*.

Das Tier zuckte, und sein Maul klappte zu. Dann fiel es zu Boden, zuckte noch ein paarmal und rührte sich nicht mehr.

Jak'ri starrte sie an.

Sie starrte ihn mit großen Augen an. *Ich weiß nicht, wie weit es den anderen voraus war, und dachte, es lautlos zu töten, könnte uns mehr nützen.* Als sie versuchte, die Klinge herauszuziehen, bewegte sie sich nicht. Mit einer Grimasse stützte sie einen Fuß auf den Rücken zwischen die scharfen Stacheln und zog fester daran. Es erforderte so viel Kraft, dass sie zurückstolperte und fast hinfiel, als die Klinge schließlich aus dem Fleisch glitt.

Ava hatte kaum wieder Halt gefunden, als ihr Kopf in die Richtung schoss, aus der der *sedapa* gekommen war.

Drek, platzte sie heraus. *Sie sind hier.*

Jak'ri nickte in Richtung des Baumes neben ihr. *Geh hinter den Baum. Benutz ihn als Schild.*

Er ging rückwärts zu einem zweiten Baum und tat dasselbe.

Ein weiterer *sedapa* kam in Sicht. Dieser war angeleint und bewegte sich so schnell, dass er den Gathendier, der das andere Ende hielt, hinter sich her zerrte.

Die Kreatur blieb stehen und zischte, als sie das tote Tier bemerkte. Ihre Stacheln richteten sich auf, als sie den Kopf herumwirbelte und mit der gespaltenen Zunge schnippte, während sie schnupperte.

Die Augen des Gathendiers weiteten sich. Er ließ die Leine los.

Jak'ri feuerte drei schnelle Schüsse aus seinem O-Gewehr ab.

Ein Schuss brannte ein Loch in die Mitte des Brustpanzers des Gathendiers und ließ ihn dort, wo er stand, zu Boden gehen.

Der *sedapa* blickte nicht einmal zurück. Sobald er Jak'ri sah, stürzte er auf ihn zu und fletschte scharfe Zähne, die von giftigem Speichel glitzerten.

Eine elektrische Explosion traf ihn am Hinterkopf.

Die Kreatur brach zusammen.

Jak'ri starrte Ava an.

Die Munition mag zwar anders sein als die der Erde, aber es ist immer noch eine reine Zielübung. Sie drehte sich zur Seite, suchte erneut Deckung hinter dem Baum und machte ihr O-Gewehr bereit. *Es kommen mehr.* Nicht die ganze Gruppe. Vielleicht zehn oder zwölf.

Der Lärm, den sie beim Abfeuern ihrer Waffen gemacht hatten, würde jedoch schnell die anderen anlocken.

Ich habe eine Idee, sagte sie und begegnete seinem Blick. *Beschäftige sie und lass nicht zu, dass sie dich erschießen.*

Sein Magen zog sich zusammen. *Ava ...*

Im nächsten Moment rannte sie blitzschnell davon.

Jak'ri fluchte, als die verdammten Gathendier in Sicht kamen.

Ihre Augen wanderten sofort zu den getöteten *sedapas* und dem toten Soldaten.

Jak'ri feuerte seine Waffe ab, bevor sie überhaupt Zeit hatte, auf den Anblick zu reagieren.

Zwei stolperten zurück, als die Strahlen einen am Hals und den anderen am Kopf trafen. Als diese beiden fielen, nahmen die anderen *grunarks* Verteidigungspositionen ein und hoben ihre Waffen, um das Feuer zu erwidern.

Achtung, ich komme, warnte Ava. *Ich ducke mich. Ziel hoch. Auf ihre Köpfe.*

Sobald sie die Warnung ausgesprochen hatte, huschte etwas Verschwommenes durch die Reihen der Gathendier. Blut spritzte. Einige schrien, als ihre Füße hochgerissen wurden und sie mit dem Rücken am Boden aufschlugen.

Da keine E-Explosionen den Wald erhellten, musste Ava ihre Dolche benutzen.

Jak'ri schoss auf die Stehenden, zielte auf ihre Köpfe und hoffte verzweifelt, dass er Ava nicht aus Versehen treffen würde, da sie keinen Panzer trug.

Von den Gathendiern abgefeuerte Strahlen trafen den Baum, den er als Deckung benutzte, so oft, dass die dicke Rinde zu rauchen begann. Zwei der *grunarks* fielen unter Jak'ris Feuer. Zwei weitere trennten sich und begannen, in einem großen Halbkreis in entgegengesetzte Richtungen zu gehen, was ihn daran hinderte, beide gleichzeitig anzugreifen.

Eine Bewegung riss einen von den Füßen.

Jak'ris Herz schlug ihm bis zum Hals, als er einen kurzen Blick auf Ava erhaschte. Ihr Gesicht war blutverschmiert. Die Vorderseite ihres Hemdes war auf Höhe ihres Bauchs zerrissen und rot gefärbt. Und an einem Arm hatte sie eine tiefe Schnittwunde.

Im nächsten Augenblick verschwand sie und schlug auf die anderen Gathendier ein.

Jak'ri schoss mit einem O-Gewehr auf den letzten und tötete ihn. Dann schaltete er denjenigen aus, den Ava zu Boden geworfen hatte, bevor er sich wieder aufrappeln konnte.

Der Rest der Gathendier unternahm einen wahnsinnigen Versuch, den geisterhaften Sturm von Gewalt in ihrer Mitte einzufangen.

Jak'ri schaffte es, noch ein paar zu treffen, dann fluchte er und hörte auf zu feuern. Ava duckte sich nicht mehr. Sie war jetzt überall, so wie damals auf dem Schiff, und schlug in einem Moment auf ihre Schwänze und im nächsten auf ihre Köpfe ein. Und die Gathendier waren deutlich in der Überzahl.

Er ließ sein Gewehr los und ließ es an der Schlinge baumeln. Er würde sich dem Kampf anschließen müssen, um ihr zu helfen. Er holte seinen Troniumblaster aus der Tasche und machte sich auf den Weg.

Eine Hand berührte seine Schulter.

Jak'ri erschrak und wirbelte herum.

Ava schob seine Waffe beiseite, bevor er sie auf sie richten konnte. Blut lief über ihr hübsches Gesicht, als sie ihn anlächelte, ihre bernsteinfarbenen Augen leuchteten. „Schau, was ich gefunden habe." Sie hielt ihre andere Hand hoch.

Trotz seiner Sorge um sie grinste Jak'ri, als er das runde Gerät sah, das in ihrer Hand lag. „Ich liebe dich so sehr."

Sie lachte. „Ist es das, wofür ich es halte?"

Er nahm es. „Es ist eine Bex-7-Betäubungsgranate." Er gab ihr seinen Blaster. „Beschäftige sie."

Ava verschwand auf die andere Seite des massiven Baumstamms und feuerte mehrere Male.

Die Bex-7 hatte etwa die Größe seiner Handfläche und vibrierte, als Jak'ri sie aktivierte. Ein grüner Kreis auf der Oberfläche leuchtete auf und gab den Blick auf einen winzigen Eingabebildschirm frei. Da ihm die Zeit zum Programmieren fehlte, startete er einfach den Timer und warf ihn in die Mitte der Gathendier.

Geh in Deckung!, rief er.

Eine Sekunde später prallte Ava gegen ihn und warf ihn hinter dem Baum zu Boden. „Umph!"

Einer der Gathendier rief eine Warnung. Dann blitzte grelles Licht durch den Wald.

Schreie, dumpfe Schläge und Rascheln ertönten aus scheinbar allen Richtungen, als Tiere des Waldes aufflatterten oder davonhuschten.

Dann erklangen weitere dumpfe Geräusche, diesmal direkt von der anderen Seite des Baumes.

Jak'ri stieß Ava von sich, sprang auf und spähte um ihren Holzschild herum. Alle Gathendier lagen am Boden.

Ava lehnte sich an ihn und spähte hinaus. „Hat es alle erwischt?"

„In dieser Gruppe." Er umarmte sie. „Wie schwer bist du verletzt?"

„Genug, um mich wütend zu machen. Aber ich habe keine Zeit, darüber zu schimpfen. Die anderen sind nicht weit dahinter."

Er nickte und ließ sie los. „Lass uns nach mehr Granaten suchen."

Sie brauchten weniger als eine Minute, um alles aufzusammeln, was die Gathendier bei sich hatten. Sie hatten ausschließlich

Bex-7-Betäubungsgranaten bei sich. Keine Z-12 oder andere tödliche E-Granaten, ein Beweis für ihre Entschlossenheit, Ava lebend zu fangen.

„Und dich", sagte sie. „Sie wollen dich auch."

Jak'ri nickte, hielt sie aber immer noch für das wichtigere Ziel.

Nachdem er die Waffen in den Außentaschen ihrer Rucksäcke verstaut hatte, setzten er und Ava sie wieder auf und machten sich auf den Weg zur Küste.

Der Wind drehte leider nicht, sodass er ihren Duft den übrigen Gathendiern, die sie jagten, direkt entgegenwehte.

„Ich rieche das Meer", sagte sie atemlos.

Jak'ri war ebenfalls außer Atem. Die Zeit, die er in dieser Zelle der Gnade der Gathendier ausgeliefert war, hatte ihn geschwächt.

Neben ihm schnaubte Ava. „Du musst davor wie Thor gebaut gewesen sein, denn du bist immer noch verdammt stark."

Jak'ri wusste nicht, was ein Thor war. Sein Übersetzer hatte keine Definition dafür. Aber er hatte keine Zeit, sie zu fragen, denn das Unterholz begann, dichter zu werden. „Wir müssen nah dran sein." Diese Menge Vegetation deutete auf Sonneneinstrahlung hin. Die Küste musste also –

„Ich höre Wellen!", sagte sie, ihr Gesicht leuchtend vor Aufregung.

Zweige rissen an ihnen, als sie sich durchkämpften.

Schließlich spuckte sie das dichte Unterholz ins helle Sonnenlicht.

„Endlich!", keuchte Ava.

Jak'ri nickte. Sie standen auf einer Klippe, die an Runaka Point erinnerte, und vor ihnen erstreckte sich ein riesiges blaues Meer, so weit das Auge reichte. Nur ein winziger dunkler Fleck – weit in der Ferne – störte die glasklare Oberfläche: die Insel, von der sie hofften, dass sie ihnen Zuflucht bieten würde.

Ava holte scharf Luft und eilte zurück in Richtung Wald.

Jak'ri drehte sich zu ihr um. Seine Augen weiteten sich.

Ihre blasse, sommersprossige Haut war jetzt überall dort, wo die Sonne sie berührt hatte, gerötet.

Er machte einen Schritt auf sie zu. „Ava?"

Sie starrte auf ihre Arme. „Das hatte ich ganz vergessen. Der Wald ist immer so dunkel, dass ..." Sie sah zu ihm auf. „Ich habe es einfach vergessen."

„Was hast du vergessen?"

„Das Virus, mit dem mich die Gathendier infiziert haben, verursacht Lichtempfindlichkeit."

„Sonnenlicht schadet dir?"

„Ja."

Er warf einen Blick auf den breiten blauen Streifen, der zur Insel führte. Wie sollten sie dann über das Meer kommen?

„Sobald ich im Wasser bin, ist alles gut, solange ich gut unter der Oberfläche schwimme", sagte sie. „Eliana liebt es zu schwimmen und hat gesagt, das Wasser schützt sie auch an den sonnigsten Tagen."

Er nickte, überquerte das kurze Stück bis zum Rand und blickte hinunter. Diese Klippe war fast so hoch wie Runaka Point. An ihrem Fuß drängten sich zerklüftete Felsen zusammen, während das Wasser um sie herum schäumte.

„Was siehst du?", fragte sie aus der Sicherheit des Schattens.

„Seichtes Wasser und Felsen."

„Wie weit müssen wir springen, um daran vorbeizukommen?"

Er betrachtete die Felsen, die weit ins Meer hineinragten, und drehte sich dann zu ihr um. „Weiter als wir springen können." Oder zumindest weiter, als *er* konnte. Sie würde versuchen müssen, es ohne ihn zu schaffen.

Ava starrte ihn einen langen Moment an, ihr finsteres Gesicht war blutverschmiert, ihr Atem ging immer noch stoßweise. „Wir kämpfen gemeinsam, oder wir fliehen gemeinsam", erinnerte sie ihn.

Dann würden sie beide springen. Er würde lieber auf diesen Felsen sterben, als mitanzusehen, wie die Gathendier sie wieder gefangen nahmen.

„Vertraust du mir, Jak'ri?", fragte sie mit ernster Miene.

Er ging zu ihr und sah ihr in die Augen. „Mit meinem Leben."

Sie streckte ihre Hand aus. „Dann halt mein Handgelenk."

Jak'ri legte seine Finger um ihr Handgelenk. Es war so schmal, dass Finger und Daumen überlappten.

„Was auch immer passiert", sagte sie, schloss ihre Finger so weit sie konnte um sein breiteres Handgelenk und drückte ihn, „lass nicht los."

Er musterte sie. „Was hast du vor?"

„Erinnerst du dich an den Traum mit Ziv'ri, den wir hatten? Den, in dem wir gegeneinander angetreten sind, um herauszufinden, wer der beste Springer ist?"

Er nickte.

„Erinnerst du dich, wie weit ich an euch beiden vorbeigesprungen bin?"

„Ja." Es war, als ob ihr Flügel gewachsen wären und sie geflogen wäre.

„Wir zählen bis drei, dann rennen wir zum Rand der Klippe und springen. Aber ich werde so weit springen, wie ich es im Traum getan habe." Sie drückte sein Handgelenk. „Und ich werde dich mitnehmen. Du darfst nur nicht loslassen."

Weil sie ihn mitreißen würde.

Er schluckte schwer. Was, wenn er viel zu schwer war? Was, wenn sein Gewicht verhinderte, dass sie über die Felsen hinwegsprang?

Sie kam näher, bis ihre Brüste seinen Oberbauch berührten, und starrte zu ihm auf. „Jak'ri? Du musst mir versprechen, dass du nicht loslassen wirst."

Wie konnte er das tun, wenn er wusste, dass sie ohne ihn viel bessere Chancen hätte, es zu schaffen?

„Ich will es nicht ohne dich schaffen", flüsterte sie, und ihre braunen Augen füllten sich mit Tränen. „Versprich mir, dass du nicht loslassen wirst." Sie stellte sich auf Zehenspitzen und drückte ihm einen zärtlichen Kuss auf die Lippen. „Bitte. Ich brauche dich, *sakara*."

Er nickte. „Ich werde nicht loslassen."

Sie betrachtete ihn noch einen Moment und wandte sich dann der Klippe zu. „Okay. Lass uns das machen. Auf drei."

Jak'ri blickte auf das Meer hinaus.

„Eins."

Seine Muskeln spannten sich an.

„Zwei."

Er schloss seine Finger fester um ihr zerbrechlich wirkendes Handgelenk.

„Drei!"

Dann rannten die beiden zum Rand und sprangen.

Kapitel Sechzehn

AVA BISS DIE ZÄHNE zusammen, als der Schmerz den Arm hinaufschoss, an dem Jak'ri sich festhielt, und sich in ihrer Schulter niederließ. Unter ihnen erstreckten sich zerklüftete Felsen so weit, dass eisige Angst ihre Wirbelsäule emporkroch. Im Traum war sie unglaublich hoch geflogen, als sie sich von der Klippe abgestoßen hatte. Sie hatte gehofft, hier dasselbe zu schaffen, aber der Kampf mit den verdammten Gathendiern hatte sie noch mehr geschwächt. Das Virus hatte aufgehört, sie zu heilen. Sie spürte, wie ihre Kraft nachließ. Und Jak'ri und die Rucksäcke, die sie vergessen hatten wegzuwerfen, zogen sie nach unten wie den Korb eines überbesetzten Heißluftballons.

Sie schafften es trotzdem. Sie segelten über die Felsen hinaus und fielen in den tieferen Teil des Meeres.

Sekunden, bevor sie das Wasser erreichte, holte Ava tief Luft.

Kaltes Wasser schloss sich über ihrem Kopf, die Temperatur war ein Schock, der ihr fast die Luft aus der Lunge presste. Jede Wunde begann zu brennen, als Salzwasser in sie eindrang. Einen Moment lang umgaben sie Luftblasen. Ihre Augen brannten. Dann schwebte Jak'ri vor ihr, sein zuvor ebenholzschwarzes Haar jetzt eine Wolke aus Silber.

Du hast es geschafft!, dachte er triumphierend, während sich seine Lippen zu einem Grinsen verzogen. *Du bist großartig, Ava. Bist du okay?*

Ja. Sie hatte Schmerzen, aber nichts war gebrochen. *Lass uns sehen, wie weit wir kommen können, bevor die Gathendier die Klippe erreichen.*

Er nickte, wandte sich der Insel zu und begann zu schwimmen. *Sag mir Bescheid, wenn du Luft holen musst.*

Das werde ich.

Jak'ri raste wie eine Rakete durch das kühle, blaue Wasser.

Wieder einmal staunte sie darüber, wie schnell er schwamm. Er war so unglaublich schnell! Weitaus schneller als selbst ein olympischer Goldmedaillengewinner auf der Erde schwimmen könnte. Doch Ava hatte dieses Mal trotz ihrer nachlassenden Kräfte weniger Schwierigkeiten, mit ihm mitzuhalten.

Obwohl die Sonne über ihr hell schien, schadeten die Strahlen ihr nicht. Eliana hatte recht gehabt. Das Wasser schützte sie. Die Kälte linderte sogar den Sonnenbrand, den sie sich auf der Klippe zugezogen hatte.

Ava sah sich um, während sie mit Jak'ri Schritt hielt. Das Wasser auf diesem Planeten war sauber. Es gab keine Verschmutzung wie in den Meeren zu Hause, und es war so klar wie das in einem Schwimmbad. Sie konnte kilometerweit sehen!

Und es gab soooooo viel zu sehen.

Weit unter ihnen blühten Korallen wie ein Blumengarten und sorgten für leuchtende Farbtupfer in allen Farben des Regenbogens. Der Sand am Meeresboden hatte eine dunkle, violettgraue Farbe, die die Korallen im Vergleich dazu fast so erscheinen ließ, als würden sie von Neonlicht beleuchtet. Krebstiere in einer genauso großen Vielfalt an Größen, Formen und Farben huschten wie Autos auf einer Autobahn über den Sand, während eine faszinierende Vielfalt an Fischen über ihnen schwamm.

Es war wunderschön.

Kannst du die Insel sehen?, fragte Jak'ri.

Sie wandte ihren Blick von den schönen Meeresbewohnern ab und spähte nach vorn. *Ja.*

Sie sah auch einen Schatten, der auf sie zukam.

Mehrere Schatten.

Ava runzelte die Stirn.

Wir haben Gesellschaft, warnte sie ihn.

Er warf ihr einen Blick zu. *Gathendier?*

Sie starrte auf die Umrisse. *Nein. Große Meeresbewohner.*

Als die Kreaturen näherkamen, begann sie, mehr Details zu erkennen. Sie waren etwa so groß wie Delfine, hatten aber die schwarz-weiße Färbung eines Killerwals und etwas, das wie ein Narwal-Stoßzahn aussah.

Ein sehr langer Narwal-Stoßzahn.

Ich hoffe, diese Jungs sind freundlich, bemerkte sie telepathisch.

Ich auch. Diese Stoßzähne sehen aus, als könnten sie großen Schaden anrichten.

Das habe ich auch gerade gedacht. Lass uns hoffen, dass sie freundlich sind und volle Bäuche haben.

Weder sie noch Jak'ri wurden langsamer, als die Kreaturen näherkamen.

Ihr Herz begann, vor Angst schneller zu schlagen. Selbst mit ihrer nachlassenden übernatürlichen Geschwindigkeit glaubte sie nicht, dass sie unter Wasser auch nur ansatzweise kämpfen könnte. Wenn das Raubtiere waren oder sie ihr Territorium verteidigen wollten …

Die Kreaturen teilten sich in zwei Vierergruppen und schwammen an ihnen vorbei.

Erleichterung erfüllte Ava … bis eine Bewegung, die sie aus dem Augenwinkel wahrnahm, ihre Aufmerksamkeit erregte.

Die Kreaturen kehrten zurück und schwammen jetzt neben ihr her. Noch mehr schwammen auf der anderen Seite von Jak'ri. Aber sie schienen nicht geneigt, ihnen etwas anzutun.

Wenn überhaupt, legten sie dieselbe Neugier an den Tag wie die Springer.

Ava lächelte. Sie hatte schon immer mal mit Delfinen schwimmen wollen. Wenn ihre Lungen nicht brennen würden, weil sie so lang den Atem angehalten hatte, und die Gathendier sie nicht jagen würden, hätte sie Spaß.

Die Kreatur, die ihr am nächsten war, schoss voraus, wurde dann langsamer, bis sie sie einholte, und schoss dann wieder voraus. Als sie zurückfiel, verschwand sie aus ihrem peripheren Sichtfeld. Einen Moment später bemerkte sie eine Präsenz unter sich und blickte nach unten. Das verspielte, delfinähnliche Geschöpf bewegte sich im Zickzack unter ihr und schien fast zu sagen: *Schau, was ich kann*, während ein anderes Tier gemächlich um Jak'ri herumschwamm.

Das ist so cool, sagte sie zu ihm.

Er lächelte. *Sie erinnern mich an die* raashini *zu Hause.*

Auf der Erde gibt es etwas Ähnliches, das wir Delfine *nennen.*

Gott sei Dank waren ihre neuen Gefährten keine Haie. Sie und Jak'ri hatten bereits gegen Gathendier und zweischwänzige Jagdechsen mit Stacheln und giftigem Speichel gekämpft. Sie glaubte nicht, dass sie heute gegen irgendetwas anderes kämpfen wollte.

Ich auch nicht, gab er mit einem schiefen Lächeln zu.

Die delfinähnlichen Geschöpfe blieben bei ihnen. Ava hielt den Atem viel länger an, als sie es normalerweise könnte. Doch irgendwann sagte sie immer noch voller Bedauern: *Ich muss Luft holen.*

Jak'ri hielt so schnell an, dass sie an ihm vorbeischoss.

Oops. Sie schwamm langsamer und bewegte ihre Arme, um zu verhindern, dass ihr Körper an die Oberfläche schwebte, während sie darauf wartete, dass er sie einholte.

Mach nur, drängte er und runzelte besorgt die Stirn, als er näherkam. Tauch einfach langsam auf.

Gut, dass er sie gewarnt hatte. Avas ausgehungerte Lungen drängten sie dazu, an die Oberfläche zu schießen und tief und keuchend durchzuatmen, was sie wahrscheinlich nicht tun sollte, für den Fall, dass die Gathendier mit dem Äquivalent eines Fernglases auf der Klippe standen.

Sie nickte und bewegte sich langsam, während sie zur Oberfläche schwamm, und dann noch langsamer, bevor sie vorsichtig den Kopf aus dem Wasser steckte. Ihr Mund öffnete sich von selbst und begann, Luft einzusaugen.

Der Schmerz in ihrer Brust ließ nach, während die Haut in ihrem Gesicht zu prickeln begann, da die Sonne sie sofort zu verbrennen begann.

Das nervte!

Ava spähte in Richtung Klippe und war verblüfft über die Strecke, die sie und Jak'ri zurückgelegt hatten.

Während sie starrte, teilte sich das dichte Laubwerk am Waldrand abrupt und spuckte mehrere große Körper aus, gefolgt von zwei *sedapas.*

Scheiße!

Mehrere der delfinähnlichen Kreaturen nutzten diesen Moment, um aus dem Wasser um sie herum zu springen, hoch hinaus und zu planschen, während sie quietschende Laute von sich gaben.

Prustend wischte Ava sich die Augen. Aus Angst, dass ihre neuen Wassergefährten unerwünschte Aufmerksamkeit erregen könnten, holte noch einmal tief Luft und tauchte wieder unter, während sie ihr die Sicht versperrten.

Jak'ri wartete in der Nähe. *Ich habe versucht, sie abzulenken, aber sie waren entschlossen, dir zu folgen.*

Sie nickte.

Seine Stirn blieb gerunzelt, als er seine Hand auf ihr Gesicht legte. *Geht's dir gut?*

Ja. Die Gathendier haben gerade die Klippe erreicht.

Seine Miene wurde finster. *Haben sie dich gesehen?*

Ich glaube nicht. Sie gestikulierte in Richtung der Kreaturen, die sich weiter an der Oberfläche tummelten. *Diese Jungs hier haben an der Oberfläche herumgeplantscht und dürften ihnen die Sicht auf mich versperrt haben.*

Gut. Kannst du weitermachen?

Absolut.

Er presste seine kühlen Lippen auf ihre. Dann schwammen sie weiter.

Ihre neuen Wasserfreunde gesellten sich erneut zu ihnen, genauso neugierig wie die kleinen Springer gewesen waren.

Genau zu dem Zeitpunkt, als Avas Lungen zu brennen begannen, erhob sich die Insel vor ihnen.

Wie geht's dir?, fragte Jak'ri.

Ich brauche gleich wieder Luft.

Schaffst du es um die Halbinsel da herum? Er zeigte auf einen kleinen Landfinger, der aus der ansonsten runden Insel herausragte. Bäume und Buschwerk wuchsen darauf, und das Laub hing bis unter die Wasseroberfläche.

Sie nickte. Das würde sie gut vor den Gathendiern verbergen, falls jemand in diese Richtung blicken sollte.

Das Wasser blieb fast bis zum Ufer tief. Sie und Jak'ri schwammen auf die andere Seite der Halbinsel und tauchten unter einem Schirm aus Zweigen auf.

Ava atmete tief und keuchend durch.

Jak'ri musterte sie besorgt, sein eigener Atem war so gleichmäßig, als wäre er gerade von einem Nickerchen aufgewacht.

„Mir geht's gut", sagte sie keuchend.

Er legte einen Arm um sie, zog sie an sich und hielt ihren Kopf über Wasser, damit sie sich ausruhen konnte. Ava lehnte sich an ihn und legte ihren Kopf auf seine Schulter, dankbar für die Pause.

Gathendische Klingen hatten sie während des Gefechts mehrmals getroffen. Und obwohl sich keine der Wunden tief genug anfühlte, um ihr Leben zu gefährden – abgesehen von einer ernsthaften Infektion, die das Virus hoffentlich verhindern würde –, taten sie höllisch weh, das Salzwasser brannte wie Feuer.

Als sich ihr Atem endlich beruhigte, schloss sie die Augen.

Müdigkeit überwältigte sie fast.

Jak'ri drückte ihr einen Kuss auf den Kopf. „Kannst du noch ein bisschen durchhalten?", fragte er leise. „Ich habe etwas unter der Oberfläche gesehen, das ich gern untersuchen würde."

Sie nickte und versuchte, etwas weniger mitgenommen auszusehen.

Einige der Delfinkreaturen tauchten in ihrer Nähe auf und schwammen langsame Kreise.

Ava gestikulierte schwach in ihre Richtung. „Diese Jungs werden mir Gesellschaft leisten."

Jak'ri führte ihre Hände zu den Ästen eines Baums, der sich über das Wasser neigte. „Halt dich daran fest. Wenn deine Freunde hier plötzlich verschwinden oder du hörst oder spürst, dass sich irgendwas nähert, ruf mich sofort."

„Okay."

Er schien zu zögern.

„Schon gut. Geh nur, ich komme schon klar."

Er stahl sich einen weiteren schnellen Kuss. „Ich bin gleich zurück."

„Okay."

Sekunden später verschwand er unter der Oberfläche.

Drei ihrer Wasserfreunde folgten ihm. Zwei blieben bei ihr.

Ava lehnte ihre Stirn gegen einen Ast, zuckte dann zusammen und zog sich zurück, als der Kontakt Schmerzen auslöste.

Eines der delfinähnlichen Wesen rollte sich wie ein Otter auf den Rücken. Das andere folgte seinem Beispiel, dann plapperten sie miteinander und warfen ihr neugierige Blicke zu.

Bald darauf hörte sie Jak'ris geliebte Stimme in ihrem Kopf. *Ich glaube, dass diese Insel früher vulkanisch aktiv war.*

Natürlich.

Ava seufzte. *Bitte sag mir, dass der Vulkan nicht mehr aktiv ist.* Es wäre fast typisch für sie, wenn die Insel, auf der sie Zuflucht suchten, ausbrechen würde und sie vor Lavaströme fliehen müssten.

Er ruht, antwortete er. *Ich habe einen Tunnel gefunden. Ich werde hineinschwimmen und sehen, wohin er führt.*

Das klang gefährlich. *Was, wenn du dich verschwimmst?*

Das werde ich nicht. Ich habe einen ausgezeichneten Orientierungssinn. Und sollte es mir nicht gelingen, kann ich Echoortung nutzen, um einen Weg hinauszufinden.

Okay. Wenn du Probleme hast, lass es mich wissen, und ich reite auf einem dieser Delfindinger zu deiner Rettung.

Ein Lachen erfüllte ihren Kopf und drang direkt in ihr Herz. *Ich könnte es glatt vortäuschen, nur um das zu sehen.*

Sie lächelte.

Mehrere Augenblicke vergingen. *Je weiter ich komme, desto mehr bin ich davon überzeugt, dass es sich bei diesem – und den anderen Tunneln, die davon abzweigen – um Lavaröhren handelt.*

Weitere Momente vergingen.

Ja!, platzte er triumphierend heraus.

Ja, was?, fragte sie.

Da ist eine unterirdische Höhle. Die Hälfte davon ist im Wasser. Aber die andere Hälfte ist trockener Boden. Für uns der perfekte Ort, um uns vor den Gathendiern zu verstecken.

Perfekt!

Sie ist wunderschön. Ich kann es kaum erwarten, sie dir zu zeigen. Ich bin jetzt auf dem Weg nach draußen.

Ava war angespannt, während sie darauf wartete, dass er wieder auftauchte. Sie hatte Geschichten über Taucher gehört, die sich verirrten und denen der Sauerstoff ausging, während sie neu entdeckte Unterwasserhöhlen erkundeten.

Doch Jak'ri passierte das nicht. Er tauchte breit grinsend vor ihr auf.

Ava zwang sich zu einem Lächeln. „Hallo, schöner Mann. Was bringt *dich* hierher?"

„Du", antwortete er prompt und stahl sich einen weiteren Kuss. „Immer du."

Trotz der Schmerzen und der Müdigkeit, die sie quälten, hellte sich ihre Stimmung auf.

Sein Gesichtsausdruck wurde weicher. „Warum hältst du dich nicht an meinem Rucksack fest, und ich bringe uns beide da runter."

Sie wollte Nein sagen. Wirklich. Doch stattdessen ertappte sie sich dabei, wie sie müde nickte.

Sobald Jak'ri sich umdrehte, ließ sie den Ast los und ergriff seinen Rucksack.

„Bereit?", fragte er.

„Bereit." Sie holte tief Luft.

Jak'ri tauchte wieder unter die Oberfläche, nahm sie mit und folgte der Küste ein paar Meter über den Punkt hinaus, an dem sie sich ausgeruht hatte. Tatsächlich war dort ein Tunnel. Der Sand davor war schwarz wie die Nacht anstatt violettgrau, und die felsige Außenseite war so dunkel, dass sie es für einen Schatten und nicht für einen Eingang gehalten hätte.

Jak'ri schwamm hinein und begann, die Kurven mit einer Sicherheit und Geschicklichkeit zu meistern, die sie zutiefst beeindruckte. Er hatte wirklich einen fantastischen Orientierungssinn. Sie war sich sicher, dass sie sich verirrt hätte, wenn sie versucht hätte, sich allein in diesen Gängen und Tunneln zurechtzufinden.

Am Ende des Tunnels erschien Licht. Avas brennende Augen weiteten sich, als sich die engen Wände um sie herum plötzlich zu einem großen unterirdischen See öffneten und die Dunkelheit dem Licht wich.

Oh wow! Es war wunderschön. Wie im Rest des Meers war das Wasser hier so klar wie das eines gepflegten Schwimmbades. Lange, hoch aufragende Stränge einer grünen Pflanze, die sie an Seetang erinnerte, zogen sich vom sandigen Boden fast bis zur Oberfläche und bildeten eine Art Unterwasserdschungel.

Jak'ri schwamm darum herum zur gegenüberliegenden Seite der Höhle.

Das Wasser wurde seichter, bis Jak'ri seine Füße auf den schwarzen Sand setzte und sich aufrichtete.

Ava steckte ihren Kopf aus dem Wasser. Doch Jak'ri musste noch einige Schritte machen, bevor ihre Zehen den Boden berühren konnten. Selbst als sie stehen konnte, hielt sie sich weiter fest, während sie ihr neues Versteck betrachtete.

Ein ruhiger Salzwassersee, so groß wie ein Fußballfeld, machte etwa die Hälfte der Höhle aus. Das schwarze Gestein, aus dem die hohe Decke und die Wände bestanden, war mit Adern eines biolumineszenten Materials durchzogen, das genug Licht abstrahlte, um klar sehen zu können. Und im Gegensatz zu dem Erz in der Höhle, in der sie an Land Zuflucht gesucht hatten, war keine Lichtquelle erforderlich, um es zu aktivieren.

In der Höhle gab es zahlreiche Stalaktiten, die atemberaubende Skulpturen bildeten, von denen viele mit rosafarbenem Moos überzogen waren, das selbst ein schwaches Licht erzeugte und die Orientierung weiter erleichterte.

„Das ist unglaublich", sagte sie mit stiller Ehrfurcht.

Neben ihr nickte Jak'ri. „Der Boden dort ist trocken und scheint auch bei Flut trocken zu bleiben."

Sie sah zu ihm auf. „Ich glaube nicht, dass die Gathendier uns hier finden werden."

Er lächelte. „Ich auch nicht." Er nahm ihre Hand, stapfte durch das seichte Wasser und führte sie auf trockenen Sand, der wie zerstoßener Obsidian glitzerte. „Wie geht es deinen Wunden?" Sein Blick wanderte zu ihrer Stirn.

Ava streckte die Hand aus, tastete und verzog das Gesicht, als sie eine Platzwunde berührte. „Noch da. Genau wie diese, schätze ich."

„Darum kümmere ich mich zuerst. Dann werde ich die Insel erkunden." Als sie protestieren wollte, aus Angst, er könnte entdeckt werden, hob er die Hand. „Ich werde nur die Seite erkunden, die sie von der Klippe aus nicht sehen können. Ich möchte sehen, ob einer der Bäume hier dieselben Früchte trägt, die wir auf dem Festland gegessen haben, und einen guten Vorrat davon pflücken, damit wir für eine Weile nicht rausmüssen."

„Wenn die Gathendier uns nicht tot auf den Felsen finden, glaubst du, dass sie dann hierherkommen werden?"

„Wahrscheinlich. Aber ich denke, ihre Suchbemühungen werden sich auf die Oberfläche der Insel beschränken. Ich denke nicht, dass sie uns hier unten finden werden."

„Wenn doch, werden wir sie alle mit den Granaten ausschalten. Sie können nur durch einen Tunnel hereinkommen."

Er lächelte. „Das wird sie deutlich benachteiligen." Er nahm sie an den Schultern, drehte sie um und nahm ihr die Sanitätstasche ab. „Kümmern wir uns um deine Wunden."

Ava schüttelte den Kopf. „Die laufen nicht weg. Geh zuerst die Früchte holen. Wir wissen nicht, wie schnell sie jemanden herschicken werden, um nach uns zu suchen." Und sie hatten ihren Vorrat zurücklassen müssen, den sie in der Höhle gelagert hatten, da er zu sperrig gewesen war, um ihn mitzunehmen. „Wie gut können diese *sedapas* schwimmen?"

„Leider sehr gut."

Sie drehte sich seufzend zu ihm um. „Das musste ja so sein."

„Aber sie können uns im Wasser nicht wittern."

„Das ist zumindest was. Brauchst du Hilfe beim Ernten? Ich bin jetzt ziemlich geübt darin, auf Bäume zu klettern."

Er schüttelte den Kopf. „Ich möchte, dass du dich ausruhst. Sobald ich zurückkomme, werde ich mich um deine Wunden kümmern." Er nahm seinen Rucksack ab und öffnete ihn. Er drehte ihn um und ließ den Inhalt in den Sand fallen.

Sie hatten noch einige Nährstoffwürfel übrig.

Sie schnitt eine Grimasse.

Er nahm mehrere leere Flaschen und steckte sie wieder in die Tasche. „Ich werde auch sehen, ob es da oben eine Süßwasserquelle gibt."

„Okay. Sei bitte vorsichtig."

„Versprochen." Er drückte ihr einen Kuss auf die Lippen und zog sie in seine Arme. „Ich beeile mich." Dann watete er zurück ins Wasser und verschwand.

Ava sank auf die Knie. Jetzt, da sie nicht mehr im kalten Wasser war, schien alles noch mehr zu schmerzen, was seltsam war, wenn man bedachte, wie sehr das Salzwasser gebrannt hatte.

Sie sah sich um. Jak'ri hatte recht. Diese Höhle sollte die Gathendier davon abhalten, sie zu finden. Das Problem war ... es würde auch potenzielle Retter davon abhalten, sie zu finden.

Wie sollten sie jemals von diesem Planeten kommen?

ALS JAK'RI IN DIE unterirdische Höhle zurückkehrte, fand er Ava neben den Vorräten sitzend, die sie aus dem Rucksack geworfen hatte. Es sah fast so aus, als ob ihre Knie nachgegeben hätten und sie einfach zu Boden gesunken wäre.

Ihr Kinn lag auf ihrer Brust. Und sie blickte nicht auf, als er auftauchte und auf sie zukam.

Angst packte ihn. „Ava?" Er berührte ihre Schulter.

Sie zuckte zusammen und blinzelte dann mit müden Augen, die bernsteinfarben leuchteten, zu ihm auf. „Was?"

„Hast du geschlafen?"

„Nein." Sie biss sich auf die Lippe und runzelte die Stirn, als sie sich umsah. „Vielleicht." Dann wanderte ihr Blick zu dem, was er auf seinem Rücken trug. „Was ist das?"

Er setzte den Rucksack ab und zeigte ihr die riesigen Blätter, die er zusammengerollt und unbeholfen zwischen den Rucksack und seinen Rücken geklemmt hatte. „Unser Bett."

Sie brachte ein müdes Lächeln hervor. „Das hört sich gut an."

Als sie ihm beim Ausrollen und Ordnen der Blätter half, lehnte er ihre Hilfe sanft ab. Er mochte nicht, wie blass ihre Haut aussah, die Müdigkeit, die ihre Schultern herabhängen ließ, oder den Schmerz, der sich in ihren angespannten Gesichtszügen widerspiegelte.

„Ich werde mehr Blätter holen, nachdem ich mich um deine Wunden gekümmert habe", versprach er. Dieses provisorische Bett hatte weniger Schichten als das, das sie in der anderen Höhle geteilt hatten, und er wollte, dass sie es bequem hatte.

Sie schenkte ihm ein süßes Lächeln. „Schon gut. Der Sand ist weicher als der harte Boden in der Höhle."

Jak'ri nahm ihre Hand und forderte sie auf, sich zu setzen. Dabei bemerkte er, wie sie ihre Lippen zusammenpresste und sich bewusst langsam bewegte. Er griff nach den Bindebändern ihres Hemdes. „Lass mich dir das ausziehen, damit ich deine Wunden versorgen kann."

Die Tatsache, dass sie ihm nicht dabei half, sagte ihm, wie erschöpft sie war. „Und ich hatte gehofft, dass du mich aus einem anderen Grund ausziehen willst."

Er zwang sich zu einem Lächeln und zwinkerte ihr verschmitzt zu. „Das natürlich auch."

Als er den durchnässten Stoff sanft über ihre Arme zog, kämpfte er gegen den Drang, zu fluchen.

„Es ist nicht so schlimm, wie es aussieht", sagte sie leise.

Doch, das war es. Wäre die Wunde, die ihr einer der gathendischen *grunarks* am Bauch zugefügt hatte, noch tiefer gewesen, hätte sie eine Operation gebraucht, um ihre inneren Organe zu reparieren.

Weitere Schnitte – manche tief, manche weniger tief – verunzierten ihre schlanken Arme.

Die Shorts, die sie trug, waren an der Taille rot gefärbt vom Blut, das aus der Bauchverletzung geflossen war, und hatten trotz des langen Schwimmens so viele rosa Flecken, dass er sie ihr auch auszog. Sie verbargen keine weiteren Wunden, wie er erleichtert feststellte. Doch ihr Oberschenkel hatte eine neue tiefe Wunde. Und dann war da noch die auf ihrer Stirn.

Es machte ihn wütend. „Ich wünschte, wir hätten ein paar Z-12 gefunden."

„Ich habe vergessen, was sind nochmal Z-12?"

Er begegnete ihrem bernsteinfarbenen Blick. „Granaten, die den Raubkatzen wenig zum Fressen übriggelassen hätten."

Sie blinzelte. „Ja. Die wären auf jeden Fall nützlich gewesen."

„Leg dich hin."

Die Tatsache, dass ihre Augen immer noch leuchteten und sie nicht protestierte, sagte ihm, wie groß die Schmerzen waren, die sie hatte.

Jak'ri drehte sich um und hob die Sanitätstasche auf. Da sie für den Einsatz in verschiedenen Kampfsituationen konzipiert war, war ihr Inhalt trocken geblieben. Nachdem er herausgeholt hatte, was er brauchte, beschloss er, zunächst die Bauchwunde zu versorgen. Im Gegensatz zu den anderen blutete sie immer noch.

Jak'ri besprühte sie großzügig mit *retsa* und sah zu, wie das Reinigungsmittel zu einem dicken weißen Schaum anschwoll, der sich rosa färbte, bevor er wie Wasser schmolz.

Er tupfte ihren Bauch mit einem sterilen Tuch trocken.

Ava seufzte. „Das ist besser. Das Meerwasser hat wie Feuer gebrannt."

Drek! Daran hatte er bis eben noch nicht einmal gedacht. Er hatte sich zu sehr darauf konzentriert, ob sie den Sprung überleben würden. Bevor er etwas anderes tat, besprühte er die tiefe Schnittwunde mit *imaashu*, um den Schmerz zu lindern.

Ihre Miene entspannte sich noch mehr. „Oh ja", seufzte sie, als sie die Augen schloss. „Das ist das gute Zeug."

Danach holte Jak'ri eine Tube *cobruhk* aus der Tasche. Er drückte vorsichtig die Seiten der Wunde zusammen und trug das Wundversiegelungsmittel auf.

Da hörte die Blutung endlich auf.

Erleichtert legte er einen Verband darüber und befestigte ihn mit dem durchsichtigen *kesaadi*, mit dem er die Unterseite ihrer Füße bestrichen hatte. Dann tat er dasselbe mit den Schnitten an ihren Armen, ihrem Oberschenkel und einem an ihrer Schulter in der Nähe ihres Halses.

Letzterer jagte ihm einen Schauer über den Rücken. Hätte die Klinge, mit der sie verletzt worden war, sie zwei oder drei Fingerbreit weiter links getroffen, hätte der *grunark* möglicherweise eine Arterie verletzt, und sie wäre verblutet.

Der Schnitt an ihrer Stirn war nicht tief. Also reinigte er ihn und besprühte ihn mit *imaashu*.

Nachdem alle frischen Verletzungen versorgt waren, untersuchte Jak'ri die alte Wunde an ihrem Fuß.

Sie war jetzt nur noch eine dünne Narbe.

Dennoch reinigte er beide Füße und bestrich sie mit dem *kesaadi*.

„Danke", murmelte sie schläfrig.

Er drückte ihr einen Kuss auf die Schläfe und steckte die Vorräte dann zurück in die Notfalltasche.

„Was ist mit dir?", fragte sie. „Irgendwelche Wunden, die ich versorgen muss?"

Er schüttelte den Kopf. „Ich bin erschreckend unverletzt."

Sie lächelte. „Du sagst das, als wäre es eine schlechte Sache."

So sehr er es auch versuchte, er schaffte es nicht zu lächeln. „Die Tatsache, dass du verletzt bist und ich nicht, gibt mir das Gefühl, als hätte ich dich im Stich gelassen."

Doch in ihrer Miene war kein Urteil zu sehen. Stattdessen setzte sie sich auf und beugte sich zu ihm, um ihm einen zärtlichen Kuss auf die Lippen zu drücken. „Ich bin mir ziemlich sicher, dass ich keines der Arschlöcher getötet habe, gegen die ich gekämpft habe, *Honey*. Ich habe sie nur abgelenkt. Du dagegen hast mindestens ein halbes Dutzend getötet. Du warst unglaublich."

Er streichelte ihre Lippen mit einem zärtlichen Kuss. „Laut meines Übersetzers ist Honig eine klebrige, süße, goldene Substanz, die von Insekten auf der Erde produziert wird."

Belustigung funkelte in ihren Augen, als das bernsteinfarbene Leuchten zu Braun verblasste. „Es ist auch das englische Äquivalent des purvelischen Koseworts *sakara*."

Er rieb ihr die Nase. „Soll ich dich dann *Honey* nennen?"

Sie grinste. „Du kannst mich nennen, wie du willst, Hübscher."

Jak'ri drückte einen weiteren liebevollen Kuss auf ihre Lippen, legte dann seine Arme um sie und hielt sie einfach fest, froh, dass sie ein weiteres Gefecht mit den Gathendiern überstanden hatten, und erleichtert, dass sie mehr Zeit miteinander verbringen würden.

Sie küsste seinen Hals. „Wenn ich daran denke, *wie* ich diese Zeit gern mit dir verbringen würde", sagte sie, nachdem sie seine Gedanken gelesen hatte, „glaube ich, dass du recht hast." Sie klopfte auf das große Blatt unter sich. „Vielleicht brauchen wir noch ein paar dieser Blätter für ein bequemeres Bett."

Er lachte. „Dann werde ich sie jetzt holen gehen."

Es dauerte länger, als er gehofft hatte. Verglichen mit dem Festland, das sie verlassen hatten, mochte die Insel zwar klein sein, aber sie war bergiger und fiel so steil ab, dass es eher eine Besteigung war als eine Wanderung. Und die Bäume, die die Blätter hatten, die er suchte, waren natürlich weiter entfernt.

Er fand auch einige der Beeren und Früchte, die sie seit ihrer Landung auf K-54973 gegessen hatten, und füllte seinen Rucksack damit. Er hatte bei seinem ersten Streifzug schon einige gepflückt und wollte die Zeit über Wasser so kurz wie möglich halten. Und das Wasser in der unterirdischen Höhle war kalt genug, um die Früchte länger frisch zu halten, wenn sie sie in der Medizintasche aufbewahrten und versenkten.

Überraschenderweise gab es auf der Insel auch einige der Wildtiere, die sie auf dem Festland gesehen hatten: Springer, große Affen, die Ava mit Gorillas auf der Erde verglichen hatte, und diese Säugetiere mit Hufen und Geweihen. Er wusste nicht, ob das bedeutete, dass diese Tiere außergewöhnlich gute Schwimmer waren, oder ob die Winter hier kalt genug waren, dass das Meer zufror und sie einfach zur Insel spazieren konnten. Wie auch immer, die Erkenntnis, dass er und Ava nicht die einzigen bedeutenden Hitzesignaturen waren, die hier zu finden waren, beruhigte ihn.

Ava schlief, als er zurückkam, und wachte nicht auf, als er sich ihr näherte.

Das beunruhigte ihn genauso wie ihre Blässe.

Jak'ri legte die Blätter und Früchte beiseite und begann, den Rucksack auszupacken, den er durch das Wasser geschleppt hatte. Auch dieser war, wie er zu seiner Überraschung feststellte, wasserdicht, zweifellos, um die Waffen und Ausrüstung vor Schäden zu schützen. Also füllte er ihn mit den restlichen Früchten und Beeren, die er gesammelt hatte. Es erwies sich als eine kleine Herausforderung, ihn unter Wasser zu halten. Er musste ihn mit seinen Ersatzshorts an den dicken Stängeln der Wasserpflanzen festbinden.

Zufrieden mit dem Ergebnis zog er Hemd und Hose aus und breitete sie zum Trocknen auf dem Sand aus. Das leuchtende Erz in den Wänden und das Moos auf einigen Oberflächen spendeten ihm genug Licht, um ohne *hesku* sehen zu können. Sie könnten jedoch die Wärme gebrauchen, die das verbleibende *hesku* liefern würde, wenn die Temperatur sinken würde.

Jak'ri ordnete ihre Waffen – einschließlich der Granaten – so an, dass sie leicht erreichbar waren. Dann legte er sich neben Ava auf den Rücken, seine Schulter berührte ihre. Er wollte sie beide auf die Seite rollen und seinen Körper schützend um ihren schlingen. Aber er legte dabei oft einen Arm um ihre Taille – entweder bewusst, um sie enger an sich zu kuscheln, oder unbewusst im Schlaf – und wollte nicht riskieren, Druck auf ihren Bauch auszuüben. Das *imaashu* würde verhindern, dass sie Schmerzen verspürte, die der Kontakt hervorrufen würde, und die sie aufwecken würden, wenn sie erneut zu bluten begann.

Es war eine tiefe Wunde. Er würde sich größere Sorgen machen, wenn sie ihm nicht wiederholt versichert hätte, dass sie jetzt sehr schwer zu töten sei.

Trotzdem fürchtete er um ihr Wohlergehen. Also begnügte er sich damit, seine Schulter an ihre zu schmiegen ... nachdem er sich versichert hatte, dass er dabei keinen Druck auf die Schnittwunde an ihrem Arm ausübte.

Seufzend schloss er die Augen und wünschte sich zum tausendsten Mal, dass Ziv'ri noch bei ihnen wäre.

Tränen quollen aus seinen geschlossenen Augen.

Ich vermisse dich, Bruder, sendete er im Geiste in den Kosmos hinaus, als die Trauer überhandnahm. *Das tun wir beide.* Er tastete mit seiner Hand nach Ava und ergriff ihre.

Die Trauer um Ziv'ri war umso schwerer zu verarbeiten, da Jak'ri seinen Bruder nicht sterben gesehen hatte. Seinen Leichnam nicht für die traditionelle Zeremonie hatte vorbereiten können, die den Übergang seiner Lebenskraft von dieser Ebene zur nächsten feierte. Er hatte sich nicht einmal verabschieden können.

Ein Teil von ihm wollte es immer noch nicht glauben und hielt es für Verrat, den Tod seines Bruders zu akzeptieren, obwohl er stattdessen da draußen sein und nach ihm suchen sollte.

Aber sie hatten nach ihm gesucht. Sie hatten alles riskiert, um alle Labore und Zellen auf dem gathendischen Schiff zu durchsuchen, bevor sie es verlassen hatten. Sie hatten ihn tagelang immer wieder gerufen. Und die Gathendier hatten Ava kein *nahalae* verabreicht, also hätte sie seine Antworten gehört, wenn Ziv'ri geantwortet hätte.

Wo auch immer du bist, bitte pass auf uns auf, dachte er, *so wie du es tun würdest, wenn du hier wärst.* Er schluckte schwer. *Und komm in unsere Träume, damit wir wieder mit dir zusammen sein können.*

Er öffnete die Augen und starrte zur Decke der Höhle und den leuchtenden Erzstreifen auf, die sie zierten. Trotz seiner Müdigkeit konnte er nicht einschlafen. Es fühlte sich an, als ob Stunden vergingen, bis das Bewusstsein ihrer Situation, die Sorge um Ava und die Trauer über den Verlust seines Bruders ihm endlich Ruhe gönnen wollten und die Welt allmählich entglitt.

Jak'ri!

Er schreckte hoch, sein Herz hämmerte in seiner Brust, als er Avas erschrockenen Schrei hörte.

Jak'ri, bitte! Antworte mir!

Er richtete sich auf, sah sich verzweifelt um und stellte fest, dass die Höhle genauso ruhig war wie zuvor, das Wasser ruhig, die Stille nur unterbrochen von einem gelegentlichen Wassertropfen, der von einem der Stalaktiten fiel.

Sein Blick wanderte zu Ava, die sich im Schlaf von ihm weggerollt hatte.

Zusammengerollt stieß sie einen gebrochenen Schluchzer aus.

Jak'riiiiiii!

Er rappelte sich auf, streckte die Hände nach ihr aus und fluchte dann, als er eine Hand beinahe auf einen ihrer Verbände auf dem Arm gelegt hätte. „Ava." Er strich ihr dunkles Haar aus ihrem Gesicht und enthüllte blasse Wangen, die vor Tränen glänzten. Sie zitterte. „Ava!", rief er lauter und schüttelte sanft ihre Schulter.

Ihr Atem stockte, als sie erneut schluchzte. *Jak'riiii!*

Fluchend schob er einen Arm unter ihre Schultern, drehte sie zu sich um und hob ihren Oberkörper an, damit er sie an seine Brust drücken konnte. *Ava!*, rief er, diesmal telepathisch, während er sie noch einmal vorsichtig schüttelte, um sie aufzuwecken. Als das fehlschlug, spähte er in ihre Gedanken … und fand sich in einem Alptraum wieder.

Einen, von dem sie beide befürchteten, dass er doch noch eintreten könnte.

Ava befand sich wieder in den Fängen der Gathendier, auf dem Schiff, in einer Zelle. Und die Wachen zerrten sie zum Operationstisch im Labor.

Im Traum hatte sie nicht die neu gewonnene Kraft, um dagegen anzukämpfen, und all ihre Gegenwehr half nicht.

Und im Traum war sie allein.

Ava!, rief er.

317

Sie zuckte in seinen Armen zusammen und wachte keuchend auf. Ihre Augen leuchteten hellbernsteinfarben, als sie sich verzweifelt umsah und dann seinem Blick begegnete. Sobald die Realität den Alptraum verbannte und ihr klar wurde, wo sie waren, warf sie ihre Arme um ihn, vergrub ihr Gesicht an seinem Hals und weinte.

Jak'ri schlang seine Arme um sie und drückte ihr einen Kuss auf die Schläfe. „Alles ist gut", flüsterte er beruhigend. *Alles ist gut. Es war nur ein Traum. Wir sind jetzt in Sicherheit.* Das hoffte er zumindest.

Er setzte sich, zog sie näher an sich heran und rollte sie auf seinem Schoß zusammen, wobei ihre Knie praktisch ihre Brust berührten. Jak'ri legte seine Arme um sie und hielt sie einfach fest, während er beruhigende Worte murmelte und im Geiste die Gathendier verfluchte.

„Ich war wieder auf dem Schiff", flüsterte sie. „Ich habe geträumt, wir wären beide wieder auf dem Schiff. Und sie haben dich mitgenommen." Ihr Atem stockte, und sie schluchzte erneut. „Sie haben dich mitgenommen, genau wie Ziv'ri. Und ich konnte dich nicht mehr hören. Ich habe dich immer wieder gerufen. Aber du hast nicht geantwortet. Ich dachte ..."

Sie hatte geglaubt, die Gathendier hätten ihn genauso getötet wie Ziv'ri und sie wäre ganz allein.

Der Kummer, der ihn Stunden zuvor überwältigt hatte, kehrte mit aller Macht zurück und verursachte einen Kloß in seiner Kehle.

Jak'ri vergrub sein Gesicht in ihrem Haar und wiegte sie. „Ich bin hier, *sakara*", murmelte er mit heiserer Stimme. „Ich werde dich nicht verlassen."

Sie hörte auf zu zittern und klammerte sich nicht mehr so verzweifelt an ihn. „Wir kämpfen gemeinsam. Wir fliehen gemeinsam. Oder wir sterben gemeinsam", sagte sie entschlossen.

Er nickte. „Wir kämpfen gemeinsam. Wir fliehen gemeinsam. Oder wir sterben gemeinsam."

Schließlich begannen sich ihre angespannten Muskeln zu entspannen.

„Wir werden *nicht* zulassen, dass sie uns noch einmal mitnehmen", schwor er.

Ava lehnte sich ein wenig zurück und sah zu ihm auf. Ihre braunen Augen leuchteten immer noch bernsteinfarben, als sie sein Gesicht in ihre Hände nahm. „Ich liebe dich, Jak'ri."

Er senkte den Kopf und berührte ihre Lippen in einer zärtlichen Liebkosung. „Ich liebe dich auch. Mit jedem Atemzug liebe ich dich mehr."

Das bernsteinfarbene Leuchten in ihren Augen wurde heller, als sie ihn zu einem weiteren Kuss an sich zog, dieser war leidenschaftlicher, heißer und erregend. „Lass mich vergessen", flehte sie, während sie seine Zunge neckte. „Lass mich alles vergessen, außer uns und wie ich mich fühle, wenn ich in deinen Armen liege."

Einen Moment lang tat er es, gab dem Feuer nach, das sie entzündete, und plünderte ihren süßen Mund. Beide waren immer noch wunderbar nackt, keine Kleidung behinderte die hitzigen Berührungen seiner Hände. Und er liebte das Gefühl von ihr, das Wissen, dass so viel Kraft in einer so kleinen, scheinbar zerbrechlichen Gestalt schlummerte.

Ihre weiche Haut, verziert mit diesen niedlichen Flecken, die sie Sommersprossen nannte, rief ihn.

Jak'ri schwor, dass er jeden einzelnen davon küssen würde. Dann strichen seine Finger über das *kesaadi*, das einen ihrer Verbände festhielt.

Fluchend zog er sich zurück.

„Was?", fragte sie und senkte ihre Lippen auf seinen Hals.

„Du bist verletzt."

Sie schüttelte den Kopf. „Es tut nicht weh."

„Das ist das *imaashu*, das den Schmerz unterdrückt", sagte er und versuchte, stark zu bleiben und das Richtige zu tun.

„Das", sagte sie, als sie eine seiner Hände nahm und an ihre Brust legte, „ist das Richtige."

Und verflucht sei er, er konnte es nicht lassen, die prallen, blassen Hügel zu liebkosen und einen Daumen über die harten Knospen zu ziehen.

Keuchend wand sie sich gegen ihn und rieb sich an seinem harten Schaft.

Er stöhnte, seine Entschlossenheit ließ nach.

Diese leuchtenden bernsteinfarbenen Augen begegneten seinem Blick. „Wir wissen nicht, wie lange es dauern wird, bis sie uns finden."

„*Falls* sie uns finden."

„Einen Monat. Eine Woche. Einen Tag. Eine Stunde."

„Oder nie."

„Das glaubst du genauso wenig wie ich."

Nein, das glaubte er nicht. Die Gathendier wussten nun mit Sicherheit, dass er und Ava auf diesem Planeten gelandet waren. Das Schiff, dem sie entkommen waren, war höchstwahrscheinlich auf dem Weg hierher, wenn es nicht schon hier war. Selbst, wenn es den beiden gelingen würde, jeden Gathendier zu töten, der nach ihnen gesucht hatte, würden die *grunarks* an Bord des Kriegsschiffs einfach noch mehr Leute schicken.

Sie schüttelte den Kopf. „Ich möchte die Zeit, die wir zusammen haben, nicht verschwenden. Ich möchte jeden Moment so leben, als wäre es unser letzter."

Weil es sehr gut so sein könnte.

Er senkte den Kopf und drückte seine Lippen in einem verzweifelten Kuss auf ihre. „Sag es mir einfach, wenn dir irgendetwas wehtut", flüsterte er.

Sie nickte und drückte ihn, während er sie über einen Arm zurückzog, damit er seine Lippen auf ihre Brust senken konnte. Sie stöhnte und vergrub ihre Finger in seinem Haar.

Jak'ri streichelte und saugte und neckte die empfindliche Knospe mit seiner Zunge, während die Finger seiner freien Hand mit der anderen spielten. „Du bist so schön", murmelte er, fasziniert von ihrem Geschmack und der Leidenschaft, mit der sie sich gegen ihn bewegte.

Er ließ eine Hand zu ihrem Po gleiten, um sie an sich zu drücken, dann erhob er sich auf die Knie und legte sie sanft auf den Rücken.

Sobald er sich etwas zurückzog, spreizte sie ihre Beine, um Platz für ihn zu schaffen. Doch Jak'ri stieß seinen harten Schwanz nicht in sie hinein. Stattdessen ließ er seine Lippen über ihre Bauchmuskeln gleiten, drückte einen sanften Kuss auf den Verband an ihrem Bauch und wanderte weiter zu den dunklen Locken darunter.

Sie holte tief Luft, als er seine warme, feuchte Zunge über das kleine Nervenbündel zog, das ihr so viel Vergnügen bereitete. Als er es noch einmal tat, folgte ein leises Stöhnen.

Ava vergrub ihre Hände in seinen Haaren, packte sie und drängte ihn weiter, während er leckte und schnippte und saugte und streichelte, was ihr Vergnügen steigerte, bis sie sich gegen ihn wand und mehr wollte.

„Jak'ri", stöhnte sie. *„Sakara."*

Oh, was das purvelische Kosewort mit ihm machte!

Er ließ eine Hand an ihr emporgleiten, legte sie um ihre Brust und neckte die straffe Knospe, passend zum Rhythmus seiner Zunge. Er ließ die andere Hand zwischen ihre Beine wandern und drang langsam mit zwei Fingern in sie ein, wobei er fast stöhnte, als er sie spürte, so warm und nass und eng.

Ihr Atem ging keuchend, als sie sich unter ihm wand. „So gut", stöhnte sie. „Mehr!"

Er stieß seine Finger tief in sie hinein, zwickte die harte Knospe ihrer Brustwarze und übte mit seiner Zunge noch mehr Druck aus.

Ava erstarrte, warf den Kopf in den Nacken und stöhnte seinen Namen. Jak'ri stöhnte mit ihr, als sich ihre inneren Muskeln um seine Finger anspannten, und wünschte sich, sein harter Schaft wäre anstatt seiner Finger tief in ihr vergraben.

„Lass mich los", flüsterte sie, als sich ihr Puls beruhigte.

Er zog seine Hand sofort zurück. „Habe ich dir wehgetan?"

Kopfschüttelnd erhob sie sich auf die Knie, drückte ihn auf den Rücken und setzte sich rittlings auf ihn. „Nein. Ich wollte einfach das tun."

Hitze brannte in ihm, als sie zwischen sie griff, ihre Finger um seine harte Länge schlang und ihn zu ihrem Eingang führte.

Jak'ri stöhnte, als sie sich auf ihn senkte und ihn tief in sich aufnahm. Diese warmen, nassen Wände drückten ihn, während er sie dehnte. „Ava." Ihr Name kam kehlig und voller Sehnsucht über seine Lippen.

Sie stöhnte. „Du bist so groß."

Er legte seine Hände auf ihre Hüften und rieb sich an ihr. „Du bist so eng."

Sie öffnete keuchend die Lippen, begegnete seinem Blick und begann, sich zu bewegen.

Die Muskeln ihrer Oberschenkel spannten sich an, als sie sich erhob, an seinem Schaft entlang glitt und dann wieder auf ihn sank.

Jetzt war er derjenige, der „Mehr" forderte.

Das sinnliche Lächeln, das sie ihm schenkte, fachte nur sein Verlangen an, genauso wie die Bewegung ihrer Brüste, als sie ihn ritt. Jak'ri berührte beide, massierte und drückte sie.

Sie ließ den Kopf in den Nacken sinken, stöhnte und kratzte mit ihren Fingernägeln über seine Brust. Als sie ihre Finger in die Haare dort grub und daran zog, drückte er sich gegen sie. Die Lust wuchs immer weiter und trieb sie weiter an. Sie rollte ihre Hüften und veränderte so den Winkel, in dem ihre Scham auf seine traf. Jak'ri bewegte sich schneller, trieb sie an und bemühte sich, sich zurückzuhalten, bis sie wieder in Ekstase verfiel.

Er ließ eine Hand über ihren Bauch gleiten, an ihrem Verband vorbei und grub seine Finger in ihre Locken.

„Jak'ri", stöhnte sie.

Er streichelte ihr Lustzentrum, während er ihr immer wieder entgegenkam und der Druck immer größer wurde, bis sie schrie. Ihre inneren Muskeln spannten sich um seinen harten Schaft, drückten und ließen ihn los – so verdammt gut –, bis er ihr folgte und seine Hitze in sie hineinströmte.

Als die Wellen der Lust allmählich abflauten, sank sie matt auf seine Brust.

Die Sorge um die Wunde an ihrem Bauch kam wieder hoch.

Jak'ri rollte sie auf die Seite, ihre Körper immer noch verbunden.

Er begann, etwas Platz zwischen ihnen zu schaffen, damit er ihren Verband kontrollieren konnte, hielt aber inne, als sie ihren Kopf nach hinten neigte. Was er in ihrem leuchtenden, bernsteinfarbenen Blick sah, ließ alles andere verschwinden.

„Ich liebe dich wirklich", sagte sie leise, die Zärtlichkeit in ihrem hübschen Gesicht faszinierte ihn.

„Ich liebe dich auch, Ava." Die Worte schienen erschreckend unzureichend und drückten nur einen Bruchteil dessen aus, was er für sie empfand. Aber sie schien zu verstehen.

Lächelnd drückte sie einen Kuss auf seine Lippen und schmiegte sich dann an ihn.

Ich möchte unsere gemeinsame Zeit nicht vergeuden, hatte sie gesagt. *Ich möchte jeden Moment so leben, als wäre es unser letzter.*

Als er einschlief, gelobte Jak'ri, genau das zu tun.

Kapitel Siebzehn

„WEITERSUCHEN. SIE *MÜSSEN* HIER sein."

Ava schreckte aus dem Schlaf. Angst schoss durch ihren Körper und ließ ihr das Blut gefrieren. Diese Stimme ... sie gehörte einem Gathendier.

Und es war nicht Teil des Alptraums gewesen, der sie heimgesucht hatte, der dritte, seit sie unter der Insel Zuflucht gesucht hatten.

Sie setzte sich auf, ihre Hände begannen zu zittern, als sie sich nach Jak'ri umsah.

Er stand ein paar Meter entfernt, mit dem Rücken zu ihr, die Zehen nur wenige Zentimeter vom Rand des Wassers entfernt, und starrte aufmerksam auf den Unterwassereingang der Höhle.

Entfernte Stimmen drangen in ihren trägen Geist, die Stimmen mehrerer Gathendier.

Sie mussten nahe sein, dass sie sie so deutlich erkennen konnte.

„Jak'ri", flüsterte sie.

Er sah sie über die Schulter an, sein Gesicht war grimmig. „Sie durchsuchen die Insel. Ich habe sie kommen hören, als ich rausgegangen bin, um frisches Wasser zu holen."

„Haben sie dich gesehen?"

Er schüttelte den Kopf. „Ich habe das Meer nicht verlassen und mich zwischen den Bäumen versteckt, die ins Wasser ragen."

„Wie viele sind es?"

„Meiner Zählung nach acht. Andere sind auf dem Kontinent und suchen das Wasser am Fuß der Klippen ab."

Eine Bewegung an seiner Hüfte erregte ihre Aufmerksamkeit.

Er hielt eine Bex-7 in einer Hand und drehte sie, während sein Blick immer wieder zur gegenüberliegenden Seite des Sees zurückkehrte.

„Was ist mit hier? Suchen sie das Wasser entlang des Ufers ab?" Wenn dem so wäre, könnten sie den Durchgang zur Höhle finden.

„Noch nicht. Bisher sind sie an Land geblieben. Einige zögern, ins Wasser zu gehen, weil ein großer Meeresbewohner zwei von ihnen näher am Kontinent getötet hat."

Scheiße! Sie und Jak'ri waren auf ihrem Weg hierher nichts Größerem als den freundlichen delfinähnlichen Kreaturen begegnet. „Vielleicht solltest du eine Weile nicht mehr rausgehen." Was, wenn eines dieser Dinge ihn angreifen würde?

Er schüttelte den Kopf. „Davor kann ich mich schützen. Ein *senshi* stellt normalerweise keine Gefahr für Meereslebewesen dar. Aber im Wasser fällt es mir leichter, mich auf ein Wesen zu konzentrieren. Und wenn wir das tun, kann es großen Raubtieren wehtun und sie verscheuchen."

„Oh." Sie verstummte und versuchte, die Gedanken der Gathendier zu hören. „Ich glaube nicht, dass sie genug *nahalae* zu sich genommen haben. Ich kann die Gedanken einiger von ihnen lesen."

Er nickte. „Ich auch."

Sie durchforstete sie, einen Soldaten nach dem anderen.

Während sie es tat, schwand ein Teil ihrer Ängste. Sie hatten keine Ahnung, dass es unter der Insel eine Höhle und Unterwassergänge gab. Und die meisten Gathendier hielten die Suche auf der kleinen Insel für Zeitverschwendung, da sie sicher waren, dass ihre ehemaligen Gefangenen auf den Felsen am Fuß der Klippen zerschellt waren. Nur ein paar von ihnen glaubten, dass sie und Jak'ri es hierher geschafft haben könnten, und hofften, sie zu finden, weil sie befürchteten, dass ihr Kaiser sie alle hinrichten würde, wenn sie sowohl einen Purveli als auch einen Erdling verloren hatten.

Ava war bis zu diesem Moment nicht auf die Idee gekommen, sich zu fragen, wie sie sie so gut verstehen konnte. Oder Jak'ri.

Sie runzelte die Stirn. Als die Lasaraner versucht hatten, Übersetzerchips wie ihren in die Gehirne der Unsterblichen Wächter zu implantieren, hatte das symbiotische Virus, mit dem ihre Freundinnen infiziert waren, ihn angegriffen und wie einen Splitter ausgestoßen.

Doch ihrer war noch da.

Betrachtete das Virus ihn als Teil von ihr, weil sie ihn schon gehabt hatte, bevor sie infiziert worden war?

Hmm. Das war ein Rätsel, das sie später lösen musste.

Als Ava aufstand, wurde ihr schwindelig. Obwohl der Schwindel mild war, blieb sie unsicher stehen, bis sie das Gleichgewicht wiederfand.

Verdammt. Sie wurde schwächer. Die Unsterblichen Wächter, die mit ihr an Bord der *Kandovar* gereist waren, hatten sich alle regelmäßig Transfusionen unterzogen und waren nicht verletzt gewesen. Sie hatte also keine Ahnung, wie schnell sich ihr Zustand verschlechtern würde.

Ihr Sonnenbrand war einer zarten Bräune gewichen, das Prickeln in ihrer Haut war nun verschwunden. Die schlimmsten ihrer Wunden – die an ihrem Bauch und an ihrem Oberschenkel – waren gerade so weit geheilt, dass sie nicht mehr bluteten, es sei denn, sie strengte sich an ... wie immer, wenn sie und Jak'ri sich liebten. Leider schien das das Ausmaß ihrer Genesung zu sein. Jeder Schnitt, den sie während ihres letzten Kampfes mit den Gathendiern erlitten hatte, war noch da. Keiner war zu blassrosa Narben verblasst oder verschwunden wie ihre früheren Wunden. Und alle schmerzten noch, es sei denn, Jak'ri besprühte sie mit *imaashu*.

Als er das Blut auf ihren Verbänden gesehen hatte, nachdem sie sich in ihrer ersten Nacht hier geliebt hatten, hatte er vorgeschlagen, dass sie sich enthalten sollten, um ihr Zeit zur Genesung zu geben. Aber sie hatte diese Idee schnell verworfen und ihn mit ihren Händen und ihrem Mund vom Gegenteil überzeugt.

Und sie vermutete auch, dass er das gleiche verzweifelte Bedürfnis verspürte wie sie, so viel Leben und Liebe wie möglich in ihre gemeinsame Zeit zu stecken, weil sie nicht wussten, wann sie enden würde.

Oder wie.

„Wie lange sind sie schon hier?", fragte sie.

„Ein paar Stunden."

Ihre Augenbrauen schossen in die Höhe. „Wirklich?" Und sie hatte sie bis jetzt noch nicht gehört?

Er nickte. „Du hast tief geschlafen." Obwohl die Worte einfach und direkt waren, hörte sie die Sorge, die dahintersteckte.

Hatte er bemerkt, dass sie schwächer wurde?

Ava schenkte ihm ein Lächeln und ein Augenzwinkern. „Du musst mich ziemlich ausgepowert haben."

Sein Gesichtsausdruck wurde wärmer, als er sie mit einem Lächeln voller Zuneigung ansah.

Als er sich abwandte, um den Eingang der Höhle im Auge zu behalten, nahm sie eine der großen, ausgehöhlten Nussschalen, die sie als Schüsseln benutzt hatten. Darin lagen eine Flasche *wosuur* zum Zähneputzen, eine Wasserflasche und ein paar andere Utensilien.

Im hinteren Teil der Höhle gab es viele Ecken und Winkel. Jak'ri hatte sich für die größte entschieden und sie in eine Art Latrine für sie verwandelt. Mit einem außerirdischen Werkzeug, an dessen Namen sie sich nicht erinnern konnte, das aber zu den Gegenständen gehört hatte, die er aus der Kapsel mitgenommen hatte, hatte er ein tiefes Loch in den Sand gegraben. Obwohl ihr die effizienten Lavs auf dem Schiff und die seltsamen Toiletten in den Kapseln auf jeden Fall lieber wären, musste sie zugeben, dass es immer noch besser war, als in die Büsche zu pinkeln und zu hoffen, dass hier nichts wuchs, das Giftefeu ähnlich war und ihr einen Ausschlag bescheren könnte. Und der dunkle Sand, den sie jedes Mal in das Loch schaufelte, funktionierte genauso gut wie Katzenstreu.

Nachdem sie ihre Morgentoilette beendet hatte, kehrte sie zu ihm an den See zurück.

Jak'ri legte einen Arm um sie, zog sie an sich und drückte ihr einen Kuss auf die Stirn. Er zog die Brauen zusammen und küsste sie dann erneut auf die Stirn.

„Was?", fragte sie und legte einen Arm um seine Taille.

Er drückte seine Wange an ihre Stirn. „Du fühlst dich warm an."

Ja. Sie hatte heute Fieber. Anstatt es jedoch zu erwähnen, lächelte sie. „Wahrscheinlich, weil ich immer noch jedes Mal rot werde, wenn ich unser provisorisches Lav benutze, während du hier bist. Wenn du meine Wangen spürst, bin ich mir sicher, dass die auch warm sind."

Er lachte. „Sie sehen tatsächlich ein wenig rosa aus."

Sie standen still da, hielten sich gegenseitig fest und lauschten dem geistigen Gemurmel der Bastarde über ihnen.

Ava kaute auf ihrer Unterlippe herum.

Sie fand das Fieber besorgniserregend. Es war etwas Neues, das sie nicht erlebt hatte, als sie zuvor verletzt worden war. Aber was konnte sie dagegen tun? Sie war immer noch nicht bereit, das Risiko einzugehen, Jak'ris Blut zu versuchen, es sei denn, es wäre absolut notwendig ... was wahrscheinlich der Fall wäre, wenn die Gathendier diese Höhle finden würden und sie einen dringenden Kraftschub brauchte, um sie abzuwehren.

Ansonsten ...

Sie würde nicht sterben, wenn sie keine Infusion bekam. Sie würde einfach immer schwächer werden, bis sie in den seltsamen Stasezustand fiel, den Unsterbliche Wächter manchmal erlebten. Während Vampire sterben würden, wenn sie großen Blutverlust erlitten, fielen Unsterbliche mit ihrer höherentwickelten DNA stattdessen in einen Winterschlaf, wie der eines Bären, und ihre Herzfrequenz und Atmung verlangsamten sich so sehr, dass ein Notarzt sie für tot erklären würde. Dann schliefen sie, bis sie Blut bekamen.

Es war eine beängstigende Aussicht, die Ava jedoch für die bessere Option hielt, als vielleicht zu sterben, falls Jak'ris Blut nicht mit dem Virus kompatibel wäre.

Hoffentlich würde weder das eine noch das andere passieren.

Für den Fall, dass es passieren würde, musste sie Jak'ri warnen, damit er ihre Reglosigkeit und mangelnde Reaktion nicht mit dem Tod verwechselte.

„Sie gehen", sagte er plötzlich leise.

Sie blinzelte, da sie so in ihren Gedanken versunken gewesen war, dass sie es nicht bemerkt hatte. „Alle?"

Er nickte. „Die Sonne geht unter. Sie müssen aufs Festland zurück, bevor die anderen einen Schutzschild aktivieren, um die Besitzer dieser großen Pfotenabdrücke abzuhalten, die wir vor der Rettungskapsel gesehen haben."

Seine Lippen verzogen sich zu einem Grinsen. „Anscheinend haben sich die

Großkatzen, wie du sie nennst, an den Gathendiern sattgefressen, die wir auf unserem Weg hierher getötet haben."

Sie täuschte ein Schaudern vor. „So schlimm diese Kerle riechen, würde ich denken, dass sie noch schlimmer schmecken müssen."

Er lachte.

„Hast du in ihren Gedanken irgendwas über das gathendische Kriegsschiff gesehen?"

„Sie haben den Kontakt verloren."

Überraschung erwachte ebenso wie Hoffnung. „Wirklich?"

„Ja."

„Warum?"

„Sie wissen es nicht. Aber sie erwarten, dass es ihnen hierher folgt."

Und das war's mit der Hoffnung. Sie runzelte die Stirn. „Könnte es sein, dass die Computer, die wir in den Laboren zerstört haben, der Grund sind, weswegen sie den Kontakt verloren haben?"

Er schüttelte den Kopf. „Ich glaube nicht, dass die etwas mit ihrer externen Kommunikation zu tun haben."

„Hmm. Dann ist das ein Rätsel."

„Ja."

Sie lächelte zu ihm auf. „Es wäre aber ein schöner Gedanke, oder? Wenn wir ihre Kommunikationsanlage ausgeschaltet hätten, als wir geflohen sind?"

Lächelnd drückte er ihr einen Kuss auf die Lippen. „Sehr schön."

Sie hörten zu, wie die Gathendier an Bord des Jäger gingen, der sie auf die Insel gebracht hatte. Ava freute sich über jeden gereizten Gedanken, der ihnen durch die Köpfe ging. Sie waren frustriert. Und nervös. Einige befürchteten die Folgen, die ihnen drohen würden, wenn sie mit leeren Händen zum Schiff zurückkehrten.

„Ist es gemein von mir zu hoffen, dass sie von ihrem Vorgesetzten einen Tritt in den Arsch bekommen werden?", fragte sie.

Er schnaubte. „*Srul*, nein. Ich hoffe, dass alle hingerichtet werden."

Einige von ihnen murrten bereits und fragten sich, wie lange sie noch suchen müssten. Sie hatten Glück gehabt, als man sie ausgesandt hatte, um die Insel zu durchkämmen, rechneten aber damit, dass sie sich morgen im kalten Wasser abwechseln müssten, in der Hoffnung, Überreste von ihr und Jak'ri zu finden.

Oder vielleicht nur ihre Leiche. Die meisten von ihnen glaubten, dass sie auf den Felsen gestorben war und Jak'ri den Sprung überlebt hatte und wahrscheinlich inzwischen auf der anderen Seite des Planeten war.

„Im Ernst?", fragte sie ein wenig gereizt. „Ich habe diesen *grunarks* an Bord ihres verdammten Schiffes und dann nochmal im Wald ordentlich in den Arsch getreten, und sie gehen automatisch davon aus, dass ich gestorben bin und du überlebt hast? Das ist misogyner Blödsinn."

Er grinste. „Vielleicht hoffen sie nur, dass du gestorben bist, damit der Rest nicht fürchten muss, auch noch von dir einen Tritt in den Arsch zu bekommen."

Sie lachte. „Diese Erklärung gefällt mir viel besser."

Die Gathendier mussten sicher gewesen sein, dass sie eine ausreichend gründliche Suche durchgeführt hatten, denn am nächsten Tag kehrten sie nicht auf die Insel zurück. Auch nicht am Tag danach. Dennoch fühlte sich Ava unbehaglich, als Jak'ri sich wieder aus der Höhle wagte.

Er erlaubte ihr nicht, ihn zu begleiten, und bestand darauf, dass sie sicher und trocken blieb. Er hatte das Fieber bemerkt. Die Schwäche. Die Trägheit, die sie selbst lange nach dem Aufwachen nicht abschütteln konnte.

Er fragte erneut, ob er ihr *silna* geben könnte, um ihre Heilung zu beschleunigen, da er befürchtete, dass sie vielleicht an einer bakteriellen Infektion durch das Meerwasser litt, das in ihre Wunden eingedrungen war. Sie weigerte sich jedoch, weil sie befürchtete, dass das *silna* das Virus angreifen könnte.

Wenn das Virus starb, hätte sie kein Immunsystem. Also wollte sie ihr Glück lieber ohne das *silna* versuchen.

Da sie nur zwei Hemden hatte, musste Ava jeden Tag eines waschen.

Jak'ri bot ihr an, es für sie zu tun, aber sie lehnte ab. Es gab keinen Grund, warum sie es nicht selbst tun sollte. Außerdem hatte sie kaum etwas anderes zu tun, wenn er an der Oberfläche war.

Das große Hemd, das beim letzten Kampf an mehreren Stellen zerrissen worden war, sah schon so ausgefranst und zerlumpt aus, dass sie es beiseitelegte. Damit blieb ihr nur das Kleinere, das ihr etwas besser passte.

Sie zuckte die Achseln und presste die Lippen aufeinander. Wenn sie und Jak'ri allein auf dem Planeten wären, würde sie einfach oben ohne bleiben, während sie das Hemd wusch und trocknen ließ. Sie hatten einander jetzt so oft nackt gesehen, dass sie sich nicht mehr unsicher fühlte. Aber die verdammten Gathendier trieben sich immer noch auf dem Festland herum. Und wenn die Bastarde überraschend zur Insel zurückkehrten und die Höhle tatsächlich entdeckten, wollte sie nicht mit runtergelassener Hose oder – in diesem Fall – ohne Hemd erwischt werden.

Jak'ri scheinbar auch nicht, denn beide schliefen jetzt in ihren Kleidern.

Ava kramte in der Sanitätstasche herum, in der Hoffnung, etwas Nützliches zu finden. Das Beste, was ihr einfiel, war eine Bandage, die sie horizontal über ihre Brüste und dann mehrmals über ihre Schultern wickelte, bis es wie ein improvisierter Sport-BH geformt aussah.

„Das muss reichen", murmelte sie und kniete sich neben den See, um ihr Hemd und ihre Ersatzshorts zu waschen. Am liebsten würde sie den Stoff in einem angenehm duftenden Waschmittel einweichen oder ihn in eine dieser cleveren Dekontaminierungseinheiten werfen. Leider hatte sie weder das eine noch das andere zur Hand, also mussten Meerwasser und Sand reichen.

Nachdem sie es ausgewrungen und so viel Wasser wie möglich herausgedrückt hatte, hielt sie es zur Inspektion hoch. „Meh." Es sah immer noch ein bisschen schmutzig aus, aber zumindest stank es nicht. Wenn ihre Probleme mit den Gathendiern vorbei wären, würde sie ihre Kleidung einfach mit diesem tollen *retsa*-Zeug besprühen und es den Stoff reinigen lassen, so wie es ihre Wunden reinigte.

Aber ihre Probleme schienen noch lange nicht vorbei zu sein.

Nachdem sie das Hemd zum Trocknen auf einem Stein ausgebreitet hatte, stand sie auf.

Die Höhle drehte sich um sie.

Fluchend taumelte Ava zur Seite und musste breitbeinig stehen bleiben, um nicht umzufallen. Sie streckte die Arme aus, als stünde sie an Deck eines Schiffs, das in den Wellen rollte, und genau so fühlte sie sich auch.

Einige Augenblicke später ließ der Schwindel nach.

Sie warf einen Blick zum Wasser und war froh, dass Jak'ri nicht hier gewesen war. Vorsichtig wagte er sich zweimal am Tag hinaus, um zu sehen, was die Gathendier trieben, und um nach möglichen Rettern Ausschau zu halten, wobei er telepathisch jeden Geist in Reichweite absuchte, in der Hoffnung, einer von ihnen könnte ein Purveli sein. Oder Segonier. Oder Lasaraner.

Manchmal tat er es auch nachts, blieb aber im Wasser, für den Fall, dass große nachtaktive Raubtiere auf der Insel herumstreiften. Er war noch keinem begegnet, aber ... Vorsicht war besser als Nachsicht.

Als ob ihre Gedanken ihn gerufen hätten, tauchte er im See auf und schoss mit kraftvollen Bewegungen auf sie zu. Er erhob sich mit nackter Brust aus dem Wasser, die Hosen klebten an seinen kräftigen Schenkeln, alles sichtbare Haar war silbern.

Ava liebte es, seinem Haar beim Trocknen zuzusehen und zu beobachten, wie die Strähnen langsam dunkler wurden, bis sie wieder schwarz waren. „Hallo, schöner Mann."

Sein Blick fiel auf ihre Brust.

Sie breitete die Arme aus und zeigte ihm ihr improvisiertes BH-Oberteil. „Was denkst du? Es ist ein Sport-BH."

Als er vor ihr stehen blieb, verzog sich eine Seite seines Mundes zu einem verlegenen Lächeln. „Ist es schlecht, dass mein erster Gedanke war: kann sie ihn ausziehen?"

Sie lachte. „Nein. Und du kannst ihn jederzeit abnehmen. Ich wollte einfach nicht oben ohne herumlaufen, während mein Hemd trocknet, für den Fall, dass wir vielleicht unerwarteten Besuch bekommen."

Er ließ den Rucksack voller frischer Früchte und frisch gefüllter Flaschen von seiner Schulter gleiten. „Ich glaube nicht, dass das passieren wird. Die Gathendier suchen immer noch die Küste des Festlandes ab. Die meisten halten uns immer noch für tot." Er schnitt eine Grimasse „Oder glauben, dass du tot bist und ich weit weggeschwommen bin und irgendwo aufgefressen wurde."

„Idioten", brummte sie.

„Ganz meine Meinung."

„Hatten sie Kontakt mit dem Kriegsschiff?"

„Nein, immer noch nichts."

Das waren großartige Nachrichten.

Sie kam näher und legte ihre Hände auf seine Brust. „Du meinst also, dass wir vielleicht ziemlich viel Freizeit haben werden?"

Er senkte den Kopf und rieb seine Nase an ihrer. „Ja."

„O mein Gott", hauchte sie, als er einen Arm um sie legte und sie an seinen Körper zog, immer noch kühl vom Wasser. „Wie sollen wir uns nur beschäftigen?"

Lächelnd streichelte er ihre Lippen. „Ich glaube, ich habe die eine oder andere Idee."

JAK'RI EILTE DURCH DEN Wald. Er konnte es kaum erwarten, zu Ava zurückzukehren.

Sie waren nun seit fast einer Woche in der unterirdischen Höhle. Der Schwindel, unter dem Ava litt, wurde schlimmer. Sie hatte immer noch Fieber. Ihre Bewegungen wurden immer träger, als würde die Müdigkeit sie ständig nach unten ziehen. Und selbst das helle bernsteinfarbene Leuchten, das in ihren hübschen braunen Augen zum Leben erwachte, war schwächer geworden.

Es war, als würde ihr langsam das Leben entzogen.

Und es machte ihm schreckliche Angst. Jak'ri wusste nicht, was er tun sollte. Er hatte ihre Verletzungen mehrmals untersucht, weil er befürchtet hatte, dass sich eine infiziert haben könnte. Und obwohl sie nicht so gut heilten wie die an ihrem Fuß, schien keine schlimmer oder entzündet zu sein.

Er verstand nicht, was passierte, warum es ihr nicht besser ging.

Einige der Inselspringer folgten ihm durch den Wald und schwangen sich oder sprangen von Ast zu Ast. Die hier hatten nicht so ausgeprägte Streifen wie die auf dem Festland. Sie waren außerdem größer, und ihre Rufe waren leiser und die Tonlage deutlich tiefer, sodass sie nicht im ganzen Wald widerhallte.

Allerdings empfand er ihre Gesellschaft als wenig tröstlich. Er hatte heute nicht rausgehen, Ava nicht alleinlassen wollen. Doch da sie Fieber hatte, brauchte sie mehr frisches Wasser, um der Dehydrierung vorzubeugen. Und er hoffte weiter, dass ihr das frische Obst, das er ihr brachte, helfen würde.

Seine Füße versanken im weichen, dunklen Sand, wenige Schritte, bevor sich die Bäume teilten und sich das blaue Meer vor ihm ausbreitete. Jak'ri hielt nur lange genug inne, um sich zu versichern, dass kein lautloses Schiff in Sichtweite schwebte, dann rannte er los und tauchte unter die Oberfläche.

Die Angst um Ava plagte ihn weiter, während er am Ufer entlang zur Halbinsel schwamm.

Ein Schatten näherte sich ihm aus dem dunklen Meer. Dann ein weiterer.

Die verspielten Kreaturen, die ihn an *raashini* und Ava an Delfine erinnerten, gesellten sich bald zu ihm. Er begegnete ihnen auf seinen Ausflügen, vielleicht waren sie immer noch fasziniert von den Neuankömmlingen.

Als die Öffnung, die zur Höhle führte, in Sicht kam, wurde Jak'ri nicht langsamer. Er war inzwischen so oft hineingeschwommen, dass er sich den Weg eingeprägt hatte und wusste, ohne sich zu konzentrieren, welche Abzweigungen er nehmen musste, um Sackgassen zu vermeiden. Die *raashini*-ähnlichen Kreaturen folgten ihm nie hinein. Manchmal wünschte er, sie würden es tun, nur damit Ava etwas anderes zu sehen bekam.

Vor ihm breitete sich ein schwacher Schein aus. Er schwamm schneller. Er hatte es eilig, zu ihr zurückzukehren, und hatte die Höhle fast erreicht, als ihm etwas in den Sinn kam.

Erschrocken hielt Jak'ri inne und drehte sich um, um in die Richtung zu blicken, aus der er gekommen war.

Was war das?

Obwohl er es nur flüchtig wahrgenommen hatte, hatte es sich fast wie ein *senshi* aus weiter Ferne angefühlt.

Er runzelte die Stirn. Versuchte eine der *raashini*-ähnlichen Kreaturen, mit ihm zu kommunizieren? Als er ihnen zum ersten Mal begegnet war, hatten sie auf ein paar milde *senshi* reagiert. Aber sie hatten es seitdem nicht mehr wiederholt.

Bis jetzt.

Wollten sie ihm etwas sagen?

Er spürte einen weiteren schwachen Impuls.

Er runzelte die Stirn. Hatte einer von ihnen versucht, ihm in das Labyrinth der Gänge zu folgen, und sich verschwommen?

Er warf einen Blick über die Schulter zum Eingang der Höhle, in der Ava wartete, dann fluchte er und machte sich auf den Weg zurück zum Meer. Sosehr er sich auch danach sehnte, schnell zu ihr zurückzukehren, er konnte diesen Impuls nicht ignorieren. Er musste der Sache nachgehen. Was, wenn ihm eines der *raashini*-ähnlichen Wesen gefolgt war und sich in etwas verfangen hätte? In einigen der Gänge gab es Pflanzen wie die in der Höhle, in denen man sich verheddern konnte.

Oder was, wenn die Gathendier ein Unterwassererkundungsfahrzeug auf den Planeten gebracht hatten?

Er würde lieber eines der Tiere befreien, als sich mit Letzterem zu befassen, stieß aber auf keine Meereslebewesen.

Als er die Mündung des Durchgangs erreichte, wurde er langsamer und spähte vorsichtig ins Meer hinaus.

Nichts Außergewöhnliches fiel ihm auf.

Vorsichtig wagte er sich weiter hinaus.

Immer noch nichts.

Selbst die *raashini*-ähnlichen Kreaturen waren nicht mehr zu sehen.

Da er sich Sorgen machte, wagte er es, bis zur Spitze der Halbinsel zu schwimmen, und spähte um sie herum, wobei er sehr darauf achtete, weit genug unter der Oberfläche zu bleiben, um zu verhindern, dass irgendein Gathendier sein silbernes Haar bemerkte, falls sie auf einem Boot vor der Insel unterwegs waren.

Als er es tat, fühlte er … etwas.

Kein *senshi*. Eine Präsenz.

Eine, die ihn die Augen weit aufreißen und sein Herz gegen seinen Brustkorb pochen ließ.

Das konnte nicht sein.

Ziv'ri?, rief er telepathisch.

Ja!, antwortete sein Bruder sofort.

Hätte Jak'ri an Land gestanden, hätten seine Knie unter ihm nachgegeben.

Ich komme, Jak'ri, sagte Ziv'ri. *Wo bist du?*

Sind die Gathendier bei dir?, fragte er und konnte nicht fassen, dass sein Bruder hier war.

Nein. Ich erkläre es dir, wenn ich zu dir komme. Zeig mir den Weg.

Jak'ri sandte ihm den Weg, dann wirbelte er herum und schoss auf den Durchgang zu. Er wusste nicht, wie es möglich war oder was passiert war, aber Ziv'ri lebte. Sein Bruder lebte!

Jak'ri hatte das Labyrinth zur Höhle noch nie so schnell hinter sich gebracht. *Ava!*, rief er im Geiste, als er in die Höhle kam.

Sie antwortete nicht.

Sobald das Wasser seicht genug war, dass er stehen konnte, tauchte er auf und rannte zum Ufer.

Ava lag mit geschlossenen Augen auf ihrem Blätterbett.

„Ava!", rief er laut und ließ den Rucksack mit dem Obst fallen, den er immer noch über seiner Schulter trug.

Sie schreckte auf. Sie setzte sich auf und beobachtete, wie er auf sie zueilte. Dabei füllten sich ihre großen, braunen Augen mit Tränen. „Ich habe geträumt, dass Ziv'ri am Leben war und zu uns kommen wollte."

Jak'ri sank vor ihr auf die Knie und nahm ihr hübsches Gesicht in seine Hände. „Es war kein Traum, *sakara*. Er ist hier, auf dem Planeten." Tränen stiegen in seine Augen. „Ich wollte gerade zu dir zurück, als ich ein *senshi* gespürt habe. Ich bin wieder rausgeschwommen, um nachzusehen, und ..." Er lächelte. „Er ist hier. Ziv'ri ist hier."

Ihre Augen weiteten sich, als ihr der Atem stockte. „Er lebt?" Aufregung erhellte ihr vom Fieber gerötetes Gesicht. „Er lebt wirklich?"

Jak'ri nickte. „Er ist gerade auf dem Weg zur Höhle."

Sie stieß einen Freudenschrei aus und warf ihre Arme um seinen Hals.

Er stand auf, half ihr auf die Beine und umarmte sie.

Jak'ri?, rief Ziv'ri.

Ava keuchte.

Sie lösten sich voneinander und drehten sich zum Wasser um.

Sobald Jak'ri sah, wie die blasse Gestalt seines Bruders unter der Oberfläche auf sie zu glitt, rannte er ins Wasser. Zwei Gestalten durchbrachen die Oberfläche, aber Jak'ri hatte nur Augen für seinen Bruder.

Er watete auf ihn zu und zog ihn in eine feste Umarmung. „Ich dachte, du bist tot", brachte er hervor und schaffte es kaum, über den Kloß in seiner Kehle hinweg zu sprechen. „Sie haben gesagt, sie haben dich getötet, und ich konnte dich nicht mehr spüren. Ava auch nicht."

Ziv'ri schlang seine Arme um ihn und drückte ihn, als wollte er ihn nie wieder loslassen. „Sie haben gelogen", antwortete er mit vor Emotionen heiserer Stimme.

Neben ihnen spritzte eine zweite Gestalt, als sie sich aus dem Wasser erhob.

Jak'ri blickte über die Schulter seines Bruders.

Eine Frau, die noch kleiner war als Ava, stand neben ihnen, ihr Körper war praktisch nackt. Ein kleiner Stoffstreifen, der einer kleineren Version von Avas improvisiertem Sport-BH ähnelte, verdeckte ihre Brüste, während ein noch kleinerer Stoffstreifen ihre Scham verhüllte. Ein Dolch steckte in einem Riemen an ihrer Hüfte. Abgesehen davon trug sie nur ein Geschirr um ihre Schultern, das zwei Schwerter hielt.

Sie betrachtete ihn neugierig.

Dann stürzte Ava sich auf sie.

Die braunen Augen der Frau weiteten sich, als sie den Halt verlor, rückwärts ins Wasser fiel und unter der Wasseroberfläche versank.

Ava stolperte, schaffte es aber, auf den Beinen zu bleiben. Mit einem Ausdruck der Bestürzung eilte sie der Frau zu Hilfe, die sich prustend aufrappelte. „Tut mir leid!", jammerte Ava. „Es tut mir leid, Eliana. Ich freue mich einfach so, dich zu sehen."

Jak'ri ließ seinen Bruder los. Das war Eliana?

„Ava." Sekunden, bevor Ava ihre Arme um sie schlang, zeichnete sich Erleichterung auf dem Gesicht der Frau ab. Elianas Augen begannen, bernsteinfarben zu leuchten, während ihre Lippen zitterten und sie Ava so fest umarmte, wie Jak'ri Ziv'ri umarmt hatte.

Ein schmerzerfülltes Grunzen entfuhr Ava.

Jak'ri ließ Ziv'ri los und streckte schnell eine Hand nach den Frauen aus.

„Vorsicht!", warnte er leise. „Sie ist verletzt."

Sorge trat in Elianas Blick, als sie Ava schnell losließ und einen Schritt zurücktrat.

Sie ist verletzt?, fragte Ziv'ri telepathisch und runzelte die Stirn, als er die Verletzungen auf Avas Stirn und Bauch bemerkte. *Wie schwer?*

„Mir geht's gut", sagte Ava. Doch ihr Lächeln verschwand, als sie plötzlich taumelte.

Eliana schrie auf und sprang auf sie zu.

Doch Ava drehte sich zu Jak'ri um und streckte die Arme nach ihm aus.

Jak'ri ergriff schnell ihre Hände, zog sie an sich und legte einen Arm um ihre Taille. *Ava?*

„Oh Scheiße", murmelte sie. „Mir geht's nicht gut. Ich glaube, ich werde ..."

Sie verdrehte die Augen, als ihre Knie nachgaben.

Jak'ri hob sie schnell in seine Arme.

„Ava?", rief Eliana.

„Sie ist bewusstlos." Er trug sie aus dem Wasser und hinüber zum Bett.

Ziv'ri und Eliana folgten ihm, spürbar besorgt.

Er kniete nieder und legte Ava vorsichtig auf die großen Blätter.

„Was ist los mit ihr?", fragte Eliana. „Was ist passiert?"

„Die Gathendier sind passiert", sagte er und konnte die Wut und Bitterkeit, die ihn verzehrten, nicht verbergen.

Eliana kniete neben ihm, während Ziv'ri dicht hinter ihm stand.

„Ich habe es geschafft, mir bei unserer Flucht eine der Sanitaschen der Gathendier zu schnappen", erzählte Jak'ri. „Ich habe ihre Wunden so gut ich konnte versorgt. Und eine Zeit lang schien es ihr besser zu gehen." Er legte eine Hand auf ihre Stirn und strich ihr sanft das Haar aus dem Gesicht. „Aber sie wurde wieder verletzt, als die Gathendier uns angegriffen haben, und ist seit unserer Ankunft hier geschwächt."

Eliana blickte zu Ziv'ri auf. „Geh zu Dagon. Der Kampf sollte vorbei sein, wenn du ihn erreichst. Sag, dass Ava sofortige ärztliche Hilfe braucht und dass sie versuchen sollen, das Shuttle auf der Insel zu landen."

Ziv'ri nickte, warf Jak'ri einen besorgten Blick zu, drehte sich dann um und verschwand im Wasser.

Jak'ri nahm eine der ausgehöhlten Nüsse, die sie als Schüssel benutzten, und ging auf die Tasche zu, die er zuvor fallengelassen hatte. Es dauerte nur einen Moment, eine Flasche zu holen und die Schüssel mit etwas von dem frischen Wasser zu füllen, das er mitgebracht hatte.

„Ava?", sagte Eliana leise.

Als Jak'ri zurückkam, lag Elianas Hand auf ihrer, und sie strich mit dem Daumen über Avas Stirn, wobei sie darauf achtete, die Wunde nicht zu berühren.

„Sie ist schon seit ein paar Tagen immer müde." Er kniete an Avas Seite nieder und tauchte ein Tuch ins Wasser. Nachdem er das Tuch ausgewrungen hatte, legte er es auf Avas Stirn. Das war das erste Mal, dass sie das Bewusstsein verloren hatte. Es erschreckte ihn zu Tode.

Avas Freundin streckte ihm ihre Hand entgegen. „Ich bin Eliana."

Er umfasste ihren Unterarm. „Ich bin Jak'ri. Ava hat viel von dir gesprochen. Sie sagt, du hast ihre Flucht von der *Kandovar* ermöglicht, bevor sie zerstört wurde, und du hast sie in die Rettungskapsel gesteckt."

„Ja." Sie ließ ihn los und nahm wieder Avas Hand. „Es tut mir leid, dass es so lange gedauert hat, sie zu finden." Sie wirkte gequält, als hielte sie es für einen Misserfolg ihrerseits, dass sie nicht früher mit der Verstärkung, die sie mitgebracht hatte, eingetroffen war. Sie brachte ein schwaches Lächeln zustande. „Um euch beide zu finden. Aber ich war selbst eine Zeitlang verloren."

Er nickte und fragte sich, was sie durchgemacht hatte, um hierher zu kommen und wie sie Ziv'ri getroffen hatte. „Sie hat befürchtet, dass du den Angriff nicht überlebt hast."

„Hätte ich auch fast nicht."

Er streichelte weiter Avas Haar. „Was ist mit den anderen? Die anderen Frauen von der Erde? Ava hat sich große Sorgen um sie gemacht."

Eliana schluckte. „Bisher haben wir nur eine andere gefunden. Sie ist auf Lasara in Sicherheit. Wir sind immer noch auf der Suche nach dem Rest."

Die Nachricht würde Ava traurig machen.

Beide schwiegen. Jak'ri wollte Eliana mit Fragen überhäufen: Wie war sie hierhergekommen? Wie war sie auf Ziv'ri getroffen? Wie war Ziv'ri den Klauen der Gathendier entkommen? Und wer hatte sie hierher gebracht? Aber die Sorge um Ava ließ ihn schweigen, da er hoffte, dass, wer auch immer sie hierher gebracht hatte, ihr helfen könnte.

Als er Ziv'ri kommen spürte, warf er einen Blick zum See.

Wasser spritzte, als sein Bruder aus dem Wasser kam. Er war noch dünner als auf dem gathendischen Schiff und hatte frische Narben. Aber trotzdem sah er gut aus. Seine Augen waren wachsam. Er atmete beim nicht schwer. Er ging aufrecht, mit straffen Schultern, anstatt sie müde hängenzulassen.

„Der Transporter war schon über der Insel, als ich aus der Höhle gekommen bin", verkündete er.

Transporter?

Eine große Gestalt in Exo-Rüstung tauchte hinter Ziv'ri auf. Wasser lief daran hinunter und verdeckte das Gesicht des Trägers, bis das Visier des Helms nach oben glitt.

Jak'ri atmete erleichtert auf.

Ein Segonier. Einer mit einem einigermaßen vertrauten Gesicht, obwohl ihm sein Name nicht einfiel.

„Dagon." Eliana stand auf, eilte an Ziv'ri vorbei und warf sich in die gepanzerten Arme des Mannes.

Richtig. Commander Dagon. Jak'ri hatte ihn nur ein- oder zweimal aus der Ferne gesehen, als er an den Kriegsspielen der Aldebarianischen Allianz teilgenommen hatte.

Dagon umarmte Eliana mit einer Vertrautheit, die auf eine enge Beziehung hindeutete. „Alles in Ordnung?"

Sie nickte. „Bei dir?"

„Mir geht's gut. Ziv'ri sagt, Ava braucht ärztliche Hilfe."

Wieder nickte sie, Sorge zeichnete ihre blassen Gesichtszüge. „Sie ist verletzt und hat gleich nach unserer Ankunft das Bewusstsein verloren."

Der segonische Kommandant berührte sanft ihren Rücken, als hinter ihm weitere in Exo-Rüstungen gekleidete Gestalten aus dem Wasser auftauchten.

„Die *Ranasura* ist gerade angekommen, als der Kampf zu Ende ging. Sie ist jetzt über der Insel."

Die *Ranasura*? Jak'ri richtete sich auf, blieb aber dicht bei Ava, als er sich seinem Bruder zuwandte. *Wie zum srul bist du auf einem segonischen Kriegsschiff gelandet?*

Ziv'ri schüttelte den Kopf. *Ich weiß, dass das absurd klingt, aber die Gathendier haben mich dorthin gebracht. Sie wollten, dass ich es außer Gefecht setze und die andere Frau von der Erde gefangen nehme.* Als Jak'ri ihn nur ausdruckslos anstarrte, lächelte Ziv'ri. *Ich erzähle dir alles, sobald wir Ava geholfen haben.*

Einer der gepanzerten Krieger hinter Commander Dagon öffnete das Visier seines Helms.

Eliana begrüßte ihn erleichtert. „Adaos!"

„Dagon sagt, ihr braucht einen Arzt."

„Ava. Sie ist da drüben." Sie deutete in ihre Richtung.

Der Segonier ging an ihr vorbei und erteilte Befehle wie jemand, der es gewohnt war, das Sagen zu haben. Sein Blick begegnete dem von Jak'ri, als sie beide neben Avas blasser Gestalt knieten. „Ich bin Chief Medical Officer Adaos von der *Ranasura.*"

„Jak'ri A'daar von Purvel."

„Wie lange ist sie schon bewusstlos?"

„Seit kurz nachdem Eliana und Ziv'ri angekommen sind." Jak'ri blieb dicht bei Ava und weigerte sich, ihre Hand loszulassen, als der Mediziner einen Handscanner hervorholte und begann, ihn über ihren reglosen Körper zu schwenken. „Das ist das erste Mal, dass sie das Bewusstsein verloren hat", erklärte er. „Aber in den letzten Tagen war ihr oft schwindelig, und seit sie von den Gathendiern verletzt wurde, wird sie von Tag zu Tag schwächer."

Eliana und Dagon sprachen in der Nähe des Sees miteinander, aber Jak'ris Aufmerksamkeit blieb auf Ava und den Chief Medical Officer Adaos gerichtet.

Ein anderer Mann kam und kniete neben Adaos nieder. Er griff in seine Tasche und holte eine Schwebetrage heraus, die nur die Breite und Länge eines großen Datentablets hatte. Er brachte sie direkt über dem Sand in Position und drückte auf eine Ecke. Das Brett dehnte sich aus, bis es lang und breit genug war, um einen segonischen Krieger zu tragen, und schwebte dann in der Luft.

Adaos betrachtete den Scanner, während die Ergebnisse über den Bildschirm flackerten.

Ziv'ri sank neben Jak'ri auf die Knie und legte eine Hand auf seine Schulter. *Sind es ihre Wunden?*, fragte er telepathisch.

Es war so schön, die Stimme seines Bruders wieder in seinem Kopf zu hören. *Ich weiß nicht*, gab Jak'ri zu. *Ich habe sie so gut ich konnte versorgt und sie sehen nicht entzündet aus, aber ... offensichtlich stimmt etwas nicht.*

Die Stille dehnte sich aus.

„Können Sie ihr helfen?", fragte Jak'ri, als er es nicht länger ertragen konnte.

Adaos begegnete seinem Blick und schenkte ihm ein freundliches Lächeln. „Ja. Sie wird sich schnell erholen, sobald wir sie in die Krankenstation der *Ranasura* gebracht haben."

Ziv'ri drückte seine Schulter. *Du kannst ihm vertrauen. Ich habe es ihm zu verdanken, dass ich am Leben bin.*

Jak'ri begegnete dem silbernen Blick seines Bruders. Und endlich ließ die Spannung in seinen Schultern nach.

Hinter ihm drückte Commander Dagon – der irgendwann seinen Helm abgenommen hatte – einen Kuss auf Elianas nasses, dunkles Haar und senkte sein Kinn auf ihren Kopf. „Wir werden gut auf sie aufpassen, *milessia*", schwor er leise.

Eliana lehnte sich an ihn. „Danke."

Kapitel Achtzehn

AVA SEUFZTE, ALS SIE langsam das Bewusstsein wiedererlangte.

Gott sei Dank. Sie hatte einen weiteren monströsen Alptraum gehabt, in dem sie der Gnade der Gathendier ausgeliefert war. Diesmal war sie wieder an einen verdammten Operationstisch gefesselt und sie hatten sie aufgeschnitten, ohne dass sie ihr ein Anästhetikum oder Schmerzmittel verabreicht hatten. Jak'ri war neben ihr an einen weiteren Tisch gefesselt gewesen und hatte das Gleiche durchgemacht. Und Ziv'ri ...

Tränen stiegen ihr in die Augen.

Ziv'ris Leiche hatte auf dem Tisch hinter dem seines Bruders gelegen.

Aber es war ein Traum gewesen, erinnerte sie sich. Nur ein Alptraum. Einer von vielen, die sie verfolgt hatten, seit sie und Jak'ri im Wald gegen die Gathendier gekämpft hatten. Sie wusste nicht, warum sie sie hatte. Sie und Jak'ri waren jetzt in Sicherheit. Die Gathendier würden sie hier in der Höhle niemals finden. Sie –

Sie öffnete ihre Augen.

Eine Welle kalter Angst brandete durch sie, als sie scharf Luft holte.

Sie war nicht in der Höhle mit dem dunklen Sand und den hübschen leuchtenden Wänden.

Sie lag auf einem Bett in einem strahlend weißen Labor.

„Nein", keuchte sie.

Anstelle des Meeresgeruchs lag ein antiseptischer Geruch in der Luft. Und wo über ihr dunkles Gestein mit leuchtenden Streifen hätte sein sollen, hing stattdessen moderne Medizintechnik von der Decke.

Entsetzt sah sie sich um. Sie war wieder auf dem Schiff. Die Gathendier mussten sie gefunden haben und ...

Sie war wieder auf dem verdammten Schiff!

Verzweiflung packte sie. „Nein!" Ihre Stimme wurde mit jedem Wort lauter. „Nein, nein, nein!"

Plötzlich tauchte eine große Gestalt vor ihr auf.

Sie riss die Hände hoch, um sich zu verteidigen.

„Ava", sagte eine Stimme. Eine leise Stimme, die sie kannte und liebte.

„Jak'ri?" Sie blinzelte gegen die hellen Deckenlichter.

„Ja." Sein hübsches, besorgtes Gesicht beugte sich über sie, als er ihre Hände nahm und sie an seine Lippen führte. „Alles ist gut", murmelte er beruhigend. „Du bist in Sicherheit."

Sie setzte sich auf und schüttelte den Kopf. „Wie haben sie uns gefunden?" Sie schlang ihre Arme um ihn und vergrub ihr Gesicht an seiner Brust. „Wie haben die Gathendier uns zurück auf ihr Schiff gebracht?"

„Das haben sie nicht", sagte eine zweite Stimme.

Ava keuchte. Sie ließ Jak'ri los und starrte den Mann an, der neben ihn trat. „Ziv'ri?"

Er grinste. „Überrascht, mich zu sehen?"

„Ja!" Sie schwang ihre Beine über die Bettkante und umarmte ihn. Er war so dünn! Noch dünner als beim letzten Mal, als sie ihn auf dem gathendischen Schiff gesehen hatte. „Wie ist das möglich? Wir dachten, du bist gestorben!"

„Das wäre ich auch fast", gab er zu, als er ihre Umarmung erwiderte. „Aber das konnte ich nicht. Wenn ich gestorben wäre, würde Jak'ri mein Hovercycle behalten."

Trotz der düsteren Umstände musste sie lachen. Sie war so froh, ihn wiederzusehen. Sie lehnte sich zurück, wischte sich die Tränen von den Wangen und starrte beide an. „Was ist passiert? Wie haben die Gathendier uns wieder gefangen genommen?"

„Das haben sie nicht", sagte Jak'ri überraschend entspannt, als er sich neben sie setzte und einen Arm um sie legte.

Ziv'ri nickte. „Wir sind auf einem segonischen Schiff, der *Ranasura*."

Die Hoffnung wuchs. Die Segonier waren Verbündete der Lasaraner! „Du meine Güte!" Sie sah zu Jak'ri auf. „Haben sie deinen Notruf aufgefangen?"

„Nein. Ziv'ri hat sich auf ihr Schiff geschlichen."

Sie schüttelte völlig verwirrt den Kopf. „Wie?" Als sie ihn das letzte Mal gesehen hatten, hatten die Gathendier Ziv'ri aus der Zelle gezerrt.

„Die, äh ..." Er runzelte die Stirn. „Was war nochmal der Erdbegriff, den du verwendet hast, der mir so gut gefallen hat?" Er dachte einen Moment nach, dann hellte sich seine Miene auf. „Ach ja. Die gathendischen Arschlöcher haben mich geschickt."

Sie starrte ihn an. „Was?"

„Sie haben erfahren, dass eine andere Erdenfrau an Bord der *Ranasura* war, und haben mich gezwungen, mich an Bord zu schleichen."

„Wie konnten sie dich zwingen, an Bord eines Schiffs zu schleichen?"

Jak'ri drückte einen Kuss auf ihre Schläfe. „Sie haben ihn überwacht und ihm gesagt, dass sie uns mit jeder Stunde, die er die Umsetzung des Plans hinauszögern würde, noch mehr Leid zufügen würden. Wenn er scheiterte, würden sie uns beide töten ... langsam und schmerzhaft."

Wut stieg auf. „Diese Arschgesichter!"

Ziv'ri grinste. „Schon gut. Es lief nicht so, wie sie es sich vorgestellt hatten."

Die Tür zu dem großen Raum, in dem sie sich befanden, glitt auf.

„Moment. Wo sind wir?", fragte Ava und versuchte immer noch, alles zu verstehen. „Ist das ein Labor?"

Ihre Augen weiteten sich, als Eliana eintrat.

„Nein." Ihre Freundin schmunzelte. „Du bist in der Krankenstation der *Ranasura*."

Ava stieß einen Freudenschrei aus, sprang vom Bett und warf sich auf ihre Freundin.

Eliana fing sie auf und umarmte sie so fest, dass sie Ava fast den Atem raubte.

Welche Hose auch immer Ava trug, sie rutschte herunter um ihre Knöchel. Sie fluchte. „Bitte sag mir, dass das nicht einer dieser Krankenhauskittel ist, bei denen man hinten den nackten Po sieht."

Eliana lachte. „Ich habe dasselbe gesagt, als mir das passiert ist. Aber nein."
Sie trat zurück. „Und es ist eigentlich kein Kittel. Es ist ein Hemd, bei dem ich
die Ärmel abgeschnitten habe. Segonier sind verdammt groß."

Ava blickte an sich herunter. Sie schien tatsächlich ein weites Hemd zu
tragen, das ihr fast bis zu den Knien reichte. Und der Mann, der hinter Eliana
durch die Tür kam, war definitiv groß. Leicht eins neunzig. Er hatte breite
Schultern, einen muskulösen Körperbau und eine Haut, die einen Bronzeton
hatte, der ihn als jemanden auswies, der nicht von der Erde stammte.

Er sah auch verdammt gut aus.

Aber nicht so gut wie Jak'ri, dachte sie, als sie die purvelischen Brüder ansah.

Er lächelte, denn wahrscheinlich hatte er ihre Gedanken gehört, und
schlenderte zu ihnen, Ziv'ri an seiner Seite.

Sie kam sich komisch vor, als sie mit der viel zu großen Hose um die Knöchel
dastand, stieg heraus aus und kickte sie verstohlen beiseite.

Eliana deutete mit dem Daumen über ihre Schulter. „Das ist Dagon. Er ist
der Commander der *Ranasura*."

„Freut mich, Sie kennenzulernen", sagte Ava.

Commander Dagon deutete eine Verbeugung an. „Die Freude ist ganz
meinerseits, Ava."

Eliana beugte sich vor, als wollte sie ihr etwas im Vertrauen sagen, flüsterte
dann aber so laut, dass alle Anwesenden es hören konnten: „Ich bin total verliebt
in ihn."

Commander Dagon grinste.

Ava auch. Ihre Freundin sah tatsächlich verliebt aus ... und sehr glücklich, als
sie sich an die Seite des imposanten Mannes lehnte und einen Arm um ihn legte.

Ava winkte den beiden Purveli zu, die jetzt schützend rechts und links von
ihr standen. „Hast du schon Bekanntschaft mit Jak'ri und Ziv'ri gemacht?"

Eliana nickte. „Sie bestanden darauf, auf dich aufzupassen, während du
geschlafen hast." Sie warf Jak'ri ein süßes Lächeln zu. „Ich glaube nicht, dass
Jak'ri länger als eine Minute von deiner Seite gewichen ist. Er muss erschöpft
sein."

Ava betrachtete alle. Es hörte sich an, als hätte Ava eine ganze Weile
geschlafen. „Wie lange war ich k.o.?"

„Ein paar Tage", sagte sie.

Ava blieb der Mund offenstehen. Sie sah zu Jak'ri auf. „So lange?"

Er nickte, legte eine Hand auf ihren Rücken und streichelte sie. *Sie hat gesagt, es sei normal, dass das Virus die Infizierten tief schlafen lässt, während der Körper heilt. Aber ich gebe zu, ich hatte Angst, dass du nicht aufwachen würdest.*

Und die dunklen Schatten, die sie jetzt unter seinen silbernen Augen bemerkte, zeugten von seiner Erschöpfung.

Es tat Ava leid, ihn beunruhigt zu haben, und sie lehnte sich an seine Seite.

„Wie fühlst du dich?", fragte Eliana mit ernster Miene.

Ava zuckte mit den Schultern. „Okay." Sie war überrascht, als ihr klar wurde, dass es wirklich so war. Sie senkte den Blick, betrachtete ihre Arme und stellte fest, dass alle ihre Verletzungen verschwunden waren. Jeder Schnitt. Jeder blaue Fleck. Jeder Kratzer. Ebenso die unangenehme Schwäche und das Schwindelgefühl, die sie in den letzten Tagen geplagt hatten. „Wenn ich ehrlich bin, geht's mir besser als okay. Ich fühle mich ziemlich großartig." Sie schenkte Eliana ein schiefes Lächeln. „Besonders jetzt, wo ich weiß, dass ich nicht wieder auf dem gathendischen Schiff bin."

Eliana winkte ab. „Du musst dir um die keine Sorgen mehr machen. Wir haben ihnen in den Arsch getreten und das Schiff gekapert."

Ava starrte sie an.

Dagon lächelte. „Vielleicht wäre es zutreffender zu sagen, dass Eliana ihnen in den Arsch getreten hat, während meine Männer und ich uns zurückgelehnt und auf den Ausgang gewettet haben."

Eliana lachte. „Hör nicht auf ihn. Er ist bescheiden. Dagon und die Jungs haben ihnen ordentlich in den Arsch getreten."

Ein Mundwinkel des Kommandanten zuckte. „Nur, weil wir gehofft haben, dass du, wenn wir deine Gunst gewinnen würden, einen Teil deines Vorrats an Jarumi-Nuggets mit uns teilen würdest."

Eliana schnippte mit den Fingern. „Danke, dass du mich daran erinnerst." Sie drehte sich zu ihm um. „Hast du sie mitgebracht?"

Dagon hielt eine Tasche hoch.

„Ja!" Eliana nahm die Tasche, drehte sich um und hielt sie ihr entgegen. „Die musst du versuchen, Ava. Sie heißen Jarumi-Nuggets und schmecken wie Maischips mit Nacho-Käse-Geschmack und ein paar ausgefallenen außerirdischen Gewürzen. Ich bin total süchtig danach."

Eine Bewegung im hinteren Teil des Raumes erregte die Aufmerksamkeit aller.

Ein großer Segonier in einer hellgrauen Uniform kam herein, sein Blick auf ein Datentablet gerichtet, das er in der Hand hielt. Er blickte auf und blieb stehen. Seine Augenbrauen hoben sich, als er die kleine Versammlung bemerkte. Dann richtete sich sein Blick auf Eliana, und er runzelte die Stirn.

Mit großen Augen versteckte sie die Tasche hinter ihrem Rücken.

Der Mann kniff die Augen zusammen. „Du hast meinen Patienten doch keine Jarumi-Nuggets angeboten, Eliana, oder?"

„Nein", antwortete sie schnell.

Er zog eine Augenbraue hoch.

Mit einer Grimasse hörte sie auf, die Tasche zu verstecken. „Doch. Ich kann nicht anders, Adaos. Das Essen in der Krankenstation ist scheiße."

Er seufzte, als wäre die Beschwerde nicht neu.

Leises, zustimmendes Gemurmel war aus dem Flur zu hören, den er gerade verlassen hatte.

Adaos drehte sich mit finsterer Miene um.

Ava lachte.

Genau wie alle anderen Anwesenden.

Eliana beugte sich zu ihr vor und zwinkerte ihr zu. „Es wird dir hier gefallen."

JAK'RI SASS AUF EINER der Bänke, die an den Wänden eines großen runden Trainingsraums entlangliefen, Ziv'ri an seiner Seite. Segonische Krieger drängten sich im restlichen Sitzbereich, alle fasziniert von den Kämpfen, die in der Mitte des Raumes stattfanden.

Auch Jak'ri war fasziniert.

Commander Dagon kam herein und setzte sich neben ihn.

Beide schwiegen mehrere Momente lang, während sie dem Geschehen zusahen.

„Erstaunlich, nicht wahr?", kommentierte Dagon mit einem Lächeln.

Jak'ri nickte, wandte seinen Blick jedoch nicht ab. „Ja, das sind sie."

Eliana trainierte mit Ava und half ihr dabei, die dramatisch gesteigerte Geschwindigkeit und neugewonnene Kraft zu erkunden und zu nutzen. Im Moment kämpften sie mit Holzstöcken gegeneinander, ihre Bewegungen so schnell, dass sie verschwammen. Obwohl ihre Köpfe nicht einmal das Kinn der Männer um sie herum erreichten und beide Frauen von der Erde zusammen weniger wogen als ein einzelner der anwesenden Krieger, war allen klar, dass jede der beiden Frauen sie leicht hochheben und auf die andere Seite des Raums schleudern konnte.

Die Stöcke rauschten, als die Frauen sie durch die Luft schwangen. Bei jeder Kontaktaufnahme folgten laute Klackgeräusche. Ava verschwamm immer wieder, während sie langsamer und dann wieder schneller wurde.

Jak'ri lächelte, ein warmes Gefühl breitete sich in seiner Brust aus und strahlte nach außen.

Sie blühte jetzt und war bei guter Gesundheit. Während Ava mit ihrer Freundin kämpfte, wurden ihre Wangen vor Anstrengung rosa. Ihre Augen strahlten aufgeregt und hatten wieder dieses fesselnde bernsteinfarbene Leuchten, das immer dann aufflackerte, wenn sie besonders emotional war. Und ein Lächeln schien ihr schönes Gesicht ständig zu erhellen.

Wie sehr er sie liebte.

„Gibt es Neuigkeiten über die anderen vermissten Erdlinge?", fragte Ziv'ri.

Dagon seufzte. „Leider nein."

Es war der einzige dunkle Fleck, der ihre Tage trübte. Ava hatte ein privates Quartier am Ende des Flurs von Eliana zugewiesen bekommen und mit geröteten Wangen darauf bestanden, dass Jak'ri es mit ihr teilen durfte. Ziv'ri hatte sich dafür entschieden, weiter in den Kriegerunterkünften zu schlafen, da er sich während seines längeren Aufenthalts auf dem Schiff mit der Besatzung vertraut gemacht und einige Freunde gefunden hatte. Beide Brüder trainierten täglich mit segonischen Kriegern und bauten langsam die Muskelmasse wieder auf, die sie verloren hatten.

Zu seiner großen Erleichterung hatte Ava bereits wieder ein gesundes Gewicht erreicht.

Die drei aßen gut. Und sie schliefen gut ... wenn Jak'ri nicht gerade etwas anderes mit Ava tat. Sie lachten und neckten einander.

Sie waren glücklich ... abgesehen von ihrer Sorge um ihre immer noch vermissten Freunde.

„Die Energieversorgung in den lasaranischen Rettungskapseln wird bald kritisch", bemerkte Ziv'ri.

Wenn sie die Frauen nicht vorher finden würden, dann ...

„Das ist unsere Sorge", sagte Dagon mit einem Nicken. „Aber alle Mitglieder der Aldebarianischen Allianz suchen nach ihnen. Und auch einige, die keine Mitglieder sind."

„Du sprichst von Purvel?", fragte Jak'ri. Er und sein Bruder hatten den Herrscher von Purvel gebeten, seine Haltung zum Beitritt zur Allianz und zur Verbesserung der Sicherheitslage ihres Planeten zu überdenken.

Die Tatsache, dass Gathendier ohne eine Meldung der Planetary Defense Administration zwei Purveli direkt von der Planetenoberfläche weg entführt hatten – und ihre Absicht, eine Biowaffe zu entwickeln, die sie auf Purvel freisetzen wollten – war ein dramatischer Weckruf gewesen. Der Herrscher von Purvel war einem Bündnis geneigter als je zuvor und hatte zwei Schiffe geschickt, um bei der Suche nach den Überlebenden der *Kandovar* zu helfen.

Dagon nickte. „Wir schätzen die Hilfe durch purvelische Schiffe. Auch der Akseli-Rebell Janwar ist an der Suche beteiligt."

Jak'ris Augenbrauen schossen in die Höhe. „Wirklich?" Janwar war ein ziemlich berüchtigter Akseli-Pirat, der regelmäßig gegen die Regeln der Allianz verstieß und den Anführer seines eigenen Planeten so wütend gemacht hatte, dass ein beträchtliches Kopfgeld auf ihn ausgesetzt worden war.

Natürlich war noch niemand verrückt genug gewesen, zu versuchen, dieses Kopfgeld zu verdienen. Janwar hatte den Ruf, im Umgang mit seinen Feinden nicht zimperlich zu sein.

Wieder nickte Dagon. „Anscheinend verbindet ihn eine enge Freundschaft zu Prinz Taelon."

Ziv'ri grunzte. „Wie hat er das geschafft?"

Jak'ri fragte sich das auch. Während die Lasaraner sich an Regeln hielten, hatte Janwar kein Problem damit, sie zu brechen.

„Er hat Prinz Taelons vermisste Schwester gefunden."

Jak'ri warf Ziv'ri einen überraschten Blick zu. „Janwar ist derjenige, der Prinzessin Amiriska gefunden hat?"

„Ja." Dagons Lippen verzogen sich zu einem schiefen Lächeln. „Offenbar ist der Mann sehr gut darin, Informationen zu beschaffen."

Da er sich außerhalb des Gesetzes bewegte, vermutete Jak'ri, dass ihm das einen deutlichen Vorteil verschaffte.

„Er hat auch Prinz Taelon, seine Lebenspartnerin Lisa und ihr Baby sicher nach Lasara gebracht."

Das hatte Jak'ri bereits gewusst, weil er dabei gewesen war, als Ava zum ersten Mal über das Holokommunikationssystem der *Ranasura* mit Lisa gesprochen hatte.

Seine Aufmerksamkeit richtete sich wieder auf die Mitte des Raumes, als Eliana „Halt!", rief.

Die kleinen, verschwommenen Gestalten blieben stehen.

Beide Frauen trugen schwarze Hosen und schwarze ärmellose Hemden, die den Blick auf blasse, definierte Arme freiließen.

„Das war ausgezeichnet", lobte Eliana.

Ava strahlte. „Wirklich?"

„Absolut. Du hast mich zweimal fast umgehauen." Sie lächelte. „Warum hören wir nicht an dieser Stelle auf? Wir können morgen weitermachen."

„Okay. Danke." Ava umarmte ihre Freundin, stellte den Stock wieder in das Regal und ging auf Jak'ri zu. „Wie war ich?", fragte sie, als sie vor ihm stehen blieb.

Er lächelte. „Umwerfend."

Grinsend gab sie ihm einen Kuss.

Ziv'ri stand auf, um ihr einen Platz anzubieten.

Aber sie winkte ab und setzte sich auf Jak'ris Schoß. „Ich bin ziemlich verschwitzt. Macht es dir was aus?"

Jak'ri grinste. „Gar nicht." *Deine verschwitzte Haut ist bei vielen angenehmen Gelegenheiten mit meiner verschmolzen*, fügte er telepathisch hinzu und erinnerte sich an die vielen Male, in denen sie den Körper des anderen leidenschaftlich erkundet hatten.

Sie errötete und lehnte sich an ihn. *Charmeur.*

In der Mitte des Raumes drehte Eliana ihren Stab und wandte sich an alle. „Okay", sagte sie lächelnd. „Wem soll ich heute in den Arsch treten?"

Fast alle anwesenden Krieger hoben die Hand, um sich freiwillig zu melden.

Lachend zeigte sie auf einen. „Sieht aus, als wärst du dran, Maarev."

Ein muskulöser Mann trat vor und fing den Stab auf, der ihm zugeworfen wurde.

„Was glaubst du, wie schnell ich dich heute umhauen kann, Großer?", schnaubte sie mit einem einladenden Lächeln.

Er grinste. „Nicht so schnell, wie ich dich."

Im nächsten Moment begann der Kampf. Eliana bewegte sich mit derselben unglaublichen Geschwindigkeit, die ihn an Ava so sehr erstaunte. Jak'ri erwartete, dass sie den Krieger innerhalb von Sekunden besiegen würde. Doch der Segonier überraschte ihn, indem er seine Tarnung aktivierte.

Im nächsten Moment war er verschwunden und nahtlos mit dem Hintergrund verschmolzen. Sein Stab fiel zu Boden.

Vuan, Jak'ri wünschte, er hätte Zugang zu dieser Technologie. Niemand war sich sicher, wie die Segonier das machten, also verschaffte es ihnen einen entscheidenden Vorteil im Kampf.

Auch Eliana ließ ihren Stab fallen und stand mit aufmerksamer Miene kampfbereit da.

Aus der kleinen Menge erklangen laute Rufe, einige feuerten Eliana an, andere Maarev.

Jak'ri wusste nicht, wie Avas Freundin einen Gegner besiegen wollte, den sie nicht sehen konnte, und ...

Eliana wirbelte plötzlich herum und trat zu.

Ein dumpfer Schlag folgte. Dann wurde Maarev wieder sichtbar. Er lag ausgestreckt am Boden auf der gegenüberliegenden Seite des Raumes.

Jak'ri starrte ihn an.

Eliana grinste. „Das ist dafür, dass du dich neben mich gesetzt hast, nachdem du gestern Abend Mamitwa gegessen hast."

Gelächter brach aus.

Ava sah Dagon an. „Alle lieben sie, nicht wahr?"

Er lächelte. „Ja, die ganze Mannschaft."

Sie schüttelte lächelnd den Kopf, tätschelte Jak'ris Hände und stand auf. „Ich habe Durst. Willst du mit mir was trinken gehen?"

„Natürlich."

STILLE ERSETZTE DAS LAUTE Gelächter und den Jubel im Trainingsraum, als sich die Tür hinter ihnen schloss.

Mit leichtem Herzen lächelte Ava zu Jak'ri auf und nahm seine Hand.

Er sah gut aus. Gesund. Ausgeruht. Entspannt. Und so unglaublich attraktiv.

Schmetterlinge flatterten in ihrem Bauch, als sie ihn zu ihrem Quartier führte.

„Willst du nicht in die Messe gehen?", fragte er.

„Nein, unser Quartier reicht. Sobald ich was getrunken habe, könnte ich eine Dusche gebrauchen." Sie beugte sich zu ihm vor und flüsterte laut: „Und wenn du deine Karten richtig spielst, kannst du mitkommen."

Er lachte tief in seiner Brust, und seine Lippen verzogen sich zu einem Lächeln.

Verdammt, sie liebte ihn.

Sobald sie ihr Quartier betraten und die Tür schlossen, ließ Ava seine Hand los und öffnete den Mund, um ihm zu sagen, was sie für sich behalten hatte, bis sie allein waren.

„Guten Tag, Ava", sagte der Schiffscomputer mit ruhiger, weiblicher Stimme. „Sie haben eine neue Nachricht von –"

„Nicht jetzt, CC", platzte sie heraus, und ihr Blick begegnete dem von Jak'ri.

Er lächelte. „Willst du jetzt duschen, oder ...?" Er legte seine Hände auf ihre Hüften und zog sie näher an sich heran. „Ich gebe zu, dass ich mich auch darauf freue. Es ist viel zu lange her."

Sie lachte. „Wir haben uns heute Morgen geliebt."

Er neigte den Kopf und liebkoste ihren Hals. „Eben. Viel zu lange her."
Ein Prickeln erwachte bei der Berührung seiner Lippen und erfasste den
Rest ihres Körpers. Aber Ava unterdrückte es. „Da ist etwas, das ich dir sagen
möchte."
Er hob den Kopf und starrte auf sie hinab. Er musste die Bedeutung ihrer
Nachricht gespürt haben, denn alle sinnliche Verspieltheit war aus seinem
Gesichtsausdruck verschwunden. „Was ist?"
Ava legte ihre Hände auf seine Brust. „Lisa und Taelon haben ein Gespräch
mit Königin Adironsia und König Dasheon für mich organisiert." Sie hatte
noch nie zuvor mit den Herrschern gesprochen und war deshalb nervös
gewesen, als sie heute Morgen mit den lasaranischen Monarchen gesprochen
hatte.
Sorge trat in sein Gesicht. „Bestehen sie darauf, dass die Segonier dich nach
Lasara bringen?"
„Darüber wollte ich mit ihnen reden. Ich habe ihnen gesagt, ich hätte
zugestimmt, nach Lasara zu reisen, um zu sehen, ob ich einen Lebenspartner
unter den lasaranischen Männern finden und ihnen helfen könnte, ihren
Planeten wiederzubevölkern, aber dass ich nicht damit gerechnet hatte, von
Gathendiern entführt zu werden oder ..." Sie lächelte zu ihm hoch. „Mich in
dich zu verlieben."
Sie hörte, wie sein Herz schneller schlug, und spürte, wie es unter ihren
Fingerspitzen hämmerte. „Ich habe ihnen bei allem gebotenen Respekt gesagt,
dass ich mir nicht mehr vorstellen kann, mit jemand anderem als dir glücklich
zu sein, und habe sie gebeten, mich von meiner Verpflichtung zu entbinden."
Er schluckte. „Was haben sie gesagt?"
„Sie haben sich dafür entschuldigt, dass sie meine Sicherheit nicht
gewährleisten konnten und für alles, was ich durchmachen musste. Sie haben
gesagt, dass ich auf Lasara immer ein Zuhause haben würde." Sie legte ihre Arme
um ihn. „Aber wenn mein Herz dir gehört, wünschen sie uns, dass wir für alle
Zeit glücklich sind, und werden mir alles zur Verfügung stellen, was ich brauche,
um ein Leben mit dir auf Purvel zu beginnen."
Er seufzte, als er sein Kinn senkte und seine Stirn an ihre drückte. „Möchtest
du ein Leben mit mir auf Purvel beginnen, Ava?"

Sie lächelte. „Auf Purvel. Auf Lasara. Auf K-54973. Sogar auf Promeii 7. Wo, ist mir egal, solange es mit dir ist, Jak'ri."

Er lachte. „Nicht auf Promeii 7. Dieser Planet ist verrückt."

Sie lächelte. „Das habe ich mir sagen lassen." Dann wuchs die Unsicherheit. „Sie haben auch gesagt, dass wir – nachdem die Gathendier mich versehentlich in einen Unsterblichen Wächter verwandelt haben – Maßnahmen ergreifen können, um dich vor dem Altern zu bewahren. Sie sagen, dass die Secta bereit sind, uns zu ermöglichen, immer zusammen zu sein."

„Wirklich?"

Sie nickte.

Er neigte den Kopf. „Obwohl die Secta oft wie eine kalte, gefühllose Rasse wirken, habe ich gehört, dass Liebe einen hohen Stellenwert für sie hat."

Ava zupfte am Stoff seines Hemdes. „Ist das ... etwas, wovon du denkst, dass es dich interessieren könnte?"

„Für immer mit dir zu leben?"

„Ja." Unsterblich zu sein würde so gut wie seinen ganzen Reiz verlieren, wenn sie zusehen müsste, wie Jak'ri alt wurde und starb.

Er drückte seine Lippen auf ihre Stirn. „Mir fällt nicht viel ein, was mich mehr interessieren würde."

Erleichtert atmete sie auf und entspannte sich gegen ihn.

„Glaubst du, ich passe nach Purvel?", fragte sie, obwohl diese Frage sie jetzt nicht mehr so sehr beunruhigte, da sie Eliana bei der Interaktion mit Dagon und seiner Crew beobachtet hatte.

Jak'ri lächelte. „Meine Familie und mein Volk werden dich genauso lieben, wie die Segonier Eliana lieben."

Sie grinste. „Die Segonier lieben Eliana sehr."

Er lachte. „Ja, das tun sie." Dann fanden seine Lippen ihre in einem zärtlichen Kuss. „Und ich liebe dich, *sakara*."

Ihr Herz schwoll an. „Ich liebe dich auch."

Er küsste sie erneut, diesmal länger und tiefer. „Sei meine Lebenspartnerin, damit ich wieder mit Freude in die Zukunft blicken kann."

Sie nickte. „Ich werde deine Lebenspartnerin sein, *sakara*. Und du wirst mir gehören. Gemeinsam können wir alles schaffen."

„Und dabei glücklich sein", murmelte er, bevor er sie so leidenschaftlich küsste, dass sie sich bald nach mehr sehnte. „Und jetzt zu dieser Dusche ..."

Sie lachte.

Eine Nachricht der Autorin

VIELEN DANK, DASS SIE *Der Purveli* gelesen haben. Ich hoffe, Ihnen hat die Geschichte von Ava und Jak'ri gefallen. Es war mir eine Freude, sie zu schreiben. Falls das das erste Buch der Aldebarianischen Allianz ist, das Sie gelesen oder gehört haben, können Sie in *Der Segonier* mehr darüber erfahren, wie es Ziv'ri ergangen ist, und Eliana kennenlernen. Wenn Sie neugierig auf meine Unsterbliche-Wächter-Familie sind und mehr über Prinz Taelons Schwester Amiriska erfahren möchten, können Sie Amis frühe Monate auf der Erde in *Düstere Zeichen (Immortal-Guardians-Reihe, Buch 1)* miterleben und sehen, wie sie die Kriegerin in sich findet und sich in *Dunkler Zorn (Immortal-Guardians-Reihe, Buch 2)* in Marcus verliebt.

Nochmals vielen Dank, dass Sie *Der Purveli* gelesen haben. Wenn es Ihnen gefallen hat, wäre ich Ihnen dankbar, wenn Sie bei einem Online-Händler Ihrer Wahl eine Rezension oder Bewertung hinterlassen könnten. Ich schätze Ihre Unterstützung sehr und freue mich immer, wenn ich sehe, dass eine meiner Geschichten einem Buchliebhaber Freude bereitet hat. Bewertungen und Rezensionen sind auch eine hervorragende Möglichkeit, die Bücher eines Autors weiterzuempfehlen und anderen Lesern dabei zu helfen, neue Lieblingsbücher zu finden.

━━━━◆━━━━

Wenn Sie herausfinden möchten, was als Nächstes in der *Die Aldebarianische Allianz*-Reihe passiert, lesen Sie weiter, um einen

ersten Blick auf *Der Akseli (Die Aldebarianische Allianz: Buch 4)* zu werfen.

DER AKSELI

Die Aldebarianische Allianz Buch 4

JANWAR STARRTE AUF DIE endlosen Sterne, die sich vor ihnen ausbreiteten. Auf der Brücke der *Tangata*, einem Schiff, das technologisch so fortschrittlich war, dass kein anderes derzeit existierendes Schiff mit ihm mithalten konnte, herrschte angenehme Stille. Das Schiff war eine atemberaubende Schönheit und besaß Antriebe, die die Schiffe der Aldebarianischen Allianz im Vergleich aussehen ließen, als würden sie wie alte *navoxi* dahintrotten, die Wagenladungen *alavinin*-Erz hinter sich herzogen.

Was gut war, denn Janwar und seine Crew waren Piraten und profitierten oft von ihrer Fähigkeit, Gesetzestreue auszumanövrieren.

Er sah sich um.

Seine Crew war heute Nacht seltsam still. Spürten sie dieselbe eigenartige Unruhe, die ihn in letzter Zeit geplagt hatte?

Er runzelte die Stirn, da er die Ursache dafür nicht ergründen konnte.

„Ich vermisse Lisa", sagte Soval. Der massige kilessianische Krieger sackte auf seinem Sitz zusammen, seine Miene düsterer als sonst.

„Und Abby", fügte Elchan, der Segonier in ihrer Mitte, hinzu.

Die anderen nickten.

Janwar lächelte und dachte an den lasaranischen Prinzen Taelon und die Erdenfrau, die er zu seiner Lebenspartnerin genommen hatte. Janwar betrachtete Taelon tatsächlich als einen Freund, auch wenn andere das nicht glauben wollten. Lasaraner waren dafür bekannt, dass sie Regeln strikt einhielten. Dass sich ein lasaranischer Prinz mit einem Gesetzesbrecher wie Janwar anfreundete ...

Er grinste. Beide Männer hatten Spaß an der Verwirrung, die ihre Freundschaft hervorrief. Als Srok'a kürzlich eine Vision hatte, die sie dazu gebracht hatte, zu den äußersten Grenzen des erforschten Weltraums zu fliegen, war Janwar geschockt gewesen, als er erfahren hatte, dass das Schiff von Prinz Taelon angegriffen und zerstört worden war.

Glücklicherweise hatte Taelons Yona-Wache ihn und seine neue Familie in einen königlichen Transporter verfrachtet und ihn rechtzeitig gestartet, um ihr Leben zu retten. Dann war Janwar gekommen und hatte sie gerettet.

Er hatte Lisas Gesellschaft in dem Monat genossen, den sie gebraucht hatten, um das Prinzenpaar nach Lasara zu bringen. Seit dem Verlassen der Raumwerft hatte keine andere Frau einen Fuß auf ihr Schiff gesetzt. Und er musste zugeben, dass ihr klingendes Lachen ihm neues Leben eingehaucht hatte. Die Erdenfrau hatte nicht die höfische Erziehung genossen, die Prinz Taelon hatte. Ganz im Gegenteil. Und es war ihr furchtbar unangenehm, wie eine Prinzessin behandelt zu werden, etwas, das seine hartgesottene, zynische Crew amüsierte und ihr schnell ihre Sympathien gesichert hatte.

Natürlich konnte keiner von ihnen dem breiten Grinsen und dem Kichern von Abby, Taelons und Lisas kleiner Tochter, widerstehen.

„Hoffentlich gelingt es uns mit unseren üblichen Methoden, einige ihrer Freundinnen zu finden", bemerkte Janwar.

Den jüngsten Informationen nach waren nur drei der fünfzehn Frauen von der Erde, die an Bord der *Kandovar* gewesen waren, gerettet worden. Der Rest, so vermuteten einige, war entweder tot oder würde es bald sein, wenn die Energiereserven ihrer Rettungskapseln aufgebraucht waren. Taelon hatte in seiner letzten Nachricht mitgeteilt, dass eine der geretteten Frauen – Ava – von den Gathendiern gefangen genommen und gefoltert worden war, was ihren Verdacht bestätigte, dass die Gathendier alles riskiert und die *Kandovar* nur angegriffen hatten, um die Erdlinge in ihre Hände zu bekommen.

Anscheinend glaubten sie, dass die Frauen von der Erde der Schlüssel waren, herauszufinden, warum es dem Virus, das die Gathendier vor langer Zeit auf der

Erde freigesetzt hatten, nicht gelungen war, alle Erdlinge auszurotten, um den Planeten und alle seine Ressourcen übernehmen zu können.

„*Grunarks*", brummte er.

Sein Cousin Krigara warf ihm einen Blick zu. „Wer?"

„Die Gathendier."

Alle nickten.

Janwar sah Srok'a an. „Wie lange noch?"

Sein Navigationsoffizier studierte seinen Bildschirm. „Wir sollten sie innerhalb von Minuten auf dem Sichtschirm haben."

Gut. Die Stärke der meisten Piraten lag in ihrer Anzahl, den Waffen, die sie hatten, und in der Abwesenheit eines moralischen Kompasses.

Die Stärke von Janwar und seiner kleinen Crew lag jedoch in den Informationen, die sie sammelten, und in der Art und Weise, wie sie diese nutzten.

Eine Hauptquelle seiner Informationen war ein gathendisches Kriegsschiff, das von den Kräften der Aldebarianischen Allianz unentdeckt geblieben war, die – da ihnen die leistungsstarken Antriebe der *Tangata* fehlten – immer noch Schwierigkeiten hatten, diesen Quadranten ohne das beschädigte *qhov'rum* zu erreichen.

Das gathendische Schiff war nahe genug am Wrack der *Kandovar*, um Verdacht zu erregen und Spekulationen darüber auszulösen, dass es entweder am Angriff beteiligt war oder nach Überlebenden suchte, die es entweder töten oder gefangen nehmen wollte.

Janwar beugte sich in seinem Sitz nach vorn, als zwischen den Sternen, die hinter dem großen, unzerstörbaren Kristallsichtschirm vor ihnen lagen, ein Schiff auftauchte. „Da ist es", murmelte er.

„In all seiner verdammten Pracht", murmelte Krigara. „Ich weiß nicht, wie sie es schaffen, solche Distanzen in diesen Schrotthaufen zurückzulegen."

Janwar nickte. Das gathendische Schiff, das immer größer wurde, als sie sich ihm näherten, sah aus, als hätte ein Junge, der noch grün hinter den Ohren war, es aus Teilen gebaut, die er auf einem Schrottplatz gefunden hatte. Sogar die Farbe – ein dunkles, schmutziges Gelb, das ihn an Erbrochenes erinnerte – war nicht ansprechend.

„Irgendwelche Anzeichen dafür, dass sie wissen, dass wir kommen?", fragte er.

„Keine", schnaubte Srok'as Bruder Kova.

Jede andere Antwort hätte Janwar überrascht. Die Tarnfähigkeit seines Schiffes war unübertroffen, sodass Schiffe die *Tangata* nur sahen, wenn er es wollte.

In kürzester Zeit füllte das gathendische Schlachtschiff das Sichtfenster.

„Führe einen Lebensform-Scan durch und finde heraus, wie viele an Bord sind!", befahl er.

Elchan studierte seine Konsole. „Sieht so aus, als hätten sie ein volles Kontingent an Bord."

Janwar rieb sich vor Freude die Hände. „Dann dürfte das Spaß machen."

Auf allen Gesichtern breitete sich erwartungsvolles Lächeln aus. Alle freuten sich auf einen guten Kampf. Das brachte das Blut in Wallung und lenkte sie von der Einsamkeit ab, die das Leben als Rebellen und Ausgestoßene manchmal mit sich brachte.

„Das ist seltsam", sagte Elchan mit gerunzelter Stirn.

Janwar warf ihm einen Blick zu. „Was ist?"

„Ich denke, der Lebensformscanner hat vielleicht eine Fehlfunktion."

„Wie kommst du darauf?"

Elchan blickte von seiner Konsole auf. „Die Zahl der Gathendier scheint zu sinken."

Janwar starrte ihn an. „Was?"

„Es werden weniger." Elchan konsultierte noch einmal seinen Bildschirm und zeigte dann darauf. „Da! Gerade ist es wieder passiert. Wieder zwei weniger. Und noch einer!"

Krigara ging hinüber, stellte sich neben Elchan und betrachtete den Bildschirm. Seine Augenbrauen schossen in die Höhe. „Er hat recht. Die Punkte, die die Lebensformen darstellen, werden weniger, immer eins oder zwei auf einmal." Er gab Elchan einen Stoß. „Leite eine Diagnose ein."

Stille folgte.

Einen Moment später schüttelte Elchan den Kopf. „Nichts. Der Scanner funktioniert im Rahmen der festgelegten Parameter."

„Das kann nicht sein", brummte Soval.

Janwar betrachtete das gathendische Kriegsschiff argwöhnisch.

„Könnten sie irgendeine neue Tarntechnologie haben?", fragte Elchan zögernd.

Srok'a runzelte die Stirn. „Um es mit Lisas Worten auszudrücken: Wie bescheuert muss die Tarntechnologie sein, wenn sie die Lebensformen, aber nicht das Schiff verschwinden lässt?"

„Wo du recht hast", schnaubte Kova. „Das Schiff ist nach wie vor sichtbar."

Krigara zeigte auf Elchans Bildschirm. „Aber dem Scan zufolge wird es bald keine Lebensformen mehr darauf geben."

Janwar kniff die Augen zusammen. „Es ist ein Trick. Sie müssen wissen, dass wir hier sind."

„Wie?", konterte Krigara. „Wir haben die beste Tarnvorrichtung in der ganzen Galaxie."

Das war keine Übertreibung. „Die Lebensformen haben erst angefangen zu verschwinden, als wir in Schussweite gekommen sind. Sie müssen wissen, dass wir hier sind." Es war jedoch seltsam, dass sie die Besatzung – vor allem einen nach dem anderen – und nicht das Schiff selbst tarnten. Vielleicht hofften sie, dass jemand, der sich näherte, es für ein Geisterschiff halten und an Bord kommen würde? Oder hofften sie vielleicht, dass andere Schiffe bemerkten, wie die Besatzung nach und nach verschwand, und eine Seuche befürchteten? Schließlich hatten es sich die Gathendier zur Gewohnheit gemacht, in ihren Labors tödliche Viren herzustellen.

„Was willst du tun?", fragte sein Cousin.

„Flieg nah genug ran, dass wir an Bord gehen können!", befahl Janwar.

Bevor Kova sie näher heranbringen konnte, schüttelte Elchan den Kopf. „Ich glaube nicht, dass das eine gute Idee ist."

„Warum?"

„Weil ich Wärmesignaturen orte, die vor einer Minute noch nicht da waren."

„Andere Lebensformen?" Ihre bizarre Tarnvorrichtung musste defekt sein.

„Nein."

„Was für Wärmesignaturen?"

„Die Art, die normalerweise mit Explosionen einhergeht."

Schweigen.

Was zum Teufel war auf diesem Schiff los?

„Vielleicht funktioniert ihre Tarnvorrichtung nicht richtig?", schlug Srok'a vor, sein Ton verriet jedoch seine Zweifel.

Aber Elchan schüttelte erneut den Kopf. „Nein, es sei denn, mit Fehlfunktion meinst du, dass alles in die Luft fliegt, denn – wenn mein Scanner die Daten richtig interpretiert – fallen Gathendier wie die *tikluns*." Die flauschigen, auf Segonia beheimateten Säugetiere waren dafür bekannt, jedes Mal, wenn sie etwas erschreckte, wie tot umzukippen.

Janwar weigerte sich, sich von dem eher amüsanten Bild eines Gathendiers, der dasselbe tat, ablenken zu lassen. „Was auch immer passiert, wir brauchen die Informationen, die diese *grunarks* uns liefern können." Den Überlebenden der Zerstörung der *Kandovar* lief die Zeit davon. „Kova, geh längsseits und docke uns an. Soval, ich möchte, dass du eine vollständige Diagnose aller Systeme laufen lässt. Wenn unser Lebensformscanner nicht funktioniert, will ich wissen, woran das liegen könnte und was sonst noch betroffen ist."

Soval konzentrierte sich wieder auf seine Konsole und machte sich an die Arbeit.

Kova begann, die *Tangata* näher an das gathendische Schiff heranzusteuern.

„Warte", sagte Srok'a.

Janwar seufzte. „Was jetzt?"

„Eines der Hangartore öffnet sich."

„Dann ist es eine Falle." Janwar entspannte sich in seinem Sitz und war froh, wieder auf gewohntem Terrain zu sein. „Waffen aktivieren. Schilde und Tarnvorrichtung auf Maximum."

„Waffensysteme aktiviert", verkündete Soval.

„Schilde und Tarnvorrichtung auf Maximum", bestätigte Elchan.

Janwar wandte sich seinem Cousin zu. „Krigara, steig in einen Jäger und bereite dich darauf vor, zu jagen, was auch immer diesen Hangar verlässt. Warte auf meinen Befehl."

Krigara verließ die Brücke.

Janwar starrte auf das gathendische Schiff, als am unteren Ende des Hangartors ein Lichtspalt erschien.

Beim Aufsteigen schossen Luft und Trümmer heraus.

„Ihr atmosphärischer Schutzschild muss ausgefallen sein", bemerkte er. Wäre er aktiv, würde es die richtige Atmosphäre und den richtigen Druck im Hangar aufrechterhalten, sodass die Besatzungsmitglieder ihrer Arbeit weiter nachgehen konnten, während Schiffe kamen und gingen.

Soval grunzte. „Ich hoffe, sie haben den Hangar evakuiert, bevor ..."

Mehrere Gathendier wurden in den Weltraum hinaus gesaugt, ruderten mit Armen und Beinen und schlugen mit ihren Schwänzen, während sie die Münder zu Schreien öffneten, die im Vakuum des Weltraums niemand hören konnte.

Keiner trug Schutzanzüge. Alle starben in Sekunden.

Hätte Janwar nicht dringend Informationen benötigt, hätte er gefeiert. Für ihn war der einzige gute Gathendier ein toter Gathendier.

Eine Gestalt in einem weißen Schutzanzug wäre beinahe hinter ihnen hinausgesaugt worden, konnte sich aber am Rand des Hangartors festhalten.

Janwar grunzte. Zumindest hatten sie jemanden gefunden, den sie verhören konnten.

Ein kleiner Transporter schoss aus dem Hangar und hätte den Mann, der sich am Rand festhielt, beinahe mitgerissen.

Janwar drückte auf seinem Kommandosessel auf die Taste für das schiffsweite Kommunikationssystem. „Krigara, bist du bereit?"

„Fast da."

„Beweg deinen Arsch. Ein Transporter hat gerade das Schiff verlassen."

Flüche hallten aus dem Lautsprecher, begleitet von Schritten, die durch die Gänge rannten.

Janwar betrachtete den Transporter. Es war ein akselisches Design und dafür gemacht, vor Feinden zu fliehen, und nicht nur im Notfall Zuflucht zu finden, sodass es schneller sein würde als die meisten Transporter. Er machte sich jedoch keine Sorgen. Die *Tangata* konnten es genauso leicht einholen wie ihre Jäger.

„Was zum *srul*?", murmelte Elchan.

Janwar richtete seinen Blick wieder auf den Hangar des gathendischen Schiffs.

Die Gestalt, die sich an das Hangartor klammerte, trug einen Helm, der seine Gesichtszüge verbarg, und einen weiten weißen Anzug, der für den langen Schwanz, den alle Gathendier hatten, keinen Platz hatte.

„Das ist kein Gathendier", bemerkte Elchan.

Janwar betrachtete die Gestalt nachdenklich. „Vielleicht hat er seinen Schwanz bei einem Kampf verloren." Die *grunarks* neigten zu Gewalt.

Die Gestalt in Weiß zog die Knie fast bis zur Brust und drehte sich, bis ihre Füße den Rand des Tors berührten. Aber sie versuchte nicht hineinzukommen, wie alle erwartet hatten. Stattdessen schien sie lange auf den Transporter hinauszublicken und stieß sich dann ab.

„Was zum *drek* macht er?"

„Siehst du, was ich sehe?"

Janwar ignorierte die Bemerkungen seiner Freunde und konzentrierte sich auf die Gestalt.

Versuchte er, seine Kameraden im Transporter zu erreichen?

Wozu? Selbst wenn es ihm auf wundersame Weise gelang, genau die richtige Geschwindigkeit und Flugbahn zu nutzen, konnte das Shuttle nicht einfach eine Luke öffnen und ihn einsteigen lassen. So funktionierten Transporter nicht. Sobald ein Shuttle im Weltraum war, konnte es seine Luke nur dann sicher öffnen, wenn es an ein Schiff andockte – mit einer Andockbrücke, die unter Druck stand und, wenn sie schlau waren, auch dekontaminieren konnte.

Aber die Wahrscheinlichkeit, dass die Gestalt, die gerade mit der Geschwindigkeit einer *morilium*-Rakete durch den Weltraum raste, dem Shuttle überhaupt nahe genug kam, um –

„*Drek!*", platzte Elchan heraus. „Ich glaube, er schafft es."

Janwar starrte. *Vuan*, es sah tatsächlich so aus. Und doch ... „Er ist zu schnell, um Halt zu finden."

Srok'as Gesicht war gerötet vor Aufregung. „Ich wette fünfzig Credits, dass er es schafft."

„Gebongt", antwortete Soval und beugte sich vor.

Wetten begannen, genauso schnell hin und her zu fliegen wie die Figur in Weiß.

„Ha!", krähte Srok'a, als die Gestalt eine der Leitersprossen des Transporters ergriff und sich festhielt. „Er hat es geschafft!"

Diejenigen, die gegen ihn gewettet hatten, stöhnten.

Soval schüttelte den Kopf. „Was hat er jetzt vor – sich an der Außenseite festzuhalten, bis der Pilot einen Landeplatz findet?"

Wenn ja, würde er in der Atmosphäre jedes bewohnbaren Planeten, auf dem sie landen wollten, verbrennen.

„Wohin fliegt es?", fragte Elchan.

Janwar lehnte sich in seinem Sitz zurück. „Es flieht vor uns. Sie wissen, dass wir hier sind."

„Woher sollen sie das wissen?", konterte Elchan. „Ich sehe immer noch nichts, was darauf hindeutet, dass unsere Systeme nicht voll funktionsfähig sind. Wir sind immer noch getarnt. Sie können nicht wissen, dass wir hier sind."

Krigaras Stimme drang aus den Brückenlautsprechern. „Ich bin im Jäger. Willst du, dass ich starte?"

„Warte einen Moment", sagte Janwar. Er wollte sehen, was als Nächstes passieren würde.

Die Gestalt in Weiß kroch an der Außenseite des Transporters entlang, bis sie das vordere Fenster erreichte. Sie steckte einen Arm in einen Haltegriff, hob mit der anderen Hand etwas, das wie ein Troniumblaster aussah, und feuerte.

Soval grunzte. „Er muss neu sein."

Alle nickten. Jedes in den letzten zwei Jahrhunderten gebaute Raumschiff – ob groß oder klein – hatte Fenster aus unzerstörbarem *stovicun*-Kristall. Wenn die *Kandovar* tatsächlich zerstört worden war, zweifelte Janwar nicht daran, dass die Fenster in den Trümmern völlig intakt durch den Weltraum schwebten und nicht einmal einen Riss aufwiesen.

Als die Gestalt bemerkte, dass sie das Fenster nicht zerstören konnte, steckte sie die Waffe weg und zeigte den Insassen eine Geste, die in der gesamten Allianz als obszön galt.

Elchan lachte. „Ich glaube nicht, dass er es schätzt, zurückgelassen zu werden."

Janwar kämpfte gegen seine Belustigung an, als die Gestalt wieder an der Außenseite des Shuttles entlang kroch. „Irgendeine Bewegung vom Schiff?"

Kova schüttelte den Kopf. „Dort ist alles ruhig. Die Antriebe wurden deaktiviert."

Das war so seltsam. „Lass uns dem Transporter folgen." Sie hatten jetzt seine Neugier geweckt.

Der Transporter begann, hin und her zu schaukeln, um seinen wütenden Schiffskameraden abzuschütteln. Doch die weiße Gestalt klammerte sich hartnäckig an die Außenhaut. Unweit des vorderen Fensters des Shuttles ergriff sie wieder einen Haltegriff und feuerte einen kontinuierlichen Strahl aus seinem Troniumblaster auf den Rand der Einstiegsluke ab.

Wieder verstummten alle und sahen gebannt zu, da keiner erraten konnte, wie es ausgehen würde.

„Was ist los?", fragte Krigara.

„Die Gestalt in Weiß versucht, in den Transporter zu kommen." Janwar nickte Srok'a zu. „Schick ihm den Feed."

Einen Moment später stieß sein Cousin ein ungläubiges Lachen aus.

Elchan runzelte die Stirn. „Ihr glaubt doch nicht wirklich, dass er da reinkommt, oder?"

„Mit einem Troniumblaster?" Janwar schüttelte den Kopf. „Es könnte das Metall so stark erhitzen, dass die Leute im Shuttle nervös werden, aber durch kommt er damit nicht."

„Was sind das für Dinger auf seinem Rücken?", murmelte Krigara.

Zwei dunkle Streifen, von denen Janwar ursprünglich angenommen hatte, dass sie zum Design des Anzugs gehörten, bewegten sich hin und her, als sich die Gestalt bewegte. „Ranzoomen."

Das Bild des Transporters wurde herangezoomt und schärfer, genau wie die Figur in Weiß.

Er runzelte die Stirn. „Ich glaube, das sind Schwerter."

Als hätte sie ihn gehört, steckte die Gestalt den Blaster weg und zog ein langes Schwert. Sie brauchte einen Moment, um sich auf der Oberfläche des Shuttles in Position zu bringen und kniete sich so, dass beide Füße unter einem Haltegriff eingeklemmt waren. Sie neigte die Klinge vor sich, schloss beide Hände um den Griff, zog sie über ihren Kopf zurück und stieß sie dann in das Metall, das sie gerade erhitzt hatte.

Janwar starrte fassungslos auf den Sichtschirm.

Wieder zog der Mann sein Schwert hoch und rammte es in das Metall.

„Dieser *grunark* ist wirklich entschlossen", sagte Elchan.

Schade, dass es ihm nicht gelingen würde. Janwar ertappte sich tatsächlich dabei, dass er die seltsame Gestalt anfeuerte. Abgesehen von der Rettung von Taelon, Lisa und Abby war das das Unterhaltsamste, was er seit Jahren gesehen hatte.

Aber selbst, nachdem es erhitzt worden war, gab das Metall nicht nach. Es war entwickelt worden, um dem Wiedereintritt in die Atmosphäre eines Planeten standzuhalten, Temperaturen, die so ziemlich jede Lebensform sofort töten würden – „Was zum *drek*?" platzte es aus ihm heraus, und er beugte sich noch einmal vor.

Eine kleine Atmosphärewolke stieg vor der Gestalt auf.

„Hat er gerade ein Loch in die Luke gestoßen?", fragte Soval mit großen Augen.

„Wie ist das möglich?", keuchte Krigara und beobachtete den Feed in seinem Jäger.

Janwar konnte nur auf den Sichtschirm starren. „Keine Ahnung."

Wieder hob und senkte sich das Schwert.

Diesmal sah er tatsächlich, wie es zwischen Luke und Außenhülle sank! Abgesehen von den Cyborgs, die das Akseli-Militär erschaffen hatte, besaß kein Lebewesen, von dem Janwar wusste, die Kraft, so etwas zu tun.

Doch das war kein Cyborg. Das wusste er mit absoluter Sicherheit. Die Akseli hatten vor Jahren angekündigt, dass sie alle ihre biomechanischen Krieger außer Dienst gestellt und zerstört hätten. Die Wahrscheinlichkeit, einem auf einem gathendischen Schiff zu begegnen, war gleich null.

Die Wolke aus ausströmender Atmosphäre wuchs.

Die Gestalt steckte ihr Schwert mit einer Leichtigkeit, die auf jahrelange Übung schließen ließ, wieder in die Scheide auf ihrem Rücken, beugte sich vor und zerrte an etwas.

Janwar sah mit offenem Mund zu, als der Mann die Luke aufriss und den engen Passagierraum und die in Panik geratenen gathendischen Krieger darin dem Vakuum des Weltraums aussetzte.

Keiner trug einen Schutzanzug. Einige hatten Waffen, die ihnen durch die entweichende Atmosphäre aus der Hand gerissen und nach draußen gesaugt wurden. Alle versuchten, sich irgendwo festzuhalten. Einer wurde mit wedelnden Armen, Beinen und Schwanz in den Weltraum gerissen. Die Gestalt in Weiß beugte sich in das Shuttle und zog einen anderen so mühelos heraus, als wäre er ein hilfloser kleiner *gravi*, obwohl der Gathendier groß und muskulös war. Dann zerrte er einen weiteren und noch einen heraus, was einfacher wurde, als die Kälte und der Mangel an atembarer Atmosphäre sie schwächte.

Auf der Brücke der *Tangata* herrschte absolute Stille, während alle mit fassungsloser Faszination zusahen.

Nachdem seine Mission offenbar erfüllt war, setzte sich die Gestalt in Weiß auf die Fersen, die Füße immer noch in den Griff geklemmt, legte die Hände auf die Oberschenkel und senkte den Kopf, als wollte sie sich einen Moment ausruhen.

Janwar hatte so etwas noch nie gesehen. „Irgendeine Bewegung im Kriegsschiff?"

„Nichts", sagte Elchan. „Es sind nur noch eine Handvoll Lebensformen übrig. Keine rührt sich."

„Genauso wenig wie das Schiff", fügte Kova hinzu. „Die Antriebe scheinen wirklich deaktiviert zu sein."

Janwar hielt seinen Blick auf die weiße Gestalt gerichtet.

„Was willst du machen?", fragte Kova.

Er dachte einen Moment darüber nach. „Tarnvorrichtung deaktivieren."

Wie würde die Gestalt in Weiß reagieren, wenn plötzlich ein unbekanntes Kriegsschiff neben ihr auftauchte?

„Tarnvorrichtung deaktiviert."

Janwar sah den Moment, als die Gestalt die *Tagata* aus dem Augenwinkel wahrnahm. Das Heben und Senken ihrer Brust hörte auf. Der Helm hob sich. Dann drehte sich die Gestalt in ihre Richtung, und das riesige Schiff spiegelte sich im Visier des Helms.

Ein Herzschlag verging. Dann warf die Gestalt in einer verzweifelten Geste die Hände in die Höhe. Janwar hatte gesehen, wie Lisa das ein- oder zweimal gemacht hatte, während sie herausplatzte: „Das soll wohl ein Witz sein!"

Vuan, wenn ihn das nicht zum Lächeln brachte und er ein Lachen unterdrücken musste.

Einige seiner Besatzungsmitglieder waren weniger erfolgreich, und ihr Lachen hallte durch die Brücke.

„Ich fange an, diesen Mann zu mögen", erklärte Soval amüsiert.

Janwar auch. Aber er würde ihn trotzdem gefangen nehmen und verhören müssen ... zusammen mit dem Rest der gathendischen Besatzung.

Die Gestalt in Weiß kletterte in das Shuttle.

Wie das gathendische Kriegsschiff schwebte der Transporter nun regungslos vor ihnen. „Er geht nirgendwo hin", entschied Janwar ein oder zwei Minuten später. „Elchan, ich möchte, dass du dich Krigara in seinem Jäger anschließt und an Bord des gathendischen Schiffs gehst. Wir müssen wissen, ob unsere Lebensformscans korrekt sind. Bereite dich für den Fall vor, dass sie es sind. Es könnte irgendeine Seuche ausgebrochen sein."

Elchan verließ die Brücke.

Janwar wandte sich an die rakessianischen Brüder. „Srok'a, Kova, nehmt einen anderen Jäger und begleitet sie."

Die beiden nickten, standen auf und gingen.

Wenn die Scans falsch waren und das Schiff immer noch voll besetzt war, war Janwar zuversichtlich, dass die vier dennoch in der Lage sein würden, genug Gathendier auszuschalten, um das Schiff zu übernehmen. Sie waren nicht ohne Grund die am meisten gefürchteten Piraten der Galaxie.

Er und Soval warteten ruhig und beobachteten aufmerksam den Transporter und das Kriegsschiff.

Zwei schlanke Jäger flogen auf das hässliche gathendische Schiff zu und landeten im Hangar.

Lange Minuten vergingen.

„Sieht aus, als hätte jemand den atmosphärischen Schutzschild im Hangar deaktiviert", kommentierte Krigara.

Janwar runzelte die Stirn. „Ist er noch betriebsbereit?" Er brauchte die Gathendier lebend, wenn er sie befragen wollte.

„Gib mir eine Minute." Aus einer wurden viele. „Ich hab's", sagte er triumphierend. „Wir gehen rein."

Es vergingen nur wenige Sekunden, bis Flüche über die Kommunikationsleitung schallten.

„Ich verstehe, warum der Typ im weißen Anzug nicht zurückgelassen werden wollte", bemerkte Krigara. „Hier liegen jede Menge Leichen rum."

Janwar runzelte die Stirn. „Wie viele?"

„Genug, dass ich glaube, dass unser Scanner funktioniert."

„Todesursache?"

„Kampf", sagte Krigara grimmig. „Das war keine Seuche."

„Seid vorsichtig." Janwar und seine Crew waren nicht die einzigen Piraten in der Galaxie. Als die Gathendier das letzte Mal eine Raumstation besucht hatten, könnte sich eine andere Gruppe an Bord geschlichen haben, mit der Absicht, das Schiff zu übernehmen.

Bei einer schnellen Durchsuchung des Schiffes wurden zahllose weitere Tote und mehrere Verwundete gefunden. Letztere waren alle bewusstlos, würden aber wahrscheinlich überleben.

Dennoch schien niemand sonst an Bord zu sein.

Was war passiert? Hatte es eine Meuterei gegeben?

Janwars Blick wanderte zum Transporter.

Hatte die Gestalt in Weiß versucht, dem Blutbad zu entkommen, oder hatte sie es angezettelt?

„Elchan, ich möchte, dass du die Brückenkontrollen sperrst. Dann möchte ich, dass ihr alle zur *Tangata* zurückkehrt."

„Ja, Sir."

Wenn ein Mann so viel Schaden angerichtet hatte, wollte er seine gesamte Mannschaft wieder bei sich haben, wenn sie ihn an Bord brachten. Das war eine unglaubliche Leistung. Gathendier ließen sich nicht so einfach töten. Ihre dicke Reptilienhaut war mit einer Klinge nur schwer zu durchdringen und hielt sogar Elektroschocks stand. Hinzu kam die Angst vor der Strafe, die ihr wankelmütiger Kaiser jedem auferlegen würde, der seine Missionen nicht erfüllte. Dadurch wurde es noch schwieriger, sie zu töten, und die meisten zogen es vor, bis zum Tod zu kämpfen, anstatt sich seinem Zorn zu stellen.

Janwar betrachtete den Transporter und konnte nicht einmal die Spur einer Bewegung darin sehen.

Als seine Männer zurückkamen, bestätigten er und Soval, dass die Schilde der *Tangata* immer noch mit maximaler Effizienz funktionierten, und machten sich dann auf den Weg zum Hangar, wobei sie nur lange genug innehielten, um die Waffenkammer zu besuchen.

Krigara, Elchan, Srok'a und Kova stiegen aus den Jägern und legten ihre Schutzanzüge ab, als Janwar und Soval den Hangar betraten. Nachdem alle mit O-Gewehren und Bex-7-Betäubungsgranaten bewaffnet waren, zogen sie sich in die sichere Zone nahe der inneren Wand zurück. Davor war eine kleine Kontrollstation mit mehreren Konsolen und Dateneingabeports.

Auf Knopfdruck erhob sich vor ihnen ein unsichtbarer Schild, der dem direkten Treffer einer Rakete standhalten konnte.

Hinter dem offenen Hangartor schwebte der Transporter ruhig vor einer nachtschwarzen Kulisse, in der ferne Sterne funkelten.

Janwar warf Kova einen Blick zu. „Bring den Transporter an Bord."

Kova ging zu einer der Konsolen. „Erfassungsstrahl aktiviert."

Ein Lichtstrahl schoss aus der Wand hinter ihnen hervor und bewegte sich auf das Shuttle zu. Sobald es die Außenhaut berührte, breitete sich das Licht wie Wasser darum aus, bis es die gesamte Oberfläche einhüllte und die offene Luke verschloss, sodass die Gestalt im Inneren nicht entkommen konnte.

Nicht, dass sie es versucht hätte.

Janwar hoffte, dass der Mann im Shuttle nicht tot war. Er würde gern das Gesicht desjenigen sehen, der es geschafft hat, so viele Gathendier auszuschalten … und ihn fragen, warum er es getan hatte. War er ein Attentäter, der sich durch die Gathendier hindurchgepflügt hatte, um sein Ziel zu erreichen? War er der einzige Überlebende einer kleinen Piratencrew, die versucht hatte, das Schiff zu kapern? War er vielleicht jemand, der Rache gesucht hatte?

Die Gathendier hatten sich eine beeindruckende Liste von Zivilisationen zum Feind gemacht.

Wenn diese Gestalt zu einer dieser Zivilisationen gehörte, könnte es sich durchaus lohnen, ihn zu rekrutieren.

Vom Erfassungsstrahl gehalten, schwebte der beschädigte Transporter in den Hangar und wurde dann sanft abgesetzt. Magnetklammern fuhren aus und sicherten mit lautem Klappern den Neuankömmling.

Dann wurde der Strahl deaktiviert.

„Hangartore schließen!", befahl Janwar.

Das große Tor begann, sich zu senken, und versperrte den Blick in den Weltraum.

„Wenn sonst nichts passiert", murmelte Krigara, „haben wir damit ein weiteres Shuttle geborgen. Sobald wir die Luke reparieren und den Gestank der Gathendier weggeschrubbt haben, wird das eine nette Ergänzung für unsere Flotte sein."

Janwar nickte geistesabwesend.

Die Gestalt im Transporter blieb, wo sie war.

„Willst du ein *ziyil*?", fragte sein Cousin.

„Noch nicht." Er hob seine Stimme, damit die Gestalt in Weiß ihn hören konnte, und rief: „Sie können freiwillig rauskommen, oder wir können Sie zwingen! Es ist Ihre Entscheidung."

Ein leises Geräusch drang an ihre Ohren.

Soval zog die Brauen hoch. „War das ein Schnauben?"

Janwar hätte mit „Ja" geantwortet, aber die Gestalt in Weiß wählte diesen Moment, um in die offene Luke zu treten. Nachdem sie einen Moment stehengeblieben war, um den Hangar mit einem, wie Janwar vermutete, sehr kritischen Blick zu betrachten, dem nichts entging, sprang die Gestalt hinunter und landete an Deck.

Der Mann war kleiner, als Janwar angenommen hatte. Offensichtlich war der weite Anzug, den er trug, für jemand Größeren gemacht.

Die Gestalt hob ihr Handgelenk, schob eine Klappe zurück und betrachtete das im Anzug integrierte Display.

Wollte er sichergehen, dass es im Hangar atembare Atmosphäre gab?

„Keine Blaster oder O-Gewehre", flüsterte Krigara. „Scheint jetzt nur mit Schwertern bewaffnet zu sein."

Der Helm der Gestalt drehte sich in ihre Richtung.

Hatte er Krigara gehört? Wenn ja, musste sein Helm Geräusche verstärken, denn Janwar hatte seinen Cousin kaum gehört und stand direkt neben ihm.

Janwar ging um den Schild herum auf den Neuankömmling zu. Krigara blieb zurück, um die Kontrolle zu übernehmen, falls sich der Mann zum Angriff entschließen sollte. Der Rest der Besatzung folgte Janwar und schwärmte hinter ihm aus.

Ein Herzschlag verging.

Mit einer verblüffend schnellen Bewegung zog der Mann plötzlich den Anzug aus.

Jemand holte scharf Luft.

Janwar riss die Augen auf.

Oder besser gesagt, die *Frau*. Vor ihnen stand nun eine schlanke, ganz in Schwarz gekleidete Frau: Sie trug eine schwarze Hose mit vielen Taschen, ein enges, schwarzes Oberteil, das eine schmale Taille und volle Brüste umschmeichelte, und schwarze Stiefel, die denen ähnelten, die er und seine Crew trugen.

Die Finger ihrer zarten Hände lagen nun um die Griffe zweier langer, glänzender Schwerter.

Janwar starrte sie an. Ihre Kleidung war an mehreren Stellen zerrissen. Ihre blasse Haut hatte zahlreiche Schnittwunden und Blutspuren. Ihr langes schwarzes Haar glänzte im Licht des Hangars. Und ihr Gesicht ...

Sie war wunderschön ... sogar mit ihrer finsteren Miene und dem herausfordernd vorgestreckten Kinn.

Ihrem Aussehen nach zu urteilen, war sie eine Lasaranerin, eine Segonierin oder eine Erdenfrau. Segonierinnen waren tendenziell größer, oft genauso groß wie segonische Männer. Und ein segonischer Krieger, der einem möglichen Feind gegenüberstand, hätte seine Tarnung längst aktiviert. Also glaubte er nicht, dass sie einer war. Ihr kleinerer Körperbau ähnelte eher dem einer lasaranischen Frau. Aber eine Lasaranerin würde kein Hemd mit kurzen Ärmeln tragen wie diese Frau. Was blieb übrig ... War sie tatsächlich ein Erdling?

Konnten sie so viel Glück haben? Waren sie tatsächlich auf eines der Wesen gestoßen, die sie retten wollten?

Nicht, dass diese Frau aussah, als müsste sie gerettet werden, dachte er mit wachsender Bewunderung.

Ihr Aussehen erinnerte ihn ein wenig an Lisa.

Lisa war eine Erdenfrau. Aber ihre Augen waren von sanftem Braun. Die dieser Frau hatten einen hellen bernsteinfarbenen Schimmer, der ihn faszinierte.

Srul, alles an ihr faszinierte ihn.

Als er und seine Crew weiter verblüfft schweigend dastanden, hob sie eine Braue.

„Jungs, wie ist es? Seid ihr Freund oder Feind?" Sie sprach Erdenglisch, aber mit einem Akzent, den Lisa nicht gehabt hatte. „Wenn ihr Freunde seid, fürchte ich, dass ich mich von euch verabschieden muss. Es sind noch ein paar gathendische Bastarde übrig, die ich töten muss, bevor ich ihr Schiff stehle. Und wenn ihr Feinde seid ..." Sie schwang demonstrativ ihre Schwerter und warf ihnen dann ein diabolisches Lächeln zu. „Wem soll ich zuerst in den Arsch treten?"

Über die Autorin

Dianne Duvall ist die *New-York-Times-* und *USA-Today*-Bestsellerautorin der romantischen, paranormalen **Immortal Guardians**-Reihe, der aufregenden **Die Aldebarianische Allianz** Sci-Fi-Reihe und der im Mittelalter angesiedelten **Die Begabten**-Reihe, in der es Zeitreisen und natürlich auch Romantik gibt. Sie ist bekannt dafür, Geschichten voller Action zu schreiben, die ihre LeserInnen bis weit über die Schlafenszeit hinaus wachhalten, starke Helden, die starke Heldinnen lieben, charmante Nebencharaktere, fesselnde Romantik und Humor, der einen in unpassenden Momenten laut auflachen lässt.

Das AudioFile Magazine hat *Der Segonier* zu einem der besten Hörbücher des Jahres 2021 gekürt. *Der Lasaraner* (Buch 1 aus der *Die Aldebarianische Allianz*-Reihe) landete auf Platz 1 der Movers & Shakers-Bestsellerliste von Audible.

Rezensenten nannten Diannes Bücher „rasant und humorvoll" (*Publishers Weekly*), „extrem süchtig machend" (*RT Book Reviews*) und „außergewöhnlich". (*Long and Short Reviews*) und „wunderbar einfallsreich" (*The Romance Reviews*). Ihre Hörbücher wurden mit dem *AudioFile Headphone Award for Excellence* ausgezeichnet. Eines wurde für den prestigeträchtigen *Audie Award* nominiert. Und ihre Bücher wurden zweimal für den *RT Reviewers' Choice Award* nominiert.

Wenn Dianne nicht gerade schreibt, ist sie in der Independent-Filmbranche aktiv und sogar auf der Leinwand zu sehen, wo sie aus einem mondbeschienenen Grab kriecht und eine Machete schwingt wie einige der psychotischen Vampire, die sie in ihren Büchern zum Leben erweckt.

Die neuesten Nachrichten zu bevorstehenden Veröffentlichungen, Contests und mehr finden Sie unter **dianneduvall.com/deutsch**. Sie können Dianne auch online kontaktieren:

Melden Sie sich für Diannes Newsletter an
eepurl.com/hfT2Qn

Folgen Sie Dianne auf Amazon
amazon.de/stores/Dianne-Duvall/author/B0046IHUO6

Dianne Duvall Büchergruppe
www.facebook.com/groups/128617511148830/

Facebook
www.facebook.com/DianneDuvallAuthor

Instagram
www.instagram.com/dianne.duvall

X / Twitter
twitter.com/DianneDuvall

Pinterest
www.pinterest.com/dianneduvall

YouTube
bit.ly/DianneDuvall_YouTube